시간과 이야기 1

시간과 이야기 1

Temps et récit I

Intrigue et récit historique

TEMPS ET RÉCIT I
Paul Ricœur

현대의 문학 이론 33

시간과 이야기 1

폴 리쾨르

김한식 · 이경래 옮김

문학과지성사

1999

폴 리쾨르 Paul Ricœur는 1913년 프랑스의 발랑스에서 태어났다. 렌 대학과 소르본 대학에서 철학을 공부했으며, 제2차 세계대전 중에는 전쟁 포로로 1940년부터 5년간 수용소에 갇히게 되는데, 이 시기에 카를 야스퍼스의 글을 읽고 후설의 『이념들Ideen』을 프랑스어로 번역했다. 석방된 후에는 프랑스 국립과학연구소의 연구원으로 재직했으며, 1948년부터는 장 이폴리트의 뒤를 이어 스트라스부르 대학에서 철학사를, 그리고 1956년부터는 소르본 대학에서 일반 철학을 강의했다. 1966년에 낭테르 대학으로 옮겨 1969년에 대학장으로 선출되었지만 학생 운동의 여파로 이듬해에 학장직을 사임하고 루뱅 대학에서 3년간 철학 강의를 맡았다. 그 후 미국 대학들의 청을 받아 예일 대학, 시카고 대학 등에서 강의하였다. 1990년대 이후 주로 프랑스에 거주하면서 활발한 사회활동과 저술활동을 펼쳤고, 2005년 사망했다.

저서는 *Philosophie de la volonté* I: *Le Volontaire et l'involontaire*(1950), *Philosophie de la volonté* II: *Finitude et culpabilité*(1960), *Histoire et vérité*(1955), *De L'interprétation: Essai sur Freud*(1965), *Le Conflit des interprétations: Essais d'herméneutique* I(1969), *La Métaphore vive*(1975), *Temps et récit* I · II · III(1983~1985), *Du Texte l'aciton: Essais d'herméneutique* II(1986), *Soi-même comme un autre*(1990), *Lecture* I · II · III(1991~1994), *La mémoire, l'histoire, l'oubli*(2000) 등 20여 권에 이르며, 철학과 문학, 신학, 정치학에 관한 많은 논문들이 있다.

옮긴이 **김한식**은 서울대학교 불어교육과와 같은 대학원 불어불문학과를 졸업하고, 프랑스 파리10대학에서 「이야기의 시학과 수사학—베르나노스의 정치평론을 중심으로」라는 논문으로 박사학위를 받았다. 현재 중앙대학교 불어불문학과 교수로 재직 중이다. 「소설의 결말에 대한 해석학적 연구」「텍스트, 욕망, 즐거움—소설의 지평구조와 카타르시스」「미메시스 해석학을 위하여」 등의 논문이 있으며, 폴 리쾨르의 『시간과 이야기』 1·2권(공역), 아리스토텔레스의 『시학』(로즐린 뒤퐁록 · 장랄로 주해, 2010, 펭귄클래식코리아)을 우리말로 옮겼다.

옮긴이 **이경래**는 연세대학교 불문과와 같은 대학원을 졸업하고 파리3대학에서 「스탕달의 소설 작품에 나타난 시간성 연구. 상상 세계에 관한 해석학적 시론La Temporalité vécue dans l'oeuvre romanesque de Stendhal. Essai herméneutique sur le monde imaginaire」으로 문학박사 학위를 받았다. 현재 경희대학교 프랑스어학과 교수로 재직 중이다. 주요 논문으로 「폴 리쾨르의 문학 이론」「스탕달의 역동적 서술 연구」 등이 있다.

현대의 문학 이론 33

시간과 이야기 1— 줄거리와 역사 이야기

제1판 제 1쇄_1999년 11월 5일
제1판 제13쇄_2025년 9월 26일

지은이_폴 리쾨르
옮긴이_김한식 · 이경래
펴낸이_이광호
펴낸곳_㈜**문학과지성사**
등록번호_제1993-000098호
주소_04034 서울 마포구 잔다리로7길 18(서교동 377-20)
전화_02)338-7224
팩스_02)323-4180(편집) 02)338-7221(영업)
전자우편_moonji@moonji.com
홈페이지_www.moonji.com

ISBN 89-320-1117-6

——앙리 이레네 마루Henri-Irénée Marrou를 기리며

책머리에

『살아 있는 은유』와 『시간과 이야기』는 함께 구상되었고, 차례로 출판되었다는 점에서 한 쌍을 이루는 두 개의 저작이다. 전통적으로 은유는 '전의(轉義)' (혹은 담론의 문채 figure)의 이론에, 이야기는 문학 '장르'의 이론에 속하기는 하지만, 그 각각에 의해 생산된 의미 효과들은 의미론적 혁신 innovation sémantique이라는 동일한 중심 현상과 관계를 맺는다. 그 두 경우에서 의미론적 혁신은 담론의 층위, 즉 문장과 동등하거나 상위의 차원에서 이루어지는 언어 행위의 층위에서만 일어난다.

은유에서의 혁신은, 가령 "자연은 하나의 사원, 살아 있는 기둥들이 거기서 〔……〕"에서 보는 것처럼, 부적합한 속사를 할당함으로써 새로운 의미론적 적합성을 만들어내는 데 있다. 새로운 의미론적 적합성을 통해──그리고 어떻게 보면 그 두터움을 통해──상투적 용법에서의 단어들의 저항과 따라서 문장의 자구적 의미 해석 차원에서의 단어들의 모순을 우리가 지각하는 한, 은유는 여전히 살아 있다. 은유적 언술에서 말이 겪는 의미 이동──고전 수사학은 은유를 이것으로 환원시켰다──이 은유의 모든 것은 아니다. 그것은 문장 전체의 층위에서 행해지는 언어 사행(事行, procès)을 위한 하나의 수단일 따름이며, 그 기능은 어법에 맞지 않는 속사를 할당함으로써 위협받는 기이한 술어 기능의 새로운 적합성을 보전하는 것이다.

이야기의 의미론적 혁신은, 그 또한 종합적 작업인 줄거리의 창안으로 이루어진다. 즉 줄거리 덕분에 목적과 원인과 우연들은 전체적이고 완전한 어떤 행동이 갖는 시간적 통일성 아래 규합된다. 이야기를 은유에 접근시키는 것은 바로 이러한 이질적인 것의 종합 synthèse de l'hétérogène이다. 그 두 가지 경우에 있어서, 새로운 것 — 아직 말해지지 않은 것, 알려지지 않은 것 — 이 언어 속에서 솟아난다. 그것은 한편으로는 살아 있는 은유, 즉 술어 기능의 새로운 적합성이며, 다른 한편으로는 작위적인 줄거리, 즉 우연적 사건들의 배열을 통한 새로운 적절함이다.

두 경우 모두 의미론적 혁신은 생산적 상상력에, 보다 정확히 말해서 그 의미를 나타내는 모체인 도식성에 결부될 수 있다. 새로운 은유를 통한 새로운 의미론적 적합성의 탄생은 규칙에 따라 생산하는 상상력이 어떠한 것일 수 있는가를 탁월하게 보여주는데, 아리스토텔레스에 의하면 "은유로 잘 표현한다는 것, 그것은 유사함을 지각하는 것이다." 그런데 유사함을 지각한다는 것은 바로, 애초에는 '떨어져' 있었으나 갑자기 '가깝게' 보이는 용어들을 서로 접근시킴으로써 유사성 그 자체를 설정하는 것이 아니겠는가? 논리적 공간에서의 이러한 거리 변화야말로 바로 생산적 상상력의 작업이다. 그것은 종합적 작업을 도식화하며, 의미론적 혁신을 낳는 술어의 동화 작용 assimilation prédicative을 형상화하는 것이다. 이처럼 은유적 사행에서 작용하는 생산적 상상력이란 언어의 상투적 범주화에 따른 저항에도 불구하고 술어의 동화 작용에 의해 새로운 논리 공간을 만들어내는 역량이다. 그런데 이야기의 줄거리는 다양하고 잡다한 사건들을 전체적이고 완전한 하나의 이야기 속에 포괄하고 통합함으로써, 하나의 전체로 간주되는 이야기에 결부되는 이해 가능한 의미 작용을 도식화한다는 점에서 술어의 이러한 동화 작용에 비길 만하다.

끝으로 이 두 가지 경우에 있어서 이러한 도식화 과정에 의해 드러나는 이해 가능성 intelligibilité은 은유의 경우에 구조 의미론에서 이용되는 결합 관계의 합리성과 구별되며, 마찬가지로 이야기의 경우에 서술학이나 학술적 역사 기술에서 사용되는 입법적 합리성과도 구별된다. 그러한 합리성은 오히려 도식성에 뿌리박고 있는 이해력을 메타-언어라는 상위 층위에서 나타내려고 한다.

결과적으로 은유든 줄거리든간에, 보다 많이 설명한다는 것은 보다 잘 이해하는 것이다. 이해한다는 것은, 첫째로 문장의 자구적 해석에서 나타나는 그러한 의미론적 적합성의 폐허로부터 은유적 언술과 새로운 의미론적 적합성을 떠오르게 하는 역동성을 되찾는 것이다. 이해한다는 것은, 둘째로 상황, 목적과 수단, 자발성과 상호 작용, 운명의 역전과 인간의 행동에서 비롯되는 원하지 않았던 모든 결과들로 이루어지는 다양한 것을 전체적이고 완전한 하나의 행동 안에 다시 통합하는 작업이다. 대체로 은유나 이야기에 의해 제기되는 인식론적 문제는, 서술적인 동시에 시학적인 언어적 실천을 통해 획득되는 어떤 친숙함과 관계된 예비적 이해를 기호-언어학에서 사용되는 설명과 연결시키는 데 있다. 각각의 경우에 이러한 합리적인 학습 disciplines들의 자율성과 동시에, 직접적이거나 간접적인 또는 가깝거나 먼 그들의 관련성을 시학적 이해력에 입각하여 설명하는 것이 중요하다.

은유와 이야기의 상관성은 보다 멀리 나간다. 살아 있는 은유에 대한 연구는 우리로 하여금 구조나 의미의 문제를 넘어서 대상 지시나 진리 주장의 문제를 제기하도록 이끌었다. 『살아 있는 은유』에서 나는, 언어의 시적 기능이 묘사적 언어에 지배적인 그러한 대상 지시 기능을 희생시켜가며 언어 그 자체를 위한 찬양에 국한될 수는 없다는 주장을 옹호한 바 있다. 직접적이고 묘사적인 대상 지시 기능의 정지는 담론의 보다 은폐된 대상 지시 기능의 이면, 또는 그 부정적 조건에 지나지 않으며, 어떤 의미에서 그것은 언술의 묘사적 가치의 정지를 통해 해방된다는 주장을 개진했던 것이다. 이리하여 시적 담론은 직접적으로 묘사적인 언어로는 접근할 수 없으며, 은유적 언술 행위와 단어의 일상적 의미 작용의 일정한 위반 사이의 복합적 유희에 의해서만 말해질 수 있는 현실의 양상과 특성, 그리고 가치들을 언어에 담게 된다. 그 결과 나는 직접적 묘사로는 도달할 수 없는 현실을 다시-묘사하는 은유적 언술의 이러한 힘을 말하기 위해 은유적 의미뿐만 아니라 은유적 대상 지시에 관해서도 감히 언급하게 되었다. 은유의 위력을 요약하고 있는 '~처럼 보다 voir-comme'는, 가장 근본적인 존재론적 층위에서 '~처럼 존재한다 être-comme'를 현시한다고까지 암시한 바 있다.

이야기의 재현적 기능은 은유적 대상 지시의 문제와 정확히 대응하는 문제를 제기한다. 나아가서 그것은 후자를 인간의 **행동** 영역에 특수하게 적용하는 것에 지나지 않는다고 할 수 있다. 줄거리는 어떤 행동의 재현 mimèsis이라고 아리스토텔레스는 말한다. 때가 오면 나는 미메시스라는 용어가 갖는 적어도 세 가지 의미를 구분할 것이다. 즉 그것은 우리가 행동의 영역에서 갖는 친숙한 전-이해 pré-compréhension를 가리키며, 허구의 왕국으로 들어가는 것이고, 마지막으로 전-이해된 행동의 영역을 허구를 통해 새롭게 형상화하는 것이다. 바로 이 마지막 의미에 의해 줄거리의 재현적 기능은 은유적 대상 지시와 결합한다. 은유적 재묘사가, 세계를 살 만한 세계로 만드는 감각적 · 감동적 · 미학적, 그리고 도덕 가치론적 가치 영역을 지배하는 것이라면, 이야기의 재현적 기능은 특히 행동과 그 시간적 가치의 영역에서 수행된다고 할 수 있다.

이 책에서 내가 길게 논의하고자 하는 것은 바로 이 마지막 특징에 관해서다. 우리가 만들어내는 줄거리는 혼돈스럽고 형태가 없으며 궁극적으로 아무런 말도 하지 않는 우리의 시간 경험을 다시-형상화시키는 어떤 특별한 수단을 제공한다고 생각한다. 아우구스티누스는 묻는다. "도대체 시간이란 무엇인가? 아무도 나에게 그 질문을 하지 않을 때에는 나는 알고 있다. 그러나 누군가 나에게 그것을 묻고 내가 그것을 설명하려 한다면 나는 더 이상 알 수 없다." 줄거리의 대상 지시 기능은 바로 철학적 사색의 논리적 모순(아포리아 apories)들에 시달리는 이러한 시간 경험을 다시-형상화하는 허구의 능력 속에 있다.

그러나 두 기능 사이의 경계는 불안정하다. 우선, 실천적 영역을 형상화하고 변모시키는 줄거리는 단지 능동적 행동 l'agir뿐만 아니라 피동적 행동 le pâtir, 따라서 능동적 주체와 희생자로서의 등장인물들 또한 포괄하게 된다. 그렇게 해서 서정시는 극시와 접근한다. 게다가 그 단어가 가리키듯이, 행동을 둘러싼 상황들과 행동의 비극성의 일부를 이루는 원하지 않았던 결과들 또한 다른 측면, 특히 비가(悲歌)와 애가의 양태로 시적 담론에 접근할 수 있는 수동성의 차원을 내포한다. 그렇게 해서 은유적 재묘사와 서술적 미메시스는, 그 두 어휘를 서로 바꾸어 시적 담론의 재현적 가치와 서술적 허구의 재묘사 역량에 관해 말할 수 있을 정도로 서로 밀접하게 맞물려 있다.

이렇게 해서 은유적 언술과 서술적 담론을 포함하는 광범위한 시적 영역이 모습을 드러내게 되는 것이다.

이 책의 최초의 핵심은 1978년 미주리-컬럼비아 대학에서 행한 브리크 강좌 Brick Lectures에서 형성되었다. 프랑스어 원본은 『서술성 *La Narrativité*』(Paris: C. N. R. S., 1980)의 첫 세 장에 실려 있다. 거기에 1979년 세인트 질스 St. Giles의 테일러 재단에서 행한 자하로프 강좌 Zaharoff Lecture ——「역사 이론에 대한 프랑스 역사학의 공헌」(Oxford: Clarendon Press, 1980) ——가 추가되었다. 이 저서의 몇몇 부분들은 프라이 Northrop Frye 강좌, 그리고 '비교 문학 프로그램'의 일환으로 토론토 대학에서 주재했던 두 개의 세미나를 통해 개략적인 형태로 완성되었다. 이 책 전체에 대한 초안 중 일부는 파리의 현상학·해석학 연구소와 시카고 대학의 존 너빈 John Nuveen 강좌에서 내가 주재했던 세미나의 자료로 쓰였다.

나를 초청해준 미주리-컬럼비아 대학의 빈 John Bien 교수와 커닝햄 Noble Cunningham 교수, 옥스포드 세인트 질스 테일러 재단의 이사장인 콜리어 Collyer 씨, 토론토 대학의 프라이 교수와 발데스 Mario Valdès 교수에게 고마움을 표하며, 또한 환대와 함께 나에게 영감을 불러일으키고 아울러 비판적 질책을 아끼지 않았던 동료 교수들과 시카고 대학의 학생들에게도 감사의 마음을 전한다. 특히 처음부터 끝까지 나의 연구에 참여해 논문집 『서술성 La Narrativité』에 기여한 파리 현상학·해석학 연구소의 모든 참가자들에게 깊은 사의를 표한다.

이 책의 논증 방식과 문체를 개선시킬 수 있도록 꼼꼼하고 엄격하게 읽어준 쇠이유 Seuil 출판사의 왈 François Wahl에게는 특별한 빚을 진 셈이다.

옮긴이의 말

그리스 신화는 자식을 낳자마자 모두 잡아먹는 크로노스에 관해 이야기하고 있다. 그것은 태어난 모든 것을 소멸시키는 시간 자체의 속성을 상징한다. 크로노스는 자기 자식인 제우스 6남매도 모조리 삼켰다가 다시 토해내는데, 이는 제우스 6남매가 시간을 극복했음을 상징할 것이다(아버지의 뱃속에서 놓여난 제우스는 크로노스를 무한 지옥에 가두어버린다). 한 손에는 살아 있는 모든 것을 소멸시키는 낫을, 다른 한 손에는 시간 자체를 상징하는 모래시계를 든 크로노스는 이처럼 그리스인들의 상상력 속에서 부정과 긍정이 엇갈리는 불가사의 한 모습으로 나타나고 있다.

근대성의 배를 가르고 태어난 탈근대성의 담론과 해체론은 근대성의 조종을 울리는 것처럼 보였다. 그러나 푸코, 데리다, 들뢰즈, 료타르, 보드리야르 등의 포스트모더니즘 계열 철학서들이 베스트셀러가 되고 일세를 풍미한 반면, 삶의 뜻을 이해하는 데 새로운 충격을 불러일으키는 사유의 힘은 오히려 점점 더 약화되는 듯하다. 과연 우리는 풍요한 철학과 빈곤한 사유의 시대에 살고 있는 것인가? 그리고 이제 다시금 서구 지성계에서는 근대성에 대한 논의가 일고 있다. 모든 것은 시간 속에서 태어나고 변화하며 소멸한다. 그러나 시간은 그 어떠한 것도 똑같이 되풀이되도록 허용하지 않는다. 근대성은 탈근대성의 담론에 지친 나그네의 지적 노스탤지어를 달래주는 고향이

될 수 없다. 그것은 언제나 새로운 사유와 해석의 원천을 제공하는 서구 사상의 샘물이자 흐름이다. 국내에 이미 『악의 상징』으로 소개된 바 있는 리쾨르는 이 점에서 주체의 사유 능력을 회복하려는 근대성의 흐름에 충실하면서도 새로운 사유의 원천을 제공하고 있는, 보기 드문 철학자다.

『시간과 이야기』는 총 3권, 4부로 구성되어 있다. 1권은 「줄거리와 역사 이야기 L'intrigue et le récit historique」라는 부제 아래 1부와 2부로, 2권은 「허구 이야기에서의 형상화 La configuration dans le récit de fiction」라는 부제 아래 3부로, 3권은 「이야기된 시간 Le temps raconté」이라는 부제 아래 4부로 구성되어 있다. 1부에서 리쾨르는 『고백록』에 나타난 아우구스티누스의 시간에 대한 사유와 아리스토텔레스의 『시학』의 핵을 이루는 미메시스-뮈토스-카타르시스 이론을 상호 보완적으로 종합하여 시간과 이야기의 관계를 정립한다. 다시 말해서 시간에 대한 이론과 이야기에 대한 이론을 개별적으로 검토해나가면서 궁극적으로는 양자를 종합함으로써 이야기한다는 실천 행위가 어떻게 인간의 실존적·윤리적 조건과 의미를 밝히는 데 기여하는가를 탐구하는 것이다. 작업의 첫 단계는 『고백록』의 독서를 통한 시간의 해석인데, 리쾨르는 아우구스티누스를 사로잡았던 화두를 되풀이한다. "도대체 시간이란 무엇인가? 아무도 나에게 그 질문을 하지 않을 때에는 나는 알고 있다. 그러나 누군가 나에게 그것을 묻고 내가 그것을 설명하려 한다면 나는 더 이상 알 수 없다"라고 말한다. 리쾨르의 관심은 이러한 회의론적 추론에서 출발하며, 거기서 그는 시간을 규정하려는 철학이 안고 있는 근본적인 아포리아를 재발견한다. 리쾨르의 독창성은 이러한 아포리아를 해결할 수 있는 방법을 시학, 특히 이야기에서 찾고 있다는 점이다. 서사시, 민담, 전설, 신화, 희곡, 소설 등의 허구 이야기뿐만 아니라, 실제적인 사건을 기술하는 역사

14

이야기에 이르기까지 비가시적 시간을 형상화하는 이야기의 특성은 이렇게 설명된다. "시간은 서술적 양식으로 엮임에 따라 인간의 시간이 되며, 이야기는 그것이 시간적 존재의 조건이 될 때 그 충만한 의미에 이른다." 그리하여 2부는 역사 기술에서의 이야기와 시간의 형상화라는 주제를 다루고 있는데, 여기에서 모든 역사 기술은 서술성을 바탕으로 하며, 궁극적으로는 역사적 시간이 갖는 서술성에 기초하고 있다는 것을 밝히고 있다.

3부는 허구 이야기의 형상화를 주로 논의하고 있다. 허구의 시간은 달력의 시간과 그에 따른 제약을 벗어나면서 우주론적 시간과 현상학적 시간의 무한한 조합을 통해 그 '상상적 변주'의 모든 영역을 보여준다. 실제로 순전히 선조적인 연속의 양상을 벗어나는 모든 것은 허구 이야기가 될 수 있으며, 허구는 상상력의 차원에서 자유로이 시간의 무한한 가능성을 탐구하는 것이다. 그리하여 허구는 상상력이 시간성의 수수께끼에 그럴 듯한 해결책을 제시하고자 하는 체험적 시도에 대해 일종의 실험실 역할을 한다. 즉 모든 허구는 체험된 시간에 상상적 변주를 제공함으로써 현실을 잉여 의미로 풍성하게 하는 은유적 인식 — '마치 ~와 같은 것' — 에 기초하고 있다는 것을 보여준다. 시간과의 이러한 허구적 놀이는 허구 이야기 구성 고유의 시간성을 다양하게 한다. 특히 동사의 시간 체계는 시간의 흐름을 반성, 축약, 파편화, 재조정하는 현상들을 통해 단순한 시간의 현상학에서는 연역될 수 없는 차원들로 시간에 관한 의식을 풍요롭게 한다.

1부의 서두에 소개된 체험된 시간과 우주적 시간 사이의 대립은 4부에서 칸트, 후설, 하이데거 등의 시간에 대한 논의로 확장된다. 여기서 정신의 시간이라는 아우구스티누스의 입장은 후설의 시간 현상학, 그리고 이를 극복하려는 하이데거의 현상학으로 발전되며, 우주적 시간이라는 아리스토텔레스의 입장은 칸트 이래 현대 물리학을 구성하는 객관적 시간이라는 개념과 계열체를 이루게 된다. 이리하여 시간에 대한 리쾨르의 해석은 현상학적 시간과 객관적 시간에 관한 이 모든 변주곡들이 어떻게 해서 최초의 논리적 모순들을 해결하는 데 실패했는가를 보여줌과 동시에, 다른 해결책을 찾을 수밖에 없음을 암시한다. 그 해결책이 바로 현상학적 시간과 우주적 시간을 불완전하게나마 매개하는 역사적 시간, 즉 이야기의 시간에 대한 연구다. 공간을 갖지 않는 시간, 선조적인 시간, 사라지는 시간, 불가능한 현재 등 시간에 대한 수수께끼들은 시간이 직접적으로 드러날 수도 없으며 우리가 그것을 직관에 의해 붙잡을 수도 객관적으로 규정할 수도 없다는 것을 보여준다. 그러나 시간은 매개체를 통해 적어도 형태를 부여받을 수 있다는 것인데, 리쾨르가 이야기라는 형태의 재해석을 통해 탐구하는 것은 바로 서술성(또는 역사성)이 갖는 이러한 매개적 기능이다.

우리는 『시간과 이야기』가 갖는 중요성을 몇 가지 점에서 생각해볼 수 있다. 첫째로, 문학 연구의 틀에서 볼 때 기존의 시간 연구들을 종합하여 시간의 주제 측면과 형식 측면을 한데 아우르는 통합 이론을 제시했다는 점이다. 물론 시간과 이야기의 관계는 리쾨르 이전에도 다양하게 연구된 바 있다. 소설의 등장인물을 보는 관점과 시간관을 비교 분석한 장 푸이용의 『시간과 소설 *Temps et Roman*』(Gallimard, 1946), 주제 비평의 관점에서 시간성을 작가의 코기토와 연결하여 여러 작가에 대한 시간 연구를 한 조르주 풀레의 『인간의 시간에 관한 연구 *Etudes sur le temps humain I-IV*』(Plon, 1952, 1964, 1968), 그리고 구조주의 방법론을 배경으로 프루스트 작품의 서술적 시간성을 체계적으로 연구한 제라르 주네트의 『문채 *Figures III*』(Seuil, 1972)가 있고, 또한 리쾨르의 영향을 받아 독서 현상학적 관점에서 새로운 시도를 한 미셸 피카르의 『시간 읽기 *Lire le temps*』(Minuit, 1989) 등을 떠올릴 수 있을 것이다. 『시간과 이야기』가 갖는 독특한 매력 가운데 하나는 철학적 관점에서 그와 같은 문학 연구들의 성과를 충분히 포용하고 그 한계를 극복하려 했다는 점이다. 둘째로, 철학적 해석학의 넓은 틀 속에서 허구 이야기뿐만 아니라 역사 이야기를 함께 다루면서 거대한 시간-이야기론을 제시했다는 점이다. 체험된 시간은 철학적 사유만으로는 파악할 수 없으며, 그 시간을 형상화하는 이야기 속에서 구체화되는 것은 바로 개인이나 집단을 구성하는 서술적 정체성이라는 명제를 담고 있는 이 저서가 프랑스에서 출간된 후 여러 학자들의 관심을 유발한 것은 결코 우연이 아닐 것이다. 그는 프랑스에서 존경받는 철학자이면서도 항상 상대적인 주변인으로 남아 있었던 관계로, 프랑스 철학뿐만 아니라 여타 대륙의 철학과 영미 철학에도 개방적일 수 있었다. 또한 여러 이론들——독일 철학이나 영미 계통의 분석 철학은 물론 역사 분야에서 '아날' 학파, 문학의 구조주의 이론, 정신분석학에 이르는——을 자신의 철학 속에 용해시켜 그들 상호 간의 생산적 논쟁을 불러일으킨 것은 이 책이 지니는 풍부함과 다양한 독서의 가능성을 입증하는 사례라 할 수 있다. 끝으로 이 책에서 제시되고 있는 이야기 이론은 구조주의의 횡포(?)로부터 벗어나 철학의 방향을 재정립하기 위한 리쾨르의 시도라는 점에서 상당한 중요성을 갖는다. 처음에 프랑스에서 이 책에 대한 논의가 미미했던 것은 그 역사적인 배경 속에서 이해되어야 한다. 다름아닌 1960년대 프로이트에 관한 라캉과 리쾨르의 논쟁, 그리고 구조주의에 관한 레비-스트로스와의 논쟁이 그것인데, 리쾨르는 구조주의에 관한 논의를 언어학 자체로 끌고 감으로써 언어 체계의 폐쇄성과 익명성에 반해 언어 행위로서의 담론을 대립시킨다. 말한다는 것은 화자가 "누구에게 무엇에 관해 무엇을 말하는 의도 속에서" 이루어지기 때문에 그것은 기호 체계의 폐쇄성을 초월하는 행위로 간주된다. 이러한 주장은 주체를 해체하고 실존적 의미의 부재 및 분열을 가져온 모더니티에 맞서, 주체의 사유 능력을 회복하려는 움직임으로 이해되며, 타자의 말과 글을 통해 자기의 주체를 찾으려는 노력의 결과로 간주될 수 있다.

하지만 리쾨르의 철학에 대한 반론도 만만치 않다. 철학·문학·신학·역사 등 다양한 영역을 넘나들며 현란하리만치 세련된 추론과 박학을 보여주는 그의 철학에서 과연 독창성이나 어떤 체계를 찾아볼 수 있는가? 결국은 서구의 윤리학·신학으로 되돌아가는 것이 아닌가? 이에 대한 답은 그의 책을 꼼꼼하게 읽어가며 독자가 스스로 찾을 수밖에 없다. 물론 섬세하고 정교하며 때로는 질식할 듯 답답하게 이어지는 그의 분석과 추론에 질리지 않을 독자는 별로 없을 것이다. 그러나 그 자신의 표현대로 "독자의 기나긴 인내"를 요구하는 그의 지적 여정을 따라가노라면 그의 내면에서 배어나오는 학문에의 열정과 인간에 대한 따뜻한 애정, 그리고 갈등과 투쟁이 아니라 화해에의 염원을 읽을 수 있을 것이다. 그리고 바로 그것이 리쾨르 철학의 보이지 않는 체계이자 독창적인 힘이 아닐까.

번역을 시작하여 책이 나오기까지 꽤 오랜 시간이 흘렀다. 책의 분량이 방대하기도 하거니와 용어 하나를 옮기기 위해 수없이 망설여야 했던 때도 적지 않았다. 전체적으로 내가 1부, 2부를 그리고 이경래 교수가 3부를 맡아서 번역했고, 서로의 번역을 꼼꼼하게 읽으며 가능한 한 오역을 줄이기 위해 많은 시간과 노력을 투자했다. 그리고 용어나 표현의 문제를 중심으로 내가 끝손질을 했다. 사실 『시간과 이야기』를 제대로 읽으려면 라틴어를 비롯한 영어·독일어 등에서 상당한 수준의 지식을 필요로 하며, 뿐만 아니라 철학과 역사 분야의 전문 용어들은 문학을 전공한 역자들을 수시로 괴롭히곤 했다. 그래도 이경래 교수와 함께 작업하지 않았더라면 이렇게 책으로 펴내기 힘들었을 것이며, 많은 분들의 조언을 얻어 나름대로 성실한 번역을 위해 노력할 수 있었던 점은 다행이라 하지 않을 수 없다. 길고도 어

려운 작업이었지만 리쾨르를 통해 학문의 자세를 다시금 가다듬을
수 있었던 것이 큰 보람이었고, 이 책의 번역을 계기로 리쾨르의 철
학에 관심을 갖고 있는 국내의 학자들과 정기적인 연구 모임을 통해
심도 있게 논의할 수 있는 자리를 가진 것도 크나큰 즐거움이었다.
이 책의 번역을 권유해주신 오생근 선생님께 감사드리며, 어지러운
교정지를 묵묵히 참아주신 문학과지성사 편집부 여러분에게도 고마
움을 표한다.

1999년 10월

김 한 식

차 례

일러두기

1 이 책은 폴 리쾨르의 『시간과 이야기 *Temps et Récit*』(Seuil, 1983)
   제1권을 완역한 것이다. 본문의 원주는 아라비아 숫자로, 옮긴
   이 주는 〔……: 옮긴이〕로 본문 내에 표기한다.

2 본문에 나오는 그리스, 라틴어, 영어, 독일어 등의 인명 번역은
   혼동의 우려가 있으므로 프랑스어 발음대로 표기하지 않고 관
   례를 따라 원래의 표기를 사용한다. 다만 각주에서의 인명은 일
   반적으로 잘 알려진 인물을 제외하고는 원어를 그대로 표기함
   을 원칙으로 한다.

3 본문에서 이탤릭체로 강조된 부분은 고딕체로, 《 》로 강조된 부
   분은 ' '로, 인용문은 " "로 표기함을 원칙으로 한다.

제1부

이야기와 시간성 사이의 순환

이 책의 1부는 주요 전제들을 제시하는 데 그 목적을 두고 있으며, 그러한 전제들은 이후 역사 기술이나 허구 이야기를 다루는 다양한 학설들에 비추어 검증될 것이다. 이 전제들은 공통의 핵을 가지고 있다. 역사 기술과 허구적 이야기 사이의 구조적 동일성을 입증하는 문제──우리는 2부와 3부에서 그것을 증명하려고 노력할 것이다──와 관련해서나, 또는 각각의 서술적 양태가 내세우는 진리 주장 사이에서 드러나는 심층적 유사성을 확인하는 문제──우리는 4부에서 그 문제를 다룰 것이다──와 관련해서, 하나의 전제가 다른 모든 전제들을 지배하고 있다. 즉 서술 기능의 구조적 동일성은 물론 모든 서술 작품들의 진리 주장의 최종 목적은 바로 인간의 경험이 갖는 시간적 특성이라는 것이다. 서술적인 작품이 전개하는 세계는 항상 어떤 시간적 세계다. 또는 이 책 전체를 통해 자주 되풀이되겠지만, 시간은 서술적 방식으로 진술되는 한에 있어서 인간의 시간이 되며, 반면에 이야기는 시간 경험의 특징들을 그리는 한에 있어서 의미를 갖는다. 본 저서의 1부는 바로 이러한 중요한 전제를 다루고 있다.

이 논제가 순환적인 성격을 드러낸다는 것은 부정할 수가 없다. 그것은 결국 모든 해석학적 주장이 처한 입장이다. 1부에서 전개되는 내용은 이러한 반론을 다루고자 한다. 3장에서는 서술성과 시간성의 순환이 악순환이 아니라, 그 양쪽이 서로를 보강하는 건실한 순환임을 입증하고자 노력할 것이다. 이러한 논의의 준비 단계로 서술성과 시간성의 상호성에 관한 주장에, 서로 관계가 없는 두 가지 이론을 그 역사적 서론으로 제시할 수 있다고 생각했다. 그리하여 1장은 아우구스티누스의 시간 이론을, 2장은 아리스토텔레스의 줄거리 이론을 다루었다.

이 두 저자의 선택은 이중으로 정당화된다. 우선 이들은 순환이라는 우리의 문제에 서로 독자적인 두 개의 입구를 제시한다. 즉 하나는 시간의 역설이라는 측면에서, 다른 하나는 이야기의 이해 가능한 조직화라는 측면에서 그러하다. 그들의 독자성은 단지 아우구스티누스의 『고백록』과 아리스토텔레스의 『시학』이 수세기에 걸친 시간적 거리와 겹쳐질 수 없는 문제점들로 말미암아 서로 떨어져 있는, 전혀 상이한 문화권에 속한다는 점에서 비롯되는 것만은 아니다. 우리의 논의에서 보다 중요한 것은, 전자가 『고백록』의 첫 아홉 개 장에서 전개된 영적 자서전의 서술 구조를 시간의 본질에 관한 탐구의 토대 위에 세운다는 뚜렷한 생각을 갖고 있지 않으면서도 시간의 본질에 관해 캐묻고 있다는 점이며, 후자는 『물리학』에 시간의 분석에 대한 책임을 떠맡김으로써, 자신의 분석이 갖는 시간적 함의를 고려하지 않으면서도 극적 줄거리의 이론을 구성한다는 것이다. 바로 이러한 엄밀한 의미에서 『고백록』과 『시학』은 우리가 다루는 순환의 문제에 독자적인 두 개의 접근로를 제공한다.

그러나 두 분석의 이러한 독자성이 우리의 주관심사는 아니다. 그 분석들은 근본적으로 상이한 두 개의 철학적 지평에서 출발해 동일한 질문을 향해 수렴하는 데 그치는 것이 아니다. 다시 말해서 각기 서로의 역전된 이미지를 만들어낸다. 기실 아우구스티누스의 분석은 시간에 대해 어떤 표상을 제시하며, 그 표상을 통해 불협화음 discordance은 아니무스 animus를 이루는 화음 concordance의 희원을 끊임없이 저버린다. 그 반면 아리스토텔레스의 분석은 줄거리의 형상화를 통해 불협화음에 대한 화음의 우위를 확립한다. 바로 이러한 화음과 불협화음 사이의 상반된 관계야말로 『고백록』과 『시학』의 대조 ——연대를 무시하고 아우구스티누스에서 아리스토텔레스로 옮겨감으로써 그만큼 엉뚱하게 보일 수 있는 대조——에서 내가 가장 큰 흥미를 느낀 부분이다. 그러나 『고백록』과 『시학』의 만남은, 시간의 역설에 의해 생기는 곤란한 문제들이 지배하는 저작에서 그 반대로 무질서에 대해 질서가 승리하게 만드는 시인과 시의 힘에 대한 신뢰가 우세를 보이는 저작으로 갈수록, 동일한 독자의 정신 속에서는 보다 더 극적인 것이 되리라고 생각했다.

독자는 바로 1부의 3장에서 그 선율핵을 발견하게 될 것이며, 나머지 부분은 그것을 발전시키거나 때로는 뒤집게 될 것이다. 우리는 그곳에서 시간에 대한 아우구스티누스의 분석, 그리고 줄거리에 대한 아리스토텔레스의 탁월한 분석이 우리에게 물려준 화음과 불협화음의 역전된 놀이를 그 자체만으로, 즉 역사적 주석에 그리 신경쓰지 않고 다룰 것이다.[1]

---

1) 여기서 어휘의 선택은 상당 부분 Frank Kermode의 『종말의 의미, 허구 이론 연구 *The Sense of an Ending, Studies in the Theory of Fiction*』(Oxford University Press, 1966)에 빚지고 있는데, 본 저서의 3부에서 이 책을 별도로 분석할 것이다.

제1장

시간 경험의 아포리아
—아우구스티누스의 『고백록』 제11서

우리 자신의 성찰이 그 주위를 선회하게 될 주된 반대 명제가 드러
나는 가장 첨예한 표현은 아우구스티누스의 『고백록』 제11서 끝부분
에서 발견된다.[1] 인간 정신의 두 가지 특징이 대조를 이루고 있으며,
저자는 서로 반향하는 반대 명제들에 대한 자신의 기호를 드러내면

---

1) 프랑스어 번역본으로는 M. Skutella의 텍스트(Teubner, 1934)를 옮긴 E. Tréhorel과
G. Bouissou의 번역(서론과 주석은 A. Solignac, 'Bilbliothèque augustinienne,' t.
XIV, Desclée de Brouwer, 1962, pp. 270~343)을 사용했다. 나의 연구는 E. P.
Meijering의 학술적인 주석(『창조, 영원, 그리고 시간에 관한 아우구스티누스의 성
찰 *Augustin über Schöfpung, Ewigkeit und Zeit. Das elfte Buch der Bekenntnisse*』,
Leiden: E. J. Brill, 1979)에 힘입은 바 크다. 그에 비해 나는 논의의 모순적 성격, 특
히 A. Solignac이 Tréhorel-Bouissou의 번역에 단 '보주(補註)'(pp. 572~91)에서 그
대신 특별히 강조하고 있는 이완과 긴장의 변증법에 역점을 두고자 한다. Jean
Guitton의 저서 『플로티노스와 아우구스티누스에서의 시간과 영원 *Le Temps et
l'Eternité chez Plotin et Saint Augustin*』(1933, Paris: Vrin, 4ᵉ éd., 1971)은 여전히 예
리한 통찰을 담고 있다. 플로티노스에 대해서는 Werner Beierwaltes, 『영원과 시간
에 관한 플로티노스의 성찰 *Plotin über Ewigkeit und Zeit (Enneade* Ⅲ, 7)』
(Frankfurt: Klostermann, 1967)의 서론과 주석을 참고했다. 마찬가지로 E. Gilson
「아우구스티누스에서의 존재와 시간에 대한 주석」(『아우구스티누스 연구
Recherches augustiniennes』, Paris, 1929, pp. 246~55)과 John C. Callahan의 『고대
철학의 네 가지 시간관 *Four Views of Time in Ancient Philosophy*』(Harvard
University Press, 1948, pp. 149~204)도 참고할 수 있을 것이다. 순간의 문제에 대
한 역사에 관해서는 P. Duhem의 『세계의 체계 *Le Système du monde*』(t.I, chap. v.
Paris: Hermann)를 참고할 것.

서 그 위에 정신의 긴장 intentio[intentio는 의도적으로 의식을 집중한다는 의미를 갖는다: 옮긴이]과 이완 distentio[distentio는 연장(延長), 팽창의 뜻도 아울러 지니고 있다: 옮긴이]의 각인을 새긴다. 바로 이러한 대조야말로 내가 나중에 아리스토텔레스의 뮈토스 muthos와 극적 반전 peripeteia의 대조와 비교하게 될 것이다.

이에 앞서 두 가지 점을 지적해야 할 것이다. 첫번째로 "도대체 시간이란 무엇인가?"라는 질문과 함께 『고백록』 제11서 14장 17절을 읽기 시작한다는 것이다. 물론 시간의 분석이 "태초에 신이 〔……〕를 창조했다 In principio fecit Deus 〔……〕"라는 『창세기』의 첫 구절에서 영감을 받은, 영원성과 시간 사이의 관계들[2)]에 대한 사색 속에 삽입되었다는 사실을 모르지 않는다. 그런 의미에서 시간의 분석을 그 사색으로부터 분리시킨다는 것은, 긴장과 이완이라는 아우구스티누스의 반대 명제와 뮈토스와 극적 반전이라는 아리스토텔레스의 반대 명제를 동일한 성찰 공간에 위치시키려는 구상만을 가지고는 충분히 정당화할 수 없는 일종의 폭력을 텍스트에 가하는 셈이다. 그럼에도 불구하고 이러한 폭력은 아우구스티누스의 논증 자체를 통해 다소간 정당화될 수 있는데, 그는 시간을 다루면서 오로지 인간의 시간을 특징짓는 존재론적 결함을 보다 뚜렷하게 드러내기 위한 목적에서 영원성을 전거로 삼고 있으며, 시간 그 자체의 개념을 괴롭히는 논리적 모순들과 직접 맞서고 있다. 아우구스티누스의 텍스트에 대해 저지른 이 잘못을 다소나마 보상하기 위해, 분석의 최종 단계에서 영원성에 대한 사색을 다시 도입할 것인데, 그것은 바로 영원성에서 시간 경험의 강화된 모습을 찾기 위해서이다.

두번째로 미리 지적해야 할 것은 다음과 같다. 시간에 대한 아우구스티누스의 분석은, 내가 이제 막 고백했던 방법론적 작위에 의해 영

---

2) 그 성찰은 1장 1절에서 14장 17절에 걸쳐 있으며, 29장 39절에서 맨 끝인 31장 41절까지 다시 다루고 있다.

원성에 관한 사색으로부터 분리됨으로써, 매우 의아스럽고 모순적이기까지 한 어떤 특성을 보여주는데, 그것은 플라톤에서 플로티노스에 이르기까지 시간에 대한 고대의 이론들 중 그 어느 것도 그처럼 예리하게 이론을 전개시킨 바가 없다는 점이다. (아리스토텔레스와 마찬가지로) 아우구스티누스는 항상 전통에 의해 수용된 아포리아들에 입각하여 논의를 시작했을 뿐만 아니라, 매번 아포리아를 해결할 때마다 끊임없이 연구에 활력을 주는 새로운 난점들을 만들어낸다. 사유를 진전시킬 때마다 곤란한 문제들을 새로이 불러일으키게 하는 이러한 스타일로 말미암아 아우구스티누스는, 때로는 아무것도 모른다고 주장하는 회의주의자들의 곁에, 때로는 무언가 알고 있다고 주장하는 플라톤주의자들이나 신플라톤주의자들의 곁에 놓인다. 아우구스티누스는 추구한다(추구하다 quaerere라는 동사는 텍스트 전체를 통해 집요하게 되풀이된다는 것을 보게 될 것이다). 우리가 시간에 대한 아우구스티누스의 명제라고 부르는 것, 그리고 그것을 아리스토텔레스와 심지어 플로티노스의 명제와 대립시키기 위해 심리학적 명제라고 기꺼이 규정짓는 것은 어쩌면 아우구스티누스가 인정할 수 있는 것보다 더 모순적이라고까지 말해야 할 것이다. 어쨌든 그것이 내가 보여주려고 노력할 대상이다.

이 두 지적은 서로 연결되어야 한다. 즉 시간의 분석을 영원성에 관한 사색 속에 끼워넣음으로써 아우구스티누스의 연구는 희망에 가득 찬 신음이라는 독특한 음조를 띠게 되는데, 시간에 대한 엄밀한 의미에서의 논증을 분리시키는 분석에서는 그러한 음조가 사라진다. 그러나 우리는 바로 시간의 분석을 영원성의 배경에서 떼어냄으로써 그 모순적인 특성을 부각시키게 된다. 물론 이런 모순적 양태는, 어떤 강력한 확신과 배치되지 않는다는 점에서 회의주의자들의 그것과는 다르다. 그러나 그것이 만들어내는 새로운 아포리아들을 벗어나서는 그 핵심적 논제가 결코 적나라하게 포착될 수 없다는 점에서 신

플라톤주의자의 그것과도 다르다.[3]

시간에 대한 순수 성찰이 갖는 이 모순적 특성은 이어지게 될 본 연구 전체를 통해 두 가지 점에서 가장 큰 중요성을 갖는다.

우선 아우구스티누스의 경우에는 시간의 순수 현상학이 존재하지 않는다는 점을 인정해야 한다. 어쩌면 그 이후로도 결코 존재하지 않을 것이다.[4] 이리하여 시간에 대한 아우구스티누스의 '이론'은 논증적인 작업과 불가분의 관계에 있으며, 그러한 작업을 통해 아우구스티누스는 회의론이라는 끝없이 되살아나는 히드라〔그리스 신화에 나오는 괴물로서 7개 혹은 9개의 머리를 가졌다고 하며, 머리 하나를 자르면 곧 두 개의 머리가 생겨난다고 한다. 헤라클레스가 이 괴물을 물리친다: 옮긴이〕의 머리를 하나씩 하나씩 베어낸다. 그러므로 모든 설명에는 그에 대한 토론이 뒤따른다. 따라서 논증으로 뒤덮여 있는 곳에서 현상학적 핵을 분리시키는 것은 지극히 어려운 일이며, 어쩌면 불가능할 수도 있다. 아우구스티누스 특유의 것으로 여겨지는 '심리적 해법'은 논증의 수사학과 분리시킬 수 있는 그러한 '심리학'도 확실히 아니며, 모순적 체제에서 결정적으로 벗어나게 할 수 있는 그러한 '해법'은 더욱 아니다.

뿐만 아니라 이런 모순적 스타일은 본 저서 전체의 전략적인 측면에서 특별한 의의를 갖는다. 이 책의 일관된 주장은, 시간에 관한 사

---

3) J. Guitton은 아우구스티누스에서의 시간과 의식의 관계에 주의를 기울이면서, 시간의 아포리아는 또한 자아의 아포리아라는 점에 주목한다(앞의 책, p. 224). 그는 『고백록』 제10서 16장 25절을 이렇게 인용한다. "어쨌든 저로서는, 주여, 그로 인해 고통을 받고 있으며, 저 자신으로 인해 고통받고 있습니다. 저는 저 자신에 대해, 땀에 흠뻑 젖게 하는 지나치게 배은망덕한 대지가 되어버렸습니다〔J. Guitton은 보다 우아하게 '노력과 땀을 요구하는 대지'라고 말한다〕. 그렇습니다. 우리가 지금 탐색하고 있는 것은 더 이상 천상의 영역도, 천체의 거리도 아닌 바로 정신입니다 ego sum, qui memini, ego animus."

4) 이러한 대담한 주장은 1부 후반에서 다시 언급될 것이며, 4부에서는 긴 논의의 대상이 될 것이다.

색이란 결론내릴 수 없는 되새김질이며, 오로지 서술적 활동만이 그에 응답할 수 있다는 것이다. 그렇다고 서술적 활동이 아포리아를 대신 해결하지는 않는다. 만약 해결한다면, 그것은 그 용어의 시학적 의미에서이지 이론적 의미에서가 아니다. 나중에 언급하겠지만, 줄거리 구성은 아포리아를 확실히 규명할 수 있는(그것은 아리스토텔레스의 카타르시스가 갖는 주된 의미가 될 것이다) 어떤 시학적 행위를 통해 사변적 모순에 응답하는 것이지, 이론적으로 그것을 해결하는 것은 아니다. 어떤 의미에서는 아우구스티누스 자신도 이러한 종류의 해법을 지향한다고 볼 수 있는데, 우리는 이미 제11서의 첫 부분에 나타나는 논증과 송가(頌歌)의 융합——우선은 그것을 잠시 제쳐두기로 하자——을 통해, 해답뿐만 아니라 질문 그 자체의 시적 변모만이 논리적 모순을 그에 따른 무의미로부터 해방시킨다는 사실을 이해하게 된다.

1. 시간의 존재와 비존재의 논리적 모순

긴장과 짝을 이루는 정신의 이완 개념은 아우구스티누스의 재능을 시험하는 주된 논리적 모순, 즉 시간의 측정 mesure이라는 모순으로부터 서서히, 그리고 힘겹게 드러날 뿐이다. 그러나 그 모순은 훨씬 더 근본적인 모순, 즉 시간의 존재나 비-존재의 모순이라는 순환 속에 위치한다. 어떤 식으로든 존재하는 것만이 측정될 수 있기 때문이다. 혹자는 그것을 유감스럽게 생각할 수도 있겠으나, 시간의 현상학은 "도대체 시간이란 무엇인가 quid enim tempus?"(XI, *14*, 17)[5]라는 존재론적 질문의 중심에서 태어난다. 질문을 제기하자마자 시간의

---

5) 이제부터 우리는 『고백록』의 제11서를 인용할 때마다 *14*, 17; *15*, 18 등의 방식으로 표기할 것이다.

존재와 비-존재에 대한 오래된 골칫거리들이 모두 떠오른다. 그러나 주목할 만한 것은 탐색하는 듯한 아우구스티누스의 스타일이 처음부터 압도하고 있다는 점이다. 즉 한편으로 회의주의적 추론은 비-존재로 기울어지는 반면, 언어의 일상적 용법에 대한 조심스런 신뢰를 통해, 아직은 우리가 설명할 수 없는 어떤 방식으로 시간은 존재한다고 말하지 않을 수 없다. 잘 알려진 대로 회의주의적 추론은, 미래는 아직 오지 않았고 과거는 이미 지나갔으며 현재는 머무르지 않기 때문에 시간은 실재하지 않는다는 것이다. 그런데 우리는 다가올 일은 존재할 것이고 지나간 일은 존재했으며 현재의 일은 지나가고 있다고 말함으로써 마치 시간이 실재하는 것처럼 말한다. 지나가는 것이라 할지라도 무(無)는 아니다. 비-존재의 논제에 대한 저항을 잠정적으로나마 지탱하는 것이 언어의 용법이라는 사실은 특기할 만하다. 우리는 시간에 관해 말하며, 그에 관해 양식에 어긋나지 않게 말한다. 그 점이 시간의 존재에 대한 다음과 같은 주장의 토대를 이루는 것이다. "우리가 시간에 대해 말할 때 우리는 확실히 이해한다. 그리고 마찬가지로 다른 사람이 그에 대해 말하는 것을 들을 때에도 우리는 이해한다"(*14*, 17).[6]

그러나 우리가 양식에 어긋나지 않게, 그리고 긍정적인 용어(존재할 것이다, 존재했다, 존재한다)로 시간에 대해 말하는 것이 사실이라면, 그 용법에서 어떻게의 문제를 설명할 수 없다는 사실은 바로 이러

---

6) 여기서 영원성과의 대조는 결정적이다. "현재의 시간으로 말하자면, 그것이 만일 항상 존재하고 있어서 과거 속으로 사라져버리지 않는다면 그것은 이미 시간이 아니라 영원일 것이다"(같은 책). 그럼에도 불구하고, 영원성에 대해 우리가 가질 수 있는 이해력이 어떤 것이건간에, '항상'이라는 단어를 포함하는 언어의 용법에 도움을 청하는 것으로 논의를 국한시킬 수 있다는 점을 여기서 지적할 수 있다. 현재는 항상 존재하는 것이 아니다. 이리하여 지나가다는 머무르다와의 대조를 필요로 한다(Meijering은 지나가다와 머무르다가 다양한 방식으로 대조되고 있는 강론 108을 여기서 인용하고 있다). 우리는 논의 전반을 통해 현재에 대한 정의가 보다 정교해짐을 보게 될 것이다.

한 확신으로부터 발생한다. 시간에 대해 말함으로써 분명 회의주의적 논법에 저항할 수는 있으나, 언어 그 자체는 '것'과 '어떻게' 사이의 괴리로 말미암아 문제가 된다. 우리는 아우구스티누스가 사색의 문턱에서 내지른 외침을 기억한다. "도대체 시간이란 무엇인가? 아무도 나에게 그 질문을 하지 않을 때에는 나는 알고 있다. 그러나 누군가 나에게 그것을 묻고 내가 그것을 설명하려 한다면 나는 더 이상 알 수 없다"(14, 17). 그리하여 존재론적 역설은 언어를 회의주의적 논법과 대립시킬 뿐만 아니라 언어 그 자체와 대립시킨다. '지나갔다' '닥쳐오다' '존재하다' 등의 동사가 갖는 긍정성과 '이미 ~아니다' '아직 ~아니다' '항상 ~아니다' 등의 부사가 갖는 부정성을 어떻게 화해시킬 것인가? 따라서 질문의 범위는 한정된다. 만일 과거가 이미 존재하지 않고 미래가 아직 존재하지 않으며 현재가 항상 존재하지 않는다면 시간은 어떻게 존재할 수 있는가?

이완의 주제를 낳는 핵심 역설은 이러한 최초의 역설에 접목되어 있다. 어떻게 우리는 존재하지 않는 것을 측정할 수 있을까? 시간의 존재와 비-존재의 역설은 곧바로 측정의 역설을 낳는다. 여기서도 언어는 비교적 확실한 안내자다. 즉 우리는 시간이 길거나 짧다고 말하며, 길이를 어떤 식으로든 관찰하고 측정한다(15, 19에서 정신이 이렇게 자기 자신에게 말을 거는 부분을 참조할 것. "너는 시간이 느리게 가는 것 moras을 지각하고 그것을 측정할 수 있다. 너는 나에게 무엇이라고 대답할 것인가?"). 게다가 우리는 단지 과거나 미래에 대해서만 길거나 짧다고 말한다. 즉 논리적 모순의 '해결책'을 미리 예상해본다면, 우리는 바로 미래에 관해 그것이 줄어든다고, 그리고 과거에 대해 그것이 늘어난다고 말하는 것이다. 그러나 언어는 단지 측정한다는 사실을 증명하는 데 그침으로써 "어떻게 ~일 수 있는가" "어떤 이유로 sed quo pacto"(15, 18) 등 어떻게의 문제는 또다시 언어에서 벗어난다.

아우구스티누스는 우선, 우리가 바로 과거와 미래를 측정하고 있다는 확신에 등을 돌리는 것처럼 보인다. 나중에 그는 기억과 기다림을 이용하여 과거와 미래를 현재에 위치시킴으로써, 즉 기다림과 기억에 어떤 긴 미래와 긴 과거라는 관념을 옮김으로써, 표면상 파탄을 맞은 것 같은 이러한 최초의 확신을 구할 수 있을 것이다. 그러나 언어와 경험, 그리고 행동에 대한 이러한 확신은, 우선 무너지고 완전히 변형된 다음에야 다시 회복될 것이다. 이 점에서, 최종적인 답변이 다양한 양태로 미리 예상된다는 점은 아우구스티누스의 탐색의 한 특징이라 할 수 있으며, 그 양태들은 우선 그 진정한 의미가 드러나기 전에 비판을 거쳐야 할 것이다.[7] 실제로 아우구스티누스는 논증을 거의 거치지 않는 확신을 처음에는 버리는 것처럼 보인다. "나의 빛 주님이여, 이 점에 있어서도 당신의 진리는 인간을 비웃고 계시는 것이 아닙니까?"(*15*, 18).[8] 따라서 우리는 우선 현재 쪽으로 시선을 돌릴 것이다. 과거란 "아직도 존재하고 있을 때"(*15*, 18) 긴 것이 아니었던가? 이 질문에서도 우리는 기억과 기다림이 현재의 양태로 나타나기 때문에 최종적인 답변의 내용을 미리 알 수 있다. 그러나 추론의 현단계에서, 현재는 아직도 과거와 미래에 대립되어 있다. 세 겹의 현재 triple présent 라는 관념은 아직 드러나지 않고 있는 것이다. 단 하나의 현재만을 토대로 한 해결책은 바로 그 때문에 무너지게 마련이다. 이러한 해결책이 실패한 것은, 현재를 단지 머무르지 않을 뿐만 아니라 연장(延長)도 갖지 않는 개념으로 정제했기 때문이다.

역설을 그 극한으로 몰고 가는 이러한 개념의 정제는 우리에게 잘 알려진 회의주의적 추론과 유사하다. 과연 백 년이 동시에 존재할 수 있을까(*15*, 19)? (논점은 오로지 현재를 길이로 평가하는 것을 반박하는 데에만 있음을 알 수 있다). 그 다음은 아는 바와 같다. 즉 유일하

---

7) Meijering의 주석은 예상의 이러한 기능을 아주 훌륭하게 지적하고 있다.

8) 신의 조롱에 관해서는 Meijering, pp. 60~61 참조.

게 존재하는 것은 올해이며, 올해 안에는 이 달[月]이, 이 달 안에는 오늘[日]이, 오늘에는 이 시각이, "그리고 이 유일한 시각 그 자체도 덧없는 입자가 되어 사라진다. 다시 말해 사라진 모든 것은 과거이며 남아 있는 모든 것은 미래다"(*15, 20*).[9]

그러므로 회의주의자들의 견해를 따라 다음과 같이 결론을 내려야 한다. "순간의 단편이 아무리 미세하다 할지라도 더 이상 그것으로 나누어질 수 없는 시간의 어떤 성분quid temporis을 우리가 인지할 수 있다면intelligitur, 그것이 바로 현재라 불려질 수 있는 것이다. [……] 그러나 현재는 공간spatium을 가지고 있지 않다"(같은 책[10]). 차후의 논의 단계에서, 현재의 정의는 어느 한 점에 국한된 순간의 관념으로까지 정련될 것이다. 아우구스티누스는 기계적 논증에 따른 준엄한 결론을 극적인 문체로 표현한다. "현재의 시간은 길 수가 없다고 외친다"(*16, 20*).

회의론의 돌풍 속에서도 버티는 것은 도대체 무엇인가? 그것은 여전히, 그리고 언제나 언어를 통해 진술되고 이해력에 의해 밝혀지는 경험이다. "그런데 주여, 우리는 시간의 간격을 지각합니다sentimus. 그리고 그것을 서로 비교하여comparamus 어떤 것은 길고 어떤 것은

---

9) 고대인들과 마찬가지로 아우구스티누스 역시 시(時)보다 더 작은 단위에 관해서는 언급하지 않고 있다. Meijering(앞의 책, p. 64)은 여기서 H. Michel의 논문「고대의 시각(時刻) 개념」, *Janus* (57), 1970, pp. 115 이하를 참조한다.

10) 분리할 수 없으나 연장을 가지지 않는 순간의 논증에 관해 Meijering(앞의 책, pp. 63~64)은 Sextus Empiricus의 텍스트를 환기함과 아울러 Victor Goldschmidt의 『스토아 학파의 체계와 시간』(pp. 37 이하, pp. 184 이하)에 소개된 스토아 학파의 논쟁을 적절하게 참조하고 있다. 아우구스티누스는 자신의 분석이 사변적인 논증("시간의 어떤 성분을 우리가 인지할 수 있다면si quid intelligitur temporis [……]")에 속하고 있음을 완벽하게 의식하고 있다는 것을 우리는 알게 될 것이다. 여기서 순수 현상학에 기댈 수 있는 것은 아무것도 없다. 게다가 우리는 시간적 연장의 개념이 잠시 나타난다는 것을 언급하겠지만, 그것은 아직 뿌리를 내린 상태는 아니다. "[현재가] 늘어난다면, 그것이 과거와 미래로 나누어지기 때문이다"(nam si extenditur, dividitur [……] *15, 20*).

짧다고 부릅니다. 우리는 또한 이 시간이 저 시간보다 얼마나 길고 짧은지 재어보기까지 metimur 합니다"(16, 21). 지각하고 비교하고 측정하는 것에 대한 이의 제기는 시간의 측정과 관련해서 감각적이고 지적이며 실천적인 우리의 활동에 대한 이의 제기다. 그러나 마땅히 경험이라고 불러야 할 이런 것이 아무리 끈질기다 할지라도 어떻게의 문제에서는 우리는 한 걸음도 앞으로 나아가지 못한다. 진정한 명증성에는 언제나 거짓된 확신이 뒤섞여 있는 것이다.

앞서 우리가 확인한 바에 이어, 현재의 개념을 이행과 전이의 개념으로 대체함으로써 우리는 결정적인 일보를 내딛는다고 생각한다. "우리는 바로 시간이 흘러가는 praetereuntia 동안 그것을 관찰하여 측정하는 것이다"(16, 21). 이 사변적인 공식은 실천적인 확신과 결부된 것처럼 보인다. 그러나 그 또한 정확히 말해서 세 개의 현재 사이의 변증법에 의한 이완으로 다시 나타나기에 앞서 비판을 거쳐야 할 것이다. 기대, 기억 그리고 주의력 attention 사이에서 이완된 관계라는 관념을 형성하지 못하는 한, "따라서 시간이 흘러가는 순간 그것은 지각되고 측정될 수 있다"(같은 책)라고 또다시 말할 때에도 우리는 우리 스스로를 이해하지 못한다. 이 공식은 해결책을 예상케 하는 동시에 잠정적으로는 막다른 골목이다. 따라서 가장 확실한 것처럼 보이는 순간에 아우구스티누스가 이렇게 멈춰선 것은 우연이 아니다. "나는 찾습니다, 주여, 그러나 단정하지는 않습니다"(17, 22).[11] 더 나아가서 그는 그러한 이행의 관념을 밀고 나가는 것이 아니라 "현재는 연장을 가지지 않는다"라는 회의주의적 논법의 결론으로 되돌아옴으로써 탐색을 계속하는 것이다. 그런데 우리가 측정하는 것

---

11) Meijering(앞의 책, p. 66)은 아우구스티누스의 추구하다 quaero에서 아우구스티누스의 논리적 모순과 회의론자들의 전적인 무지 inscience를 구별짓는 그리스어 'zêtein'을 식별한다. J. Guitton은 지혜를 가르치는 헤브라이 전통——우리는 『사도서』 17, 26에서 그 메아리를 들을 수 있다——에서 'zêtein'의 비-그리스적인 근원을 밝혀낸다.

은 바로 나중에 기대로 이해되는 미래이며 기억으로 이해되는 과거
라는 관념에 이르는 길을 닦기 위해서는, 너무 일찍 부정되었으나 우
리가 아직은 상세히 설명할 능력이 없다는 의미에서 과거와 미래의
존재를 옹호해야 한다.[12]

　어떤 방식으로든 과거와 미래가 존재할 정당한 권리가 있다고 어
떠한 근거로 말할 수 있을 것인가? 우리는 다시 한번 바로 그에 관해
말하고 행동하기 때문에 그러하다고 말할 수 있다. 그런데 과거와 미
래에 대해 우리는 무엇을 말하고 행하는가? 우리는 우리가 진실이라
고 여기는 것을 이야기하며, 예상했던 대로 일어나는 사건들을 예측한
다.[13] 따라서 회의론자들의 공격에도 언제나 잘 버티는 것은 언어와
경험, 그리고 경험이 진술하는 행동이다. 그런데 예측한다는 것은 예
견한다는 것이며, 이야기한다는 것은 "정신을 통해 인지하는cernere"
것이다. 『삼위일체론 De Trinitate』(15, 12, 21)은 이런 의미에서 이야
기와 예견의 이중의 증언에 대해 말하고 있다(Meijering, 앞의 책, p.
67). 이리하여 회의주의적 추론에도 불구하고 아우구스티누스는, "따
라서 미래의 일과 과거의 일이 존재한다sunt ergo"(17, 22)라고 결론
을 내린다.

　이러한 단언이 단지 처음부터 기각된 논제, 즉 미래와 과거가 존재

---

12) 첫번째의 역설(존재/비-존재)을 해결한 다음에야 아우구스티누스는 "우리는 시
　　간이 지나갈 때 측정한다"(21, 27)라고 거의 비슷한 말을 사용하여 다시 한번 단
　　언을 내리게 될 것이다. 따라서 이행의 관념은 항상 측정의 관념과 관련해서 필수
　　불가결하다. 그러나 우리는 아직도 이행의 관념을 이해할 수단을 갖고 있지 않다.

13) 모든 사람들과 관계되는 예측에 관한 추론과 영감을 받은 예언자들에게만 관계되
　　는 예언에 대한 추론을 잘 구별해야 한다. 즉 후자의 추론은 신(또는 말씀)이 예
　　언자들을 '가르치는' 방식이라는 또 다른 문제를 제기한다(19, 25). 이에 관해서
　　는 J. Guitton, 앞의 책, pp. 261~70을 참조할 수 있는데, 여기서 저자는 미래의 예
　　견divination과 점술mantique에 대한 모든 이교적 전통과 관련해서 기대expectatio
　　에 대한 아우구스티누스의 분석이 갖는 해방적 특성을 강조한다. 이러한 기준에
　　서 예언은 하나의 예외이며 선물이다.

한다는 논제를 되풀이하는 것은 아니다. 미래와 과거라는 용어는 이제부터 미래의futura와 과거의praeterita라는 형용사로서 나타난다. 눈에 띄지 않는 이런 변화는 실제로 존재와 비-존재에 대한 최초의 역설을, 그리고 그에 따라 측정에 대한 중요한 역설을 해결할 수 있는 길을 연다. 기실 우리가 기꺼이 존재로 간주하는 것은 그 자체로서의 과거와 미래가 아니라, 우리가 어떤 것을 이야기하거나 예측할 때 언급되는 일들이 아직도 존재하지 않거나 이미 존재하고 있지 않고서도 현재 속에 존재할 수 있는 시간적인 자질들이다. 그러므로 우리는 아우구스티누스의 논리 전개에 보다 세심한 주의를 기울여야 할 것이다.

존재론적 역설에 대한 대답의 문턱에서 그는 또다시 멈춘다. "주여, 나의 희망이신 당신이여, 나의 탐구를 amplius quaerere 보다 멀리 밀고 나갈 수 있게 해주십시오"(18, 23). 이것은 단순한 수사학적 능란함도, 경건한 기원도 아니다. 실제로 그는 이처럼 잠시 멈춘 뒤에, 이제 방금 말한 단언에서 세 겹의 현재라는 논제로 인도하는 걸음을 대담하게 내딛는다. 그러나 이 걸음 또한, 흔히 그러하듯 질문의 형태를 띤다. "만일 미래의 일과 과거의 일이 실제로 존재한다면, 나는 그것이 어디에 존재하는지 알고 싶다"(18, 23). 우리는 어떻게라는 질문에서 시작했다. 그리고 어디라는 질문으로 이어간다. 그것은 이야기되고 예보된 것으로서의 과거와 미래의 일에 대한 어떤 자리를 찾고자 한다는 점에서 의도하는 바 없는 순수한 질문은 아니다. 이어지는 모든 추론은 서술 행위와 예견에 내포된 시간적 자질들을 정신 '속에' 위치시킬 수 있도록, 이 질문의 울타리 안에서 전개될 것이다. 첫번째 대답을 잘 이해하기 위해서는 어디라는 질문으로 옮겨가는 것이 필수적이다. "〔미래나 과거의 일들은〕 그것이 어디에 있든, 어떤 것이든 현전하는 것으로서만 존재한다"(18, 23). 우리는 이전의 단언, 즉 과거와 미래만을 측정할 수 있다는 단언에 등을 돌리는 것처럼 보인다. 게다가 현재는 공간을 가지고 있지 않다는 증언도 부인하는 것처럼 보인다. 그러나 문제가 되는 것은 전혀 다른 현재, 즉 그 또한 과거의 praeterita와 미래의 futura와 연계되어, 그리고 내적인 다양성을 받아들일 준비가 된 복수 형용사 praesentia로서의 현재다. 우리는 또한 "우리가 사물을 측정하는 것은 바로 그것이 지나갈 때다"라는 단언을 잊어버린 것처럼 보인다. 그러나 나중에 우리가 측정의 문제로 되돌아올 때 그에 관해 다시 언급할 것이다.

따라서 우리는 바로 어디라는 질문의 틀 안에서, 서술 행위와 예견의 개념을 다시 다루면서 그 개념들을 보다 깊이 파들어가고자 한다. 서술 행위는 기억을 연루시키고, 예견은 기다림을 연루시킨다고 말할 수 있다. 그런데 기억한다는 것은 무엇인가? 그것은 과거의 이미지를 갖는 것이다. 그것이 어떻게 가능한가? 그 이미지란 사건들이 남긴, 그리고 정신에 새겨진 어떤 흔적이기 때문이다.[14]

우리가 보았듯이 앞서의 계산된 느린 움직임이 지나고 나면 모든 것이 갑자기 매우 빨리 진행된다.

예견도 거의 비슷한 방식으로 그리 복잡하지 않게 설명된다. 즉 미래의 일들이 다가올 것으로 우리에게 현전하는 것은 바로 현재의 기대 덕분이다. 우리에게는 그것을 '미리 예고 praenuntio' 할 수 있게 하는 어떤 '전-지각 pré-perception, praesensio'이 있다. 기대는 그처럼

---

14) 다음의 전문을 인용할 필요가 있다. "게다가, 실제로 존재했지만 지나가버린 일을 이야기할 때, 우리가 기억에서 끌어내는 것은 지나가버린 일 그 자체가 아니라, 그 일이 감각을 거치면서, 마치 각인처럼 정신 속에 새겨진 이미지로부터 태어나는 말들이다"(18, 23). 여기서 장소에 대한 전치사는 놀랄 만큼 풍부하다. 기억에서 ex 끌어내는 것은 [……] 정신 속에 in 새겨진 이미지로부터 ex 태어나는 말이라는 표현에서, 또한 "이미 존재하지 않는 나의 유년기는 이미 존재하지 않는 지나간 시간 속에 in 있다. 그러나 그 이미지는 [……] 아직 기억 속에 in 있기 때문에, 나는 그것을 현재의 시간 속에서 in 바라보는 것이다"(같은 책)에서 나타난다. 어디라는 질문("만일 [……] 미래의 일과 과거의 일이 존재한다면, 나는 그것이 어디에 ubicumque 존재하는지 알고 싶다")은 '속에' 라는 대답을 요구한다.

기억과 유사 관계에 놓인다. 그것은, 아직 존재하지 않는nondum 사건에 선행한다는 의미에서, 이미 존재하고 있는 어떤 이미지로 구성된다. 그러나 그 이미지는 지나간 일들이 남긴 흔적이 아니라, 우리가 그렇게 미리 예상하고, 지각하고, 예고하고, 예측하고, 공표하는(기대라는 평범한 어휘가 갖는 풍부한 의미를 지적할 수 있을 것이다) 미래의 일들에 대한 어떤 '기호'이며 '원인'이다.

해결책은 우아하나, 그 얼마나 힘겹고 값비싸며 불확실한가!

우아한 해결책. 지나간 일의 운명을 기억에 맡기고 미래의 일의 운명을 기대에 맡김으로써, 앞서 기각된 어떤 용어들에도 속하지 않는, 즉 미래도, 과거도, 한 점에 국한된 현재도, 심지어 흘러가는 현재도 아닌, 변증법적으로 확장된 현재 속에 기억과 기대를 포함시킬 수 있다. 우리는 다음과 같은 유명한 공식을 알고 있으나, 그 공식과 그것이 해결할 것으로 여겨지는 논리적 모순과의 관계는 너무 쉽게 잊어버린다. "어쩌면 우리는 그 본래의 의미로 세 개의 시간, 즉 과거의 de 현재, 현재의 de 현재, 미래의 de 현재가 있다고 말할 수 있을 것이다. 기실 이러한 세 가지 시간 양태는 어떤 방식으로 정신 속에 in 존재하며, 다른 곳에서 alibi 그것을 찾을 수는 없다"(20, 26).

그렇게 말함으로써 아우구스티누스는 회의주의적 논법에 저항하기 위해, 그렇지만 정말 신중하게 의지하고 있었던 일상 언어로부터 다소간 멀어진다는 것을 의식한다. "우리가 '과거, 현재, 미래라는 세 가지의 시간이 있다'라고 말하는 것은 그 본래의 proprie 의미에서가 아니다"(같은 책). 그러나 그는 사족(蛇足)으로 이렇게 덧붙인다. "우리가 사물을 이야기할 때, 그 본래의 용어를 사용하는 것은 드문 일이며, 대부분의 경우에는 본래의 의미를 벗어난non proprie 용어를 사용한다. 그러나 우리가 무엇을 말하고자 하는지 사람들은 이해한다"(같은 책). 우리는 계속해서 현재, 과거, 미래에 관해서 했던 것처럼 다음과 같이 말할 수 있다. "나는 그것을 걱정하지도, 반대하지도,

비난하지도 않는다. 어쨌든 우리가 말하는 것을 모두 이해하기만 한다면〔……〕"(같은 책). 그러므로 일상 언어는 보다 엄격한 어떤 방식으로 다시 표명될 따름이다.

이러한 교정의 의미를 이해시키기 위해서 아우구스티누스는 자명하게 이해되는 것처럼 보이는 세 겹의 등가성을 근거로 삼는다. "과거의 현재는 기억이며, 현재의 현재는 직관 vision, contuitus〔나중에 우리는 이완과 더 좋은 대조를 이루는 용어인 긴장이라는 용어를 사용할 것이다〕이며, 미래의 현재는 기다림이다"(20, 26). 우리는 어떻게 그것을 아는가? 아우구스티누스는 간결하게 다음과 같이 대답한다. "이를테면 나는 세 가지의 시간을 본다 video. 그렇다, 고백컨대 fateorque 세 가지가 있다"(같은 책). 물론 이러한 직관과 고백은 모든 분석의 현상학적 핵심을 구성한다. 그러나 고백하다 fateor는, 보다 video와 결합됨으로써 그러한 직관이 어떠한 논쟁의 결론인지를 보여준다.

우아하지만 힘겨운 해결책.

기억이 있다고 하자. 어떤 이미지들에게는 과거의 일을 지시할 수 있는 힘(라틴어의 전치사 de를 참조)을 부여해야 한다. 정녕 기이한 힘을! 한편으로 흔적은 지금 존재하며, 다른 한편으로 그 흔적은 그런 이유로 기억 속에 '아직 adhuc'(18, 23) 존재하는 과거의 일과 관련을 맺는다. '아직'이라는 이 사소한 말은 논리적 모순의 해결책인 동시에 새로운 수수께끼의 근원이다. 즉 정신에 새겨져 현재의 것이 된 이미지-흔적 vestigia이 어떻게 동시에 과거와 '관련'될 수 있는가? 미래의 이미지도 유사한 어려움을 제기한다. 우리는 이미지-징조들이 "이미 존재한다 jam sunt"(18, 24)라고 말했다. 그러나 '이미'라는 말은 두 가지 의미를 내포한다. "이미 존재하는 것은 미래가 아니라 현재이며"(18, 24), 그런 의미에서 우리는 '아직 존재하지 않는 nondum' 미래의 일 그 자체를 보는 것은 아니다. 그러나 '이미'라는 말은 그 징조가 지금 존재하고 있다는 사실과 동시에 무엇을 예상하고 있다는 특성을 나타낸다. 사물이 '이미 존재한다'라고 말하는 것은 징조를 통해 내가 미래의 사물을 미리 예고하고 예측할 수 있다는 말이다. 이처럼 미래는 '미리 말해진다ante dictatur.' 그러므로 무엇을 예상하는 이미지는 흔적의 이미지만큼이나 불가사의하다.[15]

불가사의한 것은, 때로는 과거의 흔적으로서, 때로는 미래의 징조로서의 가치를 갖는 이미지의 구조 그 자체다. 아우구스티누스의 입장에서 그 구조는 나타나는 그대로 순수하고 단순하게 보이는 것 같다.

보다 불가사의한 것은, 그 질문과 대답의 토대를 이루는 준-공간적인 언어다. "과거의 일과 미래의 일이 실제로 존재한다면, 나는 그것이 어디에 있는지 알고 싶다"(*18, 23*). 그에 대한 대답은 "세 가지의 시간적 양태는 정신 속에 어떤 방식으로 존재하며, 다른 곳에서alibi 그것을 찾을 수는 없다"(*20, 26*)라는 것이다. '장소'를 표현하는 용어(정신 속에, 기억 속에)로 대답이 주어지는 것은 우리가 '장소'를 표현하는 용어(미래와 과거의 일이 어디에 존재하는가?)로 질문을 제기했기 때문인가? 혹은 오히려 정신 속에 새겨진 이미지-흔적과 이미지-징조의 준-공간성이야말로 미래와 과거의 일들의 위치에 대한 질

---

15) 어쩌면 조금 더 불가사의할 수도 있다. 미래의 어떤 행동을 미리 생각한다고 하자. 모든 기다림과 마찬가지로 그것은 현전하고 있는 반면, 미래의 행동은 아직 존재하지 않는다. 그러나 여기서 '기호'-'원인'은 단순한 예견보다 더욱 복잡하다. 왜냐하면 나는 단지 행동의 시작만이 아니라 그 끝을 예상하기 때문이다. 그 행동의 시작을 넘어 미리 다가감으로써, 나는 행동의 시작을 미래에 완성된 행동의 과거로 간주한다. 그래서 그에 관해 전미래로 말하는 것이다. "우리가 어떤 행동에 착수하여agresssi fuerimus, 미리 생각한 것을 하기 시작하면agere coeperimus, 그때 그 행동은 현재에 있게 된다. 왜냐하면 그것은 미래가 아니기 때문이다"(*18, 23*). 여기서 현재의 미래는 전미래로 예견된다. 동사 시제에 대한 체계적인 연구서인 Harald Weinrich의 『시간 *Tempus*』은 이런 종류의 탐구를 보다 멀리 이끌어갈 것이다(3부, 3장 참조).

문을 초래하는 것은 아닌가?[16] 지금의 분석 단계에서 그것을 말할 수는 없을 것이다.

세 겹의 현재라는 개념으로 시간의 존재와 비-존재의 아포리아를 해결하는 방법은 비싼 대가를 치르게 하는 것인 동시에, 우리가 시간의 측정이라는 수수께끼를 풀지 못하는 한 더욱 불확실한 것이 된다. 세 겹의 현재는, 한 점에 국한된 현재에서 거부되었던 것과는 다른 종류의 연장을 정신 그 자체에 부여하게끔 하는 간극을 우리가 그러한 삼중성 자체 내에서 식별하지 못하는 한, 정신의 이완이라는 결정적 날인을 아직 얻지 못한 것이다. 준-공간적인 언어도 그 자체로서는, 이러한 연장에서 모든 시간 측정과 모든 우주론적 지주의 토대인 인간 정신을 박탈하지 않는 한 해결되지 않은 채로 남게 된다. 시간이 정신에 내재한다는 것은, 시간을 물리적 운동에 종속시키려는 모든 명제를 논증을 통해 일단 제거시킴으로써만 그 완전한 의미를 획득한다. 이런 점에서 "나는 그것을 보고, 고백한다"(*20, 26*)라는 말은, 정신의 이완이라는 개념이 형성되기 전까지는 확고한 보장을 받지 못한다.

2. 시간의 측정

아우구스티누스는 측정의 수수께끼를 해결함으로써 인간의 시간이 갖는 이러한 궁극적 특성에 접근한다(*21~31*).

측정의 문제는 16장 21절에서 우리가 그대로 남겨두었던 지점에서 다시 거론된다. "그러니까 나는 조금 전에, 시간이 흘러갈 때 praetereuntia 우리는 그것을 측정한다라고 말했다"(*21, 27*). 그런데 다시 강력히

16) 미래에서 현재를 거쳐 과거로 이행하는 것에 대한 준-동력학적인 언어(아래를 참조할 것)는 준공간적인 이러한 언어를 한층 더 견고히할 것이다.

개진된 이러한 단언("나는 그것을 알고 있다. 왜냐하면 우리는 그것을 측정하고, 존재하지 않는 것은 측정할 수 없기 때문에"〔같은 책〕)은 즉시 논리적 모순으로 변형된다. 실제로 흘러가는 것은 현재다. 그런데 우리가 인정했듯이 현재는 연장을 가지고 있지 않다. 우리를 또다시 회의론자들에게 내던지는 이러한 논증은 자세히 분석될 만한 가치가 있다. 우선 그 논증은 현재가 분할될 수 없는 순간(또는, 나중에 말하겠지만 '점')이라는 의미에서 흐름과 현전의 차이를 소홀히하고 있다. 이완으로 해석되는 세 겹의 현재 사이에 이루어지는 변증법만이 애초부터 논리적 모순의 미궁에 빠질 수밖에 없는 단언을 구할 수 있을 것이다. 그러나 특히 반대 논증은 정확히 말해서 세 겹의 현재로 시간을 파악하면서 주어지는 준-공간적 비유를 수단으로 하여 구성된다. 기실 흘러간다는 것은 지나가는 것이다. 따라서 "어디에서 unde 어디를 거쳐 qua 어디로 quo 흘러가는가?"(같은 책)라고 묻는 것은 당연하다. 주지하는 바와 같이 '지나가다 transire' 라는 용어가 바로 이처럼 준-공간성 속에 사로잡히게 한다. 그런데 만일 우리가 이러한 비유적 표현을 따라가자면, 흘러간다는 것은 미래에서 ex 현재를 거쳐 per 과거로 in 가는 것이라고 말해야 한다. 이러한 이행을 통해 우리는, 시간의 측정이 '어떤 공간 속에서 in aliquo spatio' 이루어지며, 시간적 간격 사이의 모든 관계는 '시간적 공간 spatia temporum' (같은 책)과 관련된다는 것을 그렇게 확인한다. 이제 막다른 골목에 이른 것처럼 보인다. 왜냐하면 시간은 공간을 가지고 있지 않다고 했는데, "우리는 공간을 가지고 있지 않은 것은 측정할 수 없기"(같은 책) 때문이다.

앞서 매번 중요한 순간마다 그러했듯이, 이 지점에서도 아우구스티누스는 잠시 멈춘다. 바로 여기서 수수께끼라는 말이 나타난다. "나의 정신은 이처럼 얽히고설킨 수수께끼 aenigma 속에서 분명히 보고자 열망합니다"(22, 28). 우리가 연구를 시작할 때부터 아는 사실이지만 실상 평범한 개념들이 난해하다. 그러나 회의론과는 달리, 수수께끼의 고백은 다시금 열렬한 어떤 욕망을 수반하는데, 아우구스티누스에게서 그것은 사랑의 형상을 띤다. "내가 사랑하는 것을 주세요, 그래요, 난 사랑합니다. 그리고 그것을 주신 분은 바로 당신입니다"(같은 책).[17] 바로 여기서 시간에 대한 탐구가 영원한 말씀에 대한 사색 속에 끼워짐으로써 얻게 되는 그 송가(頌歌)적 측면이 드러난다. 나중에 우리는 그에 관해 다시 언급할 것이다. 지금으로서는 아우구스티누스가 일상 언어에 조심스런 신뢰를 두고 있다는 점만을 강조하는 것으로 만족하자. "언제부터 quam 우리는 〔……〕 말하는가 diu? 〔……〕 오래 전부터 quam longo tempore 〔……〕 우리는 이렇게 말하고 이렇게 듣는다. 그리고 우리는 이해되고 또 이해한다"(22, 28). 바로 그 때문에 무지가 아닌 수수께끼가 있다고 말할 수 있다.

수수께끼를 풀려면 우주론적인 해결책은 피해야 한다. 그럼으로써 우리는 오로지 정신 속에서, 그러니까 세 겹의 현재의 다양한 구조 속에서 연장과 측정의 토대를 마련할 수 있도록 연구를 제한할 수 있다. 따라서 시간과 천체의 운행, 그리고 일반적 운동의 관계에 대한 논의는 부수적인 것도 우회로도 아니다.

아우구스티누스의 관점은 플라톤의 『티마이오스 Timée』와 아리스토텔레스의 『물리학』에서 플로티노스의 『에네이드 Ennéade』 III장 7절에 이르는 기나긴 논쟁의 역사와도 역시 무관하다. 정신의 이완이라는 개념은, 귀류법 reductio ad absurdum이라는 신랄한 수사법을 사용한 치밀한 추론을 거친 결과 힘겹게 획득된다.

첫번째 논거. 만일 천체의 운행이 시간이라면, 무엇 때문에 여타의

---

17) Meijering은 여기서 정신 집중의 역할을 강조하는데, 이 책의 말미에서 그것은 신의 영원한 현재와 유사한 어떤 점을 인간의 현재에 부여하는 안정에의 희망에 결부될 것이다. 마찬가지로 1서에서 9서까지의 서술은 이러한 정신 집중과 안정을 모색하는 이야기라고 말할 수 있다. 이 점에 관해서는 4부를 참조할 것.

물체의 움직임에 관해서도 그렇게 말하지 않는가(23, 29)? 이 논거는 천체의 움직임이 변할 수 있다는, 따라서 빨라질 수도 느려질 수도 있다는 주장을 예견하는데, 아리스토텔레스에게 그것은 생각할 수도 없는 것이다. 이렇게 해서 천체는 옹기장이의 물레[轆轤]나 인간의 음성에 의한 음절의 장단과 같은, 여타의 움직이는 물체들과 같은 위치에 놓이게 된다.

두번째 논거. 만일 천체의 빛은 멈추고 옹기장이의 물레는 계속 회전한다면, 움직임이 아닌 다른 것으로 시간을 측정해야 할 것이다(같은 책). 이 논거 역시 천체 운동의 불변성에 대한 주장이 흔들릴 수 있다고 가정한다. 이 두번째 논거의 한 가지 변형으로 다음과 같은 논거가 주어진다. 즉, 물레의 회전 운동에 관해 말하는 것은, 변질되거나 정지했다고 생각되는 천체의 움직임에 의해서는 측정되지 않는 시간이 걸린다.

세번째 논거. 앞의 전제들은 천체가 시간을 나타내도록 운명지어진 조명 기구에 불과하다는, 성서를 통해 얻은 확신을 담고 있다(같은 책). 이리하여 지위가 격하되었다고 할 수 있는 천체는 자신의 움직임을 통해 시간을 구성할 수는 없다.

네번째 논거. 우리가 '하루'라고 부르는 측정 단위를 구성하는 것이 무엇이냐고 누가 묻는다면, 우리는 당연히 태양의 일주에 의해 하루의 24시간이 측정된다고 생각한다. 그러나 만일 태양이 더 빨리 회전하여 한 시간 만에 일주한다면, 하루는 더 이상 태양의 움직임에 의해 측정되지 않을 것이다(23, 30). 태양의 속도가 변할 수 있다는 가설로 말미암아 아우구스티누스가 모든 전통에서 얼마나 멀리 떨어져 있는지를 마이에링 Meijering은 강조하고 있다. 그렇지만 시간과 운동을 구별했던 아리스토텔레스나 플로티노스는 이러한 논거를 채택하지 않았다. 아우구스티누스의 관점에서 신(神)은 창조주이기 때문에, 옹기장이가 자신의 물레의 속도나 또는 낭송자가 음절의 장단을 바꾸듯 천체의 속도를 바꿀 수 있다(여호수아가 해를 멈추게 한 것〔구약 성경에 나오는 이야기로, 이스라엘과 아모리 왕들과의 싸움에서 여호수아가 야훼의 권능이 이스라엘 편임을 증명하기 위해 해를 멈추게 해달라고 야훼에게 외친다. "해야 기브온 위에 머물러라. 달아, 너도 아얄론 골짜기에 멈추어라." 그러자 "해가 머물렀고 달이 멈추어 섰다"라고 한다(「여호수아」 10: 10~15): 옮긴이]도 그 운동의 가속에 대한 가설과 같은 취지이며, 그 자체로서 기적의 논의와는 무관하다). 우주론을 언급하지 않고서도 시간적 공간―하루, 한 시간―에 관해 말할 수 있다는 사실을 감히 받아들이는 사람은 아우구스티누스뿐이다. 정신의 이완이라는 개념은 바로 이러한 시간적 공간의 우주론적 지주의 대체 개념으로 사용될 것이다.[18]

여기서 정말로 주목해야 할 것은, '하루'의 개념을 천체의 움직임이라는 개념과 완전히 분리시키는 논의의 끝에 이르러서야 아우구스티누스는 처음으로 다른 수식어를 사용하지 않고 이완의 개념을 소개한다는 것이다. "그러니까 나는 시간을 어떤 이완으로 이해한다. 그러나 내가 이해하고 있는 것인가? 아니면 내가 이해하고 있는 것처럼 생각하고 있는가? 그것을 증명할 분은 바로 당신입니다, 오 빛이여, 오 진리여"(23, 30).

이제 막 돌파구가 생기려 하는 순간에 왜 이처럼 망설이는가? 사실은 앞서의 추론에도 불구하고 우리는 아직 우주론에 관해 결말짓지

---

18) 이렇게 대체함으로써 아우구스티누스는 운동 motus과 지속 mora을 더 이상 구분하지 않게 된다. "나는 하루가 운동 motus 그 자체인지, 아니면 그것이 완료되기까지의 지속 mora인지, 아니면 그 둘 다인지를 알고자 한다"(23, 30). 세 개의 가설은 밀려났고, '하루'라는 말의 의미 자체에 대한 연구는 그만두었기 때문에 그러한 구별은 결론을 내지 못하게 된다. 그렇다고 Guitton(앞의 책, p. 229)의 의견대로, 아우구스티누스에게서 "시간은 운동도 지속도 아니지만, 운동이라기보다는 지속이다"라고 말할 수는 없다. 정신의 이완은 운동과 마찬가지로 지속과도 전혀 연관이 없다.

못했다. 우리는 단지 "시간은 어떤 물체의 움직임이다"(24, 31)라는 극단적인 주장만을 제외시켰을 따름이다. 그러나 아리스토텔레스 또한 시간은 움직임이 아니라 '움직임의 어떤 것'이라고 단언함으로써 그 주장을 반박했다. 움직임이 아니고서도 시간은 움직임의 척도가 될 수 있지 않겠는가? 움직임이 잠재적으로 측정될 수 있다는 것만으로도 시간이 존재하기에는 충분치 않겠는가? 아우구스티누스가 다음과 같이 말할 때, 언뜻 보기에는 아리스토텔레스에게 크게 양보하는 것처럼 보인다. "어떤 물체의 움직임과, 그 지속을 측정하는 데 사용되는 것은 전혀 별개의 것이다. 그렇기 때문에 그 둘 중의 어떤 것을 특히 시간이라 불러야 할 것인지는 누구라도 알 수 있을 것이다"(24, 31).[19] 시간이 움직임 그 자체라기보다는 움직임의 척도라고 말할 때, 아우구스티누스는 천체의 어떤 규칙적인 움직임이 아니라 인간 정신의 움직임을 측정하는 것에 대해 생각하는 것이다. 기실 시간의 측정이 보다 긴 시간과 보다 짧은 시간을 비교함으로써 이루어진다는 것을 인정한다면 비교의 불변항이 필요할 것이다. 그런데 천체의 순환 운동은 변할 수 있다는 것을 인정했기 때문에 불변항이 될 수는 없다. 움직임은 멈출 수 있으나 시간은 그럴 수 없다. 실제로 우리는 움직임과 마찬가지로 정지 또한 측정하고 있지 않은가?(같은 책)

---

19) 아우구스티누스의 이러한 머뭇거림을 이해하기 위해서는 다른 두 개의 논제, 즉 거대한 조명 기구의 움직임이 시간을 '표시한다'는 논제와, 시간 간격이 시작되는 순간과 멈추는 순간을 구별하기 위해선 움직이는 물체가 출발하고 도착하는 장소를 '표시해야notare' 한다는 논제를 비교해야 한다. 그렇지 않으면 우리는 "물체나 그 부분들의 움직임이, 어떤 지점에서 다른 어떤 지점으로 얼마나 오랫동안 이루어지는지 말할 수 없을 것이다"(24, 31). 이러한 '표시'의 개념은 아우구스티누스의 사색에서 시간과 운동 사이에 남아 있는 유일한 접점인 것처럼 보인다. 따라서 문제는, 시간 길이의 지표라는 그 기능을 완수하기 위해서 이러한 공간적 표지들이, 정신과는 다른 어떤 유동체의 규칙적인 움직임과 시간의 측정을 강제로 연결시키도록 하지 않는가를 알아보는 것이다. 이러한 난점에 관해서는 나중에 다시 언급할 것이다.

이러한 머뭇거림이 없다면, 시간을 움직임과 동일시하는 것에 대해 일견 반박의 여지가 없어 보이는 논거를 제시한 후에 아우구스티누스가 왜 다음과 같이 전적인 무지의 고백에 또다시 자신을 내맡기는지 이해할 수 없을 것이다. 나는 시간에 대한 나의 담론이 시간 속에 있다는 것을 안다. 그렇기 때문에 나는 시간이 존재하고 우리가 그것을 측정한다는 것을 안다. 그러나 나는 시간이 무엇이며 어떻게 그것이 측정될 수 있는지를 모른다. "내가 무엇을 모르는지도 모르다니, 나는 얼마나 불행한가!"(25, 32)

그러나 결정적인 표현은 바로 다음 페이지에 나온다. "그 결과로 inde, 나에게는 시간이 이완에 다름아닌 것으로 나타나는데, 과연 무엇의 이완이란 말인가? 모르긴 해도 그것이 정신 그 자체의 이완이 아니라면 우리는 놀랄 만한 일이다"(26, 33). 무엇의 결과로? 아우구스티누스는 왜 이처럼 우회적인 표현([……]이 아니라면 놀랄 만한 일이다)으로 주장하는가? 만일 이 단언에 어떤 현상학적 핵이 존재한다면 그것은 다른 가설들을 제거시킨 귀류법과 또다시 불가분의 관계에 놓인다. 왜냐하면 나는 시간을 통해 어떤 물체의 움직임을 측정하는 것이지 그 반대는 아니기 때문에, 또 어떤 짧은 시간을 통해서만 긴 시간을 측정할 수 있기 때문에, 그리고 천체의 움직임은 변할 수 있는 것으로 가정됨으로써 어떠한 물리적 운동도 비교의 불변항을 제공하지 않기 때문에, 시간의 연장이 정신의 이완이라는 사실에는 여전히 변함이 없다. 물론 아우구스티누스 이전에 플로티노스가 그것을 말한 바 있다. 그러나 그는 인간의 정신이 아니라 세계의 정신을 염두에 두고 있었다.[20] 우리가 정신의 이완이라는 핵심 단어를 천명할

---

20) 이 점에 관해서는 Beierwaltes의 주석 *ad.loc* (플로티노스, 『에네이드 *Ennéade*』, Ⅲ, 7, 11, 41) '실체의 분리 diastasis zoês' ; A. Solignac, 앞의 책, 「보주(補註, Notes complémentaires)」, pp. 588~91; E. P. Meijering, 앞의 책, pp. 90~93을 참조할 것. 『고대 철학에서의 네 가지 시간관 *Four Views of Time in Ancient*

때에도, 모든 것이 해결된 것처럼 보이지만 아직도 미결 상태로 남게되는 것은 바로 그 때문이다. 정신의 이완을 세 겹의 현재의 변증법과연결하기 전까지는 우리는 아직 우리 자신을 이해하지 못할 것이다.

　이어지는 11서의 내용(*26, 33~28, 37*)은 탐구의 핵심을 이루는 두개의 주제, 즉 존재를 결여한 존재라는 첫번째 수수께끼를 풀었던 세겹의 현재에 대한 논제와, 연장을 갖지 않는 물체의 연장이라는 수수께끼를 풀 수 있는 정신의 이완에 대한 논제를 확실하게 연결하는 데그 목적이 있다. 따라서 세 겹의 현재를 이완으로, 이완을 세 겹의 현재의 이완으로 생각하지 않으면 안 된다. 그 점이 바로 아우구스티누스의 『고백록』 제11서의 정수(精髓)이며, 후설과 하이데거, 그리고메를로-퐁티는 그 궤적을 따라갈 것이다.

Philosophy』의 저자인 J. Callahan이 그의 논문 「니사의 그레고리와 심리학적 시간관 Gregory of Nyssa and the Psychological View of Time」, *Atti del XII Congresso internazionale di filosofia*, Venezia, 1958(Firenze, 1960), p. 59에서 밝힌 바와 같이, 플로티노스의 용어인 디아스테마-디아스타시스 diastèma-diastasis 의 기독교 문화권에서의 자유로운 해석은 니사의 그레고리에까지 거슬러올라간다. 『니사의 그레고리와 철학 *Gregory von Nyssa und die Philosophie*』(니사의 그레고리에 대한 제2차 국제학술회의, 1972), Leiden: E. J. Brill, 1976에 수록된 David L. Balás의 논문, 「니사의 그레고리의 *Contra Eunomium* 에 나타난 영원과 시간 Eternity and Time in Gregory of Nyssa's *Contra Eunomium*」은 이를 다시 확인하고 있다. 같은 학술회의에서 T. Paul Verghese는 디아스테마의 개념이 피조물과 삼위일체를 구분하는 핵심적인 기준임을 밝힌다. 즉 하느님 안에는 성부와 성자 사이의 디아스테마도, 거리도, 간격도 없다는 것이다. 그로 인해 디아스테마는 있는 그대로의 창조와, 특히 창조주와 피조물 사이의 간격의 특성을 드러낸다(T. Paul Verghese, "Diastema and Diastasis in Gregory of Nyssa, Introduction to a Concept and the Posing of a Concept," 같은 책, pp. 243~58). 그리스 교부신학자들에 의한 플로티노스적 용어의 이러한 해석은, 설령 그것이 아우구스티누스에게 영향을 주었다 할지라도 그의 독창성에는 타격을 주지 못한다. 오로지 아우구스티누스만이 정신의 유일한 연장에서 이완을 이끌어낸다.

3. 긴장과 이완

아우구스티누스는 이 마지막 걸음을 내딛기 위해, 아직 해결되지 않았을 뿐만 아니라 회의론의 공격에 꼼짝 못하는 것처럼 보였던 앞서의 논제(*16, 21*과 *21, 27*), 즉 우리가 시간을 측정하는 것은 그것이 흘러가는 때라는 논제를 되살린다. 그것은 아직 존재하지 않는 미래도, 이미 존재하지 않는 과거도, 연장을 갖지 않는 현재도 아닌 흘러가는 시간들이다. 바로 흘러감 그 자체, 지나감 속에서 현재의 다원성과 그 찢김을 동시에 찾아야 한다.

지금 울리고 있는 소리, 이제 막 울렸던 소리, 그리고 연이어 울리는 두 개의 소리에 대한 세 가지 유명한 예는 이러한 찢김을 세 겹의 현재의 찢김으로 나타나게끔 하는 기능을 한다.

이 예들은 각기 섬세한 다양성을 보이므로 상당한 주의를 기울여야 한다.

첫번째 예(*27, 34*). 울리기 시작해서, 계속해서 울리다가 울리기를 그친 어떤 소리가 있다고 하자. 그에 관해 어떻게 이야기할 것인가? 이 대목의 이해를 위해서는, 그것이 완전히 과거로 씌어져 있다는 사실에 유의해야 할 것이다. 우리는 소리의 울림이 그쳤을 때에만 그것에 관해 이야기한다. 미래의 '아직도 아니다 nondum' 는 과거 시제로 futura erat 말해진다. 그리고 그것이 울렸던 순간, 그러니까 그 현재는 사라진 것으로 규정된다. 즉 소리는, 바로 그것이 울렸을 때 측정될 수 있다. "그러나 바로 그 순간에도 sed et tunc, 소리는 진행되면서 ibat 사라져갔기 때문에 praeteribat 멈추었던 것은 아니다 non stabat" (*27, 34*). 따라서 우리는 현재의 지나감 자체에 관해 과거 시제로 말하는 것이다. 이 첫번째 예는 수수께끼에 차분한 답을 제공하기는커녕 의혹을 더 짙게 만드는 것처럼 보인다. 그러나 언제나 그렇듯이,

해답 안에 수수께끼가 있는 한, 해답의 방향은 수수께끼 그 자체 안에 있는 법이다. 예문 속의 한 표현이 방향을 잡도록 한다. "실제로 enim 그 소리는 사라져가면서 일종의 시간적 공간in aliquod spatium temporis으로 늘어났으며 tendebatur, 현재는 어떤 공간도 갖지 않으므로, 거기서부터 소리는 측정될 수 있을 것이다"(같은 책). 한 점에 국한된 현재와 구별되는 것으로서, 흘러가고 있는 것의 측면에서 해답의 열쇠를 찾아야 할 것이다.[21]

두번째 예는 그러한 가설에 변화를 줌으로써 다음과 같은 돌파구를 연다(27, 34 이하). 우리는 과거가 아닌 현재 시제로 흘러감에 대해 말할 것이다. 또 다른 하나의 소리가 있어, 그것이 아직 adhuc 울리고 있다고 가정하자. "그것이 울리고 있는 동안에 dum 측정해보자." 우리는 이제 전미래 시제로, 마치 지나간 미래에 관해서 말하는 것처럼 그 소리의 멈춤에 관해 말한다. 즉 "소리가 울림을 멈출 때 cessaverit, 그것은 이미 jam 지나갔을 것이고 더 이상 측정될 수 있는 어떤 것이 아닐 non erit 것이다"(같은 책). "얼마나 오래 quanta sit"라는 질문은 그때 현재 시제로 제기된다. 그렇다면 어디에 어려움이 있는가? 그것은 소리가 그 '아직 adhuc' 속에서 이어지고 있을 때 흘러감을 측정하는 것이 불가능하다는 사실에서 비롯된다. 시작과 끝, 즉 측정할 수 있는 간격이 있기 위해선 실제로 어떤 것이 멈추어야 한다.

---

21) 우리는 표현의 가벼운 변화를 지적할 수 있는데, 바로 앞에서 아우구스티누스는 한 점에 국한된 현재는 "어떤 공간에도 걸쳐 있지 않기 때문에 quia nullo spatio tenditur"(26, 33) 측정할 수 없다고 말했다. '걸쳐 있다 tenditur'라는 표현은 이완 distentio과 표리를 이루는 긴장 intentio을 예고한다는 것이 내 의견이다. 한 점에 국한된 현재는 실제로 긴장도 이완도 갖지 않는다. 오로지 '지나가는 시간들'만이 그것을 가질 수 있다. 바로 그 때문에 그는 다음 대목에서, 지나가는 것으로서의 praeteriens 현재, 일종의 시간적 간격으로 '늘어나는' 것으로서의 현재에 대해 말하는 것이다. 이제 중요한 것은 점이 아니라, 동시에 긴장되고 이완되는, 살아 있는 현재인 것이다.

그러나 존재하기를 그친 것만 측정할 수 있다면, 우리는 다시 앞서의 논리적 모순에 빠진다. 흘러가는 시간들을 그것이 멈추었을 때도, 이어질 때에도 측정할 수 없다면, 그 모순은 더욱 심화된다. 논증을 위해 별도로 남겨두었던 흘러가는 시간이라는 관념 그 자체도 미래, 과거, 그리고 한 점에 국한된 현재와 마찬가지로 암흑 속에 삼켜져버린 것처럼 보인다. "따라서 우리가 측정하는 것은 미래도, 과거도, 현재도, 흘러가는 시간들도 아니다"(같은 책).[22]

그런데 어떻게를 알지 못한다면 우리가 측정하고 있다는 확신(이의 제기: "그럼에도 불구하고 우리는 측정한다"라는 말이 이 극적인 부분에서 두 번 되풀이된다)은 어디서 오는가? 흘러가는 시간들이 멈추기도 하고 이어지기도 할 때 그것을 측정할 수 있는 방법이 있는가? 세번째의 예는 바로 이러한 방향으로 연구를 이끌어간다.

세번째 예(27, 35)는 시구의 암송에 대한 것인데——이 경우에 앙브루아즈 Ambroise 송가에 실린 만물의 창조자인 신 Deus creator omnium라는 시구가 인용된다——, 그것은 이어지는 소리의 경우보다 훨씬 복합적인 특성, 즉 시구versus라는 어떤 독특한 표현의 내부에서 4개의 장음절과 4개의 단음절이 번갈아 나타나는 특성을 보인다. 바로 이러한 복합성으로 말미암아, 앞선 두 가지 예에 대한 분석에서는 무시되었던 기억과 회고rétrospection를 다시 끌어들이지 않을 수 없게 된다. 이렇게 해서 바로 이 세번째 예를 통해서만 측정의 문제와 세 겹의 현재의 문제가 연결된다. 4개의 장음과 4개의 단음이 번갈아오는 것은 실제로 직접 감정에 호소하는 비교 요소를 도입한다. "나는 시를 읊고 낭독한다. 그리고 우리가 뚜렷한 감각을 통해 그것을 느끼는 한 그런 식이다 quantum sensitur sensu manifesto."[23] 그러나

---

22) A. Solignac은 *27*장 34절의 번역에 「보다 심화된 검토. 새로운 아포리아」(앞의 책, p. 329)라는 부제를 붙임으로써 이 대목의 모순적 성격을 강조하고 있다.
23) 느낀다라는 말이 회의론자들의 공격을 실패로 돌아가게 한다면, ~하는 한이

아우구스티누스는 직관의 장막으로 논리적 모순을 숨기는 것이 아니라, 단지 그 모순을 더욱 첨예화하고 그 해결책으로 이끌어가기 위해서 느낌을 도입하는 것이다. 왜냐하면 단음과 장음이 서로 비교해보아야만 짧거나 긴 음이 된다고 하지만, 그렇다고 2쿠데coudée〔길이의 옛 단위로서 팔꿈치에서 손가락 끝까지의 약 50cm: 옮긴이〕를 1쿠데에 포개는 것처럼 그 둘을 포개어 비교할 수는 없기 때문이다. 짧은 것을 붙잡아tenere 긴 것에 대어볼applicare 수 있어야 한다. 그런데 이미 멈추어버린 것에서 무엇을 붙잡을 것인가? 조금 전에 우리가 소리 그 자체, 즉 과거와 미래의 사물에 관해 말했듯이 음절 그 자체에 관해 이야기한다 하더라도 논리적 모순은 그대로 남게 된다. 이미 존재하지 않거나 아직 존재하지 않는 음절이 아니라, 기억 속에 남아 있는 그 흔적이나 기다림 속에 담긴 징조들에 관해 이야기할 때 모순은 해결된다. 따라서 "내가 측정하는 것은 그 음절 자체, 즉 이미 존재하지 않는 음절 자체ipsas 가 아니라 내 기억 속에in 있는 어떤 것, 거기서 움직이지 않은 채로 머물러 있는in-fixum manet 어떤 것이다"(앞의 책).

우리는 최초의 수수께끼를 둘러싼 분석에서 물려받은 과거의 현재라는 개념, 그리고 그 표현과 함께 이미지–흔적 vestigium이 낳는 모든 곤란한 문제들과 다시 만나게 된다. 그럼에도 불구하고 엄청난 이점이 있다. 이제 시간의 측정이 외부의 움직임의 측정과는 무관하다는 것을 알게 되었기 때문이다. 게다가 우리는 긴 시간과 짧은 시간의 비교를 가능케 하는 고정 요소를 정신 그 자체 속에서 발견했다. 즉 이미지–흔적과 더불어 이제 중요한 동사는 지나가다 transire가 아니라

<hr>

란 표현은 지나치게 감각을 신뢰하는 에피큐리언에 대한 조심성을 드러내는 것이라고 Meijering은 적고 있다(앞의 책, p. 95). 여기서 아우구스티누스는 플라톤주의의 중간적 입장, 즉 이해력으로 통제되는 감각에 대한 절제된 신뢰라는 입장을 취한다고 할 수 있다.

머무르다manet라는 것이다. 이런 의미에서, 두 가지 수수께끼 ─ 존재/비존재의 수수께끼와 외연을 갖지 않는 것의 측정이라는 수수께끼 ─ 가 동시에 해결된다. 한편으로 우리는 바로 우리 자신에게로 되돌아온 것이다. "나의 정신이여, 나는 바로 네 속in te에서 시간들을 측정하는 것인가?"(27, 36) 그리고 어떻게? 흘러가는 것들에 의해 정신 속에 만들어지는 인상affectio이, 그것이 흘러간 후에도 거기에 머물러 있는 한 그러하다. "그 일들이 지나가며 네 속에 만든 인상은, 그것이 지나간 후에도 거기에 머물러 있으며manet, 내가 측정하는 것은 지나가면서 인상을 남긴 그 일들이 아니라, 바로 현재 남아 있는 그 인상이다"(27, 36).

이와 같이 인상이라는 개념을 사용함으로써 연구가 종료되었다고 믿어서는 안 될 것이다.[24] 기다림, 기억 그리고 주의력 사이에서 상반된 방향으로 늘어난 정신의 능동성과 인상의 수동성이 서로 대조를 이루지 못하는 한, 정신의 이완이라는 개념은 그 정당한 권리를 찾지 못한 것이다. 그처럼 다양하게 긴장된 정신만이 이완될 수 있다.

그러나 그 과정의 능동적 측면을 밝히기 위해선 앞서 말한 시 암송의 예를 역동적 관점에서 다시 검토해야 한다. 즉 미리 구성하고, 기억에 의지하고, 암송을 시작해서 끝까지 이어가는 등, 수동적인 이미지-징조와 이미지-흔적이 겹쳐놓는 능동적 활동들을 살펴보아야 하

---

24) 이 점에서 Meijering의 분석과 나의 분석은 차이를 보인다. 그는 거의 전적으로 영원성과 시간 사이의 대조에만 천착함으로써, 긴장과 이완 사이에서 이루어지는 시간 그 자체의 내적인 변증법은 간과하고 있다. 나중에 보겠지만, 긴장에 활기를 불어넣는 영원성을 겨냥함으로써 그러한 대조가 두드러진다는 것도 사실이다. 그 반면 Guitton은 이완과 표리를 이루는 정신의 이러한 긴장을 강력히 주장한다. "아우구스티누스는 자신의 성찰을 밀고 나감으로써 서로 상반된 자질들을 시간에 부여할 수밖에 없었다. 그 범위는 어떤 연장extensio, 즉 그 내부에서 어떤 주의력-정신의 긴장을 감싸는 이완이다. 그로써 시간은 내부적으로 행동 ─ 시간은 그 정신적 형태다 ─ 과 연결된다"(앞의 책, p. 232). 따라서 순간은 어떤 "정신의 행위"(같은 책, p. 234)다.

는 것이다. 그러나 이 이미지들이 갖는 역할을 이해하기 위해서는, 암송이란 우선 시 전체를 향한, 이어서 그 행위가 종결되기까지 donec 시의 나머지 부분을 향한 기다림에서 비롯되는 행위라는 사실을 간과해서는 안 된다. 암송하는 행위에 대한 이러한 새로운 설명을 통해 현재가 갖는 의미는 바뀐다. 즉 현재란 이제 어떤 점, 더구나 흘러가는 어떤 점이 아니며, "현재의 긴장 praesens intentio"(27, 36)인 것이다. 만일 정신의 집중이 그처럼 긴장이라 불릴 수 있다면, 그것은 현재를 통한 이행이 능동적인 이행이 되었기 때문이다. 현재는 단지 지나갈 뿐만 아니라 "현재의 긴장은 미래를 줄여 과거를 늘리면서, 미래를 다 써버림으로 말미암아 모든 것이 과거가 될 때까지 미래를 과거 속에 흘러가게 한다 traicit"(27, 36). 분명, 현재를 통한 미래의 과거로의 움직임이라는 준공간적인 비유가 소멸된 것은 아니다. 아마도 그러한 비유는 진행 과정 전체를 겹쳐놓는 수동성을 통해 지난번처럼 자신을 정당화할 수 있을 것이다. 그러나 한쪽이 비어감에 따라 다른 한쪽은 채워지는 그 두 시간적 장소의 표현을 역동화시켜 그 속에 감추어진 행동과 정열의 유희를 식별하는 순간, 우리는 더이상 그 표현에 속지 않는다. 기실 "그러한 행동을 하는 정신 animus qui illud agit"(28, 37)이 없다면 줄어드는 미래도 늘어나는 과거도 없을 것이다. 이제 세 개의 동사로 표현되는 세 가지 행동에는 수동성이 투영된다. 즉 정신은 "기다리고 expectat, 주의를 기울이며 adtendit[이 동사는 현재의 긴장을 상기시킨다], 기억한다 meminit"(같은 책). 그 결과 "정신이 기다리는 것은, 자신이 주의를 기울이고 있는 것을 가로질러, 자신이 기억하는 것 속으로 지나간다"(같은 책). 지나가게 하는 것 또한 지나가는 것이다. 여기서 어휘는 능동성과 수동성 사이를 끝없이 오간다. 정신은 기다리고 기억하지만, 그럼에도 불구하고 기다림과 기억은 이미지-흔적과 이미지-징조의 이름으로 정신 '안'에 있다. 그 대조는 현재 속에 집중된다. 한편으로 지나간다는 점에서 현재는 하나의 점으로 in puncto praeterit 환원되는데, 바로 그것이 현재가 연장을 갖지 않는다는 가장 극단적인 표현이다. 그러나 현재는 지나가게 한다는 점에서, 그리고 주의력은 "존재하게 될 것을 부재를 향해 나아가게 한다 pergat"라는 점에서, "주의력은 연속적인 어떤 지속 perdurat attentio을 가지고 있다"라고 말해야 한다.

아우구스티누스가 긴 미래라는 터무니없는 표현 대신에 사용한 "미래의 긴 기다림"이라는 복합적인 표현, 그리고 긴 과거라는 표현을 대치하는 "과거의 긴 추억"이라는 표현 속에서 우리는 행위와 느낌의 유희를 구분할 수 있어야 한다. 기다림과 기억은 바로 정신 안에, 따라서 인상의 자격으로 연장을 갖는 것이다. 그러나 인상은 정신이 행동하는 한에서, 다시 말해서 기다리고 주의를 기울이고 기억하는 한에서만 정신 안에 있는 것이다.

그렇다면 이완은 무엇으로 구성되는가? 그것은 바로 세 가지 긴장을 대조함으로써 이루어진다. 26장 33절에서 30장 40절 사이의 대목들이 11서의 보고(寶庫)라면, 28장 38절의 대목은 그 하나만으로도 이 보고의 보배다. 노래에 대한 예는, 계속 이어지다가 멈추는 소리의 예와 장음/단음의 예를 포괄함으로써 여기서 구체적인 적용 단계를 넘어 이완의 이론과 세 겹의 현재의 이론이 연결되는 지점을 나타낸다. 세 겹의 긴장이라는 용어로 재조정된 세 겹의 현재 이론은 긴장의 폭발에서 이완을 솟아오르게 한다. 그 대목 전체를 인용할 필요가 있다. "내가 아는 시 한 편을 읊으려 한다고 생각해보자. 내가 그 시를 읊기 전에는 나의 기다림이 그 시 전체에 펼쳐져 있다 tenditur. 그러나 내가 그 시를 읊기 시작하자마자 읊은 그 부분은 기다림의 영역에서 떨어져나와 과거로 옮아가며, 이번에는 나의 기억이 그들을 향해 펼쳐진다 tenditur. 그리고 나의 활동 actionis이 갖는 살아 있는 힘들은 내가 이미 읊은 부분으로 인해 기억을 향해, 그리고 내가 읊으려고 하는 부분으로 인해 기다림을 향해 늘어난다 distenditur. 그럼에도 불구하고 나의 주의력 attentio은 거기, 현재에 있다. 그리고 바로 그것을 통해 미래였던 것은 이행하여 traicitur 과거가 된다. 이 행동이 나아가면 나아갈수록 agitur et agitur, 기다림이 완전히 다 없어질 때까지 기다림은 줄어들고 기억은 늘어난다. 그때 모든 행동은 끝을 맺고 기억 속으로 흘러간다"(28, 38).

이 대목 전체는, 고립된 것이 아니라 상호 작용 관계에 있다고 간주되는 기다림, 기억, 그리고 주의력의 변증법을 주제로 삼고 있다. 그러므로 중요한 것은 이미지-흔적이나 미래를 예상하는 이미지가 아니라, 기다림을 줄이고 기억을 늘이는 어떤 행동이 문제인 것이다. 행동 actio이란 용어와 행동하다 agitur라는 동사적 표현은 의도적으로 되풀이되면서 그 전체를 지배하는 충동을 나타낸다. 기다림과 기억은 둘 다 그 자체가 '펼쳐져' 있다고 말한다. 즉 전자는 시를 읊기 전에 시 전체를 향해, 후자는 이미 읊은 부분을 향해 펼쳐져 있다. 주의력으로 말하자면, 미래였던 것이 과거로 되는 것을 향한 능동적 '이행'에 그 모든 긴장이 있다. '나아가고 나아가는 것'은 바로 기다림과 기억, 그리고 주의력이 결합된 이러한 행동인 것이다. 그러므로 이완이란 행동의 세 가지 양태의 균열, 불일치에 다름아니다. "그리고 나의 활동이 갖는 살아 있는 힘들은, 내가 이미 읊은 부분으로 인해 기억을 향해, 그리고 내가 읊으려고 하는 부분으로 인해 기다림을 향해 늘어난다."

이완은 인상의 수동성과 관계가 있는가? 선험적 감성-느낌 affectio이 사라진 것처럼 보이는 이 훌륭한 텍스트를, 낭송하는 행위를 처음 개략적으로 분석한 부분(27, 36)과 비교한다면 그런 것 같다. 거기서 인상은, 비록 소리를 내지는 않는다 할지라도 낭송하는 행위의 '긴장'에 대한 수동적 이면으로 여전히 이해되고 있는 것처럼 보인다. 말하자면 바로 우리가 "생각을 통해 시와 시구, 그리고 담론을 가로질러감 peragimus에 따라" 어떤 것이 머물러 manet 있다는 것이다.

"현재의 의도가 미래를 과거 속에 흘러가게 하는traicit"(27, 36) 것이다.

따라서 우리가 정신의 이완과 느낌의 수동성을 접근시킨다면—나는 그렇게 할 수 있다고 생각하는 바이다—지향적 활동이 그 활동 자체에 의해 만들어지는 수동성, 우리가 부득이 이미지-흔적이나 이미지-징조로 지칭하는 수동성을 상대물로 가지고 있는 한, 세 가지 시간적 지향은 서로 분리된다고 말해야 한다. 단지 세 가지 행위들이 서로 겹쳐지지 않는 것이 아니라, 능동성과 수동성이 서로 대립된다. 두 가지 수동성, 즉 기다림에 결부된 수동성과 기억에 결부된 수동성 사이의 불협화음은 말할 것도 없다. 따라서 정신은, 그것이 긴장이 되면 될수록 더 이완을 겪는다.

길고 짧은 시간에 대한 논리적 모순은 해결되었는가? 만일 우리가 다음과 같은 사실을 인정한다면 그렇다. 1) 우리가 측정하는 것은 미래나 과거의 일이 아니라 그것에 대한 기다림과 추억이다. 2) 그것은 바로 어떤 독특한 종류의 측정 가능한 공간성을 제시하는 느낌들이다. 3) 이러한 느낌들은 나아가고 또 나아가는 정신 활동의 이면과 같다. 4) 이 행동은 그 자체가 세 겹이며, 그리하여 긴장됨에 따라 이완된다.

기실 이 해결책의 각각의 단계들은 수수께끼를 만들어낸다.

1) 움직이는 물체가 거쳐간 공간을 한정하는 '표지들'에 의존하지 않고, 즉 움직이는 물체가 공간 속을 거쳐가게 물리적 변화를 고려하지 않고 어떻게 기다림과 기억을 측정할 것인가?

2) 흔적의 연장이 순전히 정신 안에 있다고 한다면 거기에 이르기 위해 우리는 어떠한 독자적인 통로를 가지고 있는가?

3) 기다림과 주의력, 그리고 추억이 가로질러가는 지점들에 대한 은유를 점진적으로 역동화시키는 것 외에 느낌과 긴장 사이의 관계를 표현할 수 있는 다른 어떤 방법이 있는가? 이 점에서 사건들이 현재

를 거쳐 지나간다는 은유를 넘어설 수는 없는 것처럼 보인다. 그것은 멈춘다는 의미에서 '지나간다'라는 관념을, 그리고 보낸다는 의미에서 '지나가게 한다'라는 관념을 동시에 포착하게 한다는 점에서 훌륭한 은유이며 살아 있는 은유이다. 어떠한 개념도 이 살아 있는 은유를 '능가하지 aufhebt' 는 못하는 것처럼 보인다.[25]

4) 마지막 논제는——우리가 아직도 그렇게 부를 수 있다면——가장 풀기 어려운 수수께끼, 즉 우리가 그 대가로 측정의 논리적 모순이 아우구스티누스에 의해 '해결'된다고 말할 수 있는 수수께끼를 만들어낸다. 다시 말해서 정신은 '긴장' 됨에 따라 '이완' 된다는 것, 바로 그것이 마지막 수수께끼다.

그러나 측정의 모순은 그것이 바로 수수께끼이기 때문에 해결이 값진 것이다. 아우구스티누스의 발견이 더없이 귀중한 것은, 그것이 시간의 연장을 정신의 이완으로 환원시킴으로써 세 겹의 현재의 한가운데, 즉 미래의 현재와 과거의 현재, 그리고 현재의 현재 사이에서 끊임없이 생겨나는 균열과 그 이완을 연결시킨 점이다. 이처럼 그는 기다림, 주의력, 그리고 기억의 지향점들이 이루는 화음 concordance으로부터 끊임없이 불협화음 discordance이 태어나고 또 태어난다고 생각한다.

줄거리 구성이라는 시학적 행위는 바로 시간에 대한 사색이 던지는 이러한 수수께끼에 답한다. 아리스토텔레스의 『시학』이 사색을 통해 수수께끼를 해결하는 것은 아니다. 그것은 수수께끼를 전혀 해결하지 않는다고 볼 수도 있다. 『시학』은 불협화음과 화음의 역전된 모습을 만들어냄으로써 시학적으로 수수께끼를 이어간다. 이 새로운 항해를 위해 아우구스티누스가 격려의 말을 남기지 않은 것은 아니

---

25) 칸트는 『순수 이성 비판』의 2판에서 자기애 Selbstaffektion 관념을 논하면서, 능동적으로 생산된 수동성이라는 동일한 수수께끼와 마주친다. 4부(2장)에서 다시 언급될 것이다.

다. 즉 암송되는 송가canticus에 대한 취약한 예는 이처럼 연구의 끝 무렵에 갑자기 다른 행동들, 즉 정신이 그 속에서 긴장되면서 이완을 겪는 행동들에 대한 강력한 범례paradigme가 된다. "시 전체에서 일어나는 것은 그 각각의 부분들, 그리고 그 각각의 음절들에서 일어난다. 그것은 보다 폭넓은 어떤 행동in actione longiore ─ 시는 아마도 그 작은 일부분에 지나지 않을 것이다 ─에서 일어난다. 그것은 인간의 삶 전체에서 일어나며, 인간의 모든 행동actiones은 그 부분들이다. 그리고 인간의 자손들이 살아간 역사 전체에서 일어나며, 인간의 모든 삶은 그 부분들이다"(28, 38). 단순한 시에서부터 한 생애 전체에 대한 이야기를 거쳐 세계사에 이르기까지, 이야기의 세계 전체가 잠재적으로 여기에 펼쳐져 있다. 본 연구의 목표는 아우구스티누스가 암시하는 데 그쳤던 바로 이러한 논제를 확대 적용할 수 있는가를 알아보는 것이다.

4. 영원성과의 대조

『고백록』 제11서를 읽으면서 우리는 14장 17절에서 28장 37절까지의 부분을 그 배경이 되는 영원성에 대한 깊은 사색에서 자의적으로 분리시켰다. 이제 본 연구의 초기에 제기되었던 그에 대한 반론에 답해야 한다. 우리는 그 연구의 자율성이, 본질적으로는 시간과 관련된 회의주의적 논쟁과의 끊임없는 대결 덕분이라는 것을 강조함으로써 단지 부분적으로만 그 반론에 대응했다. 이 점에 관해서, 시간은 정신 '안'에 있으며 그 측정의 원리를 정신 '안'에서 찾는다는 논제는 그것이 시간 개념에 내재하는 논리적 모순에 답하는 한 그 자체만으로도 충분하다. 정신의 이완이란 개념을 이해하기 위해서는 그 개념을 정신의 '행동'에 내재하는 긴장과 대조하기만 하면 된다.[26]

그런데 정신의 이완이 갖는 그 충만한 의미에는 오로지 영원성과의 대조만이 가져다줄 수 있는 어떤 것이 결여되어 있다. 하지만 그 결여된 것이 내가 정신의 이완이 갖는 충분한 의미, 즉 비-존재와 측정의 논리적 모순에 답하기에 충분한 의미라고 부르는 것과 관계되는 것은 아니다. 결여된 것은 또 다른 질서에 속한다. 영원성에 대한 명상은 시간과 관계된 사변에 세 가지 중요한 영향을 미친다.

그 첫번째 기능은 시간과 시간의 타자(他者)를 동시에 생각하게끔 하는 어떤 한계-관념 idée-limite의 지평 아래 시간에 대한 모든 사변을 위치시키는 것이다. 그 두번째 기능은 이완의 경험 자체를 실존적 차원에서 강화시키는 것이다. 그 세번째 기능은 이 경험 자체가 영원성의 방향으로 스스로 넘어설 수 있도록, 따라서 어떤 직선적인 시간의 표상이 주는 매혹과는 반대로 내부적으로 계층화될 수 있도록 부추기는 것이다.

가) 아우구스티누스의 사색이 영원성과 시간에 동시에 걸쳐 있다는 사실에 이의를 제기할 수는 없다. 『고백록』 제11서는 "태초에 신이 [……]를 창조했다 In principio fecit Deus[……]"라는, 『고백록』

---

26) 다른 두 가지 반론을 생각할 수 있을 것이다. 우선 아우구스티누스의 정신의 이완과 플로티노스의 실체의 분리 diastasis zoês의 관계는 어떻게 되는가? 그리고 11서 전체는 『고백록』의 첫 9개 서의 서술 행위와 어떤 관계를 맺고 있는가? 첫번째 반론에 대해서 나의 논지는 아우구스티누스와 플로티노스의 관계를 관념사적 입장에서 다루는 것을 배제한다고 답할 수 있다. 그 반면 플로티노스의 시간 분석이 미친 큰 변모를 정당하게 이해함으로써 아우구스티누스가 후세에 물려준 수수께끼를 다듬을 수 있다는 것을 기꺼이 인정한다. 몇 개의 각주로 이를 설명하기에는 충분치 않다는 것은 자명하다. 그 결함을 메꾸기 위해 『고백록』에 대한 A. Solignac과 Meijering의 주석, 그리고 「플로티노스의 영원과 시간」에 대한 Beierwaltes의 연구를 참조한다. 시간에 대한 사색과 첫 9개 서의 서술 행위의 관계는 가장 나의 관심을 끄는 부분이다. 4부에서 반복 répétition의 문제를 다루면서 다시금 그에 관해 언급할 것이다. 아우구스티누스의 작품 전체를 감싸고 있는 고백 confessio을 상기해본다면 독자들은 여기서도 그에 관해 무엇인가 짐작할 수 있을 것이다.

을 집필할 당시 아프리카에서 발견된 라틴어 판본들 중의 하나에 나
오는 「창세기」의 첫 구절로 시작된다. 게다가 11서의 첫 14개 장을
채우고 있는 사색은 아우구스티누스의 찬양을 플라톤주의와 신플라
톤주의적 유형에 속한다고 볼 수 있는 사변과 불가분하게 연결시키
고 있다.[27] 이러한 이중적 특성 위에 새겨진 아우구스티누스의 사색
은 시간으로부터 영원성을 파생시킬—이 말의 어떠한 적절한 의미
에서도—어떤 여지도 남기지 않는다. 대번에 영원성과 시간의 대조
가 설정되고, 고백되고, 생각된다. 여기서 지적 작업은 영원성이 존
재하는가의 문제와는 전혀 관련이 없다. 한정된 의미에서이긴 하지
만 영원성이 시간에 앞선다는 것은 "창조되지는 않았지만 존재하는
존재"와 선후를 두고 "변화하며" "바뀌는"(4, 6) 존재를 대조함으로
써 밝혀진다. 그 대조는 외침 속에 담겨 있다. "여기 하늘과 땅이 있
어, 창조되었다고 외치니, 그들이 변화하고 바뀌기 때문이다"(같은

---

27) 이 점에 관해 우리는 2장 3절의 거창한 기도(프랑스어 번역자가 운문으로 번역한
  것은 매우 적절했다)를 단순한 수사학적 장식으로 간주할 수는 없을 것이다. 그것
  은 송가(頌歌)와 사변(思辨)이 펼치는 선율핵을 담고 있다.

  낮도 바로 당신의 것이며, 밤도 바로 당신의 것이니
  순간들은, 당신의 뜻대로, 어떤 신호에 따라 흘러갑니다.
  이 시간의 광대한 공간을 우리에게 주소서,
  우리가 당신 율법의 비밀에 대해 사색할 수 있도록,
  그리고 우리가 이 문을 두드릴 때 그것을 닫지 마소서.

  사변과 송가는 '고백' 속에서 하나가 된다. 2장 3절의 기도는 바로 고백의 음조
  로 「창세기」 1장 1절의 태초 principium를 원용하고 있다.

  내가 당신의 책에서 발견하게 될 모든 것을 당신께 고백할 수 있기를
  그리고 찬양의 목소리를 들을 수 있기를
  당신을 받아들이고 당신 율법의 경이로움을 바라볼 수 있기를,
  당신이 하늘과 땅을 창조했던 그 태초에서부터
  당신의 성스러운 왕국에서 당신과 함께 영원히 임할 때까지!

책). 그리고 아우구스티누스는 "우리는 그것을 알고 있다"(같은 책)라고 강조하고 있다.[28] 그런데 지적 작업은 이러한 영원성의 고백 자체에 의해 야기된 난관에서 비롯된다. "태초에 당신이 어떻게 quomodo 하늘과 땅을 창조했던가를 내가 깨닫고 이해하게 하소서"(3, 5)(그 질문은 5장 7절의 첫머리에 다시 나온다). 이 점에서 시간과 마찬가지로 영원성은, 그것이 존재하는가는 전혀 문제가 되지 않으며 어떻게 존재하는가가 우리를 곤란하게 한다. 시간의 기능과 관련하여 영원성의 논제가 갖는 첫번째 기능, 즉 한계-관념의 기능은 바로 이러한 곤란함에서 생긴다.

이 첫번째 기능은 『고백록』 제11서의 첫 14개 장을 이어가는 일련의 고백과 질문에서 비롯된다. "그러나 당신은 어떻게 quomodo 하늘과 땅을 창조하였습니까?"(5, 7)라는 첫번째 질문에 대해 그는 앞에서와 마찬가지로 찬양의 정신으로 답한다. "당신은 바로 당신의 말씀을 통해 그것을 창조하였습니다"(같은 책). 그러나 새로운 질문이 그

---

28) 플로티노스와 아우구스티누스의 근본적 유사점과 차이점은 바로 이 앎 속에 요약된다. 창조의 주제가 그 차이점을 만든다. Guitton은 단 몇 페이지로 그 모든 심오함을 밀도 있게 가늠하고 있다(앞의 책, pp. 136~45). 그에 의하면 아우구스티누스는 "플로티노스에게는 낯선 어떤 영감, 나아가서 그의 변증법 전체가 부정하고, 태어나지 못하게 하거나 용해되도록 하는 경향을 나타낼 정도로 그의 정신과 상반되는 영감을 『에네이드』에 의해 만들어진 틀 속에 부어넣었다"(p. 140). 창조의 관념으로부터 한시적 우주, 시간적 전환, 역사적 종교가 비롯된다. 이리하여 시간은 그 토대를 마련하는 동시에 정당화된다. 플로티노스의 유출론 émanatisme이 피해가는 것처럼 보이는 신인동형론 anthropomorphisme에 대해 말하자면, 아우구스티누스의 질료적 신인동형론의 은유적 표현 수단이 창조적 인과율의 도식과 관련하여, 신플라톤주의적인 전형성 exemplarisme보다 더 값진 것이 아닌지 자문할 수 있다. 후자는 동일자의 정체성에 머물고 있으며, 전적으로 형식적이기 때문에 보다 섬세한 신인동형론을 벗어나지 못하고 있다. 전형성이 그 철학적 성격으로 우리를 유혹한다면 창조론자의 은유는 우리를 안심시키는 동시에 놀라게 한다(이 점에 관해서는 Guitton, 앞의 책, pp. 198~99 참조). "시간적 창조의 영원한 창조주"에 관해서는 Meijering의 꼼꼼한 주석(앞의 책, pp. 17~57)을 참조할 것. 거기에는 『티마이오스』와 『에네이드』에 대한 모든 참조 사항들이 실려 있다.

대답에서 태어난다. "그러나 당신은 어떻게 말씀하셨나요?"(6, 8).
말씀 Verbum의 영원성을 통해서 그는 마찬가지로 자신있게 대답한다.
"모든 것 omnia은 동시에 simul, 그리고 영원하게 sempiterne 말해진
다. 달리 말하면 그것은 진정한 영원성도 진정한 불멸성도 아니라,
이미 시간이며 변화일 것이다"(7, 9). 그리고 아우구스티누스는 이렇
게 고백한다. "내가 그것을 알기에, 주여, 당신께 감사를 드립니다"
(7, 9).

따라서 말씀의 이러한 영원성을 살펴보자. 이중의 대조가 확연히
드러나는데, 그것은 시간과 관계된 부정성의 근원이 되고, 그 다음
새로운 난점의 근원이 된다.

우선 사물이 말씀을 통해 만들어졌다고 말하는 것은, 신(神)이 어
떤 것을 이용해서 만드는 장인(匠人)의 방법으로 창조한다는 것을 부
정하는 것이다. "당신이 우주를 창조한 것은 우주 속에서가 아닙니
다. 왜냐하면 우주는, 존재하도록 창조되기 전에는 antequam 창조될
수 있는 곳으로 존재하지 않았기 quia non erat 때문입니다"(5, 7). 무
(無)로부터 ex nihilo의 창조가 여기서 예상되며, 그러한 시원적 무(無,
néant)로 말미암아 시간은 이제부터 존재론적 결핍이라는 타격을 입
는다.

그러나 새로운 부정, 그리고 새로운 난점을 만들어내는 결정적 대
조는 신의 말씀과 인간의 목소리 voix의 대립이다. 창조의 말씀은 인간
의 목소리처럼 '시작하고' '끝나는' 것이 아니며, 음절처럼 "울려퍼
지고" "지나가는"(6, 8) 것이 아니다. 말씀을 듣고 내면의 주인의 가
르침을 받아들이는 내면의 귀와, 말 verba을 모아 그것을 깨어 있는
이해력에 전달하는 외면의 귀가 그러한 것처럼, 말씀과 목소리는 서
로 다른 것으로 환원될 수 없는 동시에 또한 서로 떼어놓을 수도 없
다. 말씀은 남아 있으나 말은 사라진다. 이러한 대조(그리고 그에 따른
'비교')로 말미암아 시간에는 다시금 어떤 부정적 징후가 나타난다.

즉 말씀이 남아 있다면 말은 "달아나고 지나가기 때문에 존재하지 않는다"(6, 8).[29] 이런 의미에서 비-존재의 두 가지 기능은 서로 겹친다.

그 자체가 영원성의 고백을 반복하는 질문들의 진행에는 이제부터 언제나 부정(否定)의 진행이 수반될 것이다. 실제로 앞서의 대답에서 다시 한번 의문이 떠오른다. "당신은 말씀하시는 것말고는 달리 하시지 않습니다. 그럼에도 불구하고 nec tamen 말씀을 통해 당신이 만든 모든 것들이, 동시에 그리고 영원히 만들어진 것은 아닙니다"(7, 9). 달리 말해서 시간적인 피조물이 어떻게 영원한 말씀에 의해, 그리고 말씀 속에서 만들어질 수 있는가? "제발, 내 주님이시여, 왜 그러합니까? 나는 어느 정도 그것을 알지만 어떻게 그것을 표현해야 할지 모르겠습니다"(8, 10). 이런 점에서 영원성은 시간과 마찬가지로 수수께끼의 원천이다.

아우구스티누스는 창조된 것들로 하여금 존재하기를 시작하고 마치도록 하는 어떤 '영원한 이성'을 말씀에 부여함으로써 이러한 난관

---

29) 이러한 존재론적 결핍이 추론 과정에서, 시간에 대한 회의론적 논증의 비-존재 ─미래의 "아직도 〔……〕 아니다"와 과거의 "이제 〔……〕 아니다"와 연결된─ 와는 다른 기능을 갖고 있더라도, 그것은 이 비-존재 피조물 상태 본래의 존재 결핍이라는 각인을 위에 찍는다. "우리는 압니다, 주여, 우리는 압니다. 모든 것이 사라지고 나타나는 것은, 이전에 존재했던 것이 지금은 존재하지 않고, 이전엔 존재하지 않았던 것이 지금은 존재함에 따라서 그러하다는 것을"(7, 9). 그때부터 '영원한'(그리고 그 동의어인 '불멸의')과 '시간적'이라는 두 형용사는 서로 대립한다. 시간적인 것은 영원하지 않은 것이다. 우리는 나중에 이 부정성(否定性)이 두 가지 의미로 작용하고 있지 않은가 의문을 제기할 것이다. 이미 여기 7장 9절에서도, 영원하다는 것은 '자리를 내주지' 않는다, '뒤를 잇지' 않는다는 것을 내포한다. 영원성의 동의어(불멸 immortalitas, 항구불변 incorruptibilitas, 전환불능 incommutabilitas)에 관해서는 이 경우 『티마이오스』 29c를 참조하고 있는 Meijering의 앞의 책, p. 32를 참고할 것. 따라서 그 두 가지 부정형 속에 내포된 영원성의 관념이 갖는 한계-기능의 이러한 최초의 두 가지 계기를 주목하자. 즉 말씀은, 장인의 경우처럼 어떤 이전의 재료를 가지고 창조하는 것이 아니며, 말씀은 시간 속에 울려퍼지는 목소리를 가지고 말하는 것이 아니다.

에 대응한다.[30] 그러나 이 대답은 창조 이전에 관한 아우구스티누스의 혜안을 오랫동안 시험하게 될 중요한 난관을 배태하고 있다. 왜냐하면 실제로 영원한 이성이 시작과 끝을 설정한다는 것은, 사건이 언제quando 시작하고 끝나기로 되어 있었는지를 영원한 이성이 알고 있다는 것을 함축하기 때문이다. 이 언제란 말이 우리를 망망대해에 빠뜨린다.

우선 이 말은 다른 기독교 사상가들이 우스꽝스럽게 여겼고 야유를 보냈던 마니교도들과 몇몇 플라톤주의자들의 질문을 타당하고 존중할 만한 것으로 만든다.

그리하여 아우구스티누스는 다음과 같이 삼중의 질문 형태를 취하는 반대자의 혹독한 공격에 마주치게 된다. "하늘과 땅을 창조하기 전에antequam 신은 무엇을 하고 있었는가?" "만일 신이 한가로이 아무 일도 하지 않았다면, 그 이전에도 항상 그러했던 것처럼 왜 그 후에도 여전히 한가로이 있지 않았는가?" "만일 신이 창조하고자 하는 영원한 의지를 가지고 있다면, 왜 그 의지 역시 영원하지 않은가?" (*10*, 12). 우리는 이에 대한 아우구스티누스의 답에서 정신의 이완이라는, 심리적 차원에서 볼 때 그 자체가 부정적인 경험에 영향을 미치는 존재론적 부정성의 전개에 관심을 가질 것이다.

여전히 영원성의 고백에서 비롯되는 이러한 난점들에 대해 개인적

---

30) '아우구스티누스 총서 Bibliothèque augustinienne'에 수록된 『고백록』의 번역 및 해석 작업을 맡은 이는, 9장 11절과 10장 12절 사이에 중간 휴지 부분을 설정함으로써 11서를 이렇게 두 부분으로 나누고 있다. I. 창조와 창조를 이루는 말씀(*3*, 5~*10*, 12). II. 시간의 문제: ① 창조 이전(*10*, 12~*14*, 17); ② 시간의 존재와 그 측정(*14*, 17~*29*, 39). 나 자신의 분석은 영원성과의 대조를 통해 정신의 이완을 강화한다는 명목으로 I과 II①를 다시 묶게 되었다. 게다가 10장 12절에서 시작되는 일견 기이해 보이는 질문은, 영원성의 고백 자체를 통해 야기되는 것처럼 보였던 어떻게?(*5*, 7)와 왜?(*6*, 8)라는 질문들과 마찬가지로, 논리적 모순성을 띤 문체로 표현되고 있다. 끝으로 논리적 모순과 그 모순에 대한 대답들 또한, 3장 5절에서 시작된 시간성을 보다 심도 있게 부정적으로 다루는 계기가 될 것이다.

인 대답을 제시하기에 앞서 아우구스티누스는 영원성에 대한 자신의 개념을 마지막으로 다듬는다. 영원성은 '결코 안정되지 않은' 사물에 비해 "항상 안정되어 있다 semper stans." 이러한 안정성은 "어떠한 시간도 전부가 현전할 수는 없는 반면에, 영원 속에서는 〔……〕 아무것도 일어나지 않지만, 모든 것이 전부 현전한다 totum esse praesens"(*11*, 13)라는 점에 있다. 부정성은 여기서 그 절정에 이르게 되는데 정신의 이완, 즉 세 겹의 현재가 드러내는 균열을 끝까지 생각하기 위해서는 그것을 과거도 미래도 없는 현재와 '비교'할 수 있어야 한다.[31] 일견 사소한 것처럼 보이는 논증에 대한 답을 떠받치고 있는 것은 바로 이러한 극단적인 부정이다.

아우구스티누스가 그 논증을 반박하는 데 그토록 힘을 기울이는 것은 그것이 영원성의 명제 자체가 낳는 어떤 논리적 모순을 구성하기 때문이다.[32]

처음에 제기된 반론에 대한 답은 솔직하고 간명하다. 즉 "하늘과

---

31) 이미 플라톤은 『티마이오스』 37c에서, 영원한 현재에 대해서는 아직 이야기하지는 않지만, 과거와 현재를 영원성에서 배제시켰다. Meijering(앞의 책, p. 46)은 신의 머무름 stare과 기다림 manere을 영원한 현재로 해석하는 아우구스티누스의 다른 글들을 인용하고 있다. Meijering(p. 43)이 특별히 강조하고 있는 것은 "신의 의지는 하나의 피조물이 아니라 모든 것에 앞선 어떤 피조물이다. 〔……〕 따라서 신의 의지는 바로 신의 실체에 속한다"라고 말하는 10장 12절의 논증 부분을 아우구스티누스가 받아들이고 있다는 사실이다. 그는 이 텍스트를 플로티노스의 『에네이드』 VI, 8, 14; VI, 9, 13과 비교하고 있다. 그는 영원한 현재에 대한 최초의 표현을, 플로티노스(이 점에 관해 그는 Beierwaltes, 앞의 책, pp. 170~73을 참고한다)에 이어 니사 Nysse와 아타나즈 Athanase의 그레고리 Grégoire가 그것을 표명하기에 앞서, 누메니우스 Numénius의 중세 플라톤주의에서 확인한다.

32) 우리는 오늘날 시간적 창조라는 관념에 의해 야기된 논쟁들이 갖는 활력 ── 그것을 폭력이라고까지는 하지 않더라도 ── 을 잘못 생각하고 있다. Guitton은 그 논쟁들이 '엿새 만의' 창조에 대한 성서 이야기, 보다 정확하게는 거대한 천체의 창조에 앞선 '사흘'에 부여되는 의미에 의해 야기된, 글자 그대로의 주석과 우의적 주석 사이의 갈등을 통해 어떻게 더 날카로워졌는가를 보여준다. 이 점에 관해서는 Guitton, 앞의 책, pp. 177~91 참조.

땅을 창조하기 전에 신은 아무것도 하지 않았다"(12, 14)라는 것이다. 물론 그 답은 어떤 이전 un avant에 대한 가정을 그대로 유지하지만, 중요한 것은 그 이전이 돌연 무(無, néant)가 된다는 사실이다. 즉 "아무것도 하지 않는다"의 '아무것도 rien'는 창조 이전이다. 따라서 시작하고 끝나는 것으로 시간을 생각하기 위해선 '아무것도 아닌 것'을 생각해야 한다. 이리하여 시간은 무로 둘러싸인 것과 같다.

두번째 반론에 대한 답은 훨씬 더 주목할 만한데, 신은 세계를 창조하면서 시간을 창조했으므로 창조에 관한 한 그 이전은 없다는 것이다. "당신은 모든 시간의 창조주입니다." "왜냐하면 이 시간 자체를 만들었던 이는 바로 당신이고, 모든 시간은 당신이 시간을 만들기 전에는 흘러갈 수 없었기 때문입니다." 동시에 이 대답은 질문을 제거하여 "시간이 없는 곳에는 그때도 없다 non erat tunc"(13, 15). 이 '그때도 없음'은 아무것도 하지 않는다의 아무것도와 동일한 정도의 부정성을 갖는다. 따라서 시간을 끝까지 이행으로 생각하기 위해서는 시간의 부재라는 관념을 생각할 수 있다. 시간을 완벽하게 이행으로 체험하려면 그것을 과도적인 것으로 생각해야만 한다.

그러나 시간이 세계와 함께 창조되었다는 논제——이미 플라톤의 『티마이오스』38d에서 개진되었던 논제이다——는 시간 이전에 또 다른 시간이 있을 수 있다는 가능성을 열어두고 있다(『고백록』제11서 30장 40절의 끝부분은, 사변적 가설로서 또는 천상의 존재 고유의 시간적 차원을 남겨두기 위해서, 이러한 가능성을 일깨우고 있다). 어쨌든 아우구스티누스는, 바로 이러한 가능성과 대면하기 위해서 자신의 논제를 귀류법에 의해 증명 reductio ad absurdum 하고 있다. 즉 시간 이전에 어떤 시간이 있더라도, 신은 모든 시간의 장인이기 때문에 그 시간은 여전히 하나의 피조물일 것이다. 따라서 모든 창조에 앞선 시간은 생각할 수가 없다. 이 논증은 창조 이전의 신의 무위(無爲)라는 가정을 제외시키기에 충분하다. 신이 한가했다고 말하는 것은 창조 이전에 신이 아무것도 하지 않았던 시간이 존재했다고 말하는 것이다. 따라서 시간적 범주는 '세계 이전'의 특성을 드러내기에는 적합하지 않다.

세번째로 제기된 반론에 대한 대답은 아우구스티누스에게 시간과 영원성 사이의 대립에 대한 주장을 최종적으로 손질할 기회를 제공한다. '새로움'에 대한 모든 관념을 신의 의지로부터 제외시키기 위해서는 창조 이전이라는 관념에 모든 시간성을 제거하는 의미 작용을 부여해야 한다. 선행성은 뛰어남, 탁월함, 고귀함으로 생각되어야 하는 것이다. "당신은 언제나 현전하고 있는 당신의 영원성의 고귀함에 따라 celsitudine 지나간 모든 시간에 선행합니다"(*13, 16*). 부정적 표현들은 한층 더 날카로워진다. "당신의 세월은 가지도 오지도 않습니다"(같은 책). 그것은 "동시에 존속합니다 simul stant"(같은 책). '신의 세월'이 동시에 존속한다는, 「출애굽기」가 이야기하는 '오늘'과 마찬가지로, 선행하지 않으면서 넘어서는 것이 갖는 비-시간적인 의미 작용을 떠맡는다. 넘어서는 것은 지나가는 것 이상이다.

영원성과 시간의 대조가 정신의 이완의 심리적 경험을 통해 나타나게 하는 존재론적 부정성을 내가 이처럼 끈질기게 주장하는 이유가, 아우구스티누스의 영원성의 개념을 한계-관념이라는 칸트의 기능 속에 집어넣기 위해서는 분명 아니다. 라틴어 판본[33] 「출애굽기」 3장 14절 나는 존재하는 자다 ego sum qui sum의 번역에 나타난 헤브라이즘과 플라토니즘의 결합은 우리로 하여금 영원에 대한 사유를 대상 없는 사유로 해석하는 것을 금한다. 게다가 찬양과 사색의 결합은 아우구스티누스가 단지 영원성에 대해서만 생각하고 있지는 않다는 것을 증언한다. 즉 그는 영원한 존재에게 말을 건네며, 2인칭으로 그에게

---

33) 여기서 문제는 헤브라이어 판본에 대한 라틴어 번역의 성실성이 아니라 철학적 전통 속에서의 그 효율성이다.

간청하고 있는 것이다. 영원한 현재는, 그가 있다 esse가 아니라 내가 있다 sum라고 함으로써 그 스스로를 1인칭으로 밝힌다.[34] 여기서도 마찬가지로 사색은 자기 자신을 밝히는 존재의 식별과 떼어놓을 수 없다. 바로 그 때문에 사색은 송가와 분리될 수 없는 것이다. 나중에 설명하겠지만, 이런 의미에서 우리는 유보 조건을 달고서 아우구스티누스의 영원성의 체험에 관해 말할 수 있다. 그러나 지적 능력이 시간과 영원성을 '비교'하는 이상, 한계-관념의 기능을 지니는 것은 바로 이러한 영원성의 체험이다. 이러한 '비교'가 정신의 이완이라는 생생한 체험에 미치는 역충격이야말로 영원에 대한 사유를 한계-관념으로 만들며, 그러한 지평 아래 정신의 이완의 체험은 존재론적 차원에서 존재의 결핍이나 결함이라는 부정적 징후에 영향을 받는다.[35]

---

34) A. Solignac(앞의 책, pp. 583~84)은 여기서 「출애굽기」에 나오는 유명한 시구 및 시편의 다른 시구들, 특히 강론 7에 대한 아우구스티누스 저작의 주요 텍스트들을 연구하고 있는 Etienne Gilson의 『아우구스티누스의 철학과 체현 *Philosophie et Incarnation chez Saint Augustin*』을 참조하고 있다. A. Solignac의 주석에 의하면, "아우구스티누스의 사유에서 시간에 대한 영원의 초월성은, 사람을 창조하고 사람과 이야기하는 인격적 신의 초월성이다. 따라서 시간의 영고성쇠 속에 드러나는 우연적 존재의 실존 existence에 비해 그것은 무한한 현재 속에서 자신을 소유하는 존재의 초월성이다"(앞의 책, p. 584).

35) 머무르다 manere, 흔들리지 않는 stans, 항상 semper, 전적인 현재 totum esse prasens 등의 용어가 시사하는 바처럼 영원성의 관념 그 자체가 완전히 긍정적인가의 문제에 대해서는 여기서 논하지 않겠다. '시작하다' '멈추다' '지나가다' 등이 그 자체로 긍정적인 용어들이라는 점에서 영원성 또한 시간의 부정성, 시간의 타자인 것이다. '전적인 현재'라는 표현 자체는 신의 현재가 과거와 미래를 가지고 있다는 것을 부정한다. 그런데 기억과 기다림은 이미지-흔적, 이미지-징조의 드러남이므로 긍정적 체험이다. 영원한 현재는 지나가는 현재와 동음이의어가 될 때만이 순전히 긍정적인 개념인 것처럼 보인다. 그 현재가 영원하다고 말하려면, 그것이 과거를 향한 미래의 수동적이고 능동적인 이행이라는 것을 부정해야만 한다. 그 현재는 통과된 현재가 아니라는 점에서 안정되어 있다. 영원성 또한 시간을 지니지 않은 것, 시간적이 아닌 것으로 부정적인 측면에서 생각될 수 있다. 이 점에서 부정은 이중적이다. 즉 나의 시간 체험을 부정하는 것과 관련해서 그것을 결함이 있는 것으로 지각하기 위해서는 내가 그 체험의 특징들을 부정할 수 있어야

시간성의 생생한 체험을 토대로 생각되는 이러한 부정이 일으키는 반향——민코프스키 Eugène Minkovski라면 이렇게 불렀으리라——은, 영원성의 결여가 이제 단지 생각된 한계가 아니라 시간적 경험의 한 가운데에서 느껴지는 어떤 결핍이라는 것을 우리에게 확신시킬 것이다. 그때 한계-관념은 부정적인 것의 슬픔이 된다.

나) 영원성과 시간의 대조는, 시간에 대한 사유를 시간의 타자에 대한 사유와 결부시킴으로써, 시간의 경험을 단지 부정성으로 감싸는 데 그치지 않고 바로 그 부정성으로 시간 경험을 전율하게 한다. 이완의 경험은 이처럼 실존적 차원에서 강화되어 탄식의 층위로 상승된다. 앞에서 이미 인용한 훌륭한 기도(2장 3절)는 이러한 새로운 대조의 싹을 품고 있다. 찬가는 탄식을 감싸고 고백은 그것들을 다같이 언어로 옮긴다.[36)]

흔들림 없는 영원성이라는 지평 아래 탄식은 그 특유의 슬픔을 부끄럼없이 늘어놓는다. "무엇이 도대체 나에게까지 비추어 interlucet, 상처를 주지 않으면서도 내 가슴을 뒤흔드는 percutit 것입니까? 내 가슴은 동시에 두려움과 열정으로 et inhorresco et inardesco, 내가 그와 닮지 않았다는 점에서 두려움으로, 내가 그와 닮았다는 점에서 열정으로 가득 차 있습니다"(9, 11). 여기에서 이미 아우구스티누스는 『고백록』을 서술하면서 플로티노스적 황홀경의 덧없는 시도에 대한 이야기에서 다음과 같이 한탄한다. "그리고 나는 당신과 전혀 닮지

만 한다. 다른 무엇보다도 바로 이러한 이중적이고 상호적인 부정이야말로 시간 체험을 강화시키는 것이다. 그리고 그 점에서 영원성은 시간의 타자이다.

36) Pierre Courcelle은 그의 『아우구스티누스의 『고백록』에 대한 연구 *Recherches sur les Confessions de Saint Augustin*』(Paris: de Boccard, 1950, 1장)에서, 아우구스티누스에게서 '고백'이란 용어는 죄의 고백을 훨씬 넘어서서 신앙과 찬미의 고백을 포괄한다고 주장한다. 시간의 분석과 정신의 이완의 애가는 아우구스티누스의 고백이 갖는 그 두번째와 세번째의 의미 영역에 속한다. 나중에 말하겠지만 서술 행위 또한 거기에 포함된다.

않은 영역에서 in regione dissimilitudinis 당신과 멀리 떨어져 있다는 것을 발견했습니다"(VII, *10*, 16). 플라톤(『정치학』, 273d)에서 비롯되어 플로티노스(『에네이드』 I, *8*, 13, 16~17)를 거쳐 기독교권에 전파되었던 이 표현은 여기서 놀랍도록 두드러진 의미를 갖는다. 즉 그것은 플로티노스에게서처럼 어두운 수렁 속으로의 추락과 관계되는 것이 아니라, 반대로 피조물을 창조주로부터 분리시키는 근본적인 존재론적 차이, 다시 말해서 정신이 스스로 돌이켜보는 움직임을 통해, 그리고 그 원리를 알기 위해 자신이 기울이는 노력을 통해 발견하게 되는 차이를 나타낸다.[37]

그러나 닮은 것과 닮지 않은 것을 구별하는 것이 "비교하는"(6, 8) 지적 능력에 속한다면, 그 울림은 감성을 넓게, 그리고 깊게 뒤흔든다. 이 점에 관해 시간의 분석을 영원성과 시간의 관계에 대한 사색(*29*, 31~*31*, 41) 속에 끼워넣는 작업을 마무리하는 11서 마지막 부분이, 처음 부분과 같은 음조의 찬양과 탄식으로 정신의 이완에 대한 최종적 해석을 제시하고 있음은 주목할 만하다. 정신의 이완은 더 이상 시간 측정에 관한 논리적 모순의 '해결책'만을 지칭하는 것은 아니다. 그것은 이제부터 영원한 현재의 안정성을 박탈당한 정신의 균열을 표현한다. "그러나 당신의 긍휼은 우리들의 삶보다 월등하기에,

---

37) 전혀 닮지 않은 영역에서 in regione dissimilitudinis란 표현은, A. Solignac이 중요한 의미를 부여한 보주(補註) n° 16(앞의 책, pp. 689~93)으로 말미암아 수많은 해석을 낳았다. 플라톤에서 중세 기독교에 이르기까지 그 표현이 겪은 운명은 Etienne Gilson(「플라톤에서 클레르보의 성 베르나르에 이르는 전혀 닮지 않은 영역 Regio dissimilitudinis de Platon à saint Bernard de Clairvaux」, 『중세 연구 *Mediaev. Stud.*』, 9, 1947, pp. 108~30)과 Pierre Courcelle(「전혀 닮지 않은 영역에 대한 신-플라톤적 전통과 기독교 전통 Traditions néo-platoniciennes et traditions chrétiennes de la région de dissemblance」, 『중세의 문학적·교리적 역사 문헌 *Archives d'histoire littéraire et doctrinale du Moyen Age*』, 24, 1927, pp. 5~33.『아우구스티누스의 『고백록』에 대한 연구』의 부록에 재수록됨)이 특별히 강조하고 있다.

이처럼 나의 삶은 어떤 이완입니다 distentio est vita mea. [……]"(*29*, 39). 여기에서 영원성과 시간의 대조라는 이름으로 다시 다루어지고 있는 것은 실제로 시간 자체에 내재하는 긴장-이완의 모든 변증법이다. 이완이 다수성에로의 분산, 늙은이의 방랑과 동의어가 되는 반면 긴장은 내적 인간의 결집과 동일화되는 경향이 있다("나는 유일자 l'Un를 따라가면서 나 자신을 모은다," 같은 책). 그러므로 이제 긴장은 시구를 미래에서 과거로 넘어가게 하는 낭송 이전에 그 시 전체를 예상하는 것이 아니라 그것을 기대하는 것이다. 잊어야 할 과거는 기억에 의한 집적이 아니라 성 바울이 『필립비인들에게 보낸 편지』(*3*, 12~14)에서 이야기하는 노인의 상징인 것이다. "이리하여 과거를 잊고, 미래의 덧없는 일들이 아니라 앞에 놓여 있는 일들을 향해, 그리고 나를 이완시키는 것이 아니라 긴장시키는 일 non distentus sed extentus 을 향해 돌아섬으로써, 나는 이완의 노력이 아니라 non secundum distentionem 긴장의 노력을 통해 sed secundum intentionem 저 높은 곳에서 나를 부르는 영광의 길을 따라 걸어갑니다"(같은 책). 여기에서도 이완과 긴장이라는 동일한 용어들이 나타나지만, 이제는 논리적 모순과 탐구에 대한 순전히 사변적 맥락에서가 아니라, 찬양과 탄식의 변증법 속에서 나타난다.[38] 정신의 이완에 영향을 미치는 이러한

---

38) J. Guitton의 주장대로(앞의 책, p. 237) "의식에 있어서 서로 영향을 미치긴 하지만 분리할 수 있는 두 가지 내면의 움직임, 즉 우리를 미래로 실어가는 미래에의 기대 expectatio futurorum와 우리를 결정적으로 영원한 것으로 향하게 하는 더 높은 곳을 향한 확장 extensio ad superiora"을 구분할 필요까지 있을까? 과연 거기에 "시간의 두 가지 형태"(같은 책)가 있으며, 오스티 Ostie[고대 로마 근교의 도시 이름: 옮긴이]의 황홀경은 후자를 예증하는 것일까? 후에 다시 언급하겠지만, 영원성이 시간의 경험에 미치는 세번째 영향을 숙고해본다면 그렇지 않을 것이다. J. Guitton도 이 점에는 동의하는데, 아우구스티누스가 플로티노스나 스피노자와 근본적으로 다른 점은 미래에의 기대――스피노자에게 그것은 지속 duratio이 된다――와 높은 것을 향한 확장――스피노자는 그것을 지적인 사랑 amor intellectualis이라 부를 것이다――을 "존재론적으로 분리"(p. 243)할 수 없다는 것이다. 오스티의 황

급격한 의미 변화와 아울러, 창조된 존재의 조건과 실추한 존재의 조건을 나누는 경계가 암암리에 무너진다. "나는 어떻게 배열되어 있는지도 모르는 시간들 속으로 어지럽게 흩어져버렸다 dissilui"(같은 책). 우리는 '신음'하며 세월을 보내며, 그것은 불가분 원죄를 저지른 자의 신음이며 피조물의 신음이다.

아우구스티누스의 다른 저작들에서 이완이라는 핵심적 은유에 은유로서의 능력을 제공하는 모든 표현들은 바로 영원성이라는 동일한 지평 아래 의미를 갖는다.

스타니슬라스 보로스 Stanislas Boros 신부는 '아우구스티누스의 시간성의 범주'[39]에 관한 중요한 논문에서 특히 「시편과 강론의 해석」을 검토하면서 네 개의 '종합적 이미지'에 이르게 되는데, 그 각각은 내가 전에 유한자의 슬픔이라고 불렀던 것을 절대자에 대한 찬양과 짝을 이루게 한다. 붕괴, 사라짐, 점진적인 함몰, 채워지지 않는 종말, 분산, 변질, 넘쳐 흐르는 빈곤의 이미지들은 '해체 dissolution'로서의 시간성에 결부되며, 죽음을 향한 걸음, 질병과 허약함, 내적 갈등, 눈물 속에 갇힘, 늙음, 메마름의 이미지들은 '고통 agonie'으로서의 시간성에 속한다. '추방 bannissement'으로서의 시간성은 고난, 유배, 허약, 유랑, 향수, 헛된 욕망의 이미지들을 규합하며, 마지막으로 '밤'의 주제는 눈멀음, 어둠, 흐릿함의 이미지를 이끈다. 이 네 개의 주된 이미지와 그 변이체들은 모두가 그 의미를 생성하는 힘을, 다시 모음, 살아 있는 충만함, 안락함, 빛의 비유들을 통해 반대로 영원성의 상반된 상징 체계로부터 받아들인다.

영원성과 시간의 변증법에 의해 태어나는 이러한 계통적 상징 체

홀경이 그것을 입증하는데, 신플라톤주의적인 황홀경과는 달리 그것은 상승인 동시에 추락이다. 4부에서 다시 언급하겠지만, 서술이 가능한 곳은 영원성이 시간을 추방하는 곳이 아니라 시간을 잡아당기고 한층 고양시키는 곳이다.

39) *Archives de philosophie*, t.XXI, 1958, pp. 323~85.

계로부터 분리된다면, 정신의 이완은 회의론적 논쟁이 끊임없이 불러일으키는 논리적 모순에 대한 사변적 대답을 그저 간략하게 그려낼 뿐일 것이다. 정신의 이완은 찬양과 탄식의 역동성 속에서 다시 파악됨으로써 대항–논증contre-argument의 뼈대에 살을 입히는 생생한 경험이 된다.

다) 영원성과 시간의 변증법이 정신의 이완의 해석에 미치는 세번째 영향 또한 무시할 수 없다. 즉 그것은 바로 시간 경험의 한복판에서 그러한 경험이 영원성이라는 그 극단과 멀어지는가 아니면 다가가는가에 따라 시간화의 층위를 단계적으로 구분하도록 부추긴다.

지적 능력이 시간성과 영원 각각을 '비교'하면서 여기에서 강조된 것은, 영원성과 시간의 차이가 아니라 그 유사성이다(6, 8). 그러한 유사성은 플라톤이 시간의 정의 자체에 포함시켰던, 그리고 초기 기독교 사상가들이 창조와 구현, 구원의 관념에 따라 재해석하기 시작했던 영원성에 근접할 수 있는 능력을 통해 표현된다. 아우구스티누스는 내면의 말씀에 의한 가르침과 돌아옴이라는 두 주제를 연결시킴으로써 이러한 재해석에 독특한 억양을 부여한다. 영원한 말씀과 인간의 목소리 사이에는 단지 차이와 거리만이 아니라 가르침과 의사소통이 있는 것이다. 말씀은 "그 안에서intus"(8, 10) 우리가 찾고 귀로 듣는 내면의 주인이다. "주여, 나는 그곳에서 당신의 목소리를 듣습니다audio, 당신은 그 목소리가 우리에게 이야기하며 우리를 가르친다고docet nos 말씀하십니다. 〔……〕 그런데 변하지 않는 진리가 아니라면 무엇이 우리를 가르치겠습니까?"(같은 책). 따라서 우리와 언어의 최초의 관계는 우리가 말한다는 것이 아니라 우리가 귀를 기울인다는 것이며, 외적인 말을 초월하여 내적인 말씀을 우리가 듣는다는 것이다. 돌아옴이란 이러한 귀기울임에 다름아니다. 그 까닭은 만일 "우리가 방황하는 동안 근원이 머물러 있지 않다면, 우리에게는 되돌아갈 곳이 없을 것이기 때문이다. 그러나 우리가 잘못으로부터 되돌아온다면 그것은 바로 앎을 통해 되돌아오는 것이다. 말씀은 앎을 얻도록 하기 위해 우리를 가르치는데, 말씀은 근원 Principe이며 우리에게 말하기 때문이다"(8, 10). 이처럼 가르침과[40] 깨달음, 그리고 돌아옴은 서로 고리를 이룬다. 가르침은 영원한 말씀과 시간적 목소리 사이에 파인 심연을 뛰어넘는다고 할 수 있다. 그것은 영원성의 방향으로 시간을 드높인다.

이러한 움직임은 바로 『고백록』의 첫 9개 서의 이야기를 이루는 움직임이다. 이런 의미에서 서술 행위는, 11서에서 그 가능성의 조건들이 고찰되는 여정을 사실상 마무리한다. 기실 11서는 말씀의 영원성이 시간 경험을 이끈다고 해서, 그 시간 경험이 시간의 제약 조건들을 벗어나는 명상을 통해 여전히 시간성을 벗어나지 못하고 있는 서술 행위를 추방하는 것은 아님을 증언한다. 이 점에서 7서에 언급된 플로티노스적 황홀경의 시도의 실패는 결정적이다. 8서에 언급된 회심(回心)도, 9서 이야기의 정점을 이루는 오스티 Ostie의 황홀경마저도 정신의 시간적 조건을 제거시키지는 못한다. 이 두 가지 절정의 경험은 단지 방황이라는, 정신의 이완의 실추된 형태에 종지부를 찍을 따름이다. 그러나 그것은 정신으로 하여금 다시 시간의 여로를 따라 긴 여행을 떠나도록 부추기기 위함이다. 긴 여행과 서술 행위는 시간을 통해 얻어진 영원성의 근사치에 그 토대를 두고 있으며, 그 근사치는 차이를 소멸시키기는커녕 그것을 끊임없이 벌어지게 한다. 바로 그 때문에 아우구스티누스는 창조의 순간에 신이 새로운 의지를 가졌었다고 생각하는 자들의 경박함을 힐책하면서, 그리고 말씀에 귀기울이는 자의 "흔들리지 않는 마음"과 그들의 "변덕스러운 마음"(11, 13)을 대립시키면서, 영원한 현재와 흡사한 이러한 평안함을 환기한다. 그러나 그것은 단지 시간과 영원성의 차이를 되풀이하여 말

---

40) 여기에 예고 admonitio를 덧붙여야 하는데, A. Solignac은 그에 대한 주석(앞의 책, p. 562)을 달고 있다.

하기 위해서일 따름이다. "누가 〔……〕 〔이 마음이〕 조금이라도 평안함을 얻도록ut paululum stet, 혹은 언제나 흔들리지 않는semper stantis 영원성의 광휘를 조금이나마 붙잡아, 그것을 항상 불안정한 시간들과 비교하고, 그리하여 비교가 가능하지 않음을 알 수 있도록 이 마음을 붙잡고 묶어둘 것인가"(같은 책). 거리가 벌어짐과 동시에 가까움은 시간에 대한 영원성의 한계 기능을 되풀이한다. "사람의 마음이 평안함을 얻고, 불변의 영원성, 곧 미래도 과거도 아닌 그 영원성이 어떻게 미래와 과거의 시간들을 구성하는지를dictet 알 수 있도록 누가 그 마음을 붙잡을 것인가?"(같은 책).

물론 긴장과 이완의 변증법이 결정적으로 영원성과 시간의 변증법에 닻을 내릴 때, 두 번이나 던져진 소심한 질문(누가 붙잡을 것인가? 〔……〕 누가 붙잡을 것인가? 〔……〕)은 보다 자신에 찬 단언에 자리를 양보한다. "그래서 나는 당신 속에, 당신의 진리 속에, 내 진정한 모습 속에서 흔들리지 않고stabo 견고해질solidabor 것입니다"(30, 40). 그러나 이러한 안정성은 미래, 즉 희망의 시간에 머물러 있다. 영원성에 대한 서원(誓願)은 여전히 이완의 경험 한복판에서 표명된다. "내가 정화되고, 당신의 사랑의 불길에 용해되어, 당신 안으로 흘러 들어가게 될 그날까지donec"(29, 39).

그리하여 이완과 긴장의 주제는, 시간과 관계된 아주 오랜 아포리아에 대한 논쟁을 통해 부여되는 자율성을 잃지 않으면서도 영원성과 시간에 대한 사색 속에 끼워짐으로써 보다 강화된 어떤 모습을 보일 것이다. 본 저서에서 이어지는 모든 내용은 그 메아리를 담게 될 것이다. 우리가 시간을 무(無)로 돌리는 영원성이라는 한계-관념의 지평 아래 소멸된 것으로 시간을 생각함으로써만 그 모습이 강화되는 것은 아니다. 또한 그러한 강화가 아직 사변적 추론에 지나지 않았던 것을 탄식과 신음의 영역으로 옮기는 것으로 귀착되지도 않는다. 그것은 보다 근본적으로 시간의 경험 자체에서 내적인 계층화를 위한 방법을 끌어내고자 하며, 그 이점은 시간성을 폐기하는 것이 아니라 더 심화하는 것이다.

이 마지막 언급이 우리의 모든 계획에 미치는 반향은 상당하다. 최근의 이야기 이론——서술학과 마찬가지로 역사 기술에 있어서도——의 주된 흐름이 이야기를 탈-연대기화하는 것이 사실이라 할지라도, 시간의 선조적인 재현에 맞선 투쟁의 출구가 반드시 이야기를 '논리화'하는 것만은 아니며, 오히려 이야기의 시간성을 깊이 파들어가는 것이 그 출구가 될 수 있다. 연대기학——또는 연대기——은 법칙이나 모델의 비연대기 achronie라는 단 하나의 반대 개념만 가지고 있는 것은 아니다. 그 진짜 반대 개념은 바로 시간성 자체인 것이다. 인간의 시간이 갖는 권리를 충분히 옳다고 인정하기 위하여, 그리고 그 시간성을 소멸시키는 것이 아니라 심화시키고, 단계를 구분하고, 언제나 덜 '이완되어' 있고 언제나 더 '긴장되어' 있는 시간화 층위들에 따라, 즉 이완된 것이 아니라 긴장된 것을 통해 non secundum distentionem, sed secundum intentionem(29, 39) 그것을 배열하기 위하여, 시간의 타자를 고백해야만 했었을 것이다.

제2장

줄거리 구성
——아리스토텔레스의 『시학』 읽기

나의 연구의 바탕이 된 두번째 중요한 저작은 아리스토텔레스의 『시학』이다. 그 선택의 이유는 두 가지다.

한편으로 나는 줄거리 구성 muthos[1] 개념에서 아우구스티누스의 정신의 이완과는 반대 방향의 해답을 발견했다. 아우구스티누스는 불협화음이라는 실존적 제약 아래 신음한다. 아리스토텔레스는 전형적인 시적(詩的) 행위——비극시의 구성——에서 불협화음에 대한 화음의 승리를 간파한다. 불협화음이 화음을 깨뜨리는 생생한 체험과 화음이 불협화음을 메우는 탁월한 언어적 활동 사이에서 이러한 관계를 설정한 것은 물론 아우구스티누스의 독자이며 아리스토텔레스의 독자인 바로 나이다.

다른 한편으로 재현 행위 mimèsis라는 개념은 두번째 문제, 즉 줄거리의 우회로를 통한 살아 있는 시간 경험의 창조적 모방이라는 문제로 나를 이끌었다. 사실 아리스토텔레스에게서 재현 행위는 줄거리 구성과 혼동되는 경향이 있다는 점에서 이 두번째 주제는 첫번째 주제와 분간하기가 어렵다. 따라서 이 주제는 이 책의 다음 장에 이르러서야 돛을 펼치고 그 자율성을 획득하게 될 것이다.[2] 『시학』에 관

---

1) 우리가 왜 이처럼 번역하는가는 나중에 알게 될 것이다.

2) 그럼에도 불구하고 우리는, 아리스토텔레스 저서에서 '시적' 텍스트와 '윤리적' 현

해 말하자면, 실제로 그것은 시적 활동과 시간 경험 사이의 관계에 대해서는 아무런 언급도 하지 않는다. 시적 활동은 그 자체로서는 어떠한 특징적인 시간적 성격도 가지고 있지 않다. 그렇지만 이 점에 대한 아리스토텔레스의 전적인 침묵은, 그것이 처음부터 우리의 연구를 동어반복적인 순환성이라는 비난에서 벗어나게 하고, 그럼으로써 살아 있는 경험과 담론 사이를 매개하는 작업의 탐구에 가장 효과적인 거리를 시간과 이야기라는 두 문제 사이에 설정한다는 점에서, 이점이 없는 것은 아니다.

이러한 몇 가지 지적은 이미, 앞으로 이어질 연구를 위해 내가 아리스토텔레스의 모델을 배타적인 규범으로 사용하지는 않을 것임을 보여준다. 나는 아리스토텔레스의 저서에서 이중의 성찰에서 얻은 선율핵을 언급할텐데, 그 성찰은 첫 시작만큼 그 전개가 중요하다. 이러한 성찰의 전개는 아리스토텔레스에게서 빌려온 두 가지 개념, 즉 줄거리 구성 muthos과 재현 행위 mimèsis의 개념에 영향을 미칠 것이다. 줄거리 구성의 측면에서 보자면, 『시학』에서 극(비극과 희극)과 서사시에 부여된 특권에 내재하는 몇몇 제약들과 금지 사항들을 제거해야 할 것이다. 한편으로 아리스토텔레스가 『시학』의 문맥에서 '스토리 historia'라고 부른 것은 오히려 반증의 역할을 맡고 있으며, 다른 한편 이야기 récit——또는 적어도 그가 서술적 시 poésie diégétique라고 부르는 것——가 미메시스라는 유일하게 포괄적인 범주 내에서 극에 대립되는 데 반해 서술 활동을 극, 서사시, 그리고 역사라는 포괄적인 범주로 설정하는 명백한 역설을 우선 지적하지 않을 수 없다. 게다가 구성 기법의 구조적 효력을 최고로 끌어올리는 것은 서술적 시가 아니라 비극시라는 것이다. 그렇다면 처음에는 하나의 종개념(種槪念)에 불과한 이야기가 어떻게 포괄적인 용어가 될 수 있겠

실 세계 사이의 대상 지시 관계를 암시하는 모든 설명들에——그것을 과대 평가하지는 않고——관심 기울일 것이다.

는가? 우리는 아리스토텔레스의 텍스트에서 비극에 대한 그 최초의 투자에서 어느 정도까지 구조적 모델이 분리될 수 있는지, 모든 서술적 영역이 어느 정도까지 점차로 재조직될 수 있는지 살펴보아야 할 것이다. 그런데 아리스토텔레스의 텍스트에 의해 주어진 영역이 어떠한 것이든간에, 줄거리 구성이라는 그의 개념은 우리에게 있어서 앞으로 이어질 기나긴 전개의 싹일 뿐이다. 그 개념이 주도적인 역할을 유지하려면, 소설과 같은 근대의 허구 이야기나 비-서술적인 역사와 같은 현대 역사학에 의해 제공되는 보다 혹독한 여타의 반증을 통한 검증을 거쳐야만 할 것이다.

한편 미메시스 개념을 완전히 개진하기 위해서는 행동의 '현실적' 영역과의 대상 지시 관계가 좀더 명확하게 드러나야 하며, 또한 그 영역은 아리스토텔레스에 의해 제시된 '윤리적' 결정 요소들——그 또한 중요하긴 하지만——과는 다른 결정 요소들을 받아들여야 할 필요가 있다. 그럼으로써 미메시스 개념은 불협화음을 내포한 시간 경험에 관해 아우구스티누스가 정립한 문제에 연결될 수 있다. 그 길은 아리스토텔레스를 넘어 멀리 이어질 것이다. 허구 이야기와 역사 이야기가 교차하는 대상 지시 référence croisée——살아 있는 시간 경험 위에서 교차한다——의 문제가 자세히 제기되기 전에는, 어떻게 이야기가 시간과 결부되는지를 말한다는 것은 불가능할 것이다. 재현 행위의 개념이 『시학』에서 맨 처음 다루어야 할 것이라면, 아리스토텔레스의 미메시스의 아득한 후예(後裔)라 할 수 있는 교차하는 대상 지시의 개념은 맨 나중에 다룰 수밖에 없으며, 따라서 그 개념은 나의 모든 기획의 지평으로 물러나야만 한다. 4부에 이르러서야 그것이 체계적으로 다루어지게 되는 것은 바로 이러한 이유 때문이다.

1. 선율핵: 미메시스-뮈토스의 짝

나의 논지는 『시학』에 주석을 달고자 하는 것이 아니다. 『시학』에 대한 나의 성찰은 이차적인 것이며, 루카스Lucas, 엘스Else, 하디슨 Hardison의 탁월한 주석들, 그리고 가장 최근의 것이지만 결코 과소평가할 수 없는 로즐린 뒤퐁-록Roselyne Dupont-Roc과 장 랄로Jean Lallot의 주석과 어느 정도 동일한 입장을 전제하고 있다.[3] 나와 함께 힘든 여정을 계속할 독자들은 나의 사색이 이들에 빚지고 있음을 쉽사리 알아차리게 될 것이다.

모든 분석의 출발점을 이루는 동시에 그 위치를 설정하는 용어라 할 수 있는 '시적 poétique'이라는 형용사(거기에 함축된 '기법 art'이라는 실사와 함께)를 통해 미메시스-뮈토스의 짝에 접근하는 편이 좋을 것이다. 이 용어는 그 하나만으로도 모든 분석들, 그리고 우선 구조가 아니라 조작(操作)으로 간주되어야 하는 뮈토스와 미메시스라는 두 용어에 생산, 구성, 역동성의 표지를 단다. 아리스토텔레스가 피정의항 défini 대신에 정의항 définissant을 사용하여 뮈토스란 "사상(事象)들의 체계적 배열 è tôn pragmatôn sustasis"(50 a 5)이라고 말할

---

3) G. F. Else, 『아리스토텔레스의 시학: 논증 *Aristotle's Poetics: The Argument*』, Harvard, 1957. Lucas, 『아리스토텔레스, 시학 *Aristotle. Poetics*』, 서론, 주석 및 부록, Oxford, 1968. L. Golden-O. B. Hardison, 『아리스토텔레스의 시학. 문학도를 위한 번역 및 주석 *Aristotle's Poetics. A Translation and Commentary for Students of Literature*』, Englewood Cliffs, N. J., Prentice-Hall, 1968. 『아리스토텔레스, 시학 *Aristote, La Poétique*』, J. Hardy에 의한 번역본, Paris, 'Les Belles Lettres,' 1969. 『아리스토텔레스, 시학 *Aristote, La Poétique*』, Roselyne Dupont-Roc과 Jean Lallot에 의한 번역 및 주(註), Paris: Seuil, 1980. 마찬가지로 James M. Redfield의 저서, 『일리아드에 나타난 자연과 문화, 헥토르의 비극 *Nature and Culture in the Iliad. The tragedy of Hector*』(The University of Chicago Press, 1975)의 도움을 받았음도 밝혀 둔다.

때, 『시학』의 모든 개념들이 갖는 조작적 성격을 드러내기 위해서는 'sustasis'(또는 이에 상당하는 용어인 'sunthèsis,' 50 a 5)를 (뒤퐁-록과 랄로가 앞의 책 p. 55에서 번역한 것처럼) 체계가 아니라 사상(事象)들의 (체계적) 배열로 이해해야 할 것이다. 첫머리에서부터 뮈토스가 구성한다는 뜻을 지닌 동사의 보어로 제시된 것은 바로 그 때문이다. 그처럼 시학은 사행(事行, procès)을 나타내는 어떤 형태가 없어도 "줄거리를 구성하는"(1447 a 2)[4] 기법과 동일시된다. 미메시스의 번역에 있어서도 그 동일한 표지는 보존되어야 한다. 다시 말해서 우리가 모방 또는 재현(가장 최근의 프랑스어 번역자[뒤퐁-록과 랄로를 지칭: 옮긴이]에 따라)이라고 할 때, 그것이 뜻하는 바는 재현 행위, 즉 모방하거나 재현하는 능동적 과정이다. 따라서 재현한다거나, 구상적(具象的) 작품 속에 옮겨놓는다는 역동적 의미로 모방이나 재현을 이해해야 한다. 마찬가지로 아리스토텔레스가 『시학』의 6장에서 비극을 구성하는 여섯 개의 '부분들'을 나열하며 정의할 때, 그것은 시의 '부분들'이 아니라 구성하는 기법의 부분들로 이해되어야 할 것이다.[5]

---

4) 영어의 플롯이라는 용어를 본따서 뮈토스를 줄거리 intrigue로 고쳐 번역한 점만 빼놓고는 나는 뒤퐁-록과 랄로의 번역을 택할 것이다. 스토리 histoire로 번역한 것도 틀리지는 않지만, 역사 기술의 의미에서 스토리란 말이 내 저서에서 갖는 중요성 때문에 그 말을 취하지 않았다. 실제로 프랑스어에서 'histoire'란 말은 영어에서처럼 'story'와 'history'로 구별되지 않는다. 반면 줄거리 intrigue(만들어진 이야기 fable 라는 J. Hardy의 번역은 그 뜻을 드러내지 못한다)라는 말은, 곧바로 사상(事象)들의 배열이라는 그에 상당하는 표현으로 연결된다. 〔리쾨르의 저작에서 이러한 용어들이 갖는 개념적 중요성을 충분히 고려하면서도, 우리 말 번역이 쉽게 읽힐 수 있도록 앞으로는 문맥에 따라 'muthos'를 뮈토스, '줄거리 구성' 또는 '줄거리'로, 'mimèsis'는 미메시스 또는 '재현'으로, 'histoire'는 '스토리' '역사' 또는 '역사학' 등으로 달리 옮길 것이다: 옮긴이〕

5) G. F. Else, ad 47 a 8~18. 그는 재현하는 과정이 시적 활동 그 자체를 표현한다는 것을 드러내기 위해 미메시스라는 용어가 복수로 나타날 때(47 a 16) 그것을 모방하는 것들 imitatings로 번역할 것을 제안하기도 한다. poièsis, sustasis, mimèsis에 공

시적(詩的)이라는 형용사가 차후의 모든 분석에 부과하는 이러한 역동적 표지를 내가 이토록 강조하는 것은 매우 의도적이다. 나는 이 책의 2부와 3부에서 역사 기술에서의 (사회학적이거나 또는 다른) 설명과 관련해서, 혹은 허구 이야기에서의 (구조주의적이거나 또는 다른) 설명과 관련해서, 서술적 이해의 우위성을 옹호하면서 모든 종류의 정태적 구조들이나 비-연대기적인 패러다임들, 시간을 초월한 불변항들에 비해 줄거리를 생산하는 활동의 우위성을 주장할 것이다. 여기서는 그에 관해 더 이상 언급하지 않는다. 이어지는 부분은 나의 논지를 어느 정도 밝혀줄 것이다.

이제 미메시스-뮈토스의 짝을 살펴보기로 하자.

아리스토텔레스의 『시학』에는 단 하나의 포괄적 개념, 즉 미메시스의 개념만이 있다. 이 개념은 단지 문맥에 의해서, 그리고 그 용법들 가운데 여기서 우리의 관심을 끄는 단 하나의 용법, 즉 행동의 모방 또는 재현으로만 정의된다. 보다 자세히 말해서 그것은 운율적인 언어, 따라서 리듬(가장 대표적인 예인 비극의 경우, 공연과 노래가 덧붙여진다)을 수반하는 언어를 매개로 한 행동의 모방이나 재현이다.[6] 그러나 여기서는 비극, 희극 그리고 서사시에 고유한 행동의 모방이나 재현만이 고려되고 있다. 그것은 아직 그 본래의 일반성의 층위에서 형태상으로 정의되지 않고 있다. 단지 비극 특유의 행동의 모방이나 재현만이 명백히 정의되고 있다.[7] 우리는 비극의 정의라는 그러한

통된 어미 '-sis'는 그 각각의 용어가 갖는 사행적 특성을 강조하고 있다.

6) 그렇지만 재현의 '내용'이나 그 '양태'(뒤를 참조할 것)가 아니라 그 '방식'을 주로 다루고 있는 1장에 언급된 "이미지로 된 재현들"(47 a 19)은 회화에서 빌려온 그에 상응하는 방식들을 끊임없이 제공해준다.

7) "비극은, 작품을 구성하는 부분에 따라 달리 사용되는 다양한 종류의 양념으로 맛이 돋워진 언어를 매개로 하는, 결말에까지 이르고 어떤 일정한 범위를 갖는 고귀한 행동의 재현이다. 재현은 극의 작중인물들에 의해 수행되며 서술 행위 apangelia에 의존하지 않는다. 그리고 그것은 공포나 연민을 재현함으로써, 그러한 종류의 감정의 정화를 실현한다"(6장, 49 b 24~28).

강력한 토대와 직접 맞부딪쳐 싸우기보다는, 오히려 아리스토텔레스가 6장에서 그 정의의 구성에 대한 실마리를 던지면서 우리에게 제공하는 실을 따라갈 것이다. 그 정의는 계통적으로—특수한 차이에 의해—이루어지는 것이 아니라 '부분들'로 나누어 연결함으로써 이루어진다. "모든 비극은 필수적으로 여섯 개의 부분을 포함하며, 비극의 자격은 그에 준해 주어진다. 그것은 줄거리, 성격, 표현, 사상(思想), 공연 그리고 노래다"(50 a 7~9).

이어질 연구를 위해 내가 주목한 점은, 행동의 모방이나 재현과 사상(事象)들의 배열이라는 두 가지 표현이 거의 동일시되고 있다는 사실이다. 두번째 표현은 말했다시피 아리스토텔레스가 피정의항 뮈토스-줄거리 대신 사용한 정의항이다. 이처럼 두 가지 표현이 거의 동일시되고 있다는 사실은, 여섯 개의 부분들 사이에서 '무엇에 의해'(수단)—표현과 노래—그리고 '어떻게'(양태)—공연—에 비해, 재현의 '무엇'(대상)—줄거리, 성격, 사상—에 우위를 두는 1차적 순위 매김을 통해, 이어서 '무엇' 내에서 행동을 성격과 사상 위에 두는 2차적 순위 매김("무엇보다 행동의 재현mimèsis praxeôs, 그리고 단지 그로 말미암아 행동하는 인간들의 재현과 관계되기 때문이다," 50 b 3)을 통해 확인된다. 행동은 이러한 이중의 순위 매김 끝에 '주요 부분' '지향된 목표' '원칙' 그리고 이를테면 비극의 '영혼âme'으로 나타난다. 이러한 동일시는 다음과 같은 공식을 통해 확고해진다. "줄거리가 바로 행동의 재현이다"(50 a 1).

이제부터 우리를 안내하는 것은 바로 그 대목이다. 그것은 우리에게 행동의 모방이나 재현과 사상(事象)들의 배열을 함께 생각하고 그것들이 각자 서로를 정의하도록 요구한다. 우선 그 등가 관계로 말미암아 아리스토텔레스의 미메시스를 복제, 즉 동일한 것의 반복이라는 말로 해석하는 것은 전부 제외된다. 모방이나 재현은 어떤 것, 즉 보다 정확히 말해서 줄거리 구성에 의한 사상들의 배열을 생산한다는 의미에서 재현 행위이다. 우리는 미메시스의 플라톤적 의미 사용, 즉 그 형이상학적 용법은 물론 '단순한' 이야기와 '미메시스에 의한' 이야기를 대립시키고 있는 『국가론 III』에서의 그 기술적(技術的) 의미로부터 단숨에 벗어난다. 이야기와 극 사이의 관계에 대한 논의를 위해 두번째 사항은 유보해두자. 플라톤의 분유(分有, participation) 개념〔개개의 사물이 이데아를 공유한다는 설: 옮긴이〕——그에 근거하여 사물은 관념을 모방하고, 예술 작품은 사물을 모방한다——과 관련해서 미메시스에 부여된 형이상학적 의미를 검토해보자. 플라톤의 미메시스가 예술 작품을 그 궁극적 토대인 관념적 모델로부터 두 단계나 멀어지게 한다면,[8) 아리스토텔레스의 미메시스는 인간의 행위, 즉 구성 기법이라는 하나의 전개 공간만을 가진다.[9)

따라서 우리가 미메시스의 개념에서 그것에 시적 성격poièsis을 부여하는 활동적 특성을 간직한다면, 그리고 또한 뮈토스에 의한 미메시스의 정의라는 맥락을 확실하게 포착된다면, 행동——행동의 재현 mimèsis praxeôs(50 b 3)이라는 표현에서의 목적 보어——을 사상들의 (체계적) 배열에 의해 지배되는 재현 행위의 상관물로 이해하는 것이 당연하다. 모방의 '무엇'(줄거리, 성격, 사상)에 대한 모방의 관계를 구성하는 가능한 다른 방법들에 대해서는 나중에 논의할 것이다. 미

---

8) 여기서 아리스토텔레스는 고르기아스 Gorgias를 반박하는 플라톤을 반박한다 (Redfield, 앞의 책, pp. 45 이하). 고르기아스는 화가나 예술가의 현혹하는 기술을 칭송한다(Dissoi logoi와 Eloge d'Hélène). 소크라테스는 거기서 예술과 그에 의해 여론을 조작하는 힘에 반대하는 논증을 끌어낸다. 미메시스에 관한 『국가론』 제10 서의 모든 논의는 이러한 불신에 의해 지배되고 있다. 우리는 예술에 대한 그 유명한 정의, 즉 "존재하는 것에서 두 단계나 떨어져 있으며"(『국가론』 596a～597b), 게다가 "타인들의 파토스pathos를 모방하도록"(640e) 운명지어진 "모방의 모방"이라는 정의를 알고 있다. 따라서 입법자는 시 작품에서 철학과는 상반된 것만을 볼수밖에 없다. 이렇게 해서 『시학』은 『국가론』 제10서에 대한 일종의 반박이 된다. 즉 아리스토텔레스에게 있어서 모방은 어떤 활동이며, 가르치는 활동인 것이다.

9) 우리가 이미 암시했던 재현의 '방법들'은 비극, 희극 그리고 서사시가 사용하는 방법들보다 훨씬 많긴 하지만 절대로 구성 기법을 벗어나지 않게 한다.

메시스와 뮈토스 사이의 엄격한 상관 관계는, 실천적인 노에시스에 대한 노에마의 상관물이라는 지배적인──아마도 배타적인 것은 아니겠지만──의미를 행동의 praxeôs라는 속격에 부여하도록 한다.[10] 행동은 재현 행위를 이루는 구성 행위의 '구성된 것'이다. 시 텍스트를 그 자체로 다시 닫아두려고 하는 이러한 상관 관계를 지나치게 과장해서는 안 될 것이며, 나중에 알겠지만 『시학』이 전혀 그러한 것을 내포하고 있지 않다는 것을 나는 보여줄 것이다. 어쨌든 아리스토텔레스가 우리에게 주는 유일한 가르침은 뮈토스, 즉 사상(事象)들의 배열을 미메시스의 '무엇'으로 구성하도록 하는 것이다. 따라서 어떤 독특한 통합체로 간주되는 행동의 재현과 또 다른 통합체로 간주되는 사상들의 배열 사이에는 노에마적 상관 관계가 존재한다. 바로 그 상관 관계를 첫번째의 통합체 내부로, 즉 재현과 행동 사이로 옮기는 것은 그럴 듯하고 생산적인 생각인 동시에 위험을 내포하고 있다.

미메시스-뮈토스의 짝에 대한 설명을 마치기 전에 비극, 희극, 서사시로 이루어진 기존의 장르들을 설명하고, 나아가서 비극에 대한 아리스토텔레스의 선호를 정당화하고자 하는 추가적 제약 요소들에 관해 잠시 언급하지 않을 수 없다. 그 추가적 제약 요소들은 매우 세심한 주의를 요구한다. 우리가 이른바 서술적 구성 전체로 확장시키

---

10) 모든 언어 외적 지시 대상을 배제하고, 미메시스를 시니피앙으로, 프락시스를 시니피에로 간주하는 최근의 프랑스어 번역자들(뒤퐁-록과 랄로, *ad* 51 a 35, pp. 219~20)이 선택한, 보다 소쉬르적인 어휘보다 나는 이 후설적인 어휘를 선호한다. 우선 시니피앙-시니피에의 짝은, 『살아 있는 은유』에서 내가 설명한 이유들로 인해, 그리고 벤베니스트에게서 내가 빌려온 이유들로 인해, 담론-문장의 의미론적 질서는 물론, 심지어는 문장으로 구성된 텍스트의 의미론적 질서에도 적합하지 않은 것처럼 보인다. 게다가 노에시스-노에마의 관계는, 후설에게서 충전 remplissement의 주제로 표현되는 어떤 대상 지시적 전개를 배제하지 않는다. 그래서 나는 아리스토텔레스의 미메시스가 재현하는 행위와 재현되는 것 사이의 엄밀한 노에시스-노에마적인 상관 관계에만 국한되는 것이 아니라 미메시스-뮈토스의 이전 단계와 이후 단계에서 줄거리 구성이 목표로 하는 시적 활동의 지시 대상들을 탐구할 수 있는 길을 열어준다는 것을 나중에 보여주려고 한다.

고자 하는 줄거리 구성이라는 모델을 아리스토텔레스의 『시학』에서 추출하기 위해서는 바로 그 제약 요소들을 어떤 방식으로든 제거해야 하기 때문이다.

첫번째 한정적 제약은 희극이 비극이나 서사시와 다른 점을 설명하려는 것이다. 그것은 있는 그대로의 행동이 아니라, 아리스토텔레스가 엄격하게 행동에 종속시킨 성격——그에 관해서는 나중에 설명할 것이다——과 결부된다. 하지만 그것은 『시학』 제2장부터 이미 도입되어 있다. 즉, 처음으로 "재현하는 자들"의 활동에 어떤 특정한 상관항을 제시하면서, 아리스토텔레스는 그것을 "행동하는 자들," 즉 "행동하는 인물을 재현하는 자들"(48 a 1)이라는 표현으로 정의한 것이다. 그가 『시학』에서 유일하게 규범적인 "행동의 재현"이라는 미메시스의 공식으로 직접 넘어가지 않는 것은, 리듬을 갖춘 언어에 의해 연결되는 재현의 영역 속에 고귀함과 저속함이라는 윤리적 기준——그것은 이러저러한 성격을 갖는 등장인물들에 적용된다——을 처음부터 도입할 필요가 있기 때문이다. 우리는 이러한 이분법을 토대로 비극을 '보다 우월한' 사람을 재현하는 것으로, 희극을 '보다 열등한' 사람을 재현하는 것으로 정의할 수 있다.[11]

두번째 한정적 제약은 서사시를 비극이나 희극과 구별짓는 것인데, 비극과 희극은 이번에는 분할선의 같은 편에 위치한다. 이 제약은 이야기를 공통된 종(種)으로, 그리고 서서시를 하나의 서술적 유

---

11) 무엇보다 우월하거나 열등한가? 텍스트에 의하면 "실제의 사람보다"(48 a 18) 우월하다는 것이다. '현실' 세계에서 윤리적 행동의 특성에 대한 『시학』의 입장에 관해서는 나중에 논의할 것이다. 나는 그 입장을 뮈토스에 대한 노에마적 상관 관계에 의해 보다 덜 엄격하게 지배되는 미메시스라는 용어의 용법과 결부시킬 것이다. 윤리적인 것에 대한 이러한 대상 지시는 모든 재현 행위의 영역, 특히 회화에 곧바로 적용된다는 것을 지적해야 할 것이다. 이런 의미에서 희극과 비극의 구분은, '어떻게'의 기준을 운문으로 된 언어 예술에 적용시키는 것에 지나지 않는다(48 a 1~18).

(類)로 간주하고자 하는 우리의 의도와는 반대되기 때문에, 가장 세심한 주의를 기울일 필요가 있다. 여기서 종은 행동의 모방이나 재현이며, 이야기나 극은 그 조직화된 유(類)들이다. 어떠한 제약 때문에 이야기와 극을 대립시켜야 하는가? 우선 주목할 만한 것은 그것이 대상들, 즉 재현의 '무엇'을 가르는 어떤 제약이 아니라, 재현의 '어떻게', 즉 그 양태를 가르는 제약이라는 사실이다.[12] 그런데 수단, 양태 그리고 대상이라는 세 가지 기준이 원칙적으로 동등한 권리를 지니는 데 반해, 차후의 분석에서 모든 무게는 '무엇'의 편에 실릴 것이다. 미메시스와 뮈토스의 등가성은 '무엇'에 의한 등가성이다. 실제로 줄거리의 차원에서 보자면 서사시는 '길이'라는 한 가지 변수를 제외하고는 비극의 규칙을 따른다. 구성 그 자체에서 얻을 수 있으며 사상(事象)들의 배열이 내포하는 근본적인 규칙에는 영향을 미칠 수 없다. 본질적인 것은 시인 —— 화자나 극작가 —— 은 "줄거리를 만드는 자"(51 b 27)라는 사실이다. 이어서 주목할 만한 것은, 이미 단순한 양태로서의 상대적 가치밖에 인정받지 못한 양태의 차이는, 앞으로 『시학』의 분석 과정을 통해 그 적용 영역의 내부에서조차 끊임없이 일련의 완화 과정을 거친다는 점이다.

처음에는(3장) 그 차이가 선명하고 뚜렷하다. 모방하는 자, 따라서 그것이 어떤 기법에 속하든, 그리고 어떤 자질의 성격에 관한 것이든, 재현 행위의 주체에게 있어서 "화자 apangelia, apangelionta"로서 행동하는 것과, 등장인물들로 하여금 "그들이 행동하고 실제로 행동한다는 점에서" "재현의 주체"로 만드는 것은 별개의 것이다(48 a

---

12) Else는 미메시스의 양태를 다루고 있는 3장의 주석에서, 극적 양태는 재현되거나 모방된 행동을 등장인물들 자신이 연출함으로써 인간의 진실을 직접적으로 표현하는 특성을 지닌다는 점에서, 세 가지 양태 —— 서술적 · 혼합적 · 극적 —— 가 극적 양태를 가장 탁월한 모방으로 만드는 일련의 점진적 과정을 구성한다고 지적한다 (앞의 책, p. 101).

23).[13] 따라서 자신의 등장인물들에 대한 시인의 입장에 따라 우리는 다음과 같이 구별할 수 있다(바로 이를 통해 그것은 재현의 '양태'를 구성한다). 시인은 자신의 등장인물들이 행동하는 것을 이야기함으로써 직접 말하거나, 또는 그들에게 발언권을 줌으로써——이때는 바로 그들이 "극을 만든다"(48 a 29)——그들을 통해 간접적으로 말한다.

그러한 구별은 우리로 하여금 이야기라는 명목하에 서사시와 극을 묶을 수 없도록 하는 것일까? 전혀 그렇지 않다. 우선 우리는 이야기를 '양태,' 다시 말해서 저자의 태도에 의해서가 아니라 '대상'에 의해 특징짓고자 하는데, 그 이유는 바로 아리스토텔레스가 뮈토스, 즉 사상들의 배열이라고 부르는 것을 우리는 이야기라고 부르기 때문이다. 따라서 이야기가 자리잡고 있는 차원, 즉 '양태'의 차원에 대해 우리의 입장은 아리스토텔레스와 다를 바가 없다. 혼동을 피하기 위해 우리는 재현 행위의 '무엇'으로 정의된 넓은 의미에서의 이야기와, 우리가 이제부터 서술적 구성 composition diégétique이라고 부르게 될 아리스토텔레스의 디에제시스 diègèsis, 즉 좁은 의미에서의 이야기를 구분할 것이다.[14] 게다가 아리스토텔레스가 극 쪽에서건 서사시 쪽에서건 그 둘 사이의 차이점을 최소화할수록 용어상의 전이가 그의 범주에 야기하는 왜곡이 줄어든다. 아리스토텔레스는 극의 측면

---

13) 아리스토텔레스는 'apangelia'(3장)와 'diègèsis'(23장과 26장)라는 말을 동시에 사용하고 있다: "서사시는 어떤 이야기다 en de tè epopoiia dia to diègèsin"(59 b 26). 그 어휘는 플라톤(『국가론』 III, 392c~94c)에서 비롯된 것이다. 그러나 플라톤에게 '미메시스에 의한' 이야기는, 등장인물에 위임된 이야기가 직접적인 이야기와 대립되는 것처럼, '단순한' 이야기와 대립되고 있다. 반면 아리스토텔레스에게 미메시스는 극적 구성과 서술적 구성을 포괄하는 큰 범주가 된다.

14) 뒤퐁-록과 랄로(앞의 책, p. 370)는 23장에 대한 주석에서, 화자에 의해 진술된 이야기(『시학』 제3장의 정의에 따라)를 가리켜 서슴없이 "서술적 이야기 récit diégétique"와 "서사적 이야기 récit narratif"라고 말한다. 따라서 우리는 극적 이야기에 대해서도 말할 수 있어야 할 것이며, 그리하여 극적이고 서술적인 그 두 가지 유형과 관계해서 이야기라는 용어에 종(種) 개념의 특성을 부여해야 할 것이다.

에서 보자면 비극 역시 서사시가 갖는 모든 것(줄거리, 성격, 사상, 리듬)을 가지고 있다고 말한다. 그런데 비극이 추가로 갖는 것(공연, 음악)은 궁극적으로 비극에 본질적인 것은 아니다. 특히 공연은 분명히 비극의 한 '부분'이긴 하지만, "그것은 예술에 전적으로 낯선 것이며, 비극은 관객과 배우가 없이도 그 궁극 목적을 실현하기 때문에 시학과는 아무런 관련이 없는 것이다"(50 b 17~19). 『시학』의 뒷부분에서 아리스토텔레스는 순위를 매기는(26장)〔비극과 서사시의 비교를 지칭: 옮긴이〕관례적인 연습에 몰두하면서, 볼거리를 제공한다는 비극의 장점에 신뢰를 두는 것처럼 보인다. 그러나 곧이어 그는 번복한다. "독서가 그 장점을 드러내기 때문에, 서사시와 마찬가지로 비극 또한 동작이 없어도 그 고유의 효과를 생산할 수 있다"[15](62 a 12). 이제 서사시의 측면에서 보자면, 이야기하는 행위에서 작중인물에 대한 시인의 관계는 서사시의 정의(定義)가 바라는 것만큼 직접적인 것은 아니다. 처음부터 최초의 완화 조항이 섞여 있다고 말할 수 있는데, 아리스토텔레스는 시인을 화자로 정의하는 것에 괄호를 덧붙인다. "우리는 다른 것이 되거나(호메로스는 바로 그런 식으로 시를 짓는다) 또는 자신을 변형시키지 않고 그대로 남아 있어야 한다"(48 a 21~3). 엄밀히 말해서 호메로스는, 성격을 부여받은 자신의 등장인물들 뒤에서 스스로 모습을 감추고, 그 등장인물들이 자기 고유의 이름으로 말하고 행동하도록, 즉 무대를 장악하도록 내버려두는 자신

---

15) 우리는 공연에 대한 두 가지 판단이 갖는 모순성, 그리고 동시에 실제적인 연출을 배제하는 그 형식적 모델을 양보하지 않으면서도 비극에 대한 자신의 선호를 받아들이게 하려는 아리스토텔레스의 사소한 불성실을 다음과 같은 방식으로 완화시킬 수 있다. 한편으로 우리는 뒤퐁-록과 랄로(앞의 책, pp. 407~08)의 견해를 따라 연극 대본은 공연이 존재하지 않아도 재현적 행위를 구성하는 모든 특성들을 포함하며, 다른 한편으로 연극 텍스트의 언술 행위 유형은 볼거리가 제공되어야 한다는 요구를 담고 있다고 말할 수 있다. 대본은 공연이 없더라도 공연을 미리 전제하고 있다고 말할 수 있을 것이다. 실제적인 공연은 그러한 전제가 존재하기 위한 필요 조건은 아니다. 관현악보의 위상 또한 그와 마찬가지다.

의 기법 덕분에 나중에(23장) 찬사를 받고 있다. 그 점에서 서사시는 극을 모방한다. "운문으로 된 이야기를 통해 재현하는 기법"(59 a 17)에 바쳐진 장의 서두에서 아리스토텔레스가 "비극에서와 같이 줄거리는 극의 형태로 구성되어야 한다는 것은 명백하다"(59 a 19)라고 말할 때, 그것은 전혀 역설이 아니다. 이리하여 극-이야기의 짝에서 전자야말로 후자의 모델이 될 정도로 측면에서 그 특질을 규정한다. 아리스토텔레스는 결국 서술적 모방(또는 재현)과 극적 모방(또는 재현) 사이의 '양태상의' 대립을, 어쨌든 모방의 대상, 즉 줄거리 구성에는 영향을 미치지 않는 대립을 다양한 방식으로 완화한다.

마지막 제약은 미메시스의 아리스토텔레스적인 용법을 자세히 설명할 수 있는 기회를 제공하기 때문에, 미메시스-뮈토스의 짝이라는 제목 아래 놓일 만하다. 그것은 성격에 대한 고려를 행동 자체에 대한 고려에 종속시키는 제약이다. 소설의 현대적 발달 과정과, 줄거리의 전개와 동등하거나 또는 우월한 권리를 성격의 전개에 부여하는 헨리 제임스의 주장[16]을 고려한다면, 그 제약은 경계를 이루는 것처럼 보인다. 프랭크 커모드Franck Kermode가 지적한 것처럼[17] 성격을 발전시키기 위해서는 더 많이 이야기해야 하며, 줄거리를 전개하기 위해서는 성격을 풍부하게 해야 한다. 아리스토텔레스는 보다 까다롭게 "비극은 인간이 아니라 행동과 삶, 그리고 행복(불행 또한 행동

---

16) Henry James, 『귀부인의 초상 The Portrait of a Lady』(1906)의 「서문」,『소설의 기법 The Art of the Novel』, New York: R. P. Blackmuir, 1934, pp. 42~48.

17) Franck Kermode, 『비밀의 기원 The Genesis of Secrecy』, Harvard University Press, 1979, pp. 81 이하. 같은 맥락에서 James Redfield는 『일리아드』가 아킬레우스의 분노와 또한 헥토르의 비극적 운명을 중심으로 구성된다는 것에 주목한다. 그러나 등장인물들이 두드러진 내면성을 지니고 있지 않은 서사시에서는 오로지 성격들의 상호 작용만이 중요하다. 그때부터 성격은 줄거리를 생산함으로써만 의미를 얻는다(같은 책, p. 22). 게다가 줄거리를 "작품에 실제의 형태를 부여하는 그러한 무언의 개념 단위"(같은 책, p. 23)로 이해한다면 우월성 논쟁은 더 이상 존재하지 않는다. 나는 본 저서에서 시종일관 그러한 입장을 취한다.

에 있다)의 재현이며, 지향된 목표는 자질이 아니라 행동이다.
〔……〕 나아가서 비극은 성격이 없어도 있을 수 있는 반면 행동이 없
이는 있을 수 없다"(50 a 16~24)라고 말한다. 물론 우리는 단지 비극
의 '부분들'을 배열하는 것만이 문제되고 있다는 사실에 주목함으로
써 이 위계 질서의 엄격함을 완화시킬 수도 있다. 사실 비극과 희극
의 차이는 성격에 영향을 미치는 윤리적 차이점들에서 비롯된다. 따
라서 성격에 이차적인 지위를 부여한다고 해서 등장인물의 범주를
배제하는 것은 결코 아니다. 게다가 우리는 프로프 Propp에서 비롯된
현대의 서술 기호학을 통해 아리스토텔레스와 비견할 만한 시도들,
즉 등장인물이 아니라 '기능들 fonctions,' 다시 말해서 행동의 추상적
단위들에 입각하여 서술적 논리를 재구성하려는 시도들과 만나게 될
것이다.

그러나 본질적인 문제는 거기에 있지 않다. 이처럼 등장인물보다
행동에 우위를 둠으로써 아리스토텔레스는 행동의 재현적 지위를 확
립한 것이다. 윤리학(『니코마코스 윤리학』, 1105 a 30 이하 참조)에서
주체는 도덕적 자질의 영역에서 행동에 선행한다. 시학에서는 시인
에 의한 행동의 구성이 성격의 윤리적 자질을 지배한다. 따라서 성격
이 행동에 종속된다는 것은 앞선 두 개의 제약 조건과 같은 성질의
것이 아니다. 그것은 '행동의 재현'과 '사상(事象)들의 배열'이라는
두 가지 표현이 동등한 가치를 갖는다는 것을 확인한다. 만일 배열이
강조되어야 한다면, 모방이나 재현은 사람이라기보다는 행동의 배열
이 될 것이다.

2. 줄거리: 화음 모델

미메시스가 오로지 줄거리 구성에 의해서만 정의되지는 않는다는

것을 염두에 두고 그 위상에 대한 문제는 잠시 덮어두자. 이제 뮈토스의 이론으로 방향을 완전히 바꾸어 서술 구성이라는 우리 본래의 이론의 출발점을 찾아보자.

우리는 뮈토스의 이론이 앞서 인용했던 비극의 정의(『시학』의 제6장)에서 추출된다는 사실을 잊어서는 안 될 것이다. 그러니까 아리스토텔레스는 비극의 뮈토스 이론만을 다루고 있다.

이 책에서 우리가 시종일관 다루게 될 문제는, 비극을 특징짓는 일련의 패러다임들이 서술적 영역 전반에 적용될 수 있을 만큼 확장되고 변형될 수 있는가라는 점이다. 그러나 그 난관이 우리를 가로막지는 않을 것이다. 비극 모델이 갖는 엄격함은, 서술적 이해에 대한 우리의 탐구가 시작되면서 질서에 대한 요구를 매우 중요시한다는 우월성을 지니고 있으며, 아우구스티누스의 정신의 이완과의 사이에 가장 극단적인 대조가 단번에 이루어진다. 따라서 질서의 창조가 모든 시간적 특성을 제외한 상태에서 자리를 잡게 됨에 따라, 비극의 뮈토스는 시간의 사변적 역설에 대한 시학적 해결책으로 떠오른다. 우리가 나중에 제안하게 될 미메시스 이론의 재구성과 연관해서 그 모델의 시간적 함의를 이끌어내는 것은 우리의 과제이자 책임이다. 그러나 아리스토텔레스의 이론이 단지 화음만이 아니라 화음의 내부에서 일어나는 불협화음의 유희도 매우 섬세하게 부각시키고 있다는 점을 고려한다면, 아우구스티누스의 정신의 이완과 아리스토텔레스의 비극의 뮈토스를 같이 묶어서 생각하려는 시도는 적어도 그럴 듯하게 보인다. 비극의 뮈토스를 아우구스티누스의 역설의 전도된 모습으로 만드는 것은 바로 시적 구성에 내재하는 이러한 변증법이다.

우선 사상(事象)들의 배열이라는 뮈토스의 정의는 바로 화음을 강조하고 있다. 그리고 이러한 화음은 완결성, 전체성, 그리고 적절한 범위라는 세 가지 특성에 의해 규정된다.[18]

'전체 holos'라는 개념은 이어지는 분석에서 중추적 역할을 한다.

그런데 이후의 분석은 배열의 시간적 특성에 대한 탐구를 지향하는 것이 아니라 전적으로 그 논리적 특성에 결부된다.[19] 그리고 그 정의가 시간의 개념에 접근하는 바로 그 순간 그것은 거기서 가장 멀어진다. 아리스토텔레스는 "하나의 전체란 시작과 중간, 그리고 끝을 가지고 있는 것이다"(50 b 26)라고 말한다. 그런데 오로지 시적 구성에 의해서만 어떤 것은 시작이나 중간, 또는 끝으로서의 가치를 갖는다. 즉 시작을 정의하는 것은 선행하는 것의 부재가 아니라 계기(繼起) 속에서의 필연성의 부재이다. 끝이란 다른 것 다음에, 그러나 "필연성이나 개연성에 근거해서"(50 b 30) 오는 것이다. 오로지 중간만이 단순한 연속성에 의해 정의되는 것처럼 보인다. "그것은 다른 것 다

---

18) "비극은 그 결말 téléias까지 이어지고, 하나의 전체 holès를 이루며 어떤 범위 mégéthos를 갖는 행동의 재현으로 이루어진다는 것이 우리의 주장이다"(50 b 23~25).

19) 엘스 Else는 논리적인 것과 연대기적인 것의 이러한 분리에 관해서 특히 확고한 견해를 보인다(50 b 21~34에 붙은 주석을 참조할 것). 그는 사실임직한 것이나 필연적인 것을 "시의 위대한 법칙"(앞의 책, p. 282)으로 만드는 내적 필연성만을 유일하게 고려한다. 그리하여 관념으로 들어찬 이 시간적 도식을 통해 "일종의 파르메니데스적 '존재 on'를 예술의 왕국에서"(p. 294) 발견하기에 이른다. 엘스는 아리스토텔레스가 23장에서 서사시에 관해 말하면서 "어떤 단일한 행동이 아니라 단일한 시기 hénos khronou의 설명일 수밖에 없는 연대기"(59 a 22~23)류를 경계하고 있다는 점을 논거로 삼는다. 아리스토텔레스라면 이 "단일한 시기의 설명"과 "특정 시간에 제한받지 않는"(p. 574) 자신의 보편적 요소들을 대립시킬 것이다. 나는 『시학』과 『윤리학』 사이의 유연 관계를 포기하면서까지 논리적인 것과 연대기적인 것의 대립을 이처럼 극단적으로 밀고 나가야 한다고는 생각지 않는다. 다음 장에서 나름대로 서술적 시간성의 비-연대기적 개념을 수립해볼 것이다. 엘스 역시, 극에 포함된 사건들은 "최소한 일상적인 의미에서의 시간 속에는 존재하지 않는 사건들"(p. 574)이라고 말하고 있지 않은가? 따라서 우리가 서사시에 "동시에 hama 이루어지는 줄거리상의 여러 부분들을 이야기할"(59 b 27) 수 있다는 특권을 부여하는 이상, 극적 시간이 완전히 무시될 수는 없다. 바로 등장인물들에 의해 실행된 행동이 요구하는 단일한 시간적 전망은, 서술적 이야기와는 구분되는 것으로서의 극적 이야기의 시간에 관해, 그리고 그 양자를 지배하는 줄거리의 시간에 관해 우리가 심사숙고할 만한 가치를 갖는다.

음에 오며 그 다음에 다른 것이 온다"(50 b 31). 그러나 비극 모델에서 그것은, 행복에서 불행으로의 "반전 renversement"(metabolè, metaballein, 51 a 14; metabasis, 52 a 16)이라는 고유의 논리를 갖는다. '복합적인' 줄거리의 이론은 엄밀한 의미에서의 비극적 효과를 노리는 반전의 유형론을 정립할 수 있을 것이다. 따라서 이러한 '전체'라는 관념의 분석에서 부각되는 것은 우연성의 부재이며, 그리고 계기(繼起)를 제어하는 필연성이나 개연성의 요구에 대한 순응이다. 그런데 계기가 이처럼 논리적 연결에 종속될 수 있는 이유는, 시작과 중간, 그리고 끝의 관념들이 경험에서 얻어진 것이 아니기 때문이다. 그 관념들은 실제적 행동의 특성이 아니라 시의 배열에 따른 결과다.

범위의 경우도 마찬가지다. 오직 줄거리를 통해서만 행동은 윤곽과 한계 horos(51 a 6), 따라서 범위를 갖게 된다. 이러한 적정 기준에 대한 정의에서 시선이나 기억이 갖는 역할에 관해서는 아리스토텔레스에 뿌리를 둔 수용 미학을 설명하면서 후에 다시 언급할 것이다. 작품을 한눈에 파악하는 관객의 능력이 어떠하건간에, 이 외적 기준은 여기서 유일하게 중요시되는 작품 내적인 요구와 타협한다. "사실임직한 것 또는 필연적인 것에 따라 연결되는 일련의 사건들을 통해 불행에서 행복으로 혹은 행복에서 불행으로의 반전을 가능케 하는 범위는 길이에 대해 만족할 만한 경계 horos를 제공한다"(51 a 12~15). 분명 이러한 범위는 시간적일 수밖에 없는데, 그 이유는 반전에는 시간이 소요되기 때문이다. 그러나 그것은 작품의 시간이지 세상사의 시간은 아니다. 줄거리를 통해 밀접한 관계를 맺는 éphéxés (같은 책) 사건들에는 필연성이 적용되는 것이다. 비어 있는 시간은 고려 대상에서 제외된다. 이야기가 아니라 실제의 삶에서는 시간적 간격을 두고 일어날 수 있는 두 개의 사건들 사이에서 주인공이 무엇을 했는가는 중요하지 않다. 예컨대 『외디푸스 왕』에서 심부름꾼은 줄거리가 그의 등장을 요구하는 바로 그 순간, "더 이르지도 더 늦지도 않게 no sooner and no later"(앞의 책, p. 293) 되돌아온다고 엘스 Else는 지적한다. 서사시가 보다 넓은 범위를 허용하는 것 또한 바로 구성의 내적인 이유 때문이다. 서사시의 구성은 다른 장르에 비해 삽화적인 사건들을 많이 사용하기 때문에 더 큰 규모를 요구하지만, 그 경계를 이루는 조건을 위반하지는 않는다.

시간은 고려되지 않을 뿐만 아니라 배제되어 있다. 이리하여 아리스토텔레스는, 비극을 통해 탁월하게 드러나는 완결성과 전체성의 요구에 따르는 서사시에 관해(23장) 두 종류의 일치를 대립시킨다. 즉 한편으로 시간의 일치 hénos khronou는 "단 한 명 또는 여러 명의 사람들에게 영향을 미치고 서로 우연적인 관계를 유지하는 과정을 통해 일어났던 모든 사건들이 존재하는 단일한 기간"(59 a 23~24)을 특징짓는다. 다른 한편으로 극의 일치는, "어떤 단일한 행동"(시작과 중간 그리고 끝과 더불어 하나의 전체를 이루면서 그 결말까지 이어지는)을 특징짓는다. 따라서 어떤 단일한 기간 내에 돌발적으로 일어나는 수많은 행동들은 단일한 행동을 이루지 못한다. 바로 그러한 이유로 말미암아 호메로스는 트로이 전쟁의 역사—그것이 시작과 끝을 가지고 있음에도 불구하고—속에서 오로지 자신의 기법에 의해 그 시작과 끝이 결정되는 '단일한 어떤 부분'을 선택함으로써 찬사를 받게 된다. 이러한 언급들을 통해 확인되는 사실은, 아리스토텔레스가 줄거리의 구성에 연루될 수 있는 시간의 구성에는 전혀 관심을 보이지 않는다는 것이다.

그런데 줄거리의 내적인 연관이 연대기적이라기보다는 논리적인 것이라면, 어떠한 논리의 문제인가? 기실 필연성과 개연성이 『오르가논 Organon』의 낯익은 범주들이라는 것을 제외하고, 논리적인 단어는 사용되지 않고 있다. 논리적 용어가 사용되고 있지 않다면, 그 이유는 바로 이론 théoria이 아니라 실천 praxis, 그러니까 행동을 이해하는 능력인 실천적 지혜 phronèsis에 가까운 영역에 적합한 이해 가능성의 문제이기 때문이다. 실제로 시는 어떤 '행위 faire'이며, 어떤 '행위'——2장의 '행위자'——에 대한 '행위'다. 단지 그것은 실제적이고 윤리적인 행위가 아니라, 정확히 말해서 꾸며진 시적 행위인 것이다. 그렇기 때문에 우리는 재현적이고 신화적인——이 두 용어의 아리스토텔레스적 의미에서——이러한 이해력의 독특한 특징들을 정확히 분간해야 한다.

무엇보다도 이해력이 중요하다는 것을 아리스토텔레스는 이미 4장에서 예고하고 있는데, 거기서 그는 발생론적 방법을 통해 그 주된 개념들을 확립한다. 우리가 왜 추한 동물이나 시체와 같은 그 자체로 역겨운 것들을 쳐다보면서 즐거움을 느끼는가라고 그는 묻는다. "그 이유는 배운다는 것이 철학자들에게뿐만 아니라 다른 사람들에게도 마찬가지로 즐거움이기 때문이다. 〔……〕 그리고 실제로 우리가 이미지를 보는 것을 좋아한다면, 그것을 바라보면서 식별하는 것을 배우고, 저 사람이 바로 그 사람이다라고 말할 때처럼 각각의 사물이 무엇이다라고 결론을 내리기 때문이다"(48 b 12~17). 배우고 결론을 내리고 형태를 식별하는 것, 그것이야말로 모방(또는 재현)이 주는 즐거움을 이해할 수 있는 골격이다.[20] 그런데 이 '시학적' 보편 개념

20) 예술가의 모방에 대한 '지적인 대답'에 관해서는 G. Else(48 b 4~24의 주석)를 참조할 것. 마찬가지로 James Redfield도 모방의 가르치는 기능을 역설한다(앞의 책, pp. 52~55). 즉 개연적인 것은 나름대로 보편적이며(pp. 55~60), 줄거리는 독자로 하여금 알아볼 수 있도록 한다(pp. 60~67)는 것이다. 그 점에서 『시학』은 5세기의 수사학 및 그 논증술의 교양과 밀접한 관련을 맺게 된다. 그러나 법정에서는 그 자체가 우연적인 것에 내맡겨진 이야기에 논증이 덧붙여지는 데 비해, 극은 이야기 속에 논증을 포함하며 줄거리에 입각하여 사건의 조건들을 구성한다. "따라서 우리는 행동을 중개하는 원인들에 대한 가설적 연구, 즉 시인으로 하여금 인간적 개연성과 필연성의 어떤 보편적인 유형을 발견하고 줄거리를 통해 그것을 의사 전달하도록 이끄는 연구의 결과로 허구를 정의할 수 있다(pp. 59~60). 그러므로 "허구는 일종의 연구에 의한 결과"(p. 79)인데, 과연 어떻게 바로 그러한 결과가 생길 수 있었으며 그리하여 누가 행동하는 것인가? Golden은 같은 맥락에서 이렇게 말한다. "모방을 통해 사건은 형태로 환원되며 그리하여 묘사된 사건들은,

은 바로 철학자들의 보편 개념이 아니겠는가? 그것이 보편 개념이라는 사실은 의심의 여지가 없다. 왜냐하면 우리는 가능한 것과 실제적인 것, 그리고 일반적인 것과 특수한 것이라는 이중의 대립을 통해 그 특성을 나타낼 수 있기 때문이다. 첫번째 짝은 알다시피 헤로도투스Hérodote식의 역사와 시의 유명한 대립에 의해 설명된다.[21] "왜냐하면 연대기 작가와 시인의 차이는, 한쪽은 운문으로 다른 쪽은 산문으로 표현한다는 사실에서 비롯되는 것이 아니기 때문이다(우리는 헤로도투스의 작품을 운문으로 옮길 수도 있으나, 그 또한 산문으로 씌어진 것과 다를 바 없는 운문으로 된 연대기가 될 것이다). 오히려 그 차이는 한쪽은 일어났던 일을 말하고, 다른 한쪽은 일어날 수도 있는 일을 말한다는 점이다. 바로 이러한 이유 때문에 시는 연대기보다 더 철학적이고 더 고귀한 것이다. 즉 시는 오히려 일반적인 것을, 연대기는 특수한 것을 다룬다"(51 b 4~51 b 7).

그렇다고 해서 문제가 완전히 밝혀진 것은 아니다. 왜냐하면 아리스토텔레스는 "실제로 일어난 일과 〔……〕 사실임직한 것과 필연적인 것의 영역에서 일어날 수도 있는 일"(51 a 37~38)을 조심스럽게 대립시키고 있기 때문이다. 더 나아가서 "일반적인 것은, 어떤 유형의 인간이 사실임직하게 또는 필연적으로 행동하거나 말하는 것이다"(51 b 9). 달리 말해서 가능한 것, 일반적인 것은 다른 곳이 아니라 바로 사상(事象)들의 배열 속에서 찾아야 하는데, 왜냐하면 바로 그 연쇄 관계야말로 필연적이거나 사실임직한 것이어야 하기 때문이다. 간단히 말해서 바로 줄거리가 전형적인 것이어야 한다. 우리는 다시 한번 왜 행동이 등장인물보다 우선하는가를 이해한다. 등장인

그 자체로는 그것이 아무리 순수하지 않다 할지라도 이해할 수 있는 것으로 순화
──명료화──된다(앞의 책, p. 236).
21) 뒤퐁-록과 랄로는 뮈토스를 'histoire'라고 번역하기 위해서 이것을 역사histoire 대신 연대기라고 번역한다. 이러한 용어 선택은 한편으로 보면 역사 기술에 대한 보다 덜 부정적인 판단의 여지를 남겨준다는 이점을 가지고 있다.

물들이 고유 명사를 갖는다 할지라도 그들을 일반화하는 것은 바로 줄거리의 일반화인 것이다. 거기서 다음과 같은 교훈이 나온다. 우선 줄거리를 구상하고, 그 다음에 이름을 부여할 것.

가능한 것과 일반적인 것이 필연적이거나 사실임직한 것의 성격을 규정한다는 이러한 추론이 순환적이라고 반박할 수도 있을 것이다. 그러나 가능한 것과 일반적인 것의 조건을 규정하는 것은 바로 필연적인 것과 사실임직한 것이다. 그렇다면 있는 그대로의 배열, 즉 인과율과 유사한 관계가 배열된 사건을 전형적인 것으로 만든다고 가정해야만 할까? 나로서는 루이스 밍크Louis O. Mink와 같은 서술 이론가들의 견해에 따라[22] 사건들 사이에 설정되는 것과 같은 결합 관계, 간단히 말해서 '전체를 고려하는' 판단 행위에 이해 가능성의 모든 비중을 두고 싶다. 특이한 사건들 사이에서조차 어떤 인과 관계를 생각하는 것, 그것은 이미 보편화하는 것이다.

그것은 단일한 줄거리와 삽화들로 이어진 줄거리의 대립을 통해 입증된다(51 b 33~35). 아리스토텔레스가 배척하는 것은 삽화가 아니다. 삽화가 없다면 비극은 따분해질 위험이 있으며, 서사시는 그것을 최대한 이용한다. 그가 비난하고 있는 것은 일관성 없는 삽화들이다. "나는 사실임직함도 필연성도 없이 이어지는met' allèla〔그리고 전혀 연결되지 않는〕삽화들로 이루어진 줄거리를 삽화형 줄거리intrigue à épisodes라 부른다"(같은 책). 바로 거기에 "이것 다음에 그것 l'une après l'autre"/"이것 때문에 그것 l'une à cause de l'autre"(di'allèla, 52 a 4)의 핵심적 대립이 있다. 이것 다음에 그것은 삽화의 연속이며, 따라서 있음직하지 않다. 그 반면 이것 때문에 그것은 인과 관계에 따른 연결이므로 있음직하다. 더 이상 의혹이 있을 수 없다. 줄거리가 내포하는 것과 같은 보편성은, 줄거리의 완결성과 전체

---

22) 아래 2부 2장, pp. 310 이하를 참조할 것.

성을 이루는 그 질서정연한 배열에서 파생된다. 줄거리가 생산하는
보편 개념은 플라톤적인 관념이 아니다. 그것은 실천적인 지혜, 그러
니까 윤리학과 정치학에 가까운 보편 개념이다. 행동의 구조가 외적
인 우연한 사건들이 아니라 행동 내적인 연관에 근거할 때 줄거리는
그러한 보편 개념을 만들어낸다. 그러한 내적인 연관 관계는 보편화
의 실마리다. 뮈토스에서 지어낸 이야기라는 특성이 아니라 일관성
을 겨냥하는 것은 미메시스의 한 특징이라 할 것이다. 그러므로 그
'행위'는 보편화하는 '행위'라고 할 수 있다. 서술적 이해Verstehen에
관한 모든 문제의 씨앗은 바로 여기에 담겨 있다. 줄거리를 구성한다
는 것, 이미 그것은 우연적인 것에서 이해할 수 있는 것, 특이한 것에
서 보편적인 것, 삽화적인 것에서 필연적인 것이나 사실임직한 것을
나타나게 하는 것이다. 결국 아리스토텔레스가 51 b 29~32에서 이야
기하는 것은 바로 그것이 아닐까? "이 모든 것에서 다음과 같은 사실
이 명백히 드러난다. 즉 시인은 운율보다는 스토리의 시인이어야 하
는데, 그가 시인인 것은 재현하는 행위 때문이며, 그가 재현하는 것
은 행동이기 때문이다. 실제로 일어난 사건들에 관해 시를 짓는다고
가정하더라도 그는 여전히 시인이다. 왜냐하면 실제의 어떠한 사건들
은 사실임직한 것과 가능한 것의 질서 속에서도 충분히 일어날 수 있
는 것에 속하며, 그러한 조건으로 그는 시인이기 때문이다"(51 b 27~
32).[23] 방정식의 두 변은 서로 균형을 이룬다. 즉 줄거리를 만드는 자/
행동을 모방하는 자, 그가 바로 시인이다.

　하지만 어려움이 완전히 해결된 것은 아니다. 즉 현실에서 우리는
인과율에 따른 연쇄 관계를 확인할 수 있지만, 시학적 구성에서는 어
떻게 되는가? 이것은 아주 곤란한 질문이다. 재현하는 행위가 행동을

---

23) Else는 이렇게 감탄한다. "일어난 것을 만드는 자여! 사건의 실제가 아니라 그 논
　리적 구조, 그 의미를 만드는 자여, 그것이 일어났다는 사실은 구성되었다는 사실
　에 비하면 우연적인 것이다"(앞의 책, p. 321).

'구성'한다면, 바로 그 행위가 구성을 통하여 필연적인 것을 설정하기 때문이다. 재현하는 행위는 보편적인 것을 아는 것이 아니라 그것을 나타나게 한다. 그렇다면 그 기준은 어떠한 것인가? 앞서 언급했던 표현 속에서 우리는 부분적인 해답을 얻는다. "우리는 이미지를 바라보면서 식별하는 것을 배우고, 저 사람이 바로 그 사람이다라고 말할 때처럼 각각의 사물이 무엇이다라고 결론을 내린다"(48 b 16~17). 이러한 식별의 즐거움은, 가장 최근에 『시학』을 번역한 프랑스의 주석자들이 말한 것처럼 진리를 예견하는 개념——그에 따르면 만들어낸다는 것은 되찾는 것이다——을 전제한다. 그러나 진리를 예견한다는 이러한 개념은 줄거리 구조에 대한 보다 형식적인 이론에서는 설 자리가 없으며, 단순히 뮈토스에 비견되는 것보다는 더 발전된 미메시스 이론을 상정한다. 본 연구의 끝에서 이 문제를 다시 다루게 될 것이다.

3. 내포된 불협화음

비극 모델은 단순히 화음의 모델이 아니라 불협화음을 내포한 화음의 모델이다. 바로 그 점에서 그것은 정신의 이완과 대응하게 된다. 아리스토텔레스는 단지 '복합적인'('단순한'과 대립되는) 줄거리라는 제목으로 불협화음의 주제를 다루고 있지만, 그것은 분석의 매단계마다 제시된다. 비극은 "그 결말에까지 이어지는〔······〕"(téléios, 49 a 25)[24] 고귀한 행동의 재현이어야 한다는 규범적 정의에서부터 이미 그것은 예고되어 있다. 그런데 행동의 결말은 행복이거나 불행이며,

---

24) 우리는 앞에서 "그 결말에까지 이어짐으로써, 하나의 전체를 형성하고 일정한 범위를 갖는 행동"(50 b 24~25)이라는 표현을 인용했다. 본문에서 아리스토텔레스는 '전체'와 '범위'만을 설명하고 있다.

성격의 윤리적 자질은 이러저러한 결과를 그럴 듯하게 하는 토대가 되다는 점에서 완결성은 소홀히할 수 없는 특성이다. 그러니까 행동은, 그것이 행복이나 불행을 만들어낼 때에만 그 결말에까지 이어진다. 행동을 그 결말까지 이어가는 '삽화' 들의 위치는 이처럼 음각(陰刻)으로 표시된다. 아리스토텔레스는 삽화에 관해 전혀 부정적인 언급을 하지 않는다. 그가 금하는 것은 삽화가 아니라 삽화로만 이루어진 짜임새이며, 삽화들이 일관성 없이 짜여진 줄거리인 것이다. 줄거리에 의해 통제되는 삽화들은 작품을 풍성하게 하고 그로 말미암아 작품에 어떤 범위를 갖게 한다.

그러나 비극에 대한 정의는 "〔……〕공포와 연민을 재현함으로써, 이러한 종류의 행동에 대한 정화 katharsis를 실현한다"(49 b 26〜27)라는 이차적인 지시를 담고 있다. 카타르시스에 대한 까다로운 질문은 잠시 제쳐두고 카타르시스의 수단 dia 에 대해 주의를 기울여보자. 내가 보기에 엘스와 뒤퐁-록-랄로는 위의 문장 구성이 반영하고 있는 아리스토텔레스의 의도를 잘 이해한 듯하다. 즉 관객의 정서적 반응은 극을 통해서, 등장인물들 자신에게도 파괴적이고 고통스러운 사건들의 특질을 통해서 구성된다는 것이다. 나중에 우리는 복합적인 줄거리의 세번째 구성요소로서의 **파토스**라는 용어에 대한 논의를 통해 그것을 확인할 것이다. 그리하여 카타르시스는, 그 용어가 무엇을 의미하든간에 줄거리 자체에 의해서 수행된다. 그렇기 때문에 최초의 불협화음은 공포와 연민을 불러일으키는 뜻하지 않은 사건들이다. 그것은 줄거리의 일관성에서 보자면 가장 중요한 위협이 된다. 아리스토텔레스가 필연적인 것과 있음직한 것과 관련해서, 그리고 삽화들로 구성된 작품에 대한 비판(9장)과 동일한 맥락에서 이를 다시 언급하는 것은 바로 그 때문이다. 그리하여 그는 공포와 연민이라는 실사(實辭)를 더 이상 사용하지 않고, 줄거리를 매개로 시인에 의해 재현되는 사건들의 특질을 규정하는 형용사 —— "연민을 자아내는" "공포를 불러일으키는"(52 a 2) ── 를 사용한다.

놀라움의 효과에 대한 분석은 불협화음을 내포하는 화음을 한층 더 직접적으로 겨냥한다. 아리스토텔레스는 "모든 기대에 반해/이런저런 이유로 말미암아 para tèn doxan di'allèla"(52 a 4)라는 파격적인 구문 형태로 탁월하게 표현함으로써 놀라움의 효과의 성격을 규정한다. 그리하여 불협화음의 절정인 "놀라운 것 to thaumaston"(같은 책)은 계획에 따라 일어나는 것처럼 보이는 우연한 사건들이다.

그런데 우리는 아리스토텔레스가 "반전 metabolè"(11장)이라 이름 붙인 비극적 행동의 중요한 현상과 더불어, 아직까지는 단순한 줄거리와 복합적인 줄거리에 공통된, 불협화음을 내포한 화음의 핵심에 이르게 된다. 비극에서 반전은 행운에서 불운으로 이루어지지만, 그 방향은 역전될 수도 있다. 공포나 연민을 불러일으키는 사건들의 역할을 고려하여 비극은 아마도 그러한 방법을 활용하지 않는 것이리라. 시간을 필요로 하면서 작품의 범위를 조정하는 것은 바로 이 반전이다. 구성의 기법은 이러한 불협화음이 화음을 이루는 것처럼 보이게 하는 데 있다. 그리하여 "이것 때문에 dia 저것"은 "이것 다음에 meta 저것"[25](52 a 18~22)을 압도하게 된다. 불협화음은 비극이 아니라 바로 삶 속에서 화음을 깨뜨리는 것이다.

복합적인 줄거리의 성격을 규정하는 반전들은, 잘 알려진 바와 같이 사건의 '급전'(急轉, coup de théâtre, péripétéia[최근 프랑스 번역자들의 탁월한 표현에 따르면])과 '인지(認知, reconnaisssance, anagnôrisis)다. 그리고 강렬한 효과 pathos를 거기에 덧붙여야 할 것이다. 이러한

---

25) Redfield는 52 a 1~4를 다음과 같이 번역한다. "모방은 완결된 행동뿐만 아니라 연민과 공포를 불러일으키는 것의 모방이기도 하다. 그런데 그러한 것들은 이러저러한 이유 때문에 di'allèla 기대에 반해 일어날 때 가장 자주 발생한다." Else는 "경험에 반하지만 이러저러한 이유 때문에"라고 번역한다. Léon Golden은 "예기치 않게, 그런데도 이러저러한 이유 때문에"라고 번역한다.

반전의 양태들에 대한 정의는 11장에 실려 있으며, 그에 관한 주석은 우리에게도 잘 알려져 있다.[26] 우리에게 중요한 것은 아리스토텔레스가 여기서 비극 줄거리의 제약 조건들을 늘림으로써 그의 모델을 보다 강화하는 동시에 제한한다는 사실이다. 모델이 제한되는 것은 뮈토스의 이론이 비극 줄거리의 이론과 동일시되는 방향으로 나아가기 때문이다. 그러므로 문제는, 우리가 서술적이라고 부르는 것이 아리스토텔레스가 열거한 것과는 다른 방식으로부터 놀라움의 효과를 끌어낼 수 있는지, 그리고 그 결과 비극의 제약 조건과는 다른 제약 조건들을 만들어낼 수 있는지를 알아보는 것이 될 것이다. 그러나 또한 급전, 인지 그리고 강렬한 효과가, 특히 그것들이 소포클레스의 『외디푸스』에서처럼 한 작품 속에 모여 있을 때, '역설적인' 것과 '인과적' 연쇄의 혼합, 그리고 놀라움과 필연성의 혼합을 최고의 긴장으로 몰고 감에 따라, 아리스토텔레스의 모델은 더욱 견고해진다.[27] 그러나 모든 서술 이론은 비극 장르와는 다른 방법으로 결국은 바로 이러한 비극의 반전 모델이 갖는 힘을 유지하려고 애쓰는 것이다. 이 점에서 만일 우리가 가장 넓은 의미의 정의로 이해된 반전, 즉 "행동들의 효과를 역전시키는"(52 a 22) 반전이 구성하는 가장 주된 제약을

---

26) 외디푸스 비극의 줄거리와 결말을 알고 있는 우리에게 그것은 여전히 그 급전의 성격을 지니고 있는가? 놀라움을, 외적인 어떤 앎이 아니라 줄거리의 내적인 흐름에 의해 창조되는 기다림과 관련하여 정의한다면 그렇다. 즉 반전은 우리의 기다림 속에 있으나, 줄거리에 의해 창조된다(내적인 구조와 청중의 취향 사이의 관계에 대한 차후의 논의를 참조할 것).

27) 무지에서 앎으로의 변화로서 인지의 역할은, 우리가 나중에 보게 될(이어지는 각주) 한계 내에서, 급전에 내포된 놀라움의 효과를 그것이 보여주는 명료함을 통해 보상하는 것이다. 주인공은 자기-기만을 벗어나 자신의 진실로, 청중은 그 진실의 앎으로 들어간다. 이러한 의미에서 Else가 비극적 과오의 문제와 인지의 문제를 접근시킨 것은 어쩌면 타당하다 할 것이다. 과오는, 적어도 그것이 무지와 실수를 포함한다는 점에서 사실상 인지의 이면이다. 아리스토텔레스적 의미의 인지와 헤겔적 의미의 인지, 그리고 하이데거적 의미의 반복을 연결하는 것은 본 저서의 4부에서 중요한 문제가 될 것이다.

포기한다면, 우리는 서술적인 것으로부터 벗어나는 것이 아닌가 자문할 수 있다. 우리는 나중에 뤼베 H. Lübbe의 논문 제목이기도 한 "무엇이 행동에서 스토리(또는 스토리들)를 추출하는가"를 질문하면서 이 문제를 다시 다루게 될 것이다.[28] 원하지 않았던 결과들의 역할, 그리고 더 나아가서 역사 기술 이론에서 '비뚤어진' 결과들의 역할은 우리에게 유사한 질문을 던질 것이다. 그 질문에는 많은 것이 연루되어 있다. 다시 말해서 비상식적인 것이 상식적인 것을 위협하고 있는 모든 이야기에서 반전이 그토록 본질적인 것이라면, 반전과 인지의 결합은 비극의 경우를 넘어서는 어떤 보편성을 지니고 있는 것이 아닌가? 역사가들 역시 바로 그 당혹스러운 부분을 명료하게 밝히려고 하는 것이 아닌가? 그리고 운명의 반전이 가장 뜻밖이었던 바로 그곳에서 당혹스러움은 가장 크지 않겠는가? 이 외에도 보다 더 우리를 제약하는 또 다른 것이 연루되어 있다. 즉 반전과 함께 행복과 불행에 대한 대상 지시를 동시에 유지해야 하는 것이 아닌가? 모든 스토리는 결국 어느 경우에나 운명의 이면과 관계되는 것이 아닌가?[29] 반전의 양태들을 이처럼 재검토하는 과정에서 강렬한 효과 pathos를 과소 평가해서는 안 될 것이다. 사실 아리스토텔레스는 11장 끝부분에서 그에 대해 상당히 제한적인 정의를 하고 있다. 강렬한

---

28) Hermann Lübbe, 「무엇이 행동에서 스토리를 추출하는가 Was aus Handlungen Geschichten macht」, *Vernünftiges Denken* (éd. par Jürgen Mittelstrass et Manfred Riedel), Berlin/New York: Walter de Gruyter, 1978, pp. 237~50.

29) 무지에서 앎으로의 이행이 "행복을 위해 선택된 사람들 사이의 우호 또는 적대" (52 a 31) 관계 한복판에서 이루어지는 인지의 경우, 그 모델의 한계는 어쩌면 보다 뚜렷이 드러날 것이다. 우호 관계는 분명 혈연 관계보다 더 넓게 펼쳐져 있으나, 아주 엄격한 제약 조건을 구성한다. 그럼에도 불구하고 현대 소설은, 적어도 리처드슨의 『파멜라 *Pamela*』가 취했던 형태에서 사랑을 행동의 유일한 동기로 삼음으로써, 아리스토텔레스의 인지에 상당하는 규명 작업 자체를 통해 우호성이나 적대성의 제약과 동등한 것을 재구성하지 않는가라고 생각해볼 수 있다(이 책 3부 1장 참조할 것).

효과는 비극의 줄거리에 내재해 있으며, 전형적인 의미의 불협화음을 만들어내는 이 "공포와 연민을 불러일으키는 사건들"과 결부되어야 한다는 것이다. "강렬한 효과" ─ 엘스Else는 "고통을 겪는 일"이라고 번역한다 ─ 는 단지 복합적인 줄거리에서 공포와 연민을 불러일으키는 것의 정점을 이룰 따름이다.

완결성과 전체성의 연구에 특유한 이해 가능성에 대한 배려가 '감정성 émotionnalisme'과 대립되어야 할 '주지성 intellectualisme'을 내포할 수밖에 없는 것처럼, 사건들의 감정적 특질에 대한 이러한 고찰은 우리의 탐구와 무관하지 않다. 연민과 공포를 불러일으키는 것은 가장 예기치 않았던, 그리고 불행을 향한 운명의 변화들과 밀접하게 연관되어 있는 특질들이다. 줄거리는 바로 불협화음을 이루는 이러한 사건들을 필연적이고 사실임직하게 만들고자 하는 것이다. 바로 그렇게 해서 줄거리는 그것들을 정화, 혹은 순화한다. 줄거리는 바로 화음 안에 불협화음을 포함시킴으로써 감정적인 것을 이해 가능한 것 속에 포함시킨다. 이처럼 아리스토텔레스는 **파토스**가 실천의 모방이나 재현을 구성하는 하나의 성분이라고 말하기에 이른다. 윤리학에서 대립되는 이러한 용어들을 시는 결합하는 것이다.[30]

더 나아가서, 공포와 연민을 불러일으키는 것이 이처럼 비극적인 것과 합쳐질 수 있다면, 그것은 엘스가 말한 것처럼 이러한 감정들이 합리적인 것을 가지고 있기 때문이며, 그러한 합리적인 것은 각 운명의 변화가 내포하는 비극적 자질에 대한 기준으로 사용된다. 바로 줄거리의 구조와 관계해서 연민과 공포가 수행하는 이러한 선별 효과에 대해서는 두 개의 장(13장과 14장)이 할애되어 있다. 실제로 이러

---

30) J. Redfield는 이렇게 말한다. "우리에게 있어서 감동하고 Pathè 함께 배운다는 것은 잘 만들어진 이야기를 특징짓는 가치를 구성한다. 아리스토텔레스가 카타르시스를 통해 의미한 것은 바로 이러한 감동과 배움의 결합이 아닌가라고 나는 생각한다"(앞의 책, p. 67).

한 감정들은, 혐오스럽고 추악한 것과는 비인간적인 것(이러한 '박애'의 결핍은 우리로 하여금 등장인물들 속에서 '비슷한 사람들'을 알아보게끔 한다)과 마찬가지로 양립할 수 없다는 점에서, 줄거리의 유형론에서 중요한 역할을 한다. 그 유형론은 성격상의 고귀함이나 천함, 행복하거나 불행한 결말이라는 두 개의 축 위에 세워진다. 가능한 조합의 서열을 규제하는 것은 바로 이 두 가지의 비극적 감정이다. 즉 "하나——연민——는 부당한 불행을 겪는 사람과 관계되며, 다른 하나——공포——는 우리와 닮은 사람의 불행과 관계된다"(53 a 3~5).

끝으로, 비극적 감정의 조건은 또한 주인공이 악덕이나 악의에 의해서 불행에 빠지지는 않더라도, 자기 자신의 어떤 '과오'로 말미암아 미덕과 정의의 영역에서 탁월한 경지에 이르지는 못하게끔 한다. "따라서 남는 것은 중간 경우다. 즉, 악덕이나 악의가 아니라 어떤 과오 hamartia 로 말미암아 미덕과 정의의 영역에서 탁월한 경지에 이르지는 못하고 불행으로 떨어지는 사람의 경우다. 〔……〕"(53 a 7 이하).[31] 이처럼 비극적 과오의 식별마저도 연민, 공포, 그리고 인간의 감각이 갖는 감정적 특질을 통해 이루어진다.[32] 그러므로 그 관계는 순환적이다. 즉, 줄거리 구성이 연민과 공포를 불러일으키는 사건들을 재현하면서 감정을 정화시키며, 그렇게 정화된 감정이 비극적인

---

31) 과오 hamartia 는 불협화음의 극단적인 경우만은 아니다. 즉 그것은 탐구한다는 비극 작품의 성격에 가장 많이 공헌한다. 그것은 당치 않은 불운을 문제삼는다. 비극적 실수를 해석하는 것은 "문화의 강점과 약점에 대한 탐구"(Redfield, 앞의 책, p. 89)로서의 비극의 임무다. 문화의 '기능장애 dysfonctions'를 드러내는 것으로서의 이러한 시 작품의 역할에 대해서는 나중에 다시 언급할 것이다(같은 책, p. 111, n° 1).

32) 이러한 식별이 우리를 심판관으로 만든다는 Else의 지적은 타당하다. 그러나 우리가 판단을 내리는 것은 마찬가지로 과오를 범하기 쉬운 인간적 동료로서이지, 법의 집행자로서는 아니다. 그리하여 연민과 두려움에 의한 정화는 비난과 혐오를 대신한다. 더구나 정화를 실행하는 것도 우리가 아니라 줄거리인 것이다(앞의 책, p. 437). 우리는 앞서 언급되었던 비극적 과오와 인지 사이의 관계를 다시 발견한다. 카타르시스는 구조에 의해 지배되며 인지를 통해 절정을 이루는 과정 전체다.

것을 식별하도록 조정하는 것이다. 이제 공포와 연민을 불러일으키는 것을 극의 짜임새에 포함시키는 문제를 더 이상 밀고 나갈 수는 없을 것이다. 아리스토텔레스는 다음과 같은 말로 이 주제의 결론을 내린다. "시인은 재현하는 행위에 의해 dia 일깨워진 연민과 공포로부터 apo 즐거움을 만들어내어야 하므로, 그가 줄거리를 구성하면서 empoiètéon 바로 사상(事象)들 속에 en 그것을 적어넣어야 한다는 것은 자명하다"(53 b 12~13).[33]

우리는 지금까지 아리스토텔레스의 비극 모델이 따르고 있는 증대하는 제약 조건들을 살펴보았다. 그렇다면 비극 줄거리의 제약 조건들을 증대시킴으로써 아리스토텔레스는 자신의 모델을 더 강력한 동시에 더 제한적인 것으로 만들지 못한 것이 아닌가라고 생각할 수 있을 것이다.[34]

4. 시적 형상화의 상류와 하류

이 장을 끝맺기 위해 『시학』의 독서에서 나의 두번째 주요 관심사

---

33) Golden은 이렇게 번역한다. "시인은 모방을 통해 dia 연민과 공포로부터 apo 즐거움을 생산해야 하므로, 이러한 기능이 사건들을 통해서 수행되어야 한다 en tois pragmasin empoiètéon는 것은 자명하다"(앞의 책, p. 23). Else는 "감정을 벗어나 작업의 윤곽을 통해서"라고 주해한다.

34) 독자들은 내가 18장의 "발단 désis"과 "결말 lusis"의 구분에 대해서는 설명하지 않았다는 것을 알아차릴 것이다. 아리스토텔레스가 줄거리 '외적인' 사건들을 발단 단계에 포함시킨다는 단 한 가지 사실만으로도 우리는 다음과 같이 생각할 수 있다. 즉 그러한 구분을 복합적인 줄거리의 다른 특징들과 동일한 차원에 위치시켜서는 안 되며, 게다가 그것을 줄거리 ─ 그 모든 기준들은 '내적'이다 ─ 의 관여적 특징으로 간주해서도 안 된다는 것이다. 바로 그 때문에 서술적 종결 개념에 대한 비판은, 그것이 이러한 분석의 모순에서 논증을 끌어온다 하더라도(3부 참조) 줄거리 개념의 핵이 아니라 주변적이고 이질적이며, 아마도 아리스토텔레스에 의해 뒤늦게 추가된 범주에 그치는 것이다(Else, 앞의 책, p. 520).

인 미메시스의 문제로 되돌아오고자 한다. '행동의 모방(또는 재현)'
과 '사상들의 배열'이라는 두 가지 표현을 동등한 것으로 간주하는
것으로 미메시스의 문제가 해결된 것 같지는 않다. 그 이유가 이 등
식에서 해결해야 할 어떤 문제가 있기 때문은 아니다. 미메시스의 주
된 의미가 뮈토스와의 접근을 통해 성립되는 의미라는 것은 의심의
여지가 없다. 즉 우리가 미메시스를 계속해서 모방이라고 번역한다
하더라도, 이미 존재하는 현실의 복사와는 정반대되는 것으로 이해
해야 하며 창조적 모방이라는 말을 써야 한다. 그리고 미메시스를
'재현'으로 번역한다면, 플라톤적인 미메시스에서 우리가 이해할 수
있는 것과 같은 존재의 어떤 중복이 아니라 허구적 공간을 여는 단절
로 이 말을 이해해야 한다. 말의 공예사는 사물이 아니라 단지 사물
같은 것을 만들어내며, 마치 ～와 같은 것 comme si을 창안한다. 이런
의미에서 미메시스라는 아리스토텔레스적 용어는, 우리가 요즘 사용
하고 있는 어휘를 빌리면 문학 작품의 문학성을 정립하는 이탈의 표
상이다.

그럼에도 불구하고 미메시스와 뮈토스의 등식은 행동의 재현이라는
표현의 의미를 충족시키지 못한다. 물론 앞에서 그랬던 것처럼 모방
(또는 재현)하는 의식의 대상적 측면의 상관물로 목적의 속격을 세울
수 있으며, 이 상관물을 '사상(事象)들의 배열'——아리스토텔레스는
그것을 미메시스의 '무엇'(대상)으로 삼는다——이라는 완전한 표현
과 동등하게 간주할 수 있다. 그러나 프락시스라는 용어가 윤리학이
담당하는 현실 영역과 시학이 담당하는 상상 영역에 동시에 속한다는
사실은, 미메시스가 단지 단절 기능만이 아니라 연결 기능——엄밀히
말해서 그것은 뮈토스에 의한 실천적 영역의 '은유적' 전환이라는 위
상을 확립한다——도 가지고 있다는 것을 암시한다. 그렇다면 미메시
스라는 용어의 의미 작용 자체에서 시적 구성의 상류에 대한 대상 지
시를 보존해야 한다. 나는 이러한 대상 지시를, 축의 기능을 담당하

는 미메시스 Ⅱ――미메시스-창조――와 구별하기 위해서 미메시스 Ⅰ
이라 부른다. 이처럼 시적 구성의 상류를 지시하는 산재한 지표들을
아리스토텔레스의 텍스트 자체 내에서 보여줄 것이다. 이것이 전부
는 아니다. 우리가 기억하는 바와 같이 미메시스는 어떤 행위, 다시
말해서 재현적 행위이며, 그 역동성은 단지 시 텍스트만이 아니라 관
객이나 독자도 목표로 삼고 있다. 이리하여 내가 미메시스 Ⅲ이라 부
르는 시적 구성의 하류가 존재하는데, 나는 그 지표들을 마찬가지로
『시학』의 텍스트 속에서 찾을 것이다. 상상적인 것의 도약을 이처럼
미메시스-창조의 상류와 하류를 구성하는 두 가지 활동으로 에워쌈
으로써, 뮈토스에 투사된 재현적 행위의 의미 자체는 약화되는 것이
아니라 오히려 더 풍부해진다고 생각된다. 미메시스의 이해 가능성
은 재형상화의 힘에 의해 텍스트의 상류에서 하류로 인도하는 매개
기능에서 비롯된다는 것을 보여줄 것이다.

　『윤리학』이 진술하는 행동――그리고 또한 정념――의 이해에 대한
언급이 『시학』에 없는 것은 아니다. 그러나 『시학』에서는 그러한 언
급이 암묵적인 반면, 『수사학』은 그 본래의 텍스트 속에 진정한 '정
념론'을 끼워넣는다. 그 차이는 이렇게 이해된다. 즉 수사학은 이러
한 정념을 이용하는 데 반해, 시학은 인간의 능동적이고 수동적인 행
동을 시로 옮긴다는 것이다.

　다음 장은 서술 행위에 내포된 행동의 질서를 이해함에 있어서 보
다 완벽한 개념을 제공할 것이다. 제한된 서술 모델로서의 비극 모델
은 이러한 전-이해에 역시 제한된 빚을 지고 있다. 운명의 반전, 오로
지 행복에서 불행에로의 반전을 중심으로 전개되는 비극의 뮈토스
는, 온갖 기대에 반해 행동이 가치 있는 사람을 불행 속에 던지는 방
법들에 대한 탐험이다. 그것은 행동이 어떻게 미덕의 실천을 통해 행
복에 이르는가를 가르치는 윤리학과 대위법을 이룬다. 동시에 비극
의 뮈토스는 행동에 대해 우리가 이미 알고 있는 지식으로부터 그 윤

리적 특징들만을 빌려온다.[35]

　우선 시인은 자기가 재현하는 등장인물들이 "행동하는 사람들 agissants"(48 a 1)이라는 것, "성격은 행동하고 있는 등장인물의 자질을 규정짓도록 하는 것"(50 a 4), 그리고 "이 등장인물들은 필연적으로 고귀하거나 천하다"(48 a 2)라는 것을 항상 알고 있다. 이 문장 뒤에 이어지는 보충 설명은 윤리적인 것이다. 즉 "성격은 거의 항상 이 두 가지 유형에만 속하는데, 그 이유는 성격의 분야에서 천함이나 고귀함이야말로 모든 사람에게 있어서 차별성의 기초가 되기 때문이다"(48 a 2~4). "모든 사람 pantes"이라는 표현은 『시학』의 텍스트에서 미메시스 I의 표지다. 성격을 다루고 있는 장(15장)에서 "재현의 대상이 되는 것"(54 a 27)은 윤리학에 따른 인간이다. 윤리적 자격 요건은 현실에서 비롯된다. 모방이나 재현에 속하는 것, 그것은 일관성이라는 논리적 요구다. 같은 맥락에서 비극과 희극은 "하나는 실제 인간 tôn nun보다 열등한 인물을, 다른 하나는 우월한 인물을 재현하려 한다"(48 a 16~18)라는 점에서 서로 다르다고 말해지는데, 그것은 미메시스 I의 두번째 표지다. 따라서 시인은 행동을 통해 성격이 더 좋아지거나 나빠질 수 있다는 것을 알고 있으며, 또 그것을 전제하고 있다. "성격은 행동하고 있는 등장인물의 자질을 규정짓게 해주는 것"(50 a 6)이다.[36]

---

35) J. Redfield는 윤리학과 시학의 이러한 관계를 강력히 주장한다. 그 관계는 프락시스―'행동'과 에토스―'성격'이라는 두 가지 분야에 공통된 용어들을 통해 가시적으로 보장된다. 보다 심층적으로 그것은 행복의 실현과 관계된다. 기실 윤리학은 행복의 조건, 즉 미덕을 고려함으로써 잠재적인 형태로만 행복을 다룬다. 그러나 그 관계는 미덕과 행복의 정황 사이에서 불확실한 채로 남는다. 시인은 자신의 줄거리를 구성함으로써, 이 우연적인 관계에 이해 가능성을 부여한다. 바로 거기서 "허구는 비현실적인 행복과 불행을, 그러나 그 현실성 속에서 다룬다"(앞의 책, p. 63)라는 명백한 역설이 나온다. 이야기한다는 것은 바로 이러한 대가를 치르고 행복과 삶―"사람이 아니라 행동, 삶 그리고 행복의 재현(불행 또한 행동에 있다)"이라는 비극의 정의에서 명명된 삶―에 관해서 "가르친다"(50 a 17~18).

간단히 말해서 우리가 '재현적 변환,' 윤리학에서 시학에로의 준-은유적인 '전환'에 대해 말할 수 있으려면, 재현 행위를 단절로만이 아니라 연결로 이해해야 한다. 그것은 바로 미메시스 I에서 미메시스 II로의 움직임이다. 뮈토스라는 용어가 의심할 나위 없이 불연속성을 나타낸다면, 실천이라는 단어 자체는 그 이중 국적에 의해 행동의 윤리학과 시학이라는 두 개의 체제 사이의 연속성을 보장한다.[37]

이와 비슷한 동일성과 차별성의 관계는, 아마도 『수사학 II』에서 자세히 설명되고 있는 정념pathè과, 비극 예술이 줄거리의 한 '부분'으로 삼고 있는 파토스('강렬한 효과') 사이에서도 인지될 수 있을 것이다(52 b 9 이하).

시학이 윤리학을 되풀이하거나 대체하는 문제는 보다 멀리 밀고 나가야 할 것이다. 시인은 자신의 문화적 배경을 통해 실천적 영역을 은연중에 범주화할 뿐만 아니라, 그 영역에 최초의 서술적 형태를 부

---

36) 우리는 나중에(3부 2장) Claude Brémond이 자신의 「서술적 가능태들의 논리 logique des possibles narratifs」에서 더 좋아지거나 나빠진다는 그러한 개념들을 어떻게 사용하는지를 보게 될 것이다. 윤리학이 행동과 성격 사이에 설정하는 우선 관계를 『시학』은 역전시키고 있다고 주장하는 Dupont-Roc과 Lallot의 견해를 따르자면, 윤리학에서는 성격이 우선이지만 시학에서 그것은 뒤로 밀려난다는 것이다. "행동 주체와 행동 사이의 우선 관계의 역전은 행동의 재현이라는 극시의 정의에서 직접적으로 비롯된다"(p. 196, pp. 202~04). 그러나 Else가 지적한 것처럼(48 a 1~4에 대해) 윤리학에서도 성격에 그 도덕적 자질을 부여하는 것은 행동이다. 하여튼 『시학』이 역전시키는 우선 순위가 반전을 통해서 유지되지 않는다면, 그가 말하는 반전을 어떻게 지각할 수 있겠는가? Dupont-Roc과 Lallot도 그 점을 인정할 것이다. 그들에 따르면 재현적 행위의 대상은, 이 장에서만이 아니라 아마도 끝까지, 대상-모델(우리가 모방하는 자연적 대상)과 대상-복사(우리가 창조하는 인공물)라는 애매한 의미를 지닌다. 그들은 48 a 9에 대해 이렇게 적고 있다. "재현 행위(재현하는 사람들)는 모델과 복사라는 두 개의 대상 사이에 복합적인 관계를 설정한다. 그것은 단 한 번의 동일한 움직임으로 유사성과 차이, 동일화와 변형을 동시에 내포한다"(p. 157).

37) 51 a 16~20은, 결코 단일한 행동을 구성하지 않는, 독특한 개인의 삶 속에서 일어난 행동들에 대해 말하고 있다는 점에서 충격적이다.

여하게 된다. 우연히 취해진 이름들을 서슴지 않고 자신의 줄거리의 지주로 삼는 희극 작가들과는 달리, 비극 작가들이 "실제로 확인된 génoménôn 사람들의 이름에 만족한다"(51 b 15)라는 것, 다시 말해서 전통으로부터 받아들여진 사람들의 이름에 만족하는 것은, 사실임 직한 것 — 객관적인 특성 — 이 나아가서 설득력이 있는pithanon(51 b 16) 것 — 주관적인 특성 — 임에 틀림없기 때문이다. 그러므로 사실 임직함의 논리적 연결은 수용 가능함의 문화적 제약과 분리될 수 없다. 물론 여기서도 예술은 여전히 어떤 단절을 나타낸다. "〔시인이〕실제로 일어난génoména 사건들에 대해 시를 짓는다고 가정할지라도, 그래도 그는 역시 시인이다"(51 b 29~30). 그러나 전승되어온 신화가 없다면 시적으로 옮길 것 또한 아무것도 없을 것이다. 신화에서 받아들인 고갈될 수 없는 강렬한 근원, 시인이 비극적 효과를 불러일으키는 것으로 옮기는 그 근원을 누가 부정할 수 있겠는가? 그리고 아트리드Atride 가문, 외디푸스와 그의 가문 〔……〕 등 몇몇 유명한 가문들에 관해 받아들여진 이야기들을 통해서가 아니라면 어디서 이러한 잠재적 비극성이 그토록 짙을 수 있겠는가? 한편으로는 시적 행위의 자율성에 대해 그토록 고심했던 아리스토텔레스가, 시인으로 하여금 공포와 연민을 불러일으키는 것의 소재 자체를 이 보고(寶庫)에서 끊임없이 끌어내도록 충고하고 있는 것도 우연은 아니다.[38]

시인으로 하여금 자신이 만들어낸 줄거리와 일반적으로 인정된 이야기 — 그것이 실제로 일어났건 혹은 전통의 보고 속에서만 존재하건 — 를 구분하게 하는 사실임직함의 기준에 관해서는, 그것이 순전

---

38) J. Redfield가 관찰한 바에 의하면(앞의 책, pp. 31~35), 전통으로부터 받아들인 영웅 이야기들은, 신들의 이야기와는 달리, 때로는 극복되나 대부분은 참고 견디어낸 재앙과 고통에 대한 이야기들이다. 그 이야기들은 도시국가의 창건이 아니라 그 파멸에 관해 이야기한다. 서사 시인은 그에 대한 소문kléos을 수집하여 그 비망록을 작성한다. 바로 이를 토대로 이번에는 비극 시인이 "스토리는 빌려올 수 있으나 플롯은 그럴 수 없다"(p. 58)라는 단서를 달고 거기서 영감을 끌어온다.

히 시적인 '논리'를 통해 그 윤곽이 드러나는지를 의심할 수 있다. 조금 전에 사실임직함과 '설득력 있음'의 관계를 암시한 바 있는데, 그로부터 우리는 설득력 있음 역시 나름대로 받아들여진다고 생각하게 된다. 그러나 이 문제는 오히려 미메시스 Ⅲ의 주제에 속하며, 이제 나는 그 쪽으로 방향을 돌리고자 한다.

시적 구성의 하류와 관계해서 『시학』에는 일견 별로 기대할 것이 없는 것처럼 보인다. 담론의 질서를 청중에 대한 효과에 종속시키는 『수사학』과는 달리, 『시학』은 작품과 관객 간의 의사 소통에 대해 뚜렷한 관심을 표명하지 않는다. 게다가 『시학』은 경연 제도와 관련된 제약(51 a 7), 그리고 더 나아가서 일반 관객의 악취미(25장)에 대한 현실적인 초조감을 곳곳에서 드러내고 있다. 작품의 수용은 결국 『시학』에서 중요한 범주가 아니다. 『시학』은 구성과 관련된 논의이며, 작품을 받아들이는 사람은 거의 고려하지 않는다.

내가 지금 미메시스 Ⅲ이라는 항목으로 정리하고자 하는 지적들은, 그것이 흔한 것이 아닌 만큼 더 가치가 있다. 텍스트의 내적인 구조에 주안점을 두는 시학의 입장에서 보자면 그러한 지적은 텍스트의 폐쇄성을 굳게 지키는 것이 불가능함을 보여준다.

내가 따르고자 하는 방향은 다음과 같은 것이다. 즉 『시학』은 구조가 아니라 구조화 structuration에 관해 말하고 있다. 그런데 구조화란 관객이나 독자를 통해서만 완수되는, 어떤 지향된 행위다.

시적 성격 poièsis이라는 용어는 『시학』의 모든 개념에 처음부터 그 역동성의 각인을 새김으로써 그 개념들을 조작 개념으로 만든다. 즉 미메시스는 재현하는 행위이며, 'sustasis'(혹은 'sunthèsis')는 체계 그 자체가 아니라 사상(事象)들을 체계적으로 배열하는 작업이다. 게다가 포이에시스의 역동성 dunamis은 『시학』의 첫머리에서부터 완결에 필요불가결한 것으로 제시되어 있는데(47 a 8~10), 6장에서 행동이 그 끝까지 téléios 이어지도록 하는 것은 바로 그것이다. 이러한 완결이 작품과 그 뮈토스의 완결임에는 분명하다. 그러나 그것은 아리스토텔레스가 에르곤ergon, 즉 그 "고유의 효과"(Golden, 앞의 책, p. 21, 고유한 기능으로 번역되어 있다)라고 이름 붙인 비극 "고유의 즐거움"(53 b 11)에 의해서만 확인된다. 그렇기 때문에 아리스토텔레스의 텍스트에서 미메시스 Ⅲ에 대한 모든 실마리들은 이 "고유의 즐거움" 및 그 생산 조건들과 상관 관계를 맺는다. 나는 이 즐거움이 어떤 방식으로 작품 속에서 구성되고 동시에 작품 밖으로 실행되는지를 보여주고자 한다. 그것은 작품의 안과 밖을 연결하며, 현대 시학이 이른바 금지 사항——기호학은 언어 외적인 것으로 간주되는 모든 것에 이를 적용한다. 마치 언어가 그 존재론적 격렬함에도 불구하고 이제까지 단 한 번도 그 자신의 바깥으로 던져진 적은 없다는 듯이!——이라는 명목하에 너무 성급하게 단순한 분리 관계로 환원시켜버렸던 내부와 외부의 관계를 변증법적인 방식으로 다루기를 요구한다.[39] 우리는 작품의 안과 밖을 정확하게 연결하기 위한 훌륭한 안내자를 『윤리학』에서 찾을 수 있다. 그것은 바로 즐거움에 대한 이론이다. 아리스토텔레스가 『니코마코스 윤리학』 제7서와 제10서에서 즐거움에 대해 말하고 있는 것, 즉 즐거움은 방해받지 않은 행동에서 생기며 완결된 행동의 대미를 장식하는 덤인 것처럼 거기에 덧붙여진다는 것인데, 이를 문학 작품에 적용하기 위해서는 구성의 내적인 궁극 목표와 그 수용의 외적인 궁극 목표를 동일한 방식으로 연결시켜야 한다.[40]

---

39) 다음 장에서 논의하겠지만, 나의 입장은 『수용 미학을 위하여 *Pour une esthétique de la réception*』(Paris: Gallimard, 1978, pp. 21~80)에 나타난 야우스H. R. Jauss의 입장과 가깝다. '쾌락'에 관해서는 야우스의 『미적 경험과 문학 해석학 *Aesthetische Erfahrung und Literarische Hermeneutik*』, München: Wihelm Fink Verlag, 1977, pp. 24~211을 볼 것.

40) 즐거움이 작품과 독자가 만나는 마디에서 갖는 혼성적 지위는, 아마도 『시학』에서 공연이 왜 그처럼 유동적인 위치에 있는지를 설명할 것이다. 한편으로는 그것

배우는 즐거움은 실제로 텍스트의 즐거움을 구성하는 첫번째 요소다. 아리스토텔레스는 그것을 우리가 모방이나 재현에서 느끼는 즐거움의 당연한 결과로 간주하는데, 5장의 발생론적 분석에 따르면 그것은 시 예술의 자연적 동기들 가운데 하나다. 그런데 아리스토텔레스는 배우는 행위와 "저 사람이 바로 그 사람이다라고 말할 때처럼 각각의 사물이 무엇이다라고 결론을 내리는"(48 b 17) 행위를 연관시킨다. 배우는 즐거움은 결국 인지하는 즐거움이다. 외디푸스에서 줄거리가 오로지 그 구성을 통해 만들어내는 보편적인 것을 관객이 인지할 때가 바로 그러한 것이다. 인지하는 즐거움은 따라서 작품을 통해 구성되는 동시에 관객에 의해 체험된다.

이러한 인지의 즐거움은, 이번에는 필연적이고 사실임직한 것에 따른 구성에서 관객이 얻게 되는 즐거움의 산물이다. 그런데 이 '논리적' 기준은 그 자체가 작품 속에서 구성되는 동시에 관객에 의해 실행된다. 우리는 불협화음을 내는 화음의 극단적인 경우들을 설명하면서, 『수사학』의 주된 범주인 사실임직함과 받아들일 만함── '설득력 있음'──사이에서 아리스토텔레스가 설정하는 관계를 이미 암시한 바 있다. 역─설적인 para-doxal 것이 '이것에 의한 저것'의 인과 고리에 포함되어야 하는 경우가 그러하다. 더 나아가서 비극이 피해야만 하는 비합리적인 것 alogon을 서사시가 받아들이는 경우도 있다. 그리하여 사실임직한 것은, 사실임직하지 않은 것의 압력으로 말미

─────────────

이 "전적으로 예술과는 무관한 것"이라고 말하는데, "왜냐하면 비극은 경연이나 배우가 없이도 그 궁극 목적을 실현하기 때문이다"(50 b 16). 다른 한편으로 그것은 비극의 '부분들' 중의 하나로서 비본질적이기는 하지만, 텍스트는 볼거리를 제공하고, 또 볼거리를 제공하지 않을 때에는 읽을거리를 제공하기 때문에 실제로 우리는 그것을 배제할 수는 없다. 독서 행위에 대한 아리스토텔레스의 이론적 설명은 없지만 독서는 결국 공연을 대신할 뿐이다. 왜냐하면 관객이나 그 대리인, 즉 독자가 아니라면 작품의 '적당한 길이'──우리가 그것을 "처음부터 끝까지 한 눈에 이해할 수 있어야만 하는 것"(59 b 19)으로 정의한다면──를 측정할 수 없기 때문이다. 배우는 즐거움은 바로 '시선'을 거쳐간다.

암아 끊어질 정도로까지 늘어난다. "가능하지만 설득력이 없는 것보다는 불가능하지만 사실임직한 것을 선호해야 한다"(60 a 26~27)라는 놀라운 교훈을 우리는 잊지 않고 있다. 그리고 아리스토텔레스는 그 다음 장(25장)에서 '문제들'을 해결하는 쪽으로 비평가를 인도하게 될 원칙들을 결정하면서, 재현 가능한 사물들을 세 가지 항목, 즉 "사물들이 있었던 대로거나 있는 그대로, 혹은 사람들이 말하는 대로거나 보이는 그대로, 혹은 그래야만 하는 대로"(60 b 10~11)로 분류한다. 그런데 현재의 (그리고 과거의) 현실과 의견, 그리고 당위는 믿을 만한 것이 갖는 예비적 영향력이 아니라면 무엇을 가리키겠는가? 우리는 여기서 인지하는 즐거움 속에 가장 깊숙이 감추어진 동인(動因)들 중의 하나, 즉 '설득력 있음'의 근거에 접하게 되는데(가장 최근의 프랑스어 주석자들은, "설득력 있음은 관객에 대한 효과를 통해 고려된 사실임직함일 따름이며, 따라서 그것은 미메시스의 최종적인 기준이다"(p. 382)라고 갈파한다), 그 윤곽은 바로 사회적 상상의 윤곽이다. 실제로 아리스토텔레스는 설득력 있음을 사실임직함의 속성으로 명백히 삼고 있으며, 그것은 그 자체가 시에서 가능함의 척도가 된다("가능한 것은 설득력을 갖는다," 51 b 16). 그러나 불협화음의 극단적인 형상이라 할 수 있는 불가능함이 구조를 위협할 때, 받아들일 수 있는 불가능함의 척도가 되는 것은 바로 설득력 있음이 아니겠는가? "시의 관점에서는, 그것이 비록 가능하다 할지라도 설득력이 없는 것보다는 설득력이 있는 불가능한 것이 더 낫다"(61 b 10~11). 여기서 유일한 안내자는 "사람들의 의견"(같은 책)이다. "비합리적인 경우들은 바로 사람들이 말하는 것에 비추어 판단되어야 한다"(61 b 14).

그러므로 불협화음을 내는 화음에 특징적인 이해 가능성, 즉 아리스토텔레스가 사실임직함의 명목 아래 위치시키는 바로 그것은, 그 성격상 작품과 독자의 공동 산물이다. '설득력 있음'은 그 교차점에서 태어난다.

또한 엄밀한 의미에서의 비극적 감동은 바로 관객을 통해서 피어
난다. 요컨대 비극 고유의 즐거움은 공포와 연민이 불러일으키는 즐
거움이다. 우리는 바로 여기서 작품과 독자의 연결 마디를 가장 잘
포착할 수 있는 것이다. 기실 어떤 점에서 보자면, 연민과 공포를 불
러일으키는—— 형용사로서 —— 것은 뮈토스가 전체적으로 구성하는
'사상(事象)들'을 특징짓는다. 이런 의미에서 뮈토스는 공포와 연민
을 일으키는 것을 모방하거나 재현한다. 그런데 뮈토스는 어떻게 그
것을 재현하게 되는가? 정확하게 말하면 바로 사상(事象)들의 배열
에서 ex 그것이 드러나게 함으로써 재현한다. 구성이 재현 행위라는
체로 걸러진다는 점에서, 그것은 구성을 통해 사상(事象) 속에 새겨진
공포와 연민인 것이다(53 b 13). 관객에 의해 체험되는 것은 우선 작
품 속에서 구성되어야 한다. 이런 의미에서 아리스토텔레스의 이상
적 관객은, 볼프강 이저 Wolfgang Iser가 말한 "내포된 독자 implied
reader"[41]와 같은 의미로 "내포된 관객"——그러나 즐거움을 누릴 수
있는 육신을 가진 관객이라고 말할 수 있을 것이다.

이 점에서 나는 엘스, 골든, 제임스 레드필드, 뒤퐁-록과 장 랄로의
거의 일치된 카타르시스 해석들에 동의한다.[42] 카타르시스는 일종의

---

41) Wolfgang Iser, 『내포된 독자 *The Implied Reader*』, Baltimore/London: The Johns
   Hopkins University Press, 1974, pp. 274~94.

42) G. Else에 따르면, 정화를 실행하는 것은 바로 모방하는 과정이다. 그리고 줄거리
   는 모방이기 때문에 정화는 줄거리를 통해 실행된다. 그러므로 6장에서 카타르시
   스에 대한 암시는 덧붙여진 것이 아니라 줄거리에 대한 이론 전체를 상정한다. 같
   은 취지로 씌어진 Léon Golden의 논문 「카타르시스 Catharsis」, *Transactions of the
   Am. Philological Assoc.* XLIII(1962), pp.51~60을 참조할 것. James Redfield는 자
   기 입장을 다음과 같이 적고 있다. "예술은 〔……〕 그것이 형태를 이루는 한, 어
   떤 정화 작용이다. 작품이 결말에 다가감에 따라 우리는 모든 것이 당위적이며,
   아무것도 덧붙여지거나 제거될 수 없다는 것을 알게 된다. 그리하여 작품은 비순
   수를 통해 우리를 순수로 이끈다. 비순수성은 형식 예술의 힘에 의해 옮겨지고 극
   복되는 것이다"(p. 161). 예술가는 '환원' —— "이러한 환원의 표지는 예술적 종결
   이다"(p. 165)라는 레비-스토로스의 표현을 빌리자면 ——을 통해 형식을 부여한다

정화 purification, 또는 더 나은 표현을 쓰자면 뒤퐁-록과 랄로가 제안한 순화 épuration이며, 그것은 관객 속에 근거를 둔다. 엄밀히 말해서 그것은 비극 '고유의 즐거움'이 연민과 공포에서 생긴다는 사실로 이루어진다. 따라서 그것은 이 감정들에 내재한 고통을 즐거움으로 변형시키는 데 있다. 그러나 이 주관적인 연금술도 마찬가지로 작품을 통해 재현하는 행위에 의해 이루어진다. 우리가 말한 바와 같이, 카타르시스는 연민과 공포를 일으키는 사건들 그 자체가 재현된다는 사실에서 비롯된다. 그런데 감동들의 이러한 시적 재현은 이번에는 구성 자체에서 비롯된다. 이런 의미에서 뒤퐁-록과 랄로의 견해대로 순화는 무엇보다도 먼저 시적 구성으로 이루어진다고 말할 수 있을 것이다. 나 자신도 인식과 상상력 그리고 감정을 이어주는 은유화 과정을 통합하는 부분으로서 카타르시스를 다룰 것을 제안한 바 있다.[43] 이런 의미에서 안과 밖의 변증법은 카타르시스에서 정점에 이른다. 즉 그것은 관객에 의해 체험되면서 작품 속에서 구성된다는 것인데, 아리스토텔레스가 그에 대한 별도의 분석없이 비극의 정의에 그것을 포함시킬 수 있었던 것은 바로 그 때문이다. "연민과 공포를 재현함으로써 dia, 그것은 이러한 유형의 감동의 순화를 실현한다"(49 b 28).

이해함으로써 얻는 즐거움과 공포와 연민을 체험함으로써 느끼는 즐거움──『시학』에서 그것들은 유일한 즐거움을 이룬다──에 대해 『시학』이 암시하고 있는 내용들은 단지 미메시스 Ⅲ에 대한 이론의

는 점에서, 정화한다는 것은 당연히 순화하는 것이다. 왜냐하면 문학 작품의 세계는 "자기-충족적"이며, "예술은 삶을 모방함으로써 삶에서는 이해할 수 없는 상황을 (환원의 대가로) 이해할 수 있게 만들기"(p. 166) 때문이다. 따라서 카타르시스를 '순화'로 번역한 뒤퐁-록과 랄로의 입장은 충분히 정당화된다(그들의 주석 pp. 188~93을 참조할 것).

43) 「인식, 상상력 그리고 감정으로서의 은유적 과정 The Metaphorical Process as Cognition, Imagination, and Feeling」, *Critical Inquiry*, vol. 5, n° 1(1978), The University of Chicago, pp. 143~59.

실마리를 구성할 따름이라는 것을 나는 기꺼이 인정한다. 독자가 자기 것으로 만드는 어떤 세계를 작품이 펼칠 때에만 미메시스 Ⅲ은 그 완전한 규모를 갖는다. 그 세계는 어떤 문화적인 세계다. 그리하여 작품의 하류를 지시하는 것에 대한 이론의 중심축은 시와 문화의 관계를 거쳐간다. 제임스 레드필드가 자신의 저서 『일리아드에서의 자연과 문화』에서 강력히 주장하고 있듯이, 우리가 그 두 용어들 간에 성립시킬 수 있는 서로 역전된 두 가지 관계는 "문화의 생산자로서의 시인이라는 제삼의 관계에 비추어 〔……〕 해석되어야 한다"(「서문」, p. 11).[44] 아리스토텔레스의 『시학』은 이 영역에 전혀 손을 대지 않는

---

44) James Redfield의 저서 전체는 문화에 미치는 이러한 시적 이해력의 영향이라는 주제를 통해 방향을 설정한다. 문화는 다음과 같은 말로 정의된다. "선택, 노력, 그리고 지식의 적용에 의해 다르게 만들어질 수 있는 그러한 것들이 문화의 영역을 구성한다"(앞의 책, p. 70). 자연과 문화 사이의 대립은 본질적으로 제약과 우연성 사이의 대립으로 이루어진다. "가치와 규범은 〔……〕 행동이 아니라 (목적론적으로) 행동의 근원에 대한 제약이다"(p. 70). "제약은 자연적인 영역을 형성한다. 그것은 다르게는 만들어질 수 없는 것들이다"(p. 71). 그 결과 예술 작품의 의미는 오로지 문화에 미치는 그 효과를 통해서만 완성된다. James Redfield에게 있어서 그 영향력은 본질적으로 비판적인 것인데, 극은 문화적인 가치와 규범의 모호성에서 태어난다는 것이다. 즉 바로 규범을 응시함으로써 시인은 정상을 벗어나는 성격으로 말미암아 문제가 되는 스토리를 청중에게 제시한다(p. 81). "비극 시인은 그리하여 문화의 한계를 시험한다. 〔……〕 비극에서 문화는 그 자체가 문제적인 것이 된다"(p. 84). 서사시는 그 이전에 이미 '서사적 거리' 덕분에 이러한 기능을 수행했다. "서사시는 그 자신이 다른 세계, 즉 정상적인 세계에 거주하는 청중에게 영웅적 세계를 제시한다"(p. 36). 시인은 청중이 갈피를 못 잡게 하도록 시작함으로써, 이어서 자신의 영웅적 노래가 담고 있는 폐허와 무질서의 주제에 대한 정돈된 재현을 청중에게 제공함으로써 자신의 권위를 행사한다. 그러나 삶의 딜레마를 해결하는 것은 아니다. 그리하여 『일리아드』에서 화해의 성격을 띤 장례식은 어떠한 의미를 드러내는 것이 아니라, 전쟁과 관계된 모든 계획의 의미 부재만을 뚜렷하게 한다. "극예술은 인생의 딜레마와 모순에서 솟아오르지만, 딜레마를 해결할 수 있다는 약속은 전혀 하지 않는다. 반면에 그러한 딜레마를 보편적이며 어디에나 퍼져 있는 필연적인 것으로 우리에게 드러내는 바로 그 순간 비극 예술은 그 최고의 형식적 완성에 도달할 수 있다"(p. 219). "시는 (인간에게) 만족이 아니라 이해를 제공한다"(p. 220). 비극적 과오로 말미암아 악화된, 부당한 고

다. 그러나 『시학』은 이상적 관객, 더 나아가서 이상적 독자의 위상, 즉 작품과 그것이 창조하는 문화가 합류하는 지점에서 독자의 이해력과 '순화된' 감정, 즐거움의 위상을 정립하고 있다. 아리스토텔레스의 『시학』이 미메시스-창조에 대해서만 거의 배타적인 관심을 보임에도 불구하고, 그것이 재현 행위를 그 전체적인 규모에서 탐구할 수 있는 실마리를 제공하는 것은 바로 그 때문이다.

통의 경우가 특히 그러하다. "비극 인물들의 부당한 고통을 통해, 문화의 문제는 우리에게 절실히 느껴진다"(p. 87). 불협화음의 맹점인 과오 hamartia는 또한 '비극적 교훈'의 맹점이다. 바로 이런 의미에서 우리는 위험을 무릅쓰고 예술을 "문화의 부정"(pp. 218~23)이라 부를 수 있다. 4부에서 우리는 Hans Robert Jauss의 도움을 받아, 문화에 대한 체험을 문제화하는 문학 작품의 이러한 기능을 다시 살펴볼 것이다.

제3장

시간과 이야기
—삼중의 미메시스

  이제 앞선 두 개의 독립된 연구를 묶고 나의 기본 가설, 즉 어떤 스토리를 이야기한다는 활동과 인간 경험의 시간적 특성 사이에는 단순히 우연적인 것이 아니라 초문화적인 필연적 형식을 드러내는 상관 관계가 존재한다는 가설을 검증할 때가 왔다. 달리 말해서 "시간은 서술적 양태로 엮임으로써 인간의 시간이 되며, 이야기는 그것이 시간적 실존의 조건이 될 때 그 충만한 의미에 이른다"라는 가설이다.

  『고백록』에서 아우구스티누스의 시간 분석과 『시학』에서 아리스토텔레스의 줄거리 분석을 가르는 문화적 심연으로 말미암아 나는 부득이 위험을 무릅쓰고라도 그 상관 관계를 맺게 하는 매개 고리를 만들지 않을 수 없었다. 기실 이미 지적한 바대로 아우구스티누스가 말하는 시간 경험의 역설은 이야기하는 행위와는 아무런 관계도 없다. 시구나 시의 낭송이라는 특별한 예는 역설을 해결하기보다는 오히려 심화시킬 따름이다. 아리스토텔레스의 경우, 줄거리 분석은 전적으로 물리학에 속하는 그의 시간 이론과는 전혀 관련이 없다. 게다가 『시학』에서 줄거리 구성의 '논리'는, 그것이 시작과 중간, 그리고 끝과 같은 개념들을 내포하거나 혹은 줄거리의 범위나 길이에 대한 논의에 관련될 때조차도 시간에 대한 고려의 여지를 전혀 남겨두지 않고 있다.

　내가 제안하고자 하는 매개의 구조물은 의도적으로『시간과 이야기』라는 본 저서 전체와 동일한 제목을 지닌다. 그러나 연구의 현단계에서는 어떤 초안만을 문제삼을 수밖에 없으며, 우리는 그 초안을 한층 더 확장하고 비판하며 수정해야 할 것이다. 기실 지금 우리의 연구는 역사 이야기와 허구 이야기 사이의 근본적인 분기점을 다루지는 않으며, 그것은 본 저서의 2부와 3부에서 보다 기술적인 측면에서 연구될 것이다. 바로 이 두 가지 영역을 별개로 다룸으로써 나의 모든 시도는, 담론의 내적 구조의 차원에서나 진리 주장의 차원에서 가장 진지하게 재검토될 수 있을 것이다. 따라서 여기서 그려진 윤곽은 이 책의 2, 3부에서 검증될 논제에 대한 일종의 축소 모델일 뿐이다.

　시간과 이야기 사이의 매개에 대한 이러한 연구를 위해, 앞에서도 언급되었고, 아리스토텔레스의『시학』의 해석을 통해서도 이미 부분적으로 드러났던, 미메시스의 세 가지 모멘트——내가 신중하게 미메시스 I, 미메시스 II, 미메시스 III이라고 이름 붙였던——사이의 절합을 연구의 길잡이로 삼는다. 나는 물론 미메시스 II가 분석의 축을 이룬다고 주장하는데, 그것은 그 단절 기능을 통해 시적 구성의 세계를 열며, 이미 암시된 바대로 문학 작품의 문학성을 형성한다. 그러나 줄거리 구성을 이루는 형상화 작업의 의미 자체는, 내가 미메시스 I과 미메시스 III이라 부르고, 미메시스 II의 상류와 하류를 구성하는 두 가지 작업 사이를 매개하는 위치에서 비롯된다는 것이 나의 주장이다. 이렇게 함으로써 보여주고자 하는 것은, 텍스트의 상류에서 하류로 인도하고, 그 형상화하는 힘을 통해 상류를 하류로 변형시키는 그 매개 능력을 통해 미메시스 II가 이해될 수 있다는 것이다. 나는 별도로 허구 이야기를 다루고 있는 부분에서 이러한 논제와 텍스트 기호학에 특징적인 것으로 여겨지는 논제, 즉 텍스트의 과학은 오로지 미메시스 II의 추상화를 토대로 세워질 수 있으며, 그것은 텍스트의 상류와 하류를 고려하지 않고 단지 문학 작품의 내적인 법칙들만 고려할 수 있다는 논제를 비교할 것이다. 반면에 해석학의 임무란 하나의 작품이 삶과 행동, 그리고 고통의 흐릿한 배경에서 벗어나 독자에게 주어지며, 독자는 그것을 받아들여 자신의 행동을 변화시키게 되는 그러한 작업들 전체를 재구성하는 것이다. 기호학에서 유일한 조작 개념은 여전히 문학 텍스트라는 개념이다. 반면 해석학은 작품과 작가, 그리고 독자에 대한 실천적 경험을 제공하는 작업들의 아치 전반을 재구성하는 데 관심을 둔다. 해석학은 미메시스 II를 미메시스 I과 미메시스 III 사이에 위치시키는 데 만족하지 않고, 미메시스 II를 그 매개 기능으로써 특징짓고자 한다. 따라서 해석학의 그 목적은 실천적 영역의 전-형상화와 작품의 수용에 의한 재-형상화 사이를 매개하는, 텍스트의 형상화 작업의 구체적 진행 과정이다. 그 결과 분석의 최종 단계에서 독자는 자신의 행동——독서 행동——을 통해 미메시스 I에서 미메시스 II를 거쳐 미메시스 III에 이르는 여정의 통일성을 책임지는 탁월한 조작자라는 사실이 드러날 것이다.

　이처럼 줄거리 구성의 역동적 측면을 부각시키는 것이 시간과 이야기의 관계라는 문제의 열쇠인 것처럼 보인다. 시간과 이야기 사이의 매개라는 최초의 질문에서 미메시스의 세 단계의 연쇄라는 새로운 질문으로 넘어간다고 해서 우리의 문제가 다른 문제로 대치되는 것은 결코 아니다. 오히려 본 저서의 전반적 전략의 토대는 두번째 문제를 첫번째 문제에 종속시키는 것이다. 나는 바로 이 세 가지 재현의 양태들 간의 관계를 설정함으로써 시간과 이야기 사이의 매개물을 구성한다. 미메시스의 세 단계를 거쳐가는 것은 바로 이러한 매개물인 것이다. 다시 말해서 시간과 이야기의 관계라는 문제를 해결하기 위해서는 줄거리 구성에 앞서는 실제적 경험과 그것에 뒤이은 단계 사이에서 줄거리 구성이 맡는 매개적 역할을 설정해야 한다. 이런 점에서 이 책의 논증은, 재현 과정에서의 줄거리 구성의 매개적 역할을 보여줌으로써 시간과 이야기 간의 매개물을 구성하는 데 있다. 우리가 알다시피 아리스토텔레스는 줄거리 구성의 시간적 양상들을 무시했다. 나는 텍스트의 형상화 행위에서 그 양상들을 떼어내어, 이러한 줄거리 구성의 시간이 실천적 영역에서 전-형상화된 시간적 양상들과 그 구성된 시간에 의한 시간적 경험의 재-형상화 사이를 매개하는 역할을 담당한다는 것을 보여주고자 한다. "따라서 우리는 형상화된 시간을 매개로 하여 전형상화된 시간에서 재형상화되는 시간에 이르는 운명을 따라간다."

우리의 연구 영역에서 이야기하는 행위와 시간적 존재 사이의 악순환이라는 반론이 제기될 수 있다. 그 순환은 모든 시도를 어떤 거대한 동어반복에 지나지 않도록 강요하는 것인가? 우리는 아우구스티누스의 시간과 아리스토텔레스의 줄거리 구성이라는, 가능한 한 서로 멀리 떨어진 두 개의 출발점을 선택함으로써 반론을 피하는 듯이 보였다. 그러나 우리가 이러한 양극단 사이의 타협점을 추구함으로써, 그리고 줄거리 구성과 그것이 구조화하는 시간에 매개적 역할을 부여함으로써 반론은 다시 힘을 얻게 되는 것이 아닌가? 언어가 시간적 경험을 형상화하고 재형상화한다는 점에서, 나는 시간성이 언어로 옮겨진다는 논제의 순환적 성격을 부정할 생각은 없다. 그러나 이 장의 말미에서 이러한 순환이 빛바랜 동어반복과는 다를 수 있다는 것을 보여주리라 기대한다.

1. 미메시스 I

우리의 시간 경험 영역에서 시적 구성이 갖는 혁신의 힘이 어떠한 것이건간에, 줄거리 구성은 행동의 세계 — 행동의 이해 가능한 구조들과 그 상징적 표현 능력, 그리고 그 시간적 특성 — 에 대한 전-이해에 뿌리박고 있다. 이러한 특징들은 연역적으로 추론되는 것이 아니라 오히려 그대로 기술된다. 이런 의미에서 그 특징들의 목록이 그 수가 한정될 필요는 없지만, 그것을 열거하는 것은 쉽게 설정되는 진행 과정을 따르게 된다. 우선 줄거리가 행동의 모방이라는 것이 사실이라면, 그에 선행하는 능력, 즉 행동 일반을 그 구조적 특성들을 통해 확인하는 역량이 요구된다. 행동의 의미론은 이러한 일차적 능력을 규명한다. 게다가 모방하는 것이 행동의 절합된 의미 작용을 만들어내는 것이라면, 보충적인 능력이 요구된다. 그것은 내가 행동의 상징적 매개라 부르는 것을 확인하는 능력인데, 여기서 상징이라는 말은 카시러 Cassirer에 의해 이미 고전적이 된 의미로, 그리고 문화인류학──나는 그로부터 몇 가지 예를 빌려올 것이다──이 채택했던 의미로 사용된다. 끝으로 행동의 이러한 상징적 절합 현상은 보다 엄밀하게는 시간적 특성을 지니고 있는데, 이야기될 수 있는 행동의 역량 자체, 그리고 어쩌면 행동을 이야기해야 할 필요성은 거기서 보다 직접적으로 기인하는 것이다. 나는 이 세번째 특성의 설명을 위해 일차적으로 하이데거의 해석학적 현상학을 빌려올 것이다.

구조적인 것, 상징적인 것, 시간적인 것이라는 이 세 가지 특성들을 차례로 살펴보자.

줄거리 구성에 의해 생겨나는 이해 가능성은 행동의 영역과 물리적 운동의 영역을 구조적으로 구별하는 개념망 réseau conceptuel을 의미 있게 사용할 수 있는 우리의 능력에 그 일차척 근거를 마련한다.[1] 행동이라는 용어 자체──누군가 행하는 것이라는 좁은 의미에서 사용된──의 뚜렷이 구별되는 의미 작용은 전체 개념망의 다른 어떤 용어들과도 결합되어 사용될 수 있는 능력에서 비롯된다는 사실을 강조하기 위해, 나는 행동의 개념보다는 오히려 행동의 개념망이라는

---

1) 『행동의 의미론 *La Sémantique de l'Action*』(Paris: CNRS, 1977)에 수록된 나의 논문 (pp. 21~63)을 참조할 것.

말을 쓴다. 행동은 목적을 내포하는데, 그 목적에 대한 기대는 예견되거나 미리 말해진 어떤 결과와는 혼동되지 않으나 행동을 좌우하는 사람을 끌어들인다. 게다가 행동은 누가 왜 무엇을 하고 또 했는지를 ─어떤 물리적 사건이 다른 물리적 사건에 이르게 되는 방식과는 뚜렷하게 구별되는 방식으로─설명하는 동기를 지시한다. 행동은 또한 그들의 활동, 또는 일상 용어로 하자면 그들의 행위로 간주되는 일을 하고 또 할 수 있는 행동 주체agents를 갖는다. 그런 까닭에 이 행동 주체들은 자신의 행동이 낳는 결과에 대해 책임이 있는 사람으로 간주될 수 있다. 이 개념망에서 '왜'라는 물음에 의해 열려진 무한한 역진(逆進)은 '누구'라는 물음에 의해 열려진 유한한 역진과 모순되는 것이 아니다. 어떤 행동 주체를 확인하는 것과 그에게서 동기를 식별하는 것은 서로 보완적인 작업이다. 우리는 또한 행동 주체들이, 자기들이 만들지는 않았으나 실천적 영역에 속하는 상황 속에서 행동하고 시련을 겪는다는 것도 알고 있다. 바로 그 상황들이 물리적 사건들의 흐름 속에서 역사적 주체들의 개입을 제한하고 그들의 행동에 유리하거나 불리한 경우를 제공하는 것이다. 그런데 이러한 개입은 다음과 같은 사실을 내포하고 있다. 행동한다는 것, 그것은 '기본 행동action de base'이라는 명목으로 행동 주체가 할 수 있는 것과, 관찰하지 않고도 자신이 할 수 있다고 알고 있는 것을 폐쇄적인 물리 체계의 초기 단계와 일치시키는 것이다.[2] 게다가 행동한다는 것은 언제나 다른 사람들과 '더불어' 행동한다는 것인데, 상호 작용은 협력이나 경쟁 또는 투쟁의 형태를 띨 수 있다. 그리하여 상호 작용의 우연적 국면은 도움이나 시련이라는 그 특성으로 말미암아 상황의 우연

---

2) 기본 행동의 개념에 관해서는 A. Danto, 「기본 행동 Basic Actions」(*Am. Phil. Quarterly 2*, 1965)을, 관찰하지 않고도 아는 것에 대해서는 E. Anscombe, 『의도 *Intention*』(Oxford: Blackwell, 1957)를 참조할 것. 끝으로 폐쇄적인 물리 체계라는 개념과 관련된 개입 개념에 관해서는 Henrik von Wright, 『설명과 이해 *Explanation and Understanding*』(London: Routledge and Keagan Paul, 1971)를 참조할 것.

적 국면과 만난다. 마지막으로 행동의 출구는 행복이나 불행을 향한 운명의 변화일 수 있다.

간단히 말해서 이러한 용어들이나 다른 유사한 용어들은 행동의 '무엇' '왜' '누가' '어떻게' '누구와 함께' 또는 '누구에 맞서'라는 물음들로 분류될 수 있는 질문들에 대한 대답을 통해 태어난다. 그러나 중요한 사실은 어떤 질의 응답 상황에서 이러한 각각의 용어가 의미를 갖게끔 사용한다는 것, 그것은 동일한 전체의 다른 어떤 부분과도 그 용어를 연결시킬 수 있다는 것이다. 이런 의미에서 전체를 구성하는 모든 부분들은 상호 의미 작용의 관계에 놓여 있다. 개념망을 전체적으로 통제하고, 각각의 용어를 전체의 부분이라는 명목으로 통제하는 것, 그것은 말하자면 실천적 이해라고 부를 수 있는 능력을 갖는 것이다.

그렇다면 우리가 이제 막 체계화한 것과 같은 실천적 이해와 서술적 이해의 관계는 어떤 것인가? 이 질문에 대답하기 위해서는 서술이론과 영어권의 분석 철학에서 사용하는 의미에서의 행동 이론 사이에 설정될 수 있는 관계에 대한 고찰을 거쳐야 한다. 내가 보기에 그 관계는 이중적이다. 그것은 전제의 관계인 동시에 변형의 관계다.

한편으로 화자와 청자의 입장에서 보자면 모든 이야기는 행동 주체, 목적, 수단, 상황, 도움, 적대성, 협력, 갈등, 성공, 실패 등과 같은 용어들과의 친밀성을 전제한다. 이런 의미에서 최소의 서술 문장은 이러저러한 상황 속에서 X가 A를 행한다는 형태의 행위 문장이며, 그것은 동일하거나 다른 상황 속에서 Y는 B를 행한다는 사실을 고려하고 있다. 이야기들은 궁극적으로 행동하고 시련을 겪는 것을 주제로 삼는다. 우리는 아리스토텔레스를 통해 그것을 살펴보았고 설명했다. 나중에 프로프Propp에서부터 그레마스Greimas에 이르기까지, 기능fonction과 행동자actant라는 용어를 사용하는 이야기의 구조 분석이 행위 문장의 토대 위에 서술적 담론을 설정하는 이러한 전

제 관계를 어느 정도까지 입증하는가를 살펴볼 것이다. 이런 의미에
서 암묵적이거나 명시적인 '행동'[3]의 현상학에 힘입지 않은 이야기
의 구조 분석은 없다.

　다른 한편으로, 이야기는 행동의 개념망에 대한 우리의 친밀함을
이용하는 것에 국한되지는 않는다. 거기에는 단순한 일련의 행위 문
장과 이야기를 구별하는 '담론적' 특성들이 추가된다. 이러한 특성들
은 이제 행동 의미론의 개념망에 속하지 않는다. 그것은 통사적 특성
들이며, 그 기능은 역사 이야기건 허구 이야기건간에 서술적이라고
불릴 자격이 있는 담론 양상들을 구성하는 것이다. 우리는 기호학을
통해 익숙해진 계열체적 질서와 통합체적 질서의 구별을 이용해서
행동의 개념망과 서술적 구성의 규칙들 사이의 관계를 설명할 수 있
다. 행동과 관계되는 모든 용어들은 계열체적 질서에 속하는 것으로
서 목적, 수단, 행동 주체, 상황들 사이에 존재하는 상호 의미 작용
관계들이 완벽하게 역전될 수 있다는 의미에서 공시적이다. 반면에
담론의 통합체적 질서는 이야기된 모든 스토리가 갖는 통시적일 수
밖에 없는 성격을 내포한다. 설사 이러한 통시성이 이야기를 거꾸로
읽는 것 —나중에 보겠지만 그것은 다시-이야기하는 행위에 특징적
인 것이다— 을 방해하지 않는다 하더라도, 스토리의 끝에서 시작으
로 거슬러올라가는 이러한 독서가 이야기의 근본적인 통시성을 배제
하는 것은 아니다. 나중에 우리는 본질적으로 비-연대기적인 모델의
이야기에서 논리성을 도출하려는 구조주의자들의 시도를 논하면서
그 결론을 이끌어낼 것이다. 지금으로서 말할 수 있는 것은, 이야기
가 무엇인가를 이해한다는 것은 그 통합체적 질서를 지배하는 규칙
들을 통제하는 것이다. 따라서 서술적 이해력은 행동의 의미론을 구
성하는 개념망과의 친밀성을 전제하는 데 그치지는 않는다. 그 밖에

---

3) 나는 『행동 의미론』(앞의 책, pp. 113~32)에서 현상학과 언어학적 분석의 관계를
　　논하고 있다.

도 이야기의 통사적 질서를 지배하는 구성 규칙들과의 친밀성도 요구한다. 앞장에서 말했던 넓은 의미로 이해된 줄거리, 즉 스토리를 구성하는 행동 전체를 통한 사상들의 배열(그리고 따라서 행위 문장들의 연쇄)은, 이야기가 실천적 영역에 도입하는 통합체적 질서의 문학적 등가물이다.

　서술적 이해력과 실천적 이해력의 이중 관계를 우리는 다음과 같이 요약할 수 있다. 행동의 계열체적 질서에서 이야기의 통합체적 질서로 옮겨가면서, 행동 의미론의 용어들은 통합성과 현실성을 얻는다. 현실성이란 계열체적 질서에서는 잠재적 의미 작용, 다시 말해서 단순히 용도적 능력만을 지녔던 용어들이, 줄거리가 행동 주체들과 그 행동, 그리고 그 시련에 부여하는 일련의 연쇄 덕분에 실제적인 의미를 갖게 된다는 것이다. 그리고 통합성이란 행동 주체, 동기, 상황과 같은 이질적 용어들이 실제의 시간적 총체성 속에서 모순을 이루지 않고 서로 결합하여 기능한다는 것이다. 바로 이러한 의미에서 줄거리 구성의 규칙들과 행동을 표현하는 용어들의 이중적 관계는 전제 관계이자 변형 관계를 구성하는 것이다. 어떤 스토리를 이해한다는 것은 줄거리의 유형론을 낳는 문화적 전통과 동시에 '행동'의 언어를 이해하는 것이다.

　서술적 구성이 실천적 이해를 통해 마련하는 두번째 근거는 실천 영역의 상징적 능력에 있다. 그것은 행위 faire와 행위–능력 pouvoir-faire, 그리고 행위–능력–지식 savoir-pouvoir-faire의 어떠한 양상들이 시적 전이에 속하는지를 제어하게 될 특징이다.

　기실 행동이 이야기될 수 있다는 것은, 그 행동이 이미 기호, 규칙, 규범을 통해 연결되었기 때문이다. 즉 행동은 언제나 상징적으로 매개된다. 앞에서 말했듯이 나는 여기서 여러 가지 이유로 포괄적 사회학을 원용하는 인류학자들의 연구, 그 중에서도 『문화의 해석 *The*

Interpretation of Cultures』의 저자인 클리포드 거츠Clifford Geertz의 연
구에 기대고자 한다.[4] 상징이라는 단어는 거기서 중도적인 의미로,
즉 단순한 표시로 간주되는 것과(나는 직접적인 시각을 통한 직관적인
지식과 일련의 기나긴 논리적 작업을 대신하는 축약된 기호에 의한 상징
적 지식 간의 라이프니츠적 대립을 염두에 두고 있다), 은유의 모델에
따른 이중 의미의 표현으로, 나아가서 오로지 비의적(秘儀的)인 지식
을 통해서만 접근할 수 있는 숨겨진 의미 작용으로 간주되는 것 사이
에서 중도적이라고 부를 수 있는 의미로 쓰인다. 카시러에게 상징적
형태는 경험 전체를 엮는 문화적 과정이라는 점에서, 나는 지나치게
빈약한 의미와 지나치게 풍부한 의미 사이에서 그가『상징 형태의 철
학 *Philosophie des formes symboliques*』에서 사용한 것과 비슷한 의미로
상징이라는 말을 사용했다. 상징적 매개에 대해 보다 정확히 말하자
면, 그것은 문화적 성질을 띤 상징들 중에서 말이나 글에 속하는 일
련의 자율적 상징들이 실천적 영역으로부터 분리되기 전에, 행동의
일차적 의미 생성력을 구성할 수 있기까지 행동의 기초를 이루는 상
징들을 구별하기 위해서다. 이런 의미에서 우리는 명시적이거나 자
율적인 상징성에 반해, 암묵적이거나 내재적인 상징성이라고 말할
수 있을 것이다.[5]

   인류학자와 사회학자의 입장에서 상징이란 용어는 의미 있는 절합

---

4) Clifford Geertz, 『문화의 해석 *The Interpretation of Cultures*』, New York : Basic
　 Books, 1973.

5) 행동의 상징적 매개를 다루고 있는 지적들의 대부분을 발췌했던 시론에서 나는 구
　 성적 상징성과 재현적 상징성을 구별했었다(「행동의 상징 구조 La structure
　 symbolique de l'action」, *Symbolisme*, Conférence internationale de sociologie
　 religieuse, CISR, Strasbourg, 1977, pp. 29~50). 그런데 그 표현은 오늘날 부적절한
　 것처럼 보인다. 그 외에 보다 자세한 분석을 위해서는 나의 논문 「담론과 행동에서
　 의 상상력 L'imagination dans le discours et dans l'action」(『알기, 행하기, 바라기 :
　 이성의 한계 *Savoir, faire, espérer: les limites de la raison*』, Bruxelles : Publications
　 des facultés universitaires Saint-Louis, 5, 1976, pp. 207~28)을 참조하기 바란다.

현상이 갖는 공적인public 성격을 일차적으로 강조한다. 클리포드 거츠의 말에 따르면, "의미 작용이 공적이기 때문에 문화는 공적인 것이다." 상징성은 정신 속에 존재함으로써 행동을 이끌도록 되어 있는 심리적 활동이 아니라, 행동에 통합됨으로써 사회적 유희의 다른 당사자들이 해독할 수 있는 의미 작용이라는 것을 잘 드러내는 이 첫번째 특성을 나는 기꺼이 받아들인다.

뿐만 아니라 상징 또는 상징적 매개는 상징적 총체의 구조화된 특성을 나타낸다. 클리포드 거츠는 이런 의미에서 "상호 작용 관계에 있는 상징 체계" "공동으로 작용하는synergique 의미 작용 모델"이라고 말한다. 상징적 매개는 텍스트가 되기 전에 어떤 짜임새를 갖고 있다. 어떤 의식(儀式)을 이해한다는 것은 그것을 어떤 의식적인 것 속에, 이어서 의식적인 것을 어떤 종교 예식 속에 위치시키는 것이며, 그리고 점진적으로 문화의 상징망을 형성하는 관례와 믿음, 그리고 제도 전체 속에 위치시키는 것이다.

상징 체계는 이처럼 개별적인 행동들에 대한 기술(記述)적 문맥을 제공한다. 달리 말해서 우리는 바로 어떤 상징적 관례에 '따라서' 어떤 동작을 이러저러한 의미로 해석할 수 있는 것이다. 팔을 드는 동일한 동작이 상황에 따라서 인사하거나 택시를 부르거나 또는 표결하는 방식으로 이해될 수 있다. 해석을 거치기에 앞서, 상징은 행동에 내재하는 해석체 interprétant인 것이다.[6]

---

6) 이 점에서 상징이라는 단어에 대해 내가 부여한 특별한 의미는 앞서 제외시켰던 두 가지 의미와 접근한다. 또한 행동의 해석체로서의 상징성은 수많은 세세한 행동들을 수학적 상징의 방식으로 축약하고, 그것을 실현할 능력을 갖춘 일련의 실행이나 수행을 음악적 상징의 방식으로 규정하는 표기 체계이다. 그러나 상징은 클리포드 거츠가 "밀도 있는 묘사"라 부른 것을 규제하는 해석체로서만 이중 의미의 관계를 동작이나 행위 ——상징은 그 해석을 규제한다—— 에 끌어들인다. 우리는 동작의 경험적 형상화를 비유적 의미를 지닌 자구적 의미로 간주할 수 있다. 극단적으로 그러한 의미는 비밀과 유사한 조건들 속에서 해독해야 하는 숨겨진 의미로 나타날

상징성은 이러한 방식으로 행동에 일차적인 해독 가능성을 부여한다. 그렇다고 해서 행동의 짜임새를 민족학자가 쓴 텍스트, 민족을 표시하는 텍스트와 혼동할 수는 없을 것이다. 후자는 여러 범주들 속에서, 여러 개념들과 더불어, 과학 그 자체에서 비롯된 법칙론적 원리, 즉 문화를 그 자체로 이해하게 하는 범주와는 혼동될 수 없는 법칙론적인 원리에 따라 씌어진다. 그럼에도 불구하고 해석체로 이해된 상징이 의미 작용의 규칙——어떠한 행동은 그에 따라 해석될 수 있다——을 제공한다는 점에서 우리는 행동이 텍스트와 거의 같은 것이라고 말할 수 있다.[7]

게다가 상징이라는 용어는, 조금 전에 말한 것처럼 특정한 행동들에 대한 기술이나 해석의 규칙이라는 의미만이 아니라 규범이라는 의미로서의 규칙 관념을 도입한다. 피터 윈치 Peter Winch와 같은 몇몇 저자들은, 의미 있는 행동을 규칙에 의해 지배되는 행동이라고 규정함으로써 이 특징에도 특별한 의미를 부여한다.[8] 우리는 문화적 약호를 발생론적 약호와 비교함으로써 이러한 사회적 규제의 기능을 밝힐 수 있다. 문화적 약호는 발생론적 약호와 마찬가지로 행태(行態)의 '프로그램'이며, 삶에 형태와 질서, 그리고 방향을 부여한다. 그러나 발생론적 약호와는 달리 문화적 약호는 발생론적 규제가 허물어진 지대에 세워지며, 약호화 체계의 완전한 재조정에 의해서만 그 효율성을 유지한다. 이리하여 관습, 도덕 관념, 그리고 헤겔이 윤리적 실체, 즉 반성적 영역에 속하는 모든 도덕성 Moralität에 선행하는 도덕

수 있다. 이방인의 입장에서 보자면 모든 사회적 의식(儀式)은 비의적이고 신비적인 방향으로 해석을 유도할 필요 없이 이러한 방식으로 모습을 드러내는 것이다.

7) 나의 논문, 「텍스트의 모델. 텍스트로 간주된 의미 있는 행동 The Model of the Text. Meaningful Action Considered as a Text」, *Social Research*, 38(1971), 3, pp. 529~62(*New Literary History*, 5(1973), 1, pp. 91~117에 재수록)을 참조할 것.

8) Peter Winch, 『사회 과학의 개념 *The Idea of a Social Science*』, London: Routledge and Kegan Paul, 1958, pp. 40~65.

Sittlichkeit이라는 이름 아래 위치시켰던 모든 것은 발생론적 약호를 계승한다.

이리하여 우리는 상징적 매개라는 공통된 명목 아래, 내재적 의미 작용의 관념에서 기술 규칙이라는 의미에서의 규칙의 관념으로, 이어서 규제적 의미에서의 규칙의 관념에 상당하는 규범의 관념으로 어려움 없이 넘어간다.

행동은 문화에 내재하는 규범과 관련해서 평가되거나 감정될 수 있다. 다시 말해서 우리는 도덕적 선호도에 따라 행동을 판단할 수 있다. 그리하여 행동은 어떤 행동이 다른 어떤 행동보다 낫다고 말하게 하는 상대적 가치를 얻게 된다. 우선 행동에 부여된 이러한 가치 등급들은 선하거나 악하며, 우월하거나 열등하다고 간주되는 행동 주체에게까지 확장될 수 있다.

우리는 이처럼 문화 인류학의 도움을 받아 아리스토텔레스『시학』을 구성하는 몇몇 '윤리적' 전제들, 즉 미메시스 I의 층위에 결부될 수 있는 전제들과 다시 만난다. 『시학』은 단지 '행위자'들만이 아니라 그들을 고상하거나 천박하게 만드는 윤리적 자질을 갖춘 성격들도 상정하고 있다. 비극이 그들을 실제의 인간보다 '우월하게' 그리고 희극은 '열등하게' 묘사할 수 있다면, 그것은 작가들이 청중과 공유하는 실천적 이해가 선과 악의 관계로 그들의 성격과 행동에 대한 평가를 내릴 수밖에 없기 때문이다. 선함과 악함이 그 양극을 이루는 가치의 단계적 구분과 관련해서, 그것이 아무리 사소한 것이라 할지라도 칭찬이나 비난을 불러일으키지 않는 행동이란 없다. 때가 되면 우리는 윤리성에 대한 어떠한 평가도 전적으로 유보하는 양태의 독서가 가능한가라는 문제를 논의할 것이다. 만일 심미적 즐거움이 성격들의 윤리적 자질에 대한 모든 공감과 반감으로부터 완전히 분리되어버린다면, 아리스토텔레스가 우리에게 부당한 불행과 연결짓도록 가르쳐준 연민의 감정이 무슨 의미가 있겠는가? 어쨌든 우리가 알아야 할 것은 행동에 근원적으로 내재하는 어떤 특징, 즉 정확히 말해서 행동은 결코 윤리적으로 중립적일 수 없다는 특징에 맞서는 우연적인 이러한 윤리적 중립성을 정복하도록 힘써야 한다는 것이다. 그러한 중립성이 가능하지도 바람직하지도 않다고 생각하는 이유 중의 하나는, 행동의 실제적인 질서를 통해 예술가가 얻는 것은 단지 깨뜨려야 할 관례와 확신만이 아니라 가설의 양태로 해결해야만 하는 모호함과 난처함도 있다는 점이다. 예술과 문화의 관계에 관해 심사숙고하는 현대의 여러 비평가들은 시인의 재현 행위에 문화가 제공하는 규범들이 갖는 갈등적 성격을 강조한 바 있다.[9] 이 점에서 헤겔은 소포클레스의 『안티고네 *Antigone*』에 대한 그 유명한 성찰을 통해 그들을 앞서고 있다. 동시에 예술가의 윤리적 중립성은 예술의 가장 오랜 기능들 중의 하나, 즉 예술가가 허구의 양태로 가치들에 대한 실험을 밀고 나가는 어떤 실험실을 구성한다는 기능을 없애는 것은 아닐까? 이러한 질문들에 대한 답이 어떠하건, 시학은 그것이 모든 도덕적 판단을 유보하게 하거나 그것을 아이로니컬하게 뒤집어보도록 할 때마저도 끊임없이 윤리학을 차용한다. 중립성을 의도하는 것 자체가 허구의 상류에서 근원적으로 윤리적일 수밖에 없는 행동의 자질을 전제하고 있다. 이러한 윤리적 자질 그 자체는, 언제나 상징적으로 매개된다는 행동의 주된 특성이 낳는 필연적 결과일 따름이다.

두번째 층위의 재현 행위가 전제하는, 행동의 전이해의 세번째 특성은 바로 본 연구의 쟁점이다. 그것은 시간적 특성과 관계되며, 서술적 시간은 그 위에 자신의 형상들을 접목하게 된다. 기실 행동의 이

---

9) 우리는 James Redfield가 『일리아드에 나타난 자연과 문화 *Nature and Culture in the Iliad*』(앞의 책)에서 다룬 예술과 문화의 관계를 한 예로 제시했다. 이 점에 관해서는 p. 123을 참조할 것.

해는 행동의 개념망과 그 상징적 매개에 친숙해지는 데 그치는 것이
아니다. 그것은 나아가서 서술 행위를 요청하는 시간적 구조를 행동
속에서 식별하기까지 한다. 이 층위에서 이야기와 시간의 방정식은
여전히 함축적이다. 그렇지만 나는 행동의 이러한 시간적 성격에 대
한 분석을 서술 구조나——우리에게 일어나는 이야기나 우리를 사로
잡는 이야기, 또는 아주 간단히 말해서 어떤 삶의 이야기에 대해 말
하는 친숙한 방식이 암시하는 것처럼——적어도 시간 경험의 전-서술
적인 구조에 대해 말할 수 있을 정도까지 밀고 나가지는 않을 것이
다. 이 장의 끝부분에서 경험의 전-서술적 구조라는 개념이 검토될
것이다. 실제로 그것은 모든 분석에 망령처럼 붙어다니는 악순환이
라는 반론에 정면으로 대결하는 좋은 기회를 제공할 것이다. 여기서
는 단지 행동의 상징적 매개에 함축되어 있고, 이야기를 유도하는 것
으로 간주될 수 있는 시간적 특성만을 검토하고자 한다.

　나는 행동의 개념망을 구성하는 부분과 별개로 고려된 시간적 차
원 사이에서 이를테면 일대일의 대응으로 성립될 수 있는 너무나도
명백한 상관 관계를 설명하느라 시간을 소비하지는 않을 것이다. 계획
이란 특수한 방식으로 미래와 관련되어서 예견이나 예언의 미래와
구별된다는 것은 쉽게 지적할 수 있다. 과거로부터 이어받은 경험을
현재 속에서 동원할 수 있는 능력과 행동의 동기 부여 사이의 밀접한
유사성 또한 마찬가지로 명백하다. 끝으로 ‘나는 할 수 있다’와 ‘나
는 한다,’ 그리고 ‘나는 겪는다’라는 말들은 우리가 자발적으로 현재
에 부여하는 의미를 만들어내는 데 뚜렷이 기여한다.

　행동의 어떤 범주들과 하나씩 따로 고려된 시간적 차원들 사이의
이러한 느슨한 상관 관계보다 더 중요한 것은, 실제적인 행동에 의해
시간의 차원들 사이에서 나타나는 상호 교환 현상이다. 화음을 이루는
불협화음이라는, 아우구스티누스에 따른 시간 구조는 반성적 사유의
차원에서 몇몇 역설적인 특징들을 전개하며, 행동의 현상학이 사실

상 그에 대해 개략적인 첫 밑그림을 제공한다. 미래의 시간, 과거의 시간, 그리고 현재의 시간이 아니라 세 겹의 현재, 즉 미래의 일들의 현재, 과거의 일들의 현재, 그리고 현전하는 일들의 현재가 있다고 말함으로써 아우구스티누스는 우리에게 행동의 가장 원초적인 시간 구조를 연구하는 길을 가르쳐주었다. 행동의 세 가지 시간 구조를 각각 세 겹의 현재에 따른 용어로 고쳐쓰는 것은 쉬운 일이다. 미래의 현재? 이제부터, 다시 말해서 지금부터 나는 내일 이 일을 할 것을 약속한다. 과거의 현재? 나는 이제 막 〔……〕 라고 생각했기 때문에 지금 이 일을 하려 한다. 현재의 현재? 지금 나는 이 일을 한다. 왜냐하면 나는 지금 그것을 할 수 있기 때문에. 즉 실제로 행동하는 현재는 행동할 수 있는 능력의 잠재적인 현재를 보여주며 현재의 현재로 구성된다.

그러나 행동의 현상학은 이러한 일대일의 상관 관계를 넘어 정신의 이완에 대한 아우구스티누스의 사색을 통해 열려진 길을 따라 보다 멀리 나아갈 수 있다. 중요한 것은 일상적인 실천이 미래의 현재, 과거의 현재, 현재의 현재를 서로의 관계에 따라 정돈하는 방식이다. 왜냐하면 이야기의 가장 기초적인 도입부를 구성하는 것은 바로 이러한 실천적 연결이기 때문이다.

하이데거의 실존적 분석과의 연결은 여기서 결정적인 역할을 담당할 수 있지만, 몇 가지 조건들이 분명하게 설정되어야 한다.『존재와 시간』을 순전히 인류학적인 의미로만 읽게 되면, 그 존재론적인 의도가 무시됨으로써 작품 전체의 의미가 훼손될 위험이 있다는 것을 모르는 바 아니다. 다시 말해서 현존재 Dasein는 현재의 우리 존재가 존재와 존재의 의미에 대한 물음을 제기할 수 있는 역량을 통해 구성되는 '장소'인 것이다.『존재와 시간』의 철학적 인류학만을 따로 떼어 낸다는 것은 따라서 그 핵심적인 실존적 범주가 갖는 그러한 중요한 의미 작용을 망각하는 것이다. 그렇다 해도『존재와 시간』에서 존재에 대한 물음은 우선 철학적 인류학의 차원에서 어떤 일관성을 가져야 하는 분석에 의해 정확히 제기되며, 그 결과 그에 부여된 존재론적 창구 기능을 행사한다는 사실에는 변함이 없다. 게다가 이 철학적 인류학은 마음 씀Souci, Sorge이라는 주제를 토대로 구성되는데, 이 주제는 실천 이론praxéologie을 통해서는 결코 완전히 규명될 수 없으나, 실천적 영역에서 빌려온 기술(記述) 속에서 전복적인 힘 ─ 대상에 의한 인식의 우위를 뒤흔들고 대상에 대한 주체의 모든 관계보다 더 근본적인 세계-내-존재être-au-monde의 구조를 밝히게끔 하는 힘 ─ 을 얻는다. 『존재와 시간』에서 실천에 대한 호소는 바로 이러한 방식으로 간접적인 존재론적 영향력을 갖게 된다. 이 점에서 우리는 도구, 즉 무엇을 목적으로 하는가에 대한 분석은 모든 명백한 인식 과정에 앞서, 그리고 전개된 모든 명제적 표현에 앞서 의미 생산성(혹은 '의미 가능성')에 대한 최초의 관계망을 제공한다는 것을 알고 있다.

나는 『존재와 시간』 2편에서 시간성 연구의 결론을 맺는 분석에서 바로 이러한 단절의 힘을 발견하다. 그 분석들은 우리가 일상적으로 그 '속에서' 행동하는 것으로서의 시간에 대해 우리가 맺는 관계에 집중되어 있다. 그런데 현재의 분석 ─ 그것은 또한 의지적인 것과 비의지적인 것의 현상학, 그리고 행동의 의미론에 적합한 분석이기도 하다 ─ 이 위치하는 층위에서 행동의 시간성이 갖는 특성을 가장 잘 드러내는 것은 바로 이 내적-시간성intra-temporalité, Innerzeitigkeit의 구조인 것처럼 보인다.

혹자는 『존재와 시간』의 마지막 장부터 시작하는 것이 매우 위험하다고 반론을 제기할 수도 있을 것이다. 그러나 작품의 구조상 그것이 어떤 이유로 제일 마지막에 오는지를 이해해야만 한다. 두 가지 이유를 들 수 있다. 우선 2편을 차지하는 시간에 대한 사색은 그 자체가 유보적이라 특징지을 수 있는 입장에 놓여 있다. 실제로 2편에서 하이데거는 다음과 같은 물음으로 1편의 내용을 다시 요약하고 있다. 현존재를 하나의 전체로 만드는 것은 무엇인가? 시간에 대한 사색은 이 문제에 대한 대답으로 간주되며, 나는 4부에서 그 이유를 다시 설명할 것이다. 반면에 분석의 현단계에서 유일하게 나의 관심을 끄는 내적-시간성에 대한 연구는 하이데거가 시간에 대한 자신의 사색에 부여한 서열에 따라 뒤에 오게 된다. 그 서열은 동시에 파생과 진정성이 줄어드는 순서를 따른다. 알다시피 하이데거는 시간성 Zeitlichkeit이라는 용어를 시간 경험의 가장 근원적이고 진정한 형태, 즉 존재할 것 l'être-à-venir, 존재했던 것 l'ayant-été, 그리고 현재로 존재하게 하는 것 le rendre-présent 사이의 변증법에만 사용한다. 이 변증법 안에서 시간은 실체를 완전히 잃게 된다. 미래, 과거, 현재라는 말은 사라지며, 시간 그 자체는 이 세 가지 시간적 탈자태(脫自態, extase[자기 밖으로 자기를 벗어난 상태: 옮긴이])로 파열된 단일성으로 나타난다. 이러한 변증법이 마음 씀을 시간적으로 구성하는 체제다. 또한 우리가 아는 바와 같이, 아우구스티누스와는 반대로 현재에 대한 미래의 우위를 강요하고 모든 기대와 시도에 내재한 한계를 통해 이 미래를 닫도록 강요하는 것은 바로 죽음에-이르는-존재 être-pour-la-mort다. 이어서 하이데거는 이와 직접적으로 밀접한 관계를 맺는 파생적 층위를 지칭하기 위해 역사성 historialité, Geschichtlichkeit이라는 용어를 사용한다. 그리하여 출생과 죽음 사이의 시간의 연장, 그리고 미래에서 과거로의 중점 이동이라는 두 가지 특성이 부각된다. 하이데거는 심층적 시간성에 대해 이 역사성의 파생 관계를 드러내는 세번째 특성 ──반복 répétition ──을 이용하여 역사학 전체를 바로 이러한 층위와 결부시키고자 한다.[10]

그러므로 내적-시간성은 세번째 순위에 이르러서야 나타나며, 이제

---

10) 나는 시간의 현상학을 다룰 4부의 논의 전체를 통해 '반복'의 역할을 자세히 다시 설명할 것이다.

142

나는 그에 관해 설명하고자 한다.[11] 이 시간적 구조는 제일 마지막에 놓여 있는데, 그 이유는 그것이 추상적 현재의 단순한 연속으로 선조적 시간을 표상함으로써 균등화되기에 가장 적합하기 때문이다. 여기서 내가 그 점에 관심을 두는 것은 몇 가지 특징들 때문인데, 이 구조는 그 특징들로 말미암아 시간의 선조적 표상과는 구별되며, 또한 하이데거가 시간의 '세속적' 개념이라 부르는 그러한 표상으로 이 구조를 환원시키는 균등화에 맞선다.

내적-시간성은 마음 씀의 기본적 특성을 통해 정의된다. 즉 사물들 가운데로 던져졌다는 조건으로 말미암아 우리의 시간성에 대한 기술은 우리의 마음 씀의 대상이 되는 사물들의 기술에 종속되는 경향이 있다. 이러한 특징은 마음 씀을 근심 préoccupation, Besorgen의 차원으로 축소시킨다(앞의 책, p. 121; 불역본, p. 153; 영역본, p. 157). 그러나 이러한 관계는, 아무리 신빙성이 없다 할지라도, 우리의 마음 씀의 대상인 외부 영역에서 그것을 떼어내어 마음 씀 자체의 근본적인 구조에 은밀히 결부시키는 특징들을 제시하고 있다. 주목할 만한 것은 하이데거가 엄밀한 의미에서 실존적인 이러한 특성을 분간하기 위해서 우리가 시간에 관해 말하고 행동하는 것에 자주 호소하고 있다는 사실이다. 이러한 태도가 일상 언어의 철학에서 우리가 마주치는 것과 매우 흡사하다는 것은 그리 놀라운 사실이 아니다. 즉 연구의 이러한 초기 단계에서 우리가 견지하고 있는 관점은 오스틴을 비롯한 다른 연구자들이 말한 관점, 즉 일상 언어란 실제로 인간의 고유한 경험에 가장 적절한 표현의 보고(寶庫)라는 관점과 정확히 일치

---

11) 하이데거, 『존재와 시간 *Sein und Zeit*』, Tübingen: Max Niemeyer, 10ᵉ éd., 1963, § 78~83, pp. 404~37. 나는 Innerzeitigkeit를 내적 시간성 Intra-temporalité 또는 시간-'내'-존재 être-'dans'-le-temps로 번역한다. John Macquarrie와 Edward Robinson은 그것을 Within-time-ness로 번역한다(『존재와 시간 *Being and Time*』, New York: Harper and Row, 1962, pp. 456~88).

한다. 따라서 근심의 양태로 마음 씀을 기술하는 것이 우리가 마음을 쓰는 대상에 대한 기술의 제물이 되지 않도록 하는 것은 바로 그 일상적인 의미 작용을 간직한 언어인 것이다.

내적-시간성, 또는 시간-'내'-존재는 선조적인 시간의 표상으로 환원될 수 없는 특징들을 바로 이러한 방식으로 보여준다. 시간-'속에'-있다는 것, 그것은 미분화된 순간들 사이의 간격을 측정하는 것과는 다른 것이다. 시간-'속에'-있다는 것은 무엇보다 먼저 시간과 함께 헤아리고 따라서 계산하는 것이다. 그러나 우리는 시간과 함께 헤아리고 계산하기 때문에 길이에 호소하는 것이지 그 반대는 아니다. 따라서 이 '함께 헤아림'을 측정하기에 앞서 그 실존적 기술을 제시하는 것이 가능할 것이다. '〔……〕 할 시간이 있다' '시간을 가지고 〔……〕 을 하다' '시간을 허비하다' 등의 표현은 여기서 매우 시사적이다. 그때, 그 후에, 나중에, 먼저, 그 후로, 그때까지, 그 동안, 그 사이에, 그때마다, 그 순간 등 동사 시제의 문법 체계와 매우 세분화된 시간 부사의 체계에 있어서도 마찬가지다. 극도의 섬세함과 미세한 차이점을 드러내는 이 모든 표현들은, 근심의 시간이 갖는 추정 가능하고 공적인 특성을 지향한다. 그러나 시간의 의미를 결정하는 것은 항상 근심이지 우리가 마음을 쓰는 사물은 아니다. 그럼에도 불구하고 시간-'내'-존재가 이처럼 시간의 일상적 표현과 관련하여 쉽사리 해석되는 것은 그 일차적인 측정 수단을 자연 환경, 그리고 우선적으로 햇빛과 계절의 유희에서 빌려오기 때문이다. 이 점에서 하루는 가장 자연스런 측정 수단이다.[12] 그러나 하루는 추상적인

---

12) "현존재는, 시간을 날짜화하면서 해석하기 때문에 '나날이' 역사화된다 Sein Geschehen ist auf Grund der 〔……〕 datierenden Zeitauslegung ein Tagtägliches," 앞의 책, p. 413) (영역본: Dasein historizes from day to day by reason of its way of interpreting time by dating it 〔……〕, 앞의 책, p. 466). 아우구스티누스는 '하루'에 대한 성찰에서 그것을 단순히 태양의 회전으로 환원시키는 것에 동의하고 있지 않음을 우리는 기억하고 있다. 이 점에서 하이데거는 아우구스티누스와 의

단위가 아니라 우리의 마음 씀에 상응하는, 그리고 그 속에서 어떤 일을 해야 할 '시간'인 세계에 상응하는 길이이며, 거기서 '지금'이란 '[……]을 하는 지금'을 의미한다. 그것은 노동과 삶의 시간이다.

따라서 이러한 근심의 시간 고유의 '지금'을 추상적 순간의 의미로 이해된 '지금'과 구별하는 의미 작용의 차이를 이해하는 것이 중요하다. 실존적인 지금은 근심의 현재, 즉 '기다리고' '기억하는' 것과 불가분의 관계를 맺는 "현재로 존재하게 하는" 것에 의해 결정된다(앞의 책, p. 416). 이처럼 고립된 '지금'이 추상적인 어떤 순간처럼 자신을 표상하는 행위의 제물이 될 수 있는 유일한 이유는, 근심을 통해 마음 씀은 현재로 존재하게 하는 것으로 수축되며, 기다림과 기억에 대하여 그 차이를 없애려는 경향을 갖기 때문이다.

'지금'의 의미 작용을 추상적인 어떤 것으로 환원시키지 않기 위해서는 우리가 어떤 경우에 일상적인 행동과 고통 속에서 "지금이라고 말하는지"를 알아보는 것이 중요하다. "지금이라고 말하는 것은, 우리를 놓아주지 않는 기다림과 결합하여 시간화되는 현재로 존재하게 하는 것을 말로 표현하는 것이다"[13]라고 하이데거는 적고 있다. 그리고 나아가서 "스스로를 해석하는, 현재로 존재하게 하는 것 — 달리 말해서 '지금' 속에서 해석되고 고려되는 것 — 은 우리가 '시간'이라고 부르는 것이다."[14] 우리는 어떻게 이러한 해석이 어떤 실천적

견을 달리하는데, "가장 자연적인"(같은 책) 시간의 측정 방법과 모든 도구적이고 인위적인 측정 방법들 사이에 차이를 둔다. 우리가 그 '속'에 존재하는 시간은 세계의 시간 Weltzeit(앞의 책, p. 419)이다. 즉 그 시간은 가능한 모든 대상보다 '더 객관적'이며, 또한 가능한 모든 주체보다 '더 주관적'이다. 그리하여 그것은 안도 바깥도 아니다.

13) "Das Jetzt-sagen aber ist die redende Artikulation eines Gegenwärtigens, das in der Einheit mit einem behaltenden Gewärtigen sich zeitigt"(앞의 책, p. 416) (영역본: Saying 'now' [……] is the discursive Articulation of a making-present which temporalizes itself in a unity with a retentive awaiting (앞의 책, p. 469).

14) "Das sich auslegende Gegenwärtigen, das heisst das im 'jetzt' angesprochene

상황에서는 선조적 시간을 표상하는 방향으로 흐름을 바꿀 수 있는지를 이해한다. 즉 지금이라고 말하는 것은 우리의 입장에서 보자면 시계의 시간을 읽는 것과 같은 뜻이 된다. 그러나 시간과 시계가 그 자체로 마음 씀을 천체의 빛에 연결하는 하루에서 파생된 것으로 지각되는 한, 지금이라고 말하는 것은 그 실존적 의미를 유지하게 된다. 시간을 측정하는 데 쓰이는 기계가 자연적 측정 수단에 대한 이러한 일차적 지시성을 벗어나는 바로 그때, 지금이라고 말하는 것은 시간의 추상적 표상으로 되돌아간다.

이러한 내적-시간성의 분석과 이야기의 관계는 얼핏 아주 멀리 떨어져 있는 것처럼 보인다. 4부에서 검토하겠지만, 『존재와 시간』에서 역사 기술과 시간의 관계는 내적-시간성이 아니라 역사성의 층위에서 이루어진다는 점에서, 하이데거의 텍스트는 그 관계를 언급조차 하지 않는 것처럼 보인다. 내적-시간성의 분석이 갖는 이점은 다른 곳에 있는데, 즉 단순한 지금의 연속으로 이해된 시간의 선조적 표상과 단절을 이룬다는 점이다. 이렇게 우리는 마음 씀에 부여된 우위성과 함께 시간성의 첫째 문턱을 넘어선다. 이 '문턱'을 인지하는 것, 그것은 이야기의 질서와 마음 씀 사이에 처음으로 다리를 놓는 것이다. 서술적 형상화와 그에 상응하는 보다 정제된 시간성의 형태는 바로 내적-시간성을 초석으로 서로 결합되어 세워질 것이다.

우리는 미메시스 I의 풍부한 의미를 알게 되었다. 행동을 모방하거나 재현하는 것, 그것은 우선 인간의 행동, 즉 그 의미론과 상징성 그리고 시간성이 어떠한 것인지를 미리 이해하는 것이다. 줄거리 구성, 그리고 그와 더불어 텍스트와 문학의 재현성은 작가와 독자에 공통

___

Ausgelegte nennen wir 'Zeit',"(앞의 책, p. 408) (영역본: The making-present which interprets itself 〔……〕 — in other words, that which has been interpreted and is adressed in the 'now' — is what we call 'time,' 앞의 책, p. 460).

된 바로 이러한 전-이해를 바탕으로 세워진다.

사실 행동의 세계에 대한 이러한 전이해는 문학 작품의 체제하에서는 볼프강 이저가 『독서 행위 *Der Akt des Lesens*』[15]에서 말한 것처럼 "목록 répertoire"의 지위, 또는 분석 철학에 보다 친숙한 다른 용어를 사용하자면 "언급 mention"의 지위로 물러난다. 문학이 단절을 만들어내는 것은 사실이지만, 그럼에도 불구하고 문학은 인간의 행동 속에 이미 드러나 있는 것을 형상화하지 않는다면 영원히 이해될 수 없을 것이다.

2. 미메시스 Ⅱ

미메시스 Ⅱ와 함께 마치 ~같은 것 comme si의 왕국이 열린다. 문학 비평에서 통용되는 어법에 따라 허구의 왕국이라고 말할 수도 있겠지만, 이 허구라는 용어가 두 가지 다른 의미, 즉 첫번째는 서술적 형상화와 같은 뜻으로, 두번째는 '진실된' 이야기의 구성을 주장하는 역사 이야기와 반대되는 뜻으로 사용됨으로써 야기될 수 있는 애매성을 피하기 위해, 미메시스 Ⅱ의 분석에 매우 적절한 그러한 표현의 이점을 스스로 포기한다. 문학 비평은 서술 담론을 두 가지의 큰 부류로 가르는 분할을 고려하지 않고 있다는 점에서 이러한 어려움을 알지 못하고 있다. 따라서 이야기의 대상 지시적 차원에 영향을 미치는 차이를 무시하고 허구 이야기와 역사 이야기에 공통된 구조적 성격에만 국한될 가능성이 있다. 그렇게 되면 허구라는 말은, 오직 이야기된 내용이 진실임을 표명하는가 그렇지 않은가에 관계되는 차이점이 고려되지 않은 채, 줄거리 구성이 그 패러다임이 되는 이야기 형상화

---

15) Wolfgang Iser, *Der Akt des Lesens*, 2부 3장, München: Wilhelm Fink, 1976.

를 지칭할 수 있다. 허구적이거나 '상상적인 것'과 '실제적인 것'의 구별을 아무리 큰 폭으로 수정한다 할지라도, 허구 이야기와 역사 이야기의 차이점은 남아 있을 것이며, 그것은 바로 4부에서 자세히 재검토될 것이다. 나는 그것을 분명히 밝히기 전까지는 허구라는 용어를 앞서 살펴보았던 두번째 의미로 사용함으로써 허구 이야기와 역사 이야기를 대립시키고자 한다. 나는 첫번째 의미로 구성이나 형상화에 대해 말할 것인데, 그것은 대상 지시성과 진실의 문제는 다루지 않는다. 그것은 우리가 본 바와 같이 『시학』이 "사상들의 배열"로 정의한 아리스토텔레스의 뮈토스가 갖는 의미다.

나는 이제 이러한 형상화 작업에서 비극의 패러다임이 아리스토텔레스의 줄거리 구성 개념에 부과한 한정적 제약 요소들을 제거할 것을 제안한다. 나아가서 그 시간 구조의 분석을 통해 모델을 완성시키고자 한다. 알다시피 『시학』은 그러한 분석의 여지를 전혀 남겨두지 않았다. 이어서 (2부와 3부에서) 내가 보여주고자 하는 것은 다음과 같다. 즉 보다 고도로 추상화된 조건하에서 그에 맞는 시간적 특성을 추가한다면, 역사 이론과 허구 이야기의 이론을 통해 아무리 아리스토텔레스의 모델이 확장되고 수정된다 할지라도 그 모델이 근본적으로는 변질되지 않을 것이라는 사실이다.

이 책의 나머지 부분에서 검토할 줄거리 구성의 모델은 앞장에서 이미 언급했던 근본적인 요청에 부응하고 있다. 미메시스 II를 미메시스의 상류와 하류 사이에 위치시킨 것이 단순히 그 경계를 확정하고 테두리를 두르고자 하는 것은 아니다. 형상화의 상류와 하류를 매개하는 그 기능을 보다 잘 이해하고자 하는 것이다. 미메시스 II는 오로지 매개 기능을 갖기 때문에 중개적인 입장을 갖는 것이다.

그런데 이러한 매개 기능은 우리로 하여금 줄거리보다는 줄거리 구성, 그리고 체계보다는 배열이라는 용어를 선호하게끔 만드는 형상화 작업의 역동적 성격에서 파생된다. 이 층위와 연관된 개념들은 사실 모두가 어떤 작업을 지칭한다. 그 역동성은 줄거리가 이미 그 고유의 텍스트 영역을 통해 통합 기능을, 그리고 이런 점에서 매개 기능을 수행한다는 점에 있으며, 그로 말미암아 줄거리는 그러한 영역마저 벗어나 행동과 그 시간적 특징들의 영역에 대한 전-이해와 이른바 후-이해 사이를 보다 광범위하게 중개하게 된다.

줄거리는 적어도 세 가지 명목으로 매개적이다.

우선 그것은 사건 또는 개인적 일상사와 하나의 전체로 구성된 스토리 사이를 매개한다. 이 점에서 우리는 줄거리가 다양한 사건이나 일상사(아리스토텔레스의 경험 pragmata)로부터 그럴 듯한 어떤 스토리를 끌어내거나, 또는 마찬가지로 줄거리는 사건이나 일상사를 이야기로 변형시킨다고 말할 수 있다. 로부터와 로를 통해 표현된 서로 치환될 수 있는 두 가지 관계는 줄거리의 특성을 사건과 이야기된 스토리 사이를 매개하는 것으로 규정한다. 따라서 어떤 사건은 특이한 경우 이상의 것이어야 한다. 그에 대한 정의는 줄거리의 전개에 기여함으로써 얻어지는 것이다. 다른 한편으로 스토리는 계열체적 순서에 따라 사건들을 나열하는 것을 넘어서야만 한다. 즉 그 '주제'가 무엇인지를 우리가 언제나 질문할 수 있도록 이해 가능한 전체성 속에 사건들을 조직화해야만 한다. 간단히 말해서 줄거리 구성은 단순한 연속으로부터 모종의 형상화를 이끌어내는 작업이다.

게다가 줄거리 구성은 행동 주체, 목적, 수단, 상호 작용, 상황, 예기치 않은 결과 등과 같은 이질적인 요인들을 전체적으로 구성한다. 아리스토텔레스는 이러한 매개적 특성을 여러 가지 방법으로 예견한다. 우선 그는 (모방의) '무엇'이라는 명목하에 비극의 세 '부분' —— 줄거리, 성격, 그리고 사상(思想) —— 으로 이루어진 부분 집합을 만든다. 그렇다면 줄거리 개념을 세 부분으로 이루어진 집합 전체로 확장시키지 못할 이유는 전혀 없다. 이러한 일차적인 확장은 줄거리 개념에 최초의 범위를 부여하며, 그것은 나중에 줄거리 개념을 보다 풍부하게 할 것이다.

왜냐하면 줄거리 개념은 보다 광범위하게 확장될 수 있기 때문이다. 즉 아리스토텔레스는 공포와 연민을 불러일으키는 사건들, 급전, 인지와 강렬한 효과 등을 복합적인 줄거리 속에 포함시킴으로써 우리가 화음-불협화음으로 특징지었던 형상화와 줄거리를 동등하게 간주한다. 줄거리의 매개적 기능을 최종적으로 구성하는 것은 바로 이러한 특징이다. 앞절에서 우리는 이야기가 행동 의미론에 의해 세워지는 계열체적 일람표에 들어갈 수 있는 모든 구성 요소들을 어떤 통합체적 질서 속에 나타나게 한다고 말함으로써 이미 그것을 예견했다. 계열체에서 통합체로의 이러한 이행은 바로 미메시스 I에서 미메시스 II로의 전이를 이룬다. 그것은 형상화 작업의 결과다.

줄거리는 세번째 명목, 즉 그 고유의 시간적 특성이라는 명목으로 매개적이다. 그것은 우리로 하여금 줄거리를 이질적인 것의 종합이라고 일반화해서 부를 수 있게 한다.[16]

아리스토텔레스는 이러한 시간적 특성들을 고려하지 않았다. 그러나 그 특성들은 서술적 형상화를 구성하는 역동성 속에 직접적으로 내포되어 있고, 그럼으로써 앞장에서 말한 화음-불협화음의 개념에 그 완전한 의미를 부여한다. 이 점에서 우리는 줄거리를 구성하는 작업이 시간에 대한 아우구스티누스의 역설을 반영함과 동시에, 사변적 양태가 아니라 시적 양태로 그 역설을 해결한다고 말할 수 있다.

---

16) 바로 이러한 일반화를 바탕으로 Paul Veyne과 같은 역사학자는 줄거리를 목표, 원인, 그리고 우연들이 가변적인 비율로 결합된 것으로 정의하고, 『역사를 어떻게 쓰는가 Comment on écrit l'histoire』라는 저서에서 그것을 자신의 역사 기술의 실마리로 삼게 될 것이다(아래, 2부 2장 pp. 337 이하를 참조할 것). 다른 한편으로 Henrik von Wright는, 모순적인 것이 아니라 상보적인 측면에서, 역사적 추론을 실천적인 형식 논리와 체계상의 제약 요소들에 의해 지배되는 인과론적 연쇄의 결합으로 본다(마찬가지로 아래, 2부 2장, pp. 266~67을 참조할 것). 결국 줄거리는 여러 가지 방식으로 이질적인 패러다임들을 구성한다.

줄거리를 구성하는 행위는 두 개의 시간적 차원, 즉 하나는 연대기적이고 다른 하나는 비연대기적인 차원을 가변적인 비율로 결합시킨다는 점에서 그 역설을 반영한다. 첫번째 차원은 이야기의 삽화적 차원을 구성한다. 다시 말해서 그것은 스토리의 특징을 사건들로 이루어진 것으로 규정한다. 두번째 차원은 말 그대로 형상화하는 차원인데, 그 덕분에 줄거리는 사건들을 스토리로 변형시킨다. 이러한 형상화 행위는[17] 세부적인 행동이나 우리가 스토리의 부수적 사건이라 부르는 것을 '전체로-고려하기 prendre-ensemble'이다. 이 다양한 사건들에서 그것은 어떤 시간적 총체성의 단일성을 이끌어낸다. 형상화하는 행위에 고유한 이 '전체로 고려하기'와 칸트에 따른 판단 작업사이의 유사성은 아무리 강조해도 지나치지 않을 것이다. 칸트의 사유에서 판단의 선험적 의미는 주어와 술어를 연결시키는 것이라기보다는 다양한 양상의 직관을 어떤 개념의 규칙 아래 위치시키는 데 있다는 것을 기억할 것이다. 칸트가 결정을 내리는 판단에 대립시키고있는 반성하는 판단에 이르면 유사성은 한층 더 커지는데, 반성하는판단은 취향에 대한 미적 판단과 유기적인 전체에 적용된 목적론적판단 속에서 움직이는 사유 활동에 관해 반성하기 때문이다. 줄거리를 구성하는 행위는 어떤 연속에서 형상화를 추출한다는 점에서 유사한 기능을 갖는다.[18]

그러나 시적 성격 poièsis은 시간성의 역설을 반영하는 것에 그치는것은 아니다. 줄거리 구성은 사건과 스토리의 양극단을 매개함으로

---

17) 형상화하는 행위라는 개념은 Louis O. Mink에게서 빌려온 것인데, 그는 역사 이해에 그 개념을 적용하고 있는 데 비해 나는 서술적 이해력의 모든 영역으로 그것을 확장시킨다(Louis O. Mink, 「역사적 이해의 자율성 The Autonomy of Historical Understanding」, 『역사와 이론 History and Theory』, vol. V, nˆ 1, 1965, pp. 24~47). 또한 이 책의 2부 2장 pp. 310 이하를 참조할 것.

18) 역사에서 판단의 반성적 특성이 미치는 또 다른 결과에 관해서는 나중에 다시 살펴볼 것이다. 2부 3장을 참조할 것.

써 그 역설에 어떤 해결책을 가져다주는데, 그것은 바로 시적 행위 그 자체다. 조금 전에 말한 것처럼 연속에서 어떤 형상을 추출하는 이러한 행위는 청중이나 독자가 따라갈 수 있게끔 하는 스토리의 능력을 통해 드러난다.[19]

스토리를 따라간다는 것, 그것은 결말에서 실현되는 어떤 기다림의 안내를 받아 우연적이고 돌발적인 사건들 한가운데로 나아가는 것이다. 그 결말이 앞선 몇몇 전제들 속에 논리적으로 내포되어 있는 것은 아니다. 그것은 스토리에 '종말'을 제공하며, 종말은 그것대로 스토리가 하나의 전체를 이루는 것으로 지각될 수 있도록 하는 관점을 제공한다. 스토리를 이해한다는 것, 그것은 연속되는 삽화들이 어떻게, 그리고 왜 그러한 결론에 이르게 되는지를 이해하는 것이며, 그 결론은 미리 예견될 수 있는 것이 아니라 궁극적으로는 모여진 삽화들에 적합한 것으로 받아들일 수 있는 것이어야 한다.

독자가 따라갈 수 있게끔 하는 스토리의 이러한 능력이야말로 긴장-이완이라는 역설에 대한 시적 해결책을 구성한다. 스토리가 독자로 하여금 따라오게 한다는 사실은 그 역설을 살아 있는 변증법으로 전환시킨다.

한편으로 이야기의 삽화적 차원은 서술적 시간을 선조적 재현의 측면에서 여러 가지 방식으로 이끌어낸다. 우선 '그리고 그 다음에?' 라는 물음에 우리는 '그래서-그리고-그래서'라는 말로 대답하는데, 그것은 행위 문장들이 외재적 관계에 있다는 것을 암시한다. 게다가 삽화들은 일련의 열린 사건들을 구성함으로써 '그래서-그리고-그래서'에 '그리고 이하 등등'을 덧붙일 수 있도록 한다. 끝으로

---

19) "따라갈 수 있음followability"이라는 개념은 W. B. Gallie의 『철학과 역사 이해 *Philosophy and the Historical Understanding*』(New York: Schoken Books, 1964) 에서 빌려온 것이다. Gallie 저서에서의 핵심 논제, 즉 역사 기술이 일종의 이야기된 스토리 유형이라는 논제는 2부에서 따로 논의될 것이다.

삽화들은 물리적이고 인간적인 사건에 공통된 시간의 불가역적인 순서에 맞추어 차례로 이어진다.

그 반면에 구성적 차원은 삽화적 차원과는 반대되는 시간적 특징들을 그 또한 여러 가지 방식으로 보여준다.

우선 구성적 배열은 사건들의 연속을 의미 있는 전체——사건들을 모아 짜맞추는 행위와 상관 관계를 맺는——로 변형시키며, 스토리를 따라갈 수 있게끔 한다. 이러한 반성적 행위 덕분에 줄거리 전체는 어떤 '사상(思想)'으로 번역될 수 있으며, 그것이 다름아닌 줄거리의 '핵심' 또는 '주제'라 할 수 있는 것이다. 그러나 그러한 사상을 비-시간적인 것으로 간주한다면 전적으로 잘못 이해한 것이다. 노드롭 프라이의 표현에 따르면 "파블 fable-과-주제 thème"〔파블은 이야기 내용의 측면을, 주제는 그 구성의 측면을 가리킨다: 옮긴이〕의 시간은 삽화적 측면과 구성적 측면을 매개하는 서술적 시간인 것이다.

두번째로 줄거리의 형상화는 무한정 연속되는 사건들에 "종말의 의미"(커모드 Kermode의 저서 제목인 『종말의 의미 *The Sense of an Ending*』를 번역하자면)를 강요한다. 조금 전에 우리는 스토리가 하나의 전체로 보여질 수 있는 지점으로서의 '종말'에 대해 말한 바 있다. 이제 우리는 끝맺음의 구조적 기능은, 이야기하는 행위보다는 오히려 다시-이야기하는 행위를 통해서 식별될 수 있다고 덧붙일 수 있다. 대부분의 전통적 이야기나 민담, 그리고 공동체의 창건을 이야기하는 민족적 연대기의 경우가 그러한 것처럼, 일단 어떤 스토리가 알려지고 난 이후에는, 그 스토리를 따라간다는 것은 하나의 전체로 간주된 이야기에 결부된 의미를 인지하면서 놀라움이나 새로운 발견을 감추는 것이라기보다는, 오히려 알려진 삽화들 자체를 그러한 결말로 이끌어가는 것으로 파악하는 것이다. 시간의 새로운 자질은 이러한 이해로부터 솟아난다.

끝으로, 끝맺음하는 방식을 통해 전체로서 통제되는 스토리를 다시 읽는다는 것은 '시간의 화살'이라는 잘 알려진 은유에서 보듯이 과거에서 미래로 흘러가는 것으로서 시간을 재현하는 것과 양자택일의 관계에 놓이게 된다. 마치 다시 돌이켜보는 것이 이른바 '자연적' 시간의 질서를 역전시키기라도 하는 것처럼 말이다. 시작 속에서 결말을, 그리고 결말 속에서 시작을 읽음으로써 행동의 흐름을 구성하는 최초의 조건을 그 최종적인 결과를 통해 다시 돌이켜보듯이, 우리는 시간 그 자체를 거꾸로 읽는 법을 배우게 된다.

간단히 말해서 이야기하는 행위는 스토리를 따라가는 행위를 통해 반성되며, 그것은 아우구스티누스를 다시금 침묵으로 이끌 정도로 괴롭혔던 역설들을 생산적인 것으로 만든다.

이제 남은 것은 형상화하는 행위에 대한 분석에 미메시스 Ⅲ을 미메시스 Ⅱ에 연결하는 과정의 연속성을 보장하는 두 가지 부수적 특징들을 추가하는 것이다. 나중에 보게 되겠지만 이 두 가지 특징들이 활성화되기 위해서는 앞선 특징들보다 더 분명하게 독서 행위의 도움을 받아야 한다. 그것은 형상화하는 행위를 특징짓는 도식화와 전통성과 관계되는데, 그 둘은 각자 시간과 특수한 관계를 맺고 있다.

형상화하는 행위를 특징짓는 '전체로 고려하기'와 칸트에 따른 판단을 끊임없이 접근시켜왔다는 것을 우리는 기억하고 있다. 여전히 칸트의 논지를 따르자면 우리는 형상화하는 행위의 생산을 당연히 생산적인 상상력의 작업에 접근시켜야 한다. 여기서 생산적 상상력이란 말은 심리적 설명을 제시하는 능력이 아니라 선험적인 능력으로 이해해야 한다. 그것은 나름대로의 규칙을 가지고 있을 뿐만 아니라 규칙을 만들어내는 근거를 이룬다. 칸트의 『순수 이성 비판』에서 오성(悟性)의 범주들은 우선 생산적인 상상력에 의해 도식화된다. 생산적 상상력은 근본적으로 어떤 종합의 기능을 갖고 있기 때문에 도식성은 이러한 힘을 갖는다. 그것은 지적인 동시에 직관적인 종합들을 만들어냄으로써 오성과 직관을 연결한다. 줄거리 구성 또한 마찬 가지로, 우리가 이미 스토리의 핵심, 주제, '사상'이라고 불렀던 것과 상황, 성격, 삽화, 결말을 이루는 운명의 변화들에 대한 직관적인 제시 사이에서 혼합된 이해 가능성을 낳는다. 그렇게 해서 우리는 서술적 기능의 도식성에 대해 말할 수 있다. 모든 도식성이 그러하듯 그 도식성 또한 장르의 유형론, 예컨대 노드롭 프라이가 『비평의 해부』에서 설정한 것과 같은 유형론에 적합하다.[20]

그런데 이 도식성은 전통의 모든 특성을 갖는 스토리를 통해 구성된다. 여기서 전통이란 이미 죽은 유산의 무기력한 전승이 아니라 시적 행위의 가장 창조적인 순간들로 되돌아옴으로써 언제나 다시 활성화될 수 있는 혁신의 살아 있는 전승을 의미한다. 이렇게 이해된 전통성은 새로운 특징을 통해 시간에 대한 줄거리의 관계를 풍부하게 한다.

실제로 전통의 형성은 혁신과 침전의 유희에 근거하고 있다. 먼저 침전에 관해 말하자면, 줄거리 구성의 유형론을 구성하는 패러다임들은 침전과 결부되어야 한다. 그것은 유래를 알 수 없는 침전된 스토리에서 비롯된 것이다.

그런데 이 침전은 다양한 층위에서 생산되며, 그것은 우리로 하여금 다양한 패러다임에 속하는 용어들을 엄밀히 구분하여 사용하지 않을 수 없게 한다. 그리하여 오늘날 아리스토텔레스는 세 가지는 아

---

20) 그러나 이 유형론은 도식성이 갖고 있는 무엇보다도 시간적인 특성을 배제하지는 않는다. 칸트가 도식성의 체제를, 자신이 선험적인 시간 규정이라고 부른 것에 결부시킨 방식을 우리는 기억하고 있다. "도식이란 규칙에 따라 만들어진 선험적인 시간 규정에 다름아니며, 이 규정들은 범주의 질서에 따라, 그리고 가능한 모든 대상과 관련하여 시간의 연속, 시간의 내용, 시간의 질서, 끝으로 시간 전체와 관계를 맺는다"(『순수 이성 비판』, A 145, B 184). 칸트는 물리적 세계의 객관적인 구성에 기여하는 시간 규정만을 고려했다. 서술 기능의 도식성은 새로운 종류의 규정을 내포하는데, 우리는 조금 전에 줄거리 구성의 삽화적이고 형상화하는 특성들의 변증법이란 개념을 통해 바로 그것을 가리켰다.

니라도 두 가지 일을 동시에 했던 것처럼 보인다. 한편으로 그는 가장 형식적인 특성들, 즉 불협화음을 내포한 화음으로 확인되었던 특성들을 통해 줄거리의 개념을 정립한다. 다른 한편으로 그는 그리스 비극 장르(그리고 부수적으로는 비극 모델의 기준에 따른 서사시 장르)를 묘사한다. 비극 장르는 뮈토스를 만드는 형식적 조건들과 비극적 뮈토스를 만드는 제한 조건들——행복에서 불행의 방향으로의 반전, 연민과 공포를 불러일으키는 사건들, 부당한 불행, 고귀하며 사악함이나 악의는 없는 성격의 비극적 과오 등——을 동시에 충족시킨다. 그리스 비극은 이후 서양에서의 극문학 전개에 상당한 지배력을 행사했지만 그럼에도 불구하고 우리의 문화가 여러 서술적 전통들, 즉 헤브라이와 기독교 전통, 또한 켈트, 게르만, 아이슬랜드, 슬라브 전통을 계승하고 있다는 것도 사실이다.[21]

그것이 전부는 아니다. 패러다임을 이루는 것은 단지 불협화음을 내포한 화음의 형태나 이후의 전통에 의해 항구적인 문학 장르로 확인된 모델만이 아니다. 아리스토텔레스의 『시학』에 나오는 『일리아드』, 『외디푸스 왕』 같은 특이한 작품들 또한 패러다임을 이루는 것이다. 실제로 사상들의 배열을 통해 인과 관계(그것 때문에 이것)가 단순한 연속(그 다음에 이것)을 지배하는 한, 우리가 해석한 바와 같이 유형으로 정립된 배열 자체라는 어떤 보편 개념이 나타난다. 이리하여 서술 전통은 단지 불협화음을 내포한 화음 형태의 침전과 비극 장르(그리고 같은 층위의 다른 모델들)의 침전을 통해서뿐만 아니라, 특이하

---

21) Scholes과 Kellogg가 『이야기의 본질 *The Nature of Narrative*』(Oxford University Press, 1968)에서 서술적 범주들의 분석에 앞서 서양에서의 이야기 기법의 역사를 다시 살펴본 것은 당연하다. 내가 줄거리 구성의 도식화라고 부른 것은 역사적 전개를 통해서만 존재한다. 마찬가지로 Eric Auerbach가 자신의 탁월한 저서 『미메시스 *Mimèsis*』에서 서구 문화 속에서 현실의 재현에 대한 자신의 분석과 평가를 수많은, 그러나 엄격히 제한된 텍스트 유형들에 접목시키는 방법을 선택한 것은 바로 그 때문이다.

다고 할 수 있는 작품들이 만들어내는 유형들의 침전을 통해서도 드러난다. 형태, 장르, 그리고 유형을 패러다임이라는 포괄적 이름으로 묶는다면, 패러다임들은 이 다양한 층위에 걸친 생산적 상상력의 작업에서 태어난다고 말할 수 있을 것이다.

그런데 앞선 혁신에서 비롯된 이 패러다임들은 나중에 서술 영역에서의 실험을 위한 규칙들을 제공한다. 이 규칙들은 새로운 창작들의 압력으로 변화하긴 하지만, 서서히 변화하며, 때로는 침전 과정으로 말미암아 변화에 저항하기도 한다.

전통의 다른 극단인 혁신의 위상은 침전의 위상과 상관 관계에 놓여 있다. 시의 시적 성격을 통해 최종적으로 생산되는 것은 항상 어떤 독특한 작품, 바로 이 작품이라고 말할 수 있는 것이라는 점에서 혁신의 여지는 언제나 존재한다. 그 때문에 패러다임들은 단지 새로운──전형화되기에 앞서 새로운──작품의 구성을 규제하는 문법을 형성할 따름이다. 어떤 언어의 문법이, 그 수와 내용은 예견할 수 없으나 잘 다듬어진 문장들의 생산을 규제하는 것과 마찬가지로, 예술 작품──시, 연극, 소설──또한 언어의 왕국에서는 독창적인 생산이며 새로운 존재다.[22] 그러나 반대 또한 사실이다. 즉 혁신은 여전히 규칙에 의해 지배되는 행위이며, 상상력의 작업은 무(無)에서 태어나는 것이 아니다. 상상력의 작업은 어떤 방식으로든 전통적 패러다임들과 연결된다. 하지만 그러한 관계는 가변적일 수 있다. 해결의 폭은, 맹목적인 적용과 계산된 일탈이라는 양극단 사이에서 '규제된 변형'의 모든 단계에 걸쳐 있다는 점에서, 광범위하다. 민담이나 신화, 그리고 일반적으로 전승 이야기는 맹목적인 적용이라는 첫번째 극단에

---

22) 독특한 것은 말로 표현할 수 없기 때문에 우리는 단지 보편 개념만을 안다고 아리스토텔레스는 지적한다. 그러나 우리는 독특한 일들도 한다. G.-G. Granger, 『문체의 철학에 대한 시론 Essai d'une philosophie du style』, Paris: Armand Colin, 1968, pp. 5~16을 참조할 것.

서 가장 가까운 곳에 위치하며, 전승 이야기에서 멀어짐에 따라 일탈과 괴리가 규칙이 된다. 그리하여 현대 소설은 대부분의 경우 〔기존 체제에〕 이의를 제기함으로써 단순히 다양하게 적용하려는 취향을 압도함에 따라 반-소설 anti-roman로 정의된다.

　게다가 괴리는 모든 층위에서, 즉 유형과 관련해서, 또는 장르와 관련해서, 그리고 화음-불협화음의 형식적 원리와 관련해서도 생길 수 있다. 첫째 유형의 괴리는 개개의 모든 작품을 만들어내는 것처럼 보인다. 즉 각각의 작품은 다른 작품과 관련해서 괴리된 상태에 있다. 장르의 변화는 보다 드문 경우인데, 그것은 예컨대 극이나 동화에 대비되는 소설이나, 연대기에 대비되는 역사 기술의 경우처럼 새로운 장르의 창조에 해당된다. 그러나 보다 근본적인 것은 화음-불협화음의 형식적 원리에 대한 이의 제기다. 나중에 우리는 형식적 패러다임에 의해 허용된 변이 공간이 얼마나 풍부한가를 살펴보게 될 것이다. 또한 분파(分派)로까지 승격된 이러한 이의 제기가 서술 형태 자체의 죽음을 의미하지는 않는지를 생각해볼 것이다. 그래도 괴리의 가능성은 침전된 패러다임들과 실제 작품들 사이의 관계 속에 여전히 새겨져 있다. 그러한 가능성은 단지 분파의 극단적인 형태를 띰으로써 맹목적인 적용과 대립될 따름이다. 규제된 변형은 중간 축을 구성하는데, 그 축을 중심으로 적용에 따른 패러다임의 변화 양상들이 나누어진다. 적용에 있어서의 이러한 다양성이야말로 생산적 상상력에 스토리를 제공하고, 침전과 대위법을 이루면서 서술적 전통을 가능케 한다. 미메시스 II의 층위에서 시간과 이야기의 관계는 최종적으로 이처럼 풍부하게 하는 과정을 통해 보다 확대되는 것이다.

3. 미메시스 Ⅲ

이제 나는 그 본래의 이해 가능성으로 되돌아온 미메시스 Ⅱ가, 아직도 미메시스라고 불릴 만한 세번째 재현 단계를 어떻게 보완물로 요구하는지를 보여주고자 한다.

여기서 우리가 미메시스의 전개에 관심을 갖는 것이 그 자체가 목적이 되지는 않는다는 것을 다시 한번 상기하자. 미메시스를 규명하는 작업은 여전히 시간과 이야기 사이의 매개에 대한 탐구에 끝까지 종속되어 있다. 이 장의 서두에서 언급된 논제는 미메시스가 밟아가는 과정의 끝에 이르러서야 어떤 구체적인 내용을 얻게 될 것이다. 즉 이야기는 미메시스 Ⅲ을 통해 능동적 행동과 수동적 행동의 시간으로 복원될 때 그 완전한 의미를 갖게 된다는 것이다.

이 단계는 가다머 H.-G. Gadamer가 그의 철학적 해석학에서 "적용 application"이라 부른 것과 상응한다. 아리스토텔레스 자신도 『시학』의 여러 대목에서 행동의 재현이 갖는 이 마지막 의미를 암시하고 있다. 물론 설득의 이론이 청중의 수용 능력에 따라 전체적으로 규제되는 『수사학』에 비해 『시학』이 청중에 대해 신경을 덜 쓰는 것도 사실이다. 그러나 아리스토텔레스가 시는 보편적인 것을 "가르치고," 비극은 "연민과 공포를 재현함으로써 〔……〕 이러한 종류의 감동의 정화를 실현한다"라고 말할 때, 또는 나아가서 공포와 연민을 불러일으키는 사건들이 비극을 이루는 운명의 반전을 향해 나아가는 것을 보면서 우리가 느끼는 즐거움을 환기할 때, 그것은 바로 청중이나 독자를 통해서 미메시스의 여정이 완성된다는 사실을 의미한다.

아리스토텔레스를 넘어서 일반화시키자면, 미메시스 Ⅲ은 텍스트의 세계와 청중이나 독자의 세계가 교차함을 나타낸다고 말할 수 있을 것이다. 그러니까 시를 통해 형상화된 세계와 실제 행동이 그 안에서 펼쳐지고 그 독특한 시간성을 펼치는 세계가 여기서 교차하는 것이다.

나는 네 단계로 논의를 진행할 것이다.

1. 사실상 우리가 미메시스의 세 단계를 연결함으로써 시간과 이야기 사이의 매개를 설정한다면, 이러한 연결이 정말로 이야기의 진전을 나타내는가의 문제가 전제되어야 한다. 우리는 여기서 이 장의 서두에서 제기된 순환성의 반론에 대답할 것이다.

2. 독서 행위가 경험을 빚어 형상을 만드는 줄거리 본래의 능력의 벡터라는 것이 사실이라면, 그 행위가 형상화하는 행위 특유의 역동성과 어떻게 연결되고, 또한 어떻게 그것을 연장하여 그 끝까지 이끌어가는가를 보여주어야 한다.

3. 이어서 우리는 줄거리 구성에 의한 시간적 경험의 재-형상화라는 논제를 정면으로 다룸으로써, 작품이 독서를 통해 의사 소통의 영역에 들어가는 것이 어떻게 동시에 대상 지시의 영역에 들어가는 것을 나타내는지를 보여줄 것이다. 나는 『살아 있는 은유』에서 해결하지 않고 남겨두었던 문제를 다시 다룸으로써 서술 영역에서 대상 지시의 개념과 연관되는 특수한 난점들을 개략적으로 설명하고자 한다.

4. 끝으로 이야기가 재-형상화하는 세계는 어떤 시간적 세계라는 점에서, 이야기된 시간의 해석학이 시간의 현상학에서 어떤 도움을 기대할 수 있는가라는 문제가 제기된다. 이 문제에 대한 대답은 미메시스 II를 통한 미메시스 I과 미메시스 III의 관계가 만들어내는 것보다 한층 더 근본적인 순환성을 나타나게 할 것이다. 이 책의 서두를 장식했던 아우구스티누스의 시간 이론에 대한 연구를 통해 우리는 이미 그것을 예견할 수 있었다. 그것은 끊임없이 아포리아를 낳는 현상학과 앞서 우리가 그 아포리아의 시적 '해결책'이라 부른 것 사이의 관계와 연관을 맺는다. 시간과 이야기의 관계에 대한 물음은 바로 이

처럼 모순에 부딪힌 시간성과 시간성의 시학 사이의 변증법을 통해 그 정점에 이르게 된다.

I. 미메시스의 순환

나는 미메시스 III의 핵심적인 문제점을 제기하기에 앞서, 미메시스 I에서 미메시스 II를 거쳐 미메시스 III으로 넘어가는 과정이 초래할 수밖에 없는 의혹, 즉 그것이 악순환이 아닌가 하는 의혹에 정면으로 대응하고자 한다. 행동의 의미론적 구조나 그 상징화의 수단 또는 그 시간적 특성을 고려한다면 도착 지점은 출발 지점으로 되돌아오는 것처럼 보이며, 또는 더 심하게는 도착 지점이 출발 지점에서 이미 예견된 것처럼 보인다. 사실이 그러하다면 서술성과 시간성의 해석학적 순환은 미메시스의 악순환 속에 용해될 것이다.

분석이 순환적이라는 점에 이의를 제기할 수는 없다. 그러나 그것이 악순환이라는 것은 반박할 수 있다. 이 점에 관해 나는 차라리 그것이 같은 문제점을 여러 번, 그러나 다른 고도에서 사색하게끔 하는 무한한 나선 구조라고 말하고 싶다. 악순환이라는 비난은 순환성에 대한 두 가지 종류의 해석이 주는 매력에서 비롯된다. 첫번째는 해석의 폭력성 violence을, 두번째는 그 중복성 redondance을 강조한다.

1) 한편으로 우리는 이야기가 단지 불협화음만이 있는 바로 그곳에 화음을 부여한다고 말하고 싶을 수도 있다. 이런 방식으로 이야기는 형태가 없는 것에 형태를 부여한다. 그러나 이야기에 의한 형태 부여는 속임수라고 의심받을 수 있다. 최선의 경우에 그것은 우리가 허구, 즉 문학적 장치에 불과하다고 알고 있는 모든 허구 본래의 '마치 ~같은 것 comme si'을 제시한다. 이야기에 의한 형태 부여는 바로 그렇게 해서 죽음에 맞선 우리를 위로한다. 그러나 우리가 그 패러다임들이 제공하는 위안을 구하며 착각하기를 그칠 때, 우리는 폭

력과 거짓을 의식하게 된다. 그때 우리는 절대적 무정형, 그리고 니체가 신임(信任, Redlichkeit)이라고 불렀던 이 근본적인 지적 정직성을 위한 변론의 매력에 굴복하게 된다. 우리가 이 매력에 저항하고, 질서는 모든 것에도 불구하고 우리의 고향이라는 생각에 절망적으로 매달리는 것은 단지 질서에 대한 어떤 향수 때문인 것이다. 그렇기 때문에 시간의 불협화음에 강요된 서술적 화음은 해석의 폭력이라 부를 수 있는 것이 작용한 결과가 된다. 역설의 서술적 해결은 단지 이러한 폭력의 싹일 따름이다.

나는 서술성과 시간성 사이의 변증법을 이처럼 극적으로 과장하는 것이 불협화음을 내는 화음이라는 이야기와 시간의 관계와 연관되는 특성을 매우 적절히 드러낸다는 것을 전혀 부정하지는 않는다. 그러나 그 추론 과정이 암시하는 바처럼, 단지 이야기의 측면에서 화음만을, 그리고 시간성의 측면에서는 불협화음만을 일방적으로 강조하는한, 우리는 그 관계가 갖는 본래의 변증법적인 특성을 간과하게 된다.

첫째로, 시간성의 경험은 단순한 불협화음으로 축소되지 않는다. 아우구스티누스의 사색에서 본 바와 같이 이완과 긴장은 가장 진정한 경험의 한가운데에서 서로 대결하고 있다. 시간을 단순한 불협화음으로 환원시킴으로써 발생하는 평준화로부터 시간의 역설을 보호해야만 하는 것이다. 오히려 철저하게 무정형인 시간 경험을 옹호하는 것 자체가 근대성의 한 특징인 무정형에 매료된 결과가 아닌가라고 자문해야 할 것이다. 간단히 말해서 사상가나 문학비평가들이 질서에 대한 단순한 향수, 또는 더 심하게는 혼돈에 대한 공포에 굴복한 것처럼 보일 때 그들을 움직이는 것은, 어떤 특수한 문명, 즉 바로 우리의 문명을 특징짓는 의미 상실을 넘어선, 결국 시간의 역설들에 대한 올바른 인식인 것이다.

둘째로, 우리가 시간 경험의 불협화음과 비-변증법적인 방식으로 대립시키고자 했던 화음이라는 이야기의 특성 또한 유연하게 해석되어야 한다. 줄거리 구성은 결코 '질서'의 단순한 승리가 아니다. 그리스 비극의 패러다임조차도 반전, 즉 공포와 연민을 불러일으키는 우연적 사건들과 운명의 역전이 담당하는 교란 역할에 자리를 양보한다. 줄거리 그 자체가 이완과 긴장을 조직화하는 것이다. 프랭크 커모드의 말을 빌리면 서구의 전통에서 '종말의 의미'를 지배해왔던 다른 패러다임에 대해서도 같은 말을 해야 할 것이다. 내가 염두에 두는 것은 묵시록적 모델인데, 그것은 시작─창세기─과 끝─묵시록─사이의 조응을 매우 탁월하게 역설한다. 커모드 자신도 '시간들 사이,' 그리고 특히 '최후의 시간들'에 닥치는 사건과 관계되는 모든 것에서 그 모델이 만들어내는 수많은 긴장들을 강조하지 않을 수 없었다. 종말이란 시간을 소멸시키는 재앙이며 '최후의 날들의 공포'가 미리 그려내는 재앙이라는 점에서 묵시록적 모델은 반전을 장엄하게 그려낸다. 그러나 그 모델은, 그것이 유토피아 또는 가상역사 uchronie의 형태로 근대에 이르러서도 끊임없이 다시 등장함에도 불구하고, 여러 패러다임들 중의 하나에 불과하며, 그것이 서술적 역동성을 고갈시키는 것은 결코 아니다.

그리스 비극이나 묵시록의 그것과는 다른 패러다임들이 앞서 우리가 생산적 상상력 본래의 도식화가 갖는 힘과 연관시켰던 전통의 형성 과정 자체를 통해 끊임없이 생겨난다. 3부에서 우리는 이러한 패러다임들의 부활이 불협화음을 내포한 화음의 근본적인 변증법을 소멸시키지는 않음을 보여줄 것이다. 오늘날 반소설 anti-roman이 보여주는 것과 같이, 그 어떤 패러다임이건 모두를 거부하는 것까지도 '화음'의 역설적인 역사와 관계된다. 그 소설들이 모든 패러다임에 대해 드러내는 아이로니컬한 경멸을 통해 태어나는 욕구불만 덕분에, 그리고 자극을 받거나 속임을 당함으로써 독자가 느끼는 다소 비뚤어진 쾌락 덕분에, 이러한 작품들은 기존의 패러다임을 너무 모방하지 않아서 결국 모방하게 되는 무질서한 경험과 그들이 위반하는 전통을 동시에 충족시킨다.

이러한 극단적인 경우에도 불구하고 해석의 폭력이라는 의혹은 여전히 정당하다. 우리의 시간 경험이 갖는 '불협화음'에 반드시 필요한 것은 더 이상 '화음'이 아니다. 이제 모든 패러다임에 관해 아이로니컬한 거리를 취함으로써 담론 속에서 태어나는 '불협화음'이 우리의 시간적 경험의 기초를 이루는 '화음'에의 희망을 안에서부터 약화시키고, 정신의 이완과 불가분의 관계에 있는 긴장을 허물어뜨리게 된다. 그렇다면 시간 경험이 드러내는 이른바 불협화음이란 문학적 장치에 불과하다고 당연히 의심할 수 있을 것이다.

이처럼 화음의 한계에 대한 성찰은 언제나 가능하다. 그것은 시간의 층위에서와 마찬가지로 이야기의 층위에서 불협화음을 내포한 화음, 그리고 화음을 이루는 불협화음에 대한 모든 '문채(文彩)의 사례'에 적용된다. 모든 경우에 순환은 불가피하나 그것은 악순환이 되지 않을 수도 있다.

2) 악순환이라는 반론은 또 다른 형태로 나타날 수 있다. 해석의 폭력과 대결한 다음에, 우리는 해석의 중복이라는 그 반대의 가능성에 맞서야 한다. 바로 미메시스 I이 언제나 미메시스 III의 의미 효과인 경우가 그에 해당될 것이다. 그러므로 미메시스 II는 미메시스 I에서 취했던 것을 미메시스 III에 복원시켜줄 뿐이다. 왜냐하면 미메시스 I은 이미 미메시스 III의 작용일 것이기 때문이다.

중복이라는 반론은 미메시스 I의 분석 자체에서 암시되고 있는 것처럼 보인다. 모든 인간 경험이 상징적 체계, 그 중에서도 이야기에 의해 이미 매개되는 것이라면, 앞에서처럼 행동이 이야기를 추구한다고 말하는 것은 무의미해 보인다. 기실 다른 사람이나 우리 자신에 의해 이야기된 스토리 외에는 실존의 시간적 드라마에 접근할 수 있는 방법이 없는데, 어떻게 인간의 삶을 형상화되기 이전 상태의 스토리로 말할 수 있겠는가?

이러한 반론에 대해 나는 일련의 상황들을 대립시키고자 하는데, 내 생각으로 그것들은 단초(端初)를 이루는 서술성, 즉 이른바 문학을 삶에 투사함으로써 비롯되는 서술성이 아니라 이야기되기를 진정으로 바라는 서술성을 있는 그대로의 경험에 부여하지 않을 수 없게끔 한다. 이러한 상황의 특성을 규정하자면 당연히 경험의 전-서술적 pré-narrative 구조라고 말할 수 있을 것이다.

미메시스 I의 층위에서 행동의 시간적 특성들에 대한 분석은 그러한 개념의 문턱으로 우리를 인도했었다. 그때 내가 그 문턱을 넘지 않았던 것은, 중복에 의한 악순환이라는 반론이 미메시스의 순환에서 앞으로 언급할 상황들의 전략적 중요성을 드러낼 수 있는 보다 유리한 기회를 제공할 것이라고 생각했기 때문이다.

일상적인 경험에 비추어보더라도 우리는 삽화들로 이어진 우리의 삶에서 '(아직) 이야기되지 않은' 스토리들, 이야기되기를 요구하는 스토리들, 이야기에 닻을 내리는 지점을 제공하는 스토리들을 보려는 경향이 있지 않은가? '(아직) 이야기되지 않은 스토리'라는 표현이 얼마나 엉뚱한가를 모르는 바는 아니다. 스토리는 당연히 이야기된 것이 아닌가? 구체적으로 실현된 스토리에 대해 말하는 것이라면 그것은 이론의 여지가 없다. 그러나 잠재적인 스토리라는 개념은 받아들일 수 없는 것인가?

나는 별로 일상적이라고 할 수 없는 두 개의 상황에 주목하고자 하는데, 그것은 (아직) 이야기되지 않은 스토리라는 표현이 놀랍게도 받아들여지는 상황이다. 정신분석학자와 상담하는 환자는 자신이 체험한 단편적인 스토리들, 꿈, 〔무의식에 남아 있는〕 '원초적인 장면'들, 갈등의 에피소드들을 이야기한다. 당연히 우리는 그러한 분석적 상담이 갖는 목적과 결과는, 분석자가 그 단편적인 스토리들로부터 받아들이기는 보다 더 어렵겠지만 이해하기는 쉬울 이야기를 이끌어 내는 것이라고 말할 수 있다. 로이 샤퍼 Roy Schafer는 바로 프로이트의 메타 심리학적 이론 전체를, 삶의 스토리를 다시-이야기하고 그것을 증례(證例)가 되는 스토리의 지위로 높이기 위한 어떤 규칙 체계로 간주하는 법을 우리에게 가르쳐주었다.[23] 정신분석 이론에 대한 이러한 서술적 해석은, 삶의 스토리란 이야기되지 않은 스토리, 억압된 스토리에 그 기원을 두고 있으며, 주체가 책임질 수 있고 자신의 개인적 정체성을 구성하는 것으로 간주할 수 있는, 실현된 스토리의 방향으로 나아간다는 것이다. 바로 이러한 개인적 정체성의 탐구야말로 잠재적이거나 단초를 이루는 스토리와 우리가 그 책임을 지는 명시된 스토리 사이의 연속성을 보장한다.

이야기되지 않은 스토리라는 개념에 적합한 것처럼 보이는 또 다른 상황이 있다. 빌헬름 샤프 Wilhelm Schapp는 『스토리들 속에 뒤얽혀 *In Geschichten verstrickt*』(1976)라는 저서에서[24] 판사와 피고가 연루된 복잡하게 얽힌 줄거리를 풀면서 행동의 추이와 성격을 이해하려고 애쓰는 경우를 묘사한다. 여기서 강조되고 있는 것은 "뒤얽혀 있다 verstricktsein"(p. 85)라는 동사인데, 그 수동태는 누군가 그 스토리를 이야기하기 전에 그것이 누구에겐가 '일어난다'는 것을 강조하고 있다. 뒤얽힘은 차라리 이야기된 스토리의 '선행 스토리 préhistoire'로 나타나며, 그것을 시작하는 것은 화자의 선택에 달려 있다. 스토리의 이러한 '선행 스토리'는 스토리를 보다 광범위한 어떤 전체에 연결시키고 그 '배경'을 부여한다. 이 배경은 서로 맞물려 체험된 모든 스토리들 간의 '살아 있는 뒤얽힘'으로 이루어진다. 이야기된 스토리는

---

23) Roy Schafer, 『정신분석을 위한 새로운 언어 *A New Language for Psychoanalysis*』, New Haven: Yale U. P., 1976.

24) Wilhelm Schapp, 『스토리들 속에 뒤얽혀 *In Geschichten verstrickt*』, Wiesbaden: B. Heymann, 1976.

결국 이러한 배경에서 '나타나야만 auftauchen' 한다. 이러한 나타남과 함께 내포된 주체도 나타난다. 그러므로 "스토리는 인간을 책임진다 die Geschichte steht für den Mann"(p. 100)라고 말할 수 있다. 인간을 '스토리들 속에 뒤얽힌 존재'로 간주하는 이러한 실존적 분석이 갖는 중요한 결과는, 이야기한다는 것은 "스토리가 알려진다 das Bekanntwerden der Geschichte"(p. 101)라는 부차적인 과정이라는 것이다. 스토리를 이야기하고 따라가고 이해한다는 것은 이야기되지 않은 이러한 스토리들의 '연장(延長)'일 따름이다.

스토리는 작가에 의해 창조된 장치라는 아리스토텔레스적 전통에 길들여진 문학비평가는, 흐릿한 지평 속으로 사라지는 스토리들 안에서 주체가 수동적으로 뒤얽힌 현상의 '연장' 선상에 놓이게 될 이야기된 스토리라는 이러한 개념에 그다지 만족하지 못할 것이다. 그럼에도 불구하고 아직 이야기되지 않은 스토리에 부여된 우선권은 이야기하는 기교의 인위적 성격을 과장하는 모든 시도에 대한 비판적 기제로 사용될 수 있다. 궁극적으로 인간의 삶은 이야기될 필요가 있고 그럴 만한 가치가 있기 때문에 우리는 이야기를 한다. 이러한 지적은 우리가 패배자들과 실패자들의 이야기를 보전할 필요성을 언급할 때 한껏 그 힘을 발휘한다. 고통에 대한 모든 스토리는 복수를 외치고 이야기를 요구한다.

그러나 문학 비평이 그 고유의 관할 영역에 속하는 어떤 제안에 주의를 기울인다면, 스토리라는 개념을 우리가 그 안에 뒤얽힌 것으로 받아들이는 것에 거부감을 덜 느끼게 될 것이다. 프랭크 커모드는 『비밀의 기원 *The Genesis of Secrecy*』에서, 어떤 이야기들은 밝히는 것이 아니라 애매하게 만들고 숨기는 데 목적을 둘 수도 있다는 생각을 개진한다.[25] 그 중에서도 예수의 잠언들이 그 경우에 해당된다고 할

---

25) Frank Kermode, 『비밀의 기원 — 이야기의 해석에 관하여 *The Genesis of Secrecy — On the Interpretation of Narrative*』, Harvard University Press, 1979.

수 있는데, 복음서 저자인 마르코Marc의 해석에 따르면 그것은 "밖에 있는 자들"에게는 이해될 수 없도록 말해지고 있으나, 커모드에 의하면 그것은 "안에 있는 자들" 또한 그 특권적 위치에서 준엄하게 몰아낸다. "해석자들을 그 비밀스런 위치에서 추방"하는 이러한 수수께끼 같은 힘을 가진 다른 이야기들도 많이 있다. 물론 이 비밀스런 자리는 텍스트 속에 있는 자리다. 그것은 텍스트가 완전히 규명될 수 없다는 사실을 음각으로 드러낸다. 그러나 우리는 이러한 종류의 이야기들에 대한 "잠재적 해석학"(같은 책, p. 40)이 우리 삶의 이야기 되지 않은 스토리들 속에서 어떤 화음, 아니면 적어도 어떤 울림을 발견한다고 말할 수는 없을까? 이야기 자체를 통해—또는 적어도 마르코나 카프카의 이야기들과 비슷한 이야기들을 통해—생겨나는 비밀과, 이야기된 스토리를 나타나게 하는 선행 스토리, 배경, 살아 있는 뒤얽힘을 구성하는 아직 이야기되지 않은 우리 삶의 스토리들 사이에는 숨겨진 어떤 묵계가 있는 것이 아닐까? 다른 말로 하자면, 스토리가 거기서 나타나는 비밀과 스토리가 거기로 되돌아가는 비밀 사이에는 숨겨진 어떤 유사성이 있는 것은 아닌가?

이 마지막 제안의 구속력이 어떠한 것이든, 우리는 거기서 우리의 주된 논증을 뒷받침할 수 있는 논거를 발견할 수 있다. 그 논증에 따르면 이야기에 대한 모든 분석에서 명백히 드러나는 순환성은, 계속해서 경험에 내재한 시간적 형태를 통해 서술 구조를 해석하고, 서술 구조를 통해 시간적 형태를 해석한다는 점에서 빛바랜 동어반복이 아니라는 것이다. 오히려 문제의 두 가지 측면에 대해 진전된 논의들이 서로 도움을 주는 '건전한 순환'이라고 말해야 할 것이다.

II. 형상화, 재형상화와 독서

이야기와 시간의 해석학적 순환은 이처럼 미메시스의 단계들이 형성하는 순환으로부터 끊임없이 다시 태어난다. 이제 독서 행위를 통

해 이루어지는 미메시스 Ⅱ와 미메시스 Ⅲ 사이의 이행에 대해 집중적
으로 살펴볼 때가 왔다.

앞서 말한 것처럼 독서 행위가 경험에 형태를 부여하는 줄거리의
능력에 대한 벡터로 간주될 수 있는 것은, 그 행위가 형상화하는 행위
를 다시 다루고 완성하기 때문이다. 또한 우리는 줄거리의 통일성을
통해 여러 가지 행동을 이해하는, 즉 '전체로 고려하는' 판단과 형상
화하는 행위와의 유사성을 강조한 바 있다.

미메시스 Ⅱ의 단계에서 줄거리를 특징지었던 두 가지 특성, 즉 도
식화와 전통성이라는 특징보다 더 잘 그것을 증명해주는 것은 없다.
그 특징들은 특히 텍스트의 '안'과 '밖'을 대립시키는 편견을 깨뜨리
는 데 기여한다. 실제로 이러한 대립은 유일한 텍스트의 구조라는 정
태적이고 폐쇄된 개념과 밀접하게 관련되어 있다. 줄거리의 구성 작
업에서 드러나는 구조화 행위의 개념은 그러한 대립을 초월한다. 도
식화와 전통성은 즉각 글쓰기의 작업성과 독서의 작업성 사이의 상
호 작용을 나타내는 범주가 된다.

한편으로 일반적으로 인정된 패러다임들은 독자의 기대를 구조화
하고, 이야기된 스토리를 통해 범례화된 형식적 규칙이나 장르 또는
유형을 식별하도록 독자를 돕는다. 그것들은 텍스트와 독자 사이의
만남을 위한 기준선을 제공한다. 간단히 말해서 독자가 따라갈 수 있
도록 하는 스토리의 능력을 규제하는 것은 바로 그러한 패러다임들
이다. 다른 한편으로, 독서 행위는 이야기의 형상화를 따라가면서 독
자가 따라갈 수 있도록 하는 그 능력을 현실화한다. 어떤 스토리를
따라간다는 것, 그것은 독서 행위를 통해 그것을 현실화하는 것이다.

줄거리 구성이 판단 행위와 생산적 상상력의 행위로 묘사될 수 있
다면, 그것은 감각이란 느껴지는 것과 느끼는 사람의 공동 작용이라
는 아리스토텔레스의 말처럼 그러한 행위가 텍스트와 그 독자의 공
동 작용이기 때문이다.

독서 행위는 또한 줄거리 구성을 도식화하는 패러다임들의 혁신과 침전의 놀이를 함께 한다. 바로 독서 행위를 통해서 수신자는 서술적 제약 조건들과 놀이를 하며, 일탈을 행하고, 소설과 반-소설의 투쟁에 참여하며, 그곳에서 롤랑 바르트 Roland Barthes가 텍스트의 즐거움이라 불렀던 즐거움을 느낀다.

로만 잉가르덴 Roman Ingarden의 『문학 작품의 구조 *La Structure de l'œuvre littéraire*』와 볼프강 이저의 『독서 행위 *Der Akt des Lesens*』에서 개진된 논제를 따른다면, 글로 씌어진 작품은 독서를 위한 스케치이므로 작품을 완성하는 것은 최종적으로 독자이다. 실제로 텍스트는 공백과 여백들, 그리고 미결정 지대를 가지고 있으며, 게다가 조이스 Joyce의 『율리시즈』처럼 작가가 그 형상을 일그러뜨림으로써 느끼는 것처럼 보이는 심술궂은 즐거움에 맞서 독자 스스로 작품을 형상화할 수 있는 능력을 가지고 있는가를 시험하기도 한다. 이러한 극단적인 경우에 줄거리 구성이라는 짐을 홀로 자신의 어깨 위에 지게 되는 것은 바로 작품으로부터 버림받은 것이나 다름없는 독자인 것이다.

독서 행위는 이처럼 미메시스 Ⅲ을 미메시스 Ⅱ에 결합시키는 조작자 opérateur라 할 것이다. 그것은 줄거리라는 이름으로 행동의 세계를 재형상화하는 행위의 궁극적 벡터다. 4부에서 우리가 다루게 될 중요한 문제들 중의 하나는, 그러한 관점에 입각하여 볼프강 이저식의 독서 이론과 로베르트 야우스 Robert Jauss식의 수용 이론의 관계를 정리하는 것이다. 현단계에서 말할 수 있는 것은, 그러한 이론들은 공통적으로 텍스트가 개인이나 집단 수용자에게 미치는 효과를 통해서 텍스트의 현실적이고 실제적인 의미 작용의 내적 구성 요소를 보려 한다는 것이다. 그 어느 경우의 이론에서나 텍스트는 개인적이거나 공적인 독자가 수동적이거나 창조적인 방식으로 실행하는 지시 사항들의 집합이다. 텍스트는 텍스트와 수용자 간의 상호 작용을 통해서만 작품이 된다. 바로 이러한 공통 분모 위에서 『독서 행위』와 『수용 미학』이라는 두 가지 서로 다른 접근 방법이 부각되는 것이다.

III. 서술성과 대상 지시

독서 이론에 의해 글쓰기의 이론을 완성시키는 것은 미메시스 III의 여정에 첫발을 내디디는 것에 지나지 않는다. 수용 미학이 대상 지시의 문제를 끌어들이지 않고서 의사 소통의 문제를 끌어들일 수는 없는 것이다. 최종적으로 전달되는 것, 그것은 작품이 그 의미를 넘어서 투사하고 그 지평을 구성하는 세계이다. 이런 의미에서 청중이나 독자는, 그 또한 제한된 동시에 세계 지평을 향해 열린 상황에 의해 정의되는 자신의 고유한 수용 능력에 따라 그 세계를 받아들인다. 지평이란 용어, 그리고 그것과 상관 관계를 맺는 세계라는 용어는 앞서 제시한 미메시스 III의 정의, 즉 텍스트의 세계와 청중이나 독자의 세계 사이의 교차라는 정의에서 이처럼 두 번 등장한다. 가다머의 "지평 융합fusion d'horizons" 개념과 유사한 이 정의는 세 가지 전제에 근거하고 있는데, 그 전제들은 각각 일반적인 담론 행위, 담론 행위 중에서도 문학 작품, 그리고 끝으로 문학 작품 중에서도 서술 작품의 기초가 된다. 이 세 가지 전제들을 연결하는 질서는 이처럼 점진적으로 특정화되는 질서다.

첫번째 전제에 관해, 나는 『살아 있는 은유』에서 자세히 논의된 주장—모든 담론에서 의미와 대상 지시 사이의 관계에 대한 논제—을 되풀이하는 것으로 그치고자 한다. 그 논제의 요지는 다음과 같다. 즉 소쉬르de Saussure보다는 벤베니스트Benveniste의 견해를 따라 문장을 담론의 단위로 간주한다면, 담론에서 제기된 것 l'intenté은 기호 체계의 내재성 속에서 각각의 시니피앙signifiant과 상관 관계를 맺고 있는 시니피에signifié와 더 이상 혼동되지 않는다는 것이다. 문장과 더불어 언어는 어떤 것에 관해 무엇인가를 이야기함으로써 자기 자신을 초월하는 방향으로 나아간다. 담론의 이러한 지시 대상이 목표로 삼고 있는 것은 엄밀한 의미에서 그 사건적 특성인 동시에 대화적 기능 작용이다. 그것은 담론 실현 행위의 다른 측면이다. 완전한 사건이란, 단지 누군가 발언을 하고 대화 상대방에게 말을 건네는 것만이 아니라, 또한 새로운 어떤 경험을 언어로 옮기고 그것을 타인과 함께 나누기를 갈망하는 것이다. 그리고 이 경험은 다시 세계를 지평으로 갖는다. 대상 지시와 지평은 형식과 내용이 그러한 것처럼 서로 상관 관계를 맺고 있다. 모든 경험은 그것을 드러내고 구별하는 윤곽을 지니는 동시에, 그 내부와 외부의 지평을 구성하는 잠재성의 지평을 배경으로 해서 부각된다. 변함없는 윤곽의 내부에서 관찰된 사물을 언제나 자세히 설명하고 밝힐 수 있다는 의미에서 내부적이며, 목표로 삼고 있는 사물이 결코 담론의 대상으로 나타나지 않는 어떤 총체적 세계의 지평하에 다른 모든 사물과 잠재적 관계를 유지한다는 의미에서 외부적이다. 상황과 지평이라는 개념은 바로 지평이란 말이 갖는 이러한 두 가지 의미를 통해 서로 상관 관계를 맺게 된다. 매우 일반적인 이 전제가 내포하는 바는 언어란 그 자체로서 세계를 구성하는 것이 아니라는 점이다. 그것은 전혀 세계라고 할 수도 없다. 우리는 세계 안에 있고 상황에 영향을 받기 때문에, 이해하면서 그리로 나아가려고 하며, 무언가 할 이야기, 즉 언어로 옮기고 타인과 공유해야 할 어떤 경험을 갖는다.

이것이 바로 대상 지시의 존재론적 전제이다. 이 전제는 내재적 정당화가 없는 가정으로서 언어 내부에서 성찰된 것이다. 언어는 그 자체로 동일자 Même의 질서에 속하며, 세계는 그 타자 Autre다. 이러한 이타성의 증명은 언어 자체의 반성적 성격과 관계된다. 언어는 존재 안에서 스스로를 알게 되며, 그럼으로써 존재에 영향을 미치는 것이다.

이 전제는 언어학에 속하는 것도, 기호학에 속하는 것도 아니다. 이러한 과학들은 반대로 언어-외적인 것을 지향하는 의도적 목표라는 관념을 방법론적 가정에 의해 배제한다. 언어학이나 기호학의 입장에서는, 내가 이제 막 존재론적 증명이라고 불렀던 것은 일단 그 방법론적 가정이 제시된 다음에는 정당화될 수 없고 받아들일 수 없는 비약인 것처럼 보일 것이다. 사실상 이 존재론적 증명은, 그것이 요구하는 외재화가 보다 근원적이며 선행하는 어떤 움직임, 좀더 자세히 말해서 세계 속에, 그리고 시간 속에 존재한다는 경험에서 출발하고, 이러한 존재론적 조건에서 언어를 통한 그 표현으로 나아가는 움직임의 보완물이 아니라면, 비합리적인 비약에 그칠 것이다.

이 첫번째 전제는 텍스트의 수용에 대한 앞서의 성찰들과 조화되어야 한다. 즉 의사 소통 능력과 대상 지시 능력은 동시에 상정되어야 하는 것이다. 모든 대상 지시는 공지시 co-référence, 즉 대화논리적 dialogique이고 대화적 dialogale인 대상 지시다. 그러므로 수용 미학과 예술 작품의 존재론 사이에서 양자택일해야 하는 것은 아니다. 독자가 수용하는 것은 단지 작품의 의미만이 아니라 그 의미를 가로질러 작품의 대상 지시, 다시 말해서 언어로 옮겨진 경험이며, 궁극적으로는 작품이 그 앞에 펼쳐놓는 세계와 그 시간성인 것이다.

모든 담론 행위들 중에서 '예술 작품'에 대한 성찰은 두번째 전제를 불러들이는데, 그것은 첫번째 전제를 소멸시키는 것이 아니라 오히려 그것을 복잡하게 만든다. 『살아 있는 은유』에서 개진되었던 논제를 환기하자면, 문학 작품은 그 또한 경험을 언어로 옮기며 다른 모든 담론과 마찬가지로 세계와 관련을 맺는다. 이 두번째 전제는 현대 시학을 주도하는 이론과 정면으로 부딪치는데, 그 이론은 문학 언어 자체의 엄격한 내재성이라는 명목하에 언어 외적인 것으로 간주되는 것에 대한 대상 지시를 고려하는 입장을 전적으로 거부하고 있다. 문학 텍스트가 필연적으로 실재 être와 외관 paraître의 변증법으로 귀결될 수밖에 없는[26] 진실과 허위, 거짓과 비밀에 관한 언술들을 포함한다 할지라도, 현대 시학은 자신이 방법론적 선언에 따라 대상 지시적 환상이라고 부르기로 정한 것을 단순한 의미 효과로 간주하려고 애쓴다. 그러나 그렇다고 해서 독자의 세계와 문학의 관계라는 문제가 소멸되는 것은 아니다. 그것은 단지 지연될 따름이다. '대상 지시적 환상'은 그저 텍스트의 의미 효과가 아니라, 검증 방식들에 대한 보다 상세한 이론을 요구한다. 그런데 그 검증 방식들은 텍스트의 세계를 구성하는 세계 지평을 배경으로 그 윤곽이 뚜렷이 드러난다. 물론 우리는 지평이란 개념조차도 텍스트의 내재성에 포함시킬 수 있으며, 텍스트의 세계라는 개념을 대상 지시적 환상의 부속물로 간주할 수 있다. 그러나 독서는 텍스트의 지평과 독자의 지평이라는 두 지평의 융합 문제, 그리고 결국 텍스트의 세계와 독자의 세계의 교차 문제를 다시금 제기한다.

우리는 문제 자체를 거부하려고 할 수도 있으며, 문학이 일상적인 경험에 미치는 영향에 대한 물음을 부적절한 것으로 간주할 수도 있다. 하지만 그렇게 되면 우리가 일반적으로 맞서 싸우는 실증주의, 다시 말해서 경험적으로 관찰될 수 있고 과학적으로 설명될 수 있는 그러한 소여(所與)만이 현실적이라는 편견을 역설적으로 시인하게 된다. 다른 한편으로 문학을 즉자적 세계 안에 가두게 됨으로써 그것이 도덕적 질서와 사회적 질서에 맞서 들이대는 전복적 메스의 끝을 부러뜨리게 된다. 횔덜린Hölderlin에 이어 발터 벤야민Walter Benjamin이 그에 관해 두려움과 찬탄을 느끼며 말했듯이, 허구란 바로 언어로써 이러한 최고의 위험을 만들어내는 것이라는 사실을 간과하게 되는 것이다.

---

26) 그레마스의 검증 véridiction 개념은, 외적인 지시 대상에 호소하는 모든 시도를 일 말의 양보도 없이 배제하는 이론의 테두리 내에서 이러한 변증법의 복귀에 대한 탁월한 예를 제공할 것이다. A.-J. Greimas et J. Courtés, art. 「검증 Véridiction」, 『기호론, 언어 이론 사전 Sémiotique, dictionnaire raisonné de la théorie du langage』, p. 417을 참조할 것.

공식 예술이나 권력의 연대기에서와 같은 기존 질서의 이데올로기적 확인에서부터 사회적 비판과 '현실적인' 모든 것에 대한 조롱에 이르기까지, 다양한 모든 경우가 이러한 상호 작용 현상을 통해 펼쳐진다. 현실과 관련해서 극단적인 소외 현상마저도 여전히 상호 작용의 한 경우다. 갈등 양상을 보이는 지평들의 이러한 융합은 텍스트의 역동성, 특히 침전과 혁신의 변증법과 무관하지 않다. 가능태의 충격은 현실의 충격보다 결코 적지 않으며, 그 충격은 작품 그 자체 안에서 기존의 패러다임들과 특이한 작품들의 일탈을 통한 괴리의 생산 사이에서 내적인 유희에 의해 증폭된다. 그리하여 모든 문학 작품들 가운데서도 서술 문학은 그 패러다임들은 물론 그 일탈에 의해서도 실천적 실효성의 모델을 만들어낸다.

따라서 우리가 텍스트의 지평과 독자의 지평들의 융합이라는 문제, 또는 텍스트 세계와 독자 세계 사이의 교차 문제를 거부하지 않는다면, 반(反)-대상 지시적 시학의 내재적 방법론 자체에 의해 두 세계 사이에 파인 심연을 뛰어넘는 수단을 바로 시적 언어의 기능 작용에서 발견해야만 할 것이다. 『살아 있는 은유』에서 나는 기술(記述)적 담론은 언어의 대상 지시 능력을 고갈시키지 못하며, 문학 작품은 그 고유의 대상 지시 체제, 즉 은유적 대상 지시 체제에 따라 세계와 관계를 맺는다는 것을 보여주려고 했다.[27] 이러한 논제는 언어의 모든 비-기술적 용법, 따라서 서정적이건 서술적이건 모든 문학 텍스트에 적용된다. 그것은 문학 텍스트들 또한, 기술적 방식은 아니라 할지라도 세계에 관해 이야기한다는 것을 함축한다. 다시 환기하자면, 은유적 대상 지시는 기술적 대상 지시의 소멸—일차적 추정에서 언어 그 자체를 가리키게 하는 소멸—이 이차적 추정에서는 직접적으로는 말해질 수 없는 우리의 세계-내-존재 양상들에 대한 보

---

27)『살아 있는 은유』, 7장.

다 근본적인 대상 지시 능력이 드러날 수 있도록 하는 부정적 조건임이 밝혀진다는 사실로 이루어진다. 이 양상들은 새로운 적합성, 즉 은유적 언술이 의미의 층위에서 그 본래의 부적합성으로 말미암아 지워진 자구적 의미의 폐허 위에 세우는 적합성을 이용하여 간접적이지만 확실히 단언적인 방식으로 드러난다. 이처럼 은유적 의미에 은유적 대상 지시를 연결하는 것은, 존재하다라는 동사 자체를 은유화하여, 은유의 활동을 요약하는 '~처럼 보다'의 상관물을 '~처럼 존재하다'에서 지각하는 경우에만 그 충만한 존재론적 효력을 갖게 된다. 이 '~처럼 존재하다'는, 두번째 전제를 첫번째 전제의 존재론적 층위에 이르게 하는 동시에 그것을 강화한다. 지평과 세계라는 개념은 단지 기술적 대상 지시뿐만 아니라 비-기술적 대상 지시, 즉 시적 표현법의 대상 지시와도 관계된다. 앞서의 주장을 되풀이하자면,[28] 세계란 기술적이든 시적이든, 내가 읽고 해석하고 사랑했던 모든 종류의 텍스트들을 통해 열려진 대상 지시의 총체라고 말할 수 있을 것이다. 그러한 텍스트들을 이해하는 것, 그것은 단순한 주위 세계 Umwelt를 하나의 세계 Welt로 만드는 모든 의미 작용을 우리 상황의 술어들 속에 끼워넣는 것이다. 실제로 대부분의 경우 우리는 허구 작품들 덕분에 우리의 존재 지평을 확장시키게 된다. 허구 작품은 현실의 희미해진 이미지, 즉 플라톤이 회화나 글쓰기의 영역에서 '모상(模像, eikôn)'의 이론을 펼치면서 언급한 "그림자"만을 만들어내는 것이 결코 아니다(*Phèdre*, 274e~277e). 줄거리 구성이 탁월하게 보여준 바와 같이, 문학 작품은 오로지 축약, 포화, 절정의 효력에 힘입은 모든 의미 작용들로 현실을 확대시킴으로써만 현실을 그려낸다. 『글쓰기와 모상 *Ecriture et Iconographie*』에서 프랑수아 다고네 François

---

28) 이 모든 내용에 대해서는 『살아 있는 은유』의 7장 외에도 『해석 이론 *Interpretation Theory*』(Fort Worth: The Texas Christian University Press, 1976, pp. 36~37, 40~44, 80, 88)에 실린 나의 논문 요약을 참조할 것.

Dagognet는, 글쓰기와 모든 모상에 반대하는 플라톤의 추론을 반박하면서, 제한된 동시에 압축된 시각적 기호를 토대로 현실을 재구성하는 화가의 전략을 모상을 통한 확대로 특징짓는다. 이 개념은 모든 양태의 모상성 iconicité, 즉 우리가 여기서 허구라고 부르는 것에까지 확장될 만한 가치가 있다. 비슷한 맥락에서 오이겐 핑크 Eugen Fink는 전체적으로 지각된 현실의 단순한 제시와 구별되는 형상 Bild을, 그 좁은 출구를 통해 무한한 풍경으로 열린 어떤 '창'에 비교한다. 한편 가다머는 일상적 관례에 의해 빈약해진 우리의 세계관에 잉여 존재를 부여하는 힘을 형상에서 인지한다.[29]

　이와 같이 일반적인 문학 작품의 재형상화 기능을 인지하는 행위의 기저에 깔린 가정은 해석학적 가정이다. 그것은 텍스트의 배후에 있는 작가의 의도를 복원시키기보다는, 텍스트가 이를테면 자기 앞에 어떤 세계를 펼치게끔 하는 움직임을 밝히고자 한다. 낭만주의 해석학에 비해 하이데거 이후의 해석학이 표방하는 이러한 입장 변화에 대해 나는 다른 곳에서 장황하게 설명한 바가 있다.[30] 최근 몇 년 간 내가 끊임없이 주장한 바는, 텍스트에서 해석되는 것은 내가 거주할 수 있고 나의 가장 고유한 힘을 그 속으로 투사할 수 있는 어떤 세계의 명제라는 것이다. 나는 『살아 있는 은유』에서, 시는 그 뮈토스를 통해 세계를 다시 기술한다고 주장했다. 마찬가지로 이 책에서 내가 말하고 싶은 것은 다음과 같다. 이야기하는 행위, 낭송하는 행위

---

29) Eugen Fink, 『현상학에 관해 De la Phénoménologie』(1966); 불역, Didier Frank, Paris: Minuit, 1974, § 34; H.-G.Gadamer, 『진리와 방법 Wahrheit und Methode』, Tübingen: J. C. B. Mohr, 1960, 1부 II, 2 불역, Vérité et Méthode, Paris: Seuil.

30) 「해석학의 과제 La tâche de l'herméneutique」, 『주해: 방법의 문제와 독서의 연습 Exegèsis : Problème de méthode et exercices de lecture』, éd. par François Bovon et Grégoire Rouiller, Neuchâtel: Delachaux et Niestlé, 1975, pp. 179~200. 영역, Philosophy Today, 17(1973), pp. 112~28. Hermeneutics and the Human Sciences, éd. et trad. par John B. Thompson, Cambridge University Press et Editions de la Maison des sciences de l'homme, 1981, pp. 43~62에 재수록.

는 시가 권하는 대로 다시 행동하는 것이라는 점에서, 서술 행위는 그 시간적 차원을 통해 세계를 다시 의미하는 것이다.[31]

서술 작품의 대상 지시 능력이 일반적인 문학 작품의 대상 지시 능력하에 포섭될 수 있어야 한다면, 여기서 세번째 전제가 등장하게 된다. 실제로 서정시에 의해 제기된 문제보다 서술성에 의해 제기된 문제는 더 단순한 동시에 한층 더 복잡하다. 더 단순하다는 것은, 여기서 세계는 우주적 파토스의 관점에서라기보다는 인간의 프락시스의 관점에서 포착되기 때문이다. 이야기를 통해 다시 의미되는 것, 그것은 이미 인간 행동의 층위에서 미리-의미되었던 것이다. 미메시스 I의 체제하에서 행동의 세계에 대한 전-이해는, 행동 의미론을 구성하는 상호 의미 작용의 그물에 대한 통제를 통해, 즉 상징적 매개와 인간 행동의 전-서술적 능력에 대한 친숙함을 통해 그 특성이 규정된다는 것을 우리는 기억하고 있다. 서술성에 따른 세계 내 존재는 그러한 전-이해에 속하는 언어적 실천을 통해 이미 드러난 세계-내-존재다. 여기서 문제가 되는 모상을 통한 확대 선행하는 해독 가능성의 확대로 구성되며, 행동의 해독 가능성은 거기서 이미 활동하고 있는 해석자 덕분에 증가한다. 인간의 행동은 이미 그 상징적 절합의 모든 양상들을 통해 미리-의미되어 있기에 초과-의미될 수도 있다. 바로 이런 의미에서 대상 지시의 문제는 서술적 양태의 경우 시의 서정적 양태의 경우보다 더 단순하다. 사실 나는 『살아 있는 은유』에서 바로 비극의 뮈토스를 확대 적용함으로써 뮈토스와 재묘사를 결합시키는 시적 대

---

31) 줄거리 구성의 시적 성격이 어떤 행위, 게다가 행위에 영향을 미치는 어떤 행위라는 점에서 넬슨 굿맨Nelson Goodman이 『예술의 언어 *The Languages of Art*』에서 사용한 이 말——그에 의하면 문학 작품은 끊임없이 세계를 창조하고 재창조한다——은 특히 서술 작품에 해당된다. 굿맨의 저서 제1장의 재창조된 현실Reality Remade이라는 문구가 이보다 더 적합한 곳은 없다. 그의 준칙도 마찬가지인데, 그것은 세계라는 표현으로 작품을 생각하고 작품이라는 표현으로 세계를 생각하라는 것이다.

상 지시의 이론을 정립했다. 실제로 능동적 행동과 피동적 행동을 은유화하는 것이야말로 가장 해독하기 쉬운 것이다.

그러나 서술성에 의해 제기된 문제는 대상 지시적 목적과 진리 주장과 관련해서 서정시에 의해 제기된 문제보다는 또 다른 의미에서 더 복잡하다. 허구 이야기와 역사 기술이라는 두 부류로 대별되는 서술 담론의 존재는 일련의 독특한 문제를 제기하며, 그것은 이 책의 4부에서 논의될 것이다. 여기서는 그 중의 몇 가지만 검토해보기로 한다. 가장 뚜렷한, 그리고 아마도 가장 다루기 곤란한 문제는 역사 이야기와 허구 이야기의 대상 지시적 양태들 사이의 명백한 불균형에서 비롯된다. 역사적 지향성은 실제로 일어났던 사건들을 겨냥한다는 점에서, 오로지 역사 기술만이 경험empirie 속에 새겨지는 어떤 대상 지시를 요구할 수 있다. 과거가 이미 존재하지 않는다 하더라도, 그리고 아우구스티누스의 표현을 빌리자면 과거의 현재, 다시 말해서 역사가에게는 기록이 되어버린 과거의 흔적을 통해서만 과거에 이를 수 있다 하더라도 과거가 있었다는 사실에는 변함이 없다. 과거의 사건은, 그것이 현재의 지각에는 존재하지 않는다 할지라도 여전히 역사적 지향성을 지배하며, 어떠한 문학──그것이 아무리 '사실주의적'임을 주장할지라도──도 버금갈 수 없을 사실주의적 느낌을 그 지향성에 부여한다. 흔적을 통한 과거의 실재에 대한 대상 지시는 특별한 분석을 요구하며, 4부의 1개 장 전체가 이 문제를 다룰 것이다. 한편으로 과거는 상상력을 통해서만 재구성될 수 있다는 점에서, 흔적을 통한 이러한 대상 지시가 모든 문학 작품에 공통된 은유적 대상 지시에서 무엇을 빌려오는가를, 그리고 다른 한편으로 그 대상 지시는 과거의 현실에 의해 집중된다는 점에서 은유적 대상 지시에 무엇을 덧붙이는가를 언급해야만 할 것이다. 그 반대로 이번에는 허구 이야기가 그 대상 지시적 역동성의 일부를 흔적을 통한 대상 지시에서 빌려오는 것은 아닌가라는 물음이 제기될 것이다. 실재가 아닌 것을 이야기하기 위해 일반적으로 동사의 과거 시제가 사용되는 데서 알수 있듯이, 모든 이야기는 마치 그것이 일어났던 것처럼 이야기되고 있지 않은가? 이런 의미에서 역사가 허구를 차용하는 것만큼이나 허구 또한 역사를 차용한다고 말할 수 있을 것이다. 바로 이러한 상호 차용이야말로 역사 기술과 허구 이야기 사이에서 교차되는 대상 지시의 문제를 제기할 수 있도록 한다. 흔적을 통한 대상 지시에서 허구가 차지하는 몫을 무시하려는 실증주의적 역사 개념이나, 모든 시 작품에서 은유적 대상 지시의 능력을 무시하려는 반-대상 지시적인 문학 개념만이 그 문제를 회피할 수 있을 것이다. 교차된 대상 지시의 문제는 이 책의 4부를 구성하는 주된 목적들 중의 하나다.

인간 행동의 시간성에서가 아니라면 흔적을 통한 대상 지시와 은유적 대상 지시가 어디에서 교차하겠는가? 역사 기술과 문학적 허구가 그들의 대상 지시적 양태를 거기에서 교차시킴으로써 **공통으로** 재형상화하는 것은 바로 인간의 시간이 아니겠는가?

IV. 이야기된 시간

역사 기술과 이야기 사이에서 교차되는 대상 지시의 문제가 이 책의 마지막 부분에 자리잡게 되는 배경을 보다 분명하게 하기 위해서는, 형상화 행위를 통해 재형상화된 세계의 시간적 특징들을 개략적으로나마 살펴보아야 할 것이다.

나는 앞서 소개한 모상을 통한 확대라는 개념에서 다시금 출발하고자 한다. 그럼으로써 우리는 행동의 전-이해를 특징짓는 각각의 특징들, 즉 실천적인 범주들 간의 상호 의미 작용망, 이 전-이해에 내재하는 상징성, 그리고 특히 그 상징성의 말 그대로 실천적인 시간성을 되짚어볼 수 있을 것이다. 우리는 이러한 각각의 특징들이 강화되고 모상을 통해 확대된다고 말할 수 있을 것이다.

나는 앞의 두 가지 특징에 대해서는 다음과 같은 몇 가지 사항만

빼고는 거의 언급하지 않을 것이다. 계획, 상황, 우연 사이의 상호 의미 작용은 정확히 말해서 바로 우리가 이질적인 것의 종합으로 설명했던 그러한 줄거리를 통해 정돈되는 것이다. 서술 작품은 우리의 실천을 ~처럼 보도록 청하는 것이며, 그것은 우리의 문학 속에서 이어지는 이러저러한 줄거리를 통해 정돈된다. 행동에 내재한 상징화에 관해서는, 바로 그것이야말로 처음에 전통에 편입되었다가 그 다음에 패러다임들의 역사성에 의해 전복되는 도식성 덕분에 재상징화 혹은 탈상징화—혹은 탈상징화를 통해 재상징화—된다고 말할 수 있다. 끝으로, 줄거리 구성을 통해 재형상화되는 것은 다른 무엇보다도 행동의 시간이다.

그러나 여기서 상당히 우회적인 방법이 요구된다. 재형상화된 시간—또는 이야기된 시간이라고 말할 수 있는—에 대한 이론은, 교차된 대상 지시를 논의하면서 역사 기술의 인식론과 서술성에 적용된 문학 비평 간에 이미 시작된 대화의 세번째 동반자에 의해 매개됨으로써만 완성될 수 있다.

이 세번째 동반자는 바로 시간의 현상학인데, 우리는 아우구스티누스에서의 시간을 연구하면서 그 최초의 단계만을 살펴보았다. 이 책의 나머지 부분, 즉 2부에서 4부까지는 결국 역사 기술과 문학 비평, 그리고 현상학적 철학 사이의 길고도 어려운 삼자 간의 대화일 뿐이다. 시간과 이야기의 변증법은 서로 모르고 있는 세 동반자들 간의 내가 보기엔 유례없는 이러한 대면의 최종적 담보물일 수밖에 없다.

이 세번째 동반자의 말에 그 온전한 힘을 실어주기 위해서는 아우구스티누스에서 후설과 하이데거에 이르는 시간의 현상학을 펼쳐 보이는 것이 중요할 것이다. 하지만 그것은 그 역사를 쓰기 위해서가 아니라 『고백록』의 제11서를 연구하면서 별다른 증명없이 제기되었던 진술을 구체화하기 위해서다. 이미 말했듯이 아우구스티누스의 작품에는 시간에 대한 순수 현상학이 존재하지 않는다. 아마도 그 이후로도 결코 없을 것이라고 우리는 덧붙인 바 있다. 증명해야 할 것은 바로 시간에 대한 순수 현상학은 이처럼 불가능하다는 사실이다. 내가 이해하는 바에 따르면 순수 현상학이란 시간의 구조를 직관적으로 포착하는 것으로서, 현상학이 앞선 전통에서 받아들인 논리적 모순들을 해결하는 수단이 되는 논증적 절차들과 분리될 수 있을 뿐만 아니라, 새로운 어떤 것을 발견할 때 원래보다 더 비싼 대가를 치러야만 하는 새로운 논리적 모순이 생겨나는 일도 없다. 시간의 현상학이 진정으로 찾아낸 것들은 아우구스티누스의 시간 이론의 성격을 매우 잘 규정하고 있는 모순적 체제를 결정적으로 벗어날 수는 없다는 것이 내 주장이다. 그러므로 바로 아우구스티누스에 의해 창안된 아포리아들을 다시 검토함으로써 그 범례적 성격을 보여주어야만 할 것이다. 이 점에서 시간에 대한 내적 의식의 현상학에 관한 후설의 『강의 Leçons』에 대한 분석과 논의는 시간의 순수 현상학이 확실히 모순적인 특성을 갖는다는 주장에 대해 주요한 반증의 역할을 할 것이다. 그러한 논의를 거쳐 우리는 다소 의외의 방식으로—적어도 나에게는— 시간은 직접적으로는 관찰될 수 없으며, 시간은 원래 비가시적이라는 전형적으로 칸트적인 논제로 다시금 되돌아올 것이다. 이런 의미에서 시간의 순수 현상학이 안고 있는 끝없는 아포리아들은 시간 자체를 나타나게 하려는 모든 시도, 즉 시간의 현상학을 순수한 것으로 정의하려는 야심이 치러야만 하는 대가일 것이다. 시간의 순수 현상학이 원칙적으로 갖는 모순적 특성을 검증하는 작업은 4부의 핵심 단계가 될 것이다.

서술성의 시학이 시간성의 아포리아에 대답하고 대응한다는 논제를 보편적으로 유효한 것으로 간주해야 한다면 이러한 증거가 필요하다. 아리스토텔레스의 『시학』과 아우구스티누스의 『고백록』의 대조는 이 논제에 대해 부분적인, 그리고 어떤 의미에서는 상황에 의한 검증의 기회를 제공하는 것에 지나지 않는다. 만일 시간의 순수 현상학 전체가 갖는 모순적 특성이 적어도 설득력있게 추론될 수 있다면, 서술성과 시간성의 해석학적 순환은 미메시스의 순환——역사 기술과 문학 비평이 역사적 시간과 시간과의 허구적 유희에 관해 말을 꺼내지 않는 한 이 책 1부에서의 논의는 미메시스의 순환에 국한될 수밖에 없었다——을 훨씬 넘어 확장될 것이다. 내가 조금 전에 언급했던 바, 시간의 현상학이 앞선 두 가지 연구 분야의 목소리에 자신의 목소리를 합치게 될 삼자 간의 대화가 거의 끝날 무렵이 되어서야 해석학적 순환은 서술성의 시학(앞서 언급했던 교차되는 대상 지시의 문제에서 그 절정에 이르는)과 시간성의 아포리아의 순환에 견줄 수 있게 될 것이다.

이제부터 우리는 시간의 순수 현상학이 보편적으로 모순적 성격을 갖는다는 논제에 대해, 하이데거의 해석학은 아우구스티누스와 후설의 주관적 현상학과는 결정적인 단절을 드러낸다고 반론을 제기할 수 있을 것이다. 하이데거는 현존재와 세계-내-존재의 존재론의 토대 위에 현상학을 정초하면서, 자신의 존재론이 주체와 객체의 이분법을 벗어나는 한 자기가 기술하는 그러한 시간성은 어떤 주체보다 '더 주관적'이고 어떤 객체보다 '더 객관적'이라고 주장할 수 있지 않겠는가? 나는 그것을 부정하지 않는다. 하이데거에게 바쳐질 나의 분석은 존재론에 기초한 현상학이 자랑하는 독창성, 그리고 그 자체가 하나의 해석학처럼 제시되는 독창성을 전부 인정할 것이다.

하이데거의 시간 분석이 갖는 고유의 현상학적 독창성——전적으로 마음 씀의 존재론에 닻을 내림으로써 갖는 독창성——은 시간성, 또는 시간화의 층위들을 계층화한 점에 있다는 지적으로 시작하자. 아우구스티누스의 작품에서도 이 주제를 예감케 하는 부분을 늦게나마 찾아볼 수 있을 것이다. 기실 아우구스티누스는 시간의 연장을 이완이라는 표현으로 해석하고 인간의 시간을 그 영원성의 극에 이끌려 내부에서 솟아오른 것으로 기술함으로써 시간적 층위의 다원성이라는 관념에 대한 믿음을 미리 가지고 있었다. 시간 간격은 하루가 한 해 속에, 한 해가 한 세기 속에 끼워지는 것처럼 그렇게 단순하게 수량에 따라 서로서로 끼워지는 것은 아니다. 일반적으로 말해서 시간의 연장과 관계된 문제는 인간의 시간에 대한 질문의 여지를 여전히 남겨두고 있다. 연장이 긴장과 이완의 변증법을 반영하는 한, 시간의 연장은 언제부터, 얼마 동안, 얼마 후에 등의 물음에 대한 대답에서와 같은 양적인 측면만을 갖는 것은 아니다. 그것은 단계적인 긴장이라는 질적인 측면을 갖는다.

나는 이미 아우구스티누스에게서의 시간에 대한 연구에서 시간의 계층이라는 이러한 개념이 낳는 중요한 인식론적 결과를 지적한 바 있다. 즉 역사 기술은 사건 중심의 역사에 대한 투쟁을 위해, 서술학은 이야기를 탈연대화하려는 야망을 위해, 연대기와 비연대기적 체계 관계 사이에서 양자택일을 요구하는 것 같다. 그런데 연대기는 더 큰 긴장의 층위로 옮겨진 시간성 그 자체라는 또 다른 대립항을 갖는다.

나중에 언급하겠지만 『존재와 시간』에서 시간성에 대한 하이데거의 분석은, 그것이 비록 아우구스티누스에게서처럼 세 겹의 현재의 구조가 아니라 죽음을-향한-존재에 대한 사색에서 출발한 것이긴 하지만, 아우구스티누스에 의해 마련된 돌파구를 보다 확실하게 개척한다. 나는 하이데거의 분석이 해석학적 현상학의 방법을 사용하여 다음과 같은 사실을 증명함으로써 엄청난 성과를 거두었다고 생각한다. 즉 시간성의 경험은 여러 가지 근원적 층위에서 펼쳐질 수 있으며, 그 층위들을 『존재와 시간』에서의 순서에 따라 진정하고 숙명적인 시간에서 모든 것이 시간 '속에서' 일어나는 일상적이고 공적인 시간의 방향으로 위에서 아래로 밟아가든지, 혹은 『현상학의 기본 문제 *Grundprobleme der Phänomenologie*』[32]에서처럼 아래서 위로 거슬러 올라가는 것은 현존재의 분석학에 속한다는 것이다. 보다 중요한 것

은 시간화의 단계가 밟아가는 방향보다는 시간적 경험의 계층화 그 자체라 할 것이다.[33]

거슬러올라가거나 아래로 내려가는 이러한 과정에서 가장 중요한 것은, 죽음을-향한-존재를 통해 드러나는 근원적 시간성과 내적 시간성 사이를 잇는 중간 층위에서의 정지라 할 것이다. 때가 되면 말하겠지만 하이데거는 몇 가지 이유로 그것에 역사성 historialité, Geschichtlichkeit 이라는 명칭을 부여한다. 바로 이 층위에서 아우구스티누스와 하이데거의 두 분석은, 하나는 사도 바울의 희망을 향해, 다른 하나는 죽음 앞에서의 거의 스토아적인 결단을 향해 나아감으로써 근본적으로 —적어도 겉으로는— 갈라지기 전에 서로 가장 가까이 남게 된다. 이 역사성의 분석으로 되돌아와야만 하는 본질적 이유는 4부에서 드러날 것이다. 기실 반복 Répétition, Wiederholung의 분석은 바로 그러한 분석 영역에 속하는데, 우리는 이를 통해 역사적 지향성과 문학적 허구의 진리 주장 사이에서 교차되는 대상 지시에 의해 제기된 인식론적 문제들에 존재론적 성격을 지닌 해답을 찾고자 한다. 바로 그 때문에 우리는 이제부터 그것을 끼워넣을 지점을 표시하려는 것이다.

따라서 시간성에 대한 하이데거의 설명이 마음 씀의 존재론에 닻을 내림으로써 그 특유의 현상학적 독창성을 갖는다는 사실을 부정할 수는 없다. 그럼에도 불구하고 현존재에 대한 존재론은 『존재와 시간』 이후의 작품들이 보여주는 방향 전환 Kehre에 이르기 전에는, 아우구스티누스와 후설의 현상학이 야기하는 문제와 유사한 문제를 제

---

32) Martin Heidegger, 『전집 *Gesammtausgabe*』, Bd. 24, 『현상학의 기본 문제 *Die Grundprobleme der Phänomenologie*』, § 19, Frankfurt: Klostermann, 1975.

33) 앞에서 우리는 미메시스 I의 실천적 시간을 『존재와 시간』에 따른 시간성의 파생 형태들 중 맨 마지막 형태 —내적-시간성 Innerzeitigkeit 또는 "시간 속의 존재"— 에 대응시킴으로써 사실상 『존재와 시간』과는 반대의 순서, 즉 '기본 문제'의 순서를 택했다.

기하는 현상학 속에 둘러싸여 있다는 것을 고백해야만 한다. 여기서도 마찬가지로 현상학적 차원에서의 돌파구는 순수 현상학의 모순적 성격을 한층 더 가중시키는 새로운 종류의 어려움을 낳는다. 물리학이나 인문 과학의 인식론에 전혀 기대려 하지 않을 뿐만 아니라, 오히려 그 토대의 구실을 하려는 이러한 현상학의 야심에 따라 상황이 그처럼 악화되는 것이다.

여기서의 역설은, 시간성의 아포리아가 엄밀히 말해서 시간의 현상학과 인문 과학——주로 역사 기술이지만 현대의 서술학도 포함한다——의 관계에 영향을 미친다는 것이다. 물론 하이데거가 역사 기술과 문학 비평, 그리고 현상학 간의 삼자 대화를 더욱 어렵게 만들었다는 것은 역설적이다. 실제로 그가 직업적 역사가에 친숙한 역사 개념과 딜타이로부터 받아들인 인문 과학의 일반적 주제를, 해석학적 현상학의 입장에서 보자면 시간성의 단계적 구분에서 중간 층위를 구성하는 현존재의 역사성에서 이끌어내는 데 성공했는지는 의심스럽다. 훨씬 심각한 것은, 가장 근원적인 시간성이 죽음의 흔적을 지니고 있다면 죽음을-향한-존재를 통해 근본적으로 개인화된 시간성으로부터, 모든 이야기에서 다양한 등장인물들 간의 상호 작용이 요구하는 공동의 시간, 하물며 역사 기술이 요구하는 공적인 시간으로 어떻게 이행할 수 있겠는가?

이런 의미에서 하이데거의 현상학을 거쳐가는 것은 이야기와 시간의 변증법을 유지하기 위한 추가적인 노력을 요구할 것이며, 그로 말미암아 우리는 때때로 하이데거로부터 멀어지기도 할 것이다. 이야기와 시간의 양극단 사이에 파인 것처럼 보이는 심연에도 불구하고 그 둘이 어떻게 동시에 그리고 서로 계층을 이루는가를 보여주는 것이 4부의 주된 목적들 중의 하나가 될 것이다. 때로는 시간의 해석학적 현상학이 이야기의 계층화에 대한 열쇠를 제공할 것이며, 때로는 역사 이야기와 허구 이야기에 대한 학문들이 우리로 하여금 사변적

186

으로 가장 다루기 힘든 시간 현상학의 아포리아들을 시학적으로—
앞에서 이미 사용한 표현을 따르자면—해결할 수 있도록 할 것이
다.

그리하여 현존재의 분석에서 역사 과학을 끌어내야 하는 어려움과
현상학의 숙명적 시간과 서술학의 공적인 시간을 다함께 생각해야만
하는 더 큰 어려움은 우리로 하여금 시간과 이야기의 관계를 보다 잘
생각할 수 있게 하는 자극제 구실을 할 것이다. 그러나 이미 우리는
이 책의 1부를 구성하는 예비적 성찰을 통해 우리는 그 안에서 해석
학적 순환이 미메시스의 단계들의 순환과 일체가 되는 개념으로부터
이야기의 시학과 시간의 아포리아 사이의 보다 광범위한 순환 속에
이 변증법을 기재하는 개념으로 넘어갔다.

이제 시간성의 계층화 과정의 상한(上限)이라는 마지막 문제가 열려
있다. 아우구스티누스와 모든 기독교적 전통의 입장에서 순전히 외
연적인 시간 관계들의 내면화는 모든 사물이 동시에 현전하는 영원
성을 가리킨다. 그리하여 시간에 의한 영원성의 근사치는 평온한 어
떤 영혼의 안정성으로 이루어진다. "그래서 나는 당신 속에, 내 진정
한 모습인 당신의 진리 속에서 흔들리지 않고 견고해질 것입니다"
(『고백록』 XI, 30, 40). 그런데 적어도 『존재와 시간』을 집필하던 시기
에 시간에 관한 하이데거의 철학은, 시간화 층위의 주제를 매우 엄격
하게 다시 다루고 발전시킴으로써 거룩한 영원성이 아니라 죽음을
향한-존재에 의해 확인된 유한성으로 사색의 방향을 돌리고 있다. 그
것은 가장 이완된 지속을 가장 긴장된 지속으로 다시금 인도하는, 서
로 환원될 수 없는 두 가지 방법인가? 아니면 양자택일은 단지 허울
에 지나지 않는 것인가? 오로지 인간적인 것만이 '생명을 가진 것들
을 영원하게 하는 품위를 부여'하려는 의도를 가질 수 있다고 생각해
야 할 것인가? 예술 작품이 사물의 덧없음과 대립시키는 영원성은 오
로지 역사를 통해서만 이루어질 수 있는가? 반면에 역사는, 그것이

죽음을 초월하여 흘러가면서도 죽음과 죽은 자들을 잊지 않도록 경계하고, 죽음을 일깨우고 죽은 자들을 기억하게 하는 것으로 남아 있는 경우에만 역사적일 수 있지 않은가? 이 책이 제기할 수 있는 가장 진지한 물음은 서술성과 시간에 대한 철학적 성찰이 어느 정도까지 영원성과 죽음을 다함께 생각할 수 있게 해주는지를 살펴보는 것이다.

역사와 이야기

1부에서 우리는 오늘날 역사 기술historiographie과 허구 이야기 récit de fiction로 그 영역을 나누는 주요한 분기점을 고려하지 않고 서술 담론의 특성을 규정하고자 했다. 이렇게 함으로써 우리는 역사 기술이 실제로 서술 담론의 영역에 속한다는 것을 암묵적으로 인정한 셈이다. 이제 우리가 검토해야 할 것은 바로 이러한 소속 관계다.

본 연구의 근원에는 동일한 힘을 지닌 두 가지 확신이 자리잡고 있다. 첫번째 확신은, 역사의 서술적 특성을 특수한 형태의 역사, 즉 서술적 역사의 명맥과 연결시키는 것은 오늘날 명분이 없다는 것이다. 이 점에서 궁극적으로 역사의 서술적 성격에 관한 나의 주장을 서술적 역사를 옹호하는 것으로 결코 혼동해서는 안 된다. 두번째 확신은, 만일 역사가 스토리를 따라가는 우리의 기본적인 능력과 그리고 1부에서 설명한 것과 같은 서술적 이해의 인식 작업과의 모든 관계를 끊는다면, 결국 역사는 다른 사회 과학들 사이에서 그 변별적 특성을 상실하게 될 것이라는 점이다. 즉 역사는 역사적이기를 그칠 것이다. 그러나 그 관계는 어떤 성질을 띠고 있는가? 그것이 바로 문제이다.

이 문제를 해결하기 위해 다음과 같은 손쉬운 해결책에 굴하고 싶지는 않았다. 즉, 역사는 반쯤은 문학적이고 반쯤은 과학적인 애매모호한 학문이며, 역사의 인식론은 그 어떤 명목으로도 더 이상 이야기의 방식이 될 수 없는 어떤 역사를 위해 협력하게 될지라도, 유감스럽지만 이러한 사태를 확인할 수밖에 없다고 말하는 해결책이다. 이러한 나태한 절충주의는 나의 포부와는 정반대에 놓여 있다. 나의 주장은, 서술적 형태에서 아무리 멀리 떨어진 역사라 할지라도 어떤 파생 관계를 통해 서술적 이해와 다시 연결되며, 우리는 그러한 관계를 적절한 방법으로 조금씩 단계적으로 재구성할 수 있다는 것이다. 그 방법은 역사학의 방법론에 속하는 것이 아니다. 그것은 과학적이고자 하는 야심 때문에 역사 과학으로서의 특수성을 암묵적으로 간직하고 있는 파생 관계를 무시하려고 하는 학문의 이해 가능성의 궁극적 조건들에 대한 한 차원 높은 성찰에 속한다.

이러한 주장은 역사의 시간과 관련해서 직접적인 함의를 갖는다. 역사가가 자신의 목표와 방법론에 적합한 시간적 매개 변수를 구성할 특권를 가진다는 것은 결코 의심하지 않는다. 내가 주장하는 것은 단지 그러한 구성물들의 의미 작용은 빌려온 것이며, 그것은 우리가 미메시스 II의 이름으로 설명했던 서술적 형상화의 의미 작용에서 간접적으로 파생된 것으로서 서술적 형상화를 거침으로써 행동의 세계를 특징짓는 시간성 속에 뿌리박는다는 것이다. 이렇게 해서 역사의 시간 구성은 내가 구상하는 작업의 주요 목적들 가운데 하나가 될 것이다. 목적이란 다시 말해서 결과인 동시에 시금석인 것이다.

그러므로 나의 주장은 다른 두 가지 주장, 즉 한편으로 서술적 역사의 퇴보에서 역사와 이야기 사이의 모든 관계를 부정하는 결론을 내리고 이야기의 시간과 행동의 시간에 기대지 않고 역사의 시간으로 구성하려는 주장과, 다른 한편으로 역사와 이야기 간에 예컨대 종과 유(類)의 관계와 같은 직접적인 관계를 설정함으로써 행동의 시간과 역사의 시간 사이에 직접 해독할 수 있는 연속성을 설정하려는 주장, 이 두 가지로부터 똑같이 거리를 두고 있다. 나의 주장은 역사 지식이 그 과학적 야망을 그대로 간직하면서 서술적 이해에서 비롯되게끔 해주는 간접적 파생 관계에 대한 확신에 근거한다. 이런 의미에

서 나의 주장은 중도적인 것이 아니다.[1]

이야기와 역사의 간접적인 관계를 재구성하는 것, 그것은 결국 역사가적 사유의 지향성——역사는 이를 통해 끊임없이 인간 행동의 영역과 그 토대가 되는 시간성을 간접적인 목표로 삼는다——을 드러내는 것이다.

이 간접적인 목표의 덕택으로, 역사 기술은 이 책의 1부에서 우리가 밟아왔던 거대한 재현적 순환 속에 포함된다. 다시 말해서 역사 기술 또한 미메시스 I에 대한 우리의 설명에 따라 시간 '속'에서 일어나는 사건들을 다룸으로써 실천적 역량 속에——그러나 파생된 양태로——뿌리박고 있다. 또한 그것은 역사 기술이 미메시스 II를 특징짓는 이야기의 시간에 접목시키는 상위의 시간적 구성물들을 이용하여 실천적 영역을 형상화한다. 끝으로 실천적 영역의 재형상화를 통해 그 의미를 완성하며 존재를 환기하는 데 기여하는바, 이를 통해 미메시스 III은 절정에 이른다.

나의 구상이 내다보는 가장 먼 지평은 그러한 것이다. 그러나 2부에서는 그 구상을 끝까지 밀고 나가지는 않을 것이다. 그것을 명확하게 연구하기 위해서는 미메시스 III에 상응하는 마지막 부분을 남겨두어야 한다. 기실 역사를 행동과 삶에 끼워넣는 것과 시간을 재형상화하는 역량은 역사에서의 진리의 문제를 제기한다. 그런데 그 문제는 내가 역사의 진리 주장과 허구의 진리 주장 사이에서 교차되는 대상 지시라 부른 것과 불가분의 관계에 놓여 있다. 따라서 이 책의 2부에서 진행될 연구는 역사의 문제점에 대한 모든 영역을 취급하지는 않는다. 『살아 있는 은유』에서 사용했던 어휘를 그대로 따르자면, 그것은

---

1) 그럼에도 불구하고 역사적 설명은 어떤 혼합물인 것처럼 기술되기도 한다. 이 점에서 나는 2장의 일부에서 살펴볼 Henrik von Wright의 주장을 받아들인다. 그러나 '혼합'은 혼돈이나 모호함을 의미하는 것은 아니다. '혼합물'이란 그것이 자신에게 적합한 인식론적 차원에서의 '혼합물'로 세심하게 구성된다는 점에서 타협과는 전혀 다른 것이다.

"의미"에 대한 질문과 "대상 지시"에 대한 질문을 분리시킨다. 또는 1부에서 사용한 어휘를 따르자면, 현재의 연구는 미메시스 Ⅱ의 이름으로 기술되었던 서술적 이해와 설명을 우회적인 표현oratio obliqua의 양태로 다시 연결하고자 한다.

2부에서 다루게 될 질문들의 순서는 조금 전에 약술했던 주장에 대한 논증을 통해 정해진다.

「이야기의 쇠락éclipse」이라는 제목이 붙여진 1장에서는 현대 역사학이 뚜렷하게 서술 형태로부터 멀리 떨어져 있다는 사실이 확인된다. 나는 역사-이야기를 공격하면서 넓은 의미에서 서로 독자적인 두 가지 사상적 흐름들이 수렴된다는 것을 밝히려 했다. 그 하나는 역사적 적용에 보다 가까운, 따라서 인식론적이기보다는 방법론적인 것으로서, 현대 프랑스 역사 기술은 그것을 가장 잘 예증하는 것처럼 보인다. 다른 하나는 과학의 통일성에 대한 논리 실증주의의 주장들에서 비롯된다. 따라서 그것은 방법론적이라기보다는 인식론적이다.

「이야기를 위한 변론」이라고 이름 붙여진 2장에서는 서술적 역량을 직접 역사 담론으로 확장시키고자 하는 다양한 시도들——한 가지 중요한 시도만이 예외이고 대부분 영어권의 저자들에게서 빌려온——을 설명한다. 나의 본래 계획에 통합시키고자 하는 그 분석들이 불러일으키는 상당한 공감에도 불구하고, 그것들이 이야기와 직접적이고 따라서 명백한 관계를 맺는 역사 기술 형태들만을 고려함에 따라 그 목표에 완전히 이르는 것처럼 보이지는 않는다는 것을 고백할 수밖에 없다.

「역사적 지향성」이라는 제목의 3장은 2부의 중심 주장, 즉 역사 지식은 서술적 이해력에서 간접적으로 파생된다는 주장을 담고 있다. 이러한 배경하에 나는 다른 곳에서 다룬 적이 있었던 설명 expliquer과 이해 comprendre의 관계에 대한 분석을 다시 개진할 것이다.[2] 결론을 대신하여, 나는 1장의 발단을 이루는 질문, 즉 사건의 위상에 대한 질문에 부분적인 대답을 제시할 것이다. 그런데 사건의 인식론적 위상——2부는 이것만을 다룬다——은 그 존재론적 위상——그것은 4부의 목적들 가운데 하나다——과 분리될 수 없다는 점에서, 그 대답은 완전한 것일 수가 없다.

나는 독자에게 기나긴 인내를 요구한다. 독자는 이어지는 세 개의 장에서 시간과 이야기라는 핵심 문제에 관한 예비적 분석만을 얻을 수 있다는 것을 알아야 한다. 역사 이야기가 시간의 재형상화에 기여하는 바를 정당하게 성찰하기 위해서는 우선 역사적 설명과 서술적 이해의 관계를 밝혀야만 한다. 그런데 그것을 규명하는 것 자체도 기나긴 과정을 거쳐야 한다. 왜냐하면 역사 기술과 이야기의 간접적인 관계가 점차적으로, 그리고 단계적으로 복원될 수 있기 위해서는, 적절한 논의를 거쳐 법칙론적 이론과 서술학적 이론의 불충분함이 드러나야 하기 때문이다. 그렇다고 해서 이러한 기나긴 인식론적 예비 작업이 최종적인 존재론적 목표를 실종시켜서는 안 될 것이다. 우리가 논쟁의 규모를 확대시켜야만 하는 추가적 이유가 있다. 즉 나의 생각은 이야기에 의한 시간의 재형상화는 역사 이야기와 허구 이야기가 결합된 결과라는 것이다. 따라서 허구 이야기를 다루는 3부의 끝에 이르러서야 우리는 이야기된 시간의 문제를 전체적으로 다시 검토할 수 있을 것이다.

---

2) 「설명과 이해 Expliquer et comprendre」, *Revue philosophique de Louvain*, 75(1977), pp. 126~47.

제1장

이야기의 쇠락

프랑스어권의 역사 기술과 신실증주의적인 인식론은 극히 상이한 두 개의 담론 세계에 속한다. 전자는 전통적으로 철학에 대해 확고한 불신을 가지고 있는데, 여기서의 철학은 일반적으로 헤겔식의 역사 철학을 지칭하며 그 자체는 또한 슈펭글러Spengler나 토인비Toynbee의 사상들과 편의상 혼동되기도 한다. 딜타이Dilthey, 리케르트Rickert, 지멜Simmel, 막스 베버Max Weber로부터 물려받아 레이몽 아롱 Raymond Aron과 앙리 마루Henri Marrou로 이어지는 역사 비판 철학으로 말하자면, 그것이 프랑스의 주된 역사 기술 경향에 진정으로 통합된 적은 결코 없었다.[1] 아무리 방법론에 신경을 쓰고 있는 책이라

---

1) 1960년에 Pierre Chaunu는 이렇게 적고 있다. "인식론은 단호히 물리쳐야만 하는 유혹이다. 인식론이란 달콤하게 빠져들려는 사람들에게는 진척도 없고 성과도 없는 연구임을 나타내는 안이한 해결책 ——한두 가지 탁월한 예외는 그 규칙을 확인할 따름이다——일 수 있다는 것을 최근의 경험은 증명하는 것 같지 않은가? 몇몇 선두 주자들——그 어떤 경우에도 우리가 그 중에 끼여 있다고 주장하지 않는다 ——이, 지금 형성되고 있는 어떤 지식을 굳건히 이어가는 장인(匠人)들——그것이 우리가 바라는 유일한 명분이다——이 불건전한 카푸아Capoue(이탈리아의 도시 이름으로 한니발 장군이 이 도시를 점령하고 휴양지를 세움. '카푸아의 달콤함'이라 는 표현은 전의를 상실하게 한다는 뜻으로 쓰임: 옮긴이)의 위험한 유혹에 빠지지 않도록 보호하기 위해 거기에 헌신하는 것이 바람직할 따름이다"(『계량적 역사, 계통적 역사 Histoire quantitative, Histoire sérielle』, Paris: Armand Colin, 1978, p. 10).

196

할지라도, 역사에서의 설명의 인식론적 구조에 관한 금세기 초의 독일 역사학파, 그리고 현금의 논리 실증주의나 영어권의 그 반대자들의 성찰에 비견할 만한 것을 찾아볼 수 없는 것은 바로 이 때문이다. 그 힘은 다른 곳, 즉 역사가라는 직업을 엄격히 고집하는 데 있다. 프랑스 역사학파가 제공하는 최선의 방법론은 현장 실천가의 방법론이다. 이런 점에서 프랑스 역사학파는 철학자에게서 빌려온 것이 전혀 없기 때문에 더더욱 철학자로 하여금 생각하게끔 한다. 반면 신실증주의에서 비롯된 작업들은, 과학적 지식과 그 계획 및 성공의 내밀한 통일성을 정의한다고 추정되는 모델에 따라 역사에서의 설명을 조정하기 위해 끊임없이 신경을 쓴다는 데 있다. 이런 의미에서 그러한 작업들은 방법론보다는 인식론에 속한다. 그러나 강점은 흔히 약점이 되는 것으로, 설명 모델들에 대한 논의에는 그만큼 역사가의 실천이 결여되어 있다. 불행히도 이 결점은 논리 실증주의의 반대자들도 마찬가지로 갖고 있다. 나중에 '서술학적' 논의를 검토하면서 설명하겠지만, 실증주의적이거나 반-실증주의적인 인식론이 역사가에게서 빌려오는 예들이 오늘날 역사학이 도달한 복합적 층위에 이르는 경우는 좀처럼 드물다.

그러나 이러한 두 가지 사상적 흐름들은 그것이 아무리 이질적이라 하더라도 적어도 다음과 같은 공통점을 갖는다. 즉 그것들은 여기서 우리의 관심 대상 밖인 역사 철학을 거부하며, 뿐만 아니라 오늘날 우리가 기술하고 있는 것과 같은 그러한 역사의 서술적 성격도 거부하는 것이다.

추론 과정이 서로 다르기에 결과가 이처럼 수렴된다는 사실은 그만큼 더 충격적이다. 프랑스 역사 기술의 입장에서 이야기의 쇠락은 주로 역사학의 대상이 이동한 데서 비롯된다. 이제 행동하는 개인이 아니라 총체적인 사회 현실이 대상이 된 것이다. 논리 실증주의의 입장에서 이야기의 쇠락은 오히려 역사적 설명과 서술적 이해 사이의 인식론적 단절에서 비롯된다.

이 장에서 우리는 각각의 관점에서 사건의 운명과 역사적 지속 durée의 운명을 실마리로 삼아 이야기에 대한 그 두 가지 논박을 수렴하는 데 주안점을 둘 것이다.

1. 프랑스의 역사 기술에서 사건의 쇠락[2]

논의의 시금석으로 사건이란 개념을 선택한 것은, 프랑스의 역사 기술에서 '사건 중심의 역사'에 대한 비판이 상당한 위치를 차지하고 있다는 점에서, 그리고 그러한 비판은 이야기의 범주에 대한 거부와 동등한 것으로 간주된다는 점에서, 프랑스의 역사 기술이 역사 이론에 기여한 바를 검토하는 데 특히 적절하기 때문이다.

성찰을 시작하기에 앞서 역사적 사건이란 개념은 대부분의 상식적 개념들이 그렇듯이 오해를 불러일으키는 자명성을 가지고 있다는 점을 지적해야 할 것이다. 그것은 비판을 거치지 않은 두 가지 계열의 단언 명제, 즉 존재론적이고 인식론적인 명제를 내포하고 있는데, 후자는 전자에 기초를 두고 있다.

존재론적 의미에서 역사적 사건이란 과거 속에서 실제로 일어난 것을 말한다. 이러한 단언은 그 자체가 여러 가지 양상을 지닌다. 우선 이미 일어난 것의 속성은 아직 일어나지 않은 것의 속성과는 근본적으로 다르다고 인정된다. 이런 의미에서 일어난 것의 지나간 실재성은, 우리가 그것을 구성하고 재구성하는 것과는 관계없이 (과거의)

---

2) 이 장에서의 몇몇 분석들은 이를 보다 상세히 전개한 나의 논문 「역사 이론에 대한 프랑스 역사 기술의 공헌 The Contribution of French Historiography to the Theory of History」(*The Zaharoff Lecture* (1978~1979), Oxford: Clarendon Press, 1980)을 요약한 것이다. 반면에 3장에서는 *Zaharoff Lecture*에 수록되지 않았던 프랑스 역사가들의 저서에 대한 분석을 볼 수 있을 것이다.

절대적 속성으로 간주된다. 이 첫번째 특징은 물리적이고 역사적인 사건들에 공통된 것이다. 두번째 특징은 역사적 사건의 영역을 한정한다. 즉 역사상 발생하는 사건들 가운데 몇 가지는 우리와 비슷한 행동 주체들이 만들어낸 것이다. 따라서 역사적 사건이란 행동하는 존재가 일어나게 하거나 겪는 것들이다. 역사란 과거의 인간들의 행동에 대한 앎이라는 일반적인 정의는, 이처럼 행동 주체-인간의 탓으로 돌릴 수 있는 사건들의 영역으로 관심을 제한한 데서 비롯된다. 세번째 특징은 실천적 영역에서 의사 소통이 가능한 영역을 제한함으로써 생긴다. 즉 인간의 과거라는 개념에는 우리의 의사 소통 능력에 영향을 미치는 이타성(異他性) 또는 절대적 차이라는 관념이 장애 요인으로 추가된다. 그것은 하버마스Habermas가 보편적 화용론의 규범으로 제시한 합의와 동의를 추구하는 우리의 역량에 내포된 것이라고 할 수 있으며, 우리의 의사 소통 능력은 이방인의 낯섦을 도전과 장애물인 듯 만나게 되고 그 요지부동의 이타성을 인정함으로써만 그에 대한 이해를 기대할 수 있는 것처럼 보인다.

이 삼중의 존재론적 전제——절대적이었음, 절대적으로 과거에 속하는 인간 행동, 절대적 이타성——는 삼중의 인식론적 전제와 대응한다. 우선 우리는 물리적이거나 인간적인 사건의 되풀이될 수 없는 단일성을 법칙의 보편성과 대립시킨다. 문제되는 것이 고도의 통계적 빈도든 인과론적 연결이든 또는 기능적 관계든간에, 사건이란 오로지 단 한 번만 일어나는 것이다. 이어서 우리는 논리적이거나 물리적인 필연성에 실천적인 우연성을 대립시킨다. 즉 사건이란 달리 일어날 수도 있었던 것이다. 끝으로 이타성의 인식론적 보상(補償)은 기존의 모든 모델이나 불변항에 대한 괴리의 개념에 있다.

대략 이러한 것들이 역사적 사건이라는 개념을 무비판적으로 사용하면서 우리가 암묵적으로 전제하고 있는 것들이다. 연구의 초기에는 편견, 철학적이거나 신학적인 침전, 또는 보편적인 규범적 제약에 속하는 것이 무엇인지를 알지 못한다. 그것을 걸러내는 것은 바로 역사가의 실천을 통해 수행되는 비판의 결과일 뿐이다. 뒤에서 보겠지만 프랑스의 역사 기술은 그것이 사건의 전제들에 대한 이러한 비판에 어떻게 기여하는가에 따라서 평가될 것이다.

나는 레이몽 아롱의 핵심 저서 『역사 철학 입문: 역사적 객관성의 한계에 대한 시론 *Introduction à la philosophie de l'histoire: Essai sur les limites de l'objectivité historique*』(1938)[3]을 간략하게 언급하고자 하는데, 이 책은 뤼시앵 페브르 Lucien Febvre와 마르크 블로흐 Marc Bloch가 『경제·사회사 연보 *Annales d'histoire économique et sociale*』(1939) —— 1945년 이후에 그것은 『연보. 경제, 사회, 문명 *Annales. Economies, Sociétés, Civilisations*』이 된다 —— 를 창간하기 직전에 발행되었다. 설명과 이해의 변증법에 관해 설명하면서 아롱의 저서를 다시 언급하게 될 것이지만, 첫번째의 상식적 가정, 즉 실제로 일어났던 것으로 사건의 절대적 성격을 단언하는 가정을 붕괴시키는 데 크게 기여했다는 점에서 지금 이 자리에서 인용될 만한 가치가 있다. 레이몽 아롱은 바로 역사적 객관성의 한계를 제기함으로써 이른바 "대상의 해체"(p. 120)를 천명하기에 이른다. 이 유명한 주장은 불행히도 여러 가지 오해를 불러일으켰다. 그것은 다른 어떤 존재론적 주장보다도 특히 랑글루아 Langlois와 세뇨보스 Seignobos의 보호하에 있었던 당시의 주도적 실증주의를 겨냥하고 있었다.[4] 그것은 바로 다음과 같은 사실을 의미한다. 즉 역사가가 과거의 사건의 설명이나 이해에 연루되어 있는 한, 역사 담론에 의해서 절대적인 사건이 확인될 수는 없다. 이해 —— 비록 일상 생활에서 어떤 개별적 타자를 이해하는 경우에도 —— 는 결코 직접적인 직관이 아니라 어떤 재구성이다. 이해는

---

3) 16판(Paris: NRF, 'Bibliothèque des Idées,' Gallimard, 1957)에서 인용.

4) Charles-Victor Langlois et Charles Seignobos, 『역사학 입문 *Introduction aux études historiques*』, Paris, 1898.

언제나 단순한 공감 이상의 것이다. 간단히 말해서, "학문적으로 연구하기에 앞서 이미 이루어졌기에, 단순히 충실하게 재생산하기만 하면 되는 그러한 역사적 실재는 존재하지 않는다"(p. 120). "장 상 테르Jean sans Terre[영국 왕(1199~1216)으로서 프랑스 필립 왕의 도움을 받아 사자 왕 리처드의 아들이자 자신의 조카인 아더를 암살하고 왕위를 찬탈한다: 옮긴이]가 그곳을 거쳐갔다"라는, 의도성과 동기, 그리고 가치의 결합에 의해서 이해 가능한 전체에 통합됨으로써만 역사적 사실이 된다. 그리고 나면, 다양한 재구성은 이해의 작업이 주장하는 객관성과 되풀이될 수 없는 생생한 경험을 분리하는 단절을 강조하게 될 따름이다. 이 시기에 아롱이 사용한 어휘를 빌려 "극히 미미한 오성으로도 대상의 해체"가 이루어진다면, 인과론적 사유의 층위에서 대상의 소멸은 보다 철저하다(이 점에 관해서는 3장에서 다시 언급할 것이다. 막스 베버와 마찬가지로 아롱에게 있어서도 역사적 인과성이란 개별적인 것에 대한 개별적인 것의 관계, 그러나 과거에 대한 개연성을 매개로 한 관계다). 개연성의 단계에서 가장 하위 단계는 우연적인 것을 규정하며, 가장 상위 단계는 막스 베버가 합당성 adéquation 이라 부른 것을 규정한다. 합당성이 논리적 혹은 물리적인 필연성과 다른 것과 마찬가지로, 우연적인 것 또한 절대적 단일성과 동등한 것은 아니다. "역사적 분석과 인과적 관계의 국부적 특성에서 발생하는 개연성으로 말하자면, 그것은 우리의 정신 속에 있는 것이지 사물에 있는 것이 아니다"(p. 168). 이 점에서 개연성에 대한 역사적 평가는 학자의 논리와는 다르며, 차라리 재판관의 논리에 접근한다. 그리하여 아롱의 입장에서 철학적 관건은, 과거에 대한 모든 숙명적 환상을 일소하고 미래지향적인 행동의 자발성을 향해 역사의 이론을 열어주는 것이었다.

현단계의 연구에서 아롱의 저서는 다음과 같은 명백한 결과를 갖는다. 즉 실제로 일어난 사건들의 총화(總和)로 이해된 과거는 역사가의 손이 미치지 못하는 곳에 있다는 것이다.

마루H.-I. Marrou의 『역사 지식에 관하여 *De la connaissance historique*』(1954)에서도 우리는 아롱의 논증과 비슷한 것을 볼 수 있다.[5] 나아가서 이번에는 역사가의 실천이 보다 뚜렷하게 나타난다. 타자의 이해와 인간의 과거에 대한 앎 사이의 관련성에 대한 문제는 4부에서 다시 언급할 것이므로 여기서는 다루지 않을 것이다.[6]

1부의 끝에서 언급한 숙명적 시간과 공적인 시간 사이의 연속성은 바로 이 부분에 직접적으로 연루되어 있다. 타자의 이해에 도움을 청하는 이러한 사유에서 나는 '대상의 해체'와 관계된 레이몽 아롱의 공리와 교차하는 핵심적인 방법론적 함의만을 지적하고자 한다.

우선 타자의 증언에 근거한 역사 지식은 "엄밀한 의미에서의 과학이 아니라, 단지 믿음에 따른 지식에 불과하다"(p. 137). "역사란 역사가의 인성이 전적으로 걸려 있는 영적인 모험"이라는 점에서 이해는 역사가의 작업 전체를 감싸고 있다. "한마디로 말해서 이해는 역사가에게 실존적 가치를 지니고 있으며, 이해의 진지함과 의미 작용, 그리고 가치는 바로 거기에서 비롯된다"(p. 197). 그리고 마루는 "바로 그것이야말로 우리의 비판 철학의 핵심이며, 모든 것이 정돈되고 규명되는 중심 관점이다"(같은 책)라고 덧붙인다. 이해는 이처럼 "역사의 진실"(9장), 다시 말해서 역사가 주장할 수 있는 진실에 통합된다. 설명이 역사의 객관적인 측면이 아니듯이 이해는 그 주관적인 측면이 아니다. 주관성은 감옥이 아니며 객관성은 이 감옥으로부터의

---

5) H.-I. Marrou, *De la connaissance historique*, Paris: Seuil, 1954.

6) "과거와 관련된 이해에서 특수한 것은 아무것도 없다. 현재 속에서, 그리고 특히 (왜냐하면 대부분, 그리고 최상의 경우에 상정된 자료는 '텍스트'이기 때문이다) 분절된 언어의 이해를 통해 타자를 이해하는 행위도 마찬가지 과정을 거친다"(p. 83). Marrou의 입장에서 볼 때 진정한 단절이란 자기 자신에 대한 집착과 타인을 향한 열림 사이에 존재하고 있다는 점에서, 개인적 기억에서 역사적 과거로 이행하는 것은 문제가 되지 않는다.

해방이 아니다. 주관성과 객관성은 서로 대립한다기보다는 서로 겹쳐지는 것이다. "사실상 역사의 진실성〔그것은 이 책의 끝에서 두번째 장의 제목이다〕이라는 문제에서, 역사가 진실할 때 그 진실성은 과거에 대한 진실과 동시에 역사가에 대한 증언으로 이루어지기 때문에 이중적이다"(p. 221).

이어서 역사가는 역사 지식에 연루되어 있으므로, 역사 지식이 과거를 다시-현실화한다는 불가능한 임무를 목표로 할 수는 없다.[7] 두 가지 이유로 그것은 불가능하다. 우선 역사는 그것이 이전의 사람들에 의해 체험된 과거와 오늘날의 역사가 사이에서 설정하는 관계를 통해서만 지식으로 성립한다. 역사의 과정 전체는 역사 지식의 방정식의 일부를 이룬다. 그 결과 인류가 실제로 체험한 과거는, 경험적으로 알려진 현상의 근원에 위치한 칸트의 물(物) 자체 noumène가 그런 것처럼 가정될 수밖에 없다. 게다가 우리는 과거의 체험에 접근할 수는 있겠지만, 그것이 지식의 대상이 될 수는 없다. 왜냐하면 그러한 과거가 현재였을 때, 그것은 지금 우리의 현재처럼 혼란스럽고 다양한 모습을 지니며 이해할 수 없었기 때문이다. 그런데 역사는 인과론적이거나 목적론적인 관계 사슬의 토대, 의미 작용과 가치의 토대 위에 세워진 지식 혹은 정돈된 관점을 목표로 한다. 결국은, 아롱이 앞서 말한 의미에서 '대상의 해체'를 천명하는 바로 그 순간, 마루는 이처럼 아롱과 다시 만난다.[8]

---

7) 여기서 마루Marrou는 자신이 가장 존경하는 사상가들 중의 하나인 콜링우드 Collingwood로부터 멀어진다. 그러나 그가 콜링우드를 다시 읽어본다면 여기서 옹호되고 있는 주장에 보다 가까워질 것이다(아래, 4부를 참조할 것).

8) 아롱의 말을 그대로 인용하면서 마루는 이렇게 적고 있다. "아니, 학문적으로 연구되기에 앞서 이미 이루어졌기에, 단순히 충실하게 재생산하기만 하면 되는 그러한 역사적 실재는 존재하지 않는다"(아롱, p. 120). 다시 말해서 역사는 어떤 의미에서는 창조적 노력의 결과이며, 정통한 주체인 역사가는 그것을 통해 자신이 환기하는 과거와 자신의 것인 현재 사이에 이러한 관계를 설정한다(pp. 50~51).

역사를 과거의 무의식적 재현으로 생각하지 않도록 하는 이 논증은 또한 새로운 경향의 프랑스 역사 기술이 혐오하는 실증주의도 마찬가지로 비난한다. 역사란 과거에 대한 역사가의 관계라면, 우리가 역사가를 과거에 덧붙여진, 제거해야만 할 교란 요인으로 취급할 수는 없을 것이다. 보다시피 방법론적 논증은 이해에서 파생된 논증과 정확히 겹쳐진다. 만일 이를 혹평하는 사람이 있어서 공감보다는 의혹에 더 많은 가치를 둔다면, 그의 도의적 정서는 방법론적 환상——그에 따르면 역사적 사실은 기록 속에서 잠재 상태로 존재할 것이며 역사가는 역사 방정식에 기생하는 존재일 것이다——에 기꺼이 동의할 것이다. 이러한 방법론적 환상에 맞서, 역사에서의 주도권은 기록이 아니라(3장) 역사가에 의해 제기된 질문에 속한다는 것을 인정해야 한다. 역사가는 역사 탐구에서 논리적 우선권을 가지고 있다.

따라서 마루의 저서는 그 자체로서의 과거라는 편견에 대한 투쟁을 통해 아롱의 저서를 보완한다. 동시에 그것은 아날 학파의 반-실증주의적인 경향과 확고부동한 연계를 맺는다.

이 문제에 대해 아날 학파가 기여한 바는 철학자 아롱과 나아가서 역사가-철학자 마루가 이해의 문제에 대해 독일식의 접근 방식을 통해 기여한 바와는 크게 다르다. 아날 학파와 함께[9] 우리는 '이해'의 주제와는 전반적으로 거리를 두는 직업적 역사가들의 방법론에 접하게 된다. 이 학파에 속하는 역사가들의 가장 이론적인 글들은 자신들의 직업에 관해 성찰하는 장인(匠人)론이다.

마르크 블로흐는 『역사를 위한 변론 또는 역사가라는 직업 *Apologie*

---

9) 아날 학파의 성립, 선구자들 및 발전의 역사를 간략하게 살펴보려면 자크 르 고프 Jacques Le Goff의 논문 「최근의 역사 L'histoire nouvelle」(『새로운 역사 *La Nouvelle Histoire*』, encyclopédie dirigée par Jacques Le Goff, Roger Chartier, Jacques Revel, Paris: Retz-CEPL, 1978, pp. 210~41)를 참조할 것.

pour l'histoire ou Métier d'historien』[10]에서 그 모범을 보여주었는데, 풍부한 지식이 들어 있다고는 볼 수 없는 그 책은 1944년 그가 나치에 의해 총살됨으로써 초고의 3분의 2 단계에서 중지되었다. 미완의 이책은 "자신의 일상적인 일에 관한 사색을 언제나 사랑했던 어느 장인의 비망록, 오랜 동안 길이 측정기와 수평기를 다루었던, 그러나 그렇다고 해서 자신이 수학자라고 생각하지는 않았던 어느 직공의 수첩"(p. 30)이고자 한다. 이 책이 보여주는 망설임과 대담함, 그리고 신중함은 오늘날에도 그 가치를 간직한다. 사실 그가 즐겨 강조하고 있는 것은 바로 역사 기술 그 자체의 '우유부단함'이다.[11]

물론 이야기들은 단지 '자발적인 증인들'을 모아서 엮을 따름이며, 우리는 고고학자, 경제와 사회 구조를 연구하는 역사가에게 친숙한 다른 모든 흔적들이라는 '자발적이지 않은 증인들'의 도움을 받아 역

---

10) 이 책은 7판까지 발행되었는데, 마지막 판은 조르주 뒤비 Georges Duby의 중요한 서문을 싣고 있다(Paris: Armand Colin, 1974).

11) 4부에서 나는 자신의 저서 1장에서 마르크 블로흐를 사로잡았던 질문, 즉 "역사, 인간 그리고 시간" 간의 관계를 다시 언급할 것이다. 역사가는 과거의 사실에서 인간적이며 "시간 속의 인간에 대한 과학"(p. 50)으로 정의될 수 있는 것만을 알 따름이다. 역사적 시간은 이어지는 것인 동시에 상이한 것이며, 역사는 기원의 강박관념에서 벗어나야 한다. 과거를 알지 못하고서는 현재를 알 수 없으며, 그 '반대도 마찬가지다.' 이 모든 주제들은 우리가 역사의 지시 대상을 검토할 때 전면에 다시 등장할 것이다. 여기서는 대상에 대한 마르크 블로흐의 간략한 성찰, 그리고 그 중에서도 흔적과 증언의 개념이 갖는 위상과 결부된 인식론적 개관만 언급하고자 한다. 그의 사유에서 확실히 대담한 점은, 프랑수아 시미앙 François Simiand이 탁월하게 표현한 것처럼 "흔적을 통한 지식"이라는 역사에 대한 정의에 자신의 주된 방법론적 해석을 결부시켰다는 것이다. 그런데 시간 속의 인간에 대한 과학은 본질적으로 "증인들 간의 관계"(p. 57)라는 흔적 위에 세워진다. 그렇기 때문에 "역사적 관찰" ─ 2장의 제목이다 ─ 과 "비판" ─ 3장의 제목이다 ─ 은 무엇보다도 유형론과 증언의 범주론에 바쳐질 것이다. 『역사를 위한 변론』에서 주목할 만한 것은, 이야기는 역사가가 고증하는 여러 종류의 증언들 중의 하나로, 즉 독자에게 정보를 주기로 예정된 의도적 증언으로 나타날 뿐이며, 결코 역사가가 쓰는 작품의 문학적 형태로 나타나는 것은 아니다(이야기라는 단어의 출현에 대해서는 pp. 55, 60, 97, 144를 참조할 것).

사에 대한 그들의 영향력을 제한해야 한다. 그러나 기록의 원천을 이처럼 무한히 확장한다 하더라도 증언의 개념은 여전히 기록의 개념을 감싸고 있으며 "흔적에 대한"(p. 73) 모든 관찰의 모델로 남게 된다. 그 결과 '비판'은, 전적으로는 아니라도 결국에는 증언에 대한 비판, 즉 그것이 당사자와 연대를 속이는 것이든(다시 말해서 법률적인 의미에서 거짓된), 근본을 속이는 것이든(즉 표절, 날조, 개작, 편견과 소문의 유포), 그 거짓을 추적하고 진실성을 검증하는 것이 될 것이다. 같은 시기에 영어권의 인식론이 몰두했던 원인과 법칙에 대한 물음들을 희생시켜가면서, 증언에 대한 비판에 이러한 상당한 위치가 부여된 것은 본질적으로[12] 역사적 현상의 심리적 psychique 특성을 통해 흔적이라는 개념을 세부적으로 명시했기 때문이다. 즉 사회적 조건은 "그 심층적인 본질상 심리적"(p. 158)이다. 그 결과 "심리적인 현실을 다루는 증언에 대한 비판은 언제나 섬세한 기법으로 남아 있을 것이며 〔……〕 그러나 그것은 또한 어떤 중요한 정신적 활동들의 방법적 적용에 근거하는 합리적 기법인 것이다"(p. 97). 작품이 보여주는 신중함, 게다가 그 소심함은 기록의 개념을 이처럼 증언의 개념에 복종시키는 것에 대한 반대 급부다. 실제로 "비판적 방법의 논리에 대한 시론"이라는 제목을 가진 부분(pp. 97~116)마저도 여전히 증언에 대한 사회-심리학적인, 게다가 매우 세련된 분석에 갇혀 있다. 이러한 합리적 기법은, 그것이 증언을 상호 모순되게 하고 거짓의 동기를 적당히 배합한다 할지라도 여전히 리처드 사이먼 Richard Simon과 볼랑드주의자 Bollandiste〔볼랑드는 벨기에의 제수이트파 학자로서 현학적 비판으로 유명함: 옮긴이〕 그리고 베네딕트회를 통해 연마된 전문적인 방법을 계승한 것이라 할 수 있다. 저자는 이렇게 앞선 의미에서의 통계적 비판의 역할을 깨닫지 못한 것이 아니라, 막스

---

12) 중세사에서 허위 진술이 담당한 상당한 역할 또한 증언에 대한 비판에 주어진 광범위한 규모를 우연적인 방식으로 설명한다.

베버에 의해 20년 전에 다루어졌고, 레이몽 아롱에 의해 몇 년 전에 다시 논의된 개연성의 논리가 이제는 더 이상 증언에 대한 비판이 아니라 역사에서의 인과성이라는 문제에 속한다는 것을 알지 못한 것이다.[13] 그러므로 오로지 증언의 불완전함을 드러내고 설명하기 위해서 그것을 이용함으로써 불가피하게 그 영향력을 제한하게 되었다.[14]

『역사를 위한 변론』이 열어준 진정한 돌파구는 오히려 "역사적 분석"(4장의 제목)에 바쳐진 설명에서 찾아야 할 것이다. 역사적 설명은 무엇보다도 유사한 현상들의 연쇄 체제와 그 상호 작용의 구축에 있다는 것을 마르크 블로흐는 완전히 깨닫고 있었다. 이처럼 종합에 대한 분석의 우위[15]를 인정함으로써 그는 『형태들의 삶 *Vie des Formes*』이라는 탁월한 저서의 저자인 포시용Focillon을 담보로 인용하여, 포괄적인 역사 현상 속에서 그처럼 구별되는 정치, 경제, 예술적인 양상들——우리는 나중에 조르주 뒤비와 함께 그것을 다시 검토할 것이다——간에 존재하는 괴리 현상을 정리할 수 있었다. 그리고 용어 체계의 문제에 대해 주목할 만한 논의의 기회를 가질 수 있었다(pp.

---

13) "어떤 사건의 개연성을 평가한다는 것은 그 사건이 만들어질 수 있는 기회를 측정하는 것이다"(p. 107). 지나간 과거에 예견을 적용시키는 것처럼 보이는 이러한 추론 방식의 특이성을 관찰함으로써 마르크 블로흐는 베버와 아롱에 근접한다. 즉 "어떻게 보면 상상 속에서 뒤로 물러난 과거의 윤곽은, 우리에게는 실제로 과거인 것의 파편 위에 세워진 과거의 미래다"(p. 107).

14) "결국 증언에 대한 비판은 유사함과 상이함, 단일자 l'un와 다자 le multiple의 본능적인 형이상학에 의존하고 있다"(p. 101). 이처럼 그것은 "제한된 유사성의 원칙"을 조작하는 것으로 요약된다(p. 103).

15) 이야기는, 미슐레 Michelet를 담보로 인용함으로써 단 한 번 재구성 단계와 연관된다. "그러나 이 모든 다양한 요소들은 전체적으로 이야기의 통일성 속에서 선회하기 때문에, 생명력을 갖는 어떤 거대한 움직임이 필요했다"(p. 129에서 인용). 『역사를 위한 변론』에서 가장 큰 결점이라 할 수 있는 것은 설명——따라서 역사에서의 인과성——의 문제가 관찰——따라서 역사적 사실과 사건——의 문제와 연결되는 방식에 대한 성찰이다. 이야기, 그리고 사건과 이야기 사이의 관계에 대한 성찰은 바로 이 연결 지점에서 우리에게 많은 것을 가르쳐줄 수도 있었을 것이다.

130~55).

이 문제는 명백히 사건들의 분류에 대한 문제와 연결되어 있다. 하지만 그는 언어의 속성이라는 특수한 문제를 제기한다. 즉 "기록에 나타난 어휘란 나름대로의 증언에 불과할 뿐이며, 따라서 비판을 요한다"(p. 138)라는 사실을 망각할 위험을 무릅쓰고라도, 이미 기록에 나타난 용어로 과거의 실체를 명명해야만 하는가? 아니면 시대적 차이 때문에 과거의 현상의 특수성을 보지 못하고 우리의 범주를 대담하게 영속시키는 위험을 무릅쓰고라도 그 위에 현대적인 용어를 투영시켜야 할 것인가? 보다시피 유사함과 상이함의 변증법은 비판과 역사적 분석을 규제한다.

저자가 역사에서의 인과적 관계라는 엄청난 문제에 대한 논의에 뛰어들었던 그 순간 저술이 급작스럽게 중단되었기 때문에, 우리는 한층 더 그의 이러한 예리한 통찰을 아쉬워하는 것이다. 남아 있는 것은 단 한 문장인데, 그렇기 때문에 그 여운은 한층 더 돋보인다. "역사에서의 원인은 다른 곳에서와 마찬가지로 가정되지 않는다. 그것은 스스로를 찾는다"(p. 160).

아날 학파의 진정한 선언문은 페르낭 브로델의 걸작 『필립 2세 시대의 지중해와 지중해 세계』라 할 것이다.[16)]

학술적인 명료성을 배려한다는 의미에서, 나는 브로델과 그의 학파에 속하는 역사가들의 시론들 중에서 우리의 최초 가정들 가운데

---

16) Fernand Braudel, *La Méditerranée et le Monde méditerranéen à l'époque de Philippe II*, Paris: Armand Colin, 1949. 이 저서는 1979년 4판에 이르기까지 두 번의 중요한 개정을 거친다. 그 밖에도 저자는 『필립 2세 시대의 지중해와 지중해 세계』 「서문」의 발췌문, 콜레주 드 프랑스에서의 「취임기념 강의」(1950), 「장기 지속」에 관한 『연보 Annales』의 유명한 논문(1958), 그리고 역사학과 다른 인문 과학들 간의 관계를 다룬 다양한 여러 논문들을 『역사에 관한 글들 Ecrits sur l'histoire』(Paris: Flammarion, 1969)이라는 한 권의 책으로 엮은 바 있다.

두번째 가정, 즉 사건이란 행동하는 존재들이 일어나게 만드는 것이며, 따라서 행동 본래의 우연성을 공유하는 것이라는 가정과 직접적으로 배치되는 것만을 다루고자 한다. 문제가 되는 것은 바로 사건들을 '일어나게 만든다'(그리고 그 당연한 결과로 '겪는다')라는 개념에 연루된 행동 모델이다. 이 암묵적인 모델에 따르면 행동은 항상 개인적인 행동 주체, 즉 사건을 일으킨 자나 그 희생자에게 귀속될 수 있다. 상호 작용의 개념을 행동의 개념에 포함시킨다 할지라도, 행동의 당사자는 언제나 확인할 수 있는 어떤 행동 주체여야만 한다는 전제에서 벗어날 수는 없다.

사건이란 개인이 일어나게 만들거나 겪는 것이라는 암묵적인 전제는, 서로 밀접하게 연결되어 있는 다른 두 개의 전제(직접적으로 브로델과 그 계승자들의 비판의 표적이 되는 전제들), 즉 개인은 역사적 변화의 궁극적 담지자라는 전제와 가장 의미심장한 변화는 간결하고 급작스럽게 개인의 삶에 영향을 미치는, 어느 한 점으로 주어지는 변화라는 전제와 마찬가지로 브로델에 의해 무너진다. 브로델은 바로 여기에서 말하는 간결하고 급작스러운 변화를 사건이라 칭하는 것이다.

이 두 가지의 명백한 필연적 결과는 결코 그 자체로는 논의된 적이 없었던 세번째 결과, 즉 사건들의 역사, 사건 중심의 역사 histoire événementielle는 역사—이야기에 불과할 수밖에 없다는 결과를 그로부터 이끌어낸다. 그렇게 되면 정치사, 사건 중심의 역사, 역사—이야기는 거의 같은 뜻을 지닌 표현이 된다. 엄밀한 의미에서 역사의 서술적 지위를 탐구하는 우리에게 가장 놀라운 것은, 정치사의 우위와 사건의 우위가 그랬던 것처럼 이야기의 개념도 결코 그 자체로 탐구된 적이 없었다는 것이다. 사람들은 랑케 Ranke식의 역사—이야기를 우회적인 문장으로 부인하는 데 그쳤을 뿐이다(마르크 블로흐의 입장에서 이야기란 자발적인 증언, 따라서 기록의 일부라는 것을 우리는 앞에서 보았다). 마르크 블로흐와 함께 아날 학파를 창시한 뤼시앵 페브르 또한 사료를 통해 주어진 역사의 원자(原子)로 이해된 역사적 사실이라는 개념을 격렬히 비판함으로써,[17] 그리고 역사가에 의해 구성된 역사적 실재를 옹호함으로써, 역사학에 의해 그렇게 창조된 역사적 실재와 화자에 의해 창조된 허구 이야기를 근본적으로 접근시켰다는 생각을 갖지 못했다. 따라서 역사-이야기에 대한 비판은 개인과 사건을 전면에 내세우는 정치사에 대한 비판을 통해서 행해진다. 그는 이 두 가지 개념만을 정면으로 공격하는 것이다.

최근의 역사가들은 사회 과학에서의 방법론적 개인주의에 맞서 역사의 대상은 개인이 아니라 "총체적인 사회 현실"——마르셀 모스 Marcel Mauss에게서 빌려온 이 용어는 경제, 사회, 정치, 문화, 정신 등 그 모든 인간적 차원을 담고 있다——이라는 주장을 대립시킨다. 그들은 시간적 도약으로 이해된 사건의 개념에 사회적 시간의 개념을 대립시키는데, 그 주요 범주들——국면, 구조, 경향, 주기, 성장, 위기 등——은 경제학과 인구 통계학, 그리고 사회학에서 빌려온 것들이다.

중요한 것은 두 가지 유형의 논쟁, 즉 역사 연구의 궁극적 원자(原子)로서의 개인의 우위와 사회적 변화의 궁극적 원자로서의 일회적인 사건 événement ponctuel의 우위 사이의 연관 관계를 파악하는 것이다.

이 두 가지의 의견 차이는 행동과 시간에 관한 사색에서 비롯되는 것이 아니라, 역사적 탐구의 주축을 정치사에서 사회사로 이동시킴에 따라 직접적으로 빚어진 결과다. 사실상 정치 · 군사 · 외교 · 교회사에서는 국가 수반, 군 지휘관, 장관, 외교관, 고위 성직자 등 개인

---

17) 『역사를 위한 전투 *Combats pour l'histoire*』(Paris: Armand Colin, 1953, p. 7)에 실린 콜레주 드 프랑스에서의 「취임기념 강의」(1933). 백과사전 『새로운 역사 *La Nouvelle Histoire*』에도 '이야기'나 '서술'이라는 항목은 없다.

들이 역사를 만든다고 여겨진다. 또한 그곳에서는 폭발에 비견할 만
한 사건이 지배적 위치에 있게 된다. "전사(戰史)"는 "사건 중심의 역
사"(폴 라콩브Paul Lacombe가 만들고 프랑수아 시미앙과 앙리 베르
Henri Berr에 의해 다시 사용된 표현에 따르면[18])와 짝을 이룬다. 개인
의 우위와 일회적인 사건의 우위는 정치사의 우위에서 비롯된 어쩔
수 없는 두 가지의 당연한 결과다.

사건 중심의 역사에 대한 이러한 비판이 결코 헤겔적 전통 속에서
그 자체가 철학적인 역사 개념에 대한 철학적 비판의 결과는 아니라
는 점은 주목할 만하다. 그것은 오히려 프랑스에서 금세기 초반 30년
대까지의 역사 연구를 지배했던 실증주의적 전통에 대한 방법론적
투쟁에서 비롯된 것이다. 실증주의적 전통에서 보자면 중요한 사건
들은 이미 문헌에 기록되어 있으며, 게다가 문헌들 그 자체는 권력의
분배에 영향을 미치는 돌발적이고 우연한 사건들을 중심으로 이미
정립되고 조직되어 있다. 이리하여 전사와 사건 중심의 역사에 대한
이중의 비난은 총체적인 인간 현상——하지만 그 경제 · 사회적 조건
을 특히 강조하는——의 역사를 옹호하기 위한 논쟁의 이면을 구성한
다. 이 점에서 프랑스 역사학파의 가장 뚜렷한, 그리고 아마도 가장
풍성한 작업은 집단, 사회적 범주 및 계급, 도시와 농촌, 부르주아,
장인, 농부, 그리고 노동자들이 역사의 집단적 주인공이 되는 사회사
에 바쳐진다. 브로델과 더불어 역사는 바로 지리-역사géo-histoire가
되며, 그 주인공은 지중해와 지중해 세계이며, 위게트Huguette와 피
에르 쇼뉘Pierre Chaunu에 따르면 세비야와 신대륙 사이의 대서양이

---

18) Paul Lacombe, 『과학으로서의 역사에 관하여 *De l'histoire considérée comme une
science*』, Paris: Hachette, 1894; François Simiand, 「역사적 방법과 사회 과학
Méthode historique et science sociale」, *Revue de synthèse historique*, 1903, pp.
1~22, 129, 157; Henri Berr, 『전통적 역사와 역사적 종합 *L'Histoire traditionnelle et
la Synthèse historique*』, Paris: Alcan, 1921.

그 뒤를 이어 주인공이 된다.[19]

단기 지속의 의미로 이해된 사건의 개념에 대립되는 '장기 지속 longue durée'의 개념은 바로 이러한 비판적 맥락에서 태어난다. 『필립 2세 시대의 지중해와 지중해 세계』의 「서문」에서, 그 후 1950년 콜레주 드 프랑스에서의 「취임기념 강의」에서, 그리고 다시금 『연보 Annales』의 논문 「장기 지속」에서 브로델은 같은 문제만을 집요하게 추구해왔다. 가장 피상적인 역사, 그것은 개인적 차원의 역사다. 사건 중심의 역사는 짧고 신속하며 격렬하게 변동하는 역사다. 그것은 인간적인 측면에서는 가장 풍요롭지만 그러나 가장 위험하다. 이러한 역사와 그 개인적 시간 아래 "느린 리듬의 역사"(같은 책, p. 11)와 그 "장기 지속"(pp. 4 이하)이 펼쳐지며, 그것은 사회사, 즉 집단과 심층적인 성향의 역사다. 이러한 장기 지속의 개념을 역사가에게 가르친 이는 바로 경제학자다. 그러나 장기 지속은 또한 정치 체제와 정신 구조의 시간이다. 종국에는 보다 깊이 감추어져 "거의 움직이지 않는 역사, 자신을 둘러싼 환경과의 관계를 통해 이해된 인간의 역사"(p. 11)가 지배한다. 이러한 역사에 관해서는 "지리학적 시간"(p. 13)이라 말해야만 할 것이다.

지속의 이러한 단계 구분은 역사의 인식론 분야에서——원인과 법칙의 관념에 대한 보다 세련된 논의가 없었던 탓에——프랑스 역사 기술이 이룩한 가장 뚜렷한 공적들 중의 하나다.

개인과 사건은 동시에 극복되어야 한다는 생각은 아날 학파의 강점일 것이다. 브로델과 더불어 역사를 위한 변론은 "익명적이고, 심층적이며, 침묵을 지키는 역사"(p. 21)를 위한 변론, 그리고 바로 그로 말미암아 "헤아릴 수 없이 빠르고 헤아릴 수 없이 느린 사회적 시간"(『역사에 관한 글들』에서 「취임기념 강의」, p. 24)을 위한 변론이 된

---

19) Pierre Chaunu, 『세비야와 대서양 *Séville et l'Atlantique (1504~1650)*』, 12 vol. Paris: SEVPEN, 1955~1960.

다. 그것은 변론이자 신조이다. "나는 이렇게 특별히 느린 문명사의 실재를 믿는다"(p. 24). 그러나 사회적 현실의 한복판에서 "순간과 서서히 흘러가는 시간 사이의 이러한 생생한 대립"(p. 43)을 암시하는 것은 철학적 반성이 아니라 바로 역사가의 직업이라는 것을 저자는 「장기 지속」에서 확인한다. 사회적 시간의 이러한 다원성에 대한 의식은 모든 인문 과학에 공통된 방법론을 구성하는 한 요소가 되게 마련이다. 저자는 다음과 같이 말할 정도로 거의 역설에 가까울 만큼 공리를 밀고 나간다. "사회 과학은 사건에 대해 거의 공포를 갖고 있다. 그것이 이유없는 것은 아니다. 짧은 시간은 지속들 중에서도 가장 변덕스럽고 가장 믿을 수 없기 때문이다"(p. 46).

인식론에 정통한 독자라면 시간성의 다원성을 특징짓는 표현들이 엄밀하지 못하다는 데 놀랄 수도 있다. 브로델은 짧거나 긴 시간, 따라서 시간 간격 사이의 양적인 차이에 대해서만이 아니라, 빠른 시간과 느린 시간에 관해 말한다. 그런데 일반적으로 말해서 속도는 시간 간격이 아니라 그 간격을 거쳐가는 운동을 일컫는다.

그리하여 최종적으로 문제되는 것은 바로 이러한 운동들이다. 빠름이나 느림을 나타내는 이미지들로부터 이끌어낸 몇몇 은유들이 그 사실을 확인한다. 우선 짧은 시간과 같은 뜻으로 쓰이는 사건을 평가 절하하고 있는 은유들을 살펴보자. "표면적인 동요, 조류가 그 위력적인 움직임으로 일으키는 파도——짧고 신속하며 격렬하게 변동하는 역사"(『역사에 관한 글들』의 「서문」, p. 12). "그 시대 사람들이 우리의 삶과 마찬가지로 짧은 자신들의 삶의 리듬에 따라 느끼고 묘사하고 체험한 것과 같은, 여전히 강렬한 그러한 역사를 믿지 말자"(같은 책). "모든 살아 있는 세계가 그러하듯이 심층적인 역사, 그리고 우리의 배가 마치 가장 술취한 배처럼 그 위를 흘러가는 살아 있는 바다를 아랑곳하지 않는 맹목적인 세계"(같은 책). "마법의 주문" "연기(煙氣)" "변덕" "투명하지 않은 광채" "짧은 순간의 환상" "기만적인 환상” 등 랑케가 사용한 일련의 은유들은 짧은 시간의 속임수를 말한다. “아주 세련된 주인공들의 역할로 완전히 축소된 역사에 저항하기” “인간이 역사를 만든다는 트라이치케Treitschke의 일방적인 교만한 말에 저항하기”(「취임기념 강의」, 『역사에 관한 글들』, p. 21) 등의 다른 은유들은 수다스럽게 그 주장을 내세운다. 랑케가 애지중지했던 것은 전통적인 역사, 역사-이야기로서, 그것은 “투명하지 않은 광채, 인간성이 결여된 사실”의 역사다. 그리고 이제 “긴 시간의 예외적 가치”(「장기 지속」, p. 44)를 말하는 은유들이 있다. “익명적이고, 심층적이며, 자주 침묵을 지키는 이러한 역사,” 즉 인간이 그것을 만든다기보다는 인간을 만드는 역사(「취임기념 강의」, 『역사에 관한 글들』, p. 21), “우리의 이전의 척도와는 전혀 일치하지 않는 시간을 갖는 무거운 역사”(같은 책, p. 24), “침묵을 지키는, 그러나 거역할 수 없는 이러한 문명사”(같은 책, p. 29) 등이 그것이다.

이 은유들은 도대체 무엇을 숨기고 무엇을 드러내는가? 우선 ‘우리’란 말을 헤겔식으로 세계사의 위인들로 이해한다면, 우리가 역사를 만드는 것은 아니라는 고백은 진실함과 겸허함을 동시에 배려하고 있다. 따라서 그것은 연극의 갈채 속에 묻혀버리고 침묵 속으로 사라지는 심층적인 시간의 힘을 보고 듣게 하려는 의지다. 우리가 지금 이 의지 밑을 더 파들어간다면 무엇을 발견할 수 있을까? 그것은 균형을 이루고 있는 두 가지의 상반된 인식이다.

한편으로 느림과 무거움, 그리고 긴 시간의 침묵 덕택에 역사는 장기 지속 특유의 이해 가능성과 지속적인 균형 고유의 일관성, 간단히 말해서 일종의 변화 속의 안정에 이르게 된다. “장기적이고 고갈되지 않는 지속적 실재인 문명은, 끊임없이 자신의 운명에 다시 적응함으로써 다른 모든 집단적 실재들보다 오래 지속된다. 문명은 다른 무엇보다 오래 살아남는 것이다”(「역사와 현재의 시간」, 『역사에 관한 글들』, p. 303). 저자는 문명에 관해 말하면서 그것을 “시간이 흘러도 잘 마모되지 않고 매우 느리게 전달되는 실재"로 지칭하기도 한다. 그렇다. "문명은 매우 오래 지속되는 실재다"(p. 303). 토인비는, 우리가 그를 어떤 식으로든 폄하하든간에, 그것을 완전히 이해하고 있었다. "그는 죽지 않고 여전히 살아 있는 이 현실들 중의 몇몇에 매달렸다. 수세기를 건너, 그리고 예수나 부처 또는 마호메트처럼 인간을 뛰어넘는 인간들, 즉 역시 오래 지속되는 인간들을 통해 강렬하게 울려퍼지는 사건들에 그는 매달렸다"(p. 284). 연기처럼 사라지는 사건에 바위같이 견고한 지속이 대립된다. 특히 시간이 지리 속에 새겨지고 풍경의 영속성 속에 담겨 있을 때, "문명은 우선 어떤 공간이고 문화적 시기이며 〔……〕 거주지인 것이다"(p. 292). "장기 지속, 그것은 구조들과 구조 집단들에 대한 고갈되지 않고 마모되지 않는 역사다"(『역사와 사회학』, 같은 책, p. 114). 여기서 브로델이 지속의 개념을 통해 얻은 것은 변화하는 것이라기보다는 머물러 있는 것이라고 할 수 있으며, 지속되다 durer라는 동사는 지속 durée이라는 실사보다 그것을 더 잘 표현하고 있다. 진정한 변화가 보여주는 거대한 느림에 대한 존중의 이면에는, 사건의 격렬함에 대립되는 신중한 지혜가 있다는 것을 알아차리게 된다.

그러나 사회 수학이 비연대기적 구조와 시간을 초월한 모델을 장기 지속에 적용하기를 제안하게 되면, 상반된 인식이 드러난다. 그러한 주장과 유혹에 대항하여 역사가는 변화의 수호자로 남게 된다. 역사가는 물론 전통적인 레시타티프 récitatif 대신 "국면(局面)을 다루는 레시타티프"를 제시할 수 있지만, 그렇다 해도 "그 너머에는 한층 더 꾸준한 숨결, 그리고 세기적 규모를 지닌 역사, 즉 오래, 심지어 매우 오래 지속되는 역사가 자리잡고 있다"(pp. 44~45). 그러나 지속은, 그것이 가장 오랜 지속이라 할지라도 지속이라는 사실에는 변함이 없다. 그리고 역사가는 역사학이 사회학으로 전향할 수 있는 바로 그 문턱을 지킨다. 「장기 지속」(1958)이란 논문에서 사회 수학을 다루고 있는 부분(『역사에 관한 글들』, pp. 61 이하), 그리고 「역사와 사회학」 (pp. 97 이하)이라는 논문에서 우리는 그것을 알 수 있다. "역사학의 언어에서 완벽한 공시태는 거의 있을 수 없다"(p. 62)라고 브로델은 항의한다. 물론 사회 수학자들은 "거의 시간을 초월한, 다시 말해서 사실상 매우 오래 지속되는 전인미답의 컴컴한 길을 돌아가는"(p. 66) 모델을 구성할 수 있다. 실제로 모델들은 다양한 지속을 갖는데, "그것들은 자신이 담고 있는 현실에 상당하는 시간의 값을 갖는다. 〔……〕 왜냐하면 삶의 심층 구조보다 더 의미심장한 것은 그 단절 지점, 상호 모순된 압력의 결과로 말미암아 그 구조들이 급격하거나 느리게 손상되는 과정이기 때문이다"(p. 71). 역사가에게 중요한 것은 결국 어떤 모델을 처음부터 끝까지 밟아가는 것이다. 항해의 은유는 여기서 다시금 강렬하게 나타난다. "표류는 언제나 가장 의미심장한 순간이다"(p. 72). 특성을 다루는 수학 모델은 "무엇보다도 시간의 수많은 길 가운데 단 하나의 길, 즉 우연적인 사건과 국면, 그리고 단절을 피해, 길고 아주 오랜 지속의 길을 돌아가기에"(p. 72) 시간 속에서의 여행에는 적합치 않다. 레비-스트로스에 의해 구성된 모델들이 그 경우인데, 그 모델들은 매번 "마치 시간을 초월한 것처럼 극도로 느린 현상"(p. 73)에 적용된다. 근친상간의 금지는 매우 오래 지속되는 이러한 현실들 중의 하나다. 신화 또한 마찬가지로 서서히 발전됨으로써 극도의 항구성을 갖는 구조에 상응한다. 이처럼 신화소, 즉 이해 가능한 이러한 원자들은 무한히 작은 것을 매우 오랜 지속과 결합시킨다. 그러나 역사가의 입장에서 매우 오랜 지속이란 "삶의 다양한 유희, 그 모든 움직임과 지속, 그 모든 단절과 변주"를 잊게 할 수는 없는 "너무나 오랜 지속"(p. 75)이다.

결국 장기 지속 이론을 주장한 브로델은 사건의 측면과 너무 오랜 지속의 측면이라는 두 개의 전선에서 전투에 참여한 것이다. 우리는 3장에서 장기 지속과 그에 대한 이중의 거부에 대한 변론이 어느 정도로 줄거리 구성의 서술적 모델과 양립할 수 있는지를 살펴보고자 한다. 그렇다면, 사건 중심의 역사를 공격하는 것만이 사건이란 개념 자체에 대한 역사가의 최후 보루는 아닐 것이다. 왜냐하면 사건에 있어 중요한 것은 폭발하듯이 짧고 강력한 것보다는 줄거리의 진전에 기여하는 것이기 때문이다.[20]

브로델 이후 아날 학파 전체는 장기 지속의 돌파구 속으로 몰려갔다. 나는 여기서 잠시 현대 프랑스의 역사 기술이 이룩한 가장 의미심장한 발전들 중의 하나, 즉 역사학에 대거 도입된 계량적 방법에 관해 설명하고자 하는데, 경제학에서 빌려온 그 방법은 인구 통계학사, 사회사, 문화사, 그리고 나아가서 정신사에까지 확장된다. 이러한 발전과 더불어 역사적 사건의 성격에 관한 대전제, 즉 사건은 유일무이하기에 되풀이되지 않는다는 전제에 대한 질문이 제기된다.

기실 계량적인 역사는 근본적으로 "계통적 역사"——피에르 쇼뉘에 의해 고전적이 된 표현에 따르면[21]——로서, 그것은 동질적인 일련의 사항들, 경우에 따라서는 컴퓨터 조작을 통해 접근할 수 있는 반복 가능한 사실들의 구성에 근거한다. 역사적 시간의 모든 중요한 범주들은 '계통적' 토대 위에서 점차적으로 다시금 정의될 수 있다. 이리하여 총괄적 역사가 서로 떨어져 있는 계열들 사이의 상관 관계를 주어진 순간에 가능한 한 최대로 통합할 수 있는 방법으로 이해되는 한, 국면은 경제사에서 사회사로, 그리고 거기서 일반사로 이행한다.[22] 마

---

20) 나는 나중에(3장, pp. 405~12) 『필립 2세 시대의 지중해와 지중해 세계』에 나타난 브로델의 실제 분석과 여기서 다루고 있는 『역사에 관한 글들』에서의 이론적 진술들을 비교할 것이다.

21) Pierre Chaunu, 『계량적 역사, 계통적 역사 *Histoire quantitative, Histoire sérielle*』, 앞의 책.

22) 국면 conjoncture이란 개념은 경제학자들에 의해 다듬어진 것으로서 "어떤 주어진 순간에 고립된 모든 변수들과 요인들의 상호 독립성을 포착하기 위해서, 그리고

찬가지로, 주어진 어떤 전체의 관계 조직이라는 정태적 의미와 지속적인 안정성이라는 동태적인 의미라는 이중의 의미로 이해된 구조의 개념은, 그것이 계열화를 전제하는 수많은 변수들의 교차와 대조될 수 있는 한에서만 어느 정도 정확성을 지닌다. 이리하여 '계통적' 역사의 관점에서 보자면 국면은 짧은 시간을, 구조는 매우 긴 시간을 가리키는 방향으로 나아간다. 그러나 전체적으로 보자면, 우연적인 것과 사건 중심적인 것에 대한 승리가 궁극적으로는 국면을 구조 속으로 흡수할 수 있는가, 혹은 장기 지속——프랑스 역사 기술이 일반적으로 선호하는——이 "차가운 사회"(『새로운 역사』, p. 527)의 움직이지 않는 시간 속에 용해되기를 거부하는가에 따라, 이 두 가지 개념은 또한 역사 연구의 양극성을 지시하는 방향으로 나아간다.

그런데 일반적으로 역사가들은, 그리고 특히 경제사 전문가들은 그들의 동료 경제학자나 사회학자들과는 달리 구조 개념에서 그 시간적 색조를 보존하기를 고집한다. '장기 지속'의 개념은 모델의 전체적인 탈-연대기화에 대한 저항과 우연적이고 고립된 사건에의 현혹에 대한 저항이라는 양면에 걸친 이러한 투쟁에서 그들을 도와주었다. 그러나 전자의 유혹이 인접한 사회 과학에서 비롯된 반면, 후자는 역사적 전통 자체에서 비롯된 것이기 때문에 투쟁은 언제나 바로 사건의 전선에서 가장 치열했다. 전반적인 측면에서 볼 때 경제사의 발전은, 1929년의 대공황이 던진 도전에 대해 그 사건의 파국적 단일성을 제거할 수 있는 장기 분석을 사용한 응전이었다. 비연대기적 구조의 전선에서 벌어진 투쟁으로 말하자면, 그것은 결코 완전히 사라진 적이 없었다. 시몬 쿠즈네츠Simon Kuznets와 장 마르체브스키Jean Marczewski의 순수 계량 경제학의 발전에 직면하여 계통적 역

시간에 따른 그 변화를 추적——따라서 예견——하기 위해서 통계학자들이 설정한 다양한 곡선들의 불연속성을 극복하려는 의지를 표현한다"(『새로운 역사』에 실린 논문, 「구조/국면」, 앞의 책, p. 525).

사학은 순수 계량적 역사학과 구분되어야만 했는데, 후자는 국가 재정을 모델로 택함으로써 국가적 배경에 갇혀 있다는 점이 비난받게 된다. 경제학자들의 계량적 역사학이 정밀 과학의 제단 위에 희생시킨 것, 그것은 바로 사건의 극적인 시간이라는 큰 대가를 치르고 다시 획득한 긴 시간이다. 바로 이 때문에 거시 공간에 닻을 내리고 브로델의 지리-정치학과 연대를 맺는 것이 필요하다. 그 결과 계통적인 역사학은 여전히 장기 지속을 고수할 수 있을 것이며, 그리고 이러한 매개 덕분에 여전히 전통적 역사의 줄기에 접목될 수 있을 것이다. 또한 바로 그 때문에 국면과 구조는, 서로 대립되는 경우에도, 통시적으로는 내재적 논리가 우연적인 것과 고립된 사건에 우선함을 보여주는 것이다.

에르네스트 라브루스 Ernest Labrousse는 프랑수아 시미앙[23]에 의해 열려진 길을 물가(物價)의 역사를 통해 다짐으로써 국면과 구조의 개념을 자신의 연구 분야에 통합한 최초의 역사가가 되었다.[24] 동시에 그는 자신의 경제사 연구 분야를 사회-직업 조사에 토대를 둔 사회사로 이끌어감으로써 이 새로운 영역을 계량으로 확장시킬 수 있는 길을 보여주었다. 라브루스에게 구조는 사회적인 것이다. 즉 그것은 인간이 사회적 범위 ─ 라브루스는 이것을 계급이라 부른다 ─ 속에서 생산 및 다른 사람들과 맺는 관계를 통해 인간과 관련된다. 1950년 이후로 그는 사회적 계량에 도전하며, 통계학적 도구는 계량화에 보다 덜 적합한 영역으로 탈출하게 된다. '사회적 계량'이란 첫번째 층위인 경제적 층위에서 두번째 층위인 사회적 층위로의 이행으로, 마

---

23) 『구체제 말기와 프랑스 대혁명 초기의 프랑스 경제의 위기 *La Crise de l'économie française à la fin de l'Ancien Régime et au début de la Révolution française*』(Paris: PUF, 1944)의 「서문」은 경제사의 『방법론 서설』이었다.

24) 피에르 쇼뉘의 증언에 따르면 "라브루스는 어떤 구조의 내부에서만 말할 수 있는 국면의 의미 작용이 갖는 한계를 드러냈다." 『계량적 역사, 계통적 역사』, 앞의 책, p. 125.

르크스주의의 정통성과는 관계 없이 진정한 마르크스주의의 길을 따른다. 이처럼 분석 모델로서의 경제사는, 인구 통계학의 측면, 그리고 나중에 보겠지만 사회-문화적 현상과 정신 구조의 측면——라브루스에 의하면 세번째 층위——에서도 계통적인 발전 단계를 내포하고 있다는 것이 밝혀진 바 있다.

경제사의 방법론과 마르크 블로흐와 뤼시앵 페브르의 반-실증주의적 투쟁은 단절보다는 연속성을 드러냈다. 실제로 아날 학파의 창시자들은, 우선 되풀이될 수 없는 유일한 사건에 현혹되는 것에 저항하고, 이어서 역사를 잘 만들어진 국가 연대기와 동일시하는 데 반대했으며, 끝으로——아마도 이것이 가장 중요할 것이다——역사에서 '사실'로 간주되는 것을 구성하는 과정에서 선택 기준, 그러니까 문제성의 결여와 맞서 싸우고자 했다. 이 역사가들이 끊임없이 되풀이하여 말하는 사실이란 기록 속에 주어진 것이 아니라, 기록들이 문제성에 따라 선택되는 것이다. 기록 그 자체는 주어지지 않는다. 즉 공식적 문헌은 체제이며, 그 체제는 사건들의 선집(選集)과 국가의 연대기로 이해된 역사에 유리한 암묵적인 선택을 반영한다. 그러한 선택은 공표되지 않았기 때문에 역사적 사실은 기록에 의해 지배되는 것처럼, 그리고 역사가는 자신의 문제들을 이 주어진 자료에서 받아들이는 것처럼 보일 수도 있었다.

계량적(또는 계통적) 역사가 전반적인 역사 영역을 정복하는 이러한 과정에서 우리는 인구 통계학의 역사가 갖는 그 시간적 연관성으로 말미암아 특별히 그것을 언급하지 않을 수 없다. 인구 통계학에서 중요한 것은 우선 인구의 수와 지구상에서의 세대 교체에 비례하여 그 수를 계산하는 것이다. 역사적 인구 통계학, 다시 말해서 시간적 관점에서의 인구 통계학은 단 하나의 덩어리로 간주되는 인류의 생물학적 진화를 기술한다.[25] 동시에 그것은 5백 년 단위로 장기 지속을 설정함으로써 전통적 역사의 시대 구분을 문제삼는 세계적인 인구 리듬을 나타나게 한다. 끝으로 역사가가 다시 떠맡게 된 인구 통계학은 인구 증감의 수준과 문화과 문명의 수준 사이의 관계를 규명한다.[26]

이런 점에서 라브루스의 세 가지 층위를 다시 적용하자면, 역사적 인구 통계학은 경제적 층위의 계통적 역사와 사회적 층위의 계통적 역사, 이어서 문화적이고 정신적인 층위의 계통적 역사 사이의 이행을 확실하게 한다.

사회적 층위라는 말은 페르낭 브로델이 자신의 다른 저서에서 물질 문명[27]이라고 부른 것에서부터 다른 학자들이 정신사라 부른 것에 이르기까지 광범위하게 펼쳐진 현상들을 의미한다. 물질 문명은 그 포괄적인 성격(동작과 주거, 그리고 식생활 등)으로 말미암아 전체의 진정한 일부분을 구성한다. 『필립 2세 시대의 지중해와 지중해 세계』의

---

25) "애초에 경제가 있었다. 그러나 모든 것의 핵심에는 인간이, 즉 세대들의 연속, 그러니까 인구 통계를 통해 자기 자신과 대면한 인간, 결국 죽음과 대면한 인간이 있다" (피에르 쇼뉘, 「인구 통계학의 길과 그 극복」, 『계량적 역사, 계통적 역사』, 앞의 책, p. 169).

26) 이 점에서 구베르P. Goubert의 저서 『1600년에서 1730년 사이의 보베와 보베 사람들 *Beauvais et le Beauvaisis de 1600 à 1730*』(Paris: SEVPEN, 1960. 『17세기 십만 명의 지방사람들 *Cent Mille Provinciaux au XVIIe siècle*』[Paris: Flammarion, 1968]이라는 제목으로 수정 간행)은 인구 통계학적 역사와 경제사가 지방에 관한 전문적 저술의 틀 속에 완전히 통합됨을 보여준다. 이런 의미에서, 아마도 다른 무엇보다도 인구 통계학적 역사야말로 문명의 통합이라는 관념을 구조의 개념에 결합시킬 수 있도록 하고, 13세기의 전환점에서 20세기 초반, 다시 말해서 전원적 유럽의 종말에 이르는 그러한 5백 년이라는 체계의 범위를 정할 수 있도록 했다. 그러나 이 문명 체계의 윤곽은, 인구 통계학이 사람들의 수만 계산하는 것에 그치지 않고, 얻기 힘든 이 체계의 균형을 조절하는 문화적이고 비-자연적인 특성들을 추출하고자 하는 한에서만 나타난다.

27) 『물질 문명, 경제와 자본주의 *Civilisation matérielle, Economie et Capitalisme (15~18세기)*』, 1권 『일상적인 것의 구조 *Les Structures du quotidien*』, 2권 『교환의 유희 *Les Jeux de l'échange*』, 3권, 『세계의 시간 *Le Temps du monde*』, Paris: Armand Colin, 1967~1979.

모델에 따라 시간성을 단계적으로 정리하는 작업은 바로 그 때문에 긴 시간과 수적으로 나타난 계열들의 적합성만큼이나 완벽하게 그것에 적합하다고 판명되는 것이다.[28]

이처럼 역사의 계량적 영역에 잠시 손을 댄 목적은 단 하나이다. 즉, 사건 중심의 역사에 맞서, 그리고 이에 연루되어 전적으로 서술적인 역사 기술 방법에 맞서 프랑스 역사 기술이 벌인 투쟁의 연속성을 보여주는 것이다. 그런데 주목할 만한 것은, 새로운 역사학이 사건의 지배력에서 벗어나기 위해서는 시간을 주관심사로 하지 않는 또 다른 학문 분야와 짝을 이루어야만 했다는 점이다. 우리는 장기 지속의 역사학이 지리학과 짝을 이루고, 그 또한 장기 지속의 역사학인 계량적 역사학은 경제학과 짝을 이루어 태어남을 보았다. 역사학과 다른 학문의 이러한 결합은, 역사학이 어떤 점에서 이러한 합리적 결합 속에서 여전히 역사적일 수 있는가 하는 문제를 더욱 첨예하게 만든다. 그런데 매번 사건과 어떤 관계를 맺고 있는가 하는 것이 적절한 시금석을 제공한다.

역사 인류학이 그러한 경우에 해당되는데, 그것은 지리적 거리가 인류학자에게 주는 일종의 낯설음을 역사적 거리로 옮기고, 식자층의 문화를 넘어서서 관습이나 행동, 그리고 상상 세계 등, 간단히 말해서 민중 문화를 다시 쟁취하고자 한다. 자크 르 고프Jacques Le Goff의 저서 『또 다른 중세를 위해. 서구에서의 시간, 노동 그리고 문화』는 여기서 전형적인 작품으로 꼽힌다. 저자는 "산업화 이전의 서구의 역사 인류학"(p. 15)[29]을 세우고자 한다.

---

28) 아래 3장, pp. 405 이하를 참조할 것.

29) Jacques Le Goff, *Pour un autre Moyen Age. Temps, travail et culture en Occident: Dix-huit Essais*, Paris: Gallimard, 1977. 이 저서는 장기 지속의 역사학에 속한다. 저자는 "기나긴 중세" "우리 역사에 적절한 장기 지속"(p. 10)을 즐겨 언급한다. 나는 '전체적'이고 '장기적'이며 '심층적'인 이러한 중세와 우리의 현재 사이의 관계와 관련된 르 고프의 몇 가지 주장을 4부에서 다시 검토할 것이다.

철학자 르 고프는 거기서 시간, 이야기된 사건의 시간이 아니라 중세인들에 의해 재현된 대로의 시간에 대해 사람들이 말하는 것에 관심을 갖지 않을 수 없게 된다. 역사가의 입장에서 사건을 만드는 것이 바로 시간의 표상이라는 사실은 흥미롭다. "중세의 절정기에, 교회의 시간과 상인들의 시간 사이의 갈등은 〔……〕 경제적 구조와 실천의 변화에 따른 압력으로 말미암아 근대의 이데올로기가 만들어지는 그 시대의 중요한 정신사적 사건들 가운데 하나로 나타난다"(p. 48). 역사가-인류학자의 연구 대상이 된 이러한 인간의 시간에 접근하기 위해서는, 그리고 특히 상인의 시간이 앞선다는 사실을 밝히기 위해서는, 죄악의 정의와 범주화의 변화를 보여주는 고백서를 조사해야만 한다. 연대기적 배경의 지적·정신적 격동을 평가하기 위해서는 시계의 발명과 보급을 주목해야 하는데, 그것은 농촌의 노동과 종소리에 맞추어진 전례적 시간에 따른 하루를 정밀한 시간으로 대체한다. 그러나 다른 무엇보다도 식자층의 문화와 민중 문화 사이의 대립이 문제의 축으로 간주되는 바로 그때, 역사가는 인류학자가 되는 것이다. 문제는 이제 이러한 역사가 어떤 점에서 여전히 역사적인가를 검토하는 것이다. 장기 지속이 여전히 지속이라는 점에서 그것은 여전히 역사적이다. 이 점에서 통시태——기호학과 구조 인류학에서 도입된 주제——라는 어휘에 대해 저자가 보이는 불신은 레비-스트로스의 모델에 대한 브로델의 불신을 상기시킨다.[30]

사실상 역사가의 관심을 끄는 것은 '가치 체계'들과 변화에 대한 그 체계들의 저항만이 아니라 그 체계들의 변동이기도 하다. 3장의 말미에서 다시 언급하겠지만, 논의를 위해 나는 지금 임시 방편으로

---

30) "시간을 벗어난 민족학에 빠져들기"(p. 347)를 거부하는 르 고프는, 통시태가 "역사가가 자신이 연구하는 구체적 사회의 변전에 접근하기 위해서 사용하는 발전 도식과는 매우 다른 추상적 변형 체계에 따라"(p. 346) 기능한다는 것을 알고 있다. 그에 의하면 문제는 "구조-국면, 그리고 특히 구조-사건이라는 그릇된 양도 논법"(p. 347)을 극복하는 것이다.

감히 다음과 같은 제안을 하고자 한다. 즉 언제나 역사적인 것으로 남고자 한다면, 역사는 느리게 진행되는 변동을 영화에서와 같은 가속 효과를 통해 자신의 기억 속에서 축약하여 준-사건 quasi-événement으로 만들어야 하는 것이 아닌지를 생각해볼 수 있다. 르 고프는 시간 자체의 평가와 관련된 주된 갈등을 "그 시대의 중요한 정신사적 사건들 가운데 하나"로 다루고 있지 않은가? 여기서 잠정적으로 준-사건이라 부르는 것에 대해 우리가 적절한 인식론적 틀을 제공할 수 있을 때 비로소 우리는 그 표현을 인정할 수 있을 것이다.[31]

역사학이 시간을 주요 범주로 하지 않는 학문들과 결합되는 또 다른 유형은 정신사에서 나타난다. 여기서 기준이 되는 학문들은 주로 마르크스주의에 기원을 둔 이데올로기의 사회학, 프로이트류의(매우 드물긴 하지만, 때로는 융Jung류의) 정신분석학, 구조 의미론과 담론의 수사학이다. 그 학문들과 인류학적 역사학과의 유연(類緣) 관계는 명백하다. 역사학은 이데올로기와 집단 무의식, 그리고 자연발생적 어법에 귀를 기울임으로써 조금 전에 인류학자의 시각이 제공했던 것에 비견할 만한 낯설음과 거리, 차이의 의미를 부여받게 된다. 역사를 통해 말을 되찾은 이는 대부분의 경우 지배 담론에 의해 말을 빼앗긴 일상적인 인간이다. 이러한 역사적 합리성의 양태는 계량적인 것을 세번째 층위, 즉 성(性), 사랑, 죽음, 구술된 담론이나 기술된 담론, 이데올로기와 종교에 대한 태도의 층위로 옮기려는 가장 주목할 만한 노력을 동시에 드러낸다. 이러한 역사학이 여전히 계통적인 것으로 남아 있기 위해서는, 측정될 수 있는 일련의 동질적 사실들을 설정하기에 적합한 기록들을 찾아야만 했다. 경제사에서 이미 본 바와 마찬가지로 여기서 역사가는 어떤 유형의 기록——예전에 그

---

31) 아래 3장 pp. 402 이하를 참조할 것.

것은 시장시세표, 그리고 다음에는 십일조(十一租)였다——을 만들어
내는 사람이다. 이제는 문서, 청원서, 교구 명부, 교회의 면세서, 그
리고 특히 유언장 등 이른바 '잠자고 있는 이 고문서들'이 바로 그러
한 것들이다.[32]

역사적 시간의 문제는 이제 새로운 형태로 재등장한다. 즉 쇼뉘에
따르면, 계량적 도구는 결국 구조, 기껏해야 변동이나 나아가서는 구
조의 종말을 나타나게끔 하는 매개체에 지나지 않으며, 그 해체 리듬
은 섬세한 검토를 거쳐야 한다. 계량적인 것은 바로 이러한 방식으로
질적인 것, 그러나 "분류되고 동질화된 특질"(「계통적 역사를 위한 영
역: 세번째 층위의 역사」, 앞의 책, p. 227에서 재인용)을 보완한다. 따
라서 구조는 안정, 변동, 해체와 같은 바로 그 시간적 자질을 통해 역
사학의 영역에 진입하는 것이다.

조르주 뒤비는 정신사를 탁월하게 보여주는 그의 저서에서 비슷한
용어로 그 문제를 제기한다. 한편으로 그는 이데올로기에 대한 알튀
세르Althusser의 정의, 즉 "일정한 사회 내에서 역사적 실존과 역할을
부여받은 표상들(이미지, 신화나 경우에 따라서는 관념이나 개념)의 체
계(자기 고유의 논리와 엄밀함을 가지고 있는)"(p. 149)[33]라는 정의를
받아들인다. 그리하여 사회학자로서 뒤비는 이데올로기들의 특성을
행동을 총괄하고 변형시키고 겨루게 하고 안정시키고 만들어내는 것
으로 규정한다. 이러한 특성들은 연대기학과 서술 행위에 관계되지

---

32) 보벨 Vovelle, 『바로크 시대의 신앙심과 18세기 지방에서의 비기독교화, 유언장의
조항으로 본 죽음 앞에서의 태도 *Piété baroque et Déchristianisation en Provence au
XVIIIe siècle, les attitudes devant la mort d'après les clauses des testaments*』(Paris:
Plon, 1973)와 쇼뉘, 『16, 17, 18세기 파리에서의 죽음 *La Mort à Paris, XVIe, XVIIe,
XVIIIe siècles*』(Paris: Fayard, 1978)을 참조할 것.

33) 「사회사와 사회의 이데올로기」, 『역사 만들기 *Faire de l'histoire*』, 자크 르 고프 · 피
에르 노라 감수, Paris: Gallimard, 1974, t. I, 『새로운 문제들 *Nouveaux Problèmes*』,
p. 149.

않는다. 그러나 가치 체계가 "자기 고유의 역사——그 진행과 단계가 인구 증가와 생산 양태의 그것과 일치하는 것은 아니다——를 소유함"(같은 책)에 따라서 사회학은 역사학에 자리를 내어준다. 물질적 조건과 실제의 관계에서의 변화의 압력에 의해서건, 갈등과 논쟁을 이용해서건, 구조의 변형에 관심을 갖는 사람은 바로 역사가인 것이다.

나는 프랑스 역사 기술이 역사적 시간의 탐구에 기여한 바를 이처럼 검토하면서, 인간과 죽음의 관계에 바쳐진 연구들을 인용함으로써 끝을 맺고자 한다. 그것은 아마도 양적인 것을 통해 질적인 것을 다시 정복하는 데 대한 가장 의미심장하고 가장 매력적인 예가 될 것이다. 기실 죽음, 아니 죽는다는 것보다 더 내밀하고, 더 고독하고, 더 삶 속에 통합된 것이 어디 있겠는가? 그러나 또한 죽음을 앞에 두고 유언장의 조항에 씌어진 태도보다 더 공적인 것이 어디 있겠는가? 자기 자신의 장례식 광경을 미리 생생하게 그려보는 것보다 더 사회적인 것이 어디 있겠는가? 죽음을 재현하는 것보다 더 문화적인 것이 어디 있겠는가? 이제 우리는 필립 아리에스Philippe Ariès 같은 이가 자신의 주요 저서인 『죽음 앞에서의 인간』[34]에서 제시한 유형론과 네 가지 시기로 구성된 그의 모델(구약의 족장과 무훈시의 용맹스러운 기사, 그리고 톨스토이의 농부가 받아들인 죽음; 16세기와 17세기의 바로크적인 죽음; 18세기와 19세기의 내적으로 친숙한 죽음; 후기 산업사회의 금지되고 숨겨진 죽음)은 보벨과 쇼뉘의 연구와 같은 계통적 연구에 개념적 연결고리를 제공할 수 있으며, 동시에 과거를 전혀 실험할 수 없을 때 역사학이 할 수 있는 유일한 검증, 즉 되풀이할 수 있는 것의 빈도수를 그러한 연구로부터 받아들일 수 있다는 것을 이해하게 된다. 4부에서 그 이유를 살펴보겠지만, 이 점에서 아마도 죽음의 역사는 계통적 역사만이 아니라 어쩌면 모든 역사가 도달한 가장 극

---

34) Philippe Ariès, *L'Homme devant la mort*, Paris: Seuil, 1977.

단적인 지점일 것이다.[35)]

2. 이해의 쇠락:
영어권의 분석 철학에서의 '법칙론적' 모델

프랑스 역사학자들의 방법론을 떠나 논리 실증주의에서 비롯된 역
사 인식론으로 옮겨가면서 우리는 사유 영역을(언제나 그런 것은 아니

---

35) 미셸 보벨은 1958년에 발표된 페르낭 브로델의 유명한 논문(「역사와 장기 지속」,
『새로운 역사』, pp. 316~43) 이후, 20여 년에 걸친 "장기 지속" 역사학의 성과와
한계에 대한 비판적 종합 평가를 제시하고 있다. 그는 "사건 중심 역사의 죽음이
오늘날 기정사실"(p. 318)이라는 것을 인정하면서도, 브로델이 격렬히 비판했던
사건이 그렇다고 해서 역사 영역에서 사라졌는지 자문한다. 그는 브로델이 만들
어낸 시간들의 접합 모델이 사회사를 필두로 한 다른 역사 영역에도 적용될 수 있
는지를 의문시한다. 한편으로 리듬의 이질성과 지속들 간의 괴리는 총체적 역사
라는 관념을 무너뜨리는 경향이 있다. 다른 한편으로 정신적인 거대 구조들의 준-
불변성과 사건의 회귀 사이의 양극화는 단절, 정신적 외상trauma, 급변, 혁명 등
의 관념이 갖는 최근의 가치에 힘입어 점진적인 지속 단계라는 관념마저도 문제
삼는다. 이리하여 가장 최근의 역사학은 단기적 시간과 장기적 시간의 새로운 변
증법, "시간의 화음"(p. 341)을 추구하는 것처럼 보인다. 나는 2부 3장에서 이 문
제를 다시 검토할 것인데, 우리는 그 해결책을 아마도 역사가라는 직업의 차원에
서보다는 역사의 지향성에 관한 보다 섬세한 고찰의 차원에서 찾을 수 있을 것이
다. 이러한 고찰 외에, 역사가의 지적인 정직성은 사건-단절과 마찬가지로 불변의
역사를 거부하는 데 있으며 또한 고려된 대상과 선택된 방법론이 그것을 요구하
는가에 따라, 역사적 시간들이 이 엄청난 시간 간격 속에서 자유롭게 넘쳐흐르도
록 하는 데 있을 것이다. 이렇게 해서 엠마뉘엘 르 루아 라뒤리 Emmanuel Le Roy
Ladurie라는 동일 저자가 『몽타이유, 1294년과 1324년 사이의 오크 지방의 도시
Montaillou, village occitan de 1294 à 1324』(Paris: Gallimard, 1975)라는 유명한 저서
는 짧은 시간과 서술적 형태를, 그리고 『랑그독의 농부들 Paysans du Languedoc』
(Mouton, 1966; 요약판, Flammarion, 1959)은 장기 지속을, 나아가서 『서기 1000
년 이후의 풍토사 Histoire du climat depuis l'An Mil』와 『역사가의 영역 Territoire
de l'historien』 4부와 『풍토, 클리오[9명의 뮤즈 가운데 하나로서 역사의 후원자:
옮긴이]의 새로운 영역 Le Climat, nouveau domaine de Clio』(Paris: Gallimard,
1973)은 매우 긴 지속과 인간 부재의 역사를 차례로 예증하는 것을 볼 수 있다.

지만 때때로 대륙도) 바꾸게 된다. 논의에 활기를 제공하는 것은 역사학의 실천이 아니라, 빈 서클의 전통에서 과학의 통일성을 확립하려는, 기술(記述)적이라기보다는 규범적인 배려이다. 그런데 이처럼 과학의 통일성을 옹호하는 것은 빈델반트Windelband가 설정한 "개별 서술적 idiographique" 방법론과 "입법적 nomothétique" 방법론 사이의 구별과는 모순된다.[36] 이야기와 역사의 관계는 논쟁의 초기 단계, 즉 40~50년대에는 직접적으로 문제되지 않았다. 그러나 이야기로부터 역사를 이끌어낼 수 있다는 가능성 자체는, 주로 '이해'를 '설명'으로 환원시킬 수 없다는 주장—금세기 초 독일의 역사 비판 철학에서 개별 서술적 방법론과 입법적 방법론의 구별을 이어가고 있는 주장—에 맞서 전개된 논의에 의해 그 토대부터 무너지게 된다.[37] 아날 학파와 연결된 프랑스 역사 기술과 영어권의 분석 철학에서 나온 인식론—이 점에서는 빈 서클을 계승한 인식론과의 연속선상에 있다—처럼 서로 다른 두 개의 지평에서 비롯된 두 가지 공격을 이야기의 쇠락이라는 같은 제목 아래 위치시킬 수 있다고 믿는 이유는, 양자가 사건의 개념을 시금석으로 삼고 있으며, 이야기의 운명은 역사적 변화의 핵으로 이해된 사건의 운명과 동시에 정해진다는 사실을 확실한 것으로 간주하기 때문이다. 그것은 너무도 명백한 사실이기에, 여기서 우리가 논의하고는 있지만 인식론적 논의의 초기 단계에서는 전혀 문제가 되지 않았던 역사의 서술적 지위는, 적어도 영어권에서는 최근에 이르러서야 법칙론적 모델을 중심으로 한 논쟁에 힘

---

36) Wilhelm Windelband, 「역사와 자연 과학 Geschichte und Naturwissenschaft」, 스트라스부르 연설 Discours de Strasbourg, 1894; 『서곡: 철학과 그 역사에 관한 논문과 연설 Präludien: Aufsätze und Reden zur Philosophie und ihrer Geschichte』, vol II, Tübingen: J. B. C. Mohr, 1921, pp. 136~60에 재수록.

37) 레이몽 아롱, 『딜타이, 리케르트, 지멜, 베버의 역사 비판 철학 La Philosophie critique de l'histoire Dilthey, Rickert, Simmel, Weber』, 1938, 4판, Paris: Vrin, 1969를 참조할 것. 빈델반트와 리케르트의 관계에 대해서는 같은 책, pp. 306~07의 각주를 참조.

입어, 그리고 그 모델에 대립되는 반증의 자격으로 전면에 등장하는 것이다. 이러한 진단은 역사에서 줄거리 개념의 복귀를 옹호했던 유일한 프랑스 역사가—폴 베인 Paul Veyne—의 경우를 통해 확인된다. 나중에 보겠지만 그의 경우에도 이러한 복귀는, 역사의 '현세적' 지위(막스 베버를 복권시키고 동시에 아리스토텔레스를 흉내내자면!)와는 상호 모순된다고 할 수 있는 과학성의 주장 전체에 대한 격렬한 비판과 연결되어 있다.

후의 논의가 그것을 확인시켜주겠지만, 법칙론적 모델을 지지하는 학자들의 입장에서의 이해에 대한 공격은 장기 지속의 역사가들의 입장에서의 사건에 대한 공격과 목적은 달라도 결과는 동일하다. 이야기의 쇠락이 바로 그것이다.

우리는 「역사에서 일반 법칙의 기능」이라는 칼 헴펠 Carl G. Hempel 의 유명한 논문을 출발점으로 삼고자 한다.[38]

그 논문의 요지는 "일반 법칙들은 역사와 자연 과학에서 아주 유사한 기능을 갖는다"라는 것이다.[39] 그렇다고 헴펠이 과거의 개별 사건들에 대해 역사학이 갖는 관심을 무시하는 것은 아니다. 반대로 그의 주장은 엄밀히 말해서 사건의 지위와 관계된다. 그러나 그 주장은, 역사상의 사건들이 애초에 공식적인 연대기나 목격자의 증언, 혹은 개인적 추억에 근거한 이야기에 포함되어 있었기 때문에 그 고유의 역사적 지위를 부여받는다는 사실을 결정적인 것으로 간주하지는 않는다 하더라도 최소한 중요한 것으로도 간주하지 않는다. 그와 같은 일차적 담론 층위의 특수성은, 사건의 단일성과 보편적 가설, 그러니까

---

38) Carl G. Hempel, 「역사에서의 일반 법칙의 기능 The Function of General Laws in History」, *The Journal of Philosophy 39*, 1942, pp. 35~48; Patrick Gardiner, 『역사 이론 *Theories of History*』, New York: The Free Press, 1959, pp. 344~56에 재수록.

39) "General laws have quite analogous functions in history and the natural sciences"(앞의 책, p. 345).

그것이 어떠한 것이든 규칙적 형태를 주장하는 것 사이에 어떤 직접적 관계를 설정하기 위해 완전히 무시되고 있다. 분석 처음부터 역사적 사건의 개념이 그 서술적 지위를 박탈당하고 개별적인 것과 보편적인 것의 대립이라는 틀 속에 놓여진다는 사실은 '서술학적' 주장의 지지자들이 나중에 법칙론적 모델을 논의함으로써 강조될 수 있었던 것이다. 이러한 전제하에, 역사적 사건은 물리적 사건들과 저수지의 균열과 지질학적인 변동, 그리고 자연적 상태의 변화 등과 같은 주목할 만한 모든 경우를 포함하는 일반적 사건 개념과 보조를 맞추게 된다. 사건으로 간주되는 것에 대한 이러한 동질적인 개념이 일단 제시되고 나면, 논의는 다음과 같이 전개된다.

특수한 유형에 속하는 사건의 경우는 두 가지 전제로부터 연역될 수 있다. 첫번째는 이전의 사건이나 지배적인 조건 등과 같은 초기 조건들을 기술한다. 두번째는 그것이 어떠한 것이든 규칙성, 다시 말해서 만일 그것이 증명된다면 법칙이라고 불려질 수 있는 보편적 형태의 가정을 진술한다.[40]

이 두 가지 전제가 제대로 세워질 수 있다면, 고려된 사건의 경우가 논리적으로 연역되었고, 따라서 그것은 설명되었다고 말할 수 있다. 이러한 설명은 세 가지 방식으로 무효화될 수 있다. 즉 초기 조건을 설정하는 경험적 언술이 틀릴 수도 있고, 내세워진 일반성이 진정한 법칙이 아닐 수도 있으며, 전제와 결과 사이의 논리적 관계는 궤변이나 논증의 오류로 말미암아 무효화될 수 있다.

이 모델(그것은 나중에 살펴볼 드레이 W. Dray의 비판 이후로 'covering-law model'이라 불리는데, 포섭 모델이라고 할 수 있을 이 표현에 적

---

40) "By a general law, we should here understand a statement of universal conditional form which is capable of being confirmed by suitable empirical findings"(앞의 책, p. 345).

절한 번역이 없어서 나는 이제부터 그것을 '법칙론적 모델'이라 부를 것이다)에서의 설명 구조에 관해서 세 가지 지적을 하지 않을 수 없다.

우선 법칙과 원인, 그리고 설명이라는 세 가지 개념은 서로 겹친다. 어떤 사건은 법칙으로 '감싸일' 때 설명되며, 그에 앞선 것들은 당연히 그 원인이라 불려진다. 그 관건이 되는 관념은 바로 규칙성의 관념인데, 다시 말해서 그것은 C라는 유형의 사건이 어떤 장소와 어떤 시간에 일어날 때마다, E라는 특수한 유형의 사건이 최초의 사건과 관계된 장소와 시간에 일어날 것이라는 관념이다. 따라서 헴펠은 흄 Hume의 원인 관념을 전적으로 받아들인다. 그는 "원인"이나 "결정 조건 determining conditions"(p. 345)을 구분하지 않고 사용한다. 인과론적 용어에 대해 제기된 반론, 그리고 조건과 기능이라는 용어만 사용하려는 시도——특히 버트런드 러셀 Bertrand Russell이 그것을 지지하고 있다[41]——에 대해 제기된 반론을 그가 그다지 중요하게 생각하지 않는 것은 바로 그 때문이다. 그럼에도 불구하고 이 논쟁은 단순한 의미론적 문제만은 아니다. 우리는 검증된 규칙성의 의미로 쓰인 법칙 관념에 종속되지 않거나 그에 선행하는 인과론적 설명——엄밀히 말해서 역사에서——이 가능하지 않겠는가라는 문제를 나중에 검토할 것이다.[42]

아울러 법칙론적 모델에서 설명과 예측은 어깨를 나란히한다는 것을 강조하지 않을 수 없다. 즉 우리는 유형 C의 경우에 뒤이어 유형 E

---

41) B. Russel, 「원인 개념에 관해 On the Notion of Cause」, *Proc. of the Aristotelian Society*, 13, 1912~1913, pp. 1~26.

42) 모리스 만델바움 Maurice Mandelbaum은 『역사 지식의 문제 *The Problem of Historical Knowledge*』(7~8장, New York: Geveright, 1938.)에서 역사가들이 적용하는 인과론적 설명과 과학적 법칙에 의한 설명과 동일한 인과론적 분석을 구분하고자 했는데, 이에 반대하여 인과 관계에 뚜렷한 지위가 주어지는 것을 거부하는 입장이 전개된다(헴펠, 앞의 책, p. 347, n° 1). 우리는 3장에서 보다 최근에 정리된 만델바움의 주장을 다시 살펴볼 것이다.

의 경우가 온다는 것을 예상할 수 있다. 예측이란 단지 만일 〔……〕 라면 그때라는 용어를 사용하여 설명을 거꾸로 진술한 것일 따름이다. 그 결과 어떤 가설의 예측 능력은 설명의 유효성에 대한 기준이 되며, 예측 능력의 결핍은 설명의 불완전성을 나타내는 징조가 된다. 이러한 지적은 또한 역사와 관계되지 않을 수 없다.

끝으로, 유일무이한 사건이 아니라 특수한 유형의 사건, 따라서 언제라도 되풀이될 수 있는 사건들(이러저러한 조건에서 기온의 하강 등)만이 문제된다는 것을 지적한다. 헴펠의 입장에서 볼 때 그것은 전혀 어렵지 않다. 즉 개별적인 대상의 모든 속성을 표현한다는 것은 불가능한 일이며, 다른 어느 영역보다 더욱이 물리학에서는 아무도 그렇게 하려고 하지 않는다는 것이다. 만일 어떤 개별적 사건에 대한 설명이 그 사건의 모든 특성들을 설명해야 한다면 어떠한 설명도 있을 수 없을 것이다. 다만 우리는 설명이 유일무이한 사건을 철저하게 규명하는 것이 아니라, 정확하고 자세하기만을 요구할 수 있다. 결과적으로 사건의 유일성은 과학의 지평에서 멀리해야 할 신화다. 그러한 논의는 여전히, 그리고 언제나 역사 이론이 마주치는 이러한 전통적 장애물로 되돌아오지 않을 수 없을 것이다.

사건 ——자연적 사건이든 역사적 사건이든—— 에 적용된 설명의 보편적 구조가 그러하다면, 문제는 이제 역사학이 그러한 모델을 충족시키는가를 알아보는 것이다.

쉽게 알 수 있듯이 그 모델은 극히 규정적 prescriptif이다. 즉 그것은 이상적 설명이란 어떠해야만 하는가를 말한다. 그렇다고 헴펠이 역사학에 피해를 입히고자 하는 것은 아니다. 그 반대로 그처럼 높은 이상을 인정함으로써, 우리는 그가 예술이 아니라 과학으로 인정받고자 했음을 알아차리게 된다. 사실 역사학이 바라는 것은, 사건은 우연에 따라 일어나는 것이 아니라, 몇몇 선행하는 사건들이나 동시에 발생하는 조건들이 일단 알려지고 사건의 추론 과정의 대전제를 이루는 보편적 가설들이 진술되고 검증되기만 한다면 우리가 제시할 수 있는 예측에 맞추어 일어난다는 것을 보여주는 것이다. 오로지 그 점에 의해서만 예측은 예언과 완전히 구분된다.

그러나 사실 역사학은 아직은 충분히 발전된 과학이 아니다. 그 주된 이유는 설명하고자 하는 역사학의 야심의 토대를 이루는 일반 명제들이 규칙성이라는 자격을 갖추지 못하고 있기 때문이다. 첫번째는, 개인 또는 사회 심리학에 속하는 암묵적인 일반성이 자명한 것으로 간주되는 일상 생활에 대한 불완전한 설명의 경우에서 보듯이, 그러한 일반성이 명확하게 진술되지 않는 경우를 들 수 있다. 두번째는, 내세워진 규칙성이 경험적 확인을 얻지 못한 경우인데, 경제학이나 인구 통계학과는 별개로 역사학은 보편적인 가정의 근사치에 만족한다. 검증이 불확실한 이러한 법칙들 중에는 통계적 장치는 없이 확률의 용어로 표명된 언술들이 있다. 비판의 여지가 있는 것은 확률에 기초를 둔 그 위상이 아니라 통계적 정확성의 결함이다. 이 점에서 경계선은 인과론적 설명과 확률에 근거한 설명 사이를 지나가는 것이 아니라, 그것이 경험적이든 통계적이든 정확성의 층위들 사이를 지나가는 것이다. 마지막으로 세번째 경우는, 내세워진 일반성이 뚜렷한 편견, 즉 인간적이고 우주적인 실재에 대한 주술적이거나 신비적인 '설명'의 찌꺼기는 아니라 할지라도 명백히 민중적 지혜나 비과학적인 심리학에서 빌려온 사이비 법칙인 경우다. 따라서 진정한 설명과 사이비 설명 사이에 확고한 선이 그어져야 한다.

헴펠이 자신의 주장을 굽히지 않으면서도 유일하게 인정하는 미묘한 부분은, 가장 나은 경우에도 역사는 "설명 초안explanation sketch"(앞의 책, p. 351)을 제공할 뿐이라는 것이다. 그 초안은 여러 가지 규칙성에 근거하고 있는데, 검증된 뚜렷한 법칙이 없는 경우에도 뚜렷한 규칙성을 발견할 수 있는 방향을 가리킨다. 뿐만 아니라 과학적 설명의 모델을 충족시키기 위해서 시도해야 할 방법들을 규정한다. 이런 의미에서 그러한 초안들은 사이비 설명이 아니라 진정한 설명에 속한다.

이러한 유일한 유보 조항을 제외하고는, 헴펠은 감정이입이나 이해 또는 해석이라는 핑계로 의미 작용meaning, 적합성relevance, 결정determination 또는 의존성dependance 등과 같은 이른바 역사적 대상의 변별적 특징들을 참조하려는 방식들에 글자 그대로 인식론적인 어떠한 가치도 부여하기를 격렬히 거부한다. 소위 감정이입에 의한 이해 방법은 방법이 아니며, 충분하지도 필요하지도 않은, 기껏해야 새로운 것을 발견하는 방식일 따름이다. 왜냐하면 역사에서는 감정이입을 통해 이해하지 않고도 설명하는 것이 가능하기 때문이다.

따라서 모델의 구성에서 그 어느 것도 역사의 서술적 성격이나 사건의 서술적 지위에 의거하지 않으며 더욱이 우주론적 시간에 대해 역사적 시간이 갖는 그 어떤 특수성에도 의거하지 않는다. 앞에서 말했지만, 역사적 사건과 단순히 일어나는 물리적 사건 사이에 어떠한 원칙적 차이도 허용되지 않는 이상, 그리고 연대기, 전설적 이야기, 회고록 등에서 이야기된 것이 사건의 역사적 지위에는 부적합한 것으로 간주되는 이상, 이러한 구분들은 무언중에 배제된다. 나중에 보겠지만, 역사에서의 해석의 문제가 갖는 독창성에 그토록 주의를 기울였던 찰스 프랭클Charles Frankel과 같은 저자마저도 이야기라는 형태에 자신이 기여한 바를 사건의 개념에 통합시키지 않는다. 즉 역사가가 자신의 저작에서 다루는 사건은 물리적 사건처럼 "특정의 장소와 시간에 일어난 유일한 사건들의 경우를 확인하는 특이한 언술들"[43] 속에 기재된다는 것이다. 역사가는 단지 "오로지 단 한 번 일

---

43) Charles Frankel, 「역사에서의 설명과 해석 Explanation and Interpretation in History」, *Philosophy of Science*, 24(1957), pp. 137~55, Patrick Gardiner, 앞의 책, p. 409에 재수록. "Singular statements asserting the occurrence of unique events at

어났던 개별적 사건들을 진술"[44]하고자 한다. 설명의 속성은 바로 이러한 특징을 제거하는 것이다. 사건의 논리적 정의는 이야기와는 내적 연관이 없이 어떤 유일한 경우에 대한 정의로 남게 된다. 이처럼 사건을 유일한 것과 동일시하는 주장은 너무도 완강해서, 초기에는 법칙론적 모델을 반대하는 학자들조차도 사건의 이러한 유일성, 즉 반복 불가능성을 설명이 제거해주기를 바라면서 그에 동의했던 것이다.

헴펠에 이어, 그리고 그 연장선상에서 법칙론적 모델의 지지자들은 '강력한' 모델의 요구 조건과 사실상의 역사적 인식 특유의 특징들 사이의 불협화음을 최소화하려는 변론 작업에 주로 몰두했다. 모델의 생존 가능성을 보장하기 위해 치러야 할 대가는 모델을 '약화' 시키는 것이었다.[45]

그러한 시도를 변론으로 규정지음으로써 헴펠 학파가 이룩한 작업을 과소 평가해서는 안 될 것이다. 왜냐하면 우선 모델을 약화시킴으로써 그 지지자들은 진정으로 설명에 속하고 또한 반대 입장에 있는 모든 이론들이 고려해야만 할 역사적 인식의 특징들을 나타나게 했기 때문이다.[46] 모델을 약화시킨다는 것은 그 적용 가능성을 증대시키는 긍정적 작업이다. 뿐만 아니라 이러한 재조정 작업은 역사적 인식에 타격을 입히는 실제적이거나 잠재적인 어려움을 해결하고자 하

---

specific places and times."

44) 같은 책, p. 410. 요컨대 역사가는 "오로지 단 한 번 일어났던 개별적 사건들을 진 술한다 give an account of individual events that have occured once and only once."

45) 실상 그 길은 헴펠 자신의 '설명 초안' 이라는 개념을 통해 열려졌다. 나중에 다룰 윌 리엄 드레이 William Dray의 저서, 『역사에서의 법칙과 설명 *Laws and Explanation in History*』(Oxford University Press, 1957)을 통해 이루어진 단절 효과에 완전한 의 미를 부여하기 위해서는 이러한 전략을 이해해야 한다.

46) 우리의 입장에서 볼 때 '약한' 설명 모델을 고려한다는 것은, 직접적으로 서술학 적인 주장에 승복하지 않고 설명에서 이해로 전환하는 보다 간접적인 방법에 호 소할 만한 충분한 이유가 될 것이다.

는 역사가 자신들의 작업——프랑스 역사 기술을 통해 우리에게 익숙해진 작업이다——과 마주치게 된다.

첫번째 유보 조항——모델을 반대하는 학자들이 이것을 악용하게 된다——은, 역사가들이 제시하는 설명이 역사에서는 자연 과학에서처럼 기능하지 않는다는 것에 동의하는 것이다. 역사학은 헴펠의 연역적 추론의 대전제에서 나타나는 법칙들을 정립하는 것이 아니라 그 법칙들을 사용한다.[47] 그러한 법칙들이 암묵적인 것으로 남아 있을 수 있는 것은 바로 그 때문이다. 그러나 무엇보다도 바로 그 때문에 법칙들은 보편성과 규칙성이라는 이질적 층위에 속할 수 있는 것이다. 그래서 가디너 P. Gardiner는 『역사적 설명의 본질』[48]에서, 자신이 법칙 같은 설명이라 부른 것을 역사에서 허용되는 규칙성의 반열 속에 넣게 된다. 그것은 주로 '성향적 dispositionnel' 유형의 규칙성과 관계되는데, 라일 G. Ryle은 『마음의 개념 *The Concept of Mind*』에서 행동을 설명하면서 그러한 규칙성에 중요한 역할을 부여한다. 그에 따르면 '왜냐하면' 이라는 접속사가 갖는 기능들 중의 하나는 실제로 어떤 주체의 행동을 '습관적인' 행동의 틀 속에 위치시키는 것이다. 성향이라는 용어를 통한 설명의 경우는 규칙성의 개념이 용인하는 불확정 층위들의 다양성을 성찰할 수 있도록 길을 열어준다.

그런데 역사서의 독자들은 이러한 이질성을 완전히 받아들인다. 독자는 유일하고 단조롭고 한결같은 설명 모델을 염두에 두는 것이 아니라, 아주 넓은 기대폭을 가지고 텍스트에 다가선다. 이러한 유연성을 통해 드러나는 것은, 설명의 구조에 근거를 둔 질문은 그 기능에

---

47) 법칙론적 모델의 반대자들은 여기에서 역사에서의 설명이 이야기의 선행하는 이해 가능성——역사에서의 설명은 마치 가필하듯이 그것을 강화한다——에 접목되어 있다는 징후를 볼 것이다.

48) Patrick Gardiner, *The Nature of Historical Explanation*, London: Clarendon U. Press, 1952, 1961.

근거를 둔 질문을 통해 보강되어야 한다는 것이다. 여기서 기능이란 어떤 일정한 유형의 질문과 대답 사이의 조응(照應)으로 이해되어야 한다. 이리하여 '왜'라는 질문은 '왜냐하면 〔……〕'이라는 형태로 받아들일 수 있는 다양한 대답들에 길을 열어주는 질문이 된다. 이 점에서 '강력한' 모델은 '왜'라는 질문에 열려진 기대폭과 '왜냐하면 〔……〕'이라는 형태로 받아들일 수 있는 대답의 폭에서 제한된 일부분만을 설명할 수 있을 따름이다. 이제 문제는 부끄럽게도 역사 '이해'에 대한 직관적이거나 감정이입적인 개념으로 되돌아가는 것과, 좀더 일반적으로 설명을 순수하고 단순한 이해로 대체하는 것을 배제하면, 법칙론적 모델은 과연 어느만큼 확장될 수 있는가, 따라서 어느만큼 약화될 수 있는가를 살펴보는 것이다.

법칙론적 모델이나 포섭 subsomption 모델의 지지자들의 입장에서 볼 때, '왜'와 '왜냐하면 〔……〕'을 매우 다양하게 사용함으로써 설명이 희석되는 것에 대해 저항하는 유일한 방법은 모델의 약화된 형태를 '강한' 형태와 끊임없이 대조하고, 전자로 하여금 후자에 근사치로 접근하게 하는 것이다. 이런 의미에서 모델의 기능 작용에 대해 자유로운 태도를 취하는 것은 설명 구조에 관해 상당한 엄격성을 유지하게끔 한다. 그리하여 '강한' 모델은 같은 모델의 보다 약화된 형태를 통한 모든 근사치의 '논리적 척도 logical marker'로 남게 된다.

두번째 논쟁은, 앞서 언급한 바 있듯이 자신들의 연구 분야가 별도로 완전한 몫을 가진 과학의 지위에 이르도록 하기 위해 역사가들이 벌이는 투쟁과 관계된 노력을 보여준다. 문제가 되는 것은 역사에서의 선택 절차가 갖는 역할이다. 이 논쟁은, 자연 과학에 비할 만한 '객관성'을 역사에는 인정치 않기 위해 이해 Verstehen의 전통에서 가장 흔히 언급되는 난점들 중의 하나를 건드린다는 점에서, 본보기가 되는 점이 있다. 프랑스에서 레이몽 아롱의 저서는 방금 말한 주장에 대해 필수적인 증거라 할 것이다. 신-실증주의적인 인식론은 역사에서의 객관성의 조건을 법칙론적 모델의 조건과 엄격하게 연결시킴으로써 공격에 응수했다. 그에 따라 이 학파에서는 모델을 옹호하는 것이 역사의 객관성에 대한 변론과 같은 가치를 지니게 된다.

네이즐E. Nagel[49]의 응수는 이러한 점에서 주목할 만한데, 그것은 분석적 추론이 어떠한 것이고, 해체와 구분의 작업을 통해 반론의 응집성에 어떻게 대응하는가를 실제로 보여주기 때문이다.

선택성이란 어떤 영역 또는 어떤 문제에 대한 역사가의 선택을 의미하는가? 어떠한 학자도 이 문제에서 벗어나지는 못한다. 우리의 관심을 끄는 유일한 질문은, 학자가 일단 연구 영역을 선택한 다음 자신이 연구 대상으로 삼는 가치나 정열에 대해 자기 나름의 거리를 취할 수 있는가 하는 것이다. 그런데 역사가는 역사마저도 '연구inquiry'로 정의하기 때문에 거기서 벗어나는 것이 불가능하지는 않다.

두번째 논증. 이러한 선택에서 비롯된 연구 자료의 제한이라는 문제이다. 그러나 어떤 것을 알기 위해서는 모든 것을 알아야 한다고 가정하는 경우에만 그와 같은 제한은 불균형을 초래하는 필연적인 원인이 될 것이다. 그런데 그 밑에 깔린 헤겔식의 철학적 주장, 즉 모든 관계들의 '내적인' 특성에 대한 주장은 담론의 '분석적' 특성을 검증하는 과학을 통해 부인된다.

세번째 논증. 우리는 가설들을 선택할 수 있는가? 하지만 모든 연구는 이 점에서 선택적이다. 연구를 진행하다가 어디선가 멈추어야 하지 않는가? 무한한 역진(逆進)의 논증은 궤변이다. 문제가 한정되면 답도 한정되어야 하기 때문이다. 분석을 더 멀리 밀고 나갈 수 있다는 것은 단지 연구의 진행성을 보여줄 따름이다.

---

49) Ernest Nagel, 「역사 분석의 논리에서의 몇 가지 문제들Some Issues in the Logic of Historical Analysis」, *The Scientific Monthly*, 1952, pp. 162~69. Patrick Gardiner, *Theories of History*, 앞의 책, pp. 373~86에 재수록.

마지막 논증. 끝으로 역사는 집단적이거나 개인적인 편견으로부터 벗어날 수 없는가? 연구가 지향하는 이상이 문화, 사회, 정치 등의 다른 특징들과 인과적으로 연결되어 있음은 자명한 이치다. 분명한 것은 우리가 편견들을 찾아내고 조사할 수 있다는 것이다. 편견과 그렇지 않은 것을 구별할 수 있다는 사실만으로도 객관성의 이상이 절망적인 것은 아니라는 점이 증명된다. 그렇지 않다면 회의론적인 주장은 그 나름의 판단으로 전락할 것이고, 그 타당성은 그것을 고백하는 사람들의 범주에 국한되고 말 것이다. 그러나 그러한 주장이 자기만의 기준을 벗어날 수 있다는 사실은 그것이 인간사에 적용될 수 있는 언술을 형성할 수 있다는 것을 증명한다.[50]

'근거 있는warranted' 설명을 제시하는 데 있어 새로운 장애물은, 역사 연구를 사건들의 흐름에서 '주요' 원인으로 간주되는 것에 한정시킴으로써 비롯된다. '계측(計測, weighing)'에 도움을 청함으로써 상대적 중요성을 인과론적 변수의 탓으로 돌릴 수는 있으나, 그러한 '계측'의 객관성을 보장할 수는 없는 것처럼 보인다. 그렇다고 중요성의 개념을 분석할 수 없는 것은 아닐 것이다. 중요성에 대한 판단의 진실에 대해서는 논란의 여지가 있다 하더라도, 사실상 우리는 중요하다고 말함으로써 무엇인가를 의미하는 것이다. 그리하여 우리는 중요도의 설정과 연관된 의미 작용의 도표를 작성할 수 있다(E. Nagel, 앞의 책, pp. 382~85). 오로지 통계적 자료를 완성시키는 것만이 이러한 중요도의 '계측' 논리를 실천적으로 적용할 수 있게 할 것이다.[51] 우선은 국지적인 회의론이 엄정하며, 이를 전반적인 회의론

---

50) 선택성의 문제가 역사 특유의 이러한 특징과 결부된 적이 결코 없었다는 것, 다시 말해서 역사가는 물리학자가 물리학계에 속하는 것과는 다른 방식으로 자기 고유의 대상들의 영역에 속한다는 것은 주목할 만하다. 이에 대해서는 4부에 다시 언급할 것이다.

51) 여기서도 주목할 만한 것은, 왜 역사에서 중요성의 문제가 제기되는가 하는 질문은 교묘하게 회피되었다는 점이다. 중요도의 계측이 상대적 보장의 논리에 속한

으로 변형시킬 이유는 전혀 없다. "실제로 이러한 자료에 능숙한 사람들 사이에는 여러 가설들에 할애하는 상대적 개연성에 대해 실질적 합의가 존재한다."[52]

여기서 우리는 역사의 실천에서 비롯된 논의와 프랑스 역사 기술에서 계통적이고 계량적인 역사학을 지지하는 학자들의 논의가 서로 만난다는 것을 알게 된다.

우리는 법칙론적 모델에 대한 이러한 변론이 궁지에 처할 정도로까지 모델을 약화시켜나갈 것이다. 이 점에서 프랭클의 논문은 전형적이다.[53] 역사 비판 철학의 이해와 유사한 의미로 쓰인 해석이, 역사인식의 필연적 계기로 인정된다는 의미에서, 모델은 여기서 약화되어있다. 해석의 계기는 역사가가 평가를 내리는 계기, 즉 의미와 가치를 부여하는 계기인 것이다. 이러한 계기는 사건들 사이의 인과적 관계를 설정하는 설명의 계기와는 구별된다. 그러나 두 가지 계기를 연결시키려는 노력은 여전히 법칙론적 모델의 영향 아래 있다. 그 이유는, 한편으로 훌륭한 역사가라면 누구나 두 가지 조작 층위를 구분하고자 애쓰며 설명의 핵을 분리시키려는 자신의 야심을 통해 인식론을 정당화한다고 인정할 수 있기 때문이며, 다른 한편으로 해석 그자체는 설명의 제한적 요구 조건에 따르기 때문이다.

사실상 관념적으로 역사학이 여타 과학들과 다른 방식으로 진행되

다는 것은 논외다. 이 점에서 네이즐은 그것을 옹호함으로써 모델을 확장한다. 그리고 설명과 이해의 변증법이 이를 고려할 것이다. 그러나 이러한 계측이 '연구'로서의 역사와 관계된다는 것이 자명한 만큼, 문제는 여전히 연구의 위치에서 역사 이해의 전체 과정 속에 남게 된다.

52) Ernest Nagel, 인용 논문, p. 385. "There is substantial agreement among men experienced in relevant matters on the relative probabilities to be assigned to many hypotheses."

53) Charles Frankel, "Explanation and Interpretation in History," Patrick Gardiner, *Theories of History*, 앞의 책, pp. 408~27.

는 것은 아니라고 저자가 주장하고 있음에도 불구하고, 모델은 설명
적 차원을 재구성함으로써 약화되기 시작한다. 모델과의 불협화음은
그 인식론적 관념이 아니라 역사학이 처해 있는 사실상의 상태를 특
징짓는다. 헴펠이 말한 것처럼 그것을 일반화하는 것은 설명 초안의
영역에 속하는가? 그러나 그것은 여타 과학들과 어떠한 단절도 만들
어내지 않을 뿐만 아니라, 오히려 "불분명한 일반화의 세부 사항들을
다듬을 필요성"[54]을 가리키는 부수적 특징이다. 설명과 예측의 관계
는 단절되었는가? 역사가는 어떤 사건의 필요 조건만이 아니라 충분
조건 또한 제시할 수는 없는가? 중요한 점은 설명이 불충분한 것이
아니라, 오히려 "설명에 대한 우리의 요구를 충분히 만족시키는 것처
럼 보인다"[55]라는 것이다. 그리하여 우리는 어떤 과정이 이루어지는
단계들에 대한 단순한 보고를 설명으로 받아들인다. 발생학, 그리고
발달과 진화를 다루는 모든 과학에서 우리는 그러한 태도를 취한다.
발생론적 설명의 경우가 암시하는 것은 "모든 만족스런 설명이 동일
한 유형의 정보를 정확히 우리에게 제공하는 것은 아니며, 설명을 요
구하는 모든 것이 전혀 애매하지 않은 단일한 대답을 하도록 요구하
는 것도 아니다"(앞의 책, p. 412)[56]라는 것이다. 그러므로 과학적 설

---

54) "They point to the need for filling in the details of sketchy generalizations
[······]"(같은 책, p. 411).

55) "Indeed, what is interesting is not that historical explanations fails to meet an ideal
of full explanation, but rather that, on many occasions, it seems fully to satisfy our
demand for an explanation"(같은 책, p. 412).

56) 우리는 나중에 이러한 중요한 유보 조항이 다른 어떠한 용도에 쓰이는지를 보게 될
것이다. 프랭클은 모델을 포기할 정도로까지 약화시키는 몇몇 다른 용도에 그것을
사용한다. 그처럼 그는 이사야 베를린Isaiah Berlin의 주장에 다음과 같이 양보하
게 된다(「역사적 불가피성 Historical Inevitability」, 『네 가지 시론 Four Essays』,
Oxford University Press, 1969; 『자유에 관하여 On Liberty』; Patrick Gardiner, 『역
사 철학 The Philosophy of History』, 앞의 책, Oxford University Press, pp. 161~86
에 재수록). 즉 역사가 일상 언어로 씌어지고 독자가 전문화된 과학적 언어를 기
대하지 않는 것은, 설명이 성공했는가의 여부가 그 이론의 엄격함이 아니라 "구체

명과 상식적 설명, 그리고 일반적으로 우리가 인간사에 관해 내리는 신중한 부류의 판단 사이의 경계는 지워지게 된다.

법칙론적 모델과 양립할 수 있는 역사적 인식의 마지막 변별적 특징은 다음과 같다. 역사에서 일반성은 불변의 관계라기보다는 높은 빈도의 상관 관계이기 때문에, 반증의 예들은 일반 법칙을 약화시키지 않는다고 앞에서 언급한 바 있다(권력은 부패한다는 것이 항상 진실은 아니며, 절대 권력은 절대적으로 부패한다는 것도 검증할 수는 없다). 자신의 설명에 대한 예외와 마주칠 때 역사가는 어떻게 하는가? 그는 제한 조항을 덧붙임으로써 자신이 내세우는 일반화의 적용 영역을 축소시킨다. 이러한 방식으로 그는 반증의 예들에서 벗어나는 것이다.

프랭클은 최초 모델이 허용하는 한계까지 논의를 끌고 나감으로써, 설명이 해석과 연결된다는 것을 인정한다. 하지만 모델과 단절되지 않기 위해서 다음과 같이 주장한다. 즉 보다 포괄적인 해석이 받아들여질 수 있으려면 엄격한 세부적 설명에 바탕을 두어야 한다는 것이다. 잘 설정된 인과론적 연쇄 관계에 가치의 기초를 두지 않고서 어떻게 가치를 부여할 것인가? 그 반대도 진실인가? 물론 역사에서의 원인은 어떠한 것이라도 상관없는 그러한 조건이 아니라 우리가 영향을 미칠 수 있는 조건을 규정한다.[57] 이런 의미에서 행동의 가치는 원인에 대한 모든 평가에 스며든다. 그리고 원인을 설정한다는 것은 어떤 사실을 인정하고 그리고 가치를 규정하는 것이라고 말해야 할

적 사실들에 대해 역사가가 제시하는 진술에 따라" 판단되기 때문이라는 것이다. 인과론적인 설명, 그리고 상식적인 설명조차도 여기서는 지혜의 규칙에 접근한다 (권력은 부패하고, 절대적인 권력은 절대적으로 부패한다). 우리는 이제 서술학적 이론에서 그다지 멀리 있는 것이 아니다. "우리는 역사가가 어떤 스토리를 들려주고 그것에 삶을 불어넣기를 바란다"(p. 414).

57) 역사에서 원인 개념이 갖는 의미 작용의 다양성에 관해서는 3장에서 다시 언급할 것이다.

것이다. 하지만 그 다음에는 중요성의 판단에 적용했던 것과 동일한 분석 정신을 다시 한번 해석의 개념에 적용해야 한다. 해석을 함으로써 우리는 설명의 이상과 모순되지 않는, 그러나 서로 균형을 이루고 있지는 않은 세 가지 일을 한다. 그 중에서도 설명의 이상과 화합하기에 가장 힘든 작업은 목적, 목표 또는 이상이라는 용어로 역사의 의미를 규정하는 것이다. 그리하여 우리는 앞서 말한 바와 같이 '분석적' 정신과는 양립할 수 없는 '내적인' 관계들에 암암리에 깔려 있는 철학을 원용하고, 역사의 흐름에 초월적이고 불가사의한 계획을 외부에서 강요한다. 경제적인 것이든 또는 다른 것이든, 가장 중요한 원인을 지적하는 것에 이의를 제기할 수 있는 소지는 보다 적다. 여기서 해석은, 핵심 개념을 이해할 수 있도록 연구를 안내하고 중요도를 드러내는 데에만 국한된다면 설명과 융화할 수 있다. 그것이 다른 모든 해석들을 배제하고서 자신만이 유일한 해석이라고 주장하는 순간부터 더 이상 설명과 융화할 수 없게 되는 것이다. 그러나 가장 흥미로운 해석은, 그 자체로서 가치나 몰가치의 용어로 판단된 "최종적 결과terminal consequences"(앞의 책, p. 421)에 준해 일련의 사건이나 제도 전체를 판단하는 것을 목표로 삼는 해석이다.[58] 어떤 과정의 포괄적 의미 작용이란 바로 그 최종적 결과들이며, 그 중의 몇몇은 우

---

58) 여기서도 논증은 서술학적 개념과 궤를 같이 한다. 역사가에 의한 최종 결과의 선택은 "자기 이야기의 골격"(p. 421)이라 불리는 것이다. '진정한' 원인이라는 문제를 논하면서 프랭클은 이 점에서 가디너의 견해를 따라 다음과 같은 사실을 지적한다. 즉 의견상의 대립이 관점이 아니라 연결 관계에 의거하고 있을 때, "'이야기된 역사'가 제기된 질문에 알맞은 대답이 될 수 있도록 그러한 대립을 역사가에 의해 이야기된 역사 속에 포함시켜야 할 것인가 아닌가about what 〔……〕 should or should not be included in the historian's story to make that story an adequate answer to the questions that has been raised"(p. 427)의 선택에 의거하고 있다는 것이다. 역사가가 어떤 시기나 제도에 대한 해석을 제시할 때 "그는 가치 또는 몰가치로 표현된 결과를 갖는, 인과적으로 연결된 일련의 사건들의 스토리를 이야기한다he is telling a story of a sequence of causally related events that have consequences of value or dis-value"(p. 421).

리가 영향을 미칠 수 있는 현상황의 변수들과 일치한다.[59] 그리하여 마르크스의 입장에서 산업 프롤레타리아의 대두는 그것이 또한 옹호해야 할 '원인'을 담고 있으므로 주원인으로 간주된다. 최종적 결과들의 선택 그 자체가 책임있는 선택이 되어야 한다고 하더라도 실제로 일어난 사실들에는 매우 세심한 주의를 기울여야 한다. 그래서 동일한 사건이 최종적으로 서로 상이한 관점의 결과를 제시하고 있다면, 두 가지 상반된 해석은 서로 다른 사실들을 설명하고 있다고 인정해야 한다. 그 해석들은 각자 그 토대를 이루는 인과적 시퀀스로 보자면 객관적이고 진실일 수 있다. 동일한 역사를 다시 쓰는 것이 아니라, 다른 역사를 쓰는 것이다. 그러나 그것은 항상 논란의 여지를 갖는다. 즉 역사는 서로 화해할 수 없는 관점들의 영원한 전장(戰場)으로 운명지어진 것은 아니다. 비판적 다원성의 여지가 존재하며, 하나 이상의 관점을 인정한다고 해서 그 관점들 모두를 정당한 것으로 간주하지는 않는다.[60]

---

59) 진보에 대한 이론이 역사 철학의 전면에 등장시킨 문제, 즉 과거의 설명과 현재의 행동의 관계라는 문제에 대해서는 4부에서 다시 언급될 것이다. 현단계의 논의에서 유일한 관건은 최종적 결과의 선택이 우선은 사실의 층위에서 잘 설정된 인과적 관계를 만족시켜야 하지 않는가 하는 점이다.

60) 프랭클의 텍스트는 방법론적 다원성과 회의론에 영합하지 않는 태도 사이에서 유지되는 이러한 미묘한 균형을 탁월하게 보여주고 있다. 최종적 결과에 따른 해석들에 관해 호의적으로 말한 다음에 프랭클은 이렇게 적고 있다. 한편으로 우리가 역사에 대해 제시하는 도식이 적절하게 사실들, 제한된 경우들, 그리고 상황에 의해 열린 가능성들과 연결되어 있다면, 다른 한편으로 역사가가 분파적이거나 편협하지 않고 대범하거나 관대하다면, 그때 "인간의 삶이 어떠한 것일 수 있는가에 대해 명확하고 신중하게 생각함으로써 밝혀지는 역사는, 구속하지도 않고, 주도적 이상도 결여되어 있으며, 그러한 이상을 인간사의 기록에 적용함으로써 생기게 되는 아이러니나 눈물도 없는 냉담한 역사보다는 일반적으로 더 가치가 있다 history which is lit by some clear and circumspect idea of what human life can be is generally preferred to the history that is impassive, that never commits itself, and that lacks a guiding ideal or the irony or tears that go with applying such an ideal to the record of human affairs"(p. 424). 프랭클의 모든 자유주의와 휴머니즘은 이

기본 가설, 즉 역사에서의 설명은 여타 과학에서의 설명과 근본적으로 다르지 않다는 가설과 결별하지 않고서는 상반된 관점의 수용에 대한 문제를 더 이상 밀고 가기 힘들다. 궁극적으로 모든 논의의 핵심은 바로 거기에 있다. 법칙론적 모델을 지지하는 학자들은 바로 이러한 주된 목적을 해결하기 위해서 설명적 모델에 대해 불협화음을 내는 것처럼 보이는 역사 방법론의 특징들을 실제로 역사 과학이 처한 상태에 관계지으려고 노력하는 것이다. 그들의 논의가 천명하는 뚜렷한 동기는 회의론에 맞서 역사를 수호하고 객관성을 위한 투쟁을 정당화하는 것이다. 바로 이리하여 객관성의 옹호와 법칙론적 모델의 옹호는 연대를 이루어 서로 구분되지 않게 된다.

대목에 담겨 있다.

제2장

이야기를 위한 변론

역사 기술의 서술적 지위의 문제는 프랑스 역사 기술, 분석 철학과 초기의 논의 단계에서도 역사 과학 인식론의 직접적인 목적이 되지는 않았다. 특히 이야기는 너무 초보적인 담론 형태라서 설명의 법칙론적 모델에 의해 제기된 과학성의 요구를 결코 충족시킬 수 없다는 생각이 논쟁 전반에 걸쳐 은연중에 암시되어 있다. '서술학적' 주장은 다음 두 가지 경향의 사유를 결합시킴으로써 논의의 장에 출현하게 된다. 한편으로 법칙론적 모델에 대한 비판은 결국 설명의 개념 자체를 파열시킴으로써 문제에 대한 정반대의 접근 방법에 길을 열어주게 된다. 다른 한편으로 이야기는 무엇보다도 이해 가능성의 영역에서 그것이 갖는 능력을 목표로 하는 재평가의 대상이 되었다. 서술적 이해의 지위는 이처럼 격상된 반면, 역사적 설명의 지위는 격하되었다. 이 장은 바로 이러한 두 가지 움직임의 결합을 설명하고자 한다.

1. 법칙론적 모델의 파열

I. 법칙성을 갖지 않은 설명: 윌리엄 드레이

앞장의 끝부분에서 우리는 법칙론적 모델의 지지자들이 모델과 역사학이 처한 실제 상태 사이의 괴리를 어떻게 설명하고자 했는가를 살펴보았다. 그들은 한편으로는 모델을 약화시키고, 다른 한편으로는 자신들의 연구 분야를 과학의 지위로 격상시키려는 역사가들의 노력에 힘입는 이중의 전략을 구사한다. 그러나 법칙론적 모델과 사실상의 역사 방법론 사이의 괴리에서 모델 구성의 근본적 오류의 징후를 식별하는 사람들의 태도는 이와 전혀 다르다.

이 점에서 윌리엄 드레이의 저서 『역사에서의 법칙과 설명』[1]은 법칙론적 모델의 위기에 대해 가장 탁월하게 증언하고 있다. 서로 공통점이 없는 문제에 대해 그 저서 자체도 파열된 구조로 대응하고 있는 것이다. 상대적으로 불연속적인 세 개의 전선이 형성된다. 첫번째 전선에서는 순전히 부정적인 비판이 이루어지는데, 설명의 개념과 법칙의 개념을 분리하는 것으로 결론을 내리게 된다. 두번째 전선에서 드레이는 법칙에 포섭하는 것으로 환원될 수 없는 인과론적 분석 유형을 옹호한다. 1부에 담겨 있는 긍정적 주제, 즉 역사에서는 일반 법칙에 호소하지 않고도 설명할 수 있다는 주장이 이처럼 처음으로 적용되는데, 그렇다고 역사에서의 모든 설명이 인과론적 언어를 수용해야 한다고 주장되는 것은 아니다. 마지막으로 드레이는, 경험적 법칙이 지배하는 설명에 대한 비판에 힘입어 해방된 영역의 일부만을 다루는 '동기에 의한 설명 rational explanation' 유형을 탐구한다. 인과론적 분석과 동기에 의한 설명을 옹호하는 것은, 역사에서의 설명이 설명이 되기

---

1) 앞의 책.

위해서 법칙을 필요로 하지는 않는다는 부정적 주장을 전제하고는 있다. 하지만 논리적으로 거기서 파생되는 것은 아니다. 따라서 그러한 옹호는 그 고유의 장점에 따라 논의되어야 할 것이다.[2] 법칙론적 모델에 대한 비판에는 다음과 같은 확신이 깔려 있다. 즉 "모든 역사적 설명을 전반적으로 역사적인 것으로 분류하게끔 하는 논리적인 특징을 발견한다는 것은 거의 불가능하다. 우리가 역사서에서 마주치는 설명들은 논리적으로 잡다한 묶음을 이루고 있기 때문이다"(p. 85). 역사에서 설명이 바로 이처럼 논리적으로 분산되어 있다는 인식이야말로 서술적 이해의 재평가에 이르는 길을 열어주게 된다.

1) 드레이는 우선 설명의 관념이 법칙의 관념을 내포하지는 않는다라는 부정적 주장을 하기 위해 자신이 **포섭적 법칙 모델**covering law model이라 명명한 모델(그에 따르면 어떤 법칙은 그 법칙의 예가 되는 개별적인 경우들을 '감싼다'는 의미에서 프랑스어로 포섭 모델modèle de subsomption이라 옮길 수 있다)의 지지자들이 '강한' 모델과 '약한' 모델 사이에서 망설이는 데서 비판의 근거를 찾는다. 형식적 차원에서 어떤 법칙과 그것이 '포섭'하는 경우들 사이에서 주장된 관계를 공식화하는 것부터가 이미 망설임의 여지를 남긴다고 드레이는 지적하고 있다. '~때문에'라는 용어는 포섭 모델 학파의 논리주의자에 의해 씌어진 사전 속에서만 그 어떤 특정의 논리적 구조에 들어간다. 사건에서 '연역적으로 추론된' 특성을 통해 확인되는 내포 관계로 말하자면, 그것은 결코 단일한 의미를 갖지 않는다. 끝으로 설명의 개념은 더구나 법칙과 범례들 사이의 포섭 관계를 인정하도록 강요하지 않는다.

내포 관계의 논거를 공식화하는 데 대한 망설임에 모델 자체의 공

---

2) 인과론적 설명의 개념은 3장 pp. 361 이하에서 다시 논의될 것이다.

식화에 대한 다양한 변주가 덧붙여진다. 우리가 알고 있듯이 여러 이론가들은 모델을 문제삼기보다는 약화시키는 것을 더 선호한다. 그리하여 엄밀도가 감소하는 순서에 따라, 가장 엄밀한 연역적 추론의 요구에서부터 확립되지는 않았지만 받아들여지고 명백하지는 않으나 암암리에 인정되며 완전하진 않으나 개략적으로 묘사된 법칙의 개념을 거쳐, 준-법칙 quasi-loi의 개념에까지 이를 수 있다.

이 망설임은 모델 자체가 논리적 결함을 갖고 있다는 징후일 뿐이다. 실제로 우리는 포섭 모델이 설명된 사건들의 필요 조건도 충분조건도 아니라는 것을 보여줄 수 있다. 내세워진 설명이 예견으로 전환될 수 없으므로 그 조건은 충분하지 않다. 여전히 어떤 것이 빠져 있다. 그것이 무엇인가? 엔진의 작동 불량과 같은 기계 고장의 예를 한번 들어보자. 그 원인을 오일 유출로 단정하기 위해서는, 그에 관계된 다양한 물리 법칙들을 아는 것만으로는 충분치 않다. 오일 유출과 엔진의 고장 사이에서 발생하는 연속된 일련의 작은 사건들을 고려할 수 있어야 하는 것이다. '연속된'이라고 말함으로써 우리가 시공간의 무한한 분할 가능성과 관계된 어떤 철학적 모순에 말려드는 것은 아니다. 우리는 단지 하위 단계의 사건들을 확인하고, 인용된 사건들말고는 다른 하위 단계의 사건들을 허용하지 않는 어떤 연속체 속에 그 사건들을 위치시키는 데 그친다. 이처럼 "오일 유출과 엔진의 작동 불량 사이에서 일어난 일의 스토리를 구성하는 일련의 사실들을 참조함으로써 작동 불량이 설명된다."[3] 역사에 있어서도 마찬

---

3) 완전한 설득력을 얻기 위해서는 다음과 같이 논증이 전개되어야 한다. 즉 사고와 관계된 물리적·기계적 법칙들, 그리고 그 자체로서 어떠한 시간적 질서도 포함하고 있지 않은 법칙들을 순차적으로 적용하기 위해서는 사고가 단계별로 재구성되어야 한다. 바로 이러한 순차적 seriatim 적용이야말로 법칙들에 대한 지식이 설명의 필요 조건을 구성하게끔 한다. 드레이가 자신의 논증에 이러한 형태를 부여하고 있지 않은 이유는, 자기 자신이 물리학자는 아니더라도 사고의 각 단계를 완벽하게 이해하고 있는 기술자를 모델로 삼고 있기 때문이다. 그러나 물리학자가 있기

가지다. 시간의 분할 가능성은 가장 상세한 분석이 끝나는 바로 그곳에 가서 멈춘다.

　법칙에 의한 설명은 충분하지 않을 뿐더러 필수적인 것도 아니다. 실제로 어떤 조건에서 필수적이 되겠는가? 역사가라면 제시할 수 있을, 혹은 제시할 수 있었던 설명의 한 예를 들어보자. 루이 14세는 프랑스의 국가 이익에 이롭지 못한 정치를 펼쳤기에 민심을 얻지 못하고 죽었다는 것이 그 예다. 이렇게 설명하는 역사가와 헴펠 학파의 논리학자 사이의 대화를 상상해보자. 논리학자는 앞의 설명이 법칙을 필요로 한다고 어떻게 역사가를 설득할 수 있을 것인가? 그는 국민의 이익에 장애가 되는 정책을 수행하는 정부는 민심을 얻지 못한다는 것과 같은 암묵적인 법칙에 근거하여 설명이 설득력을 갖는다고 말할 것이다. 역사가는 자신이 이러저러한 정책이 아니라, 검토의 대상이 된 개개의 경우에 실제로 시행되었던 것과 같은 어떤 정책을 고려했노라고 반박할 것이다. 그 경우 논리학자는 일련의 부가 조항, 즉 외국과의 전쟁에 자기 나라를 끌어들이거나, 소수를 차지하는 종교인을 박해하거나, 정부 내에 기생적 존재들을 키우는 정부들은 민심을 잃게 된다는 부가 조항을 통해 법칙을 상세히 규정함으로써 법칙과 역사가의 설명 사이에 파인 간격을 메우려 할 것이다. 그러나 아직도 다른 세부 사항들이 추가되어야 한다. 예컨대 몇몇 정치적 조치들이 실패했으며, 그것들은 국왕의 개인적 책임이었다 등. 국왕이 빠뜨리고 취하지 않았던 조치들은 여기서 제외된다. 그리하여 설명이 완전하려면 무수한 세부적 규정 절차가 요구된다고 논리학자는 고백하지 않을 수 없다. 왜냐하면 그 어떤 단계에서도 우리는 역사가

때문에 기술자가 있는 것이다. 저자는 역사가의 지식을 기술자의 기술의 차원에 위치시키고자 하는가? 그 경우에 이론적 개념 대신에, 역사에서의 설명에 대한 조잡한 실용적 개념 속에 함몰될 위험이 있다. 드레이의 저서는 이런 개념의 흔적을 수없이 보여주고 있다(앞의 책, pp. 70~76).

가 검토하고 있는 경우만이 법칙에 의해 포섭된다고 증명할 수 없기 때문이다.[4] 오로지 단 하나의 법칙, 이를테면 루이 14세 시대와 똑같은 상황에서 똑같은 정치적 조치를 취하는 모든 군주는 민심을 잃게 될 것이다라는 법칙만이 역사가를 논리적으로 구속할 것이다. 그러나 이러한 공식은 사실상 문제가 된 경우의 모든 개별적 상황(예컨대 일반적인 전쟁이 아니라, 장세니스트에 대한 공격 등)을 언급해야 하므로 더 이상 법칙의 공식이 아니다. 그것은 정확히라는 표현을 사용함으로써만 보편성의 음조를 갖는다. 작업의 결과는 공허한 극단의 경우를 만들어낸다. '정확히 똑같은 상황에서의 똑같은 조치' 라는 개념은 우리가 생각할 수 있는 어떠한 연구에서도 의미를 얻을 수 없기 때문에 공허하다는 것이다.

그 반면, 역사가는 다음과 같은 보편적 언술을 받아들일 것이다. '특정 상황에서' 프랑스인과 비슷한 민족이라면 '특정 자질에서' 루이와 비슷한 군주를 혐오할 것이다. 이 법칙은 공허하지 않다. 왜냐하면, 논리학자와 역사가 사이의 변증법이 인용 부호로 묶인 표현을 '채우는' 방법을 제공할 것이기 때문이다. 그러나 그것은 이미 법칙론적 모델이 요구하는 종류의 법칙이 아니다. 왜냐하면 그것은 암묵적인 법칙처럼 막연하고 일반적인 것이 아니라, 너무 상세하기에 단 하나의 경우에만 적용되는 '법칙' 에 해당되기 때문이다.

실제로 단 하나의 경우에만 적용되는 이러한 법칙은 전혀 법칙이 아니라, 경험적 법칙을 가장하여 역사가의 추론을 재구성한 것에 지나지 않는다. 역사가는 'c_1 [……] c_n이기 때문에 E' ('E' 는 설명해야 할 사건을 지칭하고, 'c_1 [……] c_n'은 역사가가 자신의 설명에서 열거한

---

4) "우리가 '~때문에 E' 라는 형태로 진술하는 표현이 아무리 복잡하다 할지라도, 그 것은 '왜냐하면' 이라는 진술의 '논리' 의 일부분이기 때문에, 설명 조항의 부칙들은 최초의 진술에 대한 우리의 수용 여부에 따라 배제되는 것이 결코 아니다"(p. 35).

요인들을 지칭한다)라고 말한다. 논리학자는, '만일 c_1 〔······〕 c_n이라
면 E'이며, 여기서 '만일'은 '〔······〕인 모든 경우'에 해당된다고 다
시 쓴다. 그러나 가설의 형태가 경험적 법칙과는 다른 것을 표현할
수도 있기 때문에 이러한 등가성은 기만적인 것이다. 그것은 비슷한
경우에 우리가 이러한 종류의 결과를 합리적으로 예견할 수 있다는 추
론 원칙을 나타낼 수도 있다. 그러나 그 원칙은 가설의 형태로 진술된
추론을 허용하는 것에 불과하다. '법칙'의 논리적 환상은 이처럼 경
험적 법칙과 추론 원칙을 혼동함으로써 발생한다.

　두 가지의 잠정적 결론이 도출되는데, 후에 이것은 역사에서의 설
명과 이해 사이의 관계에 대한 분석에 통합될 것이다.
　첫번째 결론은 사건의 개념과 관계되는데, 그것은 또한 프랑스 역
사 기술에서 논의의 쟁점이기도 하다. 실제로 법칙론적 모델을 거부
하는 것은 유일한 것으로서의 사건 개념으로 은연중 되돌아오는 것
처럼 보인다. 세계는 근본적으로 상이한 특수성들로 이루어졌다는
형이상학적 주장을 유일성의 관념에 결부시킨다면 그 주장은 참이
아니다. 따라서 설명은 불가능해진다. 그러나 법칙론적 과학과는 달
리, 역사가는 실제로 일어난 것을 그 모든 구체적 세부 사항을 통해
기술하고 설명하려 한다는 뜻으로 이해한다면 그 주장은 참이다. 그
러나 그 경우 역사가가 유일한이라는 말을 통해 뜻하는 바는, 자신의
연구 대상과 똑같이 닮은 것은 존재하지 않는다는 것이다. 따라서 그
의 유일성 개념은 자신의 연구를 위해 선택한 정확도와 관계된다. 게
다가 그러한 주장에도 불구하고 역사가는 혁명이나 한 나라에 의한
다른 나라의 정복 등과 같은 일반 용어를 사용할 수 있다. 기실 이러
한 일반 용어들은 역사가로 하여금 일반 법칙을 구성하도록 구속하
는 것이 아니라, 검토되고 있는 사건과 상황들이 분류 용어를 통해
자연스레 묶을 수 있는 것들과 어떤 점에서 다른가를 발견하도록 한

다. 역사가라면 프랑스 대혁명을 그것이 혁명이라는 관점에서 설명하는 것에는 관심이 없다. 그보다는 프랑스 대혁명의 흐름이 다른 부류의 혁명들과는 다르다는 관점에서 설명하는 것이 중요하다. 프랑스 대혁명 la Révolution française에 붙은 정관사(la)가 보여주듯이 역사가는 분류 용어에서 일반 법칙으로 나아가는 것이 아니라, 분류 용어에서 차이의 설명으로 나아간다.[5]

두번째 결론은 바로 차이의 설명과 관계된다. 차이의 설명은 그것이 우리가 방금 말한 의미에서 유일한 요인들을 재분류한다는 점에서 연역적 추론보다는 오히려 판단에 속한다고 단언할 수 있다. 여기서 판단이란 판사가 상반된 논쟁을 저울질하고 결정을 내릴 때 수행하는 것과 같은 종류의 활동을 뜻한다. 마찬가지로 역사가의 입장에서 설명이란 자신의 주장을 옹호하기 위해서 다른 부류의 요인을 내세우는 반대자에 맞서 자신의 결론을 방어하는 것이다. 그는 자신의 주장을 뒷받침하기 위해 새로운 세부 사항들을 내세움으로써 자신의 결론을 정당화한다. 개개의 경우들을 판단하는 이러한 방식은 어느 한 경우를 하나의 법칙 아래 위치시키는 것이 아니라, 산만하게 흩어진 요인들을 재분류하고 최종적 결과의 생산을 통해 그 각각의 중요성을 저울질하는 것으로 이루어진다. 역사가는 여기서 과학적 연역법의 논리보다는 실천적 선택의 논리를 따른다. 바로 이러한 판단의 실행을 통해서 법칙에 의한 설명과는 구분되는 또 다른 설명이 '근거 warrant'로 제시된다. 그것은 인과론적 설명이 될 것이다.

2) 인과론적 분석. 이 책의 4장에서 주로 다루게 될 인과론적 분석을 위한 변론은 포섭에 의한 설명 모델에 대한 비판과는 상대적으로 별

---

5) 이러한 논증은 어떤 사건이 줄거리의 진행에 기여하는 것이기 때문에 유일한 동시에 전형적이라는 속성을 줄거리와 공유한다는 주장과 쉽게 통합된다는 것을 나중에 알게 될 것이다.

개의 것이다. 인과론적 분석은 단지 법칙론적 설명에 대한 대안들 중의 하나일 따름이다. 드레이의 저서에서 그것이 논의된 것은, 우선 논란이 된 모델이 자주 인과성의 언어로 개진되었기 때문이다. 포퍼 Popper의 경우가 그러하다.[6] 이런 의미에서 모델의 인과론적 해석은 인과론적 분석에 대한 부정적 비판에서 긍정적 연구로 적절히 이행하는 계기를 제공한다. 그 책의 논쟁 주제가 제공하는 이러한 관련성 외에도, 인과론적 분석에 대한 연구는 역사에서 인과론적 언어를 사용함으로써 나름대로 정당화된다. 드레이는 그러한 언어를 사용함으로써 야기되는 모든 애매함과 어려움에도 불구하고 그것을 불가피하고 정당한 것으로 간주한다. 역사가들은 사실상으로나 이론상으로 "x는 y의 원인이다"(나중에 우리는 그것과 "y의 원인은 x다"라는 인과 법칙을 구분할 것이다)라는 형태의 표현을 사용한다. 실제로 그들은, 가령 낳다, ~에 이르게 하다, 초래하다(또는 반대로 가로막다, 생략하다) 등 수많은 다양한 표현법을 사용한다. 그들은 원인의 설명력을 받아들이면서 이론상 그러한 표현을 사용하는 것이다. 논의의 관건은 바로 그 설명력이다. '원인'이라는 단어의 다의성 polysémie은 우리의 논의의 출발점을 이루었던 '설명'이라는 용어의 다의성과 마찬가지로 그 용어를 적절히 규제하여 사용하는 데 전혀 장애가 되지 않는다는 것이 그 밑에 깔린 주장이다. 문제는 그 다의성을 조정하는 것이지 그 용어를 결론적으로 거부하는 것이 아니다.[7]

---

6) 『열린 사회와 그 적들 *The Open Society and its Ennemies*』, II, London: Routledge and Kegan Paul, 1952, p. 262, 드레이를 참조할 것. 앞의 책, p. 2(불역, p. 176)에서 재인용. 많은 학자들의 입장에서 볼 때 역사에서의 인과성에 대해 질문한다는 것은 단지 역사에서의 법칙들의 위치에 관한 논의를 되풀이하는 것이다. 그들은 원인을 법칙과 똑같은 것으로 이해——이 경우 원인이라는 용어는 너무나 애매하기 때문에 사용하지 않는 편이 더 낫다——하든지, 아니면 특정한 유형의 법칙, 즉 '인과론적 법칙'으로 이해——이 경우 모델의 인과론적 해석만이 존재한다——하는 것이다. "x는 y의 원인이다"라고 말하는 것은 "x가 있을 때마다 y다"라고 말하는 것과 같다.

원인이 인과론적 법칙을 뜻하는 경우를 제외한다면, 역사에서 인과론적 분석에 대한 논의는 그 설명력이 어떤 법칙에 의존하지 않는 단일한 인과 관계가 존재할 때에만 관심의 대상이 된다.

드레이는 여기서 원인 개념의 조건을 법칙 개념의 조건에 연결시키는 학자들과 역사 기술의 영역에서 설명을 일절 배제하려는 학자들에 대항해서 양면 공격을 펼친다. 물론 역사가들이 인과론적 설명을 제시하려고 노력하는 것은 사실이다. 그러나 사건들의 개별적인 흐름을 인과론적으로 분석한다고 해서 그것을 인과론적 법칙의 적용으로 환원할 수는 없다. 물론 역사가들은 'x는 y의 원인이다'라는 형태의 표현을 사용한다. 그러나 이러한 설명이 'x면 y다'라는 형태의 법칙을 적용하는 것은 아니다.

그러면 인과론적 분석이란 무엇인가? 그것은 원인의 역할을 맡고자 하는 이러저러한 소인(素因)들의 자격, 다시 말해서 '무엇 때문에?'라는 질문에 대한 답으로 '~때문에'의 자리를 차지할 수 있는 소인들의 자격을 검증하고자 하는, 본질적으로 선별적인 분석이다. 따라서 그

---

7) 콜링우드Collingwood는 『형이상학에 대한 시론 *An Essay on Metaphysics*』(Oxford: Clarendon Press, 1948)에서 이 문제를 천착하고 있는데, 거기서 그는 '원인'이라는 용어의 세 가지 의미를 구분한다. 의미 I은 역사 고유의 의미일 뿐만 아니라 원초적 의미로 간주되는 유일한 것으로서, 그에 따르면 사람은 다른 사람으로 하여금 그렇게 행동하도록 하는 동기를 제공함으로써 어떤 방식으로 행동하게끔 한다. 의미 II에 의하면, 어떤 것의 원인은 우리가 그것을 조작하도록 하는 '발판'이며 '손잡이 the handle'다. 따라서 특히 그것은 우리가 생산하고 예고할 능력을 가지고 있는 것이다(예를 들어 말라리아의 원인은 모기의 침이다). 인간의 행동에서 비롯되는 결과의 개념을 다른 여타 존재의 행위로 확장함으로써 우리는 의미 II를 의미 I에서 도출할 수 있다. 콜링우드는 의미 II를 역사에서 배제하고, 실험을 통해 인과 법칙을 발견하는 실천적인 자연 과학에 그것을 국한시킨다. 그러나 드레이 Dray는 인과론적 추정에 대한 자신의 실천적 기준에 그 일부를 수용하고는 있지만, 판단이라는 특정 행위를 통해 그 윤곽을 잡고 있다. 의미 III은 논리적 필연성에 입각하여, 두 개의 사건이나 상태들 사이의 일대일 관계를 설정한다. 그것은 충분 조건의 개념과 같다.

러한 선별은 지원자들이 몇 가지의 시험을 거쳐야 하는 시합의 특성을 띠게 된다. 인과론적 분석은 인과론적 기준론critériologie이라 할 수 있을 것이다. 그것은 본질적으로 두 가지 시험을 포함한다. 첫번째는 귀납적inductive 시험이다. 즉 문제되는 요인은 현실적으로 필연적이어야 한다. 달리 말해서 그 요인이 없었다면 설명하고자 하는 사건이 일어나지 않았으리라는 것이다. 두번째는 실용적pragmatique 시험이다. 즉 그 현상의 충분 조건을 구성하는 전체 조건들 가운데 문제되는 조건을 선택할 만한 이유가 있어야 한다.

실용적 시험은 한편으로 실험 가능성에 대한 고찰과 상응하는데, 콜링우드는 그러한 고찰을 통해 원인의 개념이 갖는 의미들 가운데 하나, 즉 인간의 행동이 그에 대해 '영향력'을 갖는 것을 규정한다. 다른 한편으로 그것은 그렇게 되어야만 했던 것, 즉 비난받을 수도 있는 것(예를 들어 전쟁의 원인을 조사할 때)을 고려한다. 또 다른 한편으로 실용적 기준은 불씨나 촉매 등 사건의 흐름을 촉진하는 것을 포함한다. 그러한 연구는 본질상 불완전할 수밖에 없지만, 다른 무엇보다도 열려 있는 연구라 할 수 있다.

귀납적 시험은 정확하게 정의하기가 가장 어렵다. 그것은 "x인 모든 경우에 y다"라는 규칙이 전혀 없을 때, "x가 아닌 경우에 y도 아니다"라는 단언을 정당화하는 데 있다. 어떤 역사가가 이와 유사한 공식을 사용한다고 가정한다면, 그는 이러한 개별적 상황——한편으로 보면 대등한 모든 사건들(또는 상황은 있는 그대로의 것이기에)——에서, 이러한 x가 일어나지 않았다면 실제로 일어났던 이러한 y는 일어나지 않았거나 달리 일어났으리라고 말할 것이다. 그러한 정당화는 앞서 말한 판단의 실행, 즉 "다만 ～라면"의 형태를 갖는 어떠한 법칙도 필요로 하지 않는 판단에 속한다. 역사가는 문제의 상황에 속하는 것으로 알고 있는 바에 비추어, 그 원인이 없었다면 사건들의 흐름이 어떻게 달라졌을 것인가를 알기 위해——판단하기 위해——내세워진 원인을 머릿속에서 배제해본다thinks away(p. 104). 이러한 귀납적 시험이 충분한 설명과 동등한 것은 아니다. 기껏해야 그것은, 존재하지 않았더라도 아무런 변화를 초래하지 않았을 요인들은 원인의 역할을 수행할 수 있는 소인 목록에서 제거함으로써 필요한 설명을 구성할 따름이다. 완전한——혹은 가능한 한 완전한——설명을 얻기 위해서는 앞서 말한 것과 같이 세부 사항을 '채우거나' 써넣는filling in 방식을 통해 원인 부여에 대한 확실한 증거를 제시해야 한다.[8] 중요한 것은 개별적인 사건에 비추어 원인을 부여하는 것이 인과론적 법칙을 적용한 결과는 아니라는 점이다. 실제로는 흔히 그 반대의 경우가 진실이다. 많은 인과론적 법칙들은, 판단을 실행함으로써 세워지고, 서로 독자적으로 설득력을 갖는다고 인정된, 인과성에 대한 어떤 개별적 진단의 영역에 토대를 둔 이차적 일반화에 지나지 않는다. "폭정은 혁명의 원인이다"라는 이른바 인과 법칙은 이러한 질서에 속한다고 할 수 있다. "전쟁의 원인은 욕망이다"라는 법칙도 마찬가지다. 그러한 법칙이 전제하고 있는 것은 우리가 개개의 전쟁에 대해 개별적인 설명을 편한 대로 구사하며, 이어서 그러한 개개의 경우에 공통된 경향을 관찰한다는 것이다. 우리가 소위 법칙이라고 부르는 것을 통해 요약하는 것은 바로 이러한 경향이다. 이러한 일반화가 차후의 연구에 아무리 유용하다 할지라도, 그 토대가 되는 개별적 설명을 정당화하는 것은 그것이 아니다.

따라서 우리가 역사에서 원인의 관념을 그대로 보유하는 것은 앞서 개략적으로 설명한 것과 같은 그 개별적 논리를 존중하기 때문이다.

나는 전적으로 이제까지의 논의를 보존하는 차원에서 몇 가지를

---

8) 막스 베버와 레이몽 아롱은 우리가 3장에서 이러한 분석을 보다 심화시키는 데 도움을 줄 것이다.

지적함으로써 결론을 내리고자 한다.

　우선 설명과 관계해서는 법칙론적 모델의 지지자들에 대한 경계의 시선, 즉 역사서에서 마주치는 설명들은 논리적으로 분산된 묶음을 이룬다는 사실 a logically miscellaneous lot(p. 85)을 인과론적 분석 이론——그리고 아직 언급하지는 않았지만 동기에 의한 설명에도——에 적용해야 하는 것처럼 보인다. 그러한 논점은 설명 모델을 유일한 것으로 간주하려는 모든 주장에 맞서 설득력을 갖는다. 이 다의성은 역사에서의 설명을 법칙론적 모델과 분리시키려는 드레이의 상반된 주장에 맞서는 논거로 사용될 수 있다. 모든 설명이 법칙론적 모델을 충족시키는 것은 아니며, 법칙에 따른 설명이 아닌 인과론적 분석들도 있다고 논의를 한정시킨다면 그것은 옳다. 그러나 앞선 논의로부터 법칙에 따른 모든 설명을 제외하고는 인과론적 분석이 역사에서 지배적인 설명이라고 결론내린다면 그것은 옳지 않을 수도 있다. 바로 그러한 이유 때문에 나로서는 잘 들어맞지 않는 법칙성을 주장하기보다는, 법칙들이 서술적으로 짜여진 그물 속에 삽입된다는 사실을 강조하고 싶은 것이다. 어쨌든 드레이는 원인 전가(轉嫁)를 정당화하는 절차들을 고려하고 그것들을 사법적 판단에서 통용되는 절차들에 접근시키면서, 설명과 이해 사이의 보다 미묘한 변증법으로 향한 문을 여는 것이다. ‘근거’의 탐색, 원인의 ‘저울질’과 ‘평가,’ 원인 역할의 소인에 대한 ‘시험’ 등, 이 모든 판단 활동은 역사적 추론과 사법적 추론의 유사성에 관련되며, 이러한 유사성은 명백히 밝혀져야 한다.[9] 이와 관련해서 일련의 연속된 사건들의 재구성과 단일한

---

9) H. L. A. Hart, 「책임과 권리의 귀속 The Ascription of Responsibility and Rights」, *Proc. of the Aristotelian Society*, London, (49), 1948, pp. 171~94, 그리고 Stephen Toulmin, 『논증의 용도 *The Uses of Arguments*』, Cambridge University Press, 1958. 이 논문들은 ‘근거’를 제공함으로써 설명과 정당화를 다른 ‘요청’에 대한 어떤 ‘요청’과 접근시키도록 한다.

인과 관계 소인들의 삭제 절차, 그리고 판단 실행 사이의 유사성을 보다 명료하게 밝혀야 할 것이다. 그리하여 법칙에 의한 설명, 단일한 인과론적 설명, 판단 절차, 〔……〕 그리고 동기에 의한 설명 등 그 폭은 다양하게 열려져 있어야만 한다.

다른 한편으로, 언제나 역사가들의 사실상의 추론에 의거할 것이라는 권두의 선언에도 불구하고, 검토된 몇몇 예들은 프랑스 역사가들의 입장과는 상반된 부류의 역사학에서 빌려온 것처럼 보인다. 단일한 사건들의 인과론적 분석에 대한 설명에서와 마찬가지로, 논리학자와 역사가 사이의 변증법에 있어서도 설명이 언제나 개별적 사건들에 의거한다는 사실은 자명한 것처럼 보인다. 물론 역사가가 자신이 연구하는 변화의 특수성을 고려한다면, 개별적인 인과론적 분석은 모든 장·단기 변화에 유효하다고 나는 언제라도 인정할 것이다. 이 점에서 연구의 단계에서 유일한 사건이라는 개념이 갖는 상대성에 대해 우리가 말한 모든 것을 명심해야 한다. 이제 사건의 개념을 루이 14세의 죽음의 예에서 드러난 변화와는 다른 변화들로 확장시키는 일이 남아 있다.[10]

3) 동기 raisons에 의한 설명.[11] 대부분의 비평가들은 동기에 의한 설

---

10) 역사 설명을 서술적 이해와 연결시키려는 내 나름의 시도를 위해 개별적인 원인 전가에 대한 이러한 변론을 받아들인다. 개별적인 원인 전가는, 한편으로는 그것이 이미 어떤 설명이라는 점에서, 다른 한편으로는 그것이 서술적 토대 위에 정립된다는 점에서 여러 층위들을 연결하는 고리를 구성할 수 있다. 그러나 드레이의 저서는 문제의 이러한 측면에 대해 간략하게 암시하고 있을 따름이다. "역사에서 인과론적 설명을 제시하고 옹호하는 것이 법칙에 따라 설명된 것을 제시하는 경우는 드물며, 그것은 거의 언제나 예시된 조건이 진정한 원인이었다는 판단을 정당화하기 위해 사건들의 실제 흐름에 대한 설명적이고 서술적인 설명을 포함한다"(앞의 책, pp. 113~14). 마찬가지로 역사에서 개별적인 원인 전가에 대한 진단을 의학적 진단과 동등한 것으로 암시하는 부분도 주목할 수 있다.
11) 「행동의 합리성 The Rationale of Actions」(앞의 책, pp. 118~55).

명 모델을 검토하면서 드레이가 그 문제에 대해 긍정적 기여를 했다고 보았다. 이 모델이 법칙론적 모델의 논리적 대안이 된다는 점에서 그것이 전혀 틀린 말은 아니다. 그러나 인과론적 분석은 이미 법칙에 의한 설명의 대안을 제시했다는 점에서 그 또한 정확한 말은 아니다. 게다가 동기에 의한 설명이 비판을 통해 해방된 모든 영역을 다루는 것도 아니다. 또한 앞서의 논의——인과론적 분석의 논의도 포함하여——는 "대규모의 역사적 사건이나 조건 of fairly large-scale historical events or conditions"(p. 118)에 적용되었다는 점에서, 그것은 같은 설명 예들과 엄밀하게 관계를 맺고 있는 것도 아니다. 동기에 의한 설명은 "보다 축소된 범위를 갖는 경우," 즉 "역사 이야기의 흐름에서 언급할 만큼 충분히 중요한 개인들의 행동에 대해 역사가가 일반적으로 제시하는 부류의 설명"(p. 118)에 적용된다.

법칙론적 모델에 대한 이의 제기가 여전히 저서 전체를 부정적인 방향으로 이끄는 실마리로 제시되고 있음에도 불구하고, 드레이가 법칙론적 모델에 맞서서, 인과론적 분석을 옹호하기 위해서, 그리고 동기에 의한 설명을 옹호하기 위해서 논쟁을 벌이는 세 가지 전선의 상대적 자율성을 존중해야만 하는 것은 바로 그러한 이유 때문이다. 분석들이 보여주는 이러한 상대적 불연속성은 내가 법칙론적 모델의 파열이라 부른 것을 그대로 보여준다.

드레이가 이러한 설명 양상에 부여한 이름은 그 자신의 계획을 요약하고 있다. 한편으로 모델은 우리와 유사한 행동 주체들의 행동에 적용된다. 이처럼 그것은 행동 이론, 즉 1부에서 내가 행동의 개념망을 이해 가능한 방식으로 구사할 수 있는 우리의 역량이라고 지칭한 것과 역사 이론이 교차함을 나타낸다. 하지만 바로 그 때문에 드레이는 역사 설명을 '사건 중심의 역사' 영역——최근의 역사가들은 바로 그러한 영역으로부터 멀어진다——에 국한시키는 위험을 안게 된다. 이 점은 차후의 논의(3장)를 위해 새겨두어야 할 것이다. 다른 한편으로 그 모델은 여전히 어떤 설명 모델이 되고자 한다. 그로 인해 저자는 두 가지 입장, 즉 설명이란 경험적 법칙을 통해 어떤 경우를 '포섭하는' 것이라고 생각하는 사람들과, 행동을 이해하는 것은 행동 주체의 의도와 관념과 감정을 다시 체험하고 다시 현실화하며 다시 생각하는 것이라고 생각하는 사람들로부터 동일한 거리를 두게 된다. '관념론자'들은 감정이입의 이론에서 벗어나지 못하고 있으며, 실증주의자들은 그 이론의 비과학적 성격만을 비난하고 있다는 점에서 드레이는 다시 한번 이들과 양면에 걸친 논쟁을 벌인다. 사실상 드레이는 '관념론자'들 가운데서 콜링우드 쪽에 가깝다. 다시 체험하고, 다시 현실화하고, 다시 생각한다는 것은 콜링우드의 말이다. 우리가 보여주어야 할 것은, 이러한 작업들이 심리학이나 새로운 것을 발견하는 방법 heuristique과 구별되고 설명의 토대 위에 정립되게 하는 그 자신의 논리를 갖는다는 것이다. 따라서 쟁점은 바로 "역사에서 제시된 대로의 설명에 대한 논리적 분석"(p. 121)이다.[12]

동기에 의해 개인적 행동을 설명한다는 것, 그것은 "행동 주체가 자신이 처한 상황에 비추어 선택한 목표를 위해 취해야 하는 수단들에 대해 그 자신이 따져보았던 것 calculation을 재구성"하는 것이다. 달리 말해서 행동을 설명하기 위해서는, 자신이 그렇게 했던 대로 행동하도록 자신을 설득했던 생각들을 우리가 알아야 한다는 것이다(p. 122).

물론 우리는 아리스토텔레스의 성찰 이론의 연장선상에 있다. 그러나 따져보기라는 말을 정확히 이해해야 한다. 그것은 반드시 명제 형태로 된 엄격히 연역적인 추론과 관계되는 것은 아니다. 우리가 어떤 의도적 행동과 관계를 맺는 한 모든 층위의 의식적 성찰이 가능한

---

12) 이 점에서 그러한 시도는 '의미가 통하게 만드는' 데 있지만, 그것은 콜링우드가 역사적 이해에 관해 말할 수 있었던 것과는 별개의 논증을 통해 이루어진다(p. 122).

데, 그것은 만일 행동 주체가 시간을 가지고 있었고, 무엇을 할지 한 눈에 알지 못했고, 사후에 누군가 자신이 했던 것을 설명하도록 요구했다면 거쳐갔을 그러한 따져보는 과정을 그 층위들이 구성할 수 있도록 한다. 행동을 설명한다는 것, 그것은 이 따져보는 과정을 드러내는 것이다. 이러한 따져보기는 행동의 합리성을 이루며, '합리적' 설명이란 용어는 거기서 비롯된다.

드레이는 '논리'를 넘어서는 중요한 수정을 가한다. 설명한다는 것은, 행해진 것이 동기와 상황에 비추어 해야 했던 것임을 보여주는 것이다. 설명한다는 것은 따라서 이 용어와 결부된 평가의 뉘앙스를 띠면서 정당화하는 것이다. 즉 그것은 행동이 어떤 방식으로 적응되었는가를 설명하는 것이다. 여기서도 말을 오해하지 않도록 하자. 정당화한다는 것은 우리의 도덕적 기준에 따라 선택에 동의하는 것이 아니다. "그가 했던 것을 나 역시 했을 것이다"라고 말하는 것은 행동 주체의 목표, 흔들리기도 했을 그의 신념, 그리고 그가 알고 있는 대로의 상황과 관련하여 행동을 저울질하는 것이다. "합리적 설명을 통해 우리는 일종의 논리적 균형에 이르고자 하는 시도를 볼 수 있으며, 어떤 행동은 그러한 균형 위에서 이해타산에 맞아떨어지게matched 된다"(p. 125). 행해진 것과 우리가 그 행동 주체에 대해 알고 있다고 생각하는 것 사이의 관계가 불분명할 때 바로 우리는 설명을 찾게 된다. 그와 같은 논리적 균형이 결여되어 있을 때 우리는 그것을 재구성하고자 한다.

논리적 균형이란 용어는 드레이가 감정이입이나 투사 또는 동일화에 의한 이해로부터 일정한 거리를 두기 위해, 그리고 동시에 자신의 설명을 헴펠의 비판에서 벗어나게 하기 위해 찾아낸 가장 탁월한 용어다. 왜냐하면 이러한 균형점에 이르기 위해서는 행동 주체가 알고 있었던 대로 문제를 판단하게끔 하는 물질적 증거들을 귀납적 방식으로 수집해야 하기 때문이다. 이러한 재구성은 오로지 기록에 의한 작업을 통해서만 가능하다. 따라서 그 절차는 전혀 즉흥적이지도 교조적이지도 않다. 그것은 노력을 요구하며 언제든지 수정 사항을 받아들일 준비가 되어 있다. 이 특징들은 이러한 재구성과 인과론적 분석에 공통된 것이다.

자신의 분석과 줄거리 구성 분석의 관계에 대해서 드레이가 문제 제기를 한 적은 없다. 그렇기에 두 가지 접근 방법의 유사성은 더욱 주목할 만하다. 어떤 점에서 보자면 충격적이기까지 하다. 드레이가 관찰한 바에 따르면 동기에 의한 설명은 경험적 법칙의 설명과는 다른 유형의 일반성이나 보편성을 내포한다. "y는 A가 x를 하기 위한 충분한 이유라면, y는 충분히 유사한 상황에서 A와 충분히 유사한 그 누구라도 x를 하기 위한 충분한 이유가 될 것이다"(p. 132). 우리는 여기서 아리스토텔레스가 내세웠던 개연성 probabilité, 즉 "어떤 사람이 필연적이거나 개연적으로 말하거나 행하게 될 것"을 인지한다. 드레이는 법칙론적 모델에 맞서 논쟁을 벌이는 데, 그리고 행동의 원리를 경험적 보편화와 구별하는 데 너무 몰두한 나머지 행동의 이론을 다루었을 때처럼 역사 이론과 이야기 이론의 교차에는 관심을 둘 겨를이 없는 것이다. 그러나 윌리엄 드레이가 법칙론적 용어의 일의성으로 환원하려는 모든 시도에 맞서 '때문에'라는 용어의 다의성을 옹호할 때, 우리는 '이것 때문에 저것'과 '이것 다음에 저것' 사이의 아리스토텔레스적 구별을 환기하지 않을 수 없다.[13]

---

13) "따로 떼어서 생각해볼 때, '그는 y 때문에 x를 했다'라는 형태로 주어진 설명적 진술이 합리적인 의미로 받아들여져야 하는지는 다분히 의심의 여지가 있다. 〔……〕 '때문에'라는 개별적 용어는 언뜻 보기에는 그 언어적 층위를 담고 있지 않다. 그것은 다른 방법에 의해서 결정되어야 한다"(p. 133). '때문에'라는 용어가 경향에 의한 설명 ── 질베르 라일 Gilbert Ryle은 『마음의 개념 *The Concept of Mind*』에서 그것을 경험적 법칙에 의한 설명과 구분하고 있으며, 가디너 P. Gardiner는 『역사적 설명의 성격 *The Nature of Historical Explanation*』(앞의 책,

내가 보기에 드레이가 논의하고 있지 않은 중요한 난점이 있다. 동기에 의한 설명 모델이 역사 이론을 행동 이론과 교차시킴에 따라서, 문제는 개인적 행동 주체에 귀속될 수 없는 행동의 동기를 해명하는 것이다. 나중에 보겠지만 서술학적인 모든 이론의 핵심은 바로 거기에 있다.

드레이 또한 그 난점을 모르는 것은 아니며, 하나의 항목으로 그 문제를 언급하고 있다(pp. 137~42). 그는 정확히 서로 일치하지는 않는 세 가지 답을 제시한다. 우선 "우리가 충분히 가까이서 연구한다면 if we study it closely enough"(p. 137), 주어진 어떤 행동은 동기에 의해 적절히 설명할 수 있다고 추측한다는 것이다. 이러한 추측은, 우리가 언제나 합리성의 '모습을 보전'할 수 있으며, 추정해서 따져보게끔 하는 멀리 떨어진―그리고 아마도 낯선―신념을 꾸준한 노력을 통해 발견할 수 있으며, 그리고 동기와 행동 사이에서 우리가 추구하는 균형점에 이를 수 있다고 확신한다. 합리성을 지향하는 이러한 추측에는 한계가 없다. 그것은 무의식적 동기에 호소하는 것도 포함한다. 그리하여 '비합리적' 설명조차도 여전히 동기에 의한 설명의 한 경우로 간주된다.

그러나 이 첫번째 대답은 우리가 행동의 개인적 주체를 확인할 수 있는 한에서만 설득력을 갖는다. 동기에 의한 설명을 집단에 적용시킬 때는 어떻게 되겠는가? 드레이가 암시하는 바에 따르면, 역사가들은 독일과 러시아와 같은 실체들을 생략의 방식을 통해 의인화하고 준-합리적인 설명을 이 상위-행동 주체super-agents에 적용하는 것이 정당하다고 생각한다. 그래서 1941년 독일의 러시아 침공은 러시아에게 배후에서 공격당할지도 모른다는 독일의 두려움을 내세움으로써―마치 이러한 종류의 계산이 독일이라는 이름의 상위-행동 주체

264

의 동기에 대해서도 유효한 듯이—설명될 수 있다(p. 140). 이러한 생략법은 두 가지 방식으로 정당화된다. 우리는 아주 세밀한 연구를 통해 문제의 계산이 최종적으로는 독일의 '이름으로' 행동하도록 허용된 개인들의 계산이라는 것을 보여줄 수 있다. 다른 한편으로 우리는 유추에 의해 개인에 대한 '전형적'인 설명을 집단(18세기 영국에서 세금 제도와 투쟁했던 청교도들)으로 확장시킨다.

세번째 대답은 다음과 같다. 대규모의 역사 현상들의 경우에 우리는 화이트헤드Whitehead가 역사의 "터무니없는 측면senseless side"이라 부른 것, 즉 동기로 설명할 수 있는 행동들이 의도하지도 바라지도 않았던 결과, 나아가서는 정반대의 결과를 가져온다는 사실에 부딪히게 된다는 것이다. 크리스토퍼 콜럼버스의 여행은 유럽 문명의 확산의 원인이라고 말할 수 있으나, 여기서 원인이라는 말은 콜럼버스의 의도와는 전혀 관계가 없는 의미로 이해된다. 광범위한 사회적 현상의 경우도 마찬가지다. 이 점에서 그러한 이의는 장기 지속과 사회사에 대한 프랑스 역사 기술의 성찰과 다시 만난다. 드레이도 이러한 광범위한 변화의 결과가, 사건 전체를 연출했을 한·개인의 계획에 의해 설명될 수는 없다는 것에 동의한다. 달리 말해서 행동이 빚어낸 원하지 않았던 결과를 여전히 의도적이라고 말할 수 있게끔 하는 이성의 간계(奸計)의 등가물이나 대체물을 내세울 필요는 없는 것이다. 그러나 이를 인정한다고 해서 개인이나 집단이 최종적 결과에 기여한바, 그러니까 그들의 활동을 좌우했던 계산에 대해 세밀히 연구할 수 없는 것은 아니다. 거대-계산이 있는 것이 아니라, '단편적'인 절차에 따라 다루어야 하는 수많은 계산들이 있는 것이다.

그러한 논증은 사회적 과정을 지향적 관계로 분석된 개인적 과정의 합과 동등한 것으로 간주하고, 그 둘을 가르는 간격을 그저 '터무니없는' 것으로 간주하는 경우에만 설득력을 갖는다. 그런데 문제가 되는 것은 바로 이러한 등가성이다. 실제로 우리가 검토해야 할 것은 다음과 같다. 역사적 설명을 동기에 의한 행동의 설명과 구별짓는 것은, 우선 그것이 연구하는 현상의 규모, 다시 말해서 그 개인들의 합으로 환원될 수 없는 집단적 특성을 갖는 실체들에 대한 기준이 아닌지, 이어서 그것은 구성원들의 의도의 합, 따라서 그들의 계산의 합으로 환원될 수 없는 결과가 나타난다는 사실이 아닌지, 끝으로 그것은 각 개인에 의해 체험된 시간의 다양성으로 환원될 수 없는 변화들이 생긴다는 사실이 아닌지의 문제이다.[14] 간단히 말해서 여전히 자기 고유의 신용장을 발급해야 하는 '방법론적 개인주의'를 주장하지 않고서 어떻게 사회적 과정을 개인의 행동과 계산에 연결시킬 수 있겠는가?

윌리엄 드레이는 내가 1부에서 미메시스 I이라는 이름으로 전개했던 것과 비슷한 어떤 행동 이론을 원용하는 데 그친다. 이제 우리는 역사적 이해의 문제에 대해 미메시스 II에 속하는 이야기의 이해 가능성이라는 수단을 사용하게 될 '서술학적' 접근이, 개인적인 또는 준-개인적인 행동 주체의 동기에 의한 설명과 비-개인적인 사회적 힘에 의한 대규모의 역사적 과정의 설명 사이에 남아 있는 틈을 메울 수 있는가를 살펴보아야 한다.

II. 게오르크 헨릭 폰 라이트에 따른 역사 설명[15]

법칙론적 모델에 대한 비판은 폰 라이트의 저서와 더불어 결정적 걸음을 내딛게 된다. 그의 비판은 드레이의 저서에서 보는 것처럼 인과론적 설명과 법칙에 의한 설명을 대립시키거나, 부분적으로 선별

---

14) 이 점에 대해서는 헤르만 뤼베 Hermann Lübbe, 「행동을 역사로 만드는 것 Was aus Handlungen Geschichten macht」, 『합리적 사고, 실천적 철학과 학문 이론에 대한 연구 Vernünftiges Denken, Studien zur praktischen Philosophie und Wissenschaftstheorie』, 앞의 책, pp. 237~68을 참조할 것.

15) Georg Henrik von Wright, 『설명과 이해 Explanation and Understanding』, 앞의 책.

적인 모델 대신에 동기에 의한 설명을 만들어내는 데 있는 것이 아니다. 그것은 '혼합된' 모델, 즉 인문 과학과 역사학에서 가장 전형적인 설명 방식을 제시하고자 하는 준-인과론적 설명을 통해서 인과론적 설명과 목적론적 추론을 결합하는 데 그 목적이 있다.

의무론logique déontique에 대한 저작들[16]로 잘 알려진 그가 자신의 작업을 시작하면서 '인문 · 사회' 분야에서 이론들의 형성을 주재했던 전통들이 갖는 이중성을 인식한 것은 흥미로운 사실이다. 첫번째는 갈릴레이, 나아가서 플라톤에까지 거슬러올라가는데, 인과론적이고 기계론적인 설명에 우선권을 부여한다. 두번째는 아리스토텔레스로 거슬러올라가 목적론적이거나 목적원인론적인 설명의 특수성을 옹호한다. 전자는 과학적 방법의 통일성을 요구하며, 후자는 방법론적 다원성을 옹호한다. 폰 라이트는 게르만 전통에서 면면히 이어져 내려온 이해Verstehen와 설명Erklären의 대립을 통해 고대의 이러한 양극성을 다시 발견한다.[17] 그러나 법칙론적 모델은 그것이 인문 과학에

---

16) 『규범과 행동 *Norm and Action*』, London: Routledge and Kegan Paul, 1963, 『의무론과 행동의 일반 이론에 대한 시론 *An Essay in Deontic Logic and the General Theory of Action*』, North Holland, Amsterdam, 1968.

17) 폰 라이트는 이러한 이분법에 맞서 전개된 세 가지 종류의 비판, 즉 드레이(*Laws and Explanation in History*, 1957)와 엘리자베스 앤스콤 E. Anscombe(*Intention*, Oxford: B. Blackwell, 1957), 피터 윈치 Peter Winch(*The Idea of a Social Science*, London: Routledge and Kegan Paul, 1958) 그리고 찰스 테일러 Charles Taylor(*The Explanation of Behaviour*, London: Routledge and Kegan Paul, 1964)의 저서에서 볼 수 있는 비판에 가장 큰 관심을 기울인다. 그 외에도 그는 분석 철학의 세력권 안에서 전개된 비판들과, 유럽에서 해석학적이거나 변증법적-해석학적인 흐름 속에서 이와 유사하게 전개된 비판들이 수렴되는 현상에도 깊은 관심을 보인다. 폰 라이트는 이처럼 교차된 영향이라는 관점에서, 비트겐슈타인의 철학이 분석 철학에 미친 충격과 동일한 충격을 해석 철학에 미치기를, 그리하여 비트겐슈타인의 철학이 두 개의 전통을 접근시키는 데 기여하기를 기대한다. 그는 해석학이 언어의 문제를 지향하는 것은 좋은 징조라고 해석한다. 새로운 해석 철학, 특히 가다머의 해석학은 '이해'와 '감정이입'을 분리함으로써 이해를 "심리적이기보다는 오히려 의미론적인 어떤 범주"(p. 30)로 삼는다.

서 실제로 수행되고 있는 지적 작업을 설명하는 데 실패했음에도 불구하고 이해의 설명적 가치를 전적으로 부인할 수밖에 없는 반면, 폰 라이트는 고전적 명제 논리학의 기초 언어에 대한 일련의 연속적 확장을 통해 역사적 이해의 영역——거기서 그는 인간 행동의 의미를 시원적으로 파악할 수 있는 역량을 끊임없이 찾아낸다——에 다가갈 수 있을 만큼 충분히 강력한 모델을 제안한다. 우리의 연구에서 관심을 끄는 것은 바로 이처럼 양태 논리학logique modale과 역학 체계 이론의 도움으로 강화된 명제 논리학에서 비롯된 모델을 통해 이해의 영역을 병합하지 않으면서도 그 근사치를 구하는 데 있다.[18]

근사치를 구한다는 것은 기초 언어의 연속적 확장을 통해, 보다 강화된 그러나 그 언어의 이론적 요구에 부합하는 모델을 구성하는 것인 동시에, 그 모델을 순전히 내부적으로 강화하는 과정에서 결국 바깥에 남게 되는 의미를 시원적으로 파악함으로써 미치게 되는 그 견인력에 근거하여 이론적 모델을 양극화하는 것이다. 문제는 이러한 근사치 계산이 나아가서 역사 이해에 담겨 있는 개념들을 논리적으로 재구성할 수 있는가를 알아보는 것이다.

포섭적인 법칙을 내적인 논리 관계가 없는 여건들에 겹쳐놓는 것에 그쳤던 법칙론적 모델과는 달리, 폰 라이트의 모델은 그 영향력을 역학적 물리 체계에 내포된 이전 상태와 이후 상태 사이의 조건성의 관계로 확장시킨다. 이해에 대한 모든 문제의 논리적 재구성을 위한 기본 구조는 바로 이러한 확장을 통해 형성된다.

명제 논리학에서 역학적 물리 체계의 논리학에로의 이러한 이행을 지배하는 논의를 여기서 되풀이할 필요는 없다. 나는 폰 라이트의 저서를 관류하는 형식 논리학적인 장치를 간략히 제시하는 것으로 만족할 것이다.[19] 폰 라이트는 다음과 같은 전제들을 제시한다. 논리적

---

18) J.-L. Petit, 『서술성과 역사에서의 설명 개념 *La narrativité et le Concept de l'explication en histoire*』, 『서술성 *La Narrativité*』, Paris: CNRS, 1980, pp. 187 이하.

으로 서로 별개의 종류에 속하는 상태의 총체가 있다(태양이 빛난다, 누군가 문을 연다).[20] 일정한 경우(공간적이거나 시간적인)에서 그러한 상태들이 실현된다. 논리적으로 서로 별개인 상태들은 총체적 상태 또는 가능한 세계를 구성하면서 제한된 수의 상태에서 결합된다. 문장들의 결합을 통해 이 가능한 세계의 원자 또는 원소라 할 수 있는 상태들을 기술하는 언어를 만들어낼 수 있다. 끝으로 전체 상태 가운데 상태-공간들을, 그리고 그 가운데에서도 제한된 상태-공간들을 생각해볼 수 있다. 그러한 전제들의 집합은 이렇게 요약된다. 즉 "어느 일정한 경우에 세계의 총체적 상태는, 어떤 상태-공간의 일정한 구성요소들 중의 그 어떤 것에 대해서도 그 요소가 그 경우에 실현되는가 아닌가를 밝힘으로써 완전히 기술될 수 있다고 하자. 이러한 조건을 만족시키는 세계는 『트락타투스 *Tractatus*』(에 따른) 세계라 불릴 수 있다. 그것은 비트겐슈타인이 『트락타투스』에서 고찰했던 종류의 세계로, 세계가 구성되는 방식에 대한 보다 보편적인 개념 내부에서 어떤 유형을 형성한다. 우리는 이러한 보편적 개념을 논리 원자론 atomisme logique의 개념이라 부를 수 있을 것이다"(p. 44).

실제로 우리가 자리잡고 있는 세계가 그 모델을 충족시키는가에 관해서, 그것은 여전히 "심오하고 난해한 문제이며, 나는 어떻게 그 문제에 대답해야 할지 모르겠다"(p. 44)라고 말하고 있다. 그 모델이 의미하는 것은 단지 사물의 상태들만이 우리가 연구하는 세계의 유일한 '존재론적 건축 벽돌'이며, 우리는 이 '벽돌'의 내적 구조를 고려하지는 않는다는 것이다.

논리적 분석의 이러한 단계에서는 우리가 실천적이고 역사적인 이

---

19) 『설명과 이해』, 앞의 책, pp. 43~50.

20) 폰 라이트는 사건의 개념을 상태의 개념 속에 포함시킨다. "어떤 사건이란 한 쌍의 연속적 상태라고 말할 수 있을 것이다"(p. 12). 이러한 정의는 그의 이전 저서 『규범과 행동』(2장 6절)에서 정당화된다.

해의 방향으로 어떤 걸음을 내디딘 것인지를 전혀 알 수 없다. 최초의 의미 있는 확장은 전개 원칙의 체계에 어떤 것을 추가하는 것과 관계된다. 즉, 폰 라이트는 가장 단순하게 기초적인 '논리-시제 tense-logic'를 두 가지 값을 갖는 자신의 명제 논리학에 추가함으로써 그것을 확장한다. 이원적인 명제 연산자 connecteur로 약분되는 새로운 기호 T가 명제 논리학의 어휘에 첨가된다. "pTq라는 표현은 이렇게 읽혀진다. 즉 '지금 상태 p가 일어나고, 그 후에, 다시 말해서 다음번에 상태 q가 일어난다. 〔……〕' 상태에 대한 묘사를 다루는 경우에는 특별한 관심이 따르게 되고, 표현 전체는 다음과 같이 진술한다. 세계는 지금 어떤 총체적 상태에 있으며, 다음번에는 경우에 따라 동일하거나 상이한 어떤 총체적 상태에 있을 것이다"(p. 45). 게다가 T를 둘러싼 p와 q 또한 기호 T를 포함할 수 있다고 간주한다면 우리는 뚜렷하게 연속성이 드러나는 상태들의 고리를 구성할 수 있다. 그 고리는 세계 역사의 단편들을 지시할 수 있도록 하며, 거기서 역사라는 용어는 세계의 총체적 상태들의 연속과 그러한 상황을 기술하는 표현들을 동시에 지시한다. 우리는 우선 시간적 양화 기호 quantificateur('항상' '결코' '때때로')를 통해, 이어서 양상 조작자 opérateur de modalité M를 통해 명제 연산자 T의 계산을 한층 더 강화해야 한다. 이러한 연속적 추가 사항들은 조건들의 논리와 그가 나중에 인과론적 분석이라고 부르게 될 것을 형식화하는 문제를 해결한다.

이러한 계산에 속하는 내용을 전개시키는 대신에, 저자는 단순한 위상 도표나 계통도를 내세움으로써 거의 형식적인 제시와 예증 방법에 머물고 있다(p. 48). 그 도표는 작은 원들을 통해 표상되는 세계의 총체적 상태들(n개의 기초 상태로 구성된)만을 내포하고 있는데, 왼편에서 오른편으로의 진행은 어떤 총체적 상태에서 다른 총체적 상태로의 이행을 나타내므로 하나의 '역사'는 원들을 결합하는 실선을 통해 표상되며, 끝으로 선택적 진행 가능성은 분기점들을 통해 표상된다.

　비록 형식적이기는 하지만, 이 모델은 이미 차후에 전개될 모든 내용들의 흔적을 음각(陰刻)으로 담고 있다. 즉 역사의 가장 근본적인 조건은, 세계가 각각의 진행 단계에서 가지고 있거나 가질 수 있었던 이러한 '움직임의 자유' ──이론적으로 무제한적인 불확정성── 에 의해 구성된다는 것이다. 따라서 우리가 체계라고 할 때 그것은 '결국 어떤 세계에 대한 역사의 한 단편'만을 다룬다는 것을 결코 잊지 말아야 한다. "이런 의미에서 체계는, 하나의 상태-공간, 최초의 상태, 일정 수의 전개 단계, 그리고 한 단계에서 다른 단계로 이행할 때 선택 가능한 것들의 총합을 통해 정의된다"(p. 49). 따라서 체계의 개념은 자유롭고 책임 있는 주체의 개입 ──계획을 수립할 때건 물리적 실험과 관계될 때건── 을 배제하는 것이 아니라, 오히려 근본적으로 그 개입의 가능성을 남겨두고 그 보완을 요구한다. 어떻게 그것이 가능한가?

　여기서 두번째 추가 사항이 필요한데, 그것은 역학적 물리 체계의 논리가 행동과 역사에 대해 우리가 가지고 있는 근원적 이해와 다시 결합할 수 있어야 한다는 조건이다. 물론 이해와 관련을 맺는 것이 바로 인과론적 설명이기 때문에 그 추가 사항은 인과론적 분석보다는 설명의 지위와 관계된다.

　인과론적 분석은 위상 계통도 형태의 체계를 밟아가는 활동이다. 그것은 어떤 최종 상태를 고려하면서 필요 조건과 충분 조건이라는 용어를 사용하여 그 최종 상태의 발생 및 구성 '원인'들을 연구한다. 필요 조건과 충분 조건의 구별을 간략히 살펴보자. p가 q의 충분 조건이라고 말하는 것은, p일 때마다 q라는 것이다(p는 q의 존재를 보장하기에 충분하다). p가 q의 필요 조건이라고 하는 것은, q일 때마다 p라는 것이다(q는 p의 존재를 전제한다). 두 가지 유형의 조건 차이는, 분기점을 통해 열린 선택 가능성에 의하여 앞뒤로 나아가는 방향이 균형을 이루지 않는다는 점에서 드러난다. 인과론적 설명은 다음과 같은 점에서 인과론적 분석과 다르다. 즉 후자에서는 어떤 체계가 주어졌기 때문에 그 체계 내에서 우리가 조건성의 관계를 탐구하는 반면에, 전자에서는 특유의 현상(사건, 과정, 상태)에 대한 개별적 경우가 주어졌기 때문에 우리는 그 현상——설명 대상 l'explanandum——이 어떠한 체계 속에서 일정한 조건성의 관계에 따라 다른 현상과 연결될 수 있는가를 연구한다.

인과론적 분석에서 설명으로 이행함으로써, 그리고 필요 조건과 충분 조건의 구분을 후자에 적용함으로써 인문 과학의 방향으로 이동한다는 것을 알 수 있다. 충분 조건의 관계는 조작을 다루며(p를 만들어냄으로써 q를 일어나게 한다), 필요 조건의 관계는 방해를 다룬다(p를 멀리함으로써, p를 필요 조건으로 하는 모든 것을 방해한다). 우리는 왜 그러한 유형의 상태가 불가피하게 일어났는가라는 질문에 바로 충분 조건이라는 표현을 사용하여 대답한다. 반면에 어떻게 그러한 유형의 상태가 일어날 수 있었는가라는 질문에는 충분하지는 않으나 필요한 조건이라는 용어를 사용하여 대답한다. 첫번째 부류에 속하는 설명에서는 예측이 가능하며, 두번째 부류에 속하는 설명은 우리가 어떤 일이 일어났다는 사실에서 출발하여 선행하는 필요 조건이 만들어졌을 것이라고 시간을 거슬러올라가 추리하고, 현재 속에서 그 흔적들을 찾는다는 의미에서 예측이 아니라 소급 추측 rétrodiction을 가능케 한다. 우주론·지질학·생물학이 후자의 경우에 해당되며, 또한 몇몇 역사적 설명들의 경우도 마찬가지라는 것을 나중에 보게 될 것이다.

이제 우리는 결정적인 단계, 다시 말해서 인과론적 설명을 우리가 원천적으로 행동으로서 이해하는 것에 절합하는 단계로 넘어갈 수 있다(이 단계에서 행동의 이론과 역사의 이론은 서로 겹쳐진다는 것을 보게 될 것이다). 개입이란 행동 주체가 직접적으로 이해하는 행위-능력 pouvoir-faire을 체계의 조건성의 내적인 관계들과 결합시킨다는 의미에서, 개입 현상——만들어내고, 일어나게 하고, 멀리하고, 방해하는 것에 대해 말하면서 우리가 조금 전에 예견했던——은 그러한 절합을 필요로 한다. 『설명과 이해』의 독창성은 체계들의 구조 자체에서 개입의 조건을 찾는다는 점이다.

중심 개념은 체계의 폐쇄라는 개념인데, 그것은 인과론적 분석에 속한다. 실제로 체계는 단지 경우에 따라서, 주어진 어떤 예증을 위해서만 닫혀 있다고 말할 수 있다. 즉 어떤 경우——혹은 일련의 경우들——가 주어지면 거기서 그 최초의 상태가 조성되고, 체계는 주어진 n개의 단계를 거쳐 그 가능한 전개 방향들 중의 하나에 따라 펼쳐진다. 가능한 폐쇄 유형들 중에서 체계가 외부의 인과론적 영향에서 벗어나는 경우를 생각해볼 수 있다. 이 경우 체계의 어떤 단계에서도 그 체계를 벗어나 선행하는 충분 조건을 갖는 상태는 없다. 행동 주체는 바로 어떤 일을 함으로써 자기 주위의 닫힌 체계를 '격리시키는' 것을 배우고 이 체계에 내재한 전개 가능성을 발견한다는 점에서, 행동은 또 다른 주목할 만한 유형의 폐쇄성을 현실화한다. 행동 주체는 자신이 '격리시키는' 최초의 상태에 입각하여 체계를 작동시킴으로써 그것을 습득한다. 이러한 작동은 행동 주체가 갖는 능력들 중의 하나와 체계의 잠재력이 교차하는 지점에서 개입을 만들어낸다.

어떻게 이러한 교차가 이루어지는가? 폰 라이트의 논증은 다음과 같다. 주어진 어떤 경우에 체계의 최초 상태 a가 있다고 하자. "이제 과거의 경험을 토대로 하여 우리가 확신을 가지고 있는we feel confident 상태 α가 있으며, α는 우리가 그것을 a로 바꾸지 않는 한 a의 상태로 변형되지 않을 것이라고 가정하자. 그리고 그것이 바로 우리가 할 수 있는 것이라고 가정하자"(p. 60). 개입에 관한 이론 전체가 이 문장에 들어 있다. 여기서 우리는 환원될 수 없는 어떤 것에 도달한다. 나는 ~할 수 있다고 확신한다. 그런데 우리가 개입함으로써 세계에 변화를 일으킬 수 있다는 이러한 확신이 없다면 어떠한 행동도 일어나지 않을 것이며, 특히 어떠한 과학적 실험도 이루어지지 않을 것이다. 이러한 확신이 조건성의 관계에 의거하고 있는 것은 아니다. ∝는 오히려 연쇄 고리의 차단을 나타낸다. "〔……〕 우리가 가정했듯이, ∝는 우리가 그것을 변화시키지 않는 한 a로 변하지 않을 것이다"(p. 61). 반대로 우리가 개입하지 않고도 세계가 변하게끔 완전히 내버려둘 수도 있다. 그리하여 "우리는 어떤 세계 역사의 한 단편을 격리시킴으로써 닫힌 체계를 만드는 법을 배우며, 체계 내적인 전개 과정을 지배하는 가능성(그리고 필연성)을 인식하기에 이른다. 〔……〕 그것은 한편으로는 그 최초의 상태를 만들어내는 행위를 통해 체계를 여러 번 활성화시키고, 이어서 그 연속적 전개 단계를 ('수동적으로') 관찰함으로써, 다른 한편으로는 이 연속적 단계들을 상이한 최초의 상태에서 비롯되는 체계의 전개 과정들과 비교함으로써 가능하다"(pp. 63~64).

폰 라이트가 "체계들을 작동시킨다는 생각과 함께 행동의 개념과 인과성의 개념이 서로 결합된다"(p. 64)라고 주장하는 것은 당연하다. 그는 여기서 원인의 관념에 대한 가장 오랜 의미 작용들 중의 하나——우리의 어법이 그 흔적을 간직하고 있다——와 다시 만난다. 물론 과학은 책임 있는 행동 주체의 관념과 원인의 관념을 유추적으로 남용하는 것에 맞서 싸울 수도 있다. 이러한 용법은 어떤 것을 한다라는 관념과 자연의 흐름에 의도적으로 개입한다라는 관념 속에 그 뿌리를 두고 있다.[21]

---

21) 그 밖에도 인과성은, 그것이 인간 중심적인 해석에서 벗어난다 할지라도, 결과를 얻기 위해 만들어내는 것으로 충분하지만 결과를 없애기 위해 필연적으로 제거해야 하는 것을 우리는 기꺼이 원인이라 부른다는 점에서 인간의 행동과 암묵적인

어떤 것을 한다의 논리적 구조에 관해서 폰 라이트는 단토 A. Danto[22]가 제시한 구별을 채택하고 있다. 그는 단토와 마찬가지로 어떤 일을 한다(그 사이에 다른 어떤 것을 하지 않고)와 어떤 일이 일어나게 한다(다른 어떤 것을 하면서)를 구별한다. 결론적으로 다음과 같이 말할 수 있을 것이다. "이루어진 일은 어떤 행동의 결과résultat이며, 우리가 일어나게 한 일은 그 행동의 귀결conséquence이다"(p. 67). 체계 내에서의 충돌은 최종적으로 단토가 "기초 행동actions de base"이라 부른 일차적 행동 유형에 근거하고 있기 때문에, 그러한 구별은 중요하다. 그런데 기초 행동과 그 결과 사이의 관계는 인과론적인 것이 아니라 내재적이며 논리적이다(흄의 모델에서 원인과 결과는 논리적으로 외재적이라는 관념을 고려한다면). 따라서 행동은 그 결과의 원인이 아니며, 결과는 행동의 일부다. 이런 의미에서 체계를 움직이는 행동, 어떤 기초 행동으로 환원된 행동은 체계의 최초 상태를 행동의 결과——비인과론적인 의미에서의 결과——와 동일시한다.

역사가 행동들을 상세히 언급한다는 점에서 개입이라는 개념의 형이상학적 결과는 매우 중요하며, 역사와 간접적으로 관련을 맺는다. 무엇을 할 수 있다는 것은 자유롭다는 것이다. "인과성과 행동의 '경주'에서 이기는 것은 언제나 행동이다. 행동이 전적으로 인과성의 그물에 걸려들 수 있다는 것은 용어상의 모순이다"(p. 81). 그것을 의심한다면, 이는 우선 행동할 수 있다는 우리의 내밀한 확신에 근거하고

연관을 맺고 있다. 이런 의미에서 사건들의 관계를 인과성을 통해 이해한다는 것은, 그 관계를 가능한 행동의 측면에서 이해하는 것이다. 그리하여 폰 라이트는 원인을 '손잡이handle'로 기술한 콜링우드와 만나게 된다. 흄과는 다른 방식으로 원인의 관념을 사용하는 문제에 관해서는 3장에서 막스 베버, 레이몽 아롱, 모리스 만델바움을 다루면서 다시 언급할 것이다.

22) Arthur Danto, 「우리는 무엇을 할 수 있는가What can we do?」, *The Journal of Philosophy* 60, 1963;「기초 행동Basic Actions」, *American Philosophical Quarterly* 2, 1965.

있는 성공한 개입보다는 기능 장애와 무능력 현상을 모델로 간주하기 때문이다. 그런데 그러한 확신이 무능력에 토대를 둔 체득된 지식에서 비롯되는 것은 아니다. 우리의 자유로운 행위-능력을 의심한다면, 그것은 우리가 관찰했던 규칙적 시퀀스들을 세계의 총체성에 여전히 확대 적용하기 때문이다. 우리는 인과론적 관계들이 닫힌 체계의 특성을 지니는 세계 역사의 단편들과 연관되어 있다는 것을 잊고 있다. 그 최초 상태를 만들어냄으로써 체계를 움직이는 역량은 그 폐쇄성을 구성하는 조건이다. 따라서 행동은 바로 인과론적 관계들의 발견과 연루되어 있다.

이 단계에서 증명을 멈추자. 역학 체계의 이론이 본래 의미의 행동, 즉 그것을 할 수 있다는 행동 주체의 확신을 내포하는 행동으로 우리가 이미 이해했던 것을 논리적으로 재구성할 수 있게 한다고 말하는 것은 충분한 근거가 있는가? 그런 것 같지는 않다. 조금 전에 인용한 텍스트가 암시하듯이, 행동이 인과성을 앞지른다는 사실은 결정적이다. 인과론적 설명은 행위-능력에 대한 확신을 결코 따라잡지 못한 채 뒤쫓아갈 뿐이다. 이런 의미에서 근사치를 구한다는 것은 우수리 없는 논리적 재구성이 아니라, 논리적 이론으로 하여금 이해와 공유하고 있는 경계를 탐사하도록 하는 간격을 점진적으로 줄여나가는 것이다.

독자들은 우리가 개입 현상을 분석하면서 행동 이론과 역사 이론을 구별하지 않았다는 점을 주목했을 것이다. 아니 그보다는 역사 이론이 단지 행동 이론의 한 양상으로만 간주되었다고 할 수 있을 것이다.

최초의 논리적 모델을 확장하면서 그것을 역사 영역에 근접시키려 할 때 우리는 또 다른 현상의 인도를 받는다. 우리는 행위-능력을 이해하는 것만큼이나 그 현상을 근원적으로 이해하고 있는데, 그것은 바로 행동의 의도적 특성에 대한 우리의 근원적 이해다. 어떤 의미에서 이 의도적 특성은 '행위'에 대한 이전의 분석에 암암리에 포함되어 있었다. 실제로 우리는 단토의 제안에 따라 매개적 행동의 개입이 없이도 어떤 일을 하도록 하는 기초 행동과, 어떤 일이 일어나도록 하기 위해 우리가 일어나게 하는 일들, 그리고 그 중에서도 남이 하게끔 만드는 일들을 하도록 하는 다른 행동들을 구분했다. 이제 이러한 근원적 의미 이해를 통해 모델이 어떻게 확장되는지, 그리고 이러한 확장을 통해 구해진 새로운 근사치가 행동의 의도적 특성에 대한 이해 전반을 논리적으로 재구성할 수 있는지를 살펴볼 것이다.

우리는 '~을 위해서' '~하도록'의 논리를 통해 목적론적 설명을 인과론적 설명에 추가하게 되었다. 단지 위장된 인과론적 설명에 불과한 준-목적론적 설명의 경우는 제외하자. 맹수가 먹이에 의해 이끌린다거나, 또는 로켓이 목표물에 이끌린다고 말하는 경우 등이 그러하다. 목적론적 용어는 그러한 설명들의 유효성이 전체적으로 명목적 nomique 연결 관계의 진리에 근거하고 있다는 사실을 숨길 수는 없을 것이다. 적응 현상들, 그리고 일반적으로 생물학과 자연사에서의 기능적 설명들은 이러한 유형의 설명에 속한다(반대로 역사는 준-인과론적 설명들을 제시하는데, 이번에는 그러한 설명들이 인과론적——그 단어의 명목적 의미에서——어휘 속에 진정한 목적론적 설명 부분들을 숨기고 있다는 것을 나중에 알게 될 것이다). 목적론적 설명의 기초를 이루는 것은 바로 행동 같은action-like 행위들이다. 거기서 행동의 단계들은 외부적인 측면에서 보자면 인과론적 관계로 연결되지 않는다. 그 단계들의 통일성은 동일한 의도, 즉 행동 주체가 하려고 하는 (혹은 자제하거나 소홀히하는) 것을 통해 정의되는 의도 아래 그러한 단계들을 포섭함으로써 이루어진다.

여기서 폰 라이트가 주장하는 것은, 우리가 의도를 흄이 말한 것과 같은 행위, 즉 원인과 결과는 논리적으로 서로 별개의 것이라는 변별적 특징에 의해 정의되는 행위의 원인으로 간주할 수는 없다는 것이다. 폰 라이트는 "논리적 연결에 대한 추론"이라고 일컬어지는 주장을 채택하는데, 그에 따르면 행동의 이유와 행동 자체의 관계는 외재적인 것이 아니라 내재적이다. "여기서 문제가 되는 것은 동기를 유발하는, 그 자체로서 인과론적이 아니라 목적론적인 기제인 것이다"(p. 69).

여기서 제기되는 문제는 목적론적 설명의 논리가 이미 의도로 이해되었던 것을 어느 정도로까지 설명하는가를 알아보는 것이다. 조금 전에 개입을 분석할 때와 마찬가지로, 우리는 이해와 설명의 새로운 관계를 발견한다. 이제 "나는 할 수 있다"를 인과론적 연쇄 관계에 통합하는 것이 아니라, 의도를 목적론적 설명에 통합하는 것이 문제가 된다. 그에 이르기 위해서는 목적론적 설명을 전도(顚倒)된 실천적 추론으로 간주하는 것으로 충분하다. 그것은 다음과 같이 표현된다.

A는 p를 일어나게 하려는 의도를 가지고 있다.

A는 자신이 a를 하지 않는 한 p를 일어나게 할 수는 없다고 생각한다.

따라서 A는 a를 하기 시작한다.

목적론적 설명에서 실천적 추론의 결론은 전제로, 그리고 그 대전제는 결론으로 쓰인다. 즉 A는 p를 일어나게 하려는 의도를 가지고 있기 '때문에' a를 하기 시작한다. 따라서 우리는 바로 실천적 추론을 고려해야 한다. 그런데 목적론적으로 설명 가능한 것이 되기 위해서는 [……] 결론에서 언급된 행위가 우선 의도에 따른 방식으로 이해되어야 한다"(p. 121). 이처럼 '의도된 것'과 '목적론적인 것'은 서로 일치하지는 않지만 겹치는 용어라 할 수 있다. 폰 라이트는 설명해야 할 행동이 명확히 진술되는 기술(記述)을 의도적이라 부르고, 실천적 추론을 행하는 설명 자체를 목적론적이라 부른다. 실천적 추

론의 전제를 구성하기 위해서는 의도의 기술이 요청된다는 점에서
두 개의 용어는 서로 겹친다. 그러나 목적론적 설명은 어떤 의도와
거리가 있는 대상들, 즉 엄밀히 말해서 우리가 실천적 추론을 거친
끝에 도달하게 되는 대상들에 적용된다는 점에서 그것들은 서로 구
별된다. 따라서 한편으로 의도의 기술은 목적론적 설명의 초보적 형
태를 이룰 따름이며, 실천적 추론만이 의도의 기술에서 엄밀한 의미
의 목적론적 설명으로 이행하게 한다. 다른 한편으로 실천적 삼단논
법의 논리는, 행동의 의도적 특성에 토대를 둔 직접적인 의미 파악이
그것을 요청하지 않는다면 전혀 필요하지 않을 것이다. 행동한다는
살아 있는 체험과 인과론적 설명의 경쟁에서 행동이 항상 이겼던 것
과 마찬가지로, 행동의 의도적 해석과 목적론적 설명의 경쟁에서도
전자가 항상 이긴다고 말해야 하지 않을까? 폰 라이트도 그 점에 거
의 동의하고 있다. "〔실천적 삼단논법의〕 결론에서 언급된 행위가 목
적론적으로 설명 가능한 것이 되기 위해서는 우선 의도에 따른 방식
으로 이해되어야 한다"(p. 121). 그리고 나아가서 "주어진 어떤 행위
에 적용된 의도론적 이해 행위는 일반적으로 행동의 목적론적 설명
에 앞선다"(p. 132).[23]

---

23) 아리스토텔레스에서 비롯되었고 최근에 E. Anscombe와 Charles Taylor 그리고
Malcolm이 다시 다루었던 실천적 추론의 이론을 발전시키기 위한 폰 라이트의 상
세한 분석에 대해서는 언급하지 않을 것이다. 폰 라이트가 "논리적 연결에 대한
추론"이라고 불렀던 추론——비논리적인, 즉 외재적인 인과론적 연결에 대한 추론
과 대립되는——은 이전의 연구자들에 의해서 설득력있게 제시되지 못했다는 것
이 그의 견해다. 폰 라이트는 검증vérification이라는 용어를 사용하여 문제를 제기
한다. 질문은 두 가지다. 즉 우리는 행동 주체가 어떤 의도를 갖고 있다는 것을 어
떻게 확신하는가? 다른 한편으로 그의 행위는 그 의도가 원인이라고 가정되는 행
위에 속한다는 것을 어떻게 알 수 있는가? 이 경우 논증은 다음과 같다. 즉 우리
가 두번째 질문에 답하지 않고 첫번째 질문에 대답할 수 없다는 것이 명백하다면,
그 경우 의도와 행동은 논리적으로 서로 별개의 것이 아닐 것이다. "논리적 연결
에 대한 논증의 진리는 바로 실천적 삼단논법에서 전제의 검증과 결론의 검증이
이처럼 상호 의존 관계에 있다는 것이 나의 주장이다"(p. 116). 이러한 순환적 관

다시금 논점을 분명히 해보자. 목적론적 설명을 통해 인과론적 설명을 보완함으로써 우리는 역사의 이해, 내 입장에서 보자면 서술적 이해력과 결부되는 이해와 다시 만나게 되었는가?[24] 사실상 우리는 무엇이 역사 이론을 행동 이론과 구별짓는지에 대해 아직 설명하지 않았다. 단지 실천적 삼단논법을 통해 이를테면 행동의 의도적 목표의 유효 범위를 확장시켰을 뿐이다. 따라서 목적론적 설명만으로는 역사와 행동을 구별할 수 없다. 실제로 여태까지 우리는 지극히 형식적인 의미로만 역사에 대해 말해왔다. 이미 지적했듯이 체계는 "세계 역사의 한 단편"(p. 49)인 것이다. 그러나 이러한 주장은 '트락타투스-세계'의 기준을 만족시키는 가능한 모든 세계에 유효한 것이었다. 역사라는 용어는 단 한 번 목적론적 설명의 분석에서 '스토리'라는 구체적 의미로 나타난다. 그것은 다음과 같은 방식으로 제시된다. 비트겐슈타인의 견해를 따라 우리는 의도적 행위란 언어를 사용하는 것과

계를 증명하는 것은 나의 논지에 필수적인 것이 아니므로 생략하겠다.

24) 나는 여기서 목적론적 설명과 인과론적 설명 사이의 양립 가능성에 관한 논의는 거의 다루지 않는다. 단지 논증을 통해 전자를 후자로 환원할 수 없다는 것이 확인되는 경우에만 그에 관해 언급할 것이다. 그 논증의 요지는 본질적으로 두 가지 설명이 동일한 설명 대상 explanandum을 가지고 있지 않다는 점에 있다. 즉 인과론적 설명의 측면에서는 육체의 움직임이, 목적론적 설명의 측면에서는 의도적 행위라는 서로 상이한 기술로 주어지는 현상들과 관계된다. 동일한 설명 대상을 가지고 있지 않기 때문에 두 가지 설명은 서로 모순되지 않는다. 반면에 두 가지 설명을 동시에 채택하는 것은 배제된다. 그래서 나는 팔을 드는 동시에, 예를 들어 화면을 통해, 두뇌에서 일어나는 변화를 관찰할 수는 없다. 관찰할 때 나는 사건이 일어나도록 내버려두며, 행동할 때는 사건이 일어나게끔 한다. 따라서 동일한 경우에 동일한 사건을 일어나도록 내버려두는 동시에 일어나게 한다는 것은 용어상의 모순이다. 그런 까닭에 그 누구도 자기 고유의 기초 행동이 빚어낸 결과——앞서 사용한 그 말의 의미로——의 원인을 관찰할 수는 없다. 서로 환원 불가능하면서도 모순되지 않는 인과론적 설명과 목적론적 설명은, 우리가 행동에 부여한 의미를 통해 융합된다. "행동의 개념적 토대는, 한편으로는 원인들의 작용에 대한 우리의 무지(우리의 무의식)이며, 다른 한편으로는 우리가 행동하는 경우에만 어떤 변화가 생길 것이라는 확신이라고 할 수 있을 것이다"(p. 130).

흡사하다는 것을 알 수 있다——"그것은 내가 어떤 것을 의미하는 mean 수단이 되는 동작이다"(p. 114). 그런데 언어의 사용과 이해는 하나의 생활 공동체인 언어 공동체와 관련된 상황을 전제한다.『철학적 탐구 *Investigations philosophiques*』(337절)에서 볼 수 있듯이, "의도는 그와 관련된 상황과 관습, 그리고 제도 속에 끼워져 있다." 그 결과 우리에게 완전히 낯선 행위를 목적론적으로 이해하거나 설명할 수는 없다. 바로 이처럼 행동과 관련된 상황을 참조함으로써 "행위의 의도성은 행동 주체와 관계된 스토리 속에서 그것이 차지하는 자리"(p. 115)라고 말할 수 있게 된다. 따라서 역사에서의 설명을 분석하기 위해서는 의도성과 목적론적 설명의 등가성을 설정하는 것만으로는 충분치 않다. 역사에서의 관련 상황이란 행동이 빚어낸 원하지 않았던 모든 상황과 결과로 이루어진다고 한다면, 의도는 그 관련 상황과 맺는 관계에 상응하는 어떤 논리적 표현을 제공해야 한다.

폰 라이트는 바로 역사에서의 설명이 갖는 독특한 위상에 추가적으로 한 단계 더 접근하기 위해서 준-인과론적 설명이라는 개념을 제시한다.

일반적으로 준-인과론적 설명은 '이것은 ~때문에 일어났다'의 형태로 이루어진다. 민중은 정부가 부패했기 때문에 봉기했다는 예를 들 수 있다. 여기서 설명하는 것 explanans은 설명되는 것 explanandum에 선행하는 어떤 요인을 참조하고 있기 때문에 그 설명은 인과론적이라고 말해진다. 그러나 두 가지 이유로 말미암아 그 설명은 단지 준-인과론적일 따름이다. 부정적인 이유는 두 개의 언술의 유효성이 인과론적 설명과 준-목적론적 설명에서처럼 명목적 결합의 진리를 필요로 하지 않는다는 것이다. 긍정적인 이유는 두번째 언술이 암묵적인 목적론적 구조를 가지고 있다는 것이다. 즉 봉기의 목표는 민중이 그로 인해 고통받던 악으로부터 벗어나기 위해서였다.

그렇다면 준-인과론적 설명과 목적론적 설명 사이의 관계는 어떠한 것인가?

우선 그것이 유일한 설명 양태는 아니라는 점을 지적하자. 설명적 관점에서 보자면 역사는 오히려 혼합된 장르를 구성하는 것처럼 보인다. 그래서 인과론적 유형의 설명의 자리가 있다면, "그 자리는 독특하며, 어떤 의미에서는 특징적이고, 다른 유형의 설명에 종속된다"(p. 135).[25]

인과론적 설명은 충분 조건으로 표현되는 설명(왜 그러한 유형의 상태가 반드시 일어날 수밖에 없었는가?)과 필요 조건으로 표현되는 설명(어떻게 〔……〕이 가능했는가?)이라는 두 가지 주된 형태로 나타난다. 이러한 두 가지 인과론적 설명 형태가 다른 유형의 설명에 종속된다는 사실은 다음과 같이 증명될 수 있다. 어떤 도시의 폐허가 있다고 하자. 그 도시가 파괴되었던 원인은 무엇인가? 홍수인가? 아니면 적의 침략인가? 우리는 흄적인 원인——물리적 사건——과 흄적인 결과——또 다른 물리적 사건(물리적 행동 주체로 간주된 정복)——를 얻는다. 그러나 이러한 단편적인 인과론적 설명은 그 자체로서는 역사의 동인에 속하지 않는다. 물질적 원인 뒤에 도시들 간의 정치적 경쟁의 배경이 그려진다는 점에서, 그리고 재난에서 비롯된 정치적·경제적·문화적 결과들이 물질적 결과를 넘어 펼쳐진다는 점에서 그것은 단지 간접적으로만 역사에 속한다. 역사적 설명이 연결시키고자 하는 것은 바로 비-흄적인 이러한 원인과 결과다. 따라서 이 첫번째 유형에서 "엄밀한 의미에서의 인과론적 설명의 역할은 흔히 설명하는 것의 흄적인 원인과 설명되는 것의 비-흄적인 결과를 연결시

---

25) 폰 라이트의 중요한 주석(pp. 200~01)은 이 점에서 그가 비트겐슈타인을 충실히 따르고 있음을 보여준다. 즉 그는 헴펠의 모델에 전적으로 의존하는 인과론적 범주들이 서로 혼동될 수 있다는 이유로 역사에서 인과론적 용어를 배제하려는 모든 언어학적 개혁에 저항한다. 인과론적 용어가 역사에 적합한지를 생각해보는 것과 그러한 인과론적 범주가 이 분야에 적용되는가를 생각해보는 것은 별개의 문제다.

키는 것이다"(p. 137).[26]

　이제 필요 조건으로 표현되는 설명을 보자. 그러한 도시의 주민들은 어떻게 그처럼 거대한 성채를 건축할 수 있었는가? 설명되는 것, 즉 서 있는 벽들은 흄적인 결과다. 설명하는 것, 즉 건축에 적용된 물질적 수단 또한 흄적인 원인이다. 그러나 설명은 행동을 통한 우회로를 거치는 경우에만(도시 계획, 건축 등) 역사적인 것이 된다. 그러므로 앞서 말한 것처럼 행동의 결과는 흄적인 결과가 아니라는 의미에서, 설명되는 것은 그러한 행동의 결과다. 다시 한번 말하자면, 인과론적 설명은 그 또한 비-명목적인(인과론적인) 부분을 포함하는 역사적 설명의 한 부분이다.[27]

　준-인과론적 설명으로 말하자면, 그것은 앞서의 설명들보다는 유

---

26) 이 첫째 유형은 다음과 같이 도식화될 수 있다(p. 137).

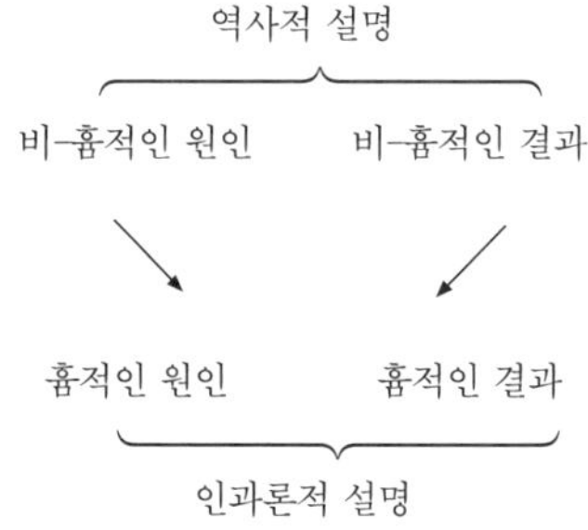

27) 이 두번째 유형은 이렇게 도식화될 수 있다(p. 138).

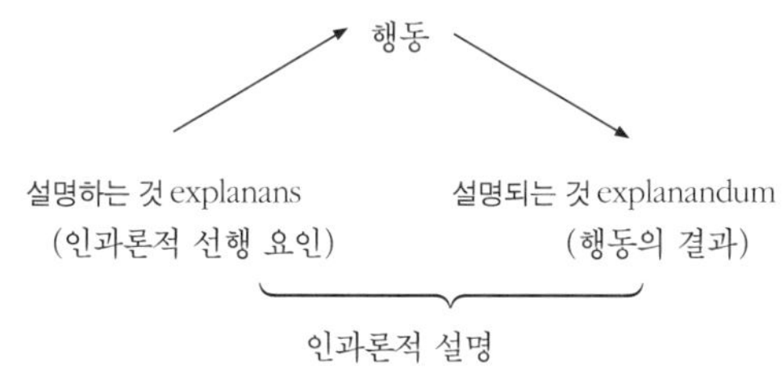

달리 더 복잡하다. 여기에서는 왜라는 질문에 대한 대답이 예외적으로 가지를 치고 있는 것이다. 앞에서 소개한 예(민중은 정부가 부패했기 때문에 봉기했다)는 역사가의 작업이 실제 복잡하다는 점을 은폐하고 있다. 1차 세계대전은 오스트리아의 황태자가 1914년 7월 사라예보에서 암살당했기 '때문에' 일어났다라는 주장을 보자. 그로써 우리는 어떠한 종류의 설명을 수용하는가? 논의의 필요에 따라 원인과 결과는 논리적으로 서로 독자적인 것이라고, 즉 달리 말해서 두 개의 사건은 서로 다른 것으로 간주된다고 가정하자.[28] 이런 의미에서 설명은 물론 인과론적 형태에 속한다. 그러나 진정한 매개는 관련된 모든 부분에 영향을 미치는 행동 동기들의 전체적 추이에 의해 확보된다. 이 행동 동기들의 추이는 그만큼의 실천적 추론을 통해 도식화될 것인데, 이 추론들은(우리가 이미 언급한 실천적 삼단논법에서 의도와 행동 사이의 관계에 근거하여) 새로운 사실을 만들어낸다. 이 사실들은 모든 행동 주체들의 입장에서 볼 때 새로운 상황을 구성한다. 그 주체들은 이루어진 사실을 자기들의 새로운 실천적 추론의 전제에 통합시킴으로써 상황을 평가한다. 그리고 반면에 그 추론들은 서로 대치하고 있는 다양한 부분들에 의해 수행되는 새로운 실천적 추론의 전제에 영향을 미치는 새로운 사실들을 만들어낸다.[29]

---

28) 준-인과론적 설명은 다음과 같이 도식화될 수 있다(p. 143).

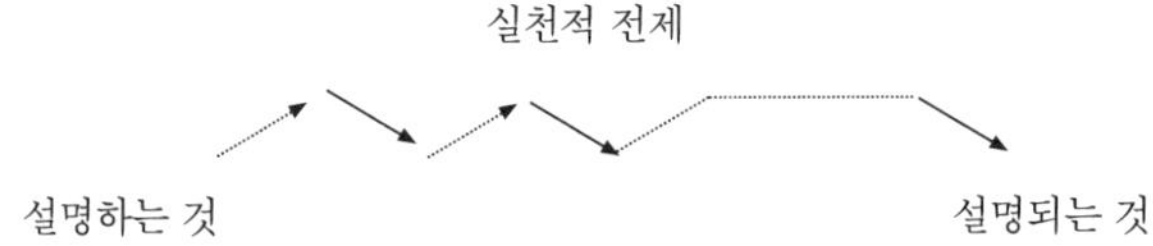

29) 1차 세계대전이 '발발했다' 라는 것이 서술된 사건이라면 두 가지 사건의 독자성은 논란의 여지가 있다는 것이 폰 라이트의 지적이다. 그것은 완벽한 서술을 통해 사라예보의 사건을 포함하는 '통합'적 용어가 아닌가? 어떤 사건이 종속적이거나 독자적인 것은 항상 어떤 서술을 통해서라는 것을 망각한다면 논의는 한정이 없

준-인과론적 설명은 이처럼 드레이가 말한 동기에 의한 설명보다
더 복잡하다는 것이 증명된다. 후자는 인과론과 목적론이 '혼합된'
모델에서 엄밀하게 목적론적인 부분들만을 다룬다. 물론 그 부분들
은 "실천적 추론의 전제를 구성하는 일련의 단일한 언술에서"(p.
142) 파생된다. 그러나 이러한 추론 부분들이 명목적 연결로 환원되
지 않는다는 것이 사실이라면, 그 대신에 준-인과론적 설명은 동기에
의한 설명에서처럼 어떤 계산의 재구성으로 환원되지 않을 것이다.

결국 준-인과론적 설명은 역사에서의 설명이 갖는 여러 가지 특수
성을 올바르게 복원시킨다. 우선 개입 현상을 이용한 인과론적 설명
과 행동 이론의 결합은 인간의 행동 — 행동으로서의 그 의미 작용은
자기가 하는 것을 할 수 있다는 행동 주체 자신의 확신에 의해 증명
된다 — 에 대한 역사의 언급을 혼합 모델 속에 포함하도록 한다. 게
다가 설명 도식의 목적론적 부분들은 역사가로서 어떤 특유의 논리,
즉 아리스토텔레스의 실천적 삼단논법 이론에 의해 창시된 바로 그
러한 논리에 속하는 실천적 추론의 용어로 역사의 등장인물들의 의
도에 관해 질문을 제기하는 것이 합당하다는 사실을 보여준다. 끝으
로 그 모델은 행위능력의 핵심들과 실천적 추론 부분들을 엄밀하게
인과론적인 유형의 비-실천적이고 비-목적론적인 부분들과 조정해야
하는 필요성을 보여준다.

반면에 다양한 양태의 설명을 강력한 힘을 가진 논리적 모델과 결
부시키려는 극도의 노력에도 불구하고 우리는 설명 유형들이 그 어
느 때보다도 분산되어 있지 않은가라고 생각할 수도 있다.

사실 우리는 적어도 세 개의 역사 설명 도식들을 제시했는데, 첫

을 것이다. 이런 의미에서 준-인과론적 설명은 특히 분석적인 사건 서술에 의존한
다. 만델바움이라면 여기서 인과성의 이러한 원자론적 용법이 국가와 같은 종류
의 지속적 실체에 영향을 미치는 연속된 과정을 포괄적으로 파악함으로써 파생된
다고 확실히 언급했을 것이다(아래, 3장 pp. 381 이하를 참조할 것).

두 도식이 어떻게 세번째 도식과 통합되는지는 보여주지 않았다. 게다가 중요한 분산 요인이 인과론적 층위에서 나타난다. 즉 엄밀하게 분석적인 접근 방법에서는 어떤 것이 '원인'이고 어떤 것이 '결과'인지 말하지 않더라도 '외적인' 요인(기후, 기술 등)과 '내적인' 요인(행동의 동기와 이유)을 구별하게 된다. 여기서는 이데올로기에 의해 그 중요성, 그리고 아마도 그 불가피성이 드러나는 통합적 요인은 결여된 것처럼 보인다. 동기 부여 영역의 측면에서 보자면 그것은 질서, 장애, 규범적 압력, 권위의 표시, 검열 등과 같은 잡다한 요인들을 내포하는데, 그 요인들은 설명의 분산을 가중시킨다. 이러한 이질적 원인들이 어떤 방식으로 실천적 삼단논법의 전제에 통합되는지는 결코 알 수 없다. 우리는 여기서 역사적 유물론의 설명과 같은 포괄적 설명의 주장에 접하게 된다. 그것을 선험적 이성으로 증명하는 것도, 경험만을 토대로 반박하는 것도 불가능하기 때문에 "그 진실의 근본적인 척도는 그 풍요성에 있다"(p. 145)라는 것을 인정해야 한다. 여기서 과학적 설명과 이데올로기 사이의 경계는, 폰 라이트가 고려한 것보다 더 많은 변수들을 역사적 설명에 통합하고 이 모든 설명 방식에 스타일의 통일성을 부여하려는 노력 ——우리는 헤이든 화이트 Hayden White에 이르러서야 그러한 노력을 만날 수 있을 것이다—— 의 결여로 말미암아 상당히 허약한 것으로 드러난다.

준-인과론적 설명 모델에 대한 가장 초보적인 소개는 이만 그치고, 전체 도식 안에서 무엇이 명목적 부분들과 목적론적 부분들의 통일성을 보장하는가를 생각해볼 수 있다. 즉 조금 전에 언급했던 설명의 다른 분산 요인들과 결합된 모델 내의 이러한 불연속성은 우리로 하여금 준-인과론적 설명의 명목적 부분과 목적론적 부분을 다함께 고려하도록 하는 이해 영역의 실마리가 결여되어 있지 않은가라고 생각하게끔 한다. 이 실마리는 바로 이질적인 것의 종합으로서의 줄거리라는 것이 나의 주장이다. 실제로 줄거리는 상황, 목적, 상호 작용,

원하지 않던 결과 등을 어떤 이해 가능한 전체 속에 '포함'한다. 그러므로 줄거리와 준-인과론적 설명의 관계는, 앞서 말했던 명목적 체계 내에서 행위-능력의 보장과 행동 주체의 개입 관계, 그리고 의도성과 목적론적 설명과의 관계와 같다고 말할 수 있지 않겠는가? 마찬가지로 "행위의 자료에 적용되는 의도론적 이해 행위는 일반적으로 행동의 목적론적 설명에 앞선다"(p. 132)라고 말할 수 있다는 점에서, 서술적 이해는 인과론적 설명에 앞서야 하는 것이 아닐까? 준-인과론적 설명 도표가 잘 드러내고 있는 이러한 현저하게 이질적인 연쇄 관계에 적합한 설명 모델을 추구하는 것은, 우리가 줄거리를 이해함으로써 명목적 부분들과 목적론적 부분들을 함께 고려하기 때문이 아닌가?

폰 라이트의 분석에서도 나의 해석이 어느 면에서 정당하다는 것을 알 수 있는데, 그에 의하면 실천적 삼단논법의 각각의 결과는 다양한 역사 주체들의 행동에 속하는 '배후 동기'를 변화시키는 새로운 사실을 만들어낸다고 한다. 이러한 변화는 우리가 한결같이 행동의 상황이라고 불렀던 것, 그리고 이야기가 줄거리의 단일성에 통합시키고 있는 것이 아닌가? 그리하여 이 설명 도식의 강점은 최초의 상황만이 아니라 그 새로움을 통해 상호 작용 영역에서 배후 동기를 구성하는 모든 부가적 상황도 지시할 수 있을 정도로 상황 개념을 일반화하는 것이 아닌가? 어떤 사실이 실천적 추론의 전제에 영향을 미친다는 것, 어떤 새로운 사실이 전제들의 결론에서 떠오른다는 것, 설명의 논리가 그에 대한 가장 적절한 재구성을 제시하기에 앞서 이질적인 것의 종합이 의미하는 바는 바로 그것이다. 그러나 이러한 재구성이 서술적 이해를 대신하는 것은 결코 아니다. 그것은 행위-능력에 대한 확신, 그리고 어떤 행위의 의도적 서술과 동일한 층위에서 보다 근원적인 작업에 다가가는 것이다.

2. '서술학적' 논증

이 장을 시작하면서 말한 바 있지만 역사와 이야기의 접근은 두 가지 경향의 사유를 결합함으로써 이루어졌다. 그리고 법칙론적 모델의 약화와 파열에 상응하여 이야기, 그리고 이야기가 갖는 이해 가능성이 재평가되었다. 사실상 법칙론적 모델을 옹호하는 입장에서 보자면 이야기는 설명이라고 주장하기에는 너무도 초보적이고 빈약한 연결 방식이었다. 1부에서 제안한 어휘를 사용하자면 그러한 학자들의 입장에서 보면 이야기는 단지 삽화적인 특성만을 가지고 있을 뿐 형상화하는 특성은 가지고 있지 않다고 말할 수 있을 것이다.[30] 그들이 역사와 이야기 사이에서 인식론적 단절을 보았던 것은 바로 그 때문이다.

역사적 설명이 더 이상 법칙론적 모델의 표준에 따라 조절되지 않는다는 점에서 이제 문제는 이야기를 형상화하는 특징들을 다시 검토함으로써 서술적 이해가 설명의 가치를 갖는다는 희망을 정당화할 수 있는지를 살펴보는 것이다. 나중에 보겠지만 역사의 '서술학적' 개념이 단지 부분적으로만 이 기대에 부응한다는 것을 입증함으로써 나는 나름대로 이 문제에 기여할 것이다.[31] 이 개념은 설명이 어떠한 선행하는 이해 방식에 접목되어 있는지를 우리에게 말해주지만, 설명에 해당하는 것이나 그 서술적 대체물을 우리에게 제공하지는 않는다. 우리가 역사적 설명과 서술적 이해 사이의 보다 간접적인 관계를 찾으려 하는 것은 바로 그 때문이다. 그럼에도 불구하고 본 연구는 충분하지는 않지만 역사 인식으로부터 필요한 구성 요소를 분리하게끔 한다는 점에서 헛되지는 않을 것이다. 절반의 실패는 절반의 성공

---

30) 1부 3장, 미메시스 II의 시간적 관련에 대한 부분을 참조할 것.

31) 아래, 3장 참조.

인 것이다.

I. 단토의 '서술 문장'

역사의 서술학적 해석을 위한 최초의 변론이 분석 철학의 테두리 내에서 이루어졌다는 점은 주목할 만하다. 단토의 저서 『역사의 분석 철학』은 그 점을 보여준다.[32]

논의의 길잡이는 역사가에 의해 수행되는 것과 같은 역사 기술의 인식론이라기보다는 우리가 서술적이라 부르는 유형의 문장의 용법을 지배하는 개념틀이다. 분석 철학이라는 용어를 우리가 세계에 관해 생각하고 말하는 방식의 기술(記述), 그리고 이와 관계해서 그 방식이 우리에게 받아들이도록 요구하는 그러한 세계의 기술로 이해한다면, 그러한 연구는 분석 철학에 속한다. 이처럼 이해된 분석 철학은 결국은 기술에 대한 이론이 된다.

역사에 적용된 이러한 철학의 분석적 개념은, 세계에 관해 생각하고 말하는 우리의 방식이 어떤 점에서 과거 시제의 동사를 사용하는 문장들과 본질적으로 서술적인 언술들을 포함하는가를 다시금 묻게 한다. 그런데 단토에 따르면 그것은 오로지 지각(知覺) 언술에 해당되는 현재 시제의 동사만 다루는 경험론이 조심스럽게 회피했던 유형의 질문이다. 언어 분석은 이러한 방식으로 역사적 존재의 형이상학적 기술을 내포한다.[33] 반면에 역사의 분석 철학은 단토가 역사의 '실

---

32) Arthur C. Danto, *Analytical Philosophy of History*, Cambridge University Press, 1965.

33) 분석 철학의 임무에 대한 이러한 정의는 스토로슨Strawson이 『개인들 *Individus*』의 서두에서 수정주의적 형이상학에 대립되는 서술적 형이상학을 위해 펼친 변론과 유사하다. 반면에 개념적이고 언어적인 체계의 분석에 연루된 기술적 형이상학은, 그 체계를 언어 외적인 모든 대상 지시를 배제한 자족적인 것으로 간주하는 프랑스 구조주의 경향과는 극단적으로 대립된다. 그러한 개념은 역사에 적용되어 사건을 단순한 '담론의 효과'로 만들고자 한다. 이러한 언어학적 관념론은 분석 철학에는 극히 낯선 것이다. 분석 철학에 있어서 세계에 관해 생각하고 말하는 우

체론적 철학'이라 부르는 것, 즉 대체적으로 헤겔류의 역사 철학을 거의 칸트적인 방식을 통해 원칙적으로, 그리고 가설상으로도 배제한다. 그에 의하면 헤겔류의 역사 철학은 사실상 역사의 모든 것을 파악하기를 주장한다는 것이다. 그러나 분석 철학은 그 주장을 다음과 같은 방식으로 해석한다. 역사의 모든 것에 대해 말한다는 것은 과거와 미래의 전체적 도표를 작성한다는 것이다. 미래에 관해 말한다는 것은 과거의 형상화와 연쇄 관계를 미래의 방향으로 확대 적용하는 것이며, 이때 확대 적용——예언의 구성 요소이다——은 과거에 적합한 용어를 사용하여 미래에 관해 말하는 것이다. 그러나 당사자들에게는 알려져 있지 않은 나중의 사건들에 비추어 과거의 사건을 다시 기술하는 서술 문장의 성격으로 말미암아 미래의 역사(나중에 보겠지만 현재의 역사 또한)란 있을 수 없다. 반면에 그러한 의미 작용은 "이야기된 스토리의 맥락 속에서만"(p. 11) 사건에 부여될 수 있다. 결과적으로 역사의 실체론적 철학의 과오는 과거 시제로밖에 쓸 수 없는 서술 문장을 미래 시제로 쓰는 것이다.

다음의 추론은 부정적 용어를 사용하여 진술되는 한 흠잡을 데 없다. 역사 철학이 역사의 모든 것에 대한 사유라면, 그것은 과거에 적합한 서술적 담론의 표현이 될 수 없다. 하지만 이 추론은 역사의 모든 것에 대한 담론은 서술적 성격을 띠지 않으며, 다른 방법으로 그 의미를 구성한다는 가설을 제거할 수는 없다. 헤겔의 역사 철학은 분명 서술적인 것은 아니다. 희망의 철학이나 신학에서의 미래에 대한 예측 또한 서술적인 것은 아니다. 그 반대로 출애굽이나 부활과 같은 몇몇 시원적 사건들은 희망의 경계를 나타내는 것으로 해석되며, 서술 행위는 거기서 희망에 입각하여 재해석된다.

리의 방식과 기술적 형이상학은 서로 전환이 가능하다. 이 점에서 분석 철학은 한층 더 해석 철학——비록 그것이 보다 일반적으로 역사적 존재의 설명에서 그 역사적 존재에 적합한 언어의 방향으로 나아가긴 하지만——에 접근한다.

우리가 그 추론을 부정적 형태로 간직하는 한 그것은 한편으로 서술 문장의 유효 공간을 일종의 칸트적인 방식으로 제한하고, 다른 한편으로 그 문장들에 어떤 한계를 설정한다는 이중의 이점을 갖는다. 단토가 정확히 지적한 바와 같이, 모든 서술 문장은 미래의 역사가의 수정을 거칠 수밖에 없기 때문에 서술 담론은 내재적으로 불완전할 뿐만 아니라, 우리가 역사에 관해 이치에 맞게 말하는 모든 것이 반드시 서술적 성격을 띠는 것은 아니다. 이 두번째 논리적 귀결은, 분석 철학이 역사 인식의 내적 한계를 설정할 때의 그 단호한 비판적 표현에도 불구하고 그 속에 남아 있는 교조적인 것에 불리하게 작용한다. "실체론적 역사 철학자들이 시도하는 것은, 역사가들이 과거에 대해 내리고자 하는 것과 같은 종류의 단언을 미래에 대해 내리는 것"(p. 26)이라고 확언할 수는 없다.

역사에 대한 분석 철학의 전제가 제시되면, 서술 문장에 관한 연구는 어떤 부류의 문장에 대한 연구로 주어진다. 그것은 역사 인식의 변별적 특징을 설정하고, 이런 의미에서 역사의 최소 특성을 충족시킨다. 그러나 '어떤 역사의 맥락'이 서술 문장의 구조에 의해 정의되지는 않는다는 점에서, 그것이 역사 이해의 핵심에 도달한다고 말할 수는 없다. 나중에 설명하겠지만 엄밀한 의미에서의 담론적 특징이 거기에는 결여되어 있다.

연구는 현실의 특수한 분야, 즉 인간 행동에 의해 생성된 변화에 적용된 기술(記述)들에 대한 이론에 근거하고 있다. 그런데 인간 행동에서 비롯된 동일한 변화라 할지라도 여러 가지로 기술될 수 있다. 서술 문장은 인간 행동의 가능한 기술들 중의 하나다. 일반적으로 행동 이론이라 불리는 것의 범위 내에서 우리가 행동에 관해 제시하는 설명과 서술 문장을 구분하는 것이 무엇인가는 나중에 언급할 것이다.

단토의 생각에서 독창적인 점은 편견에 대한 비판이라는 우회적인 방법으로 서술 문장의 이론에 접근한 것이다. 그 편견이란 과거가 자신의 존재 속에서 결정되고 고정되어 영원히 멈춰 있는 반면, 오로지 미래만이 결정되지 않은 채 열려 있다(아리스토텔레스와 스토아 학파가 말한 "우연적 미래"라는 의미에서)는 것이다. 이러한 전제는 사건들이 그 안에서 변질되지도, 그 출현 순서가 바뀌지도 않으며, 그 뒤를 이어 추가되지 않는 한 그 내용에 그 어느 것도 추가되지 않고 쌓이기만 하는 그릇 속에 사건들이 모을 수 있다는 가설을 토대로 한다. 그러므로 어떤 사건을 완전히 기술하려면 일어난 모든 것을 그것이 일어난 순서대로 기록해야 할 것이다. 그러나 누가 그것을 할 수 있겠는가? 오로지 '이상적인 연대기 작가'만이 완전히 결정된 이 과거에 대해 절대적으로 성실하고 절대적으로 확신을 갖는 증인이 될 수 있을 것이다. 이 '이상적인 연대기 작가'는 일어나는 사건을 즉각적으로 옮겨 적을 수 있고, 사건들이 계속 추가됨에 따라 순전히 부가적이고 누적적인 방식으로 자신의 증언을 늘릴 수 있는 능력을 지니고 있을 것이다. 완전하고 확정적인 이러한 이상적 기술에 비해, 역사가의 임무는 단지 거짓된 문장을 삭제하고, 진실된 문장의 뒤섞인 순서를 올바로 세우고, 증언과 배치될 수도 있는 것을 덧붙이는 것이다.

그러한 가설을 반박하는 것은 간단하다. 이러한 절대적 연대기에는 어떠한 증인에 의해서도 확인될 수 없는 사건에 대한 기술, 즉 그에 대한 진실 전체가 사후에야, 그리고 흔히 일어난 지 오랜 후에야 알려지게 되는 그러한 사건에 대한 기술이 빠져 있다. 바로 그것이야말로 오로지 역사가만이 이야기할 수 있는 종류의 스토리인 것이다. 간단히 말해서 우리는 '이상적 연대기 작가'에게 미래에 대한 인식을 부여하는 일을 빠뜨렸던 것이다.

이제 우리는 서술 문장을 정의할 수 있다. "서술 문장은, 비록 첫번째 사건만을 참조하여 기술하고 있다 하더라도 시간상 떨어져 있는 적어도 두 개의 사건을 지시한다"(p. 143). 보다 정확히 말하자면 "시간적으로 서로 구별되고 떨어져 있는 두 개의 사건 E₁과 E₂를 지시한다. 그러나 그 중에서도 첫번째 사건을 참조하여 기술한다"(p. 152). 여기에 다음과 같은 것을 덧붙여야 한다. 즉 두 개의 사건들은 언술 행위의 시간과 관련해서 모두 과거의 것이어야 한다. 따라서 서술 문장에는 세 가지 시간 위치가 내포되어 있다. 기술된 사건의 시간 위치, 기술된 첫번째 사건과 관련된 사건의 시간 위치, 그리고 화자의 시간 위치가 그것인데, 처음 두 가지는 언술과 그리고 세번째는 언술 행위와 관계된다.

그러한 분석의 근거를 마련할 수 있는 예는 다음과 같은 문장이다. "1717년에 『라모의 조카 *Neveu de Rameau*』의 저자가 태어났다." 그 시기에 그 누구도, 한 어린애의 출생이라는 사건을 다른 사건, 즉 디드로가 자신의 유명한 작품을 출판한 사건에 비추어 재-기술하는 이러한 문장을 쓸 수는 없었다. 달리 말해서 『라모의 조카』를 쓴다는 사건의 기술을 배경으로 첫번째 사건——디드로의 출생——이 재-기술되는 것이다. 이러한 문장이 그것만으로 역사 이야기의 전형이 될 수 있는가 하는 문제는 나중에 제기할 것이다.

서술 문장에 대한 이러한 분석은 여러 가지 인식론적 함의를 담고 있다. 그 첫째는 인과성에 대한 역설의 형태를 띤다. 만일 어떤 사건이 미래의 사건에 비추어 의미를 갖는다면 그 사건의 성격을 다른 사건의 원인으로 규정하는 것은 그 사건 이후에 일어날 수 있다. 그 경우 나중의 사건은 앞선 사건을 원인으로 변형시키고, 따라서 앞선 사건의 충분 조건은 사건 자체보다 더 늦게 형성되는 것처럼 보일 수 있다. 그러나 그것은 궤변이다. 왜냐하면 사후에 결정되는 것은 사건의 어떤 것이 아니라 '~의 원인이다'라는 술어다. 따라서 E₂는 E₁이 적절한 기술하에서 원인이 되기 위한 필요 조건이라고 말해야 한다. 우리는 '~의 원인이다'는 '이상적인 연대기 작가'가 접근할 수 있는 술어가 아니며, 단지 서술 문장의 성격을 규정하는 것이라는 점을 다른 형태로 되풀이하여 말했을 따름이다. 원인의 범주를 그처럼 소급하여 사용하는 예는 수없이 많다. 역사가라면 기꺼이 이렇게 말할 것이다. "아리스타르쿠스Aristarque는 코페르니쿠스가 1543년에 발표한 이론을 기원전 270년에 예견했다"라고. 예견하다, 시작하다, 앞서다, 야기하다, 초래하다 등 이와 유사한 표현들은 서술 문장에서만 나타난다. 의미 작용 개념의 상당 부분은 서술 문장의 이러한 특수성에 속한다. 유명한 사람의 출생지를 방문하는 사람에게 그 장소는 미래의 사건에 비추어서만 의미 작용이나 중요성을 갖는다. 이런 의미에서 '이상적인 연대기 작가'는 완벽한 증인이긴 하지만 그에게 있어 의미 작용 범주는 의미가 비어 있다.

두번째 인식론적 함의는 엄밀한 의미에서 서술적인 기술을 행동의 일상적 기술과 구별짓게 하기 때문에 더욱 흥미롭다. 그리고 단토는 바로 여기서 드레이가 동기에 의한 자신의 설명 모델, 즉 역사가 만들어질 때 그 등장인물들의 계산만을 고려했던 모델로는 예견할 수 없었던 어떤 것을 말하고 있는 것이다. 분명 두 가지 기술 방식은 기획을 나타내는 동사 project verbs라고 부를 수 있는 동사를 공통적으로 사용하고 있다. 이러한 동사들은 특정 행동에 대한 단순한 기술을 넘어선다. '전쟁을 하다' '가축을 기르다' '책을 쓰다' 등의 표현은 수많은 세부 행동들을 다루는 동사들을 내포하며, 그 동사들은 완전한 불연속성을 드러냄과 아울러 화자가 그 책임을 지는 시간 구조 속에 수많은 개인들을 연루시킬 수 있다. 우리는 단일한 포괄적 행동 속에 수많은 미시-행동들을 조직하는 그러한 기획 동사들이 역사에서 수없이 사용된다는 것을 알고 있다. 그러나 행동에 대한 일상적 담론에서 기획 동사의 의미는 행동의 결과에 의해 영향받지는 않는다. 즉 그 행동이 실현되든 아니든, 성공하든 실패하든 문제가 되지 않는다. 반면에 역사란 뒤에 오는 어떤 사건과 관련해서, 특히 원하지 않았지만 일어난 결과와 관련해서 특정 경우의 진실을 설명하는 언술을 통해 규정되는 것이라면, 나중의 사건에 근거를 둔 이러한 언술의 진실은 바로 서술적 기술의 의미에서 중요성을 갖는다.

서술 문장의 이론은 이처럼 일상 언어에서 행동의 담론과 관계해서 변별적 가치를 갖는다. 변별적 요인은 행동의 엄밀한 서술적 기술을 통해 수행되는 "과거의 소급적 재배치"(p. 168)에 있으며, 이러한 재배치는 상당히 확대된다. 즉 과거를 시간적으로 부각시키는 것이 원하지 않던 결과를 강조한다는 점에서, 역사는 행동 자체의 의도적 특성을 약화시키는 경향을 띤다. "흔히 그리고 거의 전형적으로, 인간의 행동은 우리가 서술 문장을 사용하여 제시하는 그 기술의 틀 안에서 보자면 의도적이지 않다"(p. 182). 이 마지막 특징은 행동 이론과 역사 이론 사이의 괴리를 깊게 한다. "왜냐하면 역사의 주된 목적은 증인이 하는 것처럼 그렇게 행동을 인지하는 것이 아니라, 역사가가 그렇게 하는 것처럼 나중의 사건들과 관계해서, 그리고 전적으로 시간적인 사건들의 부분으로서 행동을 인지하는 것이기 때문이다"(p. 183).[34] 행동 이론과 서술 이론 사이의 이러한 괴리에서 우리는 서술적 기술이 어떤 의미에서 다른 기술들 중의 하나에 지나지 않는가를 보다 잘 이해하게 된다.

마지막 결과. 엄밀히 서술적인 의미에서 현재의 역사는 없다. 그것은 미래의 역사가들이 우리에 관해 쓸 수 있는 것에 대한 예측에 지나지 않을 것이다. 법칙론적 과학을 특징짓는 설명과 예측 사이의 균형은 바로 역사적 언술의 층위에서 깨어진다. 만일 현재에 대한 이야기가 씌어질 수 있고 우리에게 알려질 수 있다면, 이번에는 그것이 예측하는 것과 반대되는 것을 행함으로써 우리는 그 오류를 증명할 수 있다. 우리는 미래의 역사가들이 우리에 관해 무엇이라 말할 것인지를 결코 알 수 없다. 어떤 사건들이 일어날 것인지를 알지 못할 뿐 아니

---

34) 과거로 환원할 수 없는 관계 범주로서의 증언에 대한 문제는 4부에서 다시 다룰 것이다.

라, 어떠한 사건들이 중요한 것으로 간주될 것인지도 알지 못한다. 미래의 역사가들이 우리의 행동을 어떻게 기술할 것인지를 예견하기 위해서는 그들의 관심을 예견해야 할 것이다. "미래는 열려 있다"라는 퍼스Peirce의 주장은 "그 누구도 현재의 역사를 쓰지는 않았다"라는 것을 의미한다. 이 마지막 지적은 서술적 언술의 내적 한계라는 출발점으로 우리를 되돌아오게 한다.

서술 문장의 분석은 서술적 이해와 역사적 설명의 관계라는 문제를 어느 정도까지 밝혀주는가?

단토는 역사 이론이 서술 문장의 분석을 통해 철저히 규명된다고 단 한 번도 단언하지는 않는다. 역사 텍스트가 일련의 서술 문장으로 환원된다고 말하는 대목은 없다. 서술 문장의 시간적 구조가 사건의 진실한 기술에 가하는 제약은 단지 "역사 활동의 최소한의 특성"(p. 25)만을 규정할 따름이다.

사실상 최소한의 제약으로서 서술 문장을 선택하는 것은 그 자체로 다음의 사실을 암시한다. 즉, 일회적인 사건이나 어쨌든 날짜가 매겨진 사건을 또 다른 그러한 사건에 비추어 기술하는 언술들이 바로 역사 담론의 논리적 원자를 구성한다는 것이다. 적어도 10장까지는 "그 과거를 통한 사건들의 진실한 기술"(또한 그 미래를 통해 사건들을 기술하려는 역사 철학자들의 주장과는 대조적으로)(p. 25)만이 문제된다. 역사적 사건들을 하나하나 떼어놓고 본다면 그것들은 모두 "이러저러한 시간 간격 동안에 x에게 무엇이 일어났는가?"라는 형태를 취한다고 볼 수 있다. 역사 담론이 서술 문장의 구조, 게다가 그자체로 복합적인 그 구조와는 별개의 연결사connecteur를 요구한다는 징표는 그 어디에도 없다. 오랫동안 설명과 기술——서술 문장의 의미에서— 이 서로 구별될 수 없는 것으로 간주되었던 것은 바로 그 때문이다. 단토는 연대기와 역사의 구별(크로체 Croce)도,[35] 일어난 것만을 진술하는 것에 그치는 순수하고 간명한 plain 이야기와 사실들 간의 연결 관계를 설정하는 의미 있는 이야기 사이의 구별(월시 Walsh)도 전혀 고려하려 들지 않는다. 왜냐하면 아무리 단순한 이야기라도 이미 그 출현 순서에 따라 사건을 진술하기 이상의 것을 하기 때문이다. 서로 관련이 없는 사실들의 목록은 이야기가 될 수 없다. 기술과 설명이 구별되지 않는 것 또한 바로 그 때문이다. 또는 단토가 강력히 표현한 바에 따르면 "역사는 수미일관된 것이다 History is all of a piece." 우리가 구별할 수 있는 것은 이야기와 그것을 정당화하는 물질적 증거들이다. 왜냐하면 이야기는 개념 도구나 기록 도구라는 의미에서 그에 속하는 고증 자료의 개요로 환원되지 않기 때문이다. 그러나 이야기와 그 개념 또는 기록 도구의 구별이 구성의 두 가지 층위를 구분하게 하지는 않는다. 어떤 것이 왜 일어났는가를 설명하는 것과 무엇이 일어났는가를 기술하는 것은 일치한다. 설명에 실패한 이야기는 이야기가 되지 못한다. 설명하는 이야기는 순수하고 간명한 이야기다.

그런데 이야기가 사건들을 단순히 나열하는 데 그치지 않고 그 이상의 어떤 것을 행할 때, 그것이 서술 문장의 이중 지시 구조, 즉 그에 따라 어떤 사건의 의미와 진실이 다른 사건의 의미와 진실과 관계를 맺게 되는 그런 구조와 다르다는 징표는 어디에도 없다. 줄거리나 서술 구조의 개념이 서술 문장의 논리를 저버리지 않는 것처럼 보이는 것은 바로 그 때문이다. 뒤에 일어나는 사건과 관련하여 앞에 일

---

35) 나중에 다시 언급하겠지만, 이러한 구별은 인식론적 단계의 차이가 아니라 과거에 대한 상이한 관계와 연관된다. 크로체의 입장에서 연대기란 살아 있는 현재와 유리된 역사, 그리고 이런 의미에서 죽은 과거에 적용되는 역사다. 그 본래의 의미에서의 역사는 잠재적으로 현재와 행동에 연결되어 있다. 바로 이런 의미에서 모든 역사는 동시대의 역사다. 이러한 주장은 방법론적 갈등이나 방법과 진리 사이의 갈등이 아니라, 4부에서 논의될 행동과 관련된 미래의 예측과 역사적 회고 사이의 관계에 대한 보다 광범위한 문제를 배경으로 삼는다.

어난 사건을 기술하는 것은 이미 축소판 줄거리라고 할 수 있다.

그럼에도 불구하고 우리는 두 가지 개념이 서로 겹치는 것인지 생각해볼 수 있다. 그리하여 단토는 선택적일 수밖에 없는 역사 이야기의 활동을 숙고하면서 보다 복합적인 구조적 요인을 내세우는 것처럼 보인다. "이야기란 사건들 가운데 몇몇을 다른 사건들과 엮음으로써, 그리고 나머지 몇몇 사건들은 일관성이 없는 것으로 제외시킴으로써 사건들에 부여되는 어떤 구조다"(p. 132). "이야기는 단지 의미 있는 사건들만 언급한다"(같은 책). 그러나 사건에 의미 작용이나 중요성을 부여하는 서술적 구성이 단순히 서술 문장의 확장일까?[36]

텍스트와 문장의 관계에 대한 문제가 있는 그대로 제기되지 않는 것은 저자가 완벽한 기술이라는 환상에 맞서 전개하는 투쟁을 지나치게 강조하기 때문이며, 그 환상이 서술 문장의 분석에 의해 추방되기 때문이라는 것이 나의 견해다.

그럼에도 불구하고 "사물의 본질상 이야기가 이미 어떤 설명 형태인 이상"(p. 201), 법칙에 의한 설명이 아직도 역사에서 자리를 차지하고 있는가 하는 질문과 함께 그 문제가 다시금 떠오르지 않을 수 없다. 단토는 실제로 헴펠과 정면으로 대립하는 것은 아니다. 단지 그가 주목하는 것은 법칙론적 모델의 지지자들이 설명하는 것의 강한 구조에만 그토록 신경을 쓰고 있기 때문에, 이 설명하는 것이 이미 이야기라고 할 수 있는 설명되는 것, 따라서 설명의 가치를 갖는 기술에 의해 이미 '다루어진' 것을 통해 기능한다는 것을 알지 못하고 있다는 점이다. 사건은 그것이 어떤 기술에 따른 현상, 즉 서술 문장 속에 새겨져 있는 현상으로 언어를 통해 나타날 때에만 일반 법칙에 따라

---

36) '결과적 의미 작용'의 경우가 그러한 것처럼 보인다. "어떤 스토리에서 앞선 사건이 나중의 사건과 관계해서 의미를 갖지 않는다면, 그 사건은 이 스토리에 속하지 않는 것이다"(p. 134). 그러나 화용론적·이론적·계시적 등의 의미 작용이나 중요성에서 보는 바와 같이 텍스트 구조와 문장 구조가 쉽게 겹쳐지지 않는 다른 양태의 의미 작용이나 중요성도 있다.

298

다루어질 수 있다. 그렇기 때문에 단토는 윌리엄 드레이보다 법칙론적 모델에 대해 훨씬 더 자유롭고 양면적인 태도를 지닌다고 할 수 있을 것이다.[37]

II. 스토리 따라가기

스토리를 따라갈 수 있는 능력followability이라는 개념에 초점이 맞추어진 갈리 W. B. Gallie의 저서 『철학과 역사 이해』[38]는, 이야기의 구조 원칙의 방향으로 한 단계 더 멀리 우리를 인도한다. 나는 이 개념이 서술 문장의 분석에서 남겨진 공백을 메운다고 생각한다. 서술 문장이 기술하는 사건과 그에 비추어 기술되는 나중의 사건에 대한 서술 문장의 이중 대상 지시가 다른 행동 기술, 예컨대 행동 주체 자신의 의도나 동기에 따른 기술과 분명히 구분되는 점이라 하더라도, 두 개의 날짜, 두 개의 시간적 위치 설정 사이의 차이를 언급하는 것만으로 이야기를 사건들 사이의 결합으로 규정짓기에는 충분치 않다. 서술 문장과 서술 텍스트 사이에는 괴리가 남아 있는 것이다. '우리가 따라갈 수 있는' 스토리라는 개념은 바로 이러한 괴리를 메우려고 한다.

그런데 갈리는 바로 동일한 기본 가설 내에서 자신의 분석을 제시한다. 즉 "역사서의 이해나 설명이 포함하고 있는 것이 무엇이든간에 그 내용은 그것이 담겨 있고 그 전개에 기여하는 이야기와 관련하여 평가되어야assessed 한다"(「서문」, p. XI). 이 주장은 확고하며 동시에 신중하다. 이것은 설명이 단순히 이야기하는 것과는 다른 어떤 것이라는 사실을 부정하지 않는다. 한편으로 설명은 무(無)에서 태어나는 것이 아니라 이미 서술 형태를 갖는 어떤 담론에서 이런저런 방식으로 '비롯되며,' 다른 한편으로 이런저런 방식으로 여전히 서술 형

---

37) A. Danto, 10장. 「역사적 설명. 일반 법칙의 문제」(앞의 책, pp. 201 이하).
38) 앞의 책.

태에 '봉사한다' 는 것을 확인할 뿐이다. 그러므로 서술 형태는 설명의 모체인 동시에 그 수용 구조인 것이다. 이런 의미에서 서술학적 주장은 설명의 구조에 관해 아무것도 말하지 않는다. 그럼에도 불구하고 이 분명한 한계 내에서 그 임무는 이중적이다. 즉 한편으로는 어떤 이해 가능한 수단으로 이해가 설명의 토대를 마련하며, 다른 한편으로는 이해에 내재한 어떤 결핍이 설명의 보충을 요구하는가를 보여주는 것이 그 임무다. 따라갈 수 있는 능력의 개념은 이 이중의 요구를 만족시키려는 야심을 가지고 있다.

그렇다면 우리가 이야기하는 스토리란 무엇인가? 그리고 스토리를 '따라간다' 라는 것은 무엇인가?

스토리는, 실제적이든 상상적이든 일정한 수의 등장인물들에 의해 이루어지는 일련의 행동과 경험을 서술한다. 이 등장인물들은 변화하는 상황 속에서 혹은 그 변화에 따라 그들이 반응하는 상황 속에서 재현된다. 반면에 이 변화들은 상황과 등장인물들의 감추어진 양상을 드러내고, 생각이나 행동 또는 그 양자를 불러일으키는 새로운 시련predicament을 낳는다. 이 시련에 대한 대답이 이야기를 그 결론으로 이끈다(p. 22).

보다시피 스토리 개념에 대한 이러한 대략적 설명은 우리가 앞서 줄거리 구성이라 부른 것과 크게 다르지 않다. 갈리가 자신의 스토리 개념을 줄거리 개념과 대조하는 것이 유익하다고 생각지 않았던 것은, 아마도 이야기에 내재한 구조적 제약보다는 스토리를 받아들일 수 있게 하는 주관적 조건에 더 관심을 가졌기 때문일 것이다. 우리가 따라갈 수 있도록 하는 이야기의 능력을 이루는 것은 바로 이러한 수용 가능성의 조건들이다.

기실 스토리를 따라간다는 것은 연속적인 행동과 생각, 그리고 감정들이 어떤 특정한 방향directedness을 제시하는 데 따라 그것들을 이해하는 것이다. 그것이 의미하는 바는 우리는 스토리의 전개 과정을 통해 앞으로 떠밀려가며, 그때 과정 전체의 완성과 결과에 대한 기대를 통해 이러한 충동에 응한다는 것이다. 이제 우리는 이해와 설명이 어떻게 이 과정에서 복잡하게 뒤얽혀 있는가를 깨닫게 된다. "이상적으로 보자면, 스토리는 그 자체로 설명되어야 할 것이다"(p. 23). 우리가 보충 설명을 요구하는 것은 단지 그 과정이 중단되거나 막혀 있을 때인 것이다.

우리가 어떤 방향을 향해 나아간다고 말하는 것은 어떤 목적론적 기능, 즉 '종말'에 대한 우리의 분석[39]에서 강조했던 바로 그 기능을 '결론'에서 인식하는 것이다. 그러나 서술적 '결론'이란 결코 연역되거나 예측될 수 있는 것이 아니라는 사실을 법칙론적 모델에 대한 대답으로 덧붙여야 한다. 놀라움도, 우연의 일치도, 만남도, 알아차림도 담고 있지 않은 스토리는 우리의 관심을 끌지 못할 것이다. 스토리를 그 결말까지 따라가야 하는 것은 바로 그 때문이며, 그것은 그 결론이 제약되어 있는 논증을 따라가는 것과는 전혀 다른 것이다. 결론은 예견할 수 있기보다는 받아들일 수 있어야 한다. 우리의 시선을 뒤로, 즉 결론에서 그 사이의 삽화들로 옮기면서 우리는 이러한 결말이 이러한 사건과 이러한 행동의 연쇄를 요구했다고 말할 수 있어야 한다. 그러나 이처럼 시선을 뒤로 던지는 것은 우리가 스토리를 따라갈 때 목적론적으로 지향된 우리 기대의 움직임을 통해서 가능해진다. 우리가 따라갈 수 있게 하는 스토리의 능력은 바로 이와 같이 추상적으로 제기된, 사건의 우연성과 결론의 수용 가능성의 양립 가능성을 시인하는 것이다. 단지 어떤 것을 이해하는 것은 곧 그것을 제어하는 것이라고 생각할 때 우연성을 받아들일 수 없다. 스토리를 따라간다는 것, 그것은 "(사건들을) 종국에는 지적으로 받아들일 수 있다고 생각하는 것"(p. 31)이다. 여기서 발휘되는 이해력은 과정의 합

---

39) 1부, 3장, 미메시스 Ⅱ.

법성과 결부된 이해력이 아니라, 우연성과 수용 가능성을 결합하는 스토리의 내적 일관성에 상응하는 이해력이다.

독자들은 이러한 논의가 불협화음을 이루는 화음의 개념, 즉 뮈토스 이론을 배경으로 아리스토텔레스의 반전에 대한 논의에서 내가 추출했던 개념과 놀랄 만큼 유사하다는 점을 틀림없이 알아차릴 것이다. 물론 아리스토텔레스식의 비평 계열과의 주된 차이는 목표——요컨대 구조 분석을 대신하는 주관적 목적론——에 의한 기대와 끌림이라는 개념을 통해 도입된 주관적 요인의 측면에서 찾아야 할 것이다. 이런 의미에서 '따라갈 수 있는 능력'의 개념은 형상화의 논리보다는 수용 심리학의 측면에서 얻어진 것이다.[40]

이제 우리가 '스토리'의 개념에서 '역사'의 개념으로 이행하면서 우선적으로 강조해야 할 것은 그 둘 사이의 연속성이다. 갈리의 전략은 바로 서술적 관심의 연속성이라는 틀 속에 인식론적 불연속성——그는 이를 부정하지 않는다——을 끼워넣는 것이다. 바로 이러한 전략은 앞장에서 거론된 문제점과 정면으로 마주친다. 문제는 앞으로

---

40) 내가 주관적 목적론이라 부른 것에서 공감에 부여된 위치는 이와 같은 진단을 입증한다. 갈리의 말에 의하면 우리의 기대를 제어하는 것은 귀납적 성질의 어떤 진리가 아니라 우리의 공감이나 반감이다. 제대로 된 스토리에 일단 접하게 되면, "우리는 그에 끌려들어가고, 지적 추측과 기대보다는 우리 인간성의 어쩔 수 없는 부분에 의해 빨려들어간다"(p. 45). 사실상 법칙론적 모델의 논리와 분석을 애써 구분하려 한다면 정서적 반응에 축을 둔 심리학 쪽으로 분석을 치우치게 할 위험이 있다. 불행히도 헴펠의 계승자들은 바로 이처럼 심리학에 치우침으로써 갈리의 저서를 쉽사리 비판할 수 있었던 것이다. 나로서는 어떤 작품(서술적이든 아니든)의 수용 심리학적 조건에 대한 그같은 관심이 비난받아야 할 성질의 것이라고는 생각지 않는다. 작품의 의미는 독서를 통해 완성된다는 해석학적 입장에서는 그러한 관심이 설득력을 갖는다. 그러나 내가 1부에서 제시했던 분석, 즉 미메시스 Ⅱ와 미메시스 Ⅲ의 관계에 대한 분석에 따르면, 수용 가능성의 규칙들은 작품 안에서, 그리고 작품 밖에서 동시에 구성되어야 한다. 4부에서 논의되겠지만 어쨌든 관심이라는 개념은 이야기 이론에서 삭제될 수 없는 것이다. 받아들이고 수용한다는 것은 관심을 가지고 있다는 것이다.

302

의 분석이 갈리가 본보기로 간주하고 있는 서술적 역사를 벗어나서
도 적용될 수 있는가 하는 점이다. 즉 분석의 대상은 기록될 수 있었
던 과거의 행동 혹은 자료나 기억의 토대 위에서 추론될 수 있는 과
거의 행동이다. 우리가 기록하는 역사는 그 기획과 결과가 우리 고유
의 행동의 그것과 유사하다고 인지될 수 있는 행동들의 역사다. 이런
의미에서 모든 역사는 어떤 유일한 의사 소통 세계의 부분이거나 단
편이다. 바로 그 때문에 우리는 역사서를 기다린다. 비록 그것이 총
괄적이지 못하더라도, 그리고 그 여백을 통해 유일한 역사——그것은
아무도 쓸 수 없다——를 가리킨다 하더라도 말이다.

'스토리'와 '역사' 간의 이러한 서술적 연속성이 과거에는 그토록
거의 주목을 받지 못했던 이유는, 허구와 역사 또는 신화와 역사 사
이의 인식론적 단절에 의해 제기된 문제들이 역사서의 관심을 불러
일으키는 것이 무엇인가라는 보다 근본적인 문제는 제쳐두고, 증거
의 문제에 모든 주의를 기울였기 때문이다. 그런데 역사 기술이라는
의미에서의 역사와 일상적인 이야기 사이의 연속성을 보장하는 것은
바로 이러한 관심이다.

이야기로서의 모든 역사는 "사회나 국가 또는 상당 기간 지속되도
록 조직된 다른 모든 집단에서 함께 살아가고 일하는 사람들의 중요
한 성공이나 실패"(p. 65)에 근거를 둔다. 어떤 제국의 통합이나 해
체, 계층이나 사회적 움직임, 종교적 분파나 문학적 경향의 상승이나
몰락을 다루는 역사들이 비록 전통적 이야기와 비판적인 관계에 있
음에도 불구하고 이야기인 것은 바로 그 때문이다. 이 점에서 개인과
집단의 차이는 결정적인 것이 아니다. 사가saga〔중세 아이슬랜드와 스
칸디나비아의 전설이나 영웅담: 옮긴이〕와 고대 서사시는, 단순히 고
립된 인물만이 아니라 집단에 이미 중심을 두고 있었다. "사가와 마찬
가지로 모든 역사는 근본적으로 인간의 사유와 행동이 그 속에서 지
배적인 역할을 담당하는 사건들의 이야기다"(p. 69). 역사가 흐름과

경향 또는 '추세'에 근거를 두고 있다 해도 그러한 것에 조직적인 통일성을 부여하는 것은 이야기를 따라가는 행위다. '추세'는 우리가 따라가는 사건들의 연속을 통해서만 드러난다. 그것은 "이 특정 사건들의 형태적 자질"(p. 70)이다. 그 때문에, 1) 역사가들이 쓴 역사에 대한 독서는 스토리를 따라갈 수 있는 우리의 능력에서 비롯된다. 우리는 처음부터 끝까지, 그리고 우연적인 일련의 사건들을 통해 약속되었거나 어렴풋이 보여진 결과에 비추어 그 스토리들을 따라간다. 2) 이에 상관적으로, 그 스토리들의 주제는 이야기될 만한 가치가 있고, 그 이야기들은 우리가 따라갈 만한 가치가 있다. 왜냐하면 그 주제는 비록 그것이 아무리 그 순간의 우리의 감정과는 멀리 떨어질 수 있다 해도 인간 존재로서의 우리의 관심을 끌지 않을 수 없기 때문이다. 이 두 가지 특징으로 말미암아 "역사 기술은 스토리류(類)의 한 종(種)"(p. 66)[41]인 것이다.

보다시피 갈리는 다음과 같이 문제를 다른 각도에서 검토해야 하는 시기를 늦추고 있다. 왜 역사가들은 전통적 스토리의 화자들과는 결별하여 달리 설명하려 하는가? 그리고 비판적 이성을 통해 한편으로는 역사와 허구, 다른 한편으로는 역사와 전통적 이야기 사이에 드러난 불연속성을 어떻게 연결시킬 것인가?

바로 여기서 따라갈 수 있는 능력의 개념은 또 다른 모습을 보여준다. 우리는 모든 스토리는 원칙적으로 그 자체로서 설명된다고 말한 바 있다. 달리 말해서 모든 이야기는 무엇?이라는 질문에 답하는 동시에 왜?라는 질문에 답한다. 무엇이 일어났는가를 말하는 것은 왜 그것이 일어났는가를 말하는 것이다. 동시에 스토리를 따라간다는 것은 중단될 수도 막힐 수도 있는 힘들고 고통스런 과정이다. 다시

---

41) "History is a species of the genus story"(앞의 책, p. 66).

한번 말하건대 스토리는 결국——좀더 정확히는 무슨 일이 있어도라고 말해야 할 것이다——받아들일 수 있는 것이어야 한다. 그런데 이것은, 우리가 아리스토텔레스를 해석하면서부터 알고 있는 바대로, 모든 이야기에 적용된다. '이것 다음에 그것'으로부터 '이것 때문에 그것'을 추출하기란 항상 쉬운 것은 아니다. 그러므로 아무리 초보적인 서술적 이해라 할지라도 이미 우리의 기대——의미를 갖기 위해서는 우리의 선입견을 교정해야 하는 동기들에 대한 우리의 관심과 공감에 의해 제어되는 기대——와 마주치게 된다. 바로 그로 인해 비판적 불연속성은 서술적 연속성에 통합된다. 우리는 이처럼 우리가 '따라갈 수 있도록' 이야기된 모든 스토리의 이러한 특징에 적용된 현상학이 이야기를 따라가는 기초 행동의 중심에서도 비판적 계기를 포함할 수 있을 정도로 어떻게 확장될 수 있는가를 알아차린다.

관심에 의해 지배되는 기대와 비판적 오성에 의해 제어되는 동기 사이의 이러한 유희는 1장에서 제기된 두 가지의 특유한 인식론적 문제, 다시 말해서 동시대의 역사가 다루는 실체적 존재들의 단계적 변화의 문제와 과학적 역사의 층위에서 법칙에 호소하는 문제를 해결하기 위한 적당한 배경을 마련해준다.

첫번째 문제는 서술학자로 하여금 두 학파 간의 논쟁에서 입장을 표명하지 않을 수 없도록 하는 것처럼 보인다. 우선 '명목론적'이라고 부를 수 있는 학파의 입장에서 집단적 실체를 지시하고 그것에 행동 술어를 부여하는 일반적 명제들(정부의 정책, 개혁의 진전, 체제의 변혁 등을 말한다)은 자율적인 의미를 갖고 있지 않다. 글자 그대로 해석한다면 분명 그러한 명제들은 확인 가능한 특정의 개인적 행동을 지시하지 않는다. 그럼에도 불구하고 결국 제도적 변화란 궁극적으로 개인적일 수밖에 없는 수많은 사실들의 요약에 불과하다. 다음에 '사실주의적'이라고 부를 수 있는 학파의 입장에서 제도와 그에 비견할 수 있는 모든 집단적 현상들은 고유의 역사를 갖는 현실적인 실체이며, 그 역사는 자신의 이름이나 자신이 대변하는 집단의 이름으로, 그리고 홀로 또는 어울려 행동하는 개인에 귀속될 수 있는 목적이나 노력 또는 계획으로 환원될 수 없는 것이다. 반대로 개인에 귀속될 수 있는 행동을 이해하기 위해서는, 그 행동의 실행을 둘러싸고 있는 제도적 사실을 참조해야 한다. 그리고 끝으로 개인 자격으로서의 개인이 무엇을 하는가는 완전히 우리의 관심 밖이다.

예상과는 전혀 달리 갈리는 명목론적 주장에 상당히 유보적인 태도를 취한다. 실제로 명목론자는 개인적 사실들을 어떤 제도적 사실의 추상화에 종속시키는 축약 작업이 어째서 역사가의 관심 사항에 속하는지도, 또 모든 개인적 행동과 반응을 열거하는 것이 제도의 발전을 이해하는 데 별 도움이 되지 못하는 이유도 설명하지 않는다. 추상적 개념을 사용하는 것과 역사적 관심이 갖는 무엇보다도 선택적인 특성 사이에 밀접한 관계가 있다는 것을 깨닫지 못하는 것이다. 또한 대부분 개인에 책임을 돌릴 수 있는 행동들이, 개인 자격으로서가 아니라 제도적 역할을 수행하는 존재로서의 개인에 의해 이루어진다는 것을 깨닫지 못하고 있다. 끝으로 '사회적 불만' '경제 제도' 등과 같은 포괄적 현상을 이해하기 위해서는 '명목상의 변수,' 즉 아직 세밀히 연구되지는 않았으나 어떤 x의 위치를 채울 수 있는 모든 상호 작용들의 위치를 음각적으로 나타내는 이러한 x에 호소해야 한다는 것을 모르고 있다.[42] 이 모든 것을 고려해볼 때 '이상형 types idéaux'에 대한 베버의 방법론이 이러한 종류의 추상화를 설명하는 데 가장 적합한 것임이 드러난다.

---

42) 명목론을 비판한다는 점에서 갈리는 아날 학파 역사가들의 전제와 가까이 다가간다. "그러므로 역사 이해는 군주들 개개인 ─혹은 하찮은 사람들─이 아니라, 제도가 어떻게 기능하고, 그 제도를 통해 무엇이 주어질 수 있고 무엇이 주어질 수 없는가에 대한 우리의 일반적 지식에 비추어 의미 있는 것으로 보여질 수 있는 그러한 사회 속의 변화에 토대를 둔다"(앞의 책, p. 83).

역사가의 작업은 오로지 개인적인 일들, 그리고 그 중에서도 사람들만이 존재한다는 극단적 주장을 반박하며, 또한 모든 인간 행동이 일반적 성격을 지닌 사회적 또는 제도적 사실에 대한 암묵적 대상 지시를 내포하고 있고, 이러한 제도적 대상 지시가 밝혀질 때 충분히 설명된다는 사실주의적 주장 또한 정당화하지 못한다. 명목론적 주장은 그 인식론적 부적합성에도 불구하고 역사적 사유의 목표를 가리키는데, 그것은 우리의 관심을 끄는 사회적 변화(왜냐하면 그것은 남녀 개인들의 관념, 선택, 지위, 노력, 성공과 실패에 의존하고 있기 때문이다)를 설명하는 것이다(p. 84). 그러나 사실주의자는 전통에 근거한 자명한 이치에서부터 사회 과학의 추상적 정리(定理)와 모델에 이르기까지, 사회 속에서의 삶과 관련된 모든 가용한 지식에 호소함으로써 역사가 이러한 목적을 실현하는 방식을 보다 잘 설명한다.

그리하여 갈리는 서술학적 이론을 명목론적 주장에 맞추기보다는 사실주의적 주장에 연루된 인식론과 명목론적 주장에 내포된 근본적으로 개인주의적인 존재론 사이의 결합을 추구하는 경향을 띤다. 이러한 절충론은, 직업적 역사가가 자신의 저서에서 결정적인 순간에 이를 때 실제 무엇을 하는지 정확하게 보여주지 않는다면 힘을 잃게 될 것이다. 즉 그의 모든 노력은 이런저런 개인이나 집단이 몇몇 제도적 역할을 어떻게 선택하거나 유지하고 저버리거나 포기하는가를 가능한 한 정확히 결정하는 데 있다. 반면에 역사가는 이 결정적 순간들 사이에서 일반적 개요를 제도적 용어로 정리하는 것에 만족하는데, 왜냐하면 이야기될 만한 가치가 있는 단절이 제도적이거나 사회적인 현상의 흐름을 변질시킬 때까지는 이 시간 간격들 속에서 익명이 우세하기 때문이다. 힘과 흐름, 구조들의 거대한 익명성이 지배하는 경제 · 사회사의 경우가 대부분 이에 해당된다. 그러나 날짜도 이름도 없이 씌어지는 역사라 할지라도, 개개의 인간들이 ― 일반적으로 그들의 이름이 잊혀졌다 해도"(p. 87) ― 보여주는 자발성과 정신적 경향, 용기와 절망과 직감을 알려주는 것이다.

두번째 문제——역사적 설명에서 법칙들의 기능에 대한 문제——에서 중요한 것은, 역사가가 자신의 법칙에서 기대하는 것을 그릇되게 해석하지 않도록 경계하는 것이다. 역사가는 법칙을 통하여 우연적인 것을 제거하는 것이 아니라, 그것이 역사의 진행에 기여하는 바를 보다 잘 이해하고자 한다. 바로 그 때문에 문제는 서로 교차함으로써 어떤 사건의 출현에 수렴하는 연쇄 관계들의 복합성을 연역하거나 예측하는 것이 아니라, 보다 잘 이해하는 것이다. 그 점에서 역사가는 물리학자와 다르다. 그는 우연적인 것들을 축소하면서까지 일반성의 영역을 확대시키려 하지는 않는다. 그는 무엇이 일어났는가를 보다 잘 이해하고자 한다. 국가/민족 사이의 갈등이나 사회적 투쟁, 과학적 발견이나 예술적 혁신이 문제가 될 때 어떤 영역에서는 바로 우연적인 것이 그의 관심을 끈다.[43] 아리스토텔레스의 반전에 비교할 수 있을 이러한 사건들에 대한 관심은, 역사가가 이목을 끄는 것에 굴복한다는 의미는 아니다. 엄밀히 말해서 그의 문제는 받아들일 수 있는 이야기에 이 사건들을 통합시키는 것이며, 따라서 그 우연성을 도식 전체에 포함시키는 것이다. 이러한 특징은 이야기될 수 있는 모든 사건을 따라갈 수 있는 능력에 본질적인 것이다.

스토리의 연결에 대한 우리의 시야가 흐려지거나 작가의 시야를 받아들이는 우리의 역량이 한계를 초과할 정도로까지 부추겨질 때, 역사가가 자신의 학문 분야와 짝을 이루는 과학에서 그 법칙을 빌려오는 설명은 우리로 하여금 스토리를 보다 잘 따라가도록 하는 것 외에는 다른 효과가 없다는 사실은 바로 이와 같이 따라갈 수 있는 능력이라는 개념이 갖는 우위에서 비롯된다.

따라서 그것이 강한 법칙론적 모델의 약화된 형태들이라고 생각하

---

43) 갈리(앞의 책, p. 98)는 『칼날 *Le Fil de l'épée*』에서 드골 장군이 한 말을 즐겨 인용한다. "행동은 바로 우연적 사건들을 토대로 구성해야 한다"(1959년 판, p. 98).

는 것은 전혀 옳지 못하다. 그 형태들은 이야기를 따라가는 우리의 능력을 도와줄 따름이다. 이런 의미에서 역사에서 그들의 기능은 "보조적"(p. 107)이다.

일어난 것을 이야기하는 것은 이미 그것이 왜 일어났는가를 설명하는 것이라는 의미에서 모든 이야기는 그 자체로 설명된다는 사실을 우리가 알지 못한다면, 그러한 주장은 받아들여질 수 없을 것이다. 그런 의미에서 아무리 사소한 이야기라 할지라도 분류적 질서나 인과론적 질서 또는 이론적 질서에 따르는 일반화를 포함하게 마련이다. 그렇기 때문에 갈수록 더 복합적이며 여타 과학에서 빌려온 일반화와 설명이 역사 이야기에 접목되고 어떻게 보면 끼워넣어진다는 데는 이론의 여지가 없다. 그러므로 모든 이야기가 그 자체로 설명된다는 것은, 또 다른 의미에서는 어떠한 역사적 이야기도 그 자체로는 설명되지 않는다는 것이다. 모든 역사적 이야기는 그 자체로 설명될 수 없기에 끼워넣을 설명을 찾게 된다. 그 경우 그것을 다시 궤도 위에 올려놓아야 한다. 그래서 탁월한 설명의 기준은 실용적이다. 즉 그 기능은 매우 교정적인 것이다. 동기에 의한 설명(드레이)은 이러한 기준을 충족시킨다. 행동의 흐름이 우리를 놀라게 하고 난처하게 하고 당황스럽게 할 때, 우리는 행동 주체의 계산을 재구성한다.

이 점에서 역사학이 하는 것은 문헌학이나 텍스트 비평과 다르지 않다. 다시 말해서 받아들여진 다른 사실들과 관련해서 공인된 텍스트나 공인된 해석의 독해가 일치하지 않는 것으로 나타날 때, 문헌학자나 비평가는 그 전반적인 내용이 새로이 이해될 수 있도록 세부 사항들을 재배열한다. 쓴다는 것, 그것은 다시 쓰는 것이다. 역사가에게 있어서, 불가사의한 것은 언제나 자신의 시각에서 역사가 이해되고 받아들여질 수 있게끔 하는 기준에 대한 도전이 된다.

역사가는 이처럼 역사를 쓰는 예전의 방식들을 개조recasting함으로써 헴펠류의 설명에 가장 가까이 다가간다. 사건들의 낯선 흐름과 마주칠 때 역사가는 정상적인 흐름의 행동 모델을 구성하고 관련 당사자들의 행위가 그로부터 얼마나 멀리 떨어져 있는가를 생각할 것이다. 행동의 가능한 흐름에 대한 연구는 언제나 이러한 일반화에 호소한다. 가장 흔하고 주목할 만한 개조의 경우는, 당사자들이 이해할 수 없었던 설명을 역사가가 시도하는 경우, 뿐만 아니라 그 당사자에게 불투명하고 불가사의하게 되어버린 예전의 역사가 제공하는 설명들과는 다른 설명을 역사가가 시도하는 경우이다. 이 경우에 설명한다는 것은 역사적 관심의 방향 수정을 정당화하는 것이며, 그것은 모든 역사 흐름의 전반적인 재조정에 이르게 한다. 위대한 역사가는 역사를 따라가는 새로운 방식을 받아들일 수 있도록 하는 데 성공한 사람이다.

그러나 그 어떤 경우에도 설명은 역사 이야기를 따라갈 수 있는 능력에 적용된 이해에 대하여 보조적이고 교정적인 기능을 넘어서지 못한다.

3장에서 우리는 설명의 이러한 '보조적' 기능이 이야기의 실체적 단위와 절차와 관련하여 역사 연구가 행하는 기복 측량 dénivellement 을 충분히 설명할 수 있는가를 살펴볼 것이다.

III. 형상화하는 행위

루이스 밍크 Louis O. Mink와 더불어 우리는 '서술학적' 개념의 핵심적 논의에 접근한다. 그에 따르면 이야기는 판단의 성격을 띤 특정의 이해 행위를 요구하는 고도로 조직된 총체이다. 그 논의는 문학 비평에서의 줄거리 개념을 전혀 원용하지 않는 만큼 더욱 흥미롭다. 반대로 허구 이야기의 구조적 능력을 참조하지 않음으로써 어느 정도 부족한 점이 있다고 볼 수 있는데, 이 절의 끝에서 그에 대한 논의가 있을 것이다. 그렇다 해도 서술 활동의 종합적 성격을 인식하는 데 있어 밍크만큼 논의를 진척시킨 사람이 없다는 것은 분명하다.

이미 1965년에 발표된 논문[44]에서, 법칙론적 모델에 대립되는 논의들은 역사 이해의 성격을 판단 행위——칸트의 첫번째와 세번째 『비판』이 이 용어에 부여하는 이중의 의미, 즉 '전체를 고려'하는 종합적 기능과 전체화하는 모든 활동에 결부된 반성적 기능의 의미로——로 규정짓는 데 길을 열어주었다. 이 논문에서 밍크는 이미 다른 사람들도 강조한 바 있는, 모델의 지극히 규정적인 요구 사항들과 현금의 역사 기술이 사용하는 실제적 이해 사이에서 발생하는 주된 불협화음들을 재검토하면서, 역사 이해의 자율성이 올바로 수립되지 않는다면 이러한 불협화음들을 설명할 수 없다는 것을 증명한다.

왜 역사가들은 예측할 수 없는데도 설명하기를 갈망하는가? 설명하는 것은 사실들을 법칙하에 포섭하는 것과 언제나 마찬가지는 아니기 때문이다. 역사에서 설명한다는 것은 흔히는 '집약'——훼웰Whewell과 월시Walsh의 용어를 빌리면——하는 작업이며, 그것은 "어떤 사건이 다른 사건과 맺는 관계를 서술함으로써 그 사건을 설명하고, 그 역사적 맥락 속에 위치시키는 것"과 같다. 이러한 절차는 적어도 연속적인 설명의 특징을 이룬다. 역사에서는 가설들이 왜 과학에서처럼 그 오류가 증명될 수 없는가? 가설은 목표가 아니라 연구의 범위를 정하기 위한 지표들이며, 연대기도 '과학'도 아닌 근본적으로 해석적 이야기라는 이해 양상에 유용한 지침이기 때문이다. 왜 역사가들은 기꺼이 상상적 재구성에 도움을 청하는가? 포괄적인 시각을 갖는다는 것은 〔구성하는 사건들을〕 연속적으로 검토하기보다는 그것을 전체적으로 파악하고자 하는 판단 행위를 통해서 '이해'하는 것이다. 그러므로 이러한 포괄적 시각은 어떤 '방법'도, 논증 기술도, 심지어

---

44) Louis O. Mink, 「역사 이해의 자율성 The Autonomy of Historical Understanding」, 앞의 논문. William Dray, 『철학적 분석과 역사 *Philosophical Analysis and History*』, Harper and Row, 1966, pp. 160~92에 재수록(필자가 인용한 것은 이 판본임).

단순한 발견 도구도 아닌, 어떤 "유형의 반성적 판단"(p. 179)인 것이다. 왜 우리는 역사가의 논의나 저서에서 결론을 '떼어낼' 수 없는가? 그 결론을 지탱하는 것은 바로 하나의 전체로 간주되는 이야기이기 때문이다. 그리고 그 결론은 논증된다기보다는 서술적인 질서에 의해 제시되기 때문이다. "사실상의 의미 작용은 전체 맥락에 의해 제공된다"(p. 181). 우리로 하여금 어떤 문장을 하나의 전체로 해석하게끔 하는 작업과 비슷한 포괄적 종합, 개괄적 판단의 개념은 이러한 논의와 더불어 뚜렷이 전면으로 등장한다. "확증의 논리는 떼어낼 수 있는 결론의 검증에 적용할 수 있으나, 통합할 수 있는 의미 작용은 판단의 이론을 필요로 한다"(p. 186). 역사적 사건들은 왜 유일하면서도 다른 사건들과 유사할 수 있는가? 유사성과 단일성이 관련 상황의 변화에 따라 각각 강조되기 때문이다. 다시 한번 말하거니와, 역사 이해는 "다른 어떤 분석 기술도 대체할 수 없는 총체적이고 개괄적인 판단을 통해 사건들을 전체적으로 포착함으로써 복합적인 사건을 이해"(p. 184)하는 것에 다름아니다. 역사가들은 왜 단지 과학 심포지엄만이 아니라 잠재적으로 보편적인 청중을 향해 말을 건네기를 갈망하는가? 그들이 전달하고자 하는 것은 '과학'보다는 아리스토텔레스의 실천적 지혜phronèsis에 보다 가까운 일종의 판단이기 때문이다. 역사가의 문제에서 우리가 "어떤 것이–다른 것–다음에–온다는 필연적으로 서술적인 양태를 통해 사실을–전체적으로–본다는 경험을 전달하려는 시도를 분간한다면," 그것은 "이해할 수 있게 된다"(p. 188).

이 논문의 결론은 인용할 만한 가치가 있다. 역사가는 "사건들의 덩어리를 연쇄 관계로 변환시키는 것이 무엇이며 경험에 대한 우리의 성찰에서 개괄적 판단의 범위를 증대시키는 것이 무엇인지를 이해하려는 전문화된 습관을 기른다"(p. 191). 이처럼 역사적 사유와 '개괄적 판단'을 동일시함으로써 그 본래 의미에서의 인식론적 문제,

즉 “‘해석적 종합 명제’들이 논리적으로 비교될 수 있는가, 어떤 명제를 다른 것보다 선호할 보편적 이유가 존재하는가, 그리고 그 이유가 객관성과 역사적 진리의 기준을 구성하는가 등의 질문”(p. 191)들은 해결되지 않은 상태로 남는다는 것을 저자는 기꺼이 인정한다. 그러나 이러한 인식론적 질문들이 전제하고 있는 것은 “잘 구성된 역사적 사유를 자연 과학에 속하는 이론적 설명과 구별하는 것과 마찬가지로 상식에 속하는 일상적 설명과도 구별하는 것”(pp. 191~92)을 우리가 확인했다는 사실이다.

밍크는 특히 1968년의 논문[45]에서 갈리의 비판에 토대를 둔 자신의 접근법의 특수성을 규정한다. 우리가 어떤 스토리를 따라가게끔 하는 능력에 적용된 현상학은, 게임을 할 때처럼 청중이나 독자에게 그 결과가 알려져 있지 않은 스토리인 경우라면, 이론의 여지가 없다. 여기서 게임 규칙에 대한 지식은 결과를 예측하는 데 전혀 도움이 되지 않는다. 우리는 일련의 사건들을 그 결론까지 따라가야 하는 것이다. 현상학적 이해의 입장에서 보자면 우연적 사건들은 주어진 상황에서 놀랍고 예기치 않았던 사건들로 귀착된다. 우리는 결론을 기다리지만 여러 개의 가능한 결과들 중에서 어떤 것이 일어날지를 모른다. 바로 그 때문에 처음부터 끝까지 따라가야 하는 것이다. 또한 바로 그 때문에 우리의 공감이나 적대감이 전체 과정의 역동성을 유지하게 될 것이다. 그러나 이와 같이 결과를 몰라야 한다는 조건과 그로 인해 스토리를 따라가는 비-반성적 활동이 역사가의 방법론의 특징이 아니라

---

45) 「철학적 분석과 역사 이해 Philosophical Analysis and Historical Understanding」, *Review of Metaphysics* 20(1968), pp. 667~98. 밍크는 자신이 Morton White, 『역사적 지식의 토대 Foundations of Historical Knowledge』(1965), Arthur Danto, 『역사의 분석 철학 Analytical Philosophy of History』(1965), W. B. Gallie, 『철학과 역사 이해 Philosophy and the Historical Understanding』(1964)를 참조했음을 분명히 밝히고 있다.

는 것이 밍크의 주장이다. "역사는 스토리를 쓰는 것이 아니라 다시
쓰는 것이다"(1967). 반대로 독자는, 다시-이야기하고 다시-쓰고 있
는 역사가의 상황에 대응하는 '반성적 따라감'에 몸을 내맡긴다. 역
사는 게임이 끝날 때 불현듯 다가온다.[46] 그 임무는 우연한 사건들을
강조하는 것이 아니라 축소하는 것이다. 역사가는 뒷걸음치며 끊임
없이 트랙을 거슬러올라간다. "퇴행적 진행에 우연적인 것은 없다"
(p. 687). 단지 역사를 다시-이야기할 때에만 "우리가 앞으로 내딛는
걸음은 이미 거꾸로 밟아왔던 길을 다시 지나간다"(p. 687).[47] 그것은
독자가 결과를 알면 그것을 예측할 수도 있었다는 말은 아니다. 독자
는 일련의 사건들을 "관계들의 이해 가능한 형상화로 보기"(p. 688)
위하여 따라간다. 이러한 소급적 이해 가능성은, 사건이 일어났을 때
는 뒷걸음질칠 수가 없기 때문에 어떠한 증인도 실행할 수 없는 구성
행위에 근거하고 있다.[48]

---

46) 이 논의는 독창적인 서술 이론에 근거한 단토의 '서술 문장' 분석과 완전히 일치
   한다. 기억하겠지만 역사는 인간 행동(또는 정열)들에 대한 서술들 중의 하나, 즉
   이전 사건의 능동적 주체(또는 피동적 주체)에게는 알려지지 않은 나중의 사건의
   서술에 비추어 이전 사건을 서술하는 것이다. 밍크에 의하면 역사 이해와 관련해
   서 할 말은 더 있다. 과거의 재서술이 최근에 획득된 전문 지식(경제적 지식, 정신
   분석적 지식 등)과 특히 새로운 개념적 분석 도구(예를 들어 우리가 '로마의 프롤
   레타리아'에 관해 이야기할 때)를 내포한다는 점에서, 할 말은 더 있다. 그리하여
   서술된 이전 사건과 그 서술의 배경을 이루는 나중 사건 사이에서 단토가 주장했
   던 시간적 불균형에, 행동 주체가 접근할 수 있었던 사유 체계와 후세의 역사가들
   에 의해 도입된 사유 체계 사이의 개념적 불균형을 덧붙여야 한다. 이러한 종류의
   재서술은 단토의 그것과 마찬가지로 사후의 서술이다. 그러나 여기서 강조되고 있
   는 것은 서술 문장에 연루된 사건의 이중성이라기보다는 실행중인 재구성 과정이
   다. 이러한 방식으로 '역사적 판단'은 '서술 문장'보다 더 많은 것을 이야기한다.
47) "We retrace forward what we have already traced backward"(앞의 책, p. 687).
48) 1970년의 논문(「이해 양태로서의 역사와 허구 History and Fiction as Modes of
   Comprehension」, 『새로운 문학사 New Literary History』, 1979, pp. 541~58)은 다
   음과 같이 적고 있다. "[……] 스토리를 따라간다는 것과 따라갔다는 것의 차이
   는 현재의 경험과 과거의 경험 사이의 부수적인 차이 이상의 것을 나타낸다"(p.

밍크는 두 가지 점을 추가로 지적하고 있다. 첫째로, 우리가 스토리를 처음으로 따라가는 상황에 국한된 현상학에서 설명의 기능은 간과될 위험이 있고, 또 서술적 흐름을 방해하는 애매성을 제거하거나 공백을 채우는 기술로 환원될 위험이 있다. 역사가의 일이 거꾸로 나아가는 방식으로 작업하는 것이라면, 그리고 앞서 말한 것처럼 "거꾸로 나아가는 방식으로 작업할 때 우연적인 것은 없다"라고 한다면, 설명은 보다 덜 보조적이고 결과적으로 덜 수사학적인 것으로 나타날 것이다. "설명의 논리는 이해의 현상학과 연관이 있을 것이다. 우리는 전자가 후자를 교정하고 후자는 전자를 강화하는 데 도움을 줄 것이라고 생각한다."[49]

두번째 지적은 보다 논란의 여지가 많다. 밍크의 말을 빌리면 "갈리는 현재의 미래가 갖는 개방성과 우연성을 과거 사건들에 대한 이야기로 전이시키고자 하는데, 그에 의하면 그것이 한때는 미래였다는 것말고는 달리 그 사건들을 생각할 수 없기 때문이다"(p. 688). 그렇게 함으로써 갈리는 시간에 대한 그릇된 존재론, 즉 "그 원칙에 따르면 과거는 과거의 미래로, 미래는 미래의 과거로 이루어져 있기 때문에 과거와 미래는 범주상 서로 다른 것이 아니다"(p. 688)라는 존재론을 주장하게 될 것이다. 이러한 논증은 그리 설득력이 없어 보인다. 우선 나는 과거의 미래와 미래의 과거가 범주상 비슷하다고 생각지 않는다. 반대로 그들 사이의 불균형은 밍크가 바로 "역사 의식의 첨예한 특성"(같은 책)이라고 불렀던 것을 강화한다. 이어서 과거의 확정성은 단토로 인해 사람들이 크게 관심을 가지게 된 소급적인 의미작용 변화와 같은 것을 배제하는 그런 것이 아니다. 세번째로, 우리

---

546). 서술 행위의 논리가 반영하는 것은 "이야기의 구조나 장르상의 특징 또는 '따라간다'는 것의 의미가 아니라 '스토리를 따라갔다는 것'의 의미"(같은 책)다.
49) 「철학적 분석과 역사 이해 Philosophical Analysis and Historical Understanding」, 앞의 논문, p. 686.

가 이미 뒤로 물러서며 걸었던 길을 새로이 앞으로 나아가며 걷는 과정은, 현재였을 때 이미 과거에 속했던 이른바 우연적 공간을 다시 활짝 열 수 있다. 그것은 일종의 예고된 놀라움을 복원시킬 수 있으며, 그 덕분에 '우연적 사건들'은 놀라움을 불러일으키는 그 최초의 힘을 일부 되찾게 된다. 이 힘은 나중에 논의될 역사 이해의 허구적 성격과 큰 관련이 있을 수 있다. 보다 정확히 말해서, 그것은 아리스토텔레스가 행동의 재현으로 그 특성을 규정한 허구의 양상과 연결될 수 있다. 바로 최초의 우연적 사건의 층위에서 몇몇 사건들은 소급하여 재구성되는 행동의 흐름을 고려해볼 때 미래였다는 지위를 누리게 된다. 이런 의미에서 역사와 허구가 함께 이루는 시간적 형상화를 통해 우리의 실존적 시간이 만들어진다는 점에서, 시간의 존재론 내에서도 과거의 미래를 위한 자리는 있어야 할 것이다. 4부에서 우리는 다시 이 점을 논의할 것이다.

우리가 처음으로 따라가는 스토리를 직접 파악하는 현상학을 소급하여 파악하는 현상학으로 대체함으로써 비롯되는 일종의 일방성을 나는 더 강조하고 싶다. 밍크의 사유에서 이야기하고 다시-이야기하는 것은 이야기의 구조 자체, 즉 우연성과 질서, 삽화와 형상화, 불협화음과 화음의 변증법에 속하기 때문에, 그들이 실제로 공통으로 가지고 있는 서술 활동의 특징들은 다시-이야기하는 행위의 층위에서 배제될 위험이 있지 않은가? 이러한 변증법을 통해 이야기 특유의 시간성은 과소 평가될 위험이 있지 않은가? 사실상 밍크의 분석에서 관찰할 수 있는 것은, 형상화 작업을 특징짓는 '전체를 파악'하는 행위 자체에서 모든 시간적 특성을 제거하는 경향이 있다는 점이다. 이야기된 사건이 한때는 미래였다는 것을 인정하지 않으려는 태도가 이미 이러한 방향 설정을 예견케 했다. 그러한 방향 설정은 스토리를 처음 따라가는 행위를 희생하면서까지 다시-이야기하는 행위를 고집함으로써 강화되는 것처럼 보인다. 루이스 밍크의 세번째 논문은 이

316

러한 주제를 분명히 내걸고 있다.[50]

　이 논문의 강점은 이론적 양태mode 그리고 범주적 양태와 더불어 형상화하는 양태를 넓은 의미의 '이해'의 세 가지 양태 중의 하나로 구성한다는 것이다. 이론적 양태에 의하면, 대상은 일반 이론을 보여주는 경우나 예로 '이해'된다. 이 양태의 이상형은 라플라스Laplace의 체계가 대변하고 있다. 이것과 흔히 혼동되곤 하는 범주적 양태에 따르면, 어떤 대상을 이해한다는 것은 그것이 어떤 유형의 대상에 속하며, 어떠한 선험적 개념 체계가 경험──그 체계가 없다면 무질서하게 남아 있을 경험──에 형태를 부여하는가를 결정하는 것이다. 플라톤이 목표로 삼았고 가장 체계적인 철학자들이 갈망했던 것은 바로 이러한 범주적 이해다. 형상화하는 양태는 단일하고 구체적인 관계 복합체 속에서 구성 요소들을 위치시킨다는 특성을 가지고 있다. 서술 활동을 특징짓는 것은 바로 이러한 유형의 이해인 것이다. 그러나 세 가지 양태는 공통된 목표를 가지고 있는데, 다른 두 가지 양태에서와 마찬가지로 그것은 형상화 양태에서도 함축적이다. 넓은 의미의 이해는 "시간적으로나 공간적으로 또는 어떤 논리적 관점에서 서로 떨어져 있기 때문에 전체적으로 체험되지 않거나 체험될 수조차 없는 사건들을 단 한 번의 정신적 행위로 전부 파악"하는 행위로 정의된다. "이러한 행위를 만들어내는 능력은 이해의 필요 조건(충분하지는 않지만)이다"(p. 547). 이런 의미에서 이해는 역사 지식이나 시간적 행위에 국한되지 않는다. 논리적 결론을 그 전제의 결과로 이해하는 것은 서술적 특징을 갖지 않는 일종의 이해다. 물론 우리가 전체적으로 생각하려 하는 것이 "연속적으로만 경험될 수 있는 부분들 간의 복합적 관계"(p. 548)로 이루어진다는 점에서, 그것은 어떤 시간적 전제를 내포하고 있다. 그러나 그것은 모든 경험, 공간 속에서 이

---

50) 「이해 양태로서의 역사와 허구」, 앞의 논문.

루어지는 경험조차도 시간 속에서 이루어진다는 칸트의 말을 다시 되풀이하는 것에 지나지 않는다. 왜냐하면 우리는 진술된 경험의 모든 구성 요소와 단계들을 '밟아가고' '붙잡고' '식별' 해야 하기 때문이다. 간단히 말해서 "이해는 사물을-전체로-보는 개인적 행위일 뿐 그 이상의 아무것도 아니다"(p. 553).

게다가 넓은 의미의 이해는 서술적 양태의 이해라는 측면에서 보자면 주목할 만한 논리적 결과를 갖는 근본적 특징을 제시한다. 모든 이해의 이상은, 비록 그 목표가 도달할 수 없는 것일지라도, 세계를 총체성으로 파악하는 것이라고 밍크는 단언하고 있다. 다른 말로 표현하자면 그러한 이해는 신성한 것이기에 목표에 도달할 수 없지만, 인간의 의도는 신의 자리를 차지하는 것이기에 그것은 의미를 담고 있다(p. 549). 이렇게 신학적 주제가 돌연 침입하는 것은 결코 지엽적인 것이 아니다. 세 가지 양태의 이해가 내세우는 이러한 궁극적 목표는 "시간 전체의 연속적 순간들이 그것으로 사건의 풍경을 만들어내는 단일한 지각 속에 공존하는 동시적 전체totum simul로서의 세계에 대해 신이 갖고 있는 인식"(p. 549)이라는 보에체 Boèce의 정의를 인식론으로 전환함으로써 생겨난다.[51]

밍크는 넓은 의미의 이해가 겨냥하는 바를 주저없이 형상화하는 양태로 옮긴다. "보에체가 세계에 대한 신의 인식에 특유한 것으로 인정하는 동시적 전체는 틀림없이 형상화하는 이해의 가장 높은 단계일

---

51) 모든 부분적 이해는 바로 이러한 이상적 목표에 따라 판단될 수 있다는 주장을 밍크는 실제로 두 가지 방식으로 완곡하게 표현하고 있다. 우선 이해의 이러한 이상적 목표는 다르게 묘사될 수 있다. 즉 가장 미세한 부분에서도 예측 가능한 세계라는 라플라스의 모델은 플라톤의 『공화국』 7편에 나오는 개요synopsis와 일치하지 않는다. 두번째로 이러한 묘사들은 서로 상이하고 배타적인 세 가지 이해 양태들을 확대 적용한 것이다. 그러나 이 두 가지 수정 사항은 이해의 목표가 이해의 동시적 전체 속에서 경험의 연속적 특성을 제거하는 것이라는 주된 추론에 영향을 미치지는 못한다.

것이다"(p. 551). 이러한 선언에 비추어볼 때, 스토리를 따라가는 행위에 국한된 현상학에 대한 이전의 비판이 새롭게 부각된다. 이러한 현상학이 성공적으로 보존했던 스토리들의 연속적 형태야말로 동시적 전체라는 명목으로 서술적 이해에는 궁극적으로 인정되지 않았던 것처럼 보인다. 내가 궁금해하는 것은 매우 설득력있는 이 논증이— 그에 의하면 스토리는 따라가는 것이 아니라 따라간 것이다—너무 멀리 나가지 않았는가, 그리고 형상화하는 이해 행위에서 "행동과 사건은 시간의 질서 내에서 생산되는 것처럼 나타남에도 불구하고 의미 작용 질서를 통해 전체적으로 연결되는 것으로, 즉 우리가 부분적으로밖에는 실행할 수 없는 동시적 전체의 근사치로 한눈에 인식될 수 있다"(p. 554)라는 나중의 주장에 의해 심지어 약화되는 것이 아닌가 하는 점이다.

형상화하는 이해의 최고 단계로 간주되는 것이 오히려 그 소멸을 나타내는 것은 아닌지 의문시된다. 서술 이론이 이러한 유감스러운 결과를 피하기 위해서는, 동시적 전체의 관념에 상반된 기능을 부여해야 하지 않을까? 즉, 줄거리 구성의 삽화적 측면에 숨어 있는 시간의 연속적 특성을 제거하려는 이해의 야심을 정확히 제한하는 기능을 말한다. 그리하여 동시적 전체는 칸트적인 의미의 '관념 Idée,' 즉 목표나 지침이라기보다는 한계-관념 idée-limite으로 인식되어야 할 것이다. 4부에서 우리는 이를 다시 논의할 것이다. 현재로선 이러한 관념적 목표가 이야기의 실제적 이해에 내포된 것을 적절히 확대 적용한 것이 아닌가를 생각해보는 것으로 충분할 것이다.

단순히 현상학적인 층위 — '따라갔음'이 '따라감'에 정확하게 대립되는 층위 — 에서 논의될 만한 것은 "어떤 이야기를 이해할 때 시간적 연속 그 자체에 대한 생각은 사라져버리거나, 까닭없이 붙잡고 늘어지게 된다"(p. 554)라는 주장이다. 그런데 "우리가 따라갔던 스토리에 대한 형상화하는 이해에 있어서 〔……〕 거꾸로 나아가는 대상 지시의 필요성은 말하자면 앞으로 나아가는 대상 지시의 우연성을 제거한다"(같은 책)라는 것은 믿을 수 없다. 여기서 주장된 논의는 그 어떤 것도 설득력이 없다.

현금의 역사 기술에서 연대기 — 그와 함께 연대 추정에 대한 고민 또한 — 는 쇠퇴하고 있다는 논의는 매우 타당하다. 그러나 단순한 연대기를 벗어나려는 시도가 어느 정도까지 시간성의 모든 양태의 제거를 내포할 수 있는가라는 문제는 여전히 해결되지 않은 채로 남아 있다. 아우구스티누스에서 하이데거에 이르기까지 시간에 대한 모든 존재론은 순전히 연대기적인 시간으로부터 연속성의 토대 위에 구축된, 그러나 동시에 단순한 연속성과 연대기로는 환원될 수 없는 시간적 속성들을 추출하는 것을 목표로 삼고 있다.

우리가 어떤 행동을 어떤 사건에 대한 반응('전보를 보내기'는 '제안을 받아들이기'에 대응한다)으로 파악할 때 이해는 완전해질 수 있다는 논의 또한 옳다. 그러나 전보를 보내는 것과 그것을 받는 것 사이의 관계는 '제안을 수락한다'라는 매개항을 통해 보장되며, 그것은 최초 상태에서 최종 상태로의 변화를 낳는다. 따라서 '응답'으로부터 일반화하여 "하나의 전체로 이해된 스토리의 행동과 사건은 서로 겹치는 서술들의 그물망에 의해 연결된다"(p. 556)라고 말할 수는 없다. 서로 겹치는 이 서술들의 그물망에서, 동사 시제에 의해 표시되는 문장을 제거하는 것은 스토리의 서술적 자질이 시간적 관계와 더불어 사라졌다는 신호다. 물론 우리는 앞으로 거슬러올라가서 외디푸스 Œdipe의 스토리에서 일어났던 모든 우연적 사건들은 외디푸스의 성격 묘사에서 모두 파악될 수 있다고 말할 수는 있다. 그러나 이 성격 묘사는 외디푸스 비극의 '사상 pensée'과 동등한 것이다. 그런데 아리스토텔레스가 디아노이아 dianoia라고 명명했던 '사상'은 성격 묘사와 마찬가지로 줄거리에서 비롯된 한 양상이다.

이제 문학 비평의 줄거리 개념에서 역사 인식론에로의 전환이 이야기에서의 불협화음과 화음 사이의 구체적 변증법, 즉 서술적 이야기의 변증법——신적인 인식의 동시적 전체에 버금가려는 주어진 목표를 내세워 그 시간적 자질을 와해시키는 경향을 갖는 형상화하는 이해 양태의 분석에서 충분히 고려되지 않았던——을 어떤 방식으로 규명하는가를 검토하는 문제가 남아 있다.

IV. 줄거리 구성에 의한 설명

헤이든 화이트의 저서는[52] 앞서 내가 미메시스 II라는 이름으로 위치시켰던 줄거리 구성 절차들——비록 그 절차들이 모든 역사 기술 영역을 감싸지는 않는다 하더라도——을 처음으로 역사 기술의 서술 구조에 배정하고 있다.

화이트의 분석이 갖는 강점은 주요 역사 텍스트에 대한 자신의 분석 전제를 명석하게 밝힘과 아울러 그 전제가 위치하고 있는 담론 세계를 분명하게 정의한다는 것이다.

첫번째 전제. 화이트는 루이스 밍크가 개척한 영역을 보다 심화시키면서, 객관성과 증거의 문제가 담론 양태들에 대한 모든 분류의 근본적 기준을 결정한다고 주장하는 인식론과는 다른 방향으로 역사와 허구의 관계를 재구성한다. 우리가 4부에서 논의하게 될 이러한 문제가 어떤 것이든간에, 역사 담론의 '시학'이 내세우는 첫번째 전제는 서술 구조의 측면에서 볼 때 허구와 역사는 동일한 부류에 속한다는 것이다. 두번째 전제. 역사와 허구의 접근은 역사와 문학 사이의 또 다른 접근을 유도한다. 이러한 통상적인 분류법의 전복은 역사를 글쓰기

---

52) Hayden White, 『메타 역사: 19세기 유럽의 역사적 상상력 *Metahistory: The Historical Imagination in Nineteenth-Century Europe*』, Baltimore and London: The Johns Hopkins University Press, 1973. 저자는 서론에 「역사의 시학 The poetics of History」(pp. 1~42)이라는 제목을 붙이고 있다.

로 규정하는 것을 진지하게 고려하도록 한다. 미셸 드 세르토Michel de Certeau의 책 제목[53]이기도 한 '역사의 글쓰기'는 역사의 개념과 구성 바깥에 있는 것이 아니다. 그것은 의사 전달의 수사학에 속하는 부차적 작업, 그리고 단순히 기안 단계에 속해서 소홀히해도 되는 그러한 작업이 아니다. 역사의 글쓰기는 이해의 역사적 양태를 구성한다. 역사는 본질적으로 역사–서술이며, 또는 다소 도전적으로 말하면 문학적 기교다.[54] 세번째 전제. 한편으로 위대한 모든 역사서는 총체적인 역사적 세계관을 전개하고 있다는 점에서, 다른 한편으로 역사 철학은 위대한 역사서와 동일한 연결 수단에 호소하고 있다는 점에서 인식론자들이 역사가의 역사와 역사 철학 사이에 그은 경계 또한 다시 검토되어야 한다. 화이트가 자신의 대작 『메타 역사 *Metahistory*』에서 미슐레, 랑케, 토크빌, 부르크하르트, 헤겔, 마르크스, 니체, 크로체를 망설이지 않고 동일한 틀 속에 위치시키는 것은 바로 이 때문이다.

역사의 '탐구적' 특성에 중심을 둔 인식론, 따라서 과학으로서의 역사와 전통적이거나 신화적인 이야기 사이에 인식론적 단절을 설정하는 객관성과 진리의 조건들에 주의를 집중하는 인식론을 이러한 역사 기술의 '시학'과 구별하기 위해, 저자는 그 시학을 메타 역사라 부른다.

앞에서 말한 세 가지 전제들은 실제로 문제점을 이동시키고 재분

---

53) Michel de Certeau, 『역사의 글쓰기 *L'Ecriture de l'histoire*』, Paris: Gallimard, 1975.

54) 화이트는 1974년의 논문 「문학적 기교로서의 역사 텍스트The Historical Text as Literary Artifact」(*Clio* III/3, 1974, pp. 277~303; Robert A. Canary & Henry Kozicki, 『역사의 글쓰기 *The Writing of History*』, 1978, University of Wisconsin Press에 재수록)에서 언어적 기교를 "오래 전에 이루어졌기 때문에 실험적이거나 객관적인 통제에 따를 수 없는 구조와 과정 모델"(*Clio*, p. 278)이라고 정의한다. 이런 의미에서 역사 이야기는 "언어적 허구로서, 그 내용은 발견된 것인 동시에 만들어진 것이며 그 형태는 과학에서의 형태보다는 문학에서의 그것과 더 많은 공통점을 가지고 있다"(같은 책).

류하도록 유도한다. 역사를 서술적 허구의 공간에 위치시키는 구조
에 대한 몰이해는 전적으로 역사의 '과학성'의 조건에만 관심을 기울
였기 때문이다. 오로지 메타 역사만이 대담하게 역사 이야기를 그 내
용과 형식으로 말미암아 문학 쪽에 가까운 언어적 허구로 간주할 수
있다. 역사가 과학적 주장을 내세우는 지식의 지위를 잃지 않으면서
도 이처럼 문학적 기교로 재분류되는 것이 가능한지의 문제는 나중
에 다시 제기될 것이다.

이처럼 문제점을 이동시키고 재분류함으로써 문학 비평에서 빌려
온 범주들은 암암리에 역사 기술로 전이된다는 사실을 부정할 수는
없다.

그러한 상황의 아이러니는 바로 거기에 반대하는 저자들에게서 그
범주들을 빌려왔다는 것이다. 아리스토텔레스가 뮈토스의 문제에서
역사 historia를 단호히 제외시켰다는 것을 우리는 기억하고 있다. 아리
스토텔레스의 금기를 어느 정도 어길 수 있는가를 가늠하기 위해서
는 그 금기의 이유를 알아야 한다. 아리스토텔레스는 역사가 『시학』
의 요구를 충족시키기에는 너무 '삽화적'이라는 사실을 확인하는 데
그치지 않고(결국 이 판단은 투키디데스 Thucydide의 작품이 나온 이후
쉽게 폐기된다), 역사가 왜 삽화적인가를 설명하는데, 즉 역사는 실제
로 일어난 것을 말하기 때문이라는 것이다. 그런데 시인이 구상하고
반전이 보여주는 개연적인 것과는 달리, 현실은 시인의 통제를 벗어
나는 우연성을 내포한다. 끝으로 시인이 우연적인 현실에서 벗어나
서 있음직한 개연적 상황으로 올라갈 수 있는 것은 그가 자신의 줄거
리를 만드는 당사자이기 때문이다. 그러므로 역사를 시학의 영역으
로 옮기는 것은 단순 소박한 행위가 아니며, 현실의 우연성을 다루는
것과 관련해서 중요한 영향을 미치지 않을 수 없다.

아리스토텔레스의 금기에 대한 위반은 문학 비평의 측면에서도——
사실 화이트의 저서도 문학 비평에 더 가깝다——마찬가지로 저항에

부딪히게 된다. 아우어바흐Auerbach, 웨인 부드Wayne Booth, 숄즈 Scholes, 켈로그Kellogg의 연구에서 상상적인 것은 '현실'에 대립되어 정의되며, 역사는 재현의 사실주의 모델을 끊임없이 제공한다. 아이러니의 극치는 화이트에 의해 그토록 많이 인용되고 있는 노드롭 프라이Northrop Frye가 이러한 경계를 가장 엄격히 지키는 파수꾼들 중의 하나라는 사실인데, 그에 의하면 허구는 가능한 것과 관계되며 역사는 현실과 관계된다는 것이다. 아리스토텔레스의 표현대로 하자면 시인은 일종의 단일화하는 형태에 입각하여 작업하며, 역사가는 그것을 지향하여 작업한다고 프라이는 말한다.[55] 그에 의하면 오로지 슈펭글러나 토인비 또는 웰스H. G. Wells와 같은 역사 철학자들만이 드라마나 서사시와 같은 '시학적' 범주에 속하는 것처럼 보일 수 있다.

그리하여 화이트의 메타 역사는 두 가지의 저항, 즉 역사와 전통적이고 신화적 이야기 사이의 인식론적 단절이 역사를 허구의 영역에서 벗어나게 한다고 주장하는 역사가의 저항과, 상상적인 것과 현실적인 것의 구별은 의문의 여지없이 자명하다고 주장하는 문학 비평가들의 저항을 극복해야 한다.

이 장에서 그러한 논의를 상세히 검토하지는 않겠다. 역사에서 현실의 재현이라는 개념, 즉 우리가 미메시스 Ⅲ의 이름으로 위치시키고자 했던 문제를 다시 검토하지 않을 수 없게 하는 언어적 허구의 양상들은 4부에서 따로 논의될 것이다. 그러므로 여기서는 미메시스 Ⅱ의 의미에서의 형상화로 이해된 허구의 한계들에 대해서만 논의할 것이다. 물론 그와 같이 화이트의 연구에서 가장 형식적인 분석과 역사적 현실에 관계되는 분석을 독단적으로 구분(분할선은 줄거리 구성에 대한 성찰과 은유, 환유 등과 같은 비유에 대한 이론에 할당되는 역사

---

55) Northrop Frye, 「낡은 방향에서 새로운 방향으로New Directions from Old」, *Fables of Identity*, New York: Harcourt, Brace and World, 1963, p. 55.

영역의 전(前)형상화와 관계되는 성찰 사이에 그어지게 될 것이다)함으로써 내가 그의 저서를 손상시키고 있다는 것을 잘 알고 있다. 하지만 이러한 손실은 보다 견고해 보이는 형식적 분석[56]의 조건을 보다 허약해 보이는 비유법의 조건과 연결시키지 않는 데서 오는 이점을 통해 보상될 수 있는 것처럼 보인다.

중요한 것은 화이트의 저서에서 줄거리 구성은, 우리가 그것을 '역사 이야기'의 개념과 그대로 동일시하지 않는다는 조건에서만 명예로운 대접을 받는다는 사실이다. 저자는 자신의 다른 논문들에서와 마찬가지로 『메타 역사』에서도 여러 작업들이 줄거리 구성 emplotment의 배경을 이루도록 배려하는데, 그 작업들의 목록은 저서마다 다양하게 나타난다. 그렇기 때문에 나는 학술적 배려로 우선 '줄거리 plot'가 아닌 다른 것들을 고찰한 후 그 다음에 분석의 핵심을 줄거리에 집중할 것이다.

『클리오 *Clio*』(1972)의 한 논문에서[57] 줄거리는 스토리 story와 논증 argument 사이에 놓여 있다.

스토리는 여기서 처음과 중간과 끝을 가지며 무엇보다도 시퀀스를 이루는 이야기라는 뜻에서 '스토리를 이야기한다'라는 제한적 의미로 쓰인다. 사실상 여기서 지표로 사용되는 것은 스토리 개념이라기보다는 내가 '스토리의 선 fil'이라고 번역하는 '스토리-라인 story-line'의 개념이다. 저자는 오늘날 우리가 쓰는 것과 같은 역사는 더 이상 서술적이 아니라는 논증을 이처럼 명백히 벗어버리고자 한다. 그의 주

---

56) "간단히 말해서 나의 방법론은 형식주의적이다. [……]"(『메타 역사』, p. 3). 3부에서 우리는 어떤 의미에서 줄거리 구성의 이론이 이러한 형식주의를 프랑스 구조주의와 구별하는지, 그리고 노드롭 프라이의 형식주의와 그것을 접근시키는지를 논의할 것이다.

57) Hayden White, 「역사 이야기의 구조 The Structure of Historical Narrative」, *Clio* I(1972), pp. 5~19. 『메타 역사』에서 '연대기'는 '스토리'에 앞서며, '논증 방식'은 '이데올로기적 함의의 방식'에 의해 완성된다.

장에 의하면 스토리를 스토리의 선으로 환원하는 경우에만 반론은
타당성을 갖는다.

많은 비평가들을 당혹스럽게 하는 스토리와 줄거리의 경계 설정이,
화이트에게는 문학 비평에서보다는 역사에서 더 시급한 것으로 보인
다. 왜냐하면 역사에서 스토리의 선을 구성하는 사건들은 역사가의
상상력에 의해 만들어지는 것이 아니라 증거를 검증하는 절차에 따
르기 때문이다. 나는 이러한 추론이 아리스토텔레스의 금기에 대응
하는 하나의 방법이라고 생각한다. 이처럼 금기를 위반하기 위해 치
러야 하는 대가는 바로 스토리와 줄거리의 구분이다.

그런데 스토리는 이미 어떤 구성 방식——그 점에서 스토리는 사건
들의 단순한 연대기와 구별되며 그 안에서 부분들을 통합하고 경계
를 긋는 '모티프'나 '테마'들과의 관련하에 구성된다——이라는 점에
서 그러한 구분을 유지하기가 항상 쉽지는 않다.[58] 스토리가 그것만

---

58) "그러므로 모티프에 의한 구성은 스토리를 제작하는 한 양상으로서, 밍크가 역사
가는 자신의 스토리를 통해 사건을 '형상화'함으로써 '사건에 대한 이해'를 제공
한다고 말할 때 염두에 두고 있는 그러한 유형의 설명을 제공한다"(「역사 이야기
의 구조」, p. 15). 『메타 역사』의 주장은 "연대기를 스토리로 변형시키는 작업은
연대기에 포함된 사건들의 특성을 처음이나 끝, 또는 중간적인 모티프라는 용어
로 규정함으로써 실행된다"(p. 5)라는 것이다. 연대기와는 대조적으로 스토리는
"모티프에 따라 약호화되어"(p. 6) 있다. 형상화하는 행위의 영역을 스토리로 환원
시키는 밍크의 견해에 나는 그다지 동의하지 않는다. 화이트는 형상화하는 행위
와 스토리에 의한 설명 사이의 상관 관계에 대한 이러한 주장을, 밍크가 제시했던
형상화하는 이해와 범주적 이해, 그리고 이론적 이해 사이의 배분을 통해 발견한
다고 생각한다. 그는 범주적 양태를 줄거리 구성에 의한 설명에, 주제적 양태를 논
증에 의한 설명에 귀속시킬 수 있다고 생각한다(「역사 이야기의 구조」, p. 18). 두
개의 삼분법——밍크의 그것과 화이트의 그것——은 서로 겹쳐지지 않을 뿐만 아
니라, 줄거리 구성과 논증은 배제한 채 스토리의 구성에만 그 적용 영역을 한정시키
는 밍크의 형상화하는 행위 분석은 그다지 옳다고 인정할 수 없다. 나의 줄거리
개념과 마찬가지로 밍크의 형상화하는 행위는 화이트가 구분하는 세 가지 영역을
포괄하는 것처럼 보인다. 내 생각으로 그 불일치의 관건은, 화이트가 줄거리 구성
에 의한 설명을 거꾸로 환원시킨다는 사실, 다시 말해서 줄거리를 스토리가 속하
는 줄거리 범주의 유형과 동일시한다는 사실에 있다. 이러한 환원은 자의적인

으로도 어떤 '설명 효과'를 가질 수 있는 것은 바로 그 때문이다. 『메타 역사』는 바로 스토리 본래의 이러한 설명 효과를 올바로 판단하기 위해서 그 경우 역사 영역에 제일 먼저 연결되는 '연대기'와 스토리를 구별한다. 폴 베인 Paul Veyne의 연구에서도 찾아볼 수 있는 "역사 영역"(『메타 역사』, p. 30)의 개념으로 말하자면, 그것은 그보다 또 선결되어야 할 유기적 연결의 문제를 제기한다. 사실상 우리는 이미 구성된 이야기 안에서 볼 때 '조사 분류되지 않은 역사적 기록,' 즉 선택과 배열 절차를 향해 열려 있는 전(前)-개념적 배경에 대해서만 이야기할 수 있다(『메타 역사』, p. 5).[59]

줄거리 구성은 스토리가 속하는 부류를 확인함으로써 스토리의 사건이 아니라 스토리 그 자체를 설명한다는 의미에서 스토리와는 구분되는 설명 효과를 갖는다. 스토리의 선은 특유의 형상화를 확인할 수 있게 하며, 줄거리 구성은 전통적인 형상화 부류를 식별하도록 한다. 스토리의 사건이 아니라 스토리 그 자체의 약호화에 관련된 이러한 줄거리 범주들은, 곰브리치 E. H. Gombrich의 『예술과 환상 *Art and Illusion*』에서 우리가 회화를 '읽는' 방식을 규제하는 '관련 암호문 cryptogrammes relationnels'[60]과 비슷하다.

것처럼 보인다.

59) 스토리에서 연대기로, 이어서 연대기에서 역사 영역으로 환원되는 『메타 역사』의 과정은 후설의 발생론적 현상학에서 능동적 종합이 항상 그에 선행하는 수동적 종합으로 환원되는 과정과 유사하다. 두 경우에 모든 능동적 또는 수동적 종합에 선행하는 것이 무엇인가라는 질문이 제기된다. 이러한 당혹스런 질문을 통해 후설은 생활 세계 Lebenswelt의 문제로 나아간다. 4부에서 살펴보겠지만 그 질문은 화이트를 전혀 다른 문제, 즉 역사 영역을 "전형상화"(같은 책)하고 그것을 서술 구조로 잇는 비유적 연결의 문제로 이끈다. 그러므로 역사 영역의 개념은 서술 구조의 분류보다 하위의 경계로 사용될 뿐만 아니라, 보다 근본적으로는 이야기의 '설명 효과'에 대한 연구와 그 '재현적' 기능에 대한 연구 사이의 이행을 나타낸다.

60) 「역사 이야기의 구조」, p. 16.

이처럼 화이트는 원인과 법칙을 통한 역사 구성을 헴펠의 지지자들에게 넘김으로써, 그리고 줄거리 구성 본래의 범주적 설명을 그들에게는 면제시킴으로써 그들의 반-서술학적 논증에서 벗어날 수 있다고 생각한다. 그러나 그것은 스토리의 설명과 사건의 설명을 분리하는 대가를 치러야 한다.

줄거리와 논증의 경계 또한 획정하기가 쉽지 않다. 논증이란 스토리가 그 주위를 도는 모든 것("그 모든 것의 핵심" 또는 "요컨대 그 모든 것이 의미하는 것")(『메타 역사』, p. 11), 간단히 말해서 이야기의 주장을 지칭한다. 아리스토텔레스는 줄거리의 개연성과 필연성을 보증으로 하여 논증을 줄거리에 포함시켰다. 그러나 서사시나 비극 또는 희극과는 달리 역사 기술은 바로 '설명 효과'의 층위에서 이러한 구별을 요구한다고 말할 수 있다. 논리학자들이 법칙론적 모델을 고안해낸 것은 바로 논증에 의한 설명이 줄거리 구성에 의한 설명과 구별될 수 있기 때문이다. 역사가는 형식적·명시적·담론적인 방식으로 논증한다. 그러나 법칙론적 모델의 지지자들은 역사 영역 밖에서 이미 형성된 인접 과학에서 빌려온 일반적 법칙의 영역보다 추론의 영역이 훨씬 더 광범위하다는 것을 모르고 있다. 역사가는 게다가 서술 영역에 속하는 자기 나름의 논증 방식을 가지고 있다. 그리고 이러한 논증 방식들은 어떤 유형론을 필요로 할 정도로 수없이 많다. 사정이 이러한 것은 각각의 추론 방식이 역사 영역의 성격 자체와 역사에서의 설명에서 우리가 기대하는 것에 대해 메타 역사적 성격을 띤 전제를 동시에 표현하고 있기 때문이다. 화이트는 스티븐 페퍼 Stephen Pepper의 『세계 가설 World Hypotheses』에서 유형론을 빌려 네 가지의 큰 패러다임을 구별하는데, 형식주의적·생체론적·기계론적·상황론적 패러다임이 그것이다.[61] 앞의 두 가지는 보다 전통에

---

61) 이러한 구성에 대한 보다 자세한 내용과 19세기의 위대한 역사가들에 의한 그 예

합치하는 것으로, 그리고 뒤의 두 가지는 보다 이질적이고 형이상학적(그 분야의 대가인 랑케와 토크빌이 있음에도 불구하고)인 것으로 간주된다면, 그것은 이 포괄적인 가설들의 인식론적 위상을 우리가 잘못 알고 있기 때문이라고 그는 즐겨 강조하고 있다. "역사는 과학이 아니다. 기껏해야 특정의 경우에만 결정할 수 있는 비과학적 요소들을 그 체제에 포함하는 원시-과학 proto-science"(『메타 역사』, p. 21)이라는 사실을 우리는 잊고 있다.

사실 이러한 주요 패러다임들에 의한 설명은 『메타 역사』가 서술 구조의 다섯번째 단계에 위치시킨 이데올로기적 함의에 의한 설명과 인접하고 있다. 화이트는 역사를 쓰는 독특한 방식을 특징짓는 윤리적 입장 표명을 통해 그 두 가지 설명 양태를 서로 구별한다. 전자의 전제는 차라리 역사 영역의 성격에 근거한다. 그런데 이데올로기적 양태의 전제는 역사 의식의 성격, 그러니까 지나간 사실에 대한 설명과 현재의 실천의 관계에 근거한다.[62] 이데올로기적 설명 양태 또한 적절한 유형론을 필요로 하는 갈등 구조를 갖는 것은 바로 그 때문이다. 화이트는 칼 만하임 Karl Mannheim이 『이데올로기와 유토피아』에서 제시한 이데올로기 분류에서 그러한 유형론을 빌려와 전반적으로 다시 그것을 수정하고 있다. 그리하여 그는 무정부주의, 보수주의, 급진주의, 자유주의라는 네 가지의 기본적 이데올로기적 입장을 설

___

증은 『메타 역사』, pp. 13~21과 그 밖의 여러 곳을 참조할 것.

62) "나는 '이데올로기'라는 말을, 사회적 실천을 요구하는 현재의 세계에서 입장을 표명하기 위한, 그리고 그 세계에 영향을 미치기 위한 규정들의 총체로 이해한다. 〔……〕 이 규정들은 '과학'이나 '사실주의'의 권위를 내세우는 논증에 의해 옹호된다"(『메타 역사』, p. 22). 여기서 화이트는, 이데올로기의 개념을 순전히 경멸적인 의미 ──마르크스는 이데올로기를 『독일 이데올로기』에서 그러한 뜻으로 사용함으로써 그 개념을 억압했다── 로부터 해방시키고자 하는 프랑크푸르트 학파의 철학자들, 그 뒤를 잇는 아펠 K. O. Apel과 하버마스, 그리고 클리포드 거츠 Clifford Geertz와 같은 몇몇 인류학자들, 그리고 나아가서는 그람시 Gramsci와 알튀세르와 같은 몇몇 마르크스주의자들의 시도와 다시 만나게 된다.

정한다. 이 유형론이 19세기의 위대한 역사서에 적절한지 아닌지는
──그것을 검토하는 것이 바로 『메타 역사』의 주목적이다──어떻든
간에, 이데올로기적 양태를 추가함으로써 화이트는 대립되지는 않더
라도 서로 구별되는 두 가지 요청을 만족시키고 있다는 점을 지적하
지 않을 수 없다. 한편으로는 프랑스에서 아롱과 마루Marrou로 대표
되는 이해의 전통이 한결같이 강조해왔던 역사 지식의 구성 요소들,
즉 역사 작업과 역사가의 관련성, 가치에 대한 성찰, 그리고 현전하
는 세계 내에서 행동과 역사의 관계 등을 포스트-마르크스주의적 이
데올로기 개념을 통해 재도입함으로써 검증한다. 궁극적으로 사회적
변화와 그 바람직한 범위, 그리고 리듬에 의거하고 있는 이데올로기
적 선택들은 역사 영역의 설명과 역사에서 사건과 과정들을 이야기
로 배열하게끔 하는 언어적 모델의 구성에 통합된다는 점에서 메타
역사와 관련된다. 다른 한편으로 화이트는 논증과 이데올로기를 구
별함으로써 이데올로기에 대한 비판 그 자체가 차지하는 위치를 드
러내고, 이데올로기를 형식적 논증에 의한 설명 양태와 동일한 논의
규칙에 따르게 한다.

줄거리 구성에 의한 화이트의 설명은 이처럼 스토리의 선(그 자체가
연대기와 모티프의 연쇄로 이중화된 층위)과 논증(그 자체가 형식적 논
증과 이데올로기적 함의로 이중화된 층위)을 배경으로 함으로써 그러
한 설명이 서술 구조의 전부는 아니지만 그 축이 된다고 말할 수 있
도록 하는 엄격하고 제한적인 의미를 갖는다.[63]

---

63) 우리는 무엇이 이야기의 통일성을 만드는지 생각해볼 수 있는데, 그만큼 그 영역
    은 분할되어 있는 듯하다. 언제나 그렇듯이 어원을 추적한다(「역사 이야기의 구
    조」, pp. 12∼13)고 해서 밝혀지는 것은 거의 없다. 라틴어 'narratio'는 너무 다의
    적이고 그 특유의 상황에 지나치게 의존하고 있다. 모든 양태의 인식 가능성에 공
    통된 것으로 추정되는 어근 'na-'는 그 어떤 결정적 기준도 제공하지 않는다. 이
    어지는 암시는 훨씬 더 흥미롭다. 즉 모든 지식의 배후에는 그에 정통한 사람이
    있으며, 모든 서술 행위의 배후에는 화자가 있다는 것이다. 그렇다면 바로 서술적

330

저자는 줄거리 구성이란 용어를, 스토리의 선조적 양상과 내세워진 주장의 논증적 양상 간의 단순한 배합을 훨씬 넘어서서, 스토리가 속하는 유형, 따라서 우리가 문화를 통해 구별하는 법을 배우는 그러한 형상화 범주들 중의 하나라는 의미로 사용한다. 문제를 분명히하기 위해서 이렇게 말해보자. 화이트가 내걸고 있는 주제는 줄거리 구성에서 패러다임들이 담당하는 역할에 관해, 그리고 혁신과 침전의 유희에 의한 서술 전통의 형성에 관해 내가 1부에서 장황하게 개진했던 주제다. 그러나 내가 패러다임들과 특이한 스토리들 사이의 교류 범위 전체를 통해 줄거리 구성의 성격을 규정하는 반면에, 화이트는 자신의 줄거리 구성 개념을 위해 오로지 그 범주화 기능만을 취한다. 그것은 반대로, 그가 순전히 선조적인 양상을 스토리 개념에 옮겨놓고 있다는 사실을 말해준다. 이처럼 이해된 줄거리 구성은 "줄거리 구성에 의한 설명"(『메타 역사』, pp. 7~11)이라는 하나의 설명 양태를 구성한다. 설명한다는 것은 여기서 줄거리 구성의 부류를 점진적으로 확인하기 위한 지침을 제공하는 것이다(「역사 이야기의 구조」, p. 9). "그것은 이야기된 스토리 유형을 확인함으로써 스토리의 의미를 부여하는 데 있다"(『메타 역사』, p. 7). "타고난 역사가라면 자신의 이야기를 이루는 스토리 전체를 포괄적이거나 원형적인 단일한 형태를 통해 줄거리로 엮지 않을 수 없다"(같은 책, p. 8).

화이트는 노드롭 프라이의 『비평의 해부』에서 소설(로망스), 비극, 희극, 풍자(서사시는 연대기의 함축적 형태로 나타나기 때문에 제외된

목소리의 측면에서 설명 효과의 통일성과 다양성을 찾아야 하지 않을까? "그러므로 이야기는 무지나 몰이해 또는 망각이라는 배경에 맞서 우리의 관심을 특별한 방식으로 구성된 체험의 일부로 성공적으로 이끌기 위해, 화자의 목소리가 그 안에서 울려퍼지는 어떤 문학적 형태라고 말할 수 있다"(같은 책, p. 13). 그러나 이때 서술 장르의 통일성은 서술 구조, 즉 그 언술의 측면에서 찾을 것이 아니라 언술 행위로서의 서술 행위의 측면에서 찾아야 한다. 우리는 3부에서 다시 그것을 논의할 것이다.

다)라는 줄거리 구성의 유형론을 빌려온다. 프라이에 의하면 풍자적 양태로 구성된 스토리는 소설이나 비극 또는 희극적 양태로 구성된 스토리들에서 독자가 기대하는 것과 같은 부류의 해결책을 박탈함으로써 그 효과를 끌어온다는 점에서, 풍자 장르는 독보적인 위치를 갖고 있다. 이런 의미에서 풍자는 주인공의 최종적인 승리를 보여주는 소설 장르와는 정반대의 위치에 놓여 있다. 그러나 그것은 또한 타락한 세계에 대한 인간의 궁극적 초월성을 찬양하는 대신에, 관객으로 하여금 운명을 지배하는 법칙을 깨닫도록 하는 화해가 이루어지는 비극과도 적어도 부분적으로는 대립된다. 끝으로 풍자는, 희극이 그 행복한 결말을 통해 수행하는 인간과 인간, 인간과 사회, 인간과 세계 사이의 화해에 대해서도 마찬가지로 거리를 둔다. 그럼에도 불구하고 풍자적 비극과 풍자적 희극이 있을 수 있다는 점에서 그 대립은 부분적이다. 풍자는 소설과 희극, 그리고 비극에 의해 극화된 세계관들이 궁극적으로는 타당하지 않다는 점에서 출발한다.

역사 지식의 인식론이 이 모든 '설명 양태'(그리고 그에 상응하는 '설명 효과')들과 줄거리와 논증, 그리고 이데올로기라는 각각의 층위에서 제시된 세 가지의 유형론들을 이처럼 구분함으로써 어떠한 이점을 얻을 수 있는가? 그와 연루된 다양한 서술적 범주들에 의해 열린 잠재태들 간에 이루어지는 주목할 만한 교차라는 뜻으로 양식이란 말을 이해한다면, 그것은 다른 무엇보다도 역사 기술의 양식 style에 대한 이론이 될 것이다(『메타 역사』, pp. 29~31).

우리는 복합성을 띤 결합 관계의 순서를 따라감으로써 이러한 양식의 이론을 단계적으로 구성할 수 있다.

첫째 단계에서 양식의 이론은 스토리, 줄거리 구성, 논증이라는 삼원 체계를 토대로 삼고 있다. 1972년에 발표된 논문에 의하면, 삼자 간의 관계는 세 권의 저서에 의해 예증된다. 즉 스토리의 선과 관련된 설명은 랑케의『종교 개혁 시대의 독일사 *Histoire de l'Allemagne à l'époque de la Réforme*』, 논증에 의한 설명은 토크빌의『미국의 민주주의 *La Démocratie en Amérique*』, 줄거리에 의한 설명은 부르크하르트의『이탈리아의 르네상스 문화 *La Culture de la Renaissance en Italie*』에 의해 예증된다. 물론 이 세 권의 저서들은 각기 스토리의 선과 줄거리, 그리고 논증을 포함하고 있으나 그 비율은 가변적이다. 랑케의 저서에서는 선조적인 질서가 우세한데, 스토리는 시작과 중간 그리고 끝을 가지고 있으며, 스토리는 독자의 현재에 앞서 끝나게 된다. 그 논증은 자신의 정체성을 유지하는 독일이라는 실체에 일어난 변화로 환원된다. 그리고 줄거리는 "어떻게 어떤 것이 다른 것에 이르게 되었는가"(p. 6)를 보여주는 것에 그친다. 이런 점에서 역사 기술의 '서술학적' 유형을 예로 제시하는 랑케에게는 모든 것이 스토리다. 토크빌도 물론 스토리를 가지고 있으나 그 끝은 우리를 향해 열려 있으며, 우리는 행동을 통해 그 끝을 맺어야 한다. 이를테면 그가 이야기하는 모든 것은 어떤 스토리의 '중간'이 펼쳐진 것에 지나지 않는다. 그러나 주안점은 사회 계급과 정치적 민주주의, 문화, 종교 등을 연결하는 구조 유형에 놓여 있다. 반면에 부르크하르트의 입장에서는 모든 것이 논증이라고 말할 수 있다. 스토리는 르네상스 시대의 개인주의라는 주장을 예증하는 것에만 사용된다.

　　그러나 역사 기술의 양식에 대한 이론은 스토리, 줄거리, 논증이라는 삼원 체계를 줄거리 구성의 유형론과 결합함으로써 눈에 띄지 않게 두번째 층위로 넘어간다. 부르크하르트는 논증이 줄거리와 스토리에 비해 우세하다는 것을 보여주고 있지만, 또한 줄거리 구성의 아이로니컬한 양태를 예로 제시하고 있다. 왜냐하면 그 어디에도 이르지 않는 스토리는 소설이나 희극 또는 비극과 같은 줄거리 구성의 다른 패러다임들이 만들어낼 수 있었던 그러한 도덕적 또는 지적 결론에 대한 기대를 파괴하기 때문이다. 반면에 미슐레는 자신의 스토리를 소설적 양태로, 랑케는 희극적 양태로, 토크빌은 비극적 양태로 구성한다.

끝으로 양식의 이론은 줄거리 구성과 추론, 그리고 이데올로기적 함의라는 세 가지 유형론을 각각 결합시킴으로써 세번째 층위로 넘어간다. 그리하여 우리는 가능한 모든 조합은 아닐지라도 적어도 '선택적인 유사성'을 고려하는 결합 관계를 얻게 되며, 그러한 선택적인 유사성은 확인할 수 있는 역사 기술의 양식을 드러내는 서로 모순되지 않는 관계를 나타나게 한다. "역사 기술의 양식은 줄거리 구성과 논증, 그리고 이데올로기적 함의의 양태들 간의 독특한 결합 관계를 나타낸다는 것이 나의 주장이다"(『메타 역사』, p. 29).[64] 그러나 역사 기술의 양식에서 설명 양태들 간의 어떤 필연적 결합 관계만을 본다면 큰 오해가 될 것이다. 양식은 차라리 유사성들 간의 유연한 놀이다. "일반적으로 모든 위대한 역사가의 작품을 특징짓는 변증법적 긴장은, 줄거리 구성의 양태를 그와 전혀 화음을 이루지 않는 논증이나 이데올로기적 함의 양태와 결합시키기 위한 노력에서 비롯된다"(p. 29).[65]

우리는 이처럼 먼 길을 돌아서 불협화음을 내는 화음이라는 우리의 주제로 되돌아왔다.[66] 불협화음을 내는 화음의 첫번째 근원은, 전

---

64) 저자는 『메타 역사』, p. 29에서 자신이 주로 다루고 있는 네 명의 위대한 역사가와 네 명의 역사 철학자들에 대한 자기 특유의 독서를 조율하는 유사성들에 대한 도표를 제시하고 있다.

65) 어떤 형상화에서 다른 형상화로 넘어가는 것은 언제나 가능하다. "루이 나폴레옹 보나파르트의 브뤼메르 18일"은 어떤 계급에게는 비극이 될 수도 있었지만 다른 계급에게는 소극(笑劇)이 될 수도 있었다고 마르크스가 말한 것과 같은 방식으로, 같은 부류의 사건들이라도 역사가가 선택하는 줄거리 구조에 따라 비극적이거나 희극적인 스토리가 될 수 있다(「문학적 기교로서의 역사 텍스트」, 앞의 논문, p. 281).

66) 이에 관해 헤이든 화이트는 『역사 이야기의 구조』의 끝부분(p. 20)에서 프랭크 커모드의 『종말의 의미』에 진 빚을 밝힌다.

체적으로 볼 때 서술 구조들에 어떤 설명적 기능을 부여하는 세 가지 양태들 사이의 대립에서 생긴다.[67] 또 다른 근원은 서로 다른 역사가들 사이에서뿐만 아니라 한 저서 내에서도 줄거리 구성의 여러 방식들이 서로 대립하고 있다는 점에 기인한다.

결론적으로 우리의 출발점을 이루었던 서술 구조의 개념은 '서술학' 역사가들이 부여하는 것보다 더 광범위한 영역을 포괄하는 것으로 나타나는 반면에, 줄거리 개념은 스토리와 논증 개념과의 대조를 통해 보기 드문 정확성을 얻게 된다.

그러나 특히 명심해야 할 것은, 역사 기술의 양식에 대한 이러한 이론이 근거하고 있는 세 가지 유형론은 어떠한 '논리적' 권위도 필요로 하지 않는다는 점이다. 특히 줄거리 구성의 양태들은 글쓰기 전통의 산물로서, 바로 그 전통이 그 양태들에 역사가가 구사하는 형상화를 제공한 것이다. 이러한 전통성의 양상이야말로 결국 가장 중요한 것이다. 이야기하는 기법의 전통적 형태를 식별할 수 있는 독자에게 역사가는 작가로서 말을 건네는 것이다. 그러므로 구조는 무기력한 규칙이 아니며, 또한 선험적 계통학에서 나오는 유형도 아니다. 그것은 문화적 유산에서 비롯된 형태인 것이다. 어떤 사건도 그 자체로 비극은 아니며 오로지 역사가만이 어떤 방식으로 그 사건을 약호화함으로써 그렇게 보이도록 한다고 말할 수 있는 것은, 이야기된 사건이 아니라 알려진 약호화 형태들을 만나려는 독자의 기대를 통해 약호화의 임의성이 제한받기 때문이다. "이러저러한 줄거리 구조와 관련된 사건들의 약호화는, 어떤 문화가 사적이거나 공적인 과거에

---

67) 여기서는 전혀 그에 관해 언급하지 않고 있지만, 전의 tropes에 대한 이론은 역사 기술의 양식에 보조적 차원을 추가한다. 그러나 그것은 엄밀한 의미에서의 설명에는 아무것도 추가하지 못한다(『메타 역사』, pp. 31~52와 이야기의 재현적 양상에 관한 「문학적 기교로서의 역사 텍스트」, pp. 286~303). 4부에서 우리는, 과거의 개념에서 상상적인 것과 현실적인 것 사이의 관계에 대한 논의를 배경으로 그 것을 다시 살펴볼 것이다.

의미를 부여하기 위해 구사하는 방식들 중의 하나다"(「문학적 기교로서의 역사 텍스트」, p. 283). 약호화는 이처럼 약호화해야 하는 자료에 의해서라기보다는 기대된 의미 효과에 의해 조율된다.

이러한 의미 효과는 다른 무엇보다도 낯선 것을 친숙하게 하는 데 있으며, 약호화는 이에 기여한다. 역사가는 "그로 하여금 다른 어떤 것보다도 문화적 유산의 구성원이 되게 하는 특정의 의미 형성 과정에 참여하는 데 근거하여 의미를 갖는 인간 상황들이 취하게 되는" 형태들에 대한 이해력을 독자와 공유한다는 점에서 그러한 것이다 (같은 책, p. 283).[68]

줄거리 구성의 역동적 특성은, 비록 그 장르적 특성만이 고려된다 할지라도 이처럼 그 전통적 특성을 통해 복원된다. 게다가 이러한 특성은 역사 기술의 양식이라는 개념이 연대기와 모티프의 연쇄, 줄거리, 논증 그리고 이데올로기적 함의 사이에 회복시키는 연속성을 통해 보완된다. 줄거리 구성을 모든 층위의 서술적 절합 관계를 역동화하는 작업으로 간주할 수 있는 것 ——화이트의 의도에는 조금 어긋나지만 그 덕분에—— 은 바로 그 때문이다. 줄거리 구성은 여느 층위들 중의 하나를 훨씬 넘어선다. 이야기와 설명 사이를 연결하는 전환점을 이루는 것은 바로 그것이다.

---

68) 서술적 약호화에서 이러한 전통의 역할은 역사 기술의 양식 이론이 설정하는 세 가지 유형론이 빌려온 것이라는 반론에 어떤 답을 제공한다. 법칙에 대해서 그랬던 것처럼, 유산으로 이어받은 약호화 형태들에 대해서도 같은 말을 할 수 있는데, 역사가는 그 형태들을 설정하는 것이 아니라 채택하는 것이다. 전통적인 어떤 형태에 대한 인식이 역사에서 설명적 가치를 가질 수 있는 것은 바로 그 때문이다. 이와 관련해서 화이트는, 주체에게 낯설게 된 사건을 다시 친숙하게 하는 과정과 심리 요법에서 수행되는 과정을 비교한다(「문학적 기교로서의 역사 텍스트」, pp. 284~85). 역사가가 우리로 하여금 친숙하게 만들고자 하는 사건들이 흔히는 그 외상적traumatique 특성으로 말미암아 잊혀져왔다는 점에서 그 비교는 두 가지 방향으로 작용한다.

V. '어떻게 역사를 쓰는가'[69]

이 장을 마치며 프랑스의 역사 기술로 되돌아온다는 것이 나에겐 무척 흥미롭게 보였다. 『어떻게 역사를 쓰는가』라는 폴 베인의 저서 ──프랑스 풍토에서는 고립되어 있는──는 줄거리 개념을 옹호하기와 역사의 과학성을 축소하기를 결합시킨다는, 주목할 만한 이점을 가지고 있다. 이렇게 해서 폴 베인은, 앵글로-색슨의 '서술학적' 경향이 아니라 막스 베버에 근원을 두고 있음에도 불구하고, 그리고 서술학적 경향에 의해 단절되었던 관계를 논리 실증주의와 맺고 있음에도 불구하고, 우리가 이제 막 기술한 두 가지 사상적 경향이 만나는 곳에 기이하게 위치하게 된다. 그러나 이러한 전략적 십자로에 그를 위치시킴으로써 나는 그 저서가 갖는 묘미를 더하고자 한다.

그 책은 실제로 두 개의 모티프가 교묘하게 교차하는 것으로 읽힐 수 있다. 역사는 "단지 진실을 말하는 이야기에 지나지 않으며"(p. 13), 역사는 법칙으로 설명되기에는 너무 '현세적'인 과학이다. 설명하려는 야심을 낮추고 서술적 역량을 높이는 것, 이 두 가지 움직임은 끊임없는 시소 놀이 속에서 균형을 이룬다.

서술적 역량을 높이는 것. 이야기와 줄거리를 적절하게 짝짓는다면 그 목표는 달성된다. 그것은 마르크 블로흐, 뤼시앵 페브르, 페르낭 브로델, 앙리-이레네 마루조차도 결코 시도하지 않았던 것인데, 이들의 입장에서 이야기는 그들 고유의 현재의 혼돈과 흐릿함에 빠져 있는 등장인물들이 만들어내는 것이다. 그러나 엄밀히 말해서 이야기

---

69) Paul Veyne, 『어떻게 역사를 쓰는가 *Comment on écrit l'histoire*』, 「푸코는 역사의 혁명을 일으킨다 Foucault révolutionne l'histoire」의 개정 증보, Paris: Seuil, 1971. 『역사 이론에 대한 프랑스 역사 기술의 기여』라는 나의 시론은 이를 보다 자세하게 검토하고 있다. 그 밖에 Raymond Aron, 「역사가는 어떻게 인식론을 쓰는가: 폴 베인의 저서에 관해 Comment l'historien écrit l'épistémologie: à propos du livre de Paul Veyne」, *Annales*, 1971, n° 6, nov-déc., pp. 1319~54를 참조할 것.

는 구성되기 때문에 아무것도 되살릴 수 없다. "역사는 책 속의 개념이지, 실존적 개념이 아니다. 그것은 현존재Dasein의 시간성과는 다른 어떤 시간성과 결부되는 여건들을 지적 능력을 통해 조직화하는 것이다"(p. 90). 나아가서 "역사는, 공인된 문학 형태를 통해, 단순한 호기심이라는 목적에 쓰이는 지적 활동이다"(p. 103). 그 어느 것도 이러한 호기심을 실존적 근거와 결부시킬 수 없다.[70]

어떤 의미에서 보자면, 베인은 아롱과 마루가 재구성이라 불렀던 것을 이야기라 부른다. 그러나 용어의 변화도 나름의 중요성을 갖는다. 역사 이해를 서술 행위에 결부시킴으로써 저자는 "역사의 대상"(1부의 제목)에 대한 묘사를 더 멀리 밀고 나갈 수 있도록 한다. 실제로 우리가 사건이라는 개념의 내재적 특성—즉 개인적이고 되풀이될 수 없는 모든 경우—에 그친다 해도 그것을 역사적이거나 물리적인 것으로 규정할 근거는 아무것도 없다. "진정한 차이는 역사적인 사실들과 물리적인 사실들 사이에서 발생하는 것이 아니라 역사 기술과 물리학 사이에서 발생한다"(p. 21). 물리학은 법칙하에 사실들을 포섭하고 역사 기술은 줄거리를 통해 사실들을 통합한다. 줄거리 구성은 어떤 사건을 역사적인 것으로 규정하는 것이다. "사실들은 줄거리 속에서 그리고 줄거리에 의해서만 존재하며, 거기서 사실들은 드라마의 인간적 논리에 의해 부여되는 상대적 중요성을 띠게 된다"(p. 70). 나아가서 "모든 사건은 어떤 것이나 역사적이기 때문에 우리는 사건 영역을 매우 자유롭게 재단할 수 있다"(p. 83). 여기서 베인은 우리가 조금 전에 살펴보았던 영어권의 '서술학적' 저자들과 만난다. 역사적 사건은 단지 일어난 것만이 아니라, 이야기될 수 있거나 또는 연대기나 전설에서 이미 이야기되었던 것이다. 게다가 역사가는 부분적인 자료들만으로 작업해야 한다는 사실에 그리 유감스러워

---

70) 아롱이나 특히 마루라면 여전히 역사를 타인의 이해에, 따라서 어떤 체험 양상에 연결시키는 생명선을 이처럼 분명하게 끊지는 않을 것이다.

하지 않을 것이다. 우리는 우리가 알고 있는 것만으로 어떤 줄거리를 만든다. 줄거리는 본질상 '불구(不具)의 지식'인 것이다.

이처럼 사건을 줄거리에 결부시킴으로써 폴 베인은, 아날 학파가 제기한 사건 중심의 역사와 그렇지 않은 역사와의 논쟁을 매듭지을 수 있게 된다. 줄거리가 사건의 유일한 척도라면 단기 지속과 마찬가지로 장기 지속 또한 사건 중심의 역사에 속한다. 사건 중심의 역사가 아닌 역사는 단지 사건의 불확정 영역과 이미 줄거리로 이어진 영역 간의 괴리를 드러낼 따름이다. "사건 중심의 역사가 아닌 역사는 여러 시대에 걸친 토지나 기질, 광기나 안정 추구의 역사와 같이 아직 그러한 것으로 인정받지 못한 사건들이다. 그러므로 우리가 역사성으로 인식하지 않는 역사성을 사건 중심의 역사가 아닌 역사라고 부를 수 있을 것이다"(p. 31).

더 나아가서 줄거리에 넣을 수 있는 것을 상당히 넓게 정의한다면 계량적인 역사마저도 그 범위 안에 들어온다. 역사가 목표와 물질적 원인, 우연적 사건 등을 전체적으로 구성할 때마다 줄거리가 존재하게 마련이다. 줄거리란 "물질적 원인, 목적, 우연적 사건들의 매우 인간적인, 그리고 사실상 '비-과학적'이라 할 수 있는 혼합물"(p. 46)이다. 연대기적 순서는 여기서 본질적인 것이 아니다. 나는 이러한 정의가 1부에서 제시되었던 이질적인 것의 종합이라는 개념과 전혀 모순되지 않는다고 생각한다.

우리가 이러한 이질적 결합 관계를 식별할 수 있는 한, 줄거리는 존재한다. 이런 의미에서 비-연대기적인 계열체들, 계량주의 역사가들의 항목에 따른 계열체들은 비록 그것이 아무리 미약하다 해도 줄거리와의 관계에 근거하여 여전히 역사 영역에 속하게 된다. 베인이 명확히 설명하지 않고 있는 줄거리와 항목에 따른 계열체들의 관계는, 쿠르노 Cournot(아롱은 1937년 출간된 책의 서두에서 그에 관해 언급하고 있다)에게서 빌려온 인과론적인 계열체들의 교차라는 개념에 의해 확실해지는 것처럼 보인다. "사건들의 영역은 계열체들이 교차하는 곳이다"(p. 35). 그러나 계열체들의 교차가 언제나 줄거리가 되는가?

베인은 줄거리 개념이 시간 개념을 꼭 필요로 하지 않게 될 정도로까지 우리가 줄거리 개념을 확장시킬 수 있다고 생각한다. "역사 기술이 오로지 줄거리의 일치에만 전적으로 매달리기 위해 얼마 남지 않은 특이성, 그리고 시간과 장소의 일치에서 완전히 벗어난다면 무엇이 될 것인가? 이 책을 통해 나타나게 될 것은 바로 그것이다"(p. 84). 이처럼 베인은, 우리가 보았던 것처럼, 처음과 중간과 끝을 내포할 때마저도 시간을 고려하지 않는 아리스토텔레스의 줄거리 개념에 의해 열린 가능성들 중의 하나를 끝까지 밀고 가려 한다. 이러한 비-연대기적 가능성은 또한 영어권의 여러 저자들에 의해서도 탐색된 바 있다(앞의 루이스 밍크를 참조할 것). 그런데 이러한 비-연대기적 가능성은 아리스토텔레스의 『시학』을 구성하는 줄거리의 근본적 특징, 즉 보편적인 것을 가르칠 수 있는 능력과 연결되어 있다. 우리는 화이트가 줄거리 구성의 이러한 범주적이고 종(種)에 관계된 능력을 어떻게 밑바닥까지 탐색하는가를 앞에서 보았다.

폴 베인이 역사는 개체가 아니라 특유한 것을 대상으로 삼는다는 명백한 역설을 전개할 때에도 마찬가지의 어조를 발견할 수 있다. 우리로 하여금 구체적인 것의 과학으로서의 역사를 옹호하지 못하게 하는 것은 여전히 줄거리 개념이다. 사건을 줄거리 속에 들어오게 하는 것은 이해 가능한 어떤 것, 따라서 특유의 어떤 것을 진술하는 것이다. "개체에 대해 진술될 수 있는 모든 것은 일종의 일반성을 지닌다"(p. 73). 그리고 "역사는 인간사에서 특유한 것, 다시 말해서 이해할 수 있는 것에 대한 기술(記述)이다"(p. 75). 이러한 주장은 항목에 따른 기술, 그리고 계열체의 교차라는 주장과 서로 맞물린다. 전체를 이루는 항목들 또한 어떤 줄거리라고 한다면, 개체는 항목들의 계열체의 교차로다.

이해 가능한 이러한 줄거리 구성 요소와 더불어 우리는 그 저서의 다른 측면, 즉 설명하려는 야심을 낮춘다는 측면으로 넘어간다.

설명하려는 야심을 낮추는 것. 여기서 베인은 다분히 선동적으로 역사는 비판과 논거는 가지고 있으나 방법론은 가지고 있지 않다라고 말한다. 방법론이 없다? 이 말을 사실들을 종합하는 규칙이 없다는 것으로 이해하자. 우리가 말한 것처럼 역사 영역이 완전히 불확정적이라 해도 그 속에 존재하는 모든 것은 실제로 일어났다. 그러나 한편 수많은 여정이 그곳에서 제시될 수 있을 것이다. 그 여정을 제시하는 기법은 역사 장르에 속하며, 역사 전반에 걸쳐 우리는 다양한 방법으로 그러한 기법을 생각해왔다.

줄거리 개념과 모순되지 않는 유일한 '논리'는, 베인이 아리스토텔레스에게서 그 어휘를 빌려온 개연적인 것의 논리다. 과학과 법칙은 이상 세계의 질서 속에서만 군림하는 반면, "현실 세계는 개연적인 것의 왕국이다"(p. 44). 역사는 현세에 속하고 그것은 줄거리를 통해 진행된다고 하는 것은 같은 말이다. 역사는 "인간적이고 현세적이기 때문에, 그리고 결정론의 일부분이 아니기 때문에, 언제나 줄거리가 될 것이다"(p. 46). 개연론은 사건 영역을 자유로이 재단하는 역사가의 재량에 따른 당연한 귀결이다.

그러나 개연적인 것은 줄거리 자체의 특성이기 때문에 이야기와 이해, 그리고 설명을 구분할 이유는 없다. "우리가 설명이라 부르는 것은 이야기가 이해 가능한 하나의 줄거리로 조직되는 방식일 따름이다"(p. 111). 그것은 예상할 수 있었던 일이다. 현세적 질서에서는 과학적 의미에서의 설명, 즉 법칙이 사실을 설명한다는 의미에서의 설명은 존재하지 않는 것이다. "역사가의 입장에서 보자면, 설명한다는 것은 줄거리의 전개를 보여주고 그것을 이해하게 만드는 것을 의미한다"(p. 112). 프랑스 대혁명의 설명은 "그것의 요약이며 그 이상도 이하도 아니다." 그리하여 현세적 설명은 이해와 구분되지 않는다. 그와 동시에 레이몽 아롱이 그토록 부심했던 이해와 설명의 관계에 대한 문제는 사라져버린다. 베인은 원인이라는 말을 만델바움과 마찬가지로 법칙이라는 말과는 분리하여 사용한다.[71] "원인들은 줄거리의 다양한 삽화들이다"(p. 115). 그리고 나아가서 "이야기는 대번에 인과 관계를 나타내고 이해 가능한 것이 된다"(p. 118). 이런 의미에서 "더 많이 설명한다는 것은 더 잘 이야기하는 것이다"(p. 119). 그것이 바로 스토리에 부여될 수 있는 유일한 깊이다. 설명이 즉각적인 이해보다 더 멀리 밀고 나가는 것처럼 보인다면, 그것은 설명이 우연과 물질적 원인 그리고 자유라는 세 가지 방향에 따라 이야기의 요인들을 밝힐 수 있기 때문이다. "아무리 사소한 역사적 '사실'일지라도 그것이 인간적이라면 이 세 가지 요인을 포함한다"(p. 121). 그것은 우연적인 경우나 경제적 원인, 또는 기질이나 계획, 관념 등에 의해 역사를 완전히 설명할 수는 없다는 것을 의미한다. 그리고 이 세 가지 양상을 규제할 규칙도 없다. 그것은 역사가 방법론을 가지고 있지 않다는 말의 또 다른 표현이기도 하다.

역사에서 설명한다는 것은 이해시키는 것이라는 주장에 대한 두드러진 예외는 소급 추정 rétrodiction(pp. 176~209)에서 나타나는데, 역사가는 이러한 귀납적 작업을 통해 그와 유사하지만 또 다른 계열체 속에서 일관성을 갖는 연쇄 관계와의 유추를 통해 자기 이야기의 공백을 메운다. 소급 추정이 인과론적 설명을 이용한다는 점에서, 설명과 이해는 바로 여기서 가장 뚜렷하게 구분된다. 그런데 인과론적 설명은 자료가 줄거리를 제공하지 않는 바로 그때 개입하는 것처럼 보인다. 그때 우리는 소급 추정을 통해 어떤 추정된 원인으로 거슬러올

---

71) 아래 3장을 참조할 것.

라간다(예컨대 지나치게 무거운 세제가 루이 14세의 인기를 잃게 했다고 말할 수 있을 것이다). 여기서 우리는 어떤 개별적인 상황에서 그러한 유추가 우리를 실망시키지 않을 것이라는 보장 없이 유사한 것에서 유사한 것으로 추론한다. 현세의 인과성은 불규칙하고 혼란스러우며, '가장 흔히는'과 '예외를 제외하고 〔……〕'의 효력만 갖는다는 것을 환기해야 할 것이다! 바로 사실임직한 것의 이러한 협소한 한계 내에서만 소급 추정은 자료의 공백을 보상한다. 소급 추정과 가장 유사한 추론은 비명(碑銘)학자와 문헌학자, 초상(肖像)학자들이 실행하는 계열화 작업이다. 역사가에게 계열체의 등가물을 제공하는 것은, 어떤 문명이나 한 시대에서 다른 시대에 걸친 풍습, 관례, 유형들의 상대적 안정성이 보장하는 유사성이다. 바로 그것이 그 시대의 사람들과 더불어 무엇을 기대할 것인가를 대략 알게 해준다.

그러므로 소급 추정은 현세적 지식의 조건에서 벗어나게 하지 않는다. 그것은 포섭 법칙과는 아무런 공통점이 없다. 오히려 드레이와 만델바움의 인과론적 설명에 더 가깝다(다음 장에서 우리는 다시 그것을 살펴볼 것이다). "역사적 설명은 법칙론적이 아니라 인과론적이다"(p. 201). 결국 그것은 아리스토텔레스가 줄거리에 관해 말하고 있는 것이다. 그것은 '이것 다음에 그것'보다 '이것 때문에 그것'을 우세하게 만든다.

그럼에도 불구하고 우리는 과연 인과론적 설명과 줄거리에 의한 이해가 항상 일치하는가를 생각해볼 수 있다. 이 점은 진지하게 논의되지 않았다. 단토와 뤼베가 서로 다른 추론을 통해 강조하고 있는 바와 같이, 행동이 의도하지 않았던 결과를 빚는다는 것은 역사가에게는 정상적인 상황이다. 그 경우 설명은 바로 줄거리의 패배를 나타내는 것처럼 보인다. 베인도 그것을 인정하는 것처럼 보인다. "의도와 결과 사이의 이러한 간격은, 우리가 역사를 쓰거나 만들 때 과학에 남겨두는 자리다"(p. 208). 아마도 우리는 줄거리가, 행동 주체의 관점과 일치하지는 않으나 그것을 이야기하는 사람—'서술적 목소리'라고 해도 좋을 것이다—의 '관점'을 나타냄으로써, 원하지 않았던 결과에 대해 전혀 모르는 것은 아니라고 대답할 수 있을 것이다.

이제 보완적인 두 가지 주장, 즉 역사는 방법론이 아니라 비판과 논거를 가지고 있다는 주장의 정당성을 인정해야 한다.

비판은 어떠한가? 그것은 방법론의 등가물이나 대체물을 구성하지 않는다. 그 이름—칸트적인—이 말해주듯이, 그것은 오히려 역사가가 자신이 사용하는 개념에 대해 가지는 경계심이다. 이 점에 관해 폴 베인은 엄격한 명목론을 주장한다. "추상적 개념은 결과를 낳는 원인이 될 수 없다. 왜냐하면 그러한 개념은 존재하지 않기 때문에 [……] 생산하는 힘 또한 존재하지 않으며, 오로지 생산하는 인간만이 존재하기 때문이다"(p. 138). 내가 보기에 이러한 거친 선언은 앞서 천명된 주장, 즉 역사는 개체적인 것이 아니라 특유한 것을 인지한다는 주장과 분리될 수 없다. 단순히 말해서 한 종류에 특유한 것은 특수한 것이 아니다. 여기서 저자는 막스 베버의 '이상형'과 같은 어떤 것을 염두에 두면서, 그 특성은 설명적인 것이 아니라 새로운 것을 발견하는 것이라고 강조하고 있다. 이상형이 야기하는 오해를 피하기 위해 역사가가 그것을 끊임없이 재조정했던 것은 바로 그것이 새로운 것을 발견하는 방법에 속하기 때문이다. 오히려 역사에서의 개념은 이전의 명칭에서 발췌된, 그리고 탐색한다는 명목으로 유사한 경우에까지 확장되는 혼합적 표상이라 할 것이다. 그런데 이상형이 암시하는 연속성은 우리의 눈을 속이며, 그 계보도는 남용되고 있다. 현세적 개념 체제란 그러한 것이며, 그것은 언제나 막연하기에 끊임없이 거짓인 것이다. 이와 관련해서 우리는 역사가 마치 당연한 듯이 비교 연구의 길에 접어들 때 특히 세심한 주의를 기울이지 않으

344

면 안 된다. 마르크 블로흐가 『봉건 사회 *La Société féodale*』에서 유럽
과 일본의 노예제를 비교한 것은 타당하다. 하지만 그러한 비교는 보
다 일반적인 현실을 발견하게 하지 않으며 보다 설명적인 역사를 만
들어내지도 않는다. 그것은 개별적인 줄거리를 가리키는 발견법에
지나지 않는다. "줄거리를 이해하는 것말고 우리는 다른 무엇을 할
수 있는가? 그리고 이해하는 방법이 두 가지가 있는 것은 아니다"(p.
157).

　이제 논거가 남아 있다. 역사는 방법론이 아니라 비판과 논거를 가
지고 있다(p. 267). 논거라는 단어는 비코의 예를 따라 그 자체 수사
학과 밀접한 관련이 있는 아리스토텔레스의 논거topoi나 '일반적 논
거lieux communs'에 대한 이론에서 빌려온 것이다. 알다시피 이러한
일반적 논거들은, 웅변가가 군중 앞이나 법정에서 효과적으로 말하
기 위해 가지고 있어야 하는 적절한 질문들이 저장되어 있는 곳이다.
과연 역사에서 논거는 어디에 쓰이는가? 그것은 "질문서를 늘인다"
(pp. 253 이하)라는 단 하나의 기능만을 갖고 있다. 그리고 질문서를
늘이는 것은 역사가 이룰 수 있는 유일한 진보다. 그런데 이에 맞추
어 개념을 풍성하게 하지 않는다면 어떻게 그것이 가능하겠는가? 그
러므로 개념적 진보 ——현대 역사가의 관점은 그 덕분에 투키디데스
의 그것보다 더 풍요하다—— 를 옹호함으로써 이해의 이론과 매우 밀
접하게 연관되어 있는 명목론을 보완해야 한다. 설명이라는 말을 질
문에 대답하는 기법으로 이해한다면, 역사적 논거를 설명이 아니라
새로운 것을 발견하는 방법, 따라서 질문하는 기법에 귀속시킨다는
점에서 베인이 형식적으로 자기 모순에 빠지는 것은 분명 아니다. 그
러나 논거는 여전히 새로운 것을 발견하는 방법 안에 포함되어 있기
때문에 설명을 넘어서지는 않는가? 오늘날 사건들을 중심으로 하지
않는 역사, 또는 이른바 "구조적인"(p. 263) 역사의 경우, 바로 논거
야말로 역사가로 하여금 자신의 근원적 관점에서 벗어나 역사의 행

동 주체나 그 동시대인들이 했을 법한 것과는 달리 사건들을 개념화하고, 따라서 과거 읽기를 합리화할 수 있도록 한다. 베인은 그것을 매우 적절하게 지적한다. "이러한 합리화는 체험된 세계를 개념화함으로써, 논거를 늘임으로써 표현된다"(p. 268).

여기서 베인은 처음에는 이질적인 것처럼 보였던 두 가지 주장, 즉 역사에서는 줄거리말고는 이해할 것이 없다는 주장과 질문서를 늘이는 것은 점진적 개념화에 상응한다는 주장을 동시에 받아들이도록 우리에게 요구한다. 사실상 우리가 두 가지 주장을 정확히 해석한다면 양자의 대조는 보다 약할 것이다. 한편으로 줄거리 개념은 사건 중심의 역사와 연결되어 있지 않으며, 구조적인 역사에도 마찬가지로 줄거리가 있다는 것을 인정해야 한다. 이처럼 확대된 줄거리 이해는 개념화를 통한 진보와 상치되지 않을 뿐만 아니라 오히려 그것을 이끈다. 다른 한편으로 개념화는 현세의 지식과 본래의 의미에서의 과학을 혼동하는 것을 조금도 용인하지 않는다는 것을 인정해야 한다. 바로 이런 의미에서 논거는 새로운 것을 발견하는 방법으로 남게 되며, 줄거리 이해라고 하는 이해의 근본적 성격을 바꾸지 않게 된다.

완전한 설득력을 갖기 위해서 베인은 다음과 같은 사실을 설명해야 할 것이다. 즉 그것이 구조적이 되든, 비교적이 되든, 또는 시간적 연속체에서 추출한 항목들을 계열화하여 재구성하든, 역사가 더 이상 사건 중심이기를 그칠 때 어떻게 이야기로 남아 있을 수 있는가? 달리 말해서 베인의 책이 제기하는 질문은 줄거리 개념이 여전히 식별되면서도 어느 정도까지 확장될 수 있는가를 알고자 하는 것이다. 이러한 질문은 오늘날 '서술학적' 역사 이론을 지지하는 모든 이들에게 제기된다. 영어권의 저자들은, 자기들이 드는 예들이 흔히 단순하고 사건 중심의 역사의 수준을 넘지 않기 때문에 그 질문을 회피할 수 있었다. 역사가 더 이상 사건 중심이기를 그칠 때 서술학적 이론은 진정으로 시금석 위에 놓이는 것이다. 폴 베인의 저서가 갖는 힘은 바로 역사란 줄거리의 구성이고 이해일 따름이라는 생각을 이러한 비판적인 논점에까지 몰고 갔다는 점이다.

제3장

역사의 지향성

1. 머리말

이 장에서 나는 역사 기술과 이야기하는 능력 ——1부 3장에서 분석된 바 있는——사이에서 유지되어야 한다고 생각하는 간접적인 관계를 세밀히 연구하고자 하는 야심을 가지고 있다.

그러한 관계가 유지되어야 한다는 것, 그러나 그 관계가 직접적일수 없다는 것은 앞선 두 장의 비교 연구에서 얻은 종합 평가다.

1장의 분석에서는 역사 지식과 이야기를 따라가는 능력 사이의 인식론적 단절을 받아들여야 할 것이다. 이 단절은 세 가지 층위, 즉 절차의 층위, 실체의 층위, 시간성의 층위에서 이야기를 따라가는 능력에 영향을 미친다.

절차의 층위에서 볼 때, 탐구로서의 역사 기술——historia, Forschung, enquiry——은 그것이 설명을 특수하게 사용하는 데서 생겨난다. 설사갈리의 주장대로 이야기가 '자기 설명적'임을 인정한다 하더라도, 역사-과학은 이야기의 골격에서 설명 과정을 떼어내어 그것을 별개의문제로 삼는다. 이야기에서 이유를 묻는 질문과 대답의 형식이 무시되어서가 아니다. 오히려 그러한 결합들은 줄거리 구성에 내재해 있는 것이다. 역사가에게 설명 형식은 자율적인 것이 된다. 그것은 인증과 증명 과정과는 구별되는 목적이 된다. 이 점에서 역사가는 심판자의 입장에 놓여 있다. 그는 실제적이거나 잠재적인 논쟁 상황에 놓인 셈이며, 어떠한 설명이 다른 설명보다 더 낫다는 점을 입증하려고 시도한다. 따라서 역사가는 증거 자료가 그 전면에 나타나는 '근거들'을 찾는다. 이야기하면서 설명한다는 것, 그리고 우선 역사가의 동료들로 구성된, 보편적이지는 않다 해도 적어도 유능하다고 인정된 독자의 논의와 판단에 맡기기 위해 설명 자체를 문제시한다는 것은 별개의 사실이다.

이야기에 내재하는 개략적인 설명에 비해 역사적 설명의 이러한 자율화는 그 모두가 역사와 이야기의 단절을 두드러지게 하는 몇몇 당연한 결과들을 갖는다.

첫번째 결과는 여러 이론가들이 역사 기술의 주요 기준으로까지 간주하는 개념화 작업이 설명 작업과 관련되어 있다는 점이다.[1] 이러한 비판적 문제는 폴 베인에 의하면 비록 방법이 결여되어 있다 하더라도 정확히 말해서 하나의 비판과 논거를 가지고 있는 연구 분야에만 속할 수 있다. 결국 어느 순간에 (역사적) 대보편 논쟁에서 태도를 정하지 않는, 그리고 중세인들처럼 실재론과 유명론 사이에서 또다시 고통스럽게 동요하지 않는 역사 인식론이란 존재하지 않는다(갈리). 그런데 그 점에 대해서 역사 이야기의 화자는 개의치 않는다. 그는 분명 보편 개념을 사용하고 있지만, 그에 대한 비판을 하지 않는다. 그는 '질문서의 연장'(폴 베인)에 의해 제기된 문제를 무시하고 있다.[2]

---

1) Paul Veyne, 「개념화하는 역사 L'histoire conceptualisante」, 『역사 만들기 *Faire de l'histoire*』, I, sous la direction de Jacques Le Goff et Pierre Nora, Paris: Gallimard, 1974, pp. 62~92. 역사학에서 '용어 체계'의 문제를 다룬 마르크 블로흐의 상세한 분석에 대해 우리가 앞서 상기한 것을 참조할 것.

2) 앞의 p. 346 참조.

탐구로서의 역사의 비판적 지위가 야기한 또 다른 필연적 결과는 역사적 객관성의 한계가 무엇이건, 역사에 있어서 객관성의 문제가 존재한다는 점이다. 모리스 만델바움[3]에 의하면, 하나의 판단은 '객관적'이라고 불릴 수 있다. "왜냐하면 우리는 판단의 진리란 그 부정 역시 참일 수 있다는 가능성을 배제하는 것으로 간주하기 때문이다" (p. 150). 그것은 항상 어긋난 주장이지만, 역사 탐구의 계획 자체에 포함된 주장이다. 의도된 객관성은 두 가지 면을 지니고 있다. 우선 역사서들이 다루는 개개의 사실들은, 동일한 방식의 도법과 축척을 따르고 있는 지도처럼, 또는 동일한 보석의 결정면들처럼 서로 연결되어 있음을 예상할 수 있다. 짧은 이야기, 소설, 희곡 작품을 연결하는 것은 아무런 의미도 없는 반면에, 어떻게 해서 어느 시대의 역사가 다른 시대의 역사와 서로 연결되는지, 프랑스의 역사가 영국 등의 역사와, 또는 어느 시대 어느 나라의 정치사나 전쟁사가 그 나라의 경제사, 사회사, 문화사 등과 서로 연결되는지를 생각해보는 것은 정당하고도 불가피한 물음이다. 지도 제도사나 다이아몬드 세공인다운 은밀한 꿈은 역사학의 계획을 자극한다. 비록 보편적 역사라는 관념이 라이프니츠적 의미에서의 실측도(實測圖)를 구성할 수 없어서 영원히 칸트적 의미에서 하나의 관념으로 남을지라도, 개인적이거나 집단적 연구를 통해 얻어진 구체적인 결과들을 이 관념에 접근시킬 수 있는 근사치 작업이 헛되거나 터무니없는 것은 아니다. 사실(史實)적 측면에서의 이러한 연결에 대한 믿음에는 여러 연구자들이 도달한 결과들이 서로 보충하고 수정하는 효과를 통해 누적될 수 있다는 희망이 대응한다. 객관성의 신조는 상이한 역사들에 의해 진술된 사실들이 서로 연결될 수 있다는 것과 이 역사들의 결과들이 서로 보완될 수 있다는 이러한 이중의 확신과 다르지 않다.

---

3) Maurice Mandelbaum, 『역사 지식의 해부 *The Anatomy of Historical Knowledge*』, Baltimore and London, The Johns Hopkins University Press, 1977, p. 150.

마지막 결과는, 역사란 객관성을 기도(企圖)하기 때문에 객관성의 한계들에 대한 문제를 하나의 특수한 문제로 제기할 수 있다는 점이다. 이러한 문제는 역사가의 순진무구함과는 무관하다. 콜리지가 그처럼 자주 인용한 표현에 의하면 역사가는 오히려 그의 독자가 "자진해서 자신의 불신을 일시 중단a willing suspension of disbelief"시킬 것을 기대한다. 역사가는 자신이 이야기할 뿐만 아니라, 자신에게 그 이야기의 정당성을 증명할 것을 기대하는 의심 많은 독자에게 말을 건넨다. 이런 의미에서, 역사의 설명 양태들 가운데 '이데올로기적 함의' (화이트 [4])를 식별하는 것은 하나의 이데올로기를 그 자체로서 식별하며, 따라서 그것을 엄밀한 의미에서의 추론 양태들과 구분하고, 또한 그것을 이데올로기들에 대한 비판적 시선 아래 위치시킬 수 있다는 것이다. 이 마지막 귀결은 역사 탐구의 비판적 자기 반성 réflexivité critique이라고 칭할 수 있을 것이다.

개념화, 객관성의 추구, 비판적 반복은, 이야기의 '자기 설명적' 특성과 관련하여, 역사에 있어서 설명의 자율화의 세 가지 단계들을 가리킨다.

설명의 자율화에는 역사가가 자신의 충족 대상으로 간주하는 실체들entités의 유사한 자율화가 쌍을 이루고 있다. 전통적이거나 신화적 이야기, 또한 역사 기술에 선행하는 연대기에서는, 신원을 확인할 수 있고 고유 명사로 지칭할 수 있으며 이야기된 행동에 책임이 있는 것으로 간주할 수 있는 행동 주체들에 행동이 결부된다면, 그 반면에 역사-과학은 자신의 설명 양태에 어울리는 새로운 유형의 대상들에 관계한다. 국가, 사회, 문명, 사회 계급, 정신 구조 등 그 무엇에 관한 것이건, 역사는 행동의 주체 대신에 글자 그대로 익명의 실체들을 설정한다. 실체들의 측면에서 이러한 인식론적 단절은 프랑스의 아날

---

4) 앞의 p. 328 참조.

학파에서 경제사, 사회사 그리고 문화사를 위해 정치사를 삭제함으로써 이루어졌다. 헤겔이 세계사의 위인이라고 불렀던 역사적 행동의 이러한 주역들이 이전에 차지했던 위치는 이제는 그 행위가 개별 행동 주체들에게 전가(轉嫁)될 수 없을 사회적 힘에 의해 점유된다. 새로운 역사에는 이처럼 인물들이 존재하지 않는 것처럼 보인다. 인물 없이는, 역사는 하나의 이야기로 남을 수 없을 것이다.

세번째 단절은 앞선 두 단절의 결과로서 생겨난다. 그것은 역사적 시간의 인식론적 위상과 관련이 있다. 역사적 시간은 개별 행동 주체들의 기억과 기대, 용의주도함의 시간과는 직접적인 관련이 없는 것처럼 보인다. 그것은 이제 더 이상 주관적 의식의 살아 있는 현재에 의거하는 것처럼 보이지 않는다. 역사적 시간의 구조는 역사—과학이 사용하는 절차들과 실체들에 아주 적합하다. 한편으로 역사적 시간은 인과론적이거나 법칙론적 설명을 전달하는 일련의 동질적 간격으로 귀착되는 것처럼 보인다. 다른 한편으로 그것은 그 규모가 문제가 된 실체들의 규모에 일치하는 다양한 시간으로 분산되어 있다. 즉 사건의 짧은 시간, 어느 정도 길다고 할 수 있는 상황의 시간, 문명의 긴 기간, 사회적 제도 그 자체의 토대를 세우는 상징 체계들의 매우 긴 기간이 그것이다. 이러한 '역사의 시간들' ——브로델[5]의 표현에 따르자면——은 행동의 시간, 즉 우리가 하이데거의 견해를 따라 그것이 항상 유리하거나 불리한 시간 곧 행동을 '위한' 시간이라고 누차 언급했던 '내적—시간성'과는 뚜렷이 구별되는 관계가 없는 것처럼 보인다.[6]

그렇지만 이러한 삼중의 인식론적 단절에도 불구하고, 역사는 그 역사적 특성을 잃지 않고서는 이야기와 모든 관계를 끊을 수는 없을 것이다. 반대로 이러한 관계는 역사를 '스토리'(갈리[7]) 장르의 한 종

----

5) 앞의 pp. 208 이하 참조.
6) 앞의 1부 3장(미메시스 I) 참조.

류로 간주할 수 있을 정도로 직접적일 수는 없을 것이다. 2장의 전반부와 후반부는 서로 상충하지 않으면서도 수렴함으로써 역사 탐구와 서술 능력 사이에 새로운 종류의 변증법의 필요성을 증가시켰다.

한편으로, 우리의 논의의 출발점이었던 법칙론적 모델에 대한 비판은 그 비판을 서술적 이해 능력에 보다 친숙하게 하는 설명의 다양화에까지 이르렀다. 그렇다고 해서 역사가 인문 과학의 범위 안에 남을 수 있게끔 하는 그 설명적 자질이 부인되는 것은 아니다. 우선 우리는 법칙론적 모델이 비판의 힘에 눌려 약화되는 것을 보았다. 그 모델은 약화됨으로써 보다 유연해졌는데, 그 명칭에 걸맞는 법칙들로부터, 라일과 가디너[8]가 주장한 성향적 성격의 일반 개념들을 거쳐, 역사가 일상 언어와 공유하는 상식적인 일반 개념들(베를린 I. Berlin)에 이르기까지, 그것은 내세워진 일반 개념들을 위해 보다 다양해진 과학적 차원들을 받아들인다. 그리고 우리는 '동기에 의한' 설명이 다른 모든 설명 양태와 마찬가지로 개념화, 인증 그리고 비판적 주의를 요구하면서 자신의 권리를 행사하는 것을 보았다. 끝으로 우리는 폰 라이트와 더불어 인과론적 설명이 인과론적 분석과 구별되며, 준인과론적 설명 유형은 인과—법칙론적 설명과 분리된다는 것, 그리고 그 내부에서 목적론적 설명 부분들을 일부 수용한다는 사실을 본 바 있다. 이러한 세 가지 방식들을 밟아가면서 역사 탐구에 특유한 설명은 그것을 이야기에 내재하는 설명과 분리하는 과정의 일부를 잘 마무리한 것처럼 보인다.

서술 구조의 분석이라는 측면에서 볼 때, 인식론에 의해 제안된 설명 모델들이 약화되고 다양화되는 것에는 이야기의 설명 능력을 높이고, 말하자면 그 능력을 서술 행위의 방향으로 나아가는 설명의 변화와 만나도록 하려는 대칭적인 시도가 '대응한다.'

---

7) 앞의 p. 304 참조.
8) 앞의 p. 236 참조.

나는 앞서 서술학 이론이 거둔 절반의 성공은 또한 절반의 실패라는 점을 언급한 바 있다. 이를 인정하더라도 절반의 성공에 대한 인지를 약화시켜서는 안 된다. 나는 서술학적 주장들이 근본적으로 두 가지 점에서 옳다고 생각한다.

첫번째로는, 이야기하는 것은 이미 설명하는 것이다라는 것을 서술학자들이 성공적으로 입증하고 있다는 점이다. '그때부터 di'allèla' ——아리스토텔레스에 의하면 줄거리를 논리적으로 연결하는 '이것 때문에 그것' ——는 역사 서술에 관한 모든 논의의 필연적인 출발점이 된다. 이러한 기본 명제는 수많은 파생적 결과들을 갖는다. 모든 이야기가 줄거리 구성 작업에 근거하여 인과론적 연결 방식을 사용한다면, 이러한 구성은 이미 단순한 연대순에 대한 승리이며, 역사와 연대기 사이의 구별을 가능하게 만든다. 더욱이 줄거리의 구성이 판단 작업이라면, 그것은 서술 행위를 화자와 연관지으며, 따라서 역사의 행동 주체나 인물이 줄거리 진행에 기여하는 데 가졌던 이해로부터 이 화자의 '시점(視點)'이 분리될 수 있게 한다. 전통적인 반론과는 반대로, 이야기는 사건의 직접적인 행동 주체와 증인의 혼란스럽고 한정된 관점과는 결코 관련이 없다. 그와는 반대로 '시점'을 구성하는 거리두기는 이야기의 화자에서 역사가로의 이행을 가능하게 한다(숄즈와 켈로그[9]). 결국 줄거리 구성이 상황, 예측, 행동, 원조, 장애, 끝으로 결과와 같이 이질적인 구성 요소들을 의미 있는 단위 속에 통합한다면, 그때 역사는 행동이 의도하지 않았던 결과들을 고려함으로써 단순히 지향적 관계로 이루어진 기술과는 구별되는 행동에 대한 기술을 낳을 수도 있다(단토[10]).

두번째, 서술학적 주장들은 설명 모델의 다양화와 계층화에 대응하여, 그와 견줄 수 있을 만큼 이야기의 설명 능력을 다양화하고 계층화

---

9) 뒤의 3부 참조.
10) 앞의 p. 289 참조.

한다는 점이다. 그렇게 해서 우리는 서술 문장의 구조가 고증된 연대 추정을 기초로 한 어떤 유형의 역사 이야기에 적합함을 확인한 바 있다(단토). 그리고 형상화하는 행위를 어느 정도 다양하게 변화시키는 것을 보았다(밍크[11]). 우리는 밍크와 더불어 어떻게 형상화하는 설명 자체가 범주적 설명과 이론적 설명과 연관되어 무엇보다도 하나의 설명 양태가 되는지를 알아보았다. 끝으로 화이트[12]가 주장한 것처럼, 우선 줄거리 구성의 특징을 이루는 '설명 효과'는 추론의 효과와 스토리 선story-line의 효과의 중간에 위치하는데, 그 결과 여기서 일어나는 것은 바로 서술적 기능의 다양화뿐만 아니라 그 파열 현상이다. 두번째로 스토리에 내재하는 설명과는 이미 구별되는 줄거리 구성에 의한 설명은 추론에 의한 설명과 이데올로기적 함의에 의한 설명과 결합됨으로써 새로운 설명적 형상화에 속하게 된다. 그러므로 서술 구조들을 재구성하는 것은 스토리 선의 하위 층위에 또다시 부여된 '서술학적' 주장들을 부인하는 것과 마찬가지다.

이처럼 단순한 서술학적 주장도 법칙론적 모델의 운명과 비견할 수 있는 운명에 사로잡힌 것이다. 다시 말해 서술학적 모델은 바로 역사적인 설명의 차원과 다시 만나기 위해서 붕괴되어버릴 정도로 다양해진 셈이다.

이러한 모험은 중대한 난관에 봉착하게 된다. 즉 서술학적 주장은 서술학에 배치될 정도로 정교해짐으로써 설명적 모델과 대체될 수 있었는가? 솔직히 말해서 부정적인 대답을 하지 않으면 안 된다. 서술적 설명과 탐구 그 자체인 역사적 설명 사이에는 어떤 괴리가 남아 있다. 이러한 괴리로 인해 갈리의 주장대로 역사를 일종의 '스토리'류(類)로 간주하는 것은 생각할 수 없다.

그렇지만 설명적 모델이 서술 행위 쪽으로 기우는 움직임과 서술

---

11) 앞의 pp. 318~19 참조.
12) 앞의 p. 325 참조.

구조가 역사적 설명 쪽으로 향하는 움직임이 수렴함으로써 겹쳐지는
징후들은 서술학적 주장이 지나치게 궁색한 답변을 하고 있는 문제
의 현실을 보여주고 있다.

문제의 해결책은 역행 질문 방법이라고 일컬을 수 있는 것에 속한다.
후설이 『위기 *Krisis*』〔후설의 저서 『유럽 학문의 위기와 초월적 현상학 *Die
Krisis der europäischen Wissenschaften und die phänomenologischen
Philosophie*』을 지칭: 옮긴이〕에서 사용한 이 방법은 심리적 기원이 아
니라 의미의 생성이라는 뜻에서 발생론적 현상학의 영역에 속한다.
후설이 갈릴레이와 뉴턴의 과학에 대하여 스스로 제기했던 문제들이
이제 우리에게 역사 과학에 대한 문제로 제기된다. 이번에는 내가 이
제부터 역사 지식의 지향성 또는 줄여서 역사의 지향성이라고 일컫는 것
에 대해서 생각해볼 것이다. 여기 역사의 역사적 특성을 형성시키고,
역사 기술이 경제학, 지리학, 인구 통계학, 민족학 또는 정신 구조와
이데올로기를 다루는 사회학과의 정략 결혼을 통해 어쩌다 합류하게
되는 지식 속에서 그 특성이 용해되지 않도록 하는 시적 목표의 방향이
다.

갈릴레이의 과학이 참조하고 있다는 '삶의 세계 monde de la vie' 에
관한 후설의 연구보다 우리가 유리한 입장에 놓일 수 있는 것은 역사
기술의 지식에 적용되는 역행 질문이 결코 직접적인 경험의 세계를
가리키지 않고, 이미 구조화된 문화의 세계를 가리킨다는 점이다. 그
질문은 의미상 과학적 역사 기술 이전의 서술 활동에 의해 이미 형상
화된 행동의 세계를 가리킨다.

사실 이러한 서술 활동은 이미 행동의 영역에 내재하는 전형상화
로부터 줄거리를 구성하는 형상화——아리스토텔레스의 뮈토스가 갖
는 넓은 의미에서——를 거쳐, 텍스트 세계와 삶의 세계가 상충함으
로써 야기되는 재형상화에 이르기까지, 미메시스의 연속적인 단계들
을 밟아가게 하는 그 고유한 변증법을 가지고 있다.

그렇기 때문에 나의 연구 가설은 다음과 같이 분명해진다. 즉, 나는 어떤 간접적인 방법으로 (앞의 두 장이 결국 도달하는) 역사 지식의 역설이 서술적 형상화 작업을 구성하는 역설을 고도로 복잡하게 전환시키는지를 탐색할 생각이다. 시적 텍스트의 상류와 하류 사이의 그 중간 위치에 근거해서 말이다. 서술적 작업은 역사 지식이 한층 더 대조시킨 상반된 특징들을 이미 보이고 있다. 한편으로 그 작업은 허구의 왕국을 열고 그것을 실제 행동의 영역과 분할하는 단절에서 생긴다. 다른 한편으로 그것은 실제 행동이 서술되기 이전의 구조와 행동의 영역에 내재하는 이해력을 가리킨다.[13]

따라서 다음과 같은 질문을 할 수 있다. 역사 지식은 어떤 매개를 통해서 이야기의 형상화 작업의 이중 구조를 그 고유의 질서로 전환시키는 데 성공하는가? 다시 말해서, 역사를 하나의 탐구 작업으로 만드는 삼중의 인식론적 단절은 어떤 간접적인 파생 관계를 통해서 미메시스 II의 차원에서의 형상화 작업에 의해 설정된 단절에서 발생하며, 그럼에도 불구하고 미메시스 I의 차원에서의 이해 가능성, 상징화 그리고 전-서술적 조직화라는 그 고유한 능력에 따라 계속해서 행동의 영역을 암시하는가?

이에 대한 작업은 역사의 과학적 자율성을 획득하기 위해서는, 서술적 형상화 작업으로부터의 간접적인 파생과, 서술적 토대에서 점점 더 멀어진 형식들을 통한 실천 영역과 전-서술적 능력에 대한 참조를, 합의에 의해 망각하는 것이 그 조건은 아니라도 필연적 귀결인 것처럼 보이는 만큼 더욱더 까다로운 것이다. 이러한 특징으로 인해 다시 한번 나의 시도는 『위기』에 나타난 후설의 시도에 접근한다. 즉

---

13) 나는 서술적 구성에서 행동의 영역으로 되돌아간다는 역설의 또 다른 측면을 4부에서 다룰 것이다. 그런데 그것은 과거에 대한 과학으로서의 역사가 미래로 열려 있는 현재의 행동——주로 정치적인——과 맺는 관계에 대한 전통적인 문제를 근원적으로 담고 있다.

갈릴레이의 과학 역시 '삶의 세계'를 구성하는 능동적이며 수동적인 종합의 재활성화를 거의 불가능하게 만들 정도로, 과학 이전의 세계와의 관계를 끊었던 것이다. 그러나 우리의 연구는 지각 현상을 통하여 주로 '사물의 구성'을 지향하는 발생론적 현상학이라는 후설의 시도에 비하여 또 다른 이점을 가질 수 있다. 즉 역사 지식의 내부에서도 역행 질문을 위한 일련의 중개자를 발견한다는 이점이다. 이런 의미에서 파생 현상은 확실하고 엄밀하게 재구성될 수 없을 정도로 완전하게 망각되지는 않는다.

이러한 재구성은 우리가 조금 전에 인식론적 단절의 양태들을 제시했던 그 순서, 즉 설명적 절차의 자율성, 대상 지시적 실체의 자율성, 역사의 시간——또는 시제라고 할 수 있는——의 자율성의 순서를 따를 것이다.

설명적 절차부터 시작하면서, 나는 폰 라이트의 분석을 뒷받침으로 해서 역사의 인과성, 보다 정확히 말해서 단일한 원인 전가(轉嫁) 또는 부여라는 쟁점을 다시 거론하려고 한다. 이제 더 이상 논쟁적 의도에서 그것을 법칙들에 의한 설명과 대립시키기 위해서가 아니라, 반대로 흔히 아주 궁색한 설명과 동일시되는 법칙들에 의한 설명과 흔히 이해와 동일시되는 줄거리 구성에 의한 설명 사이의 과도기적 구조를 그 안에서 식별하기 위함이다. 이런 의미에서 단일한 원인 전가는 여러 가지 설명 가운데 한 가지를 이루는 것이 아니라, 역사에서의 모든 설명의 연결 고리 nexus를 구성한다. 이런 이유로 그것은, 지금은 잘 쓰이지 않는 용어를 그대로 쓰자면, 설명과 이해라는 대립된 양극 사이에서, 보다 정확하게 말하자면 법칙론적 설명과 줄거리 구성에 의한 설명 사이에서 모색된 매개를 구성한다. 단일한 원인 전가와 줄거리 구성 사이에 유연 관계가 유지됨으로써, 우리는 유추에 의한 전이를 통해 단일한 원인 전가를 준-줄거리라는 용어로 말할 수 있게 될 것이다.

역사 담론에 의해 정리된 실체들을 계속해서 보자면, 나는 그들 모두가 동일한 등급에 속하지 않고, 정해진 서열에 따라 분류된다는 점을 보여주려고 한다. 나로서는 역사의 모든 대상들이 실천적이며 서술적인 영역에 속하는 구체적인 행동 주체들의 참여에 의한, 소멸되지 않는 소속 표지를 가지고 있는 일차적 실체들entités de premier ordre——국민, 국가, 문명——을 가리킨다는 점에서 역사는 여전히 역사적이라고 생각한다. 이러한 일차적 실체들은 역사 기술에 의해 생산된 모든 인위적 구조들과 가능한 어떤 이야기의 등장인물들 사이에서 과도기적 대상으로 사용된다. 그들은 역사-과학의 층위에서 이야기의 층위로 이끌어가고, 그리고 이를 통해 실제적인 행동 주체로의 지향적 전환을 유도할 수 있는 준-인물들을 구성한다.

단일한 원인 전가에 의한 중계와 일차적 실체들에 의한 중계 사이——설명의 연결 고리와 역사 기술의 과도기적 대상 사이——에서는 긴밀한 교환이 이루어진다. 이 점에서 두 계통의 파생——절차의 파생, 실체의 파생——을 구별하는 것은 단순히 학술적인 성격만을 나타내며, 그만큼 두 계통은 뒤얽혀 있는 것이다. 그렇지만 그 상보성, 말하자면 그 상호적 발생을 더 잘 이해하기 위해서는 그것들을 별개의 것으로 유지할 필요가 있다. 내가 참여에 의해 소속된 것으로 일컫는, 첫째 실체들로의 전환은 주로 단일한 원인 전가라는 경로를 통해 이루어진다. 반대로 원인 전가를 통해 설정되는 목표의 방향은, 역사의 행동 주체들이 그들 운명에 기여하는 바에 대하여 역사가가 갖고 있는 관심에 따라 정해진다. 이는 그들의 운명이 정도를 벗어난 결과들——정확히 말해서 역사 지식을 행동의 내재적 의미에 대한 단순한 이해와 구별하는——로 인해 그들의 이해 범위에서 벗어날 때도 마찬가지다. 그렇게 해서 준-줄거리와 준-인물들은 똑같이 중간 위치에 속하며, 역사 기술에서 이야기로, 그리고 이야기를 넘어서 실제적 실천으로 되돌아가는 질문의 이동 속에서 유사한 중계 기능을 가지고 있다.

물론 마지막으로 역사의 지향성에 관한 나의 연구 가설을 시험할 필요가 있다. 즉 그것은 이야기의 시간성에 대하여 역사적 시간이 차지하는 인식론적 위상과 관련된다. 본 저서의 주된 목적을 벗어나지 않기 위해서는, 역사 기술에 대한 우리의 연구는 이러한 문제점에까지 진행되어야 할 것이다. 여기에서 두 가지 사실을 지적해야 한다. 한편으로 역사가가 구성하는 시간은 구성된 시간성 ——그에 대한 이론은 1부의 미메시스 II 항목에서 정립한 바 있다—— 을 토대로 2차, 3차, n차의 층위에서 구성된다. 다른 한편으로 이 구성된 시간이 아무리 인위적이라 할지라도, 그것은 계속해서 미메시스 I의 실천적 시간성을 가리킨다. ~을 토대로, ~을 가리킨다는, 복잡하게 얽힌 이 두 관계는 또한 역사 기술에 의해 구축된 절차와 실체를 특징짓는 것이기도 하다. 두 개의 다른 매개들과의 상관 관계는 훨씬 더 깊다. 역사적 인과성과 일차적 실체를 통해 역사 지식의 구조를 서술적 형상화 작업 ——그 자체는 실천 영역의 서술적 전형상화를 참조한다—— 으로 전환하도록 유도할 수 있는 중개자를 찾는 것과 마찬가지로, 유사한 방법으로 역사적 사건의 운명을 통해 이야기의 시간과 경험적 시간과 관련하여 역사적 시간이 드러내는 늘어나는 괴리의 징후와 이야기의 시간을 통하여 역사적 시간이 행동의 시간으로 전환하는 지울 수 없는 징후를 동시에 보여주려고 한다.

이 세 가지 사실을 연속적으로 기록함에 있어서, 역사 기술이 그 자체에 대해 철저하게 비판적으로 성찰할 때, 오직 그 증언에만 도움을 청할 것이다.

2. 단일한 원인 전가

단일한 원인 전가는 서술적 인과성 ─ 아리스토텔레스가 '이것 다음에 그것'과 구별했던 '이것 때문에 그것'의 구조 ─ 과 설명적 인과성 ─ 이것은 법칙론적 모델에서 법칙들에 의한 설명과 구별되지 않는다 ─ 을 연결하는 설명 절차다.

이러한 전이에 대한 연구의 근거는 앞장 첫머리에서 제시된 드레이와 폰 라이트의 분석들에서 발견된다. 우리는 전자의 분석을 통해 사건의 개별적인 추이에 대한 인과론적 분석이 인과론적 법칙을 적용하는 것으로 귀착되지는 않는다는 주장에 익숙해졌다. 인과론적 기능의 이러저러한 소인(素因)의 자격들은 귀납적이며 실용적인 이중의 시험을 통해 확인되는데, 그 시험은 막스 베버와 레이몽 아롱의 원인 전가의 논리와 동떨어진 것은 아니다. 그러나 그것은 인과론적 분석 이론과 동기에 의한 분석 이론을 연결하지 못하고 있다. 그러한 연결은 폰 라이트의 준인과론적 설명의 분석을 통해 이루어진다. 동기에 의한 설명은 이러한 특수 유형의 설명에 연관된 목적론적인 추론의 부분들과 동일시된다. 그런데 이번에는 목적론적 추론은 우리가 행동의 지향성에 대해 가지고 있는 사전(事前) 이해를 근거로 하고 있다. 그리고 이 지향성도 마찬가지로 무엇인가 행함(무엇인가 일어나게 함, 무엇인가 일어나도록 함)의 논리적 구조에 대해 우리가 익숙해져 있음을 가리킨다. 그런데 무엇인가 일어나게 한다는 것은 한 체계를 움직임으로써 그리고 그렇게 해서 그 종결까지도 보장함으로써 사건의 흐름에 개입하는 것이다. 이러한 일련의 삽입 ─ 목적론적 추론, 지향적 이해, 실천적 개입 ─ 으로 인해, 인과론적 설명의 자격으로 한 종류에 특유한 현상들(사건, 과정, 상태)의 개별적 경우에만 적용되는 준인과론적 설명은 궁극적으로 우리가 지금 단일한 원인 전가라는 용어로 지칭하게 되는 것을 가리킨다.

단일한 원인 전가의 논리에 대한 가장 명확한 설명은 막스 베버가
에두아르 메이어 Edouard Meyer의 저서 『역사의 이론과 방법에 관하
여 *Zur Theorie und Methodik der Geschichte*』(Halle, 1901)[14]를 다룬 비
평적 연구에서 볼 수 있는데, 『역사 철학 입문 *Introduction à la
philosophie de l'histoire*』[15]의 3부에 나타난 레이몽 아롱의 상세한 설명
—우리의 연구에 결정적인 설명이다—을 거기에 덧붙여야 한다.
이 논리는 주로 사건들의 어떤 상이한 흐름을 상상력을 통해 구성하며,
그리고 이 실제 사건의 개연적 결과들에 대해 검토하며, 끝으로 이 결
과들을 사건들의 실제 흐름과 비교하는 데 있다. "실제의 wirkliche 인

---

14) 「'문화' 과학의 논리를 위한 비평 연구 Etudes critiques pour servir à la logique des
sciences de la 'culture'」, *Archiv für Sozialwissenschaft und Sozialpolitik*, t. XXII,
repris dans *Ges. Aufsätze zur Wissenschaftslehre*, 2ᵉ éd., Tübingen : Mohr, 1951 ; 불
역, Julien Freund, 『과학 이론에 관한 시론 *Essais sur la théorie de la science*』, Paris :
Plon, 1965, pp. 215~323.

15) 레이몽 아롱이 역사적 인과성에 부여한 위치가 의미하는 바는 명확하다. 가스통
페사르 Gaston Fessard는 『레이몽 아롱의 역사 철학』(Juilliard, 1980)에서, 로욜라
Ignace de Loyola의 '정신적 훈련 Exercices spirituels' 과의 대담한 비교를 통하여,
우리로 하여금 『역사 철학 입문』에 나타난 동기들의 영역에 민감해지도록 만든다
(특히 『역사 철학 입문』의 진행과 단계들의 재구성을 다룬 pp. 55~86 참조). 역
사적 인과성의 분석은 2절에서 다루는 이해의 이론 바로 다음에 오는데, 2절의 결
론은 "이해의 한계"(pp. 153~56)를 대상으로 하고 있다. 「역사적 결정론과 인과
론적 사고」라는 제목이 붙어 있으며, 3절의 첫머리에 위치한 그 분석은 차례로 판
사, 학자, 철학자의 명칭 아래 위치한 세 단계로 전개되는 연구를 시작한다. 첫 단
계는 "유일한 계기(繼起)의 인과성"에, 두번째 단계는 "규칙성과 법칙"에, 세번째
는 "역사적 결정론의 구조"를 다루고 있다(p. 160). 이 마지막 단계는 엄밀한 의미
에서 철학적인 4절 "역사와 진실"의 서두로 이끈다. 인과성에 관한 조사는 이처럼
이중으로 그 범위가 정해지는데, 먼저 저서의 전체 구성에서 차지하는 3절의 위치
에 의해서, 그리고 역사의 법칙이라는 것과 사회학적 인과성과 관련하여 3절의 내
부에서 역사적 인과성이 차지하는 위치에 의해 정해진다. 서술적 이해 능력의 모
든 특징을 지니고 있는 이해와, 법칙론적 설명의 모든 특징을 지니고 있는 사회학
적 인과성 사이에서 역사적 인과성에 부여된 과도기적 역할을 이보다 더 잘 강조
할 수는 없을 것이다.

과 관계를 밝히기 위해, 우리는 비실제적인 unwirkliche 것을 구성한다"(막스 베버, 앞의 책, 〔p. 287〕 (p. 319)). 그리고 아롱에 의하면 "역사가는 누구나 존재했던 것을 설명하기 위해 존재할 수 있었던 것을 생각해본다"(p. 164).

바로 이러한 개연적 상상 구조는 한편으로 그 또한 개연적 상상 구조인 줄거리 구성과, 다른 한편으로 법칙들에 의한 설명과 이중의 유사 관계를 보여주고 있다.

막스 베버의 추론[16]을 조금 주의깊게 따라가보자.

1866년 오스트리아와 헝가리와의 전쟁을 개시하는 비스마르크 Bismarck의 결정이 있다고 하자. 막스 베버는 다음과 같이 지적한다. "만약 비스마르크가 전쟁을 치를 결심을 하지 않았다면 무슨 일이 일어날 수 있었겠는가?라고 질문을 제기하는 것은 결코 '쓸데없는' 일이 아니다"〔p. 266〕(p. 291). 이 질문을 잘 이해하자. 그것은 다음과 같이 묻는 것이다. "이런 결과를 이끌기 위해 다른 방법이 아닌 바로 이런 방법으로 배열되어야 했던 무수히 많은 요소들의 전체 속에서 이런 개인적 결정에 사실상 어떤 인과론적 의미 작용을 부여해야 하는가, 그리고 역사의 설명에서 이런 결정은 어떤 위치를 차지하는가?"(같은 책). 상상력의 개입을 나타내는 것은 바로 '다른 방법이 아닌 이런 방법으로'라는 조항이다. 이때부터 추론은 과거의 비현실적인 조건법 속에서 작용한다. 하지만 역사가 비현실적인 것을 상상하는 것은 오직 그 안에서 필연적인 것을 더 잘 구분해내기 위해서이다. 질문은

---

16) 그것은 「역사에서의 객관적 가능성과 적합한 인과성」〔pp. 266∼323〕(pp. 290∼323)이라는 제목의 막스 베버의 시론 2부에서 읽을 수 있다(독일어판 저서의 페이지를 각괄호로 표시하며, 프랑스어판 저서의 페이지는 둥근 괄호로 표시한다). 우리는 그 시론의 1부에 대해서 차후 다시 거론할 것이다. 레이몽 아롱은 자신이 "회고적 개연성"(pp. 163∼69)이라고 명명한 논의의 '논리적 도식'에 대한 설명부터 시작한다. 우리는 아롱이 고유의 논리적인 분석에 무엇을 추가하는지를 보게 될 것이다.

다음과 같이 바뀐다. "만약 다른 결정이 내려졌다면 어떤 결과들을 '예상' 했어야 할 것인가?"〔p. 267〕(p. 292). 그렇게 되면 개연적이거나 필연적인 연관들에 대한 탐구가 이루어진다. 만약 역사가가 역사적 조건들의 복합체에서 단일한 사건을 상상 속에서 변화시키거나 생략함으로써, 결과적으로 '이 사건의 몇몇 역사적 관계들에 관하여' 사건들과는 다른 전개가 일어나리라고 단언할 수 있다면, 그때 역사가는 전술한 사건의 역사적 의미 작용에 대해 결정하는 원인 전가의 판단을 내릴 수 있는 것이다.

내 생각으로는 두 가지 측면에서, 즉 한편으로는 줄거리 구성 쪽으로, 다른 한편으로는 과학적 설명 쪽으로 바라보는 것이 바로 이러한 추론이다.

사실상 막스 베버의 텍스트에서 어떠한 것도 그가 첫번째 관계를 지각했다고 보여주지는 않는다. 바로 우리가 서술학이 최근에 제시하는 방법으로 그 관계를 수립해야 한다. 그런데 막스 베버도 두 가지 점을 지적함으로써 이런 방향으로 나아간다. 우선 그는, 역사가란 이러저러한 목적과 방법들을 자유롭게 사용할 수 있기 때문에, 행동하기 전에 행동의 가능한 방법들을 저울질하는 행동 주체 자신의 입장에 놓이거나 그렇지 않거나 한다고 말한다. 그 결과를 알고 있다는 것을 제외하고는 우리가 표명하는 것은 바로 비스마르크가 스스로 제기할 수 있었던 문제이다. 따라서 우리는 "주인공보다 더 유리한 가능성을 가지고"〔p. 267〕(p. 292) 그 문제를 제기한다. '보다 유리한 가능성' 이란 표현은 나중에 언급하게 되겠지만 확실히 개연성의 논리를 나타낸다. 그러나 그 표현은 우선 줄거리 구성의 패러다임들인, 개연적인 것의 탁월한 실험실을 가리키지 않는가? 막스 베버는 역사가란 범죄학자와 비슷하기도 하며, 또 그와는 다르기도 하다고 적고 있다. 범죄학자는 유죄성을 조사하면서 인과성도 조사한다. 하지만 원인 전가에 윤리적 전가를 덧붙인다. 그런데 윤리적 전가가 결여된 원인 전가란 선택적인 줄거리 도식을 시험해보는 것이 아니겠는가?

그러나 원인 전가는 그 모든 단계에서 과학적 설명의 영역에 속한다. 우선 설명은 "역사적 설명 속에 기록할 인과론적 고리들의 선택"〔p. 269, n° 1〕(p. 295)을 꾀함으로써, 그 요인들의 예리한 분석을 전제로 한다. 물론 이러한 '사유를 통한 분리'는 우리의 역사적 호기심, 즉 어떤 부류의 결과들에 대한 관심을 통해 방향이 정해진다. 그 용어가 갖는 중요한 의미들 중의 하나는 다음과 같다. 케사르César의 살해 사건에서, 역사가는 자기가 가장 중요하다고 생각하는 세계사의 전개라는 측면에서 그 사건이 빚어낸 중대한 결과들에만 관심을 갖는다. 역사에서의 주관성과 객관성에 대한 논쟁에 또다시 빠져들 수 있을 논의는 가능성을 검토하는 작업에 선행하는 추상적 작업이 갖는 고도로 지적인 성격을 비껴갈 것이다. 그리고 사전에 분리된 이러저러한 요인을 어느 일정한 방향으로 사유를 통해 바꾸는 것은 사건의 선택적인 흐름들을 구성하는 것인데, 우리가 그 중요성을 검토하는 사건은 그중 한 가지 흐름을 택한다. 그렇게 되면 삭제된 것으로 추정되는 사건의 결과들에 대한 검토야말로 인과론적 추론에 그 논리적 구조를 부여한다. 그런데 막스 베버가 "경험 규칙"〔p. 276〕(p. 304)이라고 부르는 것, 다시 말해서 최종적으로 "법칙론적"〔p. 277〕(p. 305)이라고 불러야 하는 지식을 추론 과정에 삽입하지 않고서는, 어떻게 우리는 삭제된 것으로 추정되는 한 요인으로부터 기대해야만 했던 결과들을 만들어내는가? 물론 라일과 가디너가 언급한 바와 같이, 이 경험 규칙들은 흔히 성향적 지식의 수준을 넘어서지 않는다. 즉 막스 베버는 "인간들이 주어진 상황에 습관적으로 반응하는 방식에 관한"(같은 책) 규칙들을 특히 염두에 두고 있다는 것이다. 그럼에도 불구하고 앞서 언급한 바와 같이, 법칙들이 역사를 통해 입증되지 않더라도 어떻게 역사에서 사용될 수 있는지를 그 규칙들은 충분히 보여주고 있다.

그렇지만 특히 텍스트의 표층 논리를 그 심층 문법으로 바꿀 경우
—이 점에 대해서는 3부에서 보게 될 것이다—, 요인 분석과 경험
규칙의 사용이라는 이러한 처음의 두 특징들은 서술적 '논리'와 결코
무관하지는 않다. 비현실적이면서도 필연적인 구성이 가질 수 있는
과학성은, 원인들을 비교 검토할 때 '객관적 가능성'의 이론—막스
베버가 생리학자 폰 크리스von Kries[17]에게서 차용한—을 적용함으
로써 실제로 드러나게 된다. 바로 이 세번째 특징이야말로 이야기에
의한 설명과 원인 전가에 의한 설명 사이의 진정한 거리를 나타내는
것이다.

객관적 가능성의 이론은 주로 비현실적 구성을 객관적 가능성에
대한 판단 단계로 끌어올리는 것을 목표로 삼는데, 이 판단이 야기하
는 단계들이 좁은 의미로 일컫는 '개연성의 계산'에서처럼 수치화될
수 없음에도 불구하고, 그 판단은 상대적 개연성을 나타내는 어떤 지
표의 다양한 인과론적 요인들에 작용해서, 그처럼 이 요인들을 동일
한 단계에 위치시킬 수 있게 한다. 이러한 단계적인 인과성의 개념은
아리스토텔레스가 줄거리 이론을 통해 내세운 개연성에서는 무시되
었던 정확성을 원인 전가에 부여한다. 이처럼 개연성의 단계들은 하
위 영역, 즉 우연적 인과성을 규정하는 것(예를 들어 주사위를 던지는
손의 움직임과 숫자의 결과 사이에서처럼)과 폰 크리스의 표현에 따르
면 적합한 인과성을 규정하는 상위 영역(비스마르크가 내린 결정의 경
우에서처럼) 사이에서 일정한 간격을 두고 분할된다. 이 두 극단 사이
에서 우리는 어떤 요인이 미치는 다소간 유리한 영향에 대해 말할 수
있다. 여기서 드러나는 분명한 위험은, 은밀한 인간 중심주의에 의해
우리가 원인들, 즉 우리의 추론에 따라 가능성을 현실로 변형시키려
고 싸우는 반대 경향들의 형태로 경쟁하는 원인들에 부여된 상대적

---

17) 폰 크리스에 의한 개연적 논증의 사용과, 그것을 범죄학과 법률학의 측면으로 전
    환한 점에 관해서는 [269](295)페이지의 긴 주석들을 참조할 것.

개연성의 단계들을 구상화했다는 점이다. 우리가 일상 언어를 통해 어떤 사건이 또 다른 어떤 사건의 출현을 조장하거나 방해했다고 말하게 될 때, 일상 언어는 그 점을 부추긴다. 이러한 오해를 해소하기 위해서는, 가능태란 우리가 사유 작용을 통해 구성했던 비현실적 인과 관계라는 점과 '확률'의 객관성은 가능성의 판단에 종속한다는 점을 기억하는 것으로 충분하다.

바로 이러한 시험을 거쳐서만 어떤 요인은 충분한 원인의 자격을 얻는다. 이러한 위상은 객관적이다. 추론은 가설의 발견에 관한 단순한 심리학의 영역에 속하는 것이 아니라, 위대한 수학자와 마찬가지로 위대한 역사가에게도 필수불가결한 천부적 재능이 어떠하건간에, 그 추론이 역사 지식의 논리적 구조나 막스 베버 자신이 말하는 "원인 전가의 확고한 골격"〔p. 279〕(p. 307)을 구성한다는 의미에서 그러하다.

우리는 줄거리 구성과 단일한 원인 전가 사이의 연속성이 어디에 있으며 그 불연속성이 어디에 위치하는지 알고 있다. 연속성은 상상력이 맡는 역할의 차원에 있다. 이 점에서 우리는 막스 베버가 사유를 통한 사건들의 상이한 흐름의 구성에 대해 말한 것을 마찬가지로 줄거리 구성에 적용할 수 있을 것이다. "우리는 현실적 인과 관계들을 밝히기 위해 비현실적 관계들을 구성한다"〔p. 287〕(p. 319). 불연속성은 요인 분석과 경험 규칙의 삽입에 기인하며, 그리고 특히 적합한 인과성의 결정을 조정하는 개연성의 단계의 설정에 근거를 두고 있다.

그렇게 해서 역사가는 단순한 화자가 아니다. 역사가는 다른 요인이 아니라 바로 어떤 요인을 사건 흐름의 충분한 원인으로 간주하게 하는 이유들을 제시한다. 시인은 하나의 줄거리를 창조하며, 그것 역시 그 인과론적 골격으로 지탱되지만, 그 골격은 추론의 대상이 되지는 않는다. 시인은 이야기를 만들어내며, 이야기하면서 설명하는 것으로 만족한다. 이런 의미에서 노드롭 프라이는 옳았다.[18] 즉 시인은 형식에서 출발하지만, 역사가는 형식을 향해 나아가는 것이다. 전자는 생산하며, 후자는 추론한다. 그리고 그가 추론하는 것은 달리 설명할 수 있음을 알기 때문이며, 역사가가 그런 사실을 아는 것은 판사처럼 분쟁과 소송 상태에 놓여 있으며, 자신의 변론이 결코 끝나지 않았기 때문이다. 왜냐하면 시험은 영원히 단 하나인 후보에게 상을 주기 위해서라기보다는, 드레이가 언급하듯이, 인과성의 여러 소인들을 탈락시키기 위해서 더 결정적이기 때문이다.

그렇지만 다시금 말하건대 여전히 적합한 인과성이 유일한 논리적 필연성으로 환원될 수 없다는 점에서, 서술적 설명과 그에 입각한 역사적 설명의 관계는 단절되지 않았다. 단일한 인과론적 설명과 법칙들에 의한 설명 사이에는 전자의 설명과 줄거리 구성 사이에서처럼 연속성과 불연속성의 관계가 존재한다.

우선 불연속성, 그것은 베버보다는 아롱의 분석에서 더 잘 강조되어 있다. 인과성과 우연성의 관계를 다룬 부분에서, 아롱은 우유성(偶有性)을 적합한 개연성과는 정반대로 회고적 개연성의 마지막 단계들 중의 하나에 위치시키는 것으로 만족하지 않는다. 객관적 가능성이 거의 존재하지 않는다는 우유성의 정의는 고립된 계열에만 해당된다. 쿠르노Cournot의 주장을 빌려, 계열들이 또는 체계와 계열들이 서로 일치한다는 사실에 대해 고찰하는 것은 베버의 개연론의 상대성이 강조한 우유성의 개념을 돋보이게 한다. "하나의 사건은 선행하는 사건 전체에 비하면 우연적이며, 또 다른 사건에 비하면 적합하다고 말해질 수 있다. 다수의 계열들이 교차했기 때문에 우연이며, 상위 층위에서 질서정연한 전체를 다시 발견하기 때문에 합리적이다"(p. 178). 게다가 "체계와 계열의 범위를 한정하는 것에 결부되며,

---

18) 앞의 p. 324 참조.

학자가 자유롭게 구성하거나 상상하는 우연한 구조의 복수성에 따르는 불확실성"(p. 179)을 고려해야 한다. 이 모든 이유들 때문에, 우연에 관한 성찰은 회고적 개연성의 추론 과정에서 적합한 개연성과의 단순한 대립에 국한되지 않는다.

단일한 인과론적 설명과 법칙들에 의한 설명 사이의 연속성으로 말하자면, 그것은 불연속성 못지않게 명확히 나타난다. 이 점에서 역사와 사회학의 관계는 본보기가 된다. 레이몽 아롱은 그것을 이렇게 정의한다. "사회학이 법칙(또는 적어도 규칙성이나 일반성)을 세우기 위한 노력으로 특징지어진다면, 반면에 역사는 사건을 그 단일한 맥락 속에서 이야기하는 것으로 한정된다"(p. 190). 같은 의미로 "역사적 탐구가 특이한 어떤 사실에 선행하는 사실들에 집착한다면, 사회학적 탐구는 다시 일어날 수 있는 사실의 원인에 집착한다"(p. 229). 그러나 그렇게 되면 원인이라는 단어의 의미가 변한다. "사회학자의 입장에서 원인이란 항구적인 선례(先例)다"(p. 191). 그럼에도 불구하고 역사적 인과성과 사회학적 인과성이라는 두 양태들 간의 간섭은 그들의 분리보다 더 주목할 만한 현상이다. 그러므로 역사가가 일군의 중요한 역사적 사건들에 대한 회고적 개연성을 설정하더라도, 법칙론적 부분으로서의 그 개연성은 '학자'——레이몽 아롱이 '판사'와 비교하기 위해 부르는 명칭이다——로 하여금 규칙성을 탐구하도록 하는 경험적 일반화 작업을 포함한다. 『역사 철학 입문』이 사회학적 인과성에 바친 연구 전체는 계획의 독창성을 보여줌과 동시에 역사적 인과성, 그러니까 단일한 원인 전가에 대한 그 의존 관계를 보여주는 경향이 있다. 따라서 역사적 인과성은 규칙성과 법칙의 탐구에 비하면, 그리고 극단적으로 사회학의 추상 작업에 비하면 결함이 있는 연구라는 기묘한 위상을 갖는다. 역사적 인과성은 그 개연론의 기초를 이루는 규칙성을 사회학에서 차용할 때도 사회학의 과학성 주장에 내재하는 한계를 이루는 것이다.

이러한 인식론적 양면성으로 인해, 사회학적 설명보다 한층 더 높은 단계로 올라간다고 주장할 수 있는 역사적 결정론은 이번에는 역사적 인과성이 지니고 있는 우연성에 의해 내부로부터 침식된다. "인과 관계들은 분산되고, 체계로 조직화되지 않으며, 그 결과로 물리학 이론의 계층화된 법칙들처럼 서로를 설명하지 못한다"(p. 207). 이런 의미에서 사회학적 인과성은 역사적 인과성을 자체 속에 흡수하기보다는 오히려 그것에 연관된다. "단편적인 결정론은 결코 똑같이 재생산되지 않는 일군의 특이한 역사적 사실들 속에서만 규칙적으로 전개된다"(p. 226). 그리고 또한 "추상적 관계들은 일군의 유일한 역사적 사실들을 결코 철저하게 규명하지 못한다"(p. 230).

그러므로 단일한 원인 전가를 통해 서술 층위과 인식 층위 사이에서 이루어진 매개의 두번째 측면에서는, 첫째 측면에서와 마찬가지로 연속성과 불연속성의 변증법이 관찰된다고 결론을 내려야만 한다. 즉 "상호 보완적임과 동시에 대립적인 사회학적 인과성과 역사적 인과성은 서로 연관되어 있다"(p. 190).

여기서 또한 막스 베버에 비하여 레이몽 아롱의 독창성이 확인된다. 그 독창성은 작품 전체를 관류하는 철학적 야심에서 비롯된다. 따라서 단일한 역사적 인과성에 대한 단편적인 결정론의 의존 관계를 집요하게 강조하는 주장은 『역사 철학 입문』의 인식론이 정리되어 있는 「역사 철학」(가스통 페사르Gaston Fessard)의 제목을 다시 인용하자면)과 내밀한 화음을 이루고 있다. 즉 역사적 회고가 만들어낸 숙명성의 환상에 대한 투쟁과 정치적 행동이 필요로 하는 현재의 우연성을 위한 변론이 그것이다. 회고적 개연성의 논리는 이 원대한 철학적 구상을 배경으로 설정됨으로써 역사적 시간성에 관한 우리의 연구와 직접적인 관계가 있는 분명한 의미 작용을 갖게 된다. "역사가의 원인 조사는 역사적으로 부각되는 중요한 특징들을 나타내기보다는 미래의 불확실성을 간직하거나 과거에 되돌려준다는 의미를 지니

370

고 있다"(pp. 181~82)라고 아롱은 말한다. 그리고 또한 "비현실적 구성은 비록 그것이 애매한 진실스러움을 넘어서지는 못한다 할지라도 과학의 구성 요소로 남아 있어야 한다. 왜냐하면 그것이야말로 숙명성이라는 회고적 환상에서 벗어나는 유일한 수단을 제공하기 때문이다"(pp. 186~87). 그것은 어떻게 가능한가? 역사가가 사라지거나 수정된 선례들 중의 하나를 사유를 통해 가정하고, 이러한 가정 속에서 일어날 수 있었던 것을 구성하려고 노력하는 상상 작업은 인식론을 능가하는 의미 작용을 갖는다는 점을 이해해야만 한다. 여기서 역사가는 허구적 현재와 관련하여 시간의 세 가지 차원을 다시 규정하는 화자로서 처신한다. 또 다른 사건을 동경하면서, 그는 지나간 과거의 마력에 가상 역사를 대립시킨다. 이처럼 개연성의 회고적 추정은 순전히 인식론적인 의미 작용을 넘어서는 도덕적이며 정치적인 의미 작용을 보인다. 그것은 역사를 읽는 이들에게 "역사가의 과거는 역사적 인물들의 미래였다"(p. 187)라는 점을 상기시킨다. 인과론적 설명은 그 개연론적 특성으로 인해 미래의 표지인 예측 불능성을 과거에 삽입하고, 사건의 불확실성을 회고 속에 도입한다. "역사적 인과성의 한계와 의미 작용"(pp. 183~89)이라는 제목으로 역사적 인과성의 분석을 마무리하는 대목의 다음과 같은 끝부분은 『역사 철학 입문』의 구성상 이처럼 전략적인 위치를 차지한다. "예상 추정은 합리적인 행위의 조건이며 실제 이야기의 회고적 개연성이다. 우리가 결정과 순간을 무시한다면, 경험 세계는 본질이나 숙명으로 대체된다. 이런 의미에서 정치학의 부활인 역사 과학은 그 주인공들과 동시대의 것이 된다"(p. 187).

줄거리 구성과 법칙들에 의한 설명 사이에서 역사적 인과성이 맡는 매개 역할을 위한 이러한 변론을 끝내기에 앞서, 나는 현재의 논의와 역사 지식을 특징짓는 실체에 관한 다음의 논의를 연결하게 될 반론에 대답하고자 한다.

우리가 줄거리 구성과 단일한 원인 전가 사이의 연관 관계를 여전히 인지할 수 있는 것은 막스 베버가 선택한 예, 즉 1866년에 오스트리아-헝가리를 공격하려는 비스마르크의 결정이라는 실례가 갖는 한계 때문이라고 반박할 수 있다. 이 선택은 처음부터 추론 전체를 정치 영역, 그러니까 사건 중심의 역사의 측면에 국한시키지 않는가? 그것은 그 추론을 '동기'에 의한 설명의 한 변이체에 불과하게끔 하지 않는가? 그렇다. 만약 추론이 유추에 의해, 원인은 여전히 단일하면서도 더 이상 개인이 아닌 광범위한 역사적 사건들로 확대될 수 있다면 말이다.

이러한 유추에 의한 확장은 비스마르크의 예[19]에 관해 제기된 문제의 본질 자체에 의해 가능하게 되었다. 역사가는 자신이 사건의 흐름 속에서 한 개인의 책임을 조사할 때조차도 한편으로 원인 전가와 윤리적 책임을, 다른 한편으로 원인 전가와 법칙론적 설명을 명백하게 구별한다. 첫째 논점에 관해서는, "인과론적 분석은 결코 가치 판단을 제시하지 않으며, 가치 판단은 절대로 인과론적 설명이 아니다"[p. 225](p. 231)라고 말해야만 한다. 메이어 Meyer에 뒤이어 막스 베버가 선택한 예에서, 원인 전가는 "전쟁을 한다는 결정이 왜 바로 그때 독일 통일이라는 목적을 달성하는 데 적합한 수단이었는가"[p. 223](p. 228)를 생각해보는 것이다. 수단과 목적의 범주들을 사용함으로써 착각을 불러일으켜서는 안 된다. 즉 추론은 목적론적 부분을 포함하는 것이 확실하지만 전체적으로는 인과론적이다. 그것은 바로 그 결정의 합리적 핵심과는 다른 요인들, 그리고 이들 중에서 행동 방향을 주도하는 모든 중심 인물들의 비합리적 동기들, 게다가 물리적 자연에 속하는 '의미 없는' 요인들, 이 모든 것을 포함하는 사건

---

19) 다음의 논의는 우리를 앞부분, 즉 「에두아르 메이어의 사상 논의를 위한 기본 원리」[pp. 215~65](pp. 217~89)라는 제목의 막스 베버의 시론 1부로 되돌아가게 한다.

의 흐름 속에서 그러한 결정에 부여해야만 하는 인과론적 가치와 관계가 있다. 행동의 결과가 당사자들의 의도를 어느 정도까지 실망시키거나 저버렸는지를 말할 수 있는 것은 오직 원인 전가뿐이다. 의도와 결과들 사이의 괴리는 바로 결정에 결부된 인과론적 가치의 여러 양태들 중의 하나다.

이러한 고찰들은 우리가 여러 번 진술했던 주장, 다시 말해서 인과론적 설명이 목적이라는 용어뿐만 아니라 결과라는 용어로도 의도를 평가한다는 점에서, 그것은 개인적인 결정의 역사적 역할에 관련될 때조차도 행동의 현상학과 구별된다는 주장과 많은 유사점을 가지고 있다. 이런 의미에서 막스 베버에 의한 원인 전가는 목적론적 부분들과 인식적 부분들을 구성하고 있는 폰 라이트의 준인과론적 설명과 일치한다.[20]

그러므로 단일한 원인 전가에 관한 추론이 이론상 개인적이 아닌 집단적인 부류의 원인이 개입되는 일련의 사건들로 확대된다면, 그것은 이미 비스마르크의 예(개인적인 결정의 역사적 의미 작용)에서 보여주듯이 역사적 전가가 도덕적 전가로 환원될 수 없기 때문이다.

사실 또 다른 형태의 반론이 다시 제기될 수 있을 것이다. 즉 어떠한 도덕적 책임도 더 이상 문제되지 않을 때 여전히 전가에 대해 말하

---

20) 바로 같은 의미에서 아롱은 도덕적 책임, 법적 책임, 역사적 책임을 구별한다. "윤리학자는 의도를, 역사가는 행위를 목표로 삼으며, 법학자는 의도와 행위를 대조하고 그것들을 법적 개념에 따라 평가한다"(p. 170). "자신의 행위를 통해 우리가 그 원인을 찾고자 하는 사건을 일으키거나 일으키는 데 기여했던 사람은 역사적으로 책임이 있다"(같은 책). 그렇게 함으로써, 역사가는 전가 개념을 고발 개념에서 분리시키는 데 기여한다고 말하고 싶다. "역사가의 입장에서 〔……〕 전쟁은 범죄가 아니다"(p. 173). 만약 원인 전가가 여전히 의도의 심리학적 해석과 구별되어야 한다는 점을 덧붙인다면, 이러한 구별이 미묘하고 불안정함을 인정해야 한다. 그것은 막스 베버의 어조와 다소 상이한 레이몽 아롱의 어조를 설명한다. 즉 전자는 자신의 분석을 대단한 확신을 가지고 이끌어간다. 레이몽 아롱은 복잡하게 만들고, 어느 정도까지 혼란스럽게 하는 것, 즉 '논리적 도식'에 보다 더 민감하다. 우리는 이미 그 점을 우연에 대한 분석에서 본 바 있다.

는 이유는 무엇인가라고 물을 수 있다. 전가라는 개념은 인과론적 설명과 입법적 설명을 구별하는 기준을 제공한다는 점에서 구분적 기능을 보유하는 것처럼 보인다. 나중에 다른 예들을 통해 보게 되겠지만, 인과론적 설명에 제공된 사건의 흐름이 비개인적인 요인들을 포용하더라도, 역사가는 그 단일성을 통해 사건의 흐름을 고찰한다. 이런 의미에서, 나는 개인(개인적인 결정)이 다만 단일한 원인의 첫번째 유추항 analogon일 뿐이라고 말하고 싶다. 그러므로 개인적인 결정의 역사적 의미 작용에 대한 검토에서 나온 추론은 어떤 본보기가 되는 가치를 지니고 있다. 슈타인 Stein 부인에게 보낸 괴테의 편지들을 생각해보자(이 예는 여전히 메이어의 역사 이론에 관한 막스 베버의 시론에서 빌려온 것이다). 그 편지들을 인과론적으로 해석하는 것, 다시말해서 어떻게 이 편지들이 증언하는 사실들이 '인과 관계로 연결된 실제적인 고리들' 인가, 즉 괴테 작품의 개성이 발휘된 것인가를 입증하는 것과, 인생을 이해하는 한 방법을 보여주는 예로서나 또는 에로티시즘의 심리학을 위한 한 경우로서 그것들을 생각하는 것은 별개의 것이다. 인과론적 설명은 여전히 단일한 것이지만 개인적 관점에 한정되지는 않는다. 왜냐하면 이러한 유형의 전개는 이번에는 독일 문화사의 인과 관계 전체에 통합될 수 있기 때문이다. 이 경우 개인적 사실 자체는 역사의 인과론적 계열 속에 들어가지 않지만, "이러한 인과론적 계열들 속에 통합될 만한 사실들을 드러내 보이는"[p. 244](p. 259) 데 도움이 된다. 이러한 인과론적 계열들은, 비록 전형적인 사실들을 통합하지만, 단일한 것이다. 원인 전가와 입법적 설명을 구별하는 것은 바로 이러한 인과론적 계열들의 단일성이다.[21] 어떤 역사적 요인의 중요성에 대한 문제가 제기되는 것은 인과론적 설명

---

21) 여기서 막스 베버는 스트라스부르의 총장 연설(Geschichte und Naturwissenschaft, 1894)에서 빈델반트에 의해 구별된 (자연 과학에 고유한) 입법적 절차와 (문화 과학에 고유한) 개별 서술적 절차를 암시하고 있다.

이 단일하며, 이런 의미에서 현실적이기 때문이다. 중요성의 개념은 입법적 설명의 계열이 아닌, 인과론적 설명의 계열에서만 작용한다.[22]

단일한 원인 전가의 개념이 원칙적으로 개인들에 대한 원인 전가를 초월하여 확대될 수 있다는 주장은 막스 베버가 한 번 더 메이어에게서 빌려온 또 다른 예를 통해 확증된다. 역사가는 살라미스 해전이라는 사건을 무수한 개인적 행동들로 분석하지 않고서도 그 역사적 영향력에 대해 생각해볼 수 있다. 어떤 추론 상황에 놓인 역사가의 입장에서 살라미스 해전은 그 자체로서 단일한 원인 전가의 대상이 될 수 있다는 점에서 유일무이한 사건이다. 이 사건은 그 개연성을 수치화하지 않고도 인정할 수 있는 두 가지 가능성 중에서 결정한다는 것을 우리가 입증할 수 있다는 점에서 그 경우에 해당된다. 한편으로, 만약 전투에서 패배했다면 그리스에 강요되었을 종교-신정(神政) 문화의 가능성인데, 그 문화는 기지(旣知)의 다른 요인들을 토대로 그리고 유사 상황들, 특히 유폐지로부터 돌아오는 유태인에 대한 고대 페르시아의 보호령 제도와의 비교를 통해 다시 세울 수 있는 것이다. 다른 한편으로, 그것은 실제로 전개되었던 바와 같은 자유로운 고대 그리스 정신이다. 살라미스의 승리는 이러한 전개에 대한 적합한 원인으로 간주될 수 있다. 기실 우리는 사유를 통해 사건을 제거함으로써 일련의 다른 요인들, 즉 아티카 함대의 건조, 자유를 위한 투쟁의 전개, 역사 기술에 관한 호기심 등, 우리가 사건에 의해 선택된 '가능성'이라는 명목으로 요약하고 있는 요인들을 모두 제거한다. 우리로 하여금 페르시아 전쟁에 관심을 갖게 하는 것은 아마도 우리가 다른 것과 바꿀 수 없는 자유로운 고대 그리스 정신의 문

---

22) 막스 베버는 존재 동기 Real-Grund와 인식 동기 Erkenntnisgrund를 대립시키면서 이러한 차이를 언급한다. "인과 관계가 인식 원리로서가 아니라 존재 원리로서 중요성을 갖는 것과 마찬가지로, 역사에서도 단일하며 개별적인 요소들은 인식 수단으로서뿐만 아니라 아주 단순히 인식의 대상으로서도 문제가 된다"[p. 237](p. 249).

화적 가치에 부여하는 그 중요성일 것이다. 그러나 인과론적 추론의 논리적 구조를 이루는 것은 추상 작용이 낳은 '상상적 일람표'의 구성이며, 그리고 제거된 것으로 추정된 사건의 결과들에 대한 검토다. 따라서 이 인과론적 추론은 개인적 결정에 더 이상 적용되지 않더라도 단일한 원인 전가로 남는다.

그러나 막스 베버의 원전은 개인적 결정의 영역과 정치 군사적 역사를 벗어나서 단일한 원인 전가에 관해 훨씬 더 주목할 만한 예를 제공한다. 『프로테스탄티즘의 윤리와 자본주의 정신 *L'Ethique protestante et l'esprit du capitalisme*』에서 구사된 논법은 바로 방금 기술된 인과론적 추론 방법을 충족시키고 있다. 비록 프로테스탄티즘 윤리의 몇 가지 특징과 자본주의의 몇 가지 특징 사이에서 주장되는 밀접한 관계가 개별적인 개인이 아닌 역할, 정신 구조, 제도와 관계가 있지만, 그것은 단일한 인과 관계를 구성한다. 그뿐만 아니라 인과 관계는 일회적 사건과 장기 지속의 차이를 부적합한 것으로 만드는 유일한 과정을 구조화한다. 이런 의미에서 막스 베버가 이 작품에서 옹호하는 주장은 단일한 원인 전가에 있어서의 주목할 만한 요건이다.

논증은 어떠한 방식으로 이루어지는가? 추상화 방법을 그대로 따르는 베버는 종교 현상에 관해서는 노동 윤리의 특수한 구성 요소를 분리하고, 경제 현상에 관해서는 합리적 계산, 사용 가능한 수단들을 원하는 목적에 정확하게 맞추기, 그리고 노동 그 자체의 가치 부여로 특징지어지는 획득 심리를 분리한다. 그렇게 되면 문제의 범위는 매우 한정된다. 자본주의의 출현을 총체적인 현상으로 설명할 필요는 없으며, 그것이 함축하는 특별한 세계관이 문제가 된다. 금욕적 프로테스탄티즘의 종교관 자체는 자본주의 정신에 비하면 그 적합한 인과 관계를 통해서만 고찰된다. 문제의 범위가 이처럼 한정되면, 법칙론적 유형의 온갖 규칙성이 부재할 때 원인 전가의 적합성이 문제가 된다. 물론 경험적 일반화 작업이 적용되는데, 예를 들어 노동에의

376

능동적인 참여로 증명된 개인의 선택에 대한 믿음과 같이, 개인의 최
종 책임을 면해주는 예정설과 같은 교리는 안정감을 주는 몇몇 요인
들에 의한 보상을 통해서만 용납할 수 있었다는 주장이 그것이다. 그
러나 이런 종류의 경험적 일반화는, 자본주의 정신과 프로테스탄티
즘 윤리라는 두 가지 형상화와 그들의 결합이 여전히 역사에서 유일
하다는 점에서 전자를 후자에 전가하는 것, 그러니까 단일한 원인 전
가라는 결론을 끌어내는 귀납적 추론에 삽입되는 논증 부분일 뿐이
다. 원인 전가를 옹호하기 위한 막스 베버의 방식은 메이어를 다룬
논문에서 권장하고 있는 바로 그 방식이다. 그것은 앞서 말한 정신적
요인이 부재하고 가령 노동의 프로테스탄티즘 윤리가 맡은 역할을
다른 요인들이 수행하는, 그런 역사의 흐름을 상상하는 것이다. 이러
한 다른 요인들 중에서 법률의 합리화, 상업의 조직, 정치 권력의 중
앙 집권, 기술의 발명, 과학적 방법의 발전 등을 들지 않으면 안 된
다. 개연성의 추정을 통해 우리는 앞서 말한 정신적 요인이 부재할
때, 이 다른 요인들이 문제의 효과를 자아내는 데 충분하지 않았을
것이라는 암시를 얻게 된다. 예를 들어 과학적 방법의 출현은 특정
목표에 대한 에너지의 집중, 수단과 목적의 정확한 연결을 가져올 수
있었을 것이다. 그러나 프로테스탄티즘 윤리만이 가져올 수 있었던
감동의 힘과 보급 능력은 부족했을 것이다. 이런 의미에서 과학적 방
법이 전통 윤리를 부르주아의 노동 윤리로 변화시킬 수 있었던 개연
성은 희박하다. 프로테스탄티즘 윤리를 자본주의 정신 발달의 적합
한 원인으로 간주할 수 있기 위해서는, 똑같은 추론이 인과성의 다른
소인들에서도 되풀이되어야만 한다. 원인 전가의 적합성이 필연적
추론이 아니라, 다만 개연적 추론과 동등한 가치를 갖는 것은 바로
그 때문이다.

　단일한 원인 전가가 이처럼 더 이상 개인적 결정이나 일회적 사건

조차도 식별할 수 없는 역사적 전개로 확장됨으로써, 우리는 역사적 설명이 이야기와의 연결선을 끊었던 것처럼 보이는 지점에 이르렀다. 그렇지만 우리가 얽매이지 않고 막스 베버의 텍스트를 읽음으로써, 그리고 레이몽 아롱의 『역사 철학 입문』에 힘입어 방금 재구성했던 그 단계들의 유연 관계는 줄거리 개념을 유추에 의해 모든 단일한 원인 전가에 적용할 수 있게 해준다. 나는 바로 그것이 폴 베인이 사용했던 줄거리라는 용어를 정당화하는 것이라고 생각한다. 그는 줄거리라는 용어로, 내가 제안했던 줄거리 구성의 기준, 즉 상황, 의도, 상호 작용, 역경, 행운이나 불운 사이의 이질적인 것의 종합을 충족시키는 모든 단일한 형상화를 지칭하고 있다. 또 한편으로는, 우리가 확인한 바와 같이, 폴 베인은 그렇게 대략 목적과 원인과 우연의 결합으로 줄거리를 정의한다. 그렇지만 이야기 구조와 역사적 설명의 간접적인 관계에 관한 추론과 일관성을 유지하기 위해서 나는 준-줄거리에 대해 언급할 것이며, 그리하여 개인적 결정의 결과들에 대한 인과론적 설명이라는 그 최초의 예에 입각하여 단일한 원인 전가의 확장이 갖는 유추적 성격이 드러나게 될 것이다.

설명의 절차 문제에서 역사 지식의 기본 실체의 문제로 옮겨감으로써 우리는 바로 이러한 유추를 주제로 삼을 것이다.

3. 역사 기술의 일차적 실체들

나는 학술적인 이유에서 역행 질문의 세 가지 과정을 구별한 바 있다. 즉 과학적인 역사의 설명 절차를 이야기의 줄거리 구성에 포함된 설명 능력으로 되돌리는 과정, 역사가가 구성한 실체를 이야기의 인물에게로 되돌리는 과정, 역사의 다양한 시간을 이야기의 시간적 변증법에로 되돌리는 과정이 그것이다.

본 장의 머리말에서 기술한 인식론적 단절의 세 가지 양상이 그러했듯이, 이 세 과정은 불가분의 것이며, 그 공통된 특징은 1) 역사 기술과 서술적 이해 능력이 간접적인 연관성으로 연결된다는 것뿐만 아니라 2) 역사 기술 자체가 역사적 지향성의 재구성 작업에 제공하는 중개자를 사용하는 것이라 할 수 있다.

1) 우선 서술적 연관성의 이러한 간접적인 성격, 즉 절차 면에서와 마찬가지로 실체 면에서도 입증되는 성격을 강조할 것이다. 나로서는 역사 기술의 실체와 서술적 인물 간의 인식론적 단절이야말로 우리가 그로부터 출발해야 하는 전제라고 생각한다. 한 인물은 고유 명사로 지칭되고, 신원이 확인되며, 그에게 부과된 행동의 책임자로 간주될 수 있다. 그는 행동의 당사자이거나 희생자이며, 그로 인해 행복하거나 불행해진다. 그런데 만약 우리가 역사의 명시적 인식론으로 만족한다면, 역사를 통해 설명하려고 노력하는 변화들의 원인으로 여겨지는 실체는 인물이 되지 않는다. 즉 개인적인 행동의 이면에서 작용하는 사회적 힘은 그 고유의 의미에서 익명의 것이다. 원칙적으로 모든 사회적 변화는 그 당사자이자 최종 책임을 지는 개인들에게 부과할 수 있는 기본 행동들로 분해될 수 있다는, '인식론적 개인주의'라는 이러한 형태로 인해 그 가치를 인정받지 못하는 것처럼 보이는 전제가 바로 그것이다. 방법론적 개인주의의 오류는 실제로 결코 성공할 수 없는 환원 작업을 원칙적으로 요구한다는 것이다. 거기서 나는 직접 파생을 요구하는 표현을 보게 되는데, 그것은 이러한 영역에서만 실행할 수 있는 역행 질문의 특수성을 인정하지 않는다. 간접 파생만이 역사 지식의 지향 목표를 무너뜨리지 않고서도 인식론적 단절을 유지할 수 있다.

2) 그렇기 때문에 문제는 이러한 지향 목표가 사실상 설명 절차 면에서 단일한 원인 전가의 중개자와 유사한 중개자를 역사 기술의 실체 면에서 가지고 있는가 하는 것이다.

그런데 이런 중개자는 역사 지식의 일차적 실체, 즉 집단적 실체의 형태로 존재한다. 이는 무수히 많은 개인 행동으로 분해할 수 없는 것이면서도, 그럼에도 그것을 구성하고 정의할 때 이야기의 인물로 간주될 수 있는 개인을 언급하는 것이다. 본 장의 머리말에서 나는 이러한 일차적 실체를 참여에 의해 소속된 실체entités d'appartenance participative 라고 부른 바 있다. 다음의 논의는 그렇게 이름 붙이게 된 근거를 제시할 것이다.

우리가 단일한 원인 전가라는 제목하에 위치시켰던 설명 절차는 우선적으로 바로 이러한 일차적 실체에 적용된다. 달리 말해서 과학적 설명과 줄거리 구성에 의한 설명 사이의 매개 절차에는 역사 기술 실체와 우리가 이야기의 인물이라고 명명하는 서술 실체 사이를 매개하는 과도적 대상이 대응한다. 참여에 의한 소속과 실체의 관계는 단일한 원인 전가와 역사 기술 절차의 관계와 같다.

어떠한 역사가라도——그리고 우리가 3부에서 다시 거론할 브로델의 예는 그 점을 충분히 입증하고 있다——, 비록 그가 철학자들이 생각하는 인식론을 믿지 않는다 하더라도, 어느 땐가는 자신의 담론 속에 등장시키는 실체들을 정리하게 된다. 발생론적 현상학은 이러한 정리 작업에 도움을 주면서 그것을 명확히 설명하고자 한다. 역사가라는 직업을 가진 사람의 입장에서 실체들을 정리하는 것은 새로운 것을 발견하게 하는 풍부함으로 인해 충분히 정당화된 반면에, 발생론적 현상학은 담론 층위들의 계층화를 역사 지식의 지향성, 그 구성적 노에시스noèse의 목표에 결부시키려고 한다. 이를 위해 이 현상학은 역사가가 행하는 정리 작업이 방법론적인 미봉책으로 귀착되지 않고, 반성적으로 설명할 수 있는 특유의 이해 가능성을 함축하고 있음을 보여주고자 한다. 이러한 이해 가능성은 역사적 담론에 의해 그 기준이 되는 실체들 사이에서 설정된 단계적 과정을 두 가지 방향으로 밟아갈 수 있는 가능성으로 귀결된다. 첫번째 과정은——상승한다고 말할 수 있는——이야기의 측면과 역사-과학의 측면 사이에서 증대하는 괴리의 경계를 표시할 것이다. 두번째는——하강하는——역사 담론의 익명의 실체를 어떤 가능한 이야기의 인물로 귀결시키는 전환의 계열에 경계 표시를 할 것이다. 정리 작업의 이해 가능성은 이 두 과정이 지니는 전환성에서 비롯된다.

역사 담론의 기본 실체를 결정하는 것은 바로 이러한 이해 가능성의 탐구에서 한 자리를 차지한다. 이처럼 참여에 의해 소속된 실체들은 상승 과정과 하강 과정의 교차점에 위치한다. 바로 이러한 전략적인 위치야말로 실체의 결정을 역행 질문의 주축이 되게 한다.

1. 간접 파생의 시도를 잘 해내기 위해서는, 서술학적 주장에 대한 모리스 만델바움의 반감에도 불구하고, 그의 저서 『역사 지식의 해부 *The Anatomy of Historical Knowledge*』에서 다소 도움을 얻을 것이다.[23] 내가 그에게서 받아들인 것은 역행 질문 방법에 삽입되는 두 가지 지침이다. 첫번째는 역사가의 담론이 수용하는 실체들의 정리 작업과 관련이 있다. 두번째는 만델바움이 역사 지식의 일차적 실체로 간주하는 것과 원인 전가의 절차——더구나 우리가 그 이론을 세웠던——의 상관 관계에 관한 것이다. 다시 말해서 이 두번째 지침은 역행 질문의 두 방향, 즉 실체의 방향과 절차의 방향을 서로 연결할 수 있게 할 것이다. 그러면 기본 실체부터 살펴보자.

모리스 만델바움은 자신의 인식론으로 인해 포섭 모델의 지지자와 서술학적 설명의 지지자로부터 똑같이 거리를 두게 된다. 그는 포섭 모델의 지지자에 맞서, 역사가 다루는 상황과 사건의 전형성에도 불구하고, 그리고 역사가가 일반 개념을 사용함에도 불구하고, 역사는 근본적으로 "[……] 어느 특정 시기 동안에, 몇몇 특정 장소를 특징짓

---

23) Maurice Mandelbaum, *The Anatomy of Historical Knowledge*, Baltimore: The Johns Hopkins University Press, 1977.

는 방식으로 사실이었던 것"을 다룬다고 주장한다. "따라서 역사가는
설명적 일반 개념을 확립하기보다는 오히려 특수성에 전념한다는 낯
익은 주장은 나에게는 상당한 근거가 있는 것처럼 보인다"(p. 5). 달
리 말해서 만델바움은 빈델반트가 설정한 개별 서술적 학문과 입법
적 학문 사이의 구별을 고려하고 있다.[24] 서술학론적 설명의 지지자에
맞서, 만델바움은 역사란 탐구, 즉 진술의 정당성을 증명하고, 사건들
간에 수립된 관계들의 원인을 설명하는 데 관심을 갖고 있는 연구 분
야라고 주장한다. 그러므로 역사적으로 특이한 일군의 사실들에 관
심을 기울인다 해서 반드시 그 관계의 사슬 속에 규칙성을 도입할 수
없는 것은 아니다. 본 저서의 1장과 2장의 결론과 대체로 일치하는
이 전제들을 여기서 논의하지는 않겠다.

　여기서 내가 주목하고자 하는 주장, 즉 역사의 환원할 수 없는 대
상은 집단적 부류라는 주장은 바로 이러한 배경하에서 부각된다. 역
사는 개인의 사고와 감정과 행동을 그 사회적 환경의 특정 상황 속에
서 검토한다. "개인은 다만 특정 시간과 장소에 존재하는 어떤 사회
의 본질과 변화를 기준으로 해서 검토됨에 따라 역사가의 관심을 유
발한다"(p. 10). 언뜻 보기에 이런 주장은 따로 떼어놓고 본다면 역사
층위와 이야기 층위——이야기의 인물은 자신의 행동에 대해 책임을
지는 개인으로 인정될 수 있어야 한다——사이의 불연속성만을 확인
하고 있다. 그러나 사회라는 용어에 대한 보다 더 정확한 규정은 우리
를 기본 실체에 대한 특정 문제로 이끈다. 그 문제는 역사 기술의 두
가지 양태, 즉 "일반사"와 "특수사"(p. 11)의 구별에서 비롯된다. 일반
사는 민족과 국민과 같이 그 존재가 연속적인 개별 사회를 주제로 한
다. 특수사는 바로 그러한 연속적인 존재의 부재로 말미암아 예술,
과학, 종교 등과 같이 중요한 것을 규정할 책임이 있는 역사가의 제

---

24) Wilhelm Windelband, *Präludien* (5ᵉ éd., Tübingen: Mohr, 1915) 2, pp. 144~45.

안에 의해서만 서로 연결되는 공업 기술, 예술, 과학, 종교와 같은 문화의 추상적 양상을 주제로 한다.

역사 기술의 궁극적인 좌표로서의 사회 개념은 문화 개념과의 대립을 통해 규정되는데, 그것은 후에 나로 하여금 그 개념을 이야기 측면과 설명적 역사 측면 간의 과도기적 대상으로 특징짓게 해줄 것이다.

사회 개념을 문화 개념과 대조하면서 명확하게 밝혀보자. "사회란 특정 지역을 지배하며 조직 공동체에서 살고 있는 개인들로 구성된다고 말할 수 있다. 그러한 공동체의 조직은 여러 개인이 맡는 지위를 정하는 데 사용되는 제도를 통해 안정되며, 공동체의 연속적인 존재를 영원히 보존하면서, 수행해야 하는 역할을 개인에게 할당한다"(p. 11).

이 정의를 구성하는 세 요소는 중요하다. 첫째 요소는 공동체, 그러니까 그 지속 기간을 장소에 결부시킨다. 둘째는 제도화된 역할을 할당하면서 그 공동체를 개인과 연관시킨다. 셋째는 공동체를 그 연속된 존재로 특징짓는다. 이 셋째 요소는 나중에 기본 실체와 인과 관계의 절차—이 층위에서 기본 실체에 대응하는—사이를 확실히 연결할 수 있게 할 것이다.

문화 개념에는 사회적 창조에서 생겨나고 개인의 관습에 연루되며, 그리고 전통에 의해 전수되는 모든 후천적 지식, 즉 언어, 기술, 예술, 종교적이거나 철학적인 태도와 믿음이 내포되어 있다. 그것은 이 다양한 기능이 어떤 개별 사회의 내부에서 살고 있는 개인들의 사회적 유산 속에 포함된 데 따른 것이다.

물론 어떤 경우에라도 차이를 두기는 어렵다. 우리는 가족 제도, 재산의 분배, 노동의 조직을 포함하여 개인의 역할을 규정하는 제도가 문화의 측면이 아닌 사회의 측면에 위치하는 이유를 생각해볼 수 있다. 그에 대한 대답은 사회의 세번째 특징, 즉 사회란 개별적이며 연속적으로 존재한다는 특징을 통해 제시된다. 그 결과 한 제도는 연속적으로 존재하는 어떤 개별 사회의 통합 요인을 구성한다는 점에서, 문화에 속하지 않고 사회에 속한다. 그 반면에 문화를 규정하는 활동들은 개별 사회와는 별도로 생각해야 하며, 역사가에 따라서 큰 차이를 보일 수 있는 정의에 의해 그 양태들은 동일한 분류 개념으로 재편성된다.

개별 사회의 역사와 활동 영역의 역사 사이의 이러한 구별은 중간 사례의 모든 단계들 중에서 두 극단을 나타낸다. 그러므로 집단적 현상은 정치, 경제, 사회 등의 양상으로 분석되는데, 그에 대한 구분, 정의, 관계들은 문화라는 명목하에 위치한 활동과 같은 자격으로 인위적 구조를 만드는 방법론적 선택에서 나온다. 그러나 한 개별 사회의 '다양한 면'으로 이해되는 한, 그러한 양상들은 결국 이 사회의 특징을 이룬다. 다양한 면은 총체적인 집단 현상의 주목할 만한 어떤 특징에 의해 이 현상에 결부된다. 다시 말해서 이 현상은 제도와 권력의 조직망에 의해 구성되는데, 그 무한한 밀도는 지도처럼 다양한 규모의 탐구에 적합한 것이다. 양상, 차원 또는 면모들로 분석되어지는 집단적 현상이 지니는 이러한 능력은 일반적 (총체적이라는 표현이 더 좋을 듯하다) 역사에서 특수한 (또는 전문화된) 역사로의 이행을 보장한다. 그러나 이 양상들을 따로 떼어서 전문화된 역사의 주요 논지가 되는 영역들로 재편성하는 것과, 이 양상들을 개별 사회에 결부시켜 그 사회의 특징을 보다 더 세밀하게 규정함으로써 그 특이한 정체성을 회복시키는 것은 별개의 일이다. 전문화된 역사에 관한 역추론을 해볼 수 있다. 매번 그것은 별개의 활동 '영역' ——기술, 과학, 예술, 문학, 철학, 종교, 이데올로기——을 주된 주제로 삼는다. 그런데 하나의 영역은 구체적인 어떤 전체가 아니라 인위적인 방법의 산물이다. 따라서 예술사가는 자신의 예술관에 준하는 기준에 따라 불연속적인 작품들을 수집하여 정리한다. 그렇지만 약정에 의한 이러한 범위 한정은 전적으로 예술사가의 뜻대로 되지 않는다. 작품들은 자신이 개별 사회의 역사적 연속성 속에 뿌리박고 있음을 나타내는 전통과 영향의 그물 속에 위치하며, 그러한 역사적 연속성으로부터 어떤 연속성을 빌려온다. 그렇게 해서 전문화된 역사들은 일반적 또는 총체적 역사를 참조한다.

그러므로 문화적 산물들 간의 연계의 인위성을 강조하느냐, 아니면 그들로 하여금 개별 사회의 시간적 연속성을 공유하게 하는 전통을 강조하느냐에 따라 연구 작업은 전문화된 역사 쪽이나 총체적인 역사 쪽으로 기운다. 바로 제도와 활동의 반(牛)자율성이야말로 이 양자를, 집단적 현상을 규정하는 일군의 특이한 역사적 사실들이나 문화적 현상을 규정하는 산물과 성과의 영역에 결부시킬 수 있게 하는 것이다.[25]

만델바움의 입장에서 볼 때, 사회라는 개념은 이야기의 인물로부터 역사적 실체를 이끌어내기 위한 중개자를 어떤 경로로 제공하는가? 단일한 원인 전가가 줄거리 구성과 유사성을 보임으로써 우리가 그에 대해서 준-줄거리, 또는 넓은 의미에서 줄거리라는 말을 쓰는 것을 정당화하는 것과 마찬가지로, 사회도 단일한 실체로 다루어지

---

25) 1938년의 저서 『역사 지식의 문제 *The Problem of Historical Knowledge*』를 통해 모리스 만델바움 자신이 역사의 객관성에 관해 야기시켰던 논쟁에서의 과열을 막을 목적으로 이러한 구별을 도입했다는 것은 의문의 여지가 없다. 사실 '특수한' 역사보다는 '일반적' 역사의 객관성을 더 기대할 수 있다. 왜냐하면 그 대상의 연속적인 존재는 분류하고 연결하는 역사가의 작업 이전에 주어지기 때문이다. 그러므로 동일 사건에 대한 상이한 관점들을 상호 연결하는 overlocking 것이나, 동일 사건의 (정치적 · 경제적 · 사회적 · 문화적) 면들을 서로 연결하는 것은 여기서 원칙적으로 가능하다. 전문화된 역사는 역사가의 논쟁의 대상이 되는 학설과 훨씬 더 분명한 관계를 맺고 있으며, 그만큼 분류 기준은 저마다 다르다. 따라서 일반사의 객관성이 수립되는 확증, 수정, 반박의 절차를 거기에 적용하는 것은 훨씬 더 어렵다. 여기서 나의 관심을 끄는 것은 객관성에 관한 논쟁이 아니라, 사회의 특이성과 문화 현상의 일반성을 구별함으로써 역사 담론의 실체에 적용되는 발생론적 현상학을 위한 자료가 제공된다는 점이다.

는 이상 역사 담론 속에서 어떤 준-인물처럼 나타난다. 그런데 이러한 유추에 의한 전이는 수사학적 효과로 귀착되지는 않는다. 그것은 이야기 이론과 집단적 현상의 구조 속에 이중으로 근거를 두고 있다.

한편으로, 행동하는 사람이라는 의미로 이해되는 인물 개념에서 실제로 그 사람이 개인일 필요는 없다. 본 저서 3부의 문학적 분석이 충분히 입증하겠지만, 이야기의 기본 서술 문형 "X는 R을 행한다"에서 동작 술어의 문법 주어로 지칭되는 사람은 누구라도 인물의 위치를 차지할 수 있다. 이런 의미에서 역사는 인물과 실제 당사자 사이에서 줄거리 구성에 의해 수행되는 분리를 단지 연장·확대할 따름이다. 역사는 그 완전한 서술적 차원을 인물에게 부여하는 데 기여한다고 말할 수도 있다. 〔행동에 대해〕 책임이 있는 개인은 민족, 국가, 계급 그리고 단일 사회라는 개념을 예시하는 모든 공동체가 포함되는 일련의 유사항 중의 첫번째에 불과하다.

다른 한편으로, 집단적 현상 자체는 인물 역할의 유추적 확장을 조정하는 결정적인 특징을 내포하고 있다. 단일 사회에 대한 만델바움의 정의는 그 사회를 구성하는 개인들을 우회적으로 지시하지 않고서는 불완전할 수밖에 없을 것이다. 이러한 우회적인 지시를 통해 이번에는 사회 자체를 그 사회 구성원들과 유사한 거대한 개체로서 다룰 수 있게 된다. 바로 이런 의미에서 플라톤은 도시 *Cité*가 대문자로 씌어진 영혼인 것처럼 말했으며, 후설은 『데카르트의 다섯번째 명상 *Cinquième Méditation cartésienne*』에서 역사적 공동체를 '상위의 인격'이라고 부르고 있다.

이러한 논의에서 두 가지 점이 특기할 만하다.

첫째는 집단적 현상에 대한 각각의 정의에서, 사회를 구성하는 개인들에 대한 우회적인 지시에 관한 것이다. 둘째는 이런 우회적인 지시가 유추를 통해 인물의 역할을 역사 담론의 일차적 실체로 확장하는 데 기여하는 것과 관련된다.

개인에 대한 우회적인 지시는 만델바움이 사회를 정의하는 특징들, 즉 영토의 편성, 제도의 구조, 시간의 연속성 속에 함축되어 있다. 세 가지 특징은 모두, 영토에서 거주하며, 제도에 의해 지정된 역할을 수행하고, 세대 교체를 통해 그 사회의 역사적 연속성을 보장하는 개인들을 가리킨다. 나는 이러한 지시를 우회적이라고 부른다. 왜냐하면 그것은 그 개별 구성 요소를 명백히 지시하지 않고서도 별 무리없이 집단적 실체로 만족할 수 있는 역사가의 **직접적인 담론**에 속하지 않기 때문이다. 그런데 이런 우회적인 지시를 주제로 삼는 것은 과학적 야심을 가진 연구 분야로서의 역사에 맡겨진 책임이 아니라고 한다면, 그 대신 개인과 개별 사회 간의 관계의 기원을 공동―존재 être-en-commun의 현상에서 발견하는 것은 발생론적 현상학의 임무다. 이 현상학은 일차적인 역사적 실체를 행동 영역에 결부시키는 참여에 의한 소속이라는 현상 속에서 그 기원을 찾는다. 이러한 관계는 행동의 책임자를 ~의 구성원으로 규정한다. 이 관계는 구성원이 그에 대해 갖는 의식보다 우선시된다는 점에서, 우리는 이러한 관계를 실제적이고 존재론적이라고 말할 수 있다. 물론 그처럼 인지될 수 있다는 것, 즉 체험되고 공언될 수 있다는 것은 이러한 관계에 달려 있다. 그러나 이처럼 인지하는 것은 그것이 언어에 대해 갖는 관계 자체를 통해 토대를 마련한다. 소속 관계의 존재론적 선행성과, 그에 대한 인지 사실을 증명하는 상징적 매개들――규범, 관습, 제의(祭儀) 등――의 역할도 마찬가지로 확인해야 한다. 그 결과 의식의 정도도 그 자각의 양태도 이러한 관계를 구성하지 않게 된다. 이 점을 염두에 두고 잠시 의식 정도의 관점에서 생각해보자. 소속 관계는 애국심이나 계급 의식이나 맹목적 애향심처럼 매우 강렬한 느낌으로 체험될 수 있다. 그러나 그것은 또한 사회의 나머지 구성원이 변절자나 반역자로 규정짓는 사람들, 또는 자신을 반체제파나 망명자나 무법자로 간주하는 사람들에 의해서 잊혀지고 무시되며 숨겨질 수 있으며, 게다가 격렬하게 부정될 수 있다. 그렇게 되면 그들의 감추어진 충성을 밝히는 것은 이데올로기 비판의 임무일 수 있다. 그러나 이러한 비판은 이번에는 의식(과 명확한 의식을 갖게 하는 가능성)에 대한 관계의 선행성을 전제로 한다. 그런데 명확한 의식의 양태로 말하자면, 참여에 의한 소속의 증명은 가장 다양하며 게다가 또 대립되는 가치를 부여하는 기미를 보일 수 있다. 모든 단계는 (3절에서 다시 거론될 『프랑스 대혁명을 생각하기 *Penser la Révolution française*』[26]에서 프랑수아 퓌레 François Furet가 사용한 표현에 의하면) 승인과 거절, 추념과 증오의 극단 사이에서 전개된다.

집단적 현상이 개인을 삼중으로 지시한다는 사실은 앞서 만델바움의 정의에서 이끌어낼 수 있으며, 명백히 그것은 발생론적 현상학이 밝힌 참여에 의한 소속 관계에서 유래한다. 영토의 편성에는 거주 행위, 즉 인간이 거주하는 공간의 성격을 다음과 같은 일련의 행동들로 규정짓는 행위가 대응한다. 이를테면 집을 짓고 문턱을 표시하며 그것을 넘어서 함께 살며 손님을 맞이하는 행동들이다. 제도적으로 개인에게 어떤 지위를 부여하는 것에는, 집단의 구성원들이 담당하는 다양한 양태의 역할들, 즉 일하고, 생업에 종사하고, 노동과 여가를 연관시키고, 계급과 신분과 권력의 관계 속에 자리잡는 방식들이 대응한다. 집단적 존재의 영속성에는 사랑과 죽음을 엮어가며, 살아 있는 사람에게 동시대인뿐만 아니라 선조와 후손까지도 갖게 하는 세대 간의 관계가 대응한다.[27]

---

26) Paris: Gallimard, 1978; 아래 pp. 433 이하 참조.

27) 나는 4부에서 사회 현실의 이러한 삼중의 시간 구조에 대한 알프레드 슈츠 Alfred Schutz의 탁월한 분석을 통해 이를 다시 거론할 것이다. 모리스 만델바움에게서도 이 우회적 지시를 옹호하는 추론을 찾아볼 수 있다. 그는 만일 역사가가 사회에서의 자신의 고유한 생활 경험을 통해 그러한 총체적 변화에 이미 익숙해 있지 않다면, 설명의 분석적이고 불연속적인 스타일을 통해 특수 사회의 총괄적이며 연속적인 과정을 재구성할 생각을 가질 수는 없을 것이라는 점을 인정한다. "그래서

추론의 두번째 부분, 즉 개인에 대한 집단적 현상의 우회적 지시는 인물의 역할을 유추에 의해 일차적인 역사적 실체로 확장하는 것을 정당화한다는 주장을 살펴보자. 이러한 유추에 의해, 일차적인 역사적 실체는 동작과 정념을 나타내는 동사의 논리 주어로서 지칭될 수 있다. 그 대신에 유추는 개인에 대한 집단적 현상의 우회적 지시 이상의 어떠한 것도 요구하지 않는다. 프랑스가 이것을 행하고 저것을 겪는다라고 말하는 것은 바로 그 집단적 실체가 그 실체를 구성하는 개인들로 귀착되어야 함을 의미하지 않으며, 또한 그 행동이 각 구성원들에게 개별적으로 귀속될 수 있음을 의미하지는 않는다. 개인으로부터 역사 기술의 일차적 실체로 이동하는 용어의 전이에 대해서는, 그것이 단지 유추적임(그러니까 어떠한 환원성도 포함하지 않음)과 동시에 참여에 의한 소속의 현상을 통해 충분한 근거가 있음을 말해야만 한다.

개인을 지시하는 우회적 성격과 용어 전이의 유추적 성격 사이의 이런 관계를 인지한다고 해서 인식론적 중요성이 없는 것은 아니다. 가령 그것은 역사학과 기타 사회 과학으로 하여금 방법론적 개인주의의 어려움에서 벗어날 수 있도록 한다. 존재론적 계기와 반성적 계기에 동일한 무게를 실어줌으로써, 참여에 의한 소속 관계는 집단과 개인에게 동일한 무게를 부여한다. 그것은 한나 아렌트Hannah Arendt가 "공공의 출현 영역"이라고 불렀던 것에 개인이 위치하고 있음을 가리킨다. 이런 의미에서 집단적 현상을 구성하는 세 특징들 중의 어떠한 것도, 즉 영토의 편성도, 역할의 체제도, 존재의 연속성도 고립

우리가 집단적 구조를 이해하기 위한 근본 원리는 개인이 자신의 사회 속에서 성장하면서 겪게 되는 경험이며, 그리고 다른 사회에 관한 지식을 통해 얻는 지평의 확대이다"(p. 116). 모리스 만델바움이 지적하듯이 역사 기술은 무(無)에서 나오지 않는다. 그것은 역사의 통합 작업을 기다릴 무수한 사실들로부터 출발해서 어떤 구조를 받아들이는 것이 아니다. 역사는 항상 이전의 역사에서 태어나며 그것을 수정하게 된다. 그리고 이러한 본원적 역사의 이면에는, 그 내부의 모순과 외부의 도전이 어우러진 사회적 실천의 윤곽이 나타난다.

된 개인에게서 파생되지는 않는다. 반면에 이 세 특징의 어떠한 것도 개인적 행동과 개인들 간의 상호 작용에 대한 지시 없이 정의되지는 않는다. 그 결과 역사 지식의 과도기적 대상은 넘어설 수 없는 양극성(兩極性)을 보이는데, 참여에 의한 소속이라는 표현이 그 점을 요약하고 있다.[28]

준-줄거리 개념과 대칭적으로 선택한 준-인물이라는 개념은 다음과 같은 두 가지 추론에서 얻어진다. 즉 사회가 역사의 무대에서 어떤 거대한 개인처럼 기능하고, 역사가가 그러한 특이한 실체에게 어떤 행동 방향의 주도권과, 의도적으로 겨냥하지 않았다 하더라도, 결과에 대한 역사적 책임 ——레이몽 아롱의 관점에서—— 을 부여할 수 있는 것은 바로 각 사회가 개인들로 구성되어 있기 때문이다. 그러나 역사 담론이 통사론적 차원에서 이러한 전이를 수행할 수 있는 것은 이야기의 기법이 개인으로부터 인물을 분리하는 것을 우리에게 가르쳐주었기 때문이다. 달리 표현하자면, 일차적인 역사 기술 실체는 이차적·삼차적인 실체와 실제 행동의 차원 사이를 이어주는 중개자가 되는데, 그것은 다만 인물이라는 서술적 개념 자체가 역사에 의해 다루어지는

---

28) 이러한 추론이 전제로 하는 공동 존재 être en commun의 존재론에 관해서는 4부에서 다시 거론할 것이다. 후설이 『다섯번째 명상』의 말미에서 상위의 인격들을 상호 주관성에서 이끌어내는 데 성공할 수 있었는지를 생각해볼 것이다. 『경제와 사회 Economie et Société』의 서두에서 '사회적 행동'에 대한 막스 베버의 정의가 방법론적 개인주의의 난점을 벗어날 수 있게 하는지도 생각해볼 것이다. 이어서 나는 『사회적 존재의 현상학 Phénoménologie de l'être social』에 나타난 알프레드 슈츠의 사상과 업적에 빚을 지고 있음을 밝힌다. 사실 슈츠는 후설과 베버를 화해시키는 데 그치지 않고, 그들의 상호 주관성과 사회적 행동 개념을 하이데거에서 차용한 공동 존재 개념에 통합한다. 그렇다고 해서 그가 후설과 베버의 분석이 갖는 장점을 잃어버리거나, 이 모든 대가(大家)들을 편리하게 절충하는 것으로 만족하는 것은 아니다. 게다가 슈츠의 사회적 존재의 현상학은 허버트 미드Herbert Mead와 리처드 터너Richard Turner와 클리포드 거츠Clifford Geertz 같은 학자의 인류학으로부터 결정적인 도움을 받는데, 슈츠와 마찬가지로 나 역시 그들에게 학문적인 빚을 지고 있다.

390

이러한 일차적인 실체와 현실적 실천에 연루된 행동하는 개인 사이를 형상화 측면에서 이어주는 중개자가 되기 때문이다. 역사가의 일차적 실체는 미메시스 II의 영역에 속하는 인물이라는 서술적 범주를 통해서만 행동 영역의 실체, 즉 우리가 1부에서 미메시스 I의 이름으로 언급했던 실체와 관련된다.

2. 준-인물 이론과 준-줄거리 이론 사이의 대칭은, 단일한 원인 전가——우리는 거기서 역사적 설명과 서술적 설명 사이의 과도적 절차를 본 바 있다——가 바로 역사 담론의 일차적 실체 면에 적용되는 그 특권화된 영역을 가지고 있다는 사실과 당연히 관련이 있다. 사실 인과론적 추정의 중요한 기능은, 그 전개의 일관성이 이런저런 이유로 중단되고 게다가 또 존재하지 않는 것처럼 보이는 과정의 연속성을 회복시키는 것이다. 그런데 연속적인 존재는 모리스 만델바움의 용어에서 사회와 문화를 구별하는 주된 특징임을 우리는 기억하고 있다.

인과론적 설명의 이러한 기능은 모리스 만델바움의 저서의 주요 논제 중의 하나이다. 이 주장은 흄에서 유래한 경험론적 전통——그에 의하면 인과성은 논리적으로 구별되는 두 유형의 사건들 사이의 일정한 연관성을 나타낸다——과 의도적으로 결별하고 있다. 이 전통에 의하면, 인과 관계의 입법적 성격은 엄밀히 말해서 원인과 결과 개념의 원자론적 성격과 밀접한 관계가 있다. 만델바움은 사회의 근본적인 현상의 성격을 연속적인 존재를 통해 규정하는 것과 연관지어서 이 인과론적 결합의 원자론적 성격을 논박한다.[29]

---

29) 모리스 만델바움의 주장은 하트 H. L. A. Hart와 오노레 A. M. Honoré의 저서 『법에서의 인과 관계 *Causation in the Law*』(Oxford: Clarendon Press, 1959)에 많은 것을 빚지고 있다. "1959년에 등장한 이래로, 영미 철학에서 인과 관계에 관한 논의의 모든 경향은 변화했다고 해도 과언은 아니다"(p. 50). 그렇지만 모리스 만델바움은 인과론적 설명과 일반법의 설정이 두 가지 상이한 지식 영역, 즉 한편으로 역사와 법률, 다른 한편으로 과학에 적용될 것이라는 이 저자들의 주장을 따르지

이미 지각 층위에서부터 인과성은 단일한 과정의 연속성을 표현한다. 즉 원인은 전체적인 과정이며, 결과는 그 종착점이다. 관찰자가 볼 때 한 개의 공이 타격을 받는다는 사실은 그 움직임의 원인이 된다. 그런데 원인은 사건 전체에 포함되어 있다. 우리가 가장 변하기 쉬운 요인을 전체 과정으로부터 분리하고, 그것을 그 결과와는 별개의 원인으로 간주하는 것은 단지 편리함 때문이다. 궂은 날씨가 흉작의 원인이라는 것도 그와 마찬가지다. 흄의 주장과는 반대로, "어떤 특별한 경우의 원인에 대한 분석은 그 경우가 다른 것이 아니고 그렇게 일어난 데 대한 공동 책임이 있는 다양한 요인들에까지 거슬러올라가는 데 있다"[30]라고 말해야만 한다(p. 74).

인과론적 설명은 항상 "중단 없이 진행하는 유일한 과정의 양상들을 재구성하는 것to constitute aspects of a single ongoing process"(p. 76)으로 귀착된다. 반대로 어떤 불연속적인 전례에 의한 설명은 일부가 삭제된 요약 설명임을 나타낸다. 그러한 삭제된 설명의 실제적인 이점으로 말미암아 "실제로 진행중actually ongoing이며, 어떤 다른 것이 아닌 이러한 특수한 결과에 이르는 사건이나 경우의 완전한 전체가 원인이 된다"(p. 93)라는 점을 잊어서는 안 된다. 이런 의미에서

않는다. 만델바움은 그보다는 『세계의 결합 인과 관계 연구 *The Cement of the Universe: a Study of Causation*』(Oxford: Clarendon Press, 1974)에 나타난 매키J. L. Mackie의 분석을 따르면서, 두 개의 큰 적용 분야 사이의 이분법보다는 더 많고, 적용 분야와는 무관한 일련의 설명 층위를 발견한다. 그것은 인과성의 지각에서 출발하여 판단 층위에서의 인과론적 추정을 거쳐서 인과 관계의 '결합'으로서의 법률의 제정에까지 이르는 것이다. 이 주장은 드레이의 것과는 서로 접근했다가 멀어지고 있다. 즉 입법적 모델의 지지자들에 반대하는 만델바움은 드레이의 견해를 따라 단일한 인과론적 추정의 우위와 비환원성을 주장한다. 그리고 드레이와는 반대로, 그는 단일한 인과성과 규칙성을 결정적으로 대립시키는 것을 거부하고 법칙에 의한 설명은 인과론적 추정을 '공고히한다'라는 점을 인정한다.

30) 정확하게 말하자면, 한 결과의 차이가 없기 때문에 베버와 아롱이 회고적 개연성의 추론에서 보여주는 비현실적 결과들을 구성하는 것과 이러한 분석을 서로 접근시킬 수 있는 것이다.

항상 어떤 특수한 경우에 대해 책임이 있는 요인들을 대상으로 하는 인과론적 설명과 여러 유형의 사건이나 특성들 간의 불변의 관계를 대상으로 하는 법칙에 대한 진술 사이에는 논리적 심연이 존재한다. 법칙에는 무한한 적용 단계가 있다. 그것은 바로 "법칙이란 실제 경우들 간이 아니라, 일정한 유형의 경우를 특징짓는 속성들 간의 관계를 수립하려고 하기 때문이며"(p. 98), 더 정확히 말하자면 "실제 사건의 유형들 간이라기보다는 오히려 여러 유형의 요인들 간"(p. 100)의 관계 수립을 목표로 하기 때문이다.

그로 말미암아 역사 이론에 있어서 그 중요성이 과소 평가될 수 없는 두 가지 결과가 나온다. 첫째는 단일한 인과론적 추정에 규칙성을 삽입하는 것과 관련이 있다. 단일한 과정을 설명하는 중에 일반 개념이나 법칙을 사용하더라도, 이 법칙의 일반성이 인과론적 설명의 단일성을 대신하지는 않는다. 만일 x가 그의 심장을 관통한 총알로 살해되었다고 말한다면, 혈액 순환에 관한 생리 법칙은 실제 과정의 구체적인 양상이 아닌 추상적인 요인들을 연결한다. 그 법칙은 재료가 아니라 그 재료들이 뒤섞인 점착물을 제공한다. 법칙들은 조건들의 시퀀스에 단지 순차적으로seriatim 적용될 따름이다. 따라서 법칙을 이러한 연속체에 적용할 수 있기 위해서는 최종 결과로 인도하는 일련의 경우들을 인과론적으로 설명해야만 한다.[31]

두번째 결과란, 일단 체계의 최초 상태가 주어지면 한 연속 과정의 결과는 설명을 통해 필연적으로 결정되는 것처럼, 즉 이 특수한 결과와는 다른 어떠한 것도 발생할 수 없었던 것처럼 나타난다는 점이다. 그러나 그것은 전체로서의 사건이 결정되었다는 것을 의미하지 않는

---

31) 이 추론은 헴펠의 경우에 저온에서의 라디에이터 냉각수 폭발의 예에도 적용된다. 즉 사용되는 물리적 법칙들은 모두가 동시에all at once 최초의 조건에 적용되지는 않는다. 그것들은 일련의 경우들에 적용되며, 인과론적 설명의 도구이지, 이런 설명을 대체하는 것은 아니다(p. 104).

다. 왜냐하면 하나의 과정은 항상 닫힌 체계 속에서만 결정된 것이라고 말할 수 있기 때문이다. 인과론적 결정의 관념을 결정론적 관념과 동일시하기 위해서는, 세계 전체를 유일한 체계로 간주할 수 있어야 할 것이다. 최초의 조건들이 그 결과를 논리적으로 유도한다고 말할 수는 없다. 왜냐하면 이 최종 결과는 출발점에서 고려했던 각각의 경우가 어떤 순간과 장소에 위치했다는 우연적 사실에서 기인하기 때문이다. 따라서 인과론적 필연성은 조건부의 필연성이다. 가령 (다른 것이 아니라) 발생했던 인과론적 조건들의 완전한 전체가 주어졌다고 할 때, 실제로 일어난 결과가 발생하는 것은 필연적이었다. 이 두 결과들은 인과론적 설명의 환원할 수 없는, 그러나 배타적이지 않은 입장을 확인한다.[32]

앞서 말한 바와 같이, 모리스 만델바움의 인과론적 설명 이론의 결정적인―그리고 내가 알기로는 달리 비길 만한 것이 없는―특징은 그 이론과 일차적인 역사적 실체에 관한 분석과의 밀접한 유사 관계다. 사실 앞서 정의한 의미에서의 일반사야말로 인과론적 설명에 관한 세 가지 주장, 다시 말해서 인과성은 연속 과정의 내적인 관계라는 것, 법칙 형태의 일반화는 단일한 인과론적 설명에 삽입해야 한다는 것, 그리고 인과론적 필연성은 조건부이며, 결정론에 대한 어떠한 믿음도 내포하지 않는다는 주장을 가장 완벽하게 예증한다. 이 세 가지 점을 하나씩 살펴보자.

인과론적 추론과 사회 현상의 연속성 간의 유사 관계는 쉽게 설명된다. 앞서 언급했듯이, 왜에 대한 물음이 무엇에 대한 물음에서 벗어나 연구의 뚜렷한 주제가 되면서부터 역사는 기술에서 설명으로 바뀐다. 그리고 원인에 대한 물음은 요인 분석, 단계 분석, 구조 분석 자체가 전반적인 사회 현상에 대한 총체적인 파악에서 벗어날 때부

---

32) 이 추론은 닫힌 체계에서의 설명에 관한 폰 라이트의 추론을 상기시킨다. 앞의 p. 276 참조.

터 자율화된다. 그렇게 되면 인과론적 설명은 분석을 통해 단절된 연속성을 재구성해야 한다.

이러한 재구성 자체는 시간의 연속성을 강조하느냐 혹은 구조적 통일성을 강조하느냐에 따라 두 가지 경로를 밟을 수 있다. 첫번째 경우, 이를테면 종단(縱斷) 분석의 경우에는 사건을 중심으로 짜여진 조직이 "무한정으로 밀도 있는 연속체"(p. 123)를 구성한다는 주목할 만한 특성을 지니고 있기 때문에, 사회 현상은 분석과 재구성 작업을 요구한다. 이러한 특성은 온갖 규모의 변화를 가능하게 한다. 그렇게 해서 어떠한 사건이라도 하위 사건들로 분석되거나, 보다 광범위한 규모의 사건으로 통합될 수 있다. 이런 의미에서 단기, 중기, 장기의 구별은 역사에서의 설명을 좌우하는 전체에 대한 부분의 관계의 시간적 양상일 뿐이다.[33]

종단 분석에서의 이러한 규모의 변화에는 구조 분석에서도 마찬가지로 다양한 단계가 대응한다. 한 사회란 제도의 논점에서 볼 때 다양한 단계의 추상화를 가능하게 하는, 다소 눈이 성긴 제도적 조직망이다. 따라서 마르크스처럼 크게 경제와 이데올로기를 구분하거나 또는 정치, 경제, 사회, 문화의 현상들을 구분하는 것은 분석의 마지막 단계로 간주될 수 있다. 그러나 또한 이 각각의 관계는 기능 분석의 출발 단계에 놓일 수도 있다.

"사회 생활의 양상과 문화의 양상 모두가 공시적으로 변하는 것은 있을 수 없는 일"(p. 142)이기 때문에, 그 두 가지 분석 방향은 상당히 자율적이다. 이러한 불협화음으로 말미암아 일반사는 특수사들로

---

33) 무한정으로 변하는 밀도 개념은 우리로 하여금 다음 대목에서 사건 중심이 아닌 역사의 문제를 새로운 노력을 기울여 다시 거론할 수 있게 할 것이다. 그 개념으로 인해 우리는 역사에서 단기와 장기는 항상 치환할 수 있는 것이라고 주장할 수 있다. 이 점에 있어서 브로델의 『필립 2세 시대의 지중해와 지중해 세계』와 르 루아 라뒤리 Le Roy Ladurie의 『소설 사육제 *Le Carnaval de Romans*』는 역사의 시간적 조직의 밀도에 따라 허용되는 이러한 치환을 탁월하게 예증하고 있다.

분할될 수 있다. 그 대신에 이 분할로 말미암아 일반사의 역할은 보다 더 중요하고 특수해진다. "어느 시대에나 발견될 수 있는 통일성의 단계는 설명 원리와 대립된다. 그것은 그 자체가 설명되어야 하는 어떤 특징이다"(같은 책). 그러나 이 통일성의 단계는 부분들의 관계 설정이 아닌 다른 곳에서 찾아서는 안 된다. 즉 "전체에 대한 설명은 그 부분들이 형성됨으로써 존재하는 관계들에 대한 이해에 의존할 것이다"(p. 142).

두번째 주장으로 말하자면, 단일한 인과론적 설명 속에 일반 개념들을 삽입할 수밖에 없는 것은 설명의 분석적 성격에서 비롯된다. 왜냐하면 역사 영역은 종단이나 횡단의 어떠한 결합도 확실한 것으로 간주되지 않는 관계 영역이기 때문이다. 그러므로 모든 부류의, 모든 인식론적 차원의, 그리고 모든 과학적 기원의 일반 개념들은 인과성을 '공고히하는' 데 필요하다. 그러한 개념들은 상대적으로 예언에 접근할 수 있는 가능성, 그리고 영속성을 인간의 행동에 부여하는 경향에 못지않게 제도적 구조와 관련된다. 그러나 이 일반 개념들은 시간적 구조와 시퀀스——그 일관성은 일반 개념들이 한 연속적인 전체의 부분들이라는 사실에서 기인한다——의 원인을 설명하는 조건하에서만 역사적으로 작용한다.

결국 조건부의 인과론적 필연성과 보편적 결정론 사이의 구별은 일반사와 특수사 사이의 구별과 전적으로 동질적이다. 일반사의 최종 지시항을 구성하는 특이한 사회는 다양할 수밖에 없기 때문에, 역사가가 그 계열적이거나 구조적인 구성의 연속성을 회복시킴으로써 주장할 수 있는 필연성은 여전히 단편적이며 어떻게 보면 국부적이다. 여기서 만델바움의 논법은 체계의 종결, 종결 작업 자체에서 행동 주체가 개입하는 역할, 그리고 어떠한 주체도 동시에 체계적 결합의 관찰자이자 체계를 움직이는 능동적인 조작자가 될 수 없다는 불가능성에 관한 폰 라이트의 논법과 다시 만나게 된다. 또한 만델바움은 막스 베버에 의해 이루어진 적합한 인과성과 논리적 필연성의 구별과도 만나게 된다. 결국 그는 숙명성의 회고적 환상에 반대하는 레이몽 아롱의 논증과, 자유로운 정치 행동 쪽으로 향하며 단편적인 결정론을 찬성하는 아롱의 변론을 보강하고 있다.

그러나 조건부의 인과론적 필연성과 보편적 결정론을 구별하는 근원은 항상 특이한 사회라는 일차적 실체의 본질 자체에서 찾아야만 한다. 이 실체라는 표현 다음에 무엇을 적어넣더라도——국민, 계급, 민족, 공동체, 문명——, 집단적 유대의 기초가 되는 참여에 의한 소속은 준-줄거리만큼이나 다양하며 그 주인공인 준-인물을 낳는다. 역사가에게 있어서 모든 줄거리를 포괄하는 유일한 줄거리가 존재하지 않는 것과 마찬가지로, 역사 기술의 거대-주인공 super-héros이 될 수 있는 유일한 역사적 인물도 존재하지 않는다. 민족과 문명의 다원성은 역사가의 경험에서 무시할 수 없는 사실이다. 왜냐하면 그것은 역사를 만들거나 받아들이는 사람들이 경험에서 무시할 수 없는 사실이기 때문이다. 따라서 이 다원론의 한계 속에서 작용하는 단일한 원인 전가는, 공동으로 행동하는 사람들이 존재하는 곳에 어떤 특이한 사회가 주어진다는 가설에 의해 조건지어지는 인과론적 필연성만을 주장할 수 있다.

3. 나는 역사가에 의해 구성되는 이차적·삼차적인 실체에 대해서, 그리고 또 이런 부차적인 실체와 설명적 절차 사이의 상관 관계에 대해 간단히 언급하고자 한다.

모리스 만델바움이 말한 일반사에서 특수사로의 이행은 여기서도 여전히 유용한 지침이 되고 있다. 우리는 그가 특수사의 대상이 되는 문화 현상들, 즉 과학 기술, 학문, 예술, 종교 등에 부여하는 특징들을 기억하고 있다. 그것들은 1) 불연속적이며, 2) 이러저러한 부류의 문화 현상으로서 가치 있는 것을 약정에 따라 설정하는 역사가 자신에 의해 범위가 한정되며, 3) 따라서 일반사보다 객관성이 덜할 수 있는 현상들이다. 여기서 나의 논지는 역사의 객관성과 주관성의 논쟁이 아니라, 역사가에 의해 구성된 실체들의 인식론적 위상이기 때문에, 특수사들이 허용하는 자의성의 정도에 관한 문제는 모두 잠시 유보하고, 특수사들을 일반사에 결부시키는 파생 관계에 논의를 집중할 것이다.

이러한 파생 관계는 이미 일반사의 측면에서 우세함을 보이는 단계 분석과 구조 분석에 의해서, 그리고 또한 인과론적 설명을 하면서 일반 개념들을 사용함으로써 가능하게 되었다.

이 이중의 추상 작업에 입각해서 역사가의 관심은 연속성과 특이성을 지닌 집단적 현상에서 문화적이며 총칭적인 현상으로 어렵지 않게 옮겨간다. 그렇게 되면 새로운 실체들이 역사의 무대를 차지하는데, 그들은 학술적인 역사를 특징짓는 개념화 작업의 단순한 상관물에 불과하다. 이러한 실체는 총칭적인 존재와 계급이지, 특이한 대상이 아님을 알아야만 한다. 그것은 요컨대 역사와 짝을 이루는 사회과학, 즉 경제학, 인구 통계학, 조직 사회학, 정신 구조와 이데올로기의 사회학, 정치학 등에서 빌려온 것이다. 역사가는 그러한 실체를 결국 변하지 않는 요소——특이한 사회는 그 변이체나 변수에 불과하다——처럼 취급할 것이기 때문에, 그만큼 더 이러한 실체를 역사적 현실로 간주하고 싶어질 것이다.

폴 베인은 『차이들의 목록 *L'inventaire des différences*』에서 그렇게 하고 있다.[34] 그는 제국주의라는 변하지 않는 요소를 설정하고, 그 변이체들 중에서 권력을 독점하기 위해 가용한 공간 전체를 점유하는

---

34) Paul Veyne, 「콜레주 드 프랑스 취임 강의」, 『차이들의 목록 *L'inventaire des Différences*』, Paris: Seuil, 1976. 나는 『역사 이론에 대한 프랑스 역사 기술의 기여 *The Contribution of French Historiography to the Theory of History*』(앞의 책)에서 이 저서에 대해 보다 자세히 언급하고 있다.

제국주의를 설정한다. 로마의 특이성은, 공간이나 시간을 고려하지 않고서도, 출발점으로 간주되는 변하지 않는 요소를 특수화하는 과정에서 확인될 것이다. 사유 기능은 전적으로 정당하며 새로운 발견과 설명을 가능케 하는 힘을 지닌다. 그것은 행동하는 개인이 자신의 행동과 상호 작용을 통해 소속되어 참여하는 일차적 실체에서 제국주의와 같은 이차적 실체가――그 존재에 관한 한――파생한다는 사실을 망각하지만 않는다면 제 기능을 발휘한다. 아마도 역사가는 파생의 실제적인 순서를 망각하고 뒤집음으로써만이 이 사유의 산물들의 존재를 '신뢰'할 수 있을 것이다. 예술이나 학문 또는 사회의 여타 모든 기능의 역사는, 역사가가 추상화했던 구체적인 실체들을 적어도 은연중에 자신의 이해 범위 안에 간직하는 경우에만 역사적 의미를 지닌다고 상기시킴으로써, 그러한 망각과 싸우는 것은 모리스 만델바움의 추론이 갖는 힘이다. 달리 말해서 이러한 역사는 그 자체로서 의미가 있는 것이 아니라, 다만 그러한 기능의 담지자인 연속적으로 존재하는 실체들에 준해서만 의미를 갖는 것이다.

일차적 실체로부터 이차적 실체가 파생하는 데 따르는 필연적 귀결은 우리가 줄곧 지적했듯이 법칙론적 설명에서 단일한 인과론적 설명이 파생한다는 점이다. 그 추론 자체로 되돌아가는 것이 아니라, 절차의 파생과 실체의 파생이라는 두 방향의 파생의 유사성을 보다 직접적으로 나타내는 추론의 한 가지 양상을 재검토한다. 내가 생각하는 것은, 이 장의 머리말에서 과학적 탐구로서의 역사학을 낳는 인식론적 단절의 필연적 귀결들 중의 하나라고 언급했던 개념화 작업이 역사의 연구 분야에서 야기하는 이런 종류의 보편 논쟁이다. 특수사의 고유한 대상이 영역이지 특이성이 아니라는 만델바움의 주장은, 또 다른 역사가들에 의해 사용되는 개념 장치의 위상에 관하여 수많은 인식론자들이 주장하는 온건한 유명론nominalisme을 보강해주고 있다.

앙리-이레네 마루 Henri-Irénée Marrou는 「개념의 사용 L'usage du concept」(앞의 책, pp. 140 이하)이라는 제목이 붙은 장에서 다섯 가지의 주요한 개념 범주를 구별한다. 1) 그에 의하면 역사는 인간에게 있어서 가장 불변적이 것에 관해, 상대주의적 비판이 인정하는 것보다는 더 흔한 "보편적 야심의 개념"을 사용한다. 나로서는 거기에 행동 의미론을 구성하는 개념망을 결부시킬 것이다(미메시스 I). 2) 게다가 역사는 "특이한 이미지를 〔……〕 유추적이거나 은유적으로 사용"한다. 이를테면 바로크 baroque라는 형용사를 문맥에서 떼어내어, 이론적으로 규명된 비교를 근거로 해서 엄밀한 의미에서의 바로크 시대와는 다른 시대들로 옮겨놓는 경우가 그러하다. 3) "제도, 수단 혹은 도구, 행동하고 느끼고 사유하는 방식, 간단히 말해서 문화적 현상을 지칭하는 특수한 용어들"(p. 151)의 목록이 그 다음에 나온다. 그러나 가령 그 용어들이 집정관, 로마 시민의 덕목 등 과거의 특정 분야에서 다른 분야로 확대 적용될 경우, 그 논리적 타당성의 한계가 항상 지각되지는 않는다. 4) 만일 막스 베버의 이상형이 "역사가가 특별한 경우들에 대한 연구에서 관찰되는 요소들을 가지고 그리는 비교적 일반적인 가치 도식, 즉 역사가가 그 내용을 철저하게 규명하는 정의를 통해 엄밀하고 정확하게 표현하며 〔……〕 상호 의존하는 부분들로 이루어진 유기적인 도식을 의미한다면, 그 이상형의 부류는 더더욱 중요하다"(pp. 153~54). 가령 쿨랑주 Fustel de Coulanges가 설정한 것과 같은 고대 도시의 개념이 그런 예이다. 그런데 마루의 지적에 따르면 "막스 베버가 특히 강조한 것처럼, 이상형 Ideal-typus이란 역사가가 엄밀하게 그 유명론적인 성격을 항상 완전히 의식하고 있는 경우에만 그 용법이 정당화된다"(p. 156). 따라서 '이상형'을 사물화하려는 유혹에 대해 상당히 경계를 해야 할 것이다. 4) 끝으로 그리스·로마 문화, 아테네, 르네상스, 바로크, 프랑스 대혁명과 같은 명칭들이 나온다. "이번에는 가령 특정한 인간 사회의 역사, 예술

사, 사상사 등 다소 광범위한 기간과 같은 어떤 전체, 다시 말해서 그
처럼 한정된 대상에 대해 우리가 알 수 있는 것의 총체성을 외연에
의해 나타내기 때문에 완벽하게 정의할 수 없는 특이한 용어들이 문
제가 된다"(p. 159).

나는 이 마지막 부류가 선행하는 부류들과는 이질적이라고 생각한
다. 왜냐하면 그것은 주제, 절차 그리고 특수사의 결과들을 새로운
종합적 실체 안에 통합하는 삼차적 실체를 지칭하기 때문이다. 이러
한 총체성은 일차적 실체를 특징짓는 구체적인 총체성에 결코 비견
될 수 없다. 그것은 특수사의 복잡한 절차로 인해 후자와 구별된다.
그 종합적 성격은 이차적 실체의 구성을 조정하는 단호한 분석 정신
과 대립되는 부분이다. 이런 의미에서, 겉으로 보이는 구체적인 현상
에도 불구하고, 이 실체는 그 어느 실체보다도 가장 추상적이다. 그
때문에 이 층위를 지배하는 절차는 유추에 의해 일반사의 집단적 '주
인공'으로 확대될 수 있는 줄거리 구성의 절차와는 더할 수 없이 거
리가 멀다.[35]

우리의 입장에서는 역사적 개념들의 유명론은 이차적·삼차적인 실
체들에서 파생한 성격의 당연한 인식론적 귀결이다. 이러한 실체들과
더불어 우리는 '구성체'의 문제에 접하게 되는데, 그 서술적 기반,
게다가 그 경험적 기반은 점점 더 식별하기가 어려워진다. 이러한 구
성체 속에서는 계획, 목적, 수단, 전략, 또는 경우와 상황이라고도 부
르는 것에 해당하는 것을 더 이상 분간할 수 없다. 요컨대 이러한 파
생 층위에서는 더 이상 준-인물이라는 말을 쓸 수 없다. 이차적이거나

---

35) 앙리 마루는 "완성 단계에 이른 역사 지식은 그 철학적 태도 표명에도 불구하고
근본적인, 즉 막스 베버가 상상했던 것보다 훨씬 더 근본적인 유명론을 드러낸다"
(pp. 158~59). 그는 다섯번째 범주의 개념들에서 빈번히 등장하는 특이한 사항들
에 대해 보다 자세히 말하면서 "적어도 어떤 개념들에서 엄밀하게 유명론적인 성
격을 보존하는 데 유의한다면 그 개념들을 사용하는 것은 전적으로 정당하다"(p.
159)라고 지적한다.

삼차적인 실체들에 적합한 언어는 그 간접 파생의 흔적을 남겨두기
에는 이야기의 언어와는 너무 동떨어져 있으며, 실제 행동의 언어와
는 더욱더 거리가 멀다. 이 연관성은 다만 이차적 실체가 일차적 실
체로부터 파생하는 관계를 통해서만 활성화될 수 있다.

그러므로 역행 질문을 매우 정교하게 적용하는 방법만이 그 통로
를, 즉 절차뿐만 아니라 역사 탐구의 실체까지도 간접적으로 서술적
이해의 측면을 가리키는 통로를 재구성할 수 있다. 그리고 역행 질문
만이 역사적 연구 분야로서의 역사학이 지니는 이해 가능성의 이유를
설명한다.[36]

4. 역사의 시간과 사건의 운명

독자는 내가 역사 기술의 인식론에 관한 연구를 역사적 시간의 문
제로 끝맺는다 하더라도 놀라지 않을 것이다. 사실 이 2부 전체의 목
적이 바로 그것이다. 이야기의 시간성에 비하여 역사적 시간의 인식
론적 위상이 어떠한 것인가는 앞의 두 절에서 줄곧 예견된 바 있다.
단일한 원인 전가는 역사가가 제시하는 일차적 실체의 입장과 밀접

---

36) 독자는 역사의 인과론적 분석이 세 가지 상이한 문맥 속에서 논의된 것을 유감스
럽게 생각할 수 있다. 즉 첫번째는 윌리엄 드레이와 함께 법칙론적 모델에 대한
논쟁의 일환으로, 두번째는 막스 베버와 레이몽 아롱과 더불어 이야기와 설명 사
이의 과도기적 절차라는 항목으로, 세번째는 만델바움과 함께 일차적 실체들의
위상과 관련지어 그 문제를 다루었다. 나는 이 삼중의 논의를 피해야 한다고 생각
하지는 않았다. 바로 다음과 같은 세 가지 상이한 문제와 관련되어 있기 때문이
다. 첫째 문제는 포섭 모델이 분석 철학에 등장함으로써 발생하는데, 이 때문에
막스 베버와 아롱이 서로 대결할 필요는 없었다. 둘째는 이해 Verstehen의 독일 전
통에서, 그 자율성을 인정받는 개별 서술적 학문이 요구할 수 있는 과학성의 정도
에 대해 제기된 문제에 의해 결정된다. 셋째는 앞서 역사가에 의해 존재의 측면에
서 설정된 실체들의 연속성과 인식론적 측면에서 인과론적 과정의 연속성이라는,
두 종류의 연속성의 일치에서 파생하는 일련의 새로운 문제들에 속한다.

한 유사성을 보여주었는데, 그 실체의 변별적 특징들 중의 하나는 이번에는 연속적 존재이다. 이 특징은 부분들과 전체 관계의 모든 구조적 양상들에 관련되어 있기 때문이다. 설사 그것이 시간적인 연속성으로 환원되지 않더라도 구조적 관계에 적용되는 변화 개념은 계속해서 역사의 시간 문제로 귀결된다.

역사 과학의 특징을 이루는 인식론적 단절에서 비롯된 실체와 절차가 간접적인 경로로 서술적 층위의 실체와 절차를 가리킨다는 주장에 상당하는 내용을 이 3절에서도 찾아낼 수 있는가? 역사가에 의해 구성되는 시간이 일련의 일탈을 통해 이야기에 고유한 시간성에서 유래한다는 점을 입증할 수 있는가? 여기서도 나는 적절한 중개자를 모색했으며, 역사가들이 극히 애매하게 사용하는 사건 개념을 통해 그것을 발견하리라고 생각했다.

이를 증명하기 위해 나는 또다시 프랑스의 역사 기술을 근거로 삼을 것이다. 물론 앞서 충분히 증명되었던 것, 즉 장기 지속의 역사가 오늘날 압도적으로 우세하며 역사 연구의 전체 영역을 차지하는 경향이 있다는 것을 기지의 사실로 간주한다.[37] 사건의 운명의 관점에서 다시금 장기 지속에 대한 변론을 펼침으로써, 나는 거기서 서술적 구성에 의한 시간의 형상화와 실제 경험의 시간적 전형상화 사이의 변증법이 확장된다는 것——역사에 고유한——을 밝혀내도록 노력할 것이다.

우선 '신화적'——아리스토텔레스 학파의 의미에서——형상화가

---

37) 앞의 두 절에서 논의된 문제들과 연결시키기 위해서 나는 다만 이 주요한 전제 사항과 아날 학파가 주장한 다른 혁신적인 사항들 사이의 밀접한 유연 관계만을 지적하고자 한다. 가령 기록에 관한 혁명, 질문서 늘이기, 특정한 역사적 '사실'에 대한 문제점의 우위, 연구 작업을 의도적으로 개념화하는 경향은 그러한 혁신적인 사항에 속한다. 이런 의미에서 장기 지속은 역사 연구 방향의 전반적인 변화의 한 요인일 뿐이다. 그러나 그것은 논의를 불러일으키는 고유한 기준들을 가지고 있다.

사건을 어떻게 다루는지를 상기하자. 우리는 그 사건 개념에 결부되는 인식론적이며 존재론적인 가정을 기억하고 있다. 우리가 과거에 대한 역사의 대상 지시를 논의하는 4부에서 다시 보게 될 존재론적 가정은 지금으로서는 무시하고, 사건이라는 용어의 일상적인 용법에 함축되어 있는 인식론적 가정들—특이성, 우연, 일탈—로 한정하자. 그리고 미메시스 Ⅱ의 항목 아래, 우리의 줄거리 이론의 틀 속에서 그것들을 재구성하는 데 주력하자. 이러한 재구성은 줄거리를 통한 사건과 이야기의 밀접한 관계에서 나온다. 앞서 입증했듯이, 사건들 자체는 그들이 줄거리 진행에 대해 기여하는 데서 파생되는 이해 가능성을 갖게 된다. 그 결과 특이성, 우연, 일탈이라는 개념들은 크게 수정되어야 한다..

사실 줄거리는 그 자체가 특이하면서도 또한 그렇지 않기도 하다. 그것은 이 줄거리 속에서만 일어나는 사건들에 대해서 이야기한다. 그러나 사건을 보편화하는 여러 유형의 줄거리 구성이 존재한다.

게다가 줄거리는 우연성이나 사실임직함뿐만 아니라 필연성까지도 결합한다. 아리스토텔레스의 『시학』에서 말하는 극적 반전 péripétéia 과 같이, 가령 사건들은 뜻밖에 일어남으로써 행운을 불운으로 변화시킨다. 그러나 줄거리를 통해 우연성 그 자체는 갈리 Gallie가 스토리를 따라갈 수 있는 능력이라고 적절하게 지칭하고 있는 것의 일부가 된다. 그런데 밍크가 지적한 바와 같이, 우리는 오히려 다시-이야기되는 상황을 통해서 스토리를 그 결말 부분에서 발단 부분으로 거슬러 읽음으로써, 사태가 그렇게 '돌아갈' 수밖에 없었다는 것을 이해하게 된다.

줄거리는 결국 패러다임을 따르는 행위와 일탈하는 행위를 결합한다. 줄거리를 구성하는 과정은 서술적 전통에 대한 맹목적인 순응과 일반적으로 인정된 모든 패러다임에 대한 반항 사이에서 오간다. 이 두 극단 사이에서 침전 작용과 창조 작업을 결합하는 모든 단계가 펼쳐진다. 이 점에서 사건들은 줄거리의 운명을 따라가는 것이다. 사건들은 또한 '규제된 변형'이라는 중간 단계의 양쪽을 오가며 발생하기 때문에 규칙을 준수하기도 하며 또 규칙을 파괴하기도 한다.

그러므로 설사 아이로니컬한 방식으로 되어 있을지라도, 사건들은 이야기된다는 사실로 말미암아 특이하면서도 전형적이며, 우연적이면서도 예기된 것이며, 패러다임을 벗어나면서도 그에 종속하는 것이다.

나의 주장은 역사적 사건들이 줄거리로 틀이 짜여진 사건들과 근본적으로 다르지 않다는 것이다. 역사 기술의 구조가 앞절에서 밝힌 바 있듯이 이야기의 기본 구조로부터 간접 파생한다는 사실을 통해 우리는 줄거리로-구성된-사건 개념으로 인해 다시 조정될 수밖에 없었던 절대적 특이성, 우연성 그리고 일탈 개념들을 역사적 사건 개념에까지 확대하는 것이 적합한 파생 절차에 따라 가능하다고 생각할 수 있다.

어떤 점에서 줄거리로-구성된-사건, 즉 조금 전에 언급한 의미에서의 극적 사건으로부터 장기 지속의 역사 개념 자체가 파생하는지를 보여주기 위해, 나는 페르낭 브로델이 『역사에 관한 글들 *Ecrits sur l'histoire*』에서 사건 중심의 역사를 비난함에도 불구하고 ― 또는 그 비난을 빌미로 ― 그 글을 다시 거론하고자 한다.

나는 브로델의 방법론에서 얻은 나무랄 데 없는 개념, 즉 사회적 시간의 다원성 개념으로부터 출발하겠다. 『필립 2세 시대의 지중해와 지중해 세계』(『역사에 관한 글들』, p. 13)의 「서문」에 나오는 용어를 빌리자면 "역사의 단계적 분할"은 여전히 서술적 시간 이론에 중대한 기여를 하게 된다. 따라서 역행 질문 방법은 바로 그러한 분할에서 출발해야 한다. '거의 변하지 않는 역사'와 '완만한 리듬의 역사' 그리고 '개인적 차원의 역사,' 즉 사건 중심의 역사 ― 그 지위가 장기 지속의 역사에 의해 박탈당할——사이의 구별 자체를 생각할 수 있게 하는 것이 무엇인지를 자문해볼 필요가 있다.

내 생각으로는 지속 기간의 구별에도 불구하고 세 부분으로 구성된 그 저서를 전체적으로 고려하도록 하는 통일성의 원리라는 면에서 그 대답을 찾아야 할 것 같다. 「서문」에서 밝힌 대로 "각 부분은 그 자체가 설명을 시도하는 것이기는 하지만"(p. 11), 독자는 이 각 부분이 독자적으로 존재할 수 있는 정당한 권리를 갖는다는 사실을 인정하는 것으로 만족할 수는 없다. 사실 저서의 제목은 한편으로는 지중해를, 다른 한편으로는 필립 2세를 가리키는 그 이중의 대상 지시를 통하여, 어떤 방법으로 장기 지속이 구조와 사건을 연결하는 전환점이 되는지를 독자로 하여금 생각하게 한다. 내가 보기에 장기 지속의 이러한 매개적 기능을 이해한다는 것은 세 부분으로 구성된 작품의 전체에 결부되는 줄거리의 특성을 인정하는 것이다.

나는 이제 더 이상 『역사에 관한 글들』에 기술된 방법론이 아니라, 『필립 2세 시대의 지중해와 지중해 세계』(나는 이 책의 1976년의 3판을 꼼꼼하게 읽었다)에 대한 나의 해석을 보강하고자 한다. 이 독서를 통해 작품 전체의 논리적 일관성을 보장하는 이행 구조들의 중요한 역할이 밝혀진다. 바로 이 구조들이야말로 이번에는 작품 전체의 배열을 준-줄거리라는 용어로 다룰 수 있게 하는 것이다.

이행 구조란, 작품이 앞에서 뒤로 그리고 뒤에서 앞으로 읽혀지게 하는 분석과 설명의 모든 절차를 의미한다. 이 점에서 지리학이 많은 부분을 차지하고 있음에도 불구하고 1부 그 자체가 역사적 성격을 지니는 것은, 작품의 나머지 부분에서 그 드라마의 인물들이 배치되는 장면을 설정하고 2부와 3부를 예고하는 모든 표지들 때문이라고 기꺼이 말할 수 있을 것이다. 엄밀하게 장기 지속의 문화 현상을 다루는 2부는 이번에는 1부의 지시 대상인 지중해와 3부의 지시 대상인 필립 2세라는 두 중심을 전체적으로 고려하게 하는 기능을 갖는다.

이런 의미에서 2부에서는 뚜렷이 구별되는 대상과 이행 구조가 동시에 구성되어 있다. 2부로 하여금 그것을 둘러싸는 두 부분과 밀접한 관계를 맺게 하는 것은 바로 이 마지막 기능이다.

그 점을 좀더 상세하게 밝혀보자.

시간보다는 공간을 주제로 하는 것처럼 보이는 첫번째 층위를 생각해보자. 불변의 요소는 내해(內海)이지만, 거기 씌어진 모든 것은 이미 지중해의 역사에 속한다.[38] 육지로 둘러싸인 바다를 다루는 첫 세 장을 보자. 거기서는 단지 투명한 바다를 포함하여, 사람이 살고 있거나 살 수 없는 공간이 문제일 뿐이다. 인간은 도처에 존재하며, 인간과 더불어 암시적인 사건들로 가득 차 있다. 즉 산은 자유인을 위한 피난처와 은신처로서 나타난다. 연안의 평야는 언제나 식민지 건설, 배수 작업, 토지 개량, 인구 분산, 모든 종류의 이동, 즉 양떼의 이동, 유목 생활, 침략과 연관되어 나타난다.[39] 지금 여기에 바다 그리고 그 연안 지방과 섬들이 있다고 하자. 그것들은 여전히 인간과 인간의 항해에 비례해서 이 역사–지리에 나타나는 것이다. 그것들은

---

38) 첫번째 층위의 탐구는 특히 인간의 여건에 주의를 기울이는 지리학의 특징을 띠고 있지만 "마찬가지로 그리고 훨씬 더 어떤 역사의 연구"(I, p. 21)인 것이다. 그것은 "항구적인 가치를 보여주는 완만한 흐름의 역사"(같은 책)이며, 따라서 지리학을 매개 개념으로 사용한다. 이 점에서 저자가 지중해의 '물리적 통일성'에 관한 자신의 고찰을 대략 200페이지까지 지연시킨 점은 인상적이다. "지중해 자체는 지중해를 비추고 있는 하늘에 대해 책임이 없다"(I, p. 212)라고 인정할 수 있지만, 여기서 문제되는 물리적 통일성이란 무엇보다도 제약의 영속성 ——적의를 품은 바다, 혹독한 겨울, 작열하는 태양——이며, 그리고 밀, 올리브 나무, 포도 나무라는 고정된 삼위일체의 특징 아래, 이 모든 결핍된 것들을 보충함으로써 그리고 전쟁과 타협과 음모들을 계절에 맞춤으로써, 지중해인의 정체성을 형성하는 모든 것, "곧 동일한 토지 문명, 물리적 환경에 대한 인간의 동일한 승리"(I, p. 215)이다.

39) "인간은 이 장구한 역사를 일궈낸 당사자다"(I, p. 57). "스페인 전체는 바다에 면한 남부 지방에 유리하게 백성들을 강제로 이주시킨다"(I, p. 75). "이 모든 움직임이 완성되기에는 수세기가 필요하다"(I, p. 92). 요컨대 "장기간의 지리적 관찰은 역사를 통해 알게 되는 가장 완만한 변동 쪽으로 우리를 인도한다"(I, p. 93).

발견되고, 탐험되고, 경작되기 위해 거기에 있는 것이다. 첫번째 층위에서도 정치-경제적인 지배 관계를 언급하지 않고서는 그에 대해 말할 수 없다(베네치아, 제노바 등). 스페인 제국과 터키 제국 간의 대분쟁은 이미 바다의 상황에 어두운 그림자를 드리우고 있다. 그런데 힘의 관계와 더불어 사건들이 이미 나타나기 시작한다.[40]

그렇게 해서 두번째 층위는 첫번째 속에 함축되어 있을 뿐만 아니라 예견되어 있다. 역사-지리는 빠르게 정치-지리로 바뀐다. 사실 1부는 주로 터키 제국과 스페인 제국이 서로 대립하는 국면을 정리하고 있다.[41] 해양권은 단번에 정치권이 된다.[42] 섬의 평온한 생활, 그 고대 모방과 혁신의 완만한 리듬에 시선을 집중할 수 있다. 위대한 역사는 계속해서 섬에 와닿고 반도들을 연결하며,[43] 정치적 우위는 이리저리로 넘어가며 "그와 함께 모든 다른 우위들, 경제적 우위와 문명의 우위도 넘어간다"(I, p. 151). 지리는 극히 비자율적이기 때문에 고려되고 있는 공간의 경계는 계속해서 역사에 의해 다시 그려진다.[44] 지중해는 주위에 미치는 그 영향력으로써 평가된다. 여기에는 이미 상업과 관련된 현상이 포함된다. 지중해 공간은 사하라 사막과 유럽의 지협(地峽)에까지 확대해야 한다. 브로델은 1부의 중간 부분

---

40) "새로운 사건은 1590년대부터 다수의 북유럽 선박이 도착한 일이다"(I, p. 109). 그것만으로도 벌써 그라나다 전쟁이라고 명명하지 않을 수 없는 것이다.

41) "이 거대한 지중해 연안 국가들 각각은 말하자면 이러한 이중의 제국주의를 창조하고 전달했다"(I, p. 125).

42) "정치는 그 밑에 깔린 현실을 복사만 할 따름이다. 서로 적대적인 지도자들이 지배하는 이 두 지중해 연안 국가는 물질, 경제, 문화적으로 서로 다르다. 각각은 하나의 역사권이다"(I, p. 125).

43) "어떤 것들은 단절되고 또 어떤 것들은 연결되는 이러한 결합들, 이 이중의 삶은 바다의 역사를 요약한다"(I, p. 151).

44) "지중해(I, 그리고 그것을 에워싸는 가장 거대한 지중해 연안 국가)는 사람들이 만들어낸 그대로이며, 그들 운명의 바퀴는 국가의 운명을 결정하고, 그 영토를 확장하고 축소시킨다"(I, p. 155).

에서 거침없이 이렇게 말한다. "이 점을 되풀이하자. 즉 역사를 만드는 것은 지리 공간이 아니라, 그 공간의 주인 혹은 창조자인 인간인 것이다."(I, p. 206). 사실 이 첫 층위의 마지막 장은 물리적 통일성으로부터 "우리의 책 전체가 지향하는"(I, p. 252) 인간의 통일성 쪽으로 공공연하게 몰고 간다. 인간의 작업은 다음과 같다("지중해 지역들을 연결하는 것은 물이 아니라 해양 민족들이다"). 다시 말해서 그것은 항로와 시장과 교통으로 형성된 이동-공간을 낳는다. 그 때문에 그것만으로도 은행, 상공업 집단 그리고 특히 도시들——도시의 형성은 모든 상황을 새롭게 변화시킨다——을 떠올려야만 한다.[45]

물론 두번째 층위는 장기 지속을 다루는 역사가가 가장 행복하게 작업하는 층위이다. 그러나 이 층위 그 자체를 고려할 때 어떤 점에서 일관성이 결여되는지를 확인할 필요가 있다. 이 층위에는 구조의 영역과 국면의 영역 사이에서 세 가지 자유 경쟁 조직 체계, 즉 전반적으로 성장하고 있는 경제 국면의 체계, 스페인과 터키의 변동하는 국면에 의해 지배되는 정치-물리학의 체계, 그리고 문명의 체계가 등장한다. 그런데 이 세 체계들이 정확히 서로 겹치지 않는다는 사실, 그것은 아마도 판(版)을 거듭할수록 점점 더 커지는 유혹, 즉 경제 국면을 통합하는 유물론에 따르려는 마음을 생기게 하는 원인이 된다.

이미 '경제'라는 항목——첫번째 조직 체계——에서 비교적 잡다한 문제들이 고찰되었다. 즉 제국을 관리하는 데 있어서 인원수와 공간의 제약, 귀금속 유입의 역할, 화폐와 관련된 현상과 물가의 변화, 끝으로 상업과 운송 등이 그것이다. 브로델이 갈수록 집요하게 제기한

---

45) 도시는 역사-지리학자의 담론에서 사건의 연대가 많이 등장하게 하는데(I, pp. 310~12), 도시들의 역사는 토지 대장을 작성하는 계획에 직면하고 경제 국면에 따라 팽창하거나 수축함으로써 그만큼 함축적인 의미를 지니고 있다. 그렇다. 도시들은 첫 단계의 분석에서 정리되는 항상성, 영속성 그리고 반복을 토대로 "발전이나 경제 국면을 말한다"(I, p. 322).

문제, 즉 하나의 총괄적인 요인이 있다면 그것이 과연 어떤 층위에
위치하는가의 문제를 제기한 것은 바로 이 첫번째 체계를 정리하면
서이다. 다시 말해서 그것은 "지중해의 경제 모델을 구성할 수 있는
가?" 하는 문제이다. 만일 그 불확실하고 가변적인 한계에도 불구하
고 "그 자체로서는 일관성 있는 지역"(I, p. 383)으로 간주되는 '경제-
세계'라는 개념을 구체화할 수 있다면, 가능할 것이다. 그러나 그것
은 무역의 통계를 내는 화폐 단위가 없기 때문에 불확실한 시도에 그
칠 것이다. 게다가 제노바-밀라노-베네치아-피렌체라는 사변형의
네 정점과 다른 시장들의 역사와 관련된 무수히 많은 연대기적 사건
들은, 셋째 층위가 계속해서 둘째 층위와 겹치고 있음을 입증한다.
그리고 장구한 경제사로 하여금 끊임없이 사건 중심의 역사에 전념
하도록 하는 것은 자본주의의 압력과 결합된 국가의 압력인 것이
다.[46] 상업과 운송에 대해 말하면서 브로델은 자신의 논지를 되풀이
한다. "우리의 관심사는 전반적인 계획이다"(I, p. 493). 그러나 후추
열매의 거래, 밀의 심각한 부족, 대서양의 선박들에 의한 지중해의 침
입 등을 언급할 때, 수많은 사건들(포르투갈 후추의 역사, 웰저 Welser
와 푸거 Fugger의 계약, 경쟁 항로 간의 투쟁)을 두루 살펴보지 않을 수
없지만, 그와 동시에 겉으로 드러나는 이야기의 허울들을 벗고 그 실

---

46) 귀금속, 화폐 그리고 물가에 관한 장(I, pp. 420 이하)에서, 우리는 상거래의 변화,
　　금괴의 유입과 유출에 대한 연대를 추정하지 않을 수 없다. "포르투갈인들이 아프
　　리카 북부 해안을 따라 전진한 것은 중요한 사건이었다"(I, p. 427). 그리고 얼마
　　후에 다음의 구절이 나온다. "1557~1558년의 가혹한 전쟁 기간중에, 금괴를 실은
　　선박이 도착한 것은 앙베르 Anvers 항구의 대사건이었다"(I, p. 437). 서양 도로에
　　서 금괴가 유통되는 것과 더불어 다수의 연대(年代)가 등장한다. 왕족들이 파산
　　하는 연대가 적혀 있다(1596, 1607 등). 물론 설명 도표를 입증하기 위하여 그 확
　　고부동한 동인들을 파악하는 것이 중요하다. 그러나 그 연대들과 고유 명사들이
　　적힌 실록을 철저히 읽고, 필립 2세의 이름으로 된 결정들을 고찰할 필요가 있다.
　　그처럼 한편으로는 정치와 전쟁이, 다른 한편으로는 경제현상들이 서로 중복됨으
　　로써, 셋째 층위는 둘째 층위에 그 그림자를 드리우고 있다.

체들을 다루지 않을 수 없다.[47] 지중해 밀의 안정이나 심각한 부족, "상거래되는 밀로 인해 벌어지는 극적 사건"(I, p. 530), 침략자로 변한 대서양 범선들의 도착 등, 연대로 추정되는 사건들은 그만큼 많다 ("어떻게 네덜란드인은 1570년부터 조금도 저항을 받지 않고 세비야를 장악했는가," I, p. 573). 역사는 거대한 경제 쪽으로, 즉 방금 언급한 것과 같은 규모의 사건들을 설명해야만 하는 역동적인 경제-세계 쪽으로 향한 사건의 경향을 계속해서 거슬러올라갔던 것이다.

그런데 둘째 층위는 여전히 제국, 사회, 문명이라는 다른 조직 원리들과 대체되어야 한다. 때로는 역사의 골격을 이루는 것이 제국들인 것처럼 보인다. "16세기 지중해의 드라마는 무엇보다도 먼저 커져가는 정치 세력의 드라마이며, 대제국들의 이러한 자리매김이다"(II, p. 9). 곧 오스만 제국은 동구에, 합스부르크 왕가는 서구에 자리를 잡는다. 물론 술레이만 Soliman이나, 샤를르 퀸트 Charles Quint라는 인물들은 부수적인 결과이지, 그 제국은 아니다. 그러나 개인들과 개개의 상황들을 부인하는 것이 아니라, 15~16세기의 경제적인 성장과 더불어 광대한 제국들에게 줄곧 유리한 국면, 그리고 보다 일반적으로 16세기에 부상하고 쇠퇴하기 시작한 거대한 정치 집단들에게 유리하거나 불리한 요인들에 오히려 주의를 기울여야만 한다.[48] 국면이라는 견지에서 볼 때, 이베리아 반도는 통일의 조짐을 보이고 있으며, 그것은 또한 황제의 절대적 신앙의 산물, 즉 아프리카 그리고 아메리카로 향한 팽창과 재정복의 산물이라고도 말할 수 있다. 그러나 터키인들이 콘스탄티노플, 시리아 그리고 이집트를 차례로 점령한

---

47) "요컨대 후추와 향신료 전쟁에 관한 모든 사건들은 아메리카의 은광(銀鑛)에서 몰러카스 제도나 수마트라 섬의 최서단에까지 이르는 세계적 규모의 가시적인 문제 전체를 은폐할 위험이 있다"(I, p. 515).
48) "사건들의 일람표가 아니라, 다만 늘상 일어나는 의학적 과실의 가능성이 있는 진단이나 청진일 뿐인 이러한 연표(年表)보다 더 어려운 것은 없다"(II, p. 10).

것과 같은 사건들을 대하고서 감탄하지 않을 수 없다. "정말 대사건이군!"(Ⅱ, p. 17). 설사 "필립 2세가 스페인으로 후퇴한 것이 아메리카의 은을 향한 불가피한 후퇴"(Ⅱ, p. 25)라고 기술할 수 있을지라도, 어째서 샤를르 퀸트와 필립 2세 같은 중요한 인물들을 첫번째로 묘사하지 않을 수 있겠는가? 그럼에도 그 와중에 역사가는 필립 2세가 마드리드에 칩거하기보다는 차라리 그 중심지를 리스본으로 옮기지 않은 것을 유감스럽게 생각한다. 결국 장기 지속이 우세한 것은 국가의 운명과 경제의 장래가 상관적이기 때문이다. 너무 지나치게 경제를 강조한 슘페터Schumpeter와는 반대로, 정치와 그 제도에 동등한 무게를 실어주어야 한다.[49] 그러나 정치란 그 권력의 주체들, 왕의 법률 고문들과 그들의 금전 매수, 국가의 재정난, 세무 전쟁들을 말하지 않고서는 생각할 수 없다. 정치적 기도(企圖)에는 그것을 기도하는 사람들이 존재한다.

　그렇지만 경제도 제국도 둘째 층위의 무대를 모두 차지하지는 않는다. 또한 문명이 존재하는 것이다. "문명은 지중해에서 가장 복잡하고, 가장 모순되는 등장인물이며"(p. 95), 그만큼 동시에 우호적이자 배타적이며, 유동적이자 영속적이며, 파급 속도가 빠르면서도 외부의 힘을 전혀 빌리지 않는다. 스페인에는 그 자체의 바로크 양식이 존재한다. 반-종교 개혁은 스페인의 종교 개혁인 것이다. "[종교 개혁에 대한] 거부는 자발적이며 단호한 것이었다"(Ⅱ, p. 105). '이 놀라운 영속성'을 말하기 위해, 브로델은 근사한 표현을 사용한다. "문명은 근본적으로 인간과 역사에 의해 조직되고 다듬어진 공간이다. 그 때문에 놀랄 만한 영속성을 지닌 문화적 공간, 문화적 경계가 존재한다. 거기서는 세계를 모두 혼합한다는 것이 결코 가능하지 않다"(Ⅱ,

---

49) 국가란 "자본주의와 마찬가지로 복합적인 발전의 산물이다. 사실 넓은 의미에서의 국면은 역시 그 변화에 정치적 기반을 두며, 그것을 방조하거나 방기한다"(Ⅱ, p. 28).

p. 107). 소멸되게 마련인가? 물론 문명은 그렇다. "그러나 그 기반은
남아 있다. 파괴될 수 없는 것은 아니지만, 어쨌든 생각보다는 훨씬
더 견고하다. 그것은 예상되는 수많은 죽음을 견뎌냈다. 그것은 단조
롭게 흘러가는 장구한 세월 속에서 그 불변의 질량을 유지한다"(Ⅱ, p.
112). 그렇지만 또 다른 요인이 작용한다. 즉 문명들은 다양하다는 점
이다. 그들이 접촉하고 충돌하고 갈등하는 지점에서 또다시 사건들
이 발생한다. 다시 말해 만일 스페인계의 문명이 어떠한 혼합도 거부
하는 것이 그 원인이라면, "이베리아 이슬람 문명의 완만한 붕괴"(Ⅱ,
p. 118)와 "그라나다의 드라마," 그리고 완전히 소멸되기 전까지 "그
라나다 이후의 그라나다"(p. 126)에 대해서도 말할 수 있게 하는 그
영향과 유물들까지도 이야기해야만 한다.[50] 이어서 동일한 도식에 따
라 유태인의 운명을 다루고, 마랑인들Maranes의 완강함과 무어인들
Morisques의 완강함을 비교 검토해야만 한다. 그러나 거기서도 마찬
가지로 사건 중심으로의 경도를 거슬러 유태인 순교자 명부와 국면
변동 사이에 은폐된 관계를 파악해야만 한다. "중대한 죄가 있다면
그것은 서양 세계의 완전한 쇠퇴라는 것이다"(p. 151). 1492라는 연대
는 완만한 쇠퇴기가 끝날 무렵에 다시 놓임으로써 이처럼 그 어두운
광채를 다소 상실하고 있다. 그에 대한 도덕적 비난조차도, 완화되지
는 않는다 해도 어쨌든 미묘한 뉘앙스를 띠게 된다.[51] 문명의 장기적
인 국면들은 경제 국면과 서로 얽혀 있다. 그래도 역시 이슬람 문명
의 거부와 유대 문명의 거부는 경제에 비하여 문명의 특수성을 증언
한다. 끝으로, 그리고 특히, 전쟁의 양상들은 전투들의 역사로 귀착
되는 것이 아니라 장기 현상의 대열에 놓여야만 한다. 그렇지만 전쟁

---

[50] "스페인은 모든 해결책 중에서 강제 이주, 즉 자국민을 모국 밖으로 완전히 이주
시키는 가장 급진적인 것을 선택했다"(Ⅱ, p. 130).

[51] "과거에 단 한 번이라도 자신보다 타인을 더 좋아했던 문명이 있었다면 그것은 어
떤 것일까? 〔……〕 국면은 또한 자기 몫의 책임도 가지고 있다"(Ⅱ, p. 153).

기술을 평가하고 전쟁 비용을 측정하며—제국들의 패망—, 그리고 특히 문명들의 수명을 시험하는 시금석 자체를 전쟁 속에서 분간해내기 위해서는 사건들에 접근해야만 한다. 상반되는 특징을 지니며, 나타났다가 다시 다른 것으로 대체되는 여러 이데올로기적 국면들은, 레판토Lépante 전투와 같이 중심 인물들과 증인들이 엄청나게 과대 평가했던 사건들에 대해 상대적 중요성을 부여할 수 있게 한다. 사건들을 담고 있는 이러한 중첩된 결합들이야말로 경제, 제국, 사회 그리고 문명들의 충돌을 해상과 지상에 위치시키는 것이다. 둘째 층위에서 작용하는 여러 조직 원리들 사이의 이러한 경합은 브로델의 이해 범주에서 벗어나지는 않았다. 2부의 말미에서—그리고 최근 개정판들에서—, 그는 단지 경제 국면에 의해, 혹은 그것보다는 다양한 국면들의 역사에 의해 규제된 어떤 역사에 대한 찬반 양론을 비교 검토한다. 왜냐하면 하나의 국면이 존재하는 것이 아니라 여러 국면들이 있기 때문이다. 단 하나의 경제 국면이 존재하는 것이 아니라, 어떤 세기적 추세(더욱이 그것이 쇠퇴하는 경계 시점에 대한 연대 추정은 판(版)마다 다르다), 그리고 장기, 반장기, 단기 국면으로 이루어진 계층 전체가 존재한다. 그러나 특히 문화적 국면은 세기적 추세를 토대로 하더라도 경제 국면에 잘 중첩되지 않는다는 점을 인정해야만 한다. 스페인의 황금 시대는 가장 중요한 세기적 반전의 경계를 넘어 개화하지 않았는가? 이러한 말기의 개화를 어떻게 설명하겠는가? 역사가는 망설인다. 즉 경제 국면의 매혹적인 관여에도 불구하고, 그는 역사가 또다시 다양하고 불확실한 것이 된다는 점을 인정하는데〔……〕, 어쩌면 바로 그 전체가 우리의 수중에서 벗어날 것이다.

그러므로 1부와 2부의 모든 것은 '정치와 인간들'이 등장하는 사건들의 역사를 통해 체계를 완성하는 데 협력한다. 이 저서의 3부는 전통적인 역사학에 양보하는 것이 결코 아니다. 총체적인 역사에서 항구적인 구조와 완만한 변화가 아마도 핵심을 이룰지 모르지만 "이 핵심이 전부는 아니다"(II, p. 223). 왜 그런가? 우선 사건들은 역사의 깊숙한 부분을 증언하기 때문이다. 우리가 보았듯이, 1부와 2부는 이러한 "사건 중심의 기호들"(II, p. 223) ——징후인 동시에 증언——을 많이 사용한다. 위대한 역사가는 여기서 이렇게 선언하는 것을 두려워하지 않는다. "나는 사건을 혐오하는 사람이 아니다. 그저 그뿐이다"(II, p. 223). 그러나 또 다른 이유가 있다. 즉 사건들은 그 자체의 층위에서 논리적 일관성의 문제를 제기한다는 점이다. 브로델 자신은 이 설명의 층위가 필요로 하는 불가피한 선택에 이중의 정당성을 부여한다. 한편으로 역사가는 중요한 사건들, 즉 그 결과로 인해 중요해진 사건들만을 선택한다. 브로델은 여기서 자신의 소급 추정의 논리와 '합당성'에 대한 탐구를 통해, 베버와 아롱이 제기한 것과 같은 단일한 인과론적 설명의 문제와 은연중에 다시 만나게 된다.[52] 다른 한편으로 역사가는 사건들의 중요성에 대한 동시대인의 판단을 무시할 수 없다. 그렇지 않으면 과거의 사람들이 그들 역사를 해석했던 방식을 설명할 수 없는 부담을 안게 된다. (브로델은 여기서 프랑스인들에게 성 바르텔르미 Saint-Barthélemy의 학살이 상징하는 단절을 환기시킨다.) 이러한 해석들도 역시 역사학의 대상에 속하는 것이다.

이처럼 두 가지 맥락, 즉 경제 국면의 맥락과 넓은 의미에서의 정치 사건들의 맥락, 특히 정치가 그래도 주도권을 잡고 있던 시대에

---

52) 볼테르가 이미 그 사소한 결과들을 비웃었던 레판토 전투는 그처럼 "16세기에 지중해에서 벌어진 전쟁 사건들 중에서 가장 빛나는 것이었다. 그러나 기술과 용기의 이러한 대승리는 역사의 일반적인 관점에서는 제자리를 찾기가 힘들다"(p. 383). 만일 스페인이 그 결과를 추구하는 데 열중했더라면, 레판토 전투는 아마 틀림없이 여러 결과들을 얻었을 것이다. 결론적으로 "레판토는 아무짝에도 소용없었다"(II, p. 423). 이 점에서 우리는 "운명의 개척자"(II, p. 365) 동 주앙 Don Juan의 계략을 다루는 훌륭한 대목을 주목할 것이다. 그것을 설명하는 동인(動因)은 윌리엄 드레이의 동기에 의한 설명 모델과 아울러, 대립되는 가정들에 의한 베버의 설명 모델을 정확히 충족시킨다.

그 동시대인들이 우선적으로 고찰했던 맥락을 일치시키는 것은 불가
능해진다. 우리가 보았듯이 제국, 사회, 문명 그리고 전쟁 자체의 역
사에 의해 메워져왔던 그 큰 간격들이 이 두 맥락 사이에는 여전히
남아 있다.[53]

여기서 브로델의 기법은 그 사건 중심의 역사를 구조화하는 것인
데——그리고 그 역사는 연대(年代)와 전투와 조약들이 풍부하다——
그것은 모든 역사가들이 그렇게 하는 것처럼 사건들을 시대별로 구
분할 뿐만 아니라, 그가 이전에 구조와 국면들을 밝히기 위해 사건들
을 내세웠던 것과 동일한 방식으로 그것들을 구조와 국면 속에 다시
자리잡게 함으로써 구조화하는 것이다. 여기서 사건은 국면과 구조
들을 모아서 압축한다. 가령 "이 제국, 그리고 그 강점과 약점의 총화
는 오로지 필립 그에게 속한 것이었다"(Ⅱ, p. 327). 이런 정치사를 구
조화하는 것은 "터키 세력이 외부 세계를 압박하는 거대한 공격 전선
들 사이에 필요한 균형을 이루게 하는 정치 물리학"(Ⅱ, p. 451)에 속
한다. 필립의 지배력이 대서양과 아메리카로 옮겨가면서 광범위한
힘의 이동이 일어난다. 그렇게 되면 "스페인은 지중해를 떠난다"(Ⅱ,
p. 467). 동시에 지중해는 위대한 역사에서 벗어난다.[54]

만일 우리가 이야기하는 것이 바로 이러한 역사라면, 왜 그것을
1598년 9월 13일 필립 2세의 죽음에 관한 거창한 대목으로 끝내야 했

---

53) 때때로 브로델은, 이미 언급한 바와 같이 레판토의 경우뿐만 아니라, 거대한 두
   정치 세력이 투쟁을 포기하는 현상과 전쟁의 전반적인 쇠퇴를 접하게 될 때, 사건
   중심의 역사에 반대하는 논쟁으로 되돌아가고 국면의 역사에 마음이 끌리는 것처
   럼 보인다. 가령 그 당시 스페인이 아프리카를 포기했다면 그 지리적 임무를 실현
   하지 못했을까? 그러나 "대체로 공허한 이 모든 진행 과정들을 우리는 여전히 변
   호하지 않으면 안 된다. 장차 국면을 다루는 역사가들은 그 진행 과정들을 다시
   거론하고, 어쩌면 그것들에 어떤 의미를 부여해야 할 것이다"(p. 430).
54) 1601년에 놓친 기회에 대해 이렇게 말한다. "거대한 전쟁의 쇠퇴는 그 나름대로
   16세기 말엽에 확실히 밝혀지고 이미 눈에 드러나게 된 지중해의 몰락 자체의 전
   조와 같은 것이다."(Ⅱ, p. 512).

는가? 지중해의 거대한 역사라는 관점에서 볼 때 이 죽음이 일대 사건은 아니다.[55] 그러나 "그 적대자들에게 한없이 계속되는 듯했던 오랜 지배가 끝날 무렵에"(II, p. 512) 그것은 모든 주역들에게 가장 중대한 사건이었던 것이다. 그런데 우리는 동시대인의 시각 또한 역사학의 대상이라고 말하지 않았는가? 어쩌면 보다 멀리 나아가야 할 것이다. 그리고 그 지적은 저서의 세 부(部)가 적절하게 배열된 것을 다시 문제삼을 위험이 있다. 즉 죽음은 어떤 설명의 골격 속에 전혀 포함되지 않는 개인적인 운명을 나타내는데, 그 설명의 척도는 죽음을 면할 수 없는 인간의 시간이라는 척도가 아닌 것이다.[56] 그런데 그런 운명을 종결짓는 죽음이 없어도 우리는 여전히 역사가 인간들의 역사라는 것을 알 수 있을까?

나의 두번째 주장, 다시 말해 브로델의 저서의 세 층위는 전체적으로 하나의 준-줄거리, 곧 폴 베인이 말하는 넓은 의미에서의 줄거리를 구성한다는 논제에 이르렀다.

줄거리 구성의 서술 모델과 그 저서의 유사성을 셋째 층위로 한정하는 것은 잘못일 것이다. 그렇게 한다면 우리는 줄거리 개념 자체와 그로 인한 사건이라는 개념에 새로운 길을 열어준다는 이 작업의 가장 큰 성과를 얻지 못할 것이다.

비록 브로델 자신이 언급한 몇몇 주장들이 그것을 시사한다 해도, 나는 줄거리라는 이 새로운 방식을 단지 중간 층위에서만 추구할 생

---

55) "나는 지중해라는 말이 거기에 암시되는 내용과 함께 언젠가 그 정신 속에서 표류했다고 믿지는 않는다. 진정한 지리학은 왕자들의 교육의 일부를 이루지 않았다. 모든 원인들은, 〔15〕98년 9월에 마감한 그 긴 임종의 고통이 지중해 역사의 대사건은 아니며 〔……〕 전기(傳記)적인 역사에서 구조들의 역사 그리고 더욱더 공간들의 역사에 이르는 간격들이 또다시 나타나기에 충분하다"(II, p. 514).

56) "이 사람은 바로 종교적 삶의 맥락에서, 아마도 카르멜 수도회의 혁명적인 분위기 자체 속에서 이해해야 할 사람이다"(II, p. 513).

각은 없다. 그는 '경제 국면의 레시타티프에 대해' 말하지 않는가?
경제사에서 줄거리를 꾸밀 수 있는 것은 그 주기적 성격이며 또한 거
기서 위기 개념이 담당하는 역할이다.[57] 그처럼 상승과 하강이라는
이중의 움직임은 유럽의 시간과 어느 정도는 세계 전체의 시간으로
측정되는 하나의 완전한 상호 주기 intercycle 를 나타낸다. 『세계의 시
간 *Temps du Monde*』이라는 제목을 달고 있는 『물질 문명과 자본주의
Civilisation matérielle et Capitalisme』 제3권은 경제 국면의 완만한 리
듬에 따라 경제-세계가 부침한다는 이런 시각을 바탕으로 구성되어
있다. 그렇게 되면 '추세'라는 개념은 줄거리 개념의 자리를 차지하
는 방향으로 나아간다.[58]

---

57) 「역사학과 사회 과학」이라는 논문에는 이렇게 씌어 있다. "새로운 방식의 역사 이
    야기, 다시 말해서 우리의 선택에 따라 10여 년, 사반 세기, 그리고 극단적으로 콘
    드라티예프 Kondratieff의 전통적인 주기인 반세기를 제안하는 이른바 국면이나
    주기, 뿐만 아니라 상호 주기 등의 레시타티프가 나타난다"(『역사에 관한 글들』, p.
    48). 『케임브리지 유럽 경제사 *The Cambridge Economical History of Europe*』 제4
    권에서, 브로델은 주기를 이렇게 정의한다. "주기라는 말이 계절의 변화에 적용될
    수 있다고 해서 오해해서는 안 된다. 이 용어는 상승과 하강이라는 이중의 움직임
    을 지칭하는데, 그 사이에는 가장 엄밀히 말해서 위기라고 불리는 정점이 있는 것
    이다"(p. 430). 주기 개념이 경제 생활의 미메시스(물론 미메시스 Ⅱ의 의미에서)
    를 구성하며, 또한 중간 연결부, 정확히 말해서 위기 개념을 통해 두 개의 상호 주
    기 사이에 도입되는 극적 반전을 제시한다는 그 이중의 특징을 아리스토텔레스의
    뮈토스와 공유한다는 암시, 아울러 이 텍스트에 대한 언급을 나는 립 M. Reep의
    미발표 논문에 빚지고 있다.
58) 『세계의 시간』(Paris: Armand Colin, 1979)이라는 제목 자체는 그것이 담을 수 있
    는 것을 넘어서 바로 저자의 고백을 예고하는 것이다(「서문」, p. 8). 그에게는 비
    록 "연대순의 전개와 다양한 시간성을 통해"(같은 책) 세계의 역사를 파악하고자
    하는 야심이 있기는 하지만, 이 세계의 시간에는 인간 역사의 총체성이 내포되어
    있지 않음을 숨기지 않는다. "이런 예외적인 시간은 장소와 시기에 따라 어떤 공
    간과 현실을 지배한다. 그러나 다른 현실과 공간은 거기서 벗어나 그것과 무관한
    것으로 남는다. 〔……〕 경제적으로나 사회적으로 선진화된 국가에서도 세계의
    시간은 모든 것을 뒤섞지 않았다"(p. 8). 그 이유는 저서의 방향이 물질적이며 경
    제적인 분야별 역사를 특권화하기 때문이다. 이처럼 인정된 한계 내에서 역사가

그럼에도 불구하고 나는 이런 등식을 고집하려고 하지 않는다. 왜냐하면 그것은 줄거리 개념과 마찬가지로 주기 개념을 곡해하기 때문이며, 뿐만 아니라 저서의 세 층위에서 무슨 일이 일어나는지를 설명하지 않기 때문이다. 경제사란 최초 시기와 최종 시기가 선택될 때 어떤 줄거리를 구성하기에 적합한 것이 되며, 원칙적으로 그 시기들은 본래의 의미에서 끝이 없고 무제한적인 경제 국면의 역사 자체와는 다른 범주들에 의해 제공된다. 하나의 줄거리는 이해 가능한 질서뿐만 아니라 지나치게 길어서는 안 되는 기간을 포함해야 한다. 그렇지 않으면 아리스토텔레스가 『시학』(1451 a 1)에서 강조하는 것처럼 한눈에 파악될 수 없다. 그런데 무엇이 지중해에 관한 줄거리의 범위

는 "세계적 규모──유일하게 타당한 것──의 비교를 통해 추론하는"(p. 9) 연습을 한다. 역사가는 이런 오만함에서 "시간, 그러니까 우리에게 주요하거나 유일하기도 한 적(敵)을 지배하려고"(p. 10) 노력할 수 있다. 1) 느리게 변하는 공간 속에서, 2) 그 우위가 계속해서 이어지는 몇몇 주요 수도들(베네치아, 암스테르담 등)을 중심으로, 3) 끝으로 커뮤니케이션이 이루어지는 지역들의 계층화 원칙에 따라, 경제-세계로 간주될 만한 유럽의 계속적인 경험들을 연결할 수 있게 하는 것은 여전히 장기 지속이다. 따라서 이런 논지는 경제 국면의 리듬에 따라 시간(그리고 공간)을 분할하는 것인데, 그 리듬의 세기적 추세──"모든 주기들 가운데 가장 소홀히 다루어지고 있는"(p. 61)──는 가장 풍성한 것으로 판명된다. 시간에 대한 내 나름의 성찰을 위해 다음 대목을 인용한다. 추세란 하나의 누가적(累加的) 과정이다. 그것은 그 자체에 추가된다. 마치 그것이 반대 방향으로, 그러나 마찬가지로 집요하게, 미미하고 느리지만 오래 지속되는 전반적인 경기 하락에 작용하기 시작할 때까지, 물가와 경제 활동 전체를 조금씩 끌어올리는 것처럼 모든 것이 일어난다. 그 연도별 추세는 거의 문제시되지 않는다. 그러나 그 세기별 추세는 중요한 작용 요인으로 판명된다"(p. 61). 그 물결들이 겹치는 조수(潮水)의 이미지는 문제를 상세히 설명하기보다는 이처럼 복잡하게 만든다. "마지막 말이 생각나지 않는다. 그리고 그와 동시에 우리가 모르는 특정의 경향을 갖는 법칙이나 규칙들을 따르는 것처럼 보이는 이런 긴 주기의 정확한 의미가 떠오르지 않는다"(p. 65). 그러면 최대한으로 설명하는 것처럼 보이는 것이 동시에 최소한으로 이해시키는 것이라고 말해야 하는가? 여기서 고백, 게다가 하나의 자명한 이치에 불과한 것, 즉 "단기와 장기는 공존하며 불가분의 것인데〔……〕, 왜냐하면 우리는 동시에 짧은 시간과 긴 시간 속에서 살기 때문이다"(p. 68)에 의미를 부여하는 문제는 4부에서 다룰 것이다.

를 한정하는가? 우리는 그것이 세계사의 무대에서 집단적인 주인공으로서의 지중해의 쇠퇴라고 서슴없이 말할 수 있다. 이 점에서 줄거리의 결말은 필립 2세의 죽음이 아니라 두 정치 대국의 대립의 종말이며, 역사가 대서양과 북유럽으로 이동한 것을 말한다.

그런데 이런 전반적인 줄거리에는 세 가지 층위가 협력한다. 그러나 소설가가 ──『전쟁과 평화』의 톨스토이 ── 단 하나의 이야기 속에 세 층위 전부를 뒤섞는 반면, 브로델은 층위를 구별함으로써 분석적인 방식으로 작업하며, 그 층위들의 간섭을 통해 은연중에 전체의 이미지가 드러나게끔 한다. 그렇게 해서 우리는 비록 명시적이긴 하지만 여전히 부분적이며 이런 의미에서 추상적인 여러 개의 하위-줄거리들로 분할되는 잠재적인 준-줄거리를 얻게 된다.

이 저서는 "행동을 낳는 것은 지리적 공간이 아니라, 이 공간의 지배자 혹은 창조자인 인간임"(I, p. 206)을 끊임없이 상기시킴으로써, 전체적으로 행동의 미메시스의 특징을 띠고 있다. 이 점에서 경제 국면을 다루는 역사학은 그 경제 국면만으로 줄거리를 만들 수는 없다. 경제적 측면에서도 여러 경제 활동들, 더 정확히 말해서 두 경제-세계들의 대립 관계를 묘사해야만 한다. 이미 우리는 제1부의 다음과 같은 대목을 인용한 바 있다. "정치는 그 밑에 깔린 현실을 복사만 할 따름이다. 서로 적대적인 지도자가 지배하는 이 두 지중해 연안 국가들은 물질, 경제, 문화적으로 서로 다르다. 그들은 각각 하나의 역사권이 된다"(I, p. 125). 동시에 그것은 줄거리의 골격을 이미 암시하고 있다. 즉 두 지중해 국가 간의 심각한 대립과 그 대립의 쇠퇴가 그것이다.[59] 만약 브로델이 이야기하는 역사가 바로 그것이라면, 그 두번

---

59) "왜냐하면 모든 것을 움직이고, 멀리서부터 조정했던 것은 이런 심층 욕구, 단절, 균형의 회복, 강제 교역들이기 때문이다"(I, p. 126). 좀더 나중에 저자는 "전체 도식"(II, p. 210), 즉 지중해가 위대한 역사 밖으로 후퇴한 사실과 17세기 중반까지 그 퇴보가 지연되었던 사실에 대해 말하고 있다. 또한 주요 도시들이 도시 국가들

째 층위——장기 지속의 전영역을 차지한다고 볼 수 있는——는 경제 활동들에 대한 피상적인 개관보다는 제국들의 대립과 그 대립의 운명에 관한 하위-줄거리를 유일하게 지배하는 정치 물리학의 추가를 요구한다는 점을 우리는 이해하게 된다. 그 상승 단계에서 "15세기 지중해의 드라마는 무엇보다도 먼저 커져가는 정치적 세력의 드라마이며, 대제국들의 이런 자리매김이다"(II, p. 9). 게다가 한 가지 중요한 내기가 그렇게 드러난다. 대서양은 종교 개혁의 영역에 들어갈 것인가 아니면 스페인의 지배에 들어갈 것인가? 터키인과 에스파냐인이 동시에 등을 돌릴 때, 서술적 목소리는 이렇게 묻는다. 지중해에서는 제국들이 쇠퇴하는 시기가 다른 곳보다 더 빨리 도래하지 않겠는가? 이 물음은 꼭 필요하다. 왜냐하면 드라마에서처럼 극적 반전은 우발적인 사건, 즉 다른 방향으로 흘러갈 수도 있었던 사건들을 포함하기 때문이다. "지중해의 쇠퇴? 그것은 의심의 여지가 없다. 그러나 단지 그것만은 아니다. 왜냐하면 스페인으로서는 그 방향을 단호하게 대서양 쪽으로 돌릴 충분한 여유가 있었기 때문이다. 그런데 왜 그렇게 하지 않았는가?"(II, p. 48). 이번에는, 제국들의 분쟁과 이 분쟁이 지중해의 공간 밖으로 빠져나가는 것에 관한 하위-줄거리는 단일 문명들의 충돌에 관한 하위-줄거리와 조화를 이루기를 요구한다. 우리는 이 말을 기억한다. "문명은 지중해에서 가장 복잡하고 가장 모순되는 등장인물이다"(II, p. 95).[60] 앞서 우리는 가령 무어인의 운

을 점차 대체하게 된 현상에 대해 말하면서, 이렇게 적고 있다. "도시들은 발전이라든가 경제 국면에 관해 이야기하지만, 그것은 저물어가는 16세기의 수많은 징조들이 예고하고 17세기에 두드러지게 나타날 이런 쇠퇴라는 운명의 방향을 우리로 하여금 미리 예견하도록 하는 것이다"(I, p. 322).

60) 전쟁의 형태, 특히 대외 전쟁(십자군, [회교도의 이교도에 대한] 성전[聖戰, Djihads])에 대해 말하면서, 브로델은 다시 한번 문명, 이 "굵직한 등장인물들"(II, p. 170)의 참여를 언급한다. 등장인물은 사건과 마찬가지로 중심 줄거리에 대한 기여를 통해 전통적으로 규정된다.

명, 유태인의 운명, 대외 전쟁 등, 이런 대립 상황들의 극적 반전들을 언급한 바 있다. 이제 이런 하위-줄거리들이 어떻게 상위 줄거리에 기여하는가를 말해야 한다. "대체로 분명한 질서 속에서"(II, p. 170) 번갈아 일어나는 국내외 전쟁을 언급하면서, 극작가로서의 브로델은 이렇게 적고 있다. "그렇게 번갈아 일어나는 전쟁은 혼미하지만 기만과 환상 없이 단번에 명확해지는 역사의 한가운데에서 여러 관점들을 은연중에 보여준다. 우리는 대립되는 특징을 보이는 여러 이데올로기적 국면들이 나타난 후 다른 것으로 대체된다는 확신을 버리지 않는다"(II, p. 170). 따라서 호메로스가 『일리아드』에서 선택한 이야기 전체의 윤곽을 트로이 전쟁의 역사 속에서 오려낸 것과 동일한 방식으로, 브로델은 필립 2세 시대의 스페인과 터키를 주역으로 하고 역사권으로서의 지중해의 쇠퇴를 그 골격으로 하는 분쟁의 윤곽을 서양과 동양에서 교대로 나타나는 문명들의 대대적인 충돌을 통해 뚜렷이 드러낸다.

그런데 저서의 통일성을 이루는 상위 줄거리는 여전히 잠재적인 줄거리라는 점을 인정해야만 한다. 학술적인 엄격성은 "세 가지 상이한 시간성"(II, p. 515)이 분리되어 있기를 요구한다. 그것은 "가장 큰 편차를 두고서 과거의 모든 다양한 시간들을 파악하며, 그들의 공존, 간섭, 모순, 복합적인 밀도를 암시하는 데"[61] 그 목적이 있기 때문이

---

[61] 나는 브로델이 물리적 시간으로 하여금 잘게 찢긴 기간의 파편들을 결합하게끔 함으로써 저서 전체의 통일성의 문제를 회피할 수 있다고 믿지 않았는지 생각해 본다. 『역사에 관한 글들』에는 이렇게 씌어 있다. "그런데 이 파편들은 본 연구의 말미에서 다시 결합된다. 장기 지속, 국면, 사건은 쉽게 접합된다. 왜냐하면 모두가 동일한 척도로 측정되기 때문이다"(p. 76). 물리적 시간의 척도가 아니면 무엇이겠는가? "역사가에게 있어서 모든 것은 시간 곧 조소의 대상이 되기 쉬울 수학적이며 전지전능한 시간, 즉 인간의 외부에 있는 시간, 경제학자의 표현으로는 인간을 떼밀고 억압하며 인간의 다채로운 개별 시간을 앗아가는 '외인적(外因的)인 것'으로서의 시간으로 시작되고 끝난다. 그렇다, 세계의 절대적인 시간으로 말이다"(pp. 76~77). 그러나 그렇게 되면 장기 지속은 역사적 시간을 우주적 시간으

422

다(Ⅱ, p. 515). 그러나 줄거리는 그것이 잠재적이기는 해도 활성력은 있다. 단지 총체적 역사와 무리없이 통합되는 경우에만 현실화될 수 있을 것이다.[62]

　결국 브로델은 여러 시간성들을 분석하고 분리하는 방법으로 새로운 유형의 줄거리를 만들어낸 것이다. 사실상 줄거리가 어느 정도는 항상 이질적인 것의 종합이라면, 브로델 저서의 잠재적인 줄거리는 이질적인 시간성들이나 모순되는 연대순들을 결합시킴으로써 우리에게 구조와 주기와 사건들을 연결하는 법을 가르쳐준다.[63] 그럼에도 불구하고 이런 잠재적 구조는 『필립 2세 시대의 지중해와 지중해 세계』에 대한 두 가지 상반된 독서 사이에서 중재 역할을 할 수 있게 한다. 첫 번째 독서는 사건 중심의 역사를 장기 지속의 역사에, 그리고 장기 지속을 지리학적 시간에 종속시킨다. 그렇게 되면 주로 지중해가 강조된다. 그러나 그때 지리학적 시간은 그 역사적 성격을 상실할 위험이 있다. 두번째 독서에서 역사는, 첫째 층위 자체가 둘째 층위를 지시함으로써 역사적인 것으로 규정되고 둘째 층위의 역사적 특성은 셋째 층위를 유도하는 그 능력에서 파생된다는 점에서, 여전히 역사

로 연장하는 수단들 중의 하나가 될 뿐, 더 이상 그 기간과 속도를 다양화하는 방법은 되지 않는다. 물론 역사적 시간은 바로 우주적 시간의 토대 위에서 그 구조물을 세운다. 그러나 '다채로운 개별 시간'의 통합 원칙은 바로 그 물리적 시간 속에서 모색되어야 한다. 나는 4부에서 그 점에 관해 다시 거론하겠다.

62) 다성성(多聲性, polyphonie)은, 각각 어떤 독자적인 역사를 함축하고 있는 수십 가지의 시간성으로 이루어진다. "인간에 관한 여러 학문들(이 학문들은 돌이켜보니 우리의〔역사가라는〕직업에 도움이 되고 있다)의 결합을 통해서만 이해되는 그 총화가 바로 총체적인 역사를 구성하는데, 그 이미지를 완전하게 재구성하기란 여전히 매우 어렵다"(Ⅱ, p. 515). 이런 총체적인 이미지는 역사가로 하여금 지리학자나 여행자나 소설가의 안목을 동시에 갖도록 요구할 것이다. 이 자리를 빌려 가브리엘 오디지오 Gabriel Audisio, 장 지오노 Jean Giono, 카를로 레비 Carlo Levi, 로렌스 더렐 Lawrence Durrell, 앙드레 샹송 André Chamson에게 감사의 뜻을 표한다.

63) 구조와 구조주의에 관해서는, 책의 대미를 장식하는 진솔한 고백을 높이 평가할 수 있다(Ⅱ, p. 520).

적이다. 그렇게 되면 필립 2세가 강조된다. 그러나 사건 중심의 역사에는 아리스토텔레스가 잘 짜여진 줄거리에 결부시켰던 필연성과 개연성의 원칙이 결여되어 있다. 세 층위를 감싸고 있는 줄거리는 두 가지 독서에 동일한 권리를 부여하며, 그때 두 독서 사이에서 불안정한 균형점이 되는, 장기 지속의 역사라는 중간 위치에서 그 층위들이 서로 교차하게 한다.

바로 준-줄거리적 성격을 통한 이런 긴 우회적인 방법이야말로 브로델이 규범적인 것으로 간주한 사건이라는 개념을 결국 재검토할 수 있게 하는 것이라고 생각된다.[64] 우리에게 사건이란 일종의 폭발처럼 반드시 짧고 강력한 것만은 아니다. 그것은 줄거리의 변수이다. 이런 이유로 그것은 셋째 층위에 속할 뿐만 아니라 다양한 기능을 갖고 모든 층위에 속하기도 한다. 그것은 셋째 층위에 나타날 때, 두 개의 다른 층위와 교차함으로써 얻은 필연성이나 개연성의 표지와 함께 나타난다. 그렇게 해서 레판토 전투는 다소 그 광채를 잃고 중요도가 떨어진다. 필립 2세의 죽음은 '정치와 인간들'의 하위-줄거리에서만 주요 사건으로 남는다. 그 죽음을 정치적 강대국 간에 벌어지는 투쟁이라는 상위 줄거리 속에, 그리고 몇십 년 후에나 그 상대적 결말을 보게 되는 지중해의 쇠퇴가 진행되는 과정에 다시 위치시킬 때, 그것은 비사건 non-événement에 가까워진다. 요컨대 우리는 사건들이 둘째 층위에서도 그리고 심지어 첫째 층위에서도 급증하는 것을 보았다. 단지 사건은 거기서 그 폭발성을 잃고 징조나 증언의 양상을 띨 따름이다.

진실은 바로 역사가의 구조 개념을 사회학자나 경제학자의 구조

---

64) 마지막으로 브로델은 저서의 결론에서 이런 "짧고 감동적인 사건들, 전통적인 역사학에서 말하는 '주목할 만한 사실들'"(II, p. 519)에 관한 자신의 의혹을 재확인한다.

개념과 구별짓는 것은 사건이라는 것이다. 역사가의 입장에서 사건
은 끊임없이 그 내부로부터 구조들을 부여한다. 그 방법에는 두 가지
가 있는데, 한편으로 모든 구조는 동일한 리듬으로 변하지 않는다.
바로 "삶의 상이한 속도"(『역사에 관한 글들』, p. 75)가 더 이상 일치
하지 않을 때 그 불협화음은 사건을 만든다. 사실 다양한 문명권들
간의 교환과 모방과 거부는 그 모든 층위에서 동시에 단 하나의 문명
도 나타내지 않는 현상들, 즉 거의 일회적인 현상들을 구성한다. "우
리의 정신을 그렇게까지 창조하는 것은 지속 기간이 아니라 이 기간
의 세분된 상황들이다"(p. 76). 다른 한편으로 구조를 다루는 역사가
는 사회학자와는 달리 그 구조가 파열되는 지점, 급격하거나 완만한
쇠퇴, 요컨대 그 구조의 소멸을 조망하는 데 주의를 기울인다. 이 점
에서 브로델은 전통적인 역사가와 마찬가지로 제국들이 덧없이 사라
진다는 생각에 사로잡혀 있다. 어떤 의미에서 『필립 2세 시대의 지중
해와 지중해 세계』는 지중해가 거대한 역사로부터 후퇴한다는 중요
한 사건이 완만하게 나아가고 그 진행이 지연되기도 하는 것이다. 다
시금 전면에 등장하는 것은 인간사의 덧없음이며, 이와 더불어 극적
인 차원 —— 장기 지속은 역사를 그로부터 벗어나게 하는 것으로 간주
되었다 —— 도 있다.

나는 '아날'의 영향을 받은 프랑스의 다른 역사가들의 연구에서 장
기 지속 자체를 이용하여 이처럼 사건으로 복귀하는 것을 드러내고
있는 언급들 —— 대체로 은밀한 —— 을 찾아보았다.
그리하여 르 고프 Le Goff가 권유한 역사학과 인류학의 결합은 『또
하나의 중세 *Un autre Moyen Age* 』라는 성과를 낳게 되었는데, 무대 전
면(前面)을 차지하는 것은 물론 장기 지속 —— 매우 긴 지속 기간 ——
이다('오랜 기간의 중세' '산업화 이전의 사회와 거의 대응하는 프랑스
역사에 직접 관련된 장기 지속'). 그러나 한편 르 고프는 브로델과 마

찬가지로 어떤 사회학에서 주장하는 비시간적 모델의 유혹을 단호하게 물리친다. 우선 이 기간 자체에 사건들이 없는 것은 아니기 때문이라기보다는 오히려 역사상의 사회들에 나타난 전례(典禮)에 관한 것을 상기시키는 반복되거나 예기되는 사건들(축제일, 의식, 제의[祭儀] 등)로 점철되어 있기 때문이다. 다음으로 그러한 장기 지속이 더 이상 존재하지 않기 때문이다. 중세 문명을 '과도기'의 사회로 지칭한 것은 아주 적합한 명칭이다. 물론 역사적 민족학이 강조하는 정신 구조는 역사적 진화 과정 속에서 "가장 덜 변하는 것"(p. 339)이다. 그러나 "설사 정신 체계가 앙드레 바라냑 André Varagnac이 소중히 여기는 고대 문명의 잔재를 그 안에 담고 있다 해도 역사적으로 그 체계의 연대는 추정될 수 있는 것이다"(p. 340). 특히 역사학이 인류학과 결합하면서도 여전히 역사학으로 남기 위해서는 "시간에서 벗어나 있는 민족학에 몰입할"(p. 347) 수는 없을 것이다. 그 때문에 역사가는 언어학에 도입된 것과 같은 통시태의 어휘를 받아들일 수는 없을 것이다. 사실 이런 언어학은 "역사가가 자신이 연구하는 구체적인 사회의 변화를 이해하기 위해 사용하는 발전 도식과는 아주 상이한 추상적인 변형 체계에 따라"(p. 346)[65] 작업을 수행한다. 역사가는 오히려 "구조-국면 그리고 특히 구조-사건이라는 그릇된 딜레마"(p. 347)를 극복하려고 노력해야 한다.

실제로 나는 과거가 갖는 역사적 자질이 아우구스티누스가 "과거의 현재"라고 불렀던 기억에 통합되는 과거의 능력에 기인한다는 주장을 다시금 르 고프에게서 예감한다. 그는 자신이 말하는 중세를 '전체적인' '긴' '심원한'이라는 용어들로 특징짓는다. "그것은 구성 요소가 되는 기억의 시간적인 간격, 즉 조상들의 시간"(p. 11)이며,

---

65) "변화를 다루는 전문가로서 (만일 역사가가 변형을 말하면서도 통시적인 것 diachronique을 원용하지 않는다면, 경우에 따라서는 민족학자와 공통의 상황에 놓이게 된다), 역사가는 변화에 무감각해지는 것을 경계해야 한다"(p. 347).

"현사회가 몹시 고뇌하며 탐구하는 우리의 집단적 정체성이 거기서 몇몇 본질적 특성들을 획득하게 되었던 이런 본원적 과거"(p. 11)이기 때문이다. 그렇기 때문에 구성 요소가 되는 이런 기억 속에서 장기 지속이 준-사건들로 요약된다 해도 놀라울 것이 있겠는가? 르 고프는 교회의 종과 괘종시계의 대결로 상징되는 교회의 시간과 상인들의 시간 사이의 갈등을, "경제적 구조와 실천의 완만한 변화의 압력을 받으며 근대 사회의 이데올로기가 완성되는 그 시대의 정신사에서 주요한 사건들 중의 하나로서"(p. 48) 특징짓지 않는가? 사실상 사건을 일으키는 것, 그것은 이 두 가지 시간의 '필연적인 분리와 우연적인 만남'인 것이다.

정신 구조를 다루는 역사가도 동일한 문제들에 부딪힌다. 조르주 뒤비 Georges Duby는 이데올로기에 대한 전적으로 비서술적인 사회학적 분석으로부터 시작하지만——그는 이데올로기를 총제적 · 변형적 · 경쟁적 · 안정적이며 행동을 발생시키는 것이라고 단언한다——, 외적인 모방, 내적인 거부와 충돌로 인해서만이 아니라, 객관적 상황들과 정신적 표상들 그리고 개인적이거나 집단적인 행동들을 연결하는 지점에서 나타나는 '시간성의 괴리,' 불협화음으로 인해 사건이 구조 속에 침투한다고 본다. 뒤비는 이처럼 "물질적 · 정치적 구조의 변화가 마침내 이데올로기 체계의 차원에 영향을 미치고 그 체계들의 대립 갈등을 더욱 심화시키는 위기의 시대"[66]를 강조하게 된다. 앞서와 마찬가지로 나는 뒤비가 여기서 "지배 이데올로기의 변화를 부추기는 장기적인 경향들 내부에서" 논쟁을 통해 촉발된 "가속 추진력"

---

66) Georges Duby, 「사회사와 사회 이데올로기 Histoire sociale et idéologies des sociétés」, 『역사 만들기 Faire de l'histoire』 I, p. 157. 우리는 이미 1장부터, 변화의 시간적 양상들에 대한 이런 관심이 어떻게 십자군과 같은 일련의 사건들을 개념적으로 재구성하게 되는지를 말한 바 있다.

(p. 157)이라고 부르는 것의 특징을 준-사건이라고 규정하고자 한다.

그런데 내가 브로델의 경우에서 보여주려고 했던 것처럼, 준-사건의 매개 수단은 여전히 준-줄거리이다. 나는 뒤비가 이데올로기의 역사를 통해 말하고자 하는 것에 관한 가장 대표적인 한 저서에서 그의 연구 가설들이 적용되는 예와, 앞서 언급한 「사회사와 사회 이데올로기」라는 방법론적인 논문을 비교 검토함으로써, 그의 저서에 관해서도 동일한 증명을 하려고 한다. 나는 『세 가지 계급 혹은 봉건주의의 상상 세계 *Les Trois Ordres ou l'Imaginaire du féodalisme*』를 선택했는데,[67] 이 책에서도 저자가 시작과 중간과 끝을 포함하는 준-줄거리를 구성함으로써 이데올로기적 구조를 어떻게 극적으로 묘사하는지를 보여줄 생각이다. 그 구조란 기도하는 자, 싸우는 자, 고된 일을 해서 집단의 식량을 제공하는 자라는 세 가지 신분의 계급 제도 형태로 된 사회 전체의 상상적 표상을 말한다. 이런 상상적 표상은 1610년에 발표된, 17세기 작가 샤를 루아조Charles Loyseau의 『계급론과 단순 고위직 *Traité des Ordres et Simples Dignités*』에 명백히 표현되어 있다. 그러나 뒤비의 저서가 다루고 있는 것은 루아조의 것과 유사한 방식으로 설정되어 있는 여섯 세기에 걸친 기간이 아니다. 그는 이번에는 『일리아드』의 저자의 기법을 찾아냄으로써, 세 가지 직능 계급 이미지의 온갖 영고성쇠(榮枯盛衰) 가운데서 시작——라옹 Laon[철벽 같은 요새로 유명한 중세 도시국가로서 카페 왕조하에서도 주교들의 위세로 독자적인 지위를 유지함: 옮긴이]의 아달베롱Adalbéron[(?~988) 랭스 Reims의 대주교로 위그 카페 Hugues Capet를 프랑스 국왕으로 옹립하는 데 결정적인 기여를 함: 옮긴이]과 캉브레 Cambrai의 제라르 Gérard에 의해 최초로 설정된다——과 끝——1214년의 부빈느 Bouvines 전투[릴 Lille의 동남부에 있는 도시로 프랑스 국왕 필립 2세 Philippe II Auguste

---

67) Georges Duby, 『세 가지 계급 혹은 봉건주의의 상상 세계 *Les Trois Ordres ou l'Imaginaire du féodalisme*』, Paris: Gallimard, 1978.

는 여기서 플랑드르 공작과 불로뉴 공작 등의 연합군을 무찌르고 결정적인 승리를 거둔다: 옮긴이〕 ―― 을 갖는 역사를 분리해냈다. 그리고 중간은 이런 이데올로기적 표상이 역사화되는 것을 극적으로 묘사하는 반전들로 구성되어 있다. 그것은 뒤비가 세 가지 직능 계급의 이미지를 꾸준히 옹호하는 조르주 뒤메질Georges Dumézil의 것과는 다른 문제에 도전하기 때문이다. 뒤메질은 왜 그리고 어떻게 "인간의 정신이 그 잠재적 능력 가운데서 끊임없이 선택하는가"[68]라는 물음에 도달하기 위해, 이러한 도식이 인간 사유의 잠재적 구조에 속한다는 사실을 ―― 비교의 방식을 통해, 그리고 역사적으로 상이한 영역에 속하는 무수한 사건들 속에서 그 도식이 반복된다는 사실을 통해 ―― 밝히려고 노력한 반면에, 뒤비는 뒤메질의 두 물음에 어디에서 그리고 언제라는 역사가로서의 또 다른 두 개의 물음으로 응수한다. 그는 이런 세 가지 직능 계급의 이미지가 어떻게 "한 이데올로기 체계 내부에서 그 주요한 부분들 중의 하나처럼 기능하는지"(p. 19)를 보여주고자 한다. 문제의 이데올로기 체계란 이제 막 태어나서 승리를 구가하는 봉건주의를 말한다. 그리고 그는 이런 기능을 묘사하기 위해 내가 준-줄거리라고 부르는 것을 구성하는데, 그 세 가지 직능 계급의 이미지는 그의 표현 자체에 의하면 "중심 인물"(p. 19)을 구성한다.

이 점에 있어서 뒤비가 추진하는 계획은 매우 시사적이다. 전적으로 하나의 구조, 즉 "역사의 모든 압력을 견뎌냈던"(p. 16) 정신적 표상에 관한 문제이기 때문에, 그는 단편적인 표상들에 비해 체계의 초월성을 잘 나타내기 위하여 1부에 「계시(啓示, Révélation)」라는 제목을 붙인다. 그러나 이미 그 체계는 최초의 진술에 다양한 변주를 부여함으로써, 그리고 카롤링거 왕조와 그와 결탁했던 권력, 곧 주교의 권력이 쇠퇴하는 시기의 정치적 배경을 재구성함으로써 매우 역사화

---

68) Georges Dumézil, 『인도 유럽인의 주신(主神)들 Les Dieux souverains des Indo-Européens』, Paris, 1977, p. 210; Georges Duby, 앞의 책, p. 17에 인용됨.

되어 있다. "체계"(pp. 77~81)의 연결은 이러한 최초의 탐구가 끝났을 때에만 기술될 수 있다. 즉 천국과 현세의 완전한 일치에 대한 가정, 완전한 도시 국가의 속성이 된 계급 개념, 주교 계급과 국왕 계급의 양분, 성직자와 귀족이라는 지배 집단의 양분, 지배 계급에 내재하는 이러한 이원성에 제3계급, 곧 피지배 계급의 첨가, 끝으로 구조적인 삼원성을 야기하는 계급 제도의 연대 조직이나 상호성의 개념을 들 수 있다.

그런데 단지 그 체계를 기술하는 것만으로도 얼마나 세 가지 직능성이 애매하며 실제 체계와는 거리가 먼지가 증명된다. 우선 세번째 직능 계급은 두 가지 이항 대립(주교/왕, 성직자/귀족)에 첨가되는 형태로 나타난다. 그 다음에 지배자-피지배자 관계는 또 다른 특수한 이원 체계로서 (방금 언급된) 내적인 이원성에 추가된다. 그로 인해 그 체계는 극도로 불안정한 것이다. 끝으로 그 체계는 뒤메질의 것만큼 잘 유형화된 역할들이 세 가지 지위를 차지한다는 점을 함축하지는 않는다. 계급만이 핵심어로 남는다. 그렇기 때문에 우리는 그 체계가 아주 쉽게 역사에 포섭된다는 것을 이해할 수 있다.[69]

이른바 줄거리 속으로 들어가기 전에, 뒤비는 체계의 구성에 적용되는 일종의 회고적 시각에서 「창세기」라는 제목으로 그레고리 Grégoire, 아우구스티누스 그리고 드니스 라레오파지트 Denys l'Aréopagite[5~6세기경의 신비주의 철학자로 기독교 복음과 신(新)플라톤주의를 융합함으로써 중세 철학에 상당한 영향력을 미친다: 옮긴이] 이후를 돌이켜본다. 다음에 그는 이처럼 천상의 모범성과 지상 직능 계급의 삼원적

---

69) "세번째 직능 계급의 첨가는 필연적인 불평등의 원칙에서 나온다. 그 때문에 세 가지 직능 계급 도식은 그 상층부가 완전하게 군림하며 하층부가 죄악 속에서 비굴한 생활을 하는 사회의 구조와 복종에 관한 담론의 시작이나 끝에 위치한다. 삼위일체는 계급 ordo——성직자와 그 밖의 사람들이 있다——과 본성 natura——귀족과 노예가 있다——이 공동으로 만들어내는 이질적인 것들의 결합에서 생긴다"(p. 81).

구성을 결합시킴으로써, 천상의 계급에 관한 신학적 사변이 어떻게 질서와 계급들에 관한 정치적 성찰로 변화할 수 있었는지를 보여준다.[70]

사실상 준-줄거리는 체계가 "상황들"(pp. 153~207)의 검증을 받고, 오랜 "공백기"(207~325)를 거쳐 마침내 다시 나타날 때 시작되는데, 이런 "재등장"(325~끝부분)은 체계의 '선택'에 있어서 정점을 이루는 것이며, 그 선택은 상징화될 뿐만 아니라 체계가 예상했던 왕과 주교들의 부빈느에서의 승리를 통해 현실화되고 확인되기도 한다.

뒤비는 자신의 줄거리를 바로 그와 같은 세 개의 주요 극적 반전들 사이에 배치한다. 그런데 주목할 만한 것은 바로 왕권이 몰락하는 것처럼 보이는 위기가 역사 이야기를 시작하게 한다는 점이다.[71] 우선 정치적 위기를 들 수 있다. 그러나 특히 상징적인 면에서 볼 때, 그것은 이단의 모델, 신의 평화의 모델, 클뤼니 Cluny에서 창시된 수도사의 모델이라는 세 부분으로 이루어진 대립 체계와의 경쟁이다. 체계들의 경쟁으로 시작된 논쟁이 바로 모델을 극적으로 만드는 것이다. 클뤼니의 승리는 '공백기'[72]를 예고한다. 거기에는 제3계급인 농민에게 자리를 마련해주기 위해 모든 계급들을 다시 정할 것을 요구하는 봉건제도의 혁명이 추가된다. 그런데 그것은 11세기 초에는 셋이 아닌 네 개의 이데올로기 모델, 즉 승리가 약속된 모델과 앞서 언급된

---

70) "체계의 계보를 재구성하는 것은 그 구조를 이해하고, 세 가지 직능 계급 형태에 주어졌던 위치를 이해하는 데 도움이 된다"(p. 87).

71) "어떤 위기가 있다고 하자. 역사가의 견지에서 볼 때 이데올로기의 형성은 혼란스런 변동기에 나타난다. 이런 중대한 시기에는 발언권을 가진 자는 계속해서 말을 한다. 이제 줄거리를 조제(調劑)하는 곳에서 나오자. 어쩌면 그것은, 왜 이렇게 거기서는 기억의 굴곡과 행동의 우연성 속에서 도구들이 사용되고 재료가 만들어지는지를 더 잘 이해하기 위함이다"(p. 151).

72) "따라서 사회적인 세 가지 직능성에 대한 가정은 또한 수도사들, 정확히 말해서 클뤼니에 매혹되었던 사람들에 맞서 개진되었다. 그것은 개혁된 수도원 제도가 성공을 거두었을 때 진술되었다"(p. 177).

세 개의 대립 모델들을 경쟁시킨다(p. 200).

한편 아달베롱과 제라르의 이데올로기 모델은 반영이 아닌 예견, 즉 수도원 제도의 쇠퇴에 대한 예견, 주교권의 회복에 대한 예견, 군주국의 부흥에 대한 예견이라는 기묘한 입장에 놓인다.[73] 제4부에서 이야기된 체계의 '공백'을 지배하는 것은 바로 허울뿐인 존속과 실재적인 예견 사이의 이런 기묘한 괴리이다. 그것은 카페 왕권, 그러니까 주교 제도의 쇠퇴를 이용하는 '수도사들의 시대'이다. 그러나 '공백'은 결코 사라짐이 아니다. 공백의 시대는 또한 '새로운 시대들,' 즉 시토 수도회[1098년 로베르 드 몰렘므Robert de Molesmes에 의해 시토Cîteaux에서 설립된 교단: 옮긴이]의 시대, 상인들의 시대, 성직자들의 시대, 교사와 학생들의 시대가 출현하는 것이기도 하다.

그리고 '재등장,' 그것은 수도사들의 희생을 바탕으로 성직자들이 제1신분을 회복함으로써, 그리고 제후들의 방패인 기사들이 제2신분을 차지하고 농민들이 제3신분을 유지함으로써 뚜렷하게 드러난다. 그러나 만일 세 가지 직능 계급 모델에서 공백기가 예견의 시기였다면, 재등장의 시기는 지연(遲延)의 시기이다. 뒤비는 이렇게 말한다. "장애물은 프랑스 왕국이었다. 〔……〕 장애물은 교황, 주교, 개혁 교회, 학교, 자유 도시, 백성 등과 제휴한 왕권의 보배이자 상징인 파리Paris였다"(p. 370). 바로 그로 인해 재등장이 최종의 극적 반전이 되는 것이다. 이상적인 모델과 현실적인 제도 사이의 화해를 보장한다는 점에서, 오직 '선택'만이 결말을 짓는다. 가령 부빈느 전투는 이런 관계 회복의 도구다. 카페 왕조가 카롤링거 왕조의 자리를 다시 차지했다. 그러나 "왕 자신이 계급, 즉 궁정 사회를 구성하는 세 계급 위에 군림함으로써"(p. 413), 세 부분으로 이루어진 구조에 속하지 않

---

73) "그 앞에는 미래가 있었다. 그렇지만 캉브레Cambrai의 주교와 라옹Laon의 주교에 의해 공표되었을 때, 그것은 당연히 때늦은 것처럼 보였다. 따라서 그것은 그 후 당분간은 받아들여지지 않았다"(p. 205).

고 있다는 것은 이 저서를 지배하는 것처럼 보였던 체계적 사고에 비추어볼 때 기묘한 사실이다.

세 가지 직능 계급 모델의 논리적 일관성에 대해 어떤 의혹을 품을 수 있건간에,[74] 상징이 이상적 상상 세계에서 구성적 상상 세계로 옮아갈 때 줄거리는 완성된다.[75] 따라서 이야기된 역사를 끝맺음과 동시에 '상황' '공백' '재등장'이라는 세 부분으로 구현되는 '중간'에 의미를 부여하는 것은 바로 '선택'인 것이다.

그것이 바로 내가 입증하려고 했던 모든 것이다. 다시 말해 이데올로기 체계의 위태로운 시기를 나타내는 준-사건은 그 서술적 위상을 보장하는 준-줄거리 속에 삽입된다.

그러나 사건으로의 복귀가 가장 절실해지는 분야는 바로 정치사이다. "프랑스 대혁명과 같은 사건을 어떻게 생각할 것인가?"라고 프랑수아 퓌레는 『프랑스 대혁명을 생각하기』[76]라는 제목이 붙은 저서의 서두(p. 9)에서 묻고 있다.

1789년 이후의 "프랑스사를 구성하는 기원들의 강박 관념"(p. 14)에 사로잡혀 있는 한 빠져나올 수 없는, 추념(追念)과 증오의 양자택일이라는 궁지에서 벗어나야만 역사가는 혁명을 생각할 수 있다. 그

---

74) 실제로 이원적인 불평등의 원칙이야말로 1789년까지 존속하게 된다. 직능을 삼등분하는 것은 오히려 "평민에 대한 군주의 억압을 조장하면서 그 양자 사이에"(p. 424) 자리잡게 된다.

75) "나는 이 연구를 부빈느에서 끝내기로 작정했다. 일종의 관례상 그런 것은 아니며, 그렇다고 그 사건을 과대 평가해서도 아니다. 나는 세 가지 직능 계급 형태의 본래의 역사가 거기서 1214년에 완성된다고 확신하는데, 그때부터 그 형태는 프랑스 왕국 전체에 투영되고 명확해지면서 바야흐로 상상 세계로부터 벗어나 어떤 제도 속에 구현되려고 한다"(p. 414). 그리고 얼마 후에 이렇게 적고 있다. "나는 여기서 멈춘다. 왜냐하면 세 가지 직능성에 대한 가정이 그 기원으로 되돌아가기 때문이다"(p. 423).

76) 앞의 책, p. 349.

렇게 되면 역사가는 여느 학자처럼 단지 지적 호기심만으로도 의욕을 갖게 된다. 이처럼 거리를 둠으로써 그는 과거와의 단절로서 그리고 새로운 시대의 기원으로서 전술한 사건의 의미에 대한 사건 당사자들의 믿음을 수용하지 않고서도, 요컨대 프랑스 대혁명 그 자체에 대한 환상을 공유하지 않고서도, 사건을 개념화한다고 주장할 수 있다. 그러나 어떤 대가로 역사가는 프랑스 대혁명을 사건으로 생각하게 되는가? 주목할 만한 것은 개별적으로 그리고 어쩌면 다함께 어떤 잔재를 남겨놓는 두 가지 설명의 교차를 통해서만 역사가는 거기서 부분적으로 성공한다는 점이며, 그리고 이 잔재가 바로 사건이다.

토크빌Tocqueville처럼 프랑스 대혁명을 생각하는 것은 그것을 단절과 기원으로서가 아니라, 국가 행정을 위한 사회 집단의 붕괴로서의 군주제 업적이 완성되는 것으로 보는 것이다. 그렇게 되면 그 기원들의 신화와 더불어, 당사자들이 역사적으로 체험한 폭정과 역사 기술과의 괴리가 심하게 된다. 퓌레가 묻는 것은 정확히 말해서 당사자들의 의향과 그들이 맡은 역할 사이의 괴리이다. 명확한 개념으로 분석을 시작함과 동시에, 적어도 단절로서의 사건은 사라진다. 분석은 글자 그대로 역사 이야기를 분해한다. 즉 퓌레가 지적하듯이 토크빌은 "문제를 논하지 시기를 다루지 않는다"(p. 33).

그러나 모든 측면에서 사건이 제거되는 것은 아니다. 가령 토크빌이 대혁명에 대한 종합 평가 — 퓌레는 "혁명-내용"이라고 말한다 — 를 잘 내린다 할지라도, 또한 대혁명의 진행 과정 자체 — 퓌레는 이를 "혁명-양상"이라고 한다 — 를 설명하지 않으면 안 된다. 다시 말해 토크빌에 의한 대혁명의 종합 평가를 영국식 변화에 의해서가 아니라 어떤 혁명을 통해 얻도록 하는 집단 행동의 특수한 역동성을 설명해야 하는 것이다. 그런데 바로 거기에 사건이 존재한다. "아무튼 혁명적 사건은 발발한 날로부터 이전의 상황을 완전히 변모시키며, 이 상황의 목록에 포함되지 않은 새로운 양상의 역사적 행동을 설정하게 된다"(p. 39).

따라서 선행하는 그 어떠한 것에도 포함되지 않았던 사회적 행동의 실천적이며 이데올로기적 양상이 이처럼 역사 무대에 등장하는 것을 설명하기 위해 제2의 모델을 도입할 필요가 있다. 이 제2의 모델은 무엇이 대혁명을 "정치적 행동의 근본 의식들 중의 하나"(p. 41), 즉 "마치 혁명이 분열된 사회 전체를 상상 세계를 통해 재구성하는 역할을 갖는 것처럼, 실제 역사보다 관념에 끊임없이 더 큰 가치를 두도록"(p. 42) 만드는지를 고려해야 한다. 그로 인해 그것은 자코뱅 현상이라고 명명되었다.

그렇게 되면 오귀스탱 코셍 Augustin Cochin의 설명 모델이 토크빌의 모델을 대체하는데, 그것은 제도상의 집단이 아닌 개인에서 출발하여 그리고 오로지 개인적 견해의 맥락에서 새로운 세계를 탄생시키는 새로운 정치 감각이 어떻게 낡은 것과는 별도로 생겨났는지를 보여주게 된다. 사실 코셍은 평등의 원칙, 고립된 개인을 국민——혁명의 유일한 상상적 당사자——으로 전환하는 것, 그리고 국민과 자동 선출된 그 대변인들 사이에 놓인 모든 장막의 제거 등을 기반으로 하는 권력 개념의 모체를 '관념적 사회 sociétés de pensée' 속에서 찾는다.

그러나 자코뱅주의는 단순히 하나의 이데올로기가 아니라 권력을 장악한 이데올로기이다. 그렇기 때문에 역사가가 '정치의 환상'으로 여기는 것을 분해하는 것도, 또한 이 새로운 권력을 사회에 행사하게 했던 그 경로를 확인하는 것도, 대혁명이라는 사건을 충족시키지는 못한다. 분열과 음모의 연속은 사실상 가장 일반적인 의미에서의 줄거리들이다. 물론 우리는, 체계가 규정하는 것과 같은 권력의 상징적 위치를 차지할 줄 몰랐던 자는 누구나 적으로 돌리는 새로운 정치적 사회성으로부터 음모의 의식 구조가 어떻게 발생하는지를 보여줄 수 있다. 이 점에 있어서 새로운 정치적 상징 체계의 결과로서의 음모에 관한 부분은 매우 뛰어나고 설득력이 있다. 그래도 역시 권력의 장악은 권력을 규정하는 이데올로기 체계에서 추론되지 않는 하나의 사건으로 남는 것처럼 보인다. 사건과 연보와 위인들은 음모의 특징을 띠고 대거 다시 찾아온다. 나는 설사 음모가 이데올로기 체계에서 추론되더라도 그것은 줄거리와 함께 사건을 다시 도입한다라고 말하고 싶다. 왜냐하면 음모가 어쩌면 어떤 망상의 일부분이지만 그 망상이 사건들을 일으키며 작용하기 때문이다.

그러므로 테르미도르Thermidor의 반동은 분명 하나의 사건으로 생각되지만 단지 어느 정도까지만 그렇다. "혁명의 정당성에 대한 대의제의 정당성의 승리이며〔……〕그리고 마르크스가 말한 바와 같이 정치의 환상에 대한 현실 사회의 보복이기 때문에, 그것은 대혁명의 끝이다"(p. 84). 그러나 반대로 로베스피에르 현상의 '이데올로기적 코드화'는 그 역사적 의미를 철저하게 규명하지 못하는 것처럼 보인다. 그것이 어떤 이데올로기 —— 다른 것에 대항하는 어떤 상상 세계를 위한 투쟁 —— 를 구현한다고 말하는 것은 단지 그리스 비극에서처럼 줄거리에 대응하는 주제를 명명하는 셈이다. 그런데 바로 줄거리야말로 "대혁명이 그 코드화를 통해 가장 비극적이고 가장 순수한 연설을 하도록 한다"(p. 87). 우리는 사건의 '가장 비극적인 것'이 아니라 '가장 순수한 것'을 자코뱅의 이데올로기에서 추론했던 것이다.

그렇기 때문에 나는 퓌레처럼 위험을 무릅쓰고 이렇게 말하지는 않겠다. 즉 앙시앵 레짐Ancien Régime의 연장은 자코뱅주의의 이데올로기적 가속 장치뿐만 아니라 이런 정치적 환상이 초래했던 행동들을 거치기 때문에, 테르미도르의 반동은 "이데올로기적인 것에 대한 사회적인 것의 보복"(p. 104)을 나타냄으로써 코셍에서 토크빌로 되돌아가게 한다고 말이다. 이런 의미에서 코셍이 제시한 프랑스 대혁명의 제2모델은 토크빌의 제1모델과 마찬가지로 사건을 철저하게 다루지 않는다. 어떠한 개념적 재구성도 앙시앵 레짐의 연속성이 단

절과 기원으로 체험된 어떤 상상적인 것의 권력 장악을 거치도록 할
수는 없을 것이다. 이런 권력 장악 자체는 사건의 영역에 속한다. 퓌
레의 표현 방식을 뒤집어 말하면, 바로 그것이 기원의 환각 역시 하
나의 기원이게 한다.[77]

저자는 프랑스 대혁명이라는 사건을 '생각하는' 데 성공했는가?
나는 브로델의 장기 지속에 관한 고찰의 연장선상에서 이렇게 말할
것이다. 즉 사건이란 (브로델의『필립 2세 시대의 지중해와 지중해 세
계』의 3부가 설명을 보강하고 보완하는 방식으로) 설명을 시도할 때마
다 남는 잔재로서, 그와 동시에 설명 구조들 간의 불협화음으로서,
끝으로 구조들의 삶과 죽음으로서, 설명의 작업 끝에 복원된다고 말
이다.

만일 장기 지속의 발견이 이 세 가지 양상들 가운데 어느 하나에
따라 사건으로 되돌아가게 하지 않는다면, 장기 지속은 역사적 시간
을 과거와 현재와 미래의 살아 있는 변증법에서 벗어나게 할 위험이
있을 것이다. 오랜 시간은 현재가 없는, 따라서 과거도 미래도 없는
시간일 수 있다. 그러나 그렇게 되면 그것은 더 이상 역사적 시간이
아니며, 장기 지속은 다만 인간의 시간을 자연의 시간으로 이끌 따름
이다. 브로델이 너무 좀 성급하게 철학자의 주관적 시간이라고 부르
는 것과 문명이라는 긴 시간 사이의 관계에 관한 철학적 성찰이 결여

---

77) 사실 그의 저서를 종합하고 있는 빼어난 장(章)의 마지막 표현은 암암리에 그 점
을 이렇게 인정한다. "그런데 프랑스 대혁명은 하나의 전환점이 아니라 기원이며
기원의 환각이다. 그 역사적 관심을 유발하는 것은 그 안에 있는 유일한 것이며,
뿐만 아니라 이 '유일한 것,' 즉 민주주의의 첫 경험"(p. 109)이야말로 보편적인
것이 된다. 사건과 관련된 이런 증언은 설명과 이야기의 관계, 그리고 결국 거리
를 유지하는 태도 자체와 관련된 또 다른 증언을 드러내지 않는가? 만일 이런 유
일한 것이 보편적인 것 —어쨌든 우리의 현정치 현실의 보편적인 것—이 되었
다면, 약간의 권한을 박탈한다고 추념과 멀어지는 것이 아니라 권한을 많이 박탈
함으로써 그 추념으로 되돌아간다고 말해야 하지 않겠는가?

되어 있기 때문에, 우리는 브로델 자신에게서 이런 유혹의 흔적을 분간할 수 있다. 그것은 장기 지속의 발견이 인간적 시간, 즉 항상 현재의 지표를 요구하는 인간적 시간의 망각을 나타낼 수 있기 때문이다. 만일 짧은 숨결의 사건이 우리가 창조하지 않은 시간을 자각하는 데 방해가 된다면, 장기 지속은 또한 우리가 속해 있는 시간을 숨길 수도 있다.

다만 개인의 시간과 문명의 시간 사이에 어떤 유추, 가령 성장과 쇠퇴의 유추, 창조와 죽음의 유추, 운명의 유추 등이 보존되는 경우에만 이런 참담한 결과를 피할 수 있다.

시간성의 층위에서 이런 유추는, 우리가 인과론적 추정과 줄거리 구성 사이의 절차 층위에서, 그리고 사회(또는 문명)와 드라마의 등장인물 사이의 실체 층위에서 보존하려고 했던 유추와 동일한 성질의 것이다. 이런 의미에서 모든 변화는 준-사건으로서 역사의 영역에 들어갈 수 있다.

이러한 단언은 결코 장기 지속의 역사가 비판하고 있는 단기적 사건으로 은밀하게 회귀하려는 것을 의미하지는 않는다. 이런 짧은 숨결의 사건은, 그것이 혼미한 의식이나 당사자들의 환상을 반영하는 것이 아니었을 때에도 똑같이 방법론적 인조물이었으며, 게다가 어떤 세계관의 표현이었다. 이 점에 있어서 브로델이 이렇게 외치는 것은 전적으로 정당하다. "나는 랑케 Ranke나 칼 브라우디 Karl Braudi와는 반대로 역사-이야기란 어떤 방법 또는 무엇보다도 객관적 방법은 아니며, 그것 역시 하나의 역사 철학이라고 단언한다"(「……서문」, 『역사에 관한 글들』, p. 13).

준-사건이란 말이 우리에게 의미하는 것은, 짧은 시간을 넘어서 사건 개념을 확장하는 것은 줄거리와 인물 개념을 이와 유사하게 확장하는 것과 여전히 상관 관계를 맺고 있다는 것이다. 우리가 준-줄거리와 준-인물들을 매우 간접적으로, 극히 우회적으로나마 분간할 수 있는 곳에는 준-사건이 존재한다. 역사에서의 사건은 아리스토텔레스가 줄거리 구성에 관한 자신의 형식론에서 운명의 변화——metabolè——라고 불렀던 것에 대응한다. 다시 말해 사건이란 줄거리 전개에 기여할 뿐만 아니라 또한 운명의 변화라는 극적 형식을 그 전개에 부여하는 것이다.

준-사건과 준-줄거리의 이런 유사성은 다음과 같은 결과를 낳는다. 즉 브로델이 높이 평가한 역사적 시간의 다원성은 서술적 시간의 핵심적인 특징, 즉 삽화의 연대순 구성 요소와 연대순에 따르지 않는 형상화의 구성 요소를 다양한 비율로 결합시킬 수 있는 능력이라는 특징을 확대하는 것이다. 역사적 설명이 요구하는 각각의 시간 층위는 이런 변증법의 반복처럼 보일 수 있다. 어쩌면 이렇게 말할 수 있을 것이다. 짧은 사건들로 이루어진 삽화적 구성은 아주 복잡한 줄거리 속에서도 여전히 우세하며, 장기 지속은 형상화의 우위를 나타낸다고 말이다. 그러나 사건 중심의 새로운 특성이 역사의 구조화 작업 끝에 솟아난 것은 어떤 경고음처럼 들린다. 다시 말해 가장 안정된 구조들에서도 무엇인가가 일어난다는 것이다. 거기서 무엇인가가 일어나는데, 그것은 특히 죽음이다. 그 때문에 브로델은 약간 주저하면서도 자신의 걸작을 어떤 죽음에 대한 묘사, 물론 지중해의 죽음이 아니라 필립 2세의 죽음에 대한 묘사로 마무리하지 않을 수 없었다.

5. 결론

본 연구의 2부를 끝맺으면서 우리가 도달한 결과에 대해 종합적인 평가를 내려보자. 1부 3장에서 내걸었던 야심에 비추어볼 때 그 결과는 매우 뚜렷한 한계를 드러내고 있다.

우선 두 가지의 중요한 서술적 양태 중에서 역사라는 단 하나의 양태만이 검토되었다. 고대의 서사시에서 현대 소설에 이르기까지 허구 이야기라는 제목으로 3부에서 다루게 될 것은 모두가 이번의 연구 분야에서 제외되었다. 그러므로 우리는 다루어야 할 영역의 절반만을 밟아온 셈이다.

그런데 우리의 분석을 역사 이야기로 제한함으로써 다른 서술적 양태들을 바깥에 내버려두는 결과만이 있었던 것은 아니다. 그것은 역사 자체에 내재한 문제점을 축소하는 결과를 빚게 되었다. 폴 베인의 탁월한 표현에 따르자면 사실상 역사로 하여금 '실제' 이야기라고 자부하게끔 하는 진리에 대한 야심은, 진실과 허위 사이에서의 양자택일을 의도적으로 중단한다는 허구 이야기의 특성과 그것을 우리가 대립시킬 수 있을 때에만 그 온전한 의의를 갖는다.[78] '실제' 이야기와 '반은 사실하고 반은 거짓인' 이야기 사이의 이러한 대립이, 4부에서 진지하게 논의될 진리의 소박한 기준에 근거하고 있다는 점을 나는 부인하지 않는다.

이러한 첫번째 제한은 이번에는 이야기와 시간의 관계와 직접 연관되는 보다 심각한 두번째 제한을 끌어들인다. 조금 전에 암시한 것처

---

78) 이 점에 관해 나는 어휘상의 관례를 존중하려 한다는 점을 다시 환기한다. 즉 나는 허구라는 용어를 꾸며낸 형상화의 일반적인 동의어로 간주하지 않는다. 꾸며낸 형상화는 역사 기술과 허구 이야기에 공통된 활동이며, 그러므로 미메시스 II에 속한다. 반면에 나의 어휘에서 허구라는 용어는 전적으로 실제 이야기의 반대 명제에 의해 정의된다. 따라서 그것은 이야기의 대상 지시가 그리는 두 가지 진로들 중의 하나에 위치함으로써 미메시스 III에 속하게 되는데, 그 문제는 4부에 가서야 분명하게 다루어질 것이다. 조금 전에 말한 것처럼 이러한 선택에 불합리한 점이 없는 것은 아니다. 모든 형상화가 꾸며진 것인 한, 다시 말해서 이야기에 의해 정돈된 자료 속에 주어져 있지 않는 한, 여러 연구자들은 허구와 형상화를 전혀 구별하지 않는다. 서술 장르 전체를 고려하지 않는다는 점에서 그들이 모든 이야기를 허구로 간주하는 것은 당연할 수도 있다. 실제 이야기를 구성하려는 역사의 의도를 설명할 필요가 없기 때문에 그들은 두 가지의 대상 지시적 양상—서술적 형상화들은 대략 그 사이에서 서로 나뉜다—을 가르는 판별 용어도 필요로 하지 않는다.

440

럼 우리는 역사가 갖는 진리에의 야심에 대한 판단을 유보함으로써 과거와 역사의 관계 그 자체를 주제로 다루는 것을 포기했다. 실제로 우리는 있었던 것으로서의 역사적 과거의 존재론적 위상에 관해 태도를 결정하는 것을 의도적으로 자제했다. 그리하여 사건의 개념을 논의하면서 일반적으로 그 개념과 연관된 인식론적 기준들(단일성, 특이성, 괴리)과 존재론적 기준들, 즉 실제로 일어난 것과 단지 일어난 것처럼 보이는 것을 구별케 하는 기준들(일어나다, 일어나게 하다, 이미 일어난 모든 현실과 새로운 점에서 다르다)을 조심스럽게 분리시켰다. 동시에 인간의 과거에 대한 파수꾼으로서의 역사와 우리로 하여금 현재나 미래와 연관되게끔 하는 태도 전체의 관계는 해결되지 않은 채로 남아 있다.

따라서 역사적 시간의 문제는 충분히 전개되지 못했다. 단지 역사와 이야기를 맺어주는 형상화 작업에 직접 연루된 시간의 양상들만이 고려되었다. 장기 지속에 대한 논의마저도 역사에서의 설명을 특징짓는 구성에 적용된 인식론의 한계에 머물러 있다. 우리는 장기 지속과 사건의 관계는 논의했지만 역사가가 구분하는 다양한 시간성들과, 그가 의심쩍게 철학자의 주관적인 시간——그것은 베르그송의 지속이나 후설이 말한 의식의 절대적 흐름 또는 하이데거의 역사성을 가리킨다——이라 부르는 것의 관계가 실제로 어떠한 것인가는 알아보려 하지 않았다. 여기서도 마찬가지로 이러한 논쟁에 역사 기술이 기여한 바는 허구 이야기가 기여한 바와 더불어서만 명확히 규명될 수 있었다. 바로 그것이야말로 우리가 1부 3장에서 이야기에 의해 재형상화된 시간의 문제를 실제 이야기와 허구 이야기 사이에 교차하는 대상 지시의 문제에 대한 해결책에 종속시킴으로써 암시했던 것이다. 허구는 과거에 실제로 일어난 사건에 대해 보다 큰 자유를 누리는 덕분에, 시간성과 관련해서 역사가에게는 금지된 탐구 능력을 발휘한다는 사실마저도 의심해야 한다. 3부에서 이야기하겠지만 문학적 허구는 '시간에 관한 이야기'를 만들어낼 수 있으며, 그것은 단지 '시간의 이야기'만은 아닌 것이다. 그러므로 시간과 역사의 관계에 대해 결정적인 입장을 표명하기 위해서는 허구의 시간이라는 먼 우회로를 기다려야 한다는 것은 생각할 수 있는 일이다.

2부에서의 분석이 갖는 한계를 고백한다고 해서 우리가 얻었다고 생각하는 결과들의 중요성을 과소 평가해야 할 이유는 없다. 그 한계는 단지 우리의 모든 연구가, 전-서술적인 경험과 이야기의 작업에 의해 재형상화된 모든 형태의 경험 사이에서 미메시스 II 단계에 의해 수행되는 매개 기능은 고려하지 않고 미메시스 II의 차원에 충실히 머물렀다는 것을 환기시킬 따름이다.

2부 전체는 아리스토텔레스에 의해 행동을 모방하는 작품을 구성하는 기법에서 지배적인 범주의 지위로 격상된 줄거리 구성 작업과 역사의 글쓰기의 관계에 대한 연구로 이루어져 있다. 실제로 나중에 역사 이야기와 허구 이야기를 대조하는 작업이 의미를 갖게 된다면, 역사가 이른바 형상화 활동에 의해 정의되는 서술 영역에 속한다는 사실을 우선 확인해야 할 것이다. 그런데 그것이 입증됨에 따라 이러한 관계는 극도의 복합성을 띠게 되었다.

그 윤곽을 드러내기 위해서 우리는 우선 1장과 2장에서, 대체로 법칙론적이라고 부를 수 있는 주장들과 포괄적으로 서술학적이라고 할 수 있는 주장들을 서로 대립시키는 반대 명제적 전략에 의지해야 했다. 그 논쟁을 통해 모든 주장이 비판을 거침으로써 일련의 수정 과정에 의해 역사와 이야기의 관계에 대한 최초의 근사치에 접근하는 데 기여하게 되었다. 이 수정 과정들 중의 몇몇은 뒤에야 나타났다. 그리하여 1장의 첫 부분에서 역사의 서술적 해석과는 양립할 수 없는 것으로 간주되었던 비-사건적 역사에 대한 프랑스 역사가들의 변론은, 3장 마지막 부분에서 역사의 줄거리라는 보다 세련된 개념이 비-사건적 역사를 서술 영역에 다시 통합할 수 있도록 하기 전까지는,

직접적인 비판적 대답을 얻지 못하고 있었다. 그러나 역사를 소박하게 서술적으로 읽는 방식을 제외시킴으로써, 우선 역사와 이야기 간의 직접적이고 즉각적인 관계를 파악하는 데 가장 불리한 인식론적 상황 속에서 문제를 제기해야만 했다.

반대로 법칙론적 모델이 곧바로 상당히 날카로운 비판—처음에 1장 후반에서는 내적인 비판, 이어서 2장에서는 외적인 비판—을 받았다 하더라도, 이러한 이중의 비판이 순전히 부정적인 것은 아니었다. 법칙론적 모델을 거침으로써 우리는 법칙의 형태를 띤 일반적 개념들로 보강된 역사적 설명을 단순한 서술적 이해와 분리시키는 인식론적 단절이라는 관념을 갖게 되었다.

일단 이러한 인식론적 단절이 확인된 다음에는, 역사 기술은 일종의 스토리 장르라는 지나치게 단순한 명제에는 더 이상 동의할 수 없게 되었다. 결론적으로 역사의 서술학적 해석이 법칙론적 해석보다 더 정당한 것처럼 보인다 해도, 우리가 2장에서 일관성 있게 설명했던 바 더욱더 세련되어져가는 서술학적 주장들은 서술 영역에서 역사의 특수성을 정확히 평가하지 못하는 것처럼 보였다. 서술학적 주장의 중요한 결점은, 현금의 역사 기술을 소박한 서술적 글쓰기와 분리시켰던 변형 요소들을 충분히 고려하지 않고, 법칙에 의한 설명을 역사의 서술적 조직에 통합시키지 못했다는 점이다. 그럼에도 불구하고 서술학적 해석은, 서술적 이해와 역사적 설명을 분리시키는 인식론적 단절에도 불구하고 여전히 그 둘을 연결하는 관계—그것이 아무리 미묘하고 은폐되어 있다 할지라도—를 통해서만 역사 고유의 역사적 특성이 유지된다는 사실을 완벽하게 깨달았다는 점에서 정당하다.

역사적 설명의 특수성을 올바로 인정하고 그리고 역사가 여전히 서술 영역에 속하도록 해야 한다는 이러한 이중의 요구는 후기 후설의 발생론적 현상학과 유사한, 역행 질문을 통해 1장과 2장의 반대 명제적 전략을 3장에서 완결짓도록 이끌었다. 그 방법은 역사를 서술적 이해에 결부시키는 연관성을 보장하는 파생적 단계들을 다시 활성화함으로써 그 연관성의 간접적 성격을 설명하고자 하는 것이다. 정확히 말해서 역행 질문은 엄밀한 의미에서의 인식론과 관계되는 것은 아니며, 하물며 역사가라는 직업과 직접 관련이 있는 단순한 방법론과 관계되는 것은 더구나 아니다. 그것은 철학자의 책임 소관인 의미의 생성과 관계된다. 그럼에도 불구하고 그러한 의미의 생성은, 그것이 역사 과학의 인식론과 방법론에 의해 떠받쳐지지 않는다면 가능하지 않을 것이다. 검토의 대상이 된 세 분야 각각에 있어서 학문적인 역사 기술의 서술적 근거를 다시 활성화할 수 있도록 중계하는 것은 바로 그러한 인식론과 방법론이다. 그리하여 단일한 인과론적 설명이야말로 법칙에 의한 설명과 줄거리에 의한 이해 사이의 이행 구조를 제공한다. 반대로 역사의 담론이 최종적으로 가리키는 일차적 실체들은 역사의 대상과 이야기의 등장인물들 간의 유사성을 보장하는, 참여에 의한 소속 관계의 양태로 시선을 돌리게 한다. 끝으로 사회의 전반적 변전과 맞물린 다원적인 시간성들 간에 불협화음을 드러내는 리듬은, 가장 사소한 역사적 변화들과 이야기에서 사건으로 간주되는 급격한 운명의 변화들 사이의 깊은 유사성을 드러낸다.

그리하여 역사가의 직업, 역사 과학의 인식론 그리고 발생론적 현상학은 역사의 근본적인 이러한 노에시스적 목적, 간단히 말해서 우리가 역사의 지향성이라 불렀던 것을 다시 활성화하기 위해서 그 방법들을 합치게 된다.

우리는 아직 역사 기술에 대한 비판적 검토에서 비롯된 가장 뚜렷한 결과를 강조하지 않았다. 그것은 1부 3장에서 제시되었던 최초 모델을 이처럼 검토하는 것에 대한 반발에서 비롯된다.

물론 토대가 되는 모델의 본질적 특징들, 즉 형상화 작업의 역동적 성격, 연속에 대한 질서의 우위, 불협화음과 화음 사이의 경쟁, 법칙의 형태를 지닌 일반론을 서술 행위를 통해 도식화하는 것, 역사학의 전개 과정을 통한 전통의 형성에서 침전과 혁신의 경합 등의 특징들은 2부의 분석에서도 유지되었다. 그러나 차제에 언급했듯이, 아우구스티누스의 영혼의 이완과 아리스토텔레스의 뮈토스 사이의 단순한 대조에 뒤이은 연구에서 우리는 단지 그것이 '확장과 비판, 그리고 수정을 아직 필요로 하는 어떤 개략적 설명'을 제공하기를 기대해야만 했다.

사실상 역사 기술에 대한 우리의 검토는 서술적 구성과 같은 중요한 영역에 모델을 적용함으로써 그 모델의 적합성을 검증하는 것에 국한되었던 것은 아니다. 역사적 서술 행위가 제공하는 불협화음을 내포한 화음의 복합성 ——아리스토텔레스의 『시학』에서 특히 두드러진——은 모델의 확장에 대한 훌륭한 예를 제공한다. 1부에서 단지 암시만 했던 이질적인 것의 종합이라는 개념은, 아리스토텔레스가 알고 있었던 문학 '장르'들과 줄거리 '유형'들이 요구했던 제한을 완전히 벗어난다. 불협화음을 내포한 화음의 '형태'는 역사 기술과 더불어 '장르'와 '유형' ——『시학』에서 그 형태는 여전히 그것들과 혼동되고 있다——들로부터 멀어진다고 말할 수 있을 것이다.

바로 그리하여 최초 모델의 확장은, 있는 그대로의 모델에 대한 비판은 아니더라도 그 모델에 지나치게 근접해 있는 역사적 설명의 해석들에 대한 비판을 목표로 삼는다. 역사의 이론이 행동의 이론과 잘 구분되지 않은 채로 남아 있고, 상황과 익명의 힘 그리고 특히 원하지 않았던 결과들에 그 정당한 위치를 부여하지 못할 때는 언제나 그 경우에 해당된다. 무엇이 행동을 스토리로 변형시키는가?라고 어떤 철학자는 묻는다. 엄밀히 말해서 그것은 행동 주체의 계산을 단순히 재구성하는 것에서 벗어나는 요인들이다. 그 요인들은 아리스토텔레스에게 있어서 여전히 그리스 비극(그러나 서사시도 물론이며, 최소한 희극도 마찬가지다)에 맞추어진 축소 모델에서 특히 두드러진 복합성을 줄거리 구성에 제공한다. 혼합된 모델 내에서 목적론적 부분들과 명목적 부분들을 조정하기 위해 폰 라이트에 의해 제안된 설명 모델은, 순전히 행동에 근거한 역사적 설명 모델이 거쳐야만 하는 비판의 척도를 제공한다.

역사 이론을 통해서 최초 모델을 수정한다고까지 말할 수 있을까? 어느 정도는 그렇다. 그 글쓰기 양식에서 가장 덜 서술적인 역사 기술이 그로 인해 서술적 이해에 여전히 의존하게 되는 매우 간접적인 연관 형태를 존중하기 위해 구성해야 했던 준-줄거리, 준-등장인물, 그리고 준-사건의 개념들은 그것을 입증하고 있다.

준-줄거리, 준-등장인물, 준-사건에 대해 이야기함으로써 우리는 미메시스 Ⅱ의 특징 아래 축조되었던 개념들을 최초의 상태와 거의 단절될 정도로까지 밀고 가려고 했다. 브로델의 대작 『필립 2세 시대의 지중해와 지중해 세계』의 기초가 되는 줄거리가 작품 속에 얼마나 깊숙이 파묻혀 있으며, 그것을 재구성하기가 얼마나 어려운지 우리는 기억한다. 고유 명사가 역사의 일차적 실체에 적용될 때 그것을 얼마나 신중하게 다루어야 하는지도 잊지 않고 있다. 끝으로 사건의 개념은 개별 사회의 경제적·사회적·이념적 구조의 삶에 구두점을 찍는 불협화음과 단절에 필적하기 위해 짧음과 갑작스러움이라는 그 통상적인 특성을 상실해야만 했다. 준-줄거리, 준-등장인물, 준-사건의 표현에서 보는 준-이라는 용어는 학술적 역사에서 서술적 범주의 용법의 특성이 고도로 유추적이라는 사실을 증명한다. 적어도 이러한 유추는 역사를 이야기의 지배권 안에 붙잡아두는 미묘하고 은폐된 관계를 표현하며, 그리하여 역사적 차원 그 자체를 보존한다.